Le Poing de Dieu

Du même auteur
aux Éditions Albin Michel

L'ALTERNATIVE DU DIABLE

SANS BAVURES
*Grand Prix
de littérature policière 1983*
LE QUATRIÈME PROTOCOLE

LE NÉGOCIATEUR

LE MANIPULATEUR

Frederick Forsyth

Le Poing de Dieu

ROMAN

*Traduit de l'anglais
par Luc de Rancourt*

Albin Michel

Édition originale anglaise :

THE FIST OF GOD

© 1994 Transworld Publishers Ltd
publié avec l'accord de Transworld
Publishers Ltd, 61-63 Uxbridge Road,
London W5 5SA.

Édition française :

© Éditions Albin Michel S. A., 1994
22, rue Huyghens, 75014 Paris.

ISBN 2-226-06941-0

Cet ouvrage est dédié aux veuves et aux orphelins du Régiment des services spéciaux de l'armée de l'air.

Et également à Sandy, sans l'aide de laquelle tout aurait été plus difficile.

Je remercie sincèrement tous ceux qui savent ce qui s'est passé réellement pendant la guerre du Golfe, et qui ont bien voulu me le confier. Je suis sûr qu'ils se reconnaîtront.

Chapitre 1

Cet homme n'avait plus que dix minutes à vivre, et il riait.

Ce qui l'amusait tant, c'était une histoire que venait de lui raconter son assistante, Monique Jamine, qui le ramenait chez lui à la sortie du bureau. On était le 22 mars 1990, il était tard et il faisait un froid du diable.

L'anecdote concernait une de leurs collègues de la Space Research Corporation, rue de Stalle, une femme que tout le monde considérait comme une vamp, une mangeuse d'hommes devenue lesbienne. Et tous les mâles, déçus par ce revirement, en faisaient bien entendu des gorges chaudes.

Ils avaient quitté vers sept heures moins dix leur bureau de la banlieue de Bruxelles, à Uccle, et Monique était au volant de la Renault 21. Quelques mois plus tôt, elle avait vendu la Volkswagen de son patron : il conduisait de façon si épouvantable qu'elle avait peur qu'il ne finisse par se tuer sur la route.

Il ne fallait guère plus de dix minutes en voiture pour aller du bureau jusqu'à chez lui, dans la petite résidence de Cheridreu, près de la rue François-Folie, mais ils s'arrêtèrent dans une boulangerie. Ils entrèrent ensemble dans le magasin et il acheta un pain de campagne. Le vent soufflait et il pleuvait. Ils rentrèrent la tête dans leur col, sans remarquer le véhicule qui les suivait.

Il n'y avait rien d'étrange à cela : aucun des deux n'était particulièrement préparé à ce genre de choses. La voiture banalisée et ses deux occupants au teint basané suivaient le savant à la trace depuis des semaines, sans jamais s'approcher plus que nécessaire. Ils se contentaient de le surveiller, et leur cible ne s'était rendu compte de rien. D'autres que lui avaient repéré le manège, mais pas lui.

En sortant de la boutique devant le cimetière, il s'installa à l'arrière et, à sept heures dix, Monique s'arrêta devant les portes vitrées de l'entrée de l'immeuble. Elle lui proposa de monter avec lui, mais il refusa. Elle savait qu'il attendait sa petite amie Hélène et qu'il ne tenait pas à ce que les deux femmes se rencontrent. C'était l'une des petites faiblesses que toutes ses assistantes lui pardonnaient bien volontiers : Hélène n'était rien de plus qu'une très bonne amie qu'il voyait quand il était à Bruxelles et que sa femme l'attendait au Canada.

Il sortit de la voiture, le col de son manteau relevé comme à son habitude, et passa sur son épaule la bretelle du gros sac en toile noire qui ne le quittait jamais et qui pesait une bonne quinzaine de kilos, avec tous ses papiers, projets, calculs et documents en tout genre. Le savant n'avait aucune confiance dans les coffres et, de façon totalement irrationnelle, il était convaincu que ses derniers projets étaient beaucoup plus en sûreté accrochés à son épaule.

Lorsque Monique aperçut son patron pour la dernière fois, il était devant les portes vitrées, le sac sur l'épaule, sa serviette sous l'autre bras, et il fouillait dans ses poches à la recherche de ses clés. Elle le regarda entrer, puis les portes se refermèrent automatiquement derrière lui. Et elle démarra.

Le savant habitait au sixième étage d'un immeuble qui en comptait huit. Les deux ascenseurs étaient situés près de l'escalier de secours qui possédait un accès à chaque étage. Il monta dans un ascenseur et s'arrêta au sixième. L'éclairage du palier s'alluma automatiquement. Se débattant toujours avec son trousseau, essayant de maintenir son sac sur l'épaule, la serviette plus ou moins bien coincée sous le bras, il se dirigea vers la gauche et tenta d'introduire la clé dans la serrure.

Le tueur l'attendait de l'autre côté de la cage d'ascenseur. Il fit tranquillement le tour, un Beretta 7,65 à la main. Son arme était enveloppée dans un sac en plastique pour empêcher les douilles de tomber sur la moquette.

Cinq coups de feu, tirés à moins d'un mètre dans la nuque et dans la tête : c'était bien plus qu'il n'en fallait. Le solide gaillard s'effondra contre sa porte et s'écroula sur la moquette. Le tireur ne se donna même pas la peine de vérifier le résultat, ce n'était pas nécessaire. Il n'en était pas à son coup d'essai, il s'était déjà entraîné sur des prisonniers, et il savait très bien que son objectif était atteint. Il descendit en courant les six étages, sortit par l'arrière de l'immeuble, traversa le jardin planté d'arbustes et monta dans la voiture qui l'attendait. Une heure plus tard, il était en sécurité à l'intérieur de son ambassade. Et le lendemain, il avait quitté le territoire belge.

Hélène arriva cinq minutes plus tard. Elle crut d'abord qu'il avait eu une attaque. Complètement paniquée, elle entra dans l'appartement et appela les urgences. Un instant plus tard, elle se souvint que le médecin de son ami habitait dans le même immeuble et l'appela également. Les infirmiers arrivèrent les premiers.

L'un d'eux essaya de retourner le corps qui pesait son poids, étendu face contre terre. Il retira sa main couverte de sang. Quelques minutes plus tard, le médecin constatait le décès. La seule autre occupante de l'étage, qui comptait quatre appartements, sortit sur le pas de sa porte. C'était une vieille dame qui était en train d'écouter un concert de musique classique et n'avait rien entendu à travers sa porte en bois massif. Cheridreu était une résidence très discrète.

L'homme étendu par terre s'appelait Gerald Vincent Bull. C'était un génie en matière d'artillerie. Il avait conçu des canons pour le monde entier et en dernier lieu pour Saddam Hussein, le président irakien.

Juste après le meurtre de Gerry Bull, un certain nombre de choses étranges se produisirent à travers toute l'Europe. A Bruxelles, le contre-espionnage belge finit par admettre que la victime avait été suivie pendant des mois par des voitures banalisées occupées par deux hommes basanés de type méditerranéen.

Le 11 avril, des douaniers britanniques saisirent sur les quais de Middlesborough huit tubes en acier épais, munis d'une bride d'assemblage à chaque extrémité. Ces brides étaient alésées pour recevoir de solides boulons de fixation. Triomphants, les douaniers annoncèrent qu'ils n'étaient pas destinés à une usine pétrochimique comme l'indiquaient la facture et les certificats d'exportation, mais qu'il s'agissait des morceaux d'un gigantesque canon conçu par Gerry Bull et destiné à l'Irak. La légende du supercanon était née, et elle n'allait cesser de grossir, mettant ainsi au jour les multiples manigances et coups en sous-main des services secrets, une invraisemblable incurie bureaucratique et les agissements peu orthodoxes de certains politiciens.

En quelques semaines, des morceaux du supercanon surgirent dans toute l'Europe. Le 23 avril, la Turquie annonça qu'elle avait intercepté un camion hongrois qui transportait un tube de dix mètres de long destiné à l'Irak, et que l'on soupçonnait de faire partie du même engin. Le même jour, les services grecs saisirent un autre camion chargé de morceaux d'acier et maintinrent le malheureux chauffeur britannique en prison pendant des semaines, sous l'inculpation de complicité.

En mai, les Italiens mirent la main sur soixante-quinze tonnes de matériels divers fabriqués par la société Della Fucine, et quinze autres tonnes furent saisies à l'usine même, près de Rome. Dans ce dernier cas, il s'agissait d'acier au titane destiné à la culasse du canon. D'autres composants furent également découverts dans un hangar à Brescia, dans le nord de l'Italie.

Les Allemands entrèrent dans la danse et firent des découvertes semblables à Francfort puis à Bremerhaven. Les objets fabriqués par Mannesmann AG furent également identifiés comme des morceaux du désormais fameux supercanon.

En fait, Gerry Bull s'était remarquablement débrouillé pour passer ses commandes. Les tubes étaient fabriqués par deux sociétés anglaises, Walter Somers à Birmingham et les Forges de Sheffield. Mais les huit tubes trouvés en avril 1990 n'étaient que les dernières livraisons d'un ensemble de cinquante-cinq tubes, quantité suffisante pour réaliser deux canons de cinquante-six mètres de long au calibre incroyable de mille millimètres, capables de tirer des projectiles de la taille d'une cabine téléphonique.

Les tourillons venaient de Grèce, les tuyaux, les pompes et les vannes du dispositif de recul de Suisse et d'Italie, le bloc culasse d'Autriche et d'Allemagne, la poudre était de fabrication belge. Au total, huit pays avaient reçu des contrats et aucun ne savait exactement dans quel but il réalisait ce qu'on lui commandait.

La presse populaire put s'en donner à cœur joie, comme l'avaient fait avant elle les douaniers. L'appareil judiciaire britannique commença allègrement à poursuivre tous les innocents qui s'étaient trouvés mêlés à l'affaire. Mais personne ne mit le doigt sur un point fondamental : toutes les pièces interceptées étaient destinées à la réalisation des supercanons numéros deux, trois et quatre.

Quant à la mort de Gerry Bull, les théories les plus fantaisistes commencèrent à circuler dans les médias. Comme il fallait s'y attendre, la CIA fut immédiatement montrée du doigt par le clan de ses détracteurs. Autre erreur de taille. Il est vrai que, par le passé et dans des circonstances particulières, Langley[1] avait contribué à éliminer des gens qui faisaient le même métier ; les officiers de renseignements avaient tendance à changer de bord, à renier leur parti et à se transformer en

_____

1. Langley est le siège du quartier général de la CIA (NdT).

14

agents doubles. Mais l'idée selon laquelle le hall de Langley est plein de cadavres d'ex-agents descendus par leurs anciens collègues sur ordre de directeurs portés au génocide n'est qu'une blague sans le moindre fondement.

Mieux encore, Gerry Bull n'appartenait pas au monde de l'ombre. C'était un scientifique très connu, spécialiste en matière d'artillerie, conventionnelle ou non. Un citoyen américain qui avait travaillé pendant des années pour son pays et qui restait en relations suivies avec ses anciens collègues, n'hésitant pas à leur parler de ses projets en cours. S'il avait fallu éliminer tous les ingénieurs ou industriels travaillant pour un pays qui n'était pas considéré (au moins à ce moment-là) comme ennemi de l'Amérique, on aurait assisté à une véritable hécatombe en Amérique et en Europe.

Enfin, cela faisait bien dix ans que Langley avait les mains liées par une bureaucratie envahissante à base de commissions de contrôle et d'audits. Aucun officier de renseignements n'y aurait pris l'initiative de faire descendre quelqu'un sans un ordre écrit et signé en bonne et due forme. Et dans un cas comme celui de Gerry Bull, une telle signature n'aurait pu venir que du directeur du renseignement en personne.

Ce directeur était à l'époque William Webster, ancien juge du Kansas. Obtenir de lui une telle signature était aussi facile que de creuser un souterrain avec une petite cuiller pour s'échapper du pénitencier de Marion.

Mais c'est sans conteste le Mossad qui venait en tête sur la liste de ceux qu'on soupçonnait d'avoir tué Gerry Bull. La presse, la famille de Bull et ses amis arrivèrent immédiatement à la même conclusion. Bull travaillait pour l'Irak, l'Irak était l'ennemi d'Israël. Deux et deux font quatre. Le seul problème, dans ce monde d'ombres et de miroirs déformants, c'est que la logique mathématique n'a pas toujours force de loi, loin s'en faut.

De tous les services de renseignements qui comptent dans le monde, le Mossad est le plus petit et le plus impitoyable. Il est indéniable qu'on a pu lui imputer un certain nombre d'assassinats par le passé, dus aux trois équipes *kidon* du service — le mot signifie « baïonnette » en hébreu. Les *kidonim* sont rattachés au service Action ou Komemiute, hommes de l'ombre, les durs par excellence. Mais le Mossad a ses règles, bien qu'il se les impose lui-même. Les éliminations relèvent de deux catégories. La première concerne les cas de « nécessité professionnelle », quand une opération mettant en jeu des vies amies est compromise. Celui qui se met en travers du chemin

15

doit alors être mis « hors circuit », rapidement et définitive-ment. Dans les situations de ce genre, l'officier responsable ou *katsa* a le droit d'éliminer celui qui s'oppose à sa mission, et il est certain d'obtenir après coup le soutien total de ses patrons à Tel-Aviv.

L'autre catégorie concerne tous ceux qui figurent déjà sur la liste d'exécution. Cette liste existe en deux exemplaires : le premier dans le coffre personnel du Premier ministre, et le second, dans celui du chef du Mossad. Tout Premier ministre, lorsqu'il entre en fonction, a l'obligation de la consulter. Elle peut comporter entre trente et quatre-vingts noms. Il peut alors, soit approuver l'ensemble et donner ainsi au Mossad l'autorisation d'agir dès que des circonstances favorables se présentent, soit exiger d'être consulté avant toute nouvelle mission. Et dans tous les cas, c'est lui qui signe l'ordre d'exécution.

Schématiquement, ceux qui figurent sur cette liste appartien-nent à trois sous-catégories. On y trouve quelques dignitaires nazis survivants, mais cette catégorie a pratiquement disparu. Voici plusieurs années, alors qu'Israël avait monté une opéra-tion majeure pour enlever et juger Adolf Eichmann, afin de donner un exemple à la face du monde, d'autres nazis étaient tout simplement liquidés de façon discrète. La deuxième sous-catégorie est composée presque entièrement de terroristes contemporains, principalement arabes, qui ont déjà attaqué Israël ou qui ont du sang juif sur les mains, comme Ahmed Jibril, Abou Nidal, ou qui ont l'intention de le faire. On y trouve également quelques non-Arabes.

La troisième sous-catégorie, à laquelle Gerry Bull aurait pu appartenir, comprend tous ceux qui travaillent pour les enne-mis d'Israël, et dont les travaux, s'ils progressaient suffisam-ment, pourraient devenir un danger pour Israël et ses citoyens.

Le seul dénominateur commun à tous ces individus est qu'ils ont du sang sur les mains, ou qu'ils ont l'intention d'en faire couler.

Si une élimination est demandée, le Premier ministre trans-met le dossier à un juge dont l'identité n'est connue que de quelques juristes dans le pays, et de personne d'autre. Ce juge préside une « cour » devant laquelle sont exposées les charges, et où déposent un procureur et un avocat. Si la demande du Mossad est confirmée, l'affaire retourne chez le Premier ministre pour signature. L'équipe *kidon* s'occupe du reste... si elle y parvient.

Dans l'affaire Bull, l'hypothèse du Mossad présentait plusieurs faiblesses. Certes, Bull *travaillait* pour Saddam Hussein, il mettait au point une nouvelle artillerie conventionnelle (qui ne pouvait atteindre Israël), un programme de missiles (qui pourrait le faire un jour) et un canon géant (qui ne menaçait absolument pas Israël). Mais il y en avait des centaines comme lui. Une demi-douzaine de sociétés allemandes avaient aidé l'industrie irakienne d'armes chimiques, dont Saddam avait déjà menacé Israël. Des Allemands et des Brésiliens travaillaient au vu et au su de tous sur le site de missiles de Saad 16. Les Français avaient fourni aux Irakiens tout ce qui leur était nécessaire pour leurs recherches sur les armes nucléaires.

Que ce Bull, avec ses idées, ses conceptions, ses activités et les résultats obtenus, ait vivement intéressé Israël, ne fait absolument aucun doute. On épilogua beaucoup après sa mort sur le fait qu'au cours des derniers mois de son existence, il s'était inquiété d'intrusions répétées dans son appartement pendant qu'il était absent. Rien n'avait été dérobé, mais on laissait des traces, on remuait les verres avant de les remettre à leur place, on laissait les fenêtres ouvertes. Une cassette vidéo avait été rembobinée et sortie du magnétoscope. Il s'était demandé s'il ne s'agissait pas d'un avertissement, et si le Mossad n'était pas derrière tout cela. Il s'agissait bien d'un avertissement, le Mossad était bien impliqué, mais pour une raison beaucoup moins évidente.

Après sa mort, les médias identifièrent les étrangers basanés et à l'accent guttural qui l'avaient suivi dans Bruxelles comme étant des espions israéliens. Malheureusement pour les tenants de cette théorie, les agents du Mossad ne battent pas la campagne comme Pancho Villa. Ils étaient bien là, mais personne ne les vit, ni Bull ni ses amis ni sa famille ni la police belge. Ils étaient à Bruxelles, avec une équipe pouvant passer pour des Européens — au choix, Belges, Américains ou tout ce qu'ils voulaient. Ce sont eux qui firent croire aux Belges que Bull était suivi par *une autre* équipe.

Pour couronner le tout, Gerry Bull était un homme d'une absence de discrétion peu commune, incapable de résister quand on le provoquait un tant soit peu. Il avait travaillé pour Israël dans le passé, il aimait le pays et ses habitants, il s'était fait de nombreux amis dans l'armée israélienne et il était incapable de tenir sa langue. Si on le poussait un peu, en lui lançant par exemple : « Gerry, je parie que tu n'arriveras jamais à faire marcher ces fusées, tu sais, à Saad 16… », Bull se lançait dans un monologue de trois heures et racontait par le menu ce qu'il était en train de faire, où il en était, quels étaient les problèmes rencontrés, comment il pensait les résoudre... Bref, tout. C'était l'homme rêvé pour un service de renseignements. Une semaine avant sa mort, il recevait deux généraux israéliens dans son bureau et leur faisait un récit détaillé de ses activités, dûment enregistré grâce aux magnétophones dissimulés dans leurs mallettes. Qui aurait été assez stupide pour descendre une telle source d'informations ?

Enfin, le Mossad avait une autre règle quand il s'agissait non pas d'un terroriste, mais d'un scientifique ou d'un industriel : il transmettait toujours un dernier avertissement. Et cet avertissement ne consistait pas simplement à remuer des verres ou à rembobiner des cassettes vidéo. C'était un avertissement verbal en bonne et due forme. Cette procédure avait même été respectée avec le Dr Yahia El-Meshad, le physicien nucléaire égyptien qui avait travaillé sur le premier réacteur irakien et qui avait été assassiné dans sa chambre de l'hôtel Méridien à Paris le 13 juin 1980. Un *katsa* qui parlait arabe était entré dans sa chambre et lui avait dit sans détour ce qui lui arriverait s'il ne cessait pas ses activités. L'Égyptien ne l'avait même pas laissé franchir sa porte. Deux heures plus tard, Meshad était mort. Mais on lui avait laissé une dernière chance. Un an plus tard, tout le complexe nucléaire livré par les Français, Osirak 1 et 2, était rasé par un raid israélien.

Bull représentait un cas différent. Il était né au Canada, il était citoyen américain, c'était un type génial assez porté sur le whisky. Les Israéliens pouvaient lui parler comme à un ami, et ils ne s'en privaient pas. Il n'y aurait rien eu de plus facile que de lui envoyer un autre ami pour lui dire sans façon qu'il devait arrêter, faute de quoi un commando allait s'occuper de lui — on ne t'en veut pas, Gerry, mais c'est ainsi.

Bull n'était pas volontaire pour se voir décerner à titre posthume la médaille militaire. Il avait dit aux Israéliens et à son ami intime George Wong qu'il voulait laisser tomber l'Irak. Il en avait marre. Ce qui était arrivé à Gerry Bull était donc différent.

Gerald Vincent Bull était né en 1928 à North Bay, dans l'Ontario. Bon élève, animé d'une volonté de réussir et de gagner la reconnaissance du monde entier, il aurait pu entrer à l'université à seize ans, mais il était trop jeune et le seul endroit qui pouvait l'admettre était le département ingénierie de l'université de Toronto. Là, il montra rapidement qu'il n'était pas seulement doué, mais qu'il était extrêmement brillant. A vingt-deux ans, il devint le plus jeune titulaire d'un doctorat d'État. Ce qui le passionnait, c'était l'aéronautique, et plus précisément la balistique — l'étude des corps en vol, qu'il s'agisse de projectiles ou de fusées. C'est comme cela qu'il en vint à s'intéresser à l'artillerie.

A sa sortie de Toronto, il entra au CARDE, l'établissement canadien de recherche militaire installé à Valcartier. C'était à cette époque une petite ville tranquille dans la banlieue de Québec. En ce début des années cinquante, l'homme commençait à s'intéresser à l'espace et le maître mot était : fusées.

C'est alors que Bull montra cette fois qu'il n'était pas seulement un brillant esprit mais un génie inventif, original et imaginatif. Au cours de ses dix années passées au CARDE, il se mit à développer l'idée qui devait devenir le rêve de sa vie pour le restant de ses jours.

Comme toutes les idées nouvelles, celles de Bull étaient étonnamment simples. Quand il eut connaissance des premiers travaux américains dans le domaine des fusées, il comprit que les neuf dixièmes de ces objets impressionnants ne représentaient que le premier étage. Juste au-dessus, on trouvait les deuxième et troisième étages, puis enfin, la minuscule charge utile.

Le gigantesque premier étage avait pour mission d'élever la fusée à travers les cent cinquante kilomètres d'atmosphère, là où l'air est le plus dense et la gravité la plus forte. Passé ces cent cinquante kilomètres, il fallait dépenser beaucoup moins d'énergie pour placer le satellite en orbite à quatre cents ou cinq cents kilomètres d'altitude au-dessus de la terre. Chaque fois qu'on lançait une fusée, tout ce premier étage extrêmement coûteux était détruit, brûlait et tombait en mer où il était définitivement perdu.

Supposons, rêvait Bull, que l'on puisse propulser les deuxième et troisième étages, plus la charge utile, au-delà de ces cent cinquante kilomètres, en utilisant le tube d'un canon géant. En théorie, plaidait-il auprès des financiers, cela serait non seulement possible, mais aussi plus simple et plus économique. Et le canon pourrait être réutilisé indéfiniment.

Cela fut l'objet de son premier conflit avec les politiques et les bureaucrates, et il perdit la partie, surtout en raison de sa personnalité. Il les détestait autant qu'ils le détestaient.

Tout changea pour lui en 1961. L'université McGill le contacta, sentant qu'il y avait là l'occasion de se faire une bonne publicité. L'armée américaine en fit autant pour des raisons différentes. Gardienne jalouse de l'artillerie américaine, l'armée

19

de terre s'opposait à l'US Air Force qui voulait obtenir l'exclusivité de tous les missiles ou projectiles de plus de cent kilomètres de portée. Grâce à ce financement conjoint, Bull put monter un petit centre de recherche dans l'île de la Barbade. L'US Army mit à sa disposition un canon de seize pouces déclassé (le plus gros calibre en service dans le monde), un tube de rechange, un petit radar de conduite de tir, une grue et quelques camions. McGill installa un atelier de mécanique. Cela revenait à vouloir construire des bolides de formule 1 dans un petit garage au fond d'une impasse. Mais il y arriva. Sa carrière commençait, et il n'avait que trente-trois ans. Il était toujours aussi timide, désordonné, génial et inventif.

Il donna à son laboratoire le nom de HARP[1]. Le vieux canon de marine fut installé et Bull commença à travailler sur les projectiles. Il les baptisa Martinet, d'après l'oiseau qui figure sur l'insigne de l'université McGill.

Bull voulait lancer une charge utile instrumentée en orbite terrestre, plus vite et moins cher que tout ce qui se faisait ailleurs. Il savait pertinemment qu'aucun être humain ne pouvait supporter les contraintes d'un lancement au canon, mais il avait aussi la conviction que quatre-vingt-dix pour cent des tâches scientifiques dans l'espace seraient remplies par des robots et non par des hommes. Aiguillonnée par le vol de Gagarine, l'Amérique de Kennedy faisait porter tout son effort sur l'objectif plus glorieux, mais finalement moins utile, qui consistait à envoyer là-haut des souris, des chiens, des singes et enfin des hommes.

En 1964, Bull réussit à envoyer un Martinet à quatre-vingt-douze kilomètres d'altitude, et ajouta alors seize mètres de tube supplémentaire à son canon (pour la modique somme de quarante et un mille dollars). Son lanceur de trente-six mètres devint ainsi le plus long canon existant dans le monde. Avec ce nouvel engin, il parvint à atteindre la limite magique des cent cinquante kilomètres, pour une charge utile de cent quatre-vingts kilos.

Il résolvait les problèmes un par un, comme ils venaient. L'un des plus graves concernait la propulsion. Dans un canon de calibre réduit, la charge donne au projectile une seule impulsion très violente quand elle se transforme en gaz, et cela dure une microseconde. Le gaz essaie de se dilater et ne peut rien faire d'autre que s'échapper du tube, poussant devant lui

1. *High Altitude Research Project* : Centre de recherche sur les hautes altitudes (NdT).

20

l'obus. Mais avec un tube aussi long que celui de Bull, il fallait utiliser du propergol à combustion plus lente, sous peine de voir exploser le canon. Il lui fallait donc une poudre capable d'éjecter le projectile hors de son énorme tube en fournissant une accélération plus longue et plus progressive. Il se mit en tête de la concevoir.

Il savait très bien qu'aucun instrument ne peut résister aux dix mille grammes créés par l'explosion de propergol. Il imagina alors un absorbeur de choc capable de réduire cette accélération à deux cents grammes. Troisième problème à résoudre, celui du recul. Son engin n'était pas une escopette et le recul était d'autant plus colossal que la dimension des tubes, des charges et des projectiles augmentait. Il inventa alors un système de ressorts et de sectionnements qui le réduirait dans des proportions acceptables.

En 1966, les vieux ennemis de Bull parmi les bureaucrates du ministère canadien de la Défense finirent par se débarrasser de lui en convainquant leur ministre de lui couper les vivres. Bull essaya de se défendre, en expliquant qu'il pouvait lancer une charge utile pour beaucoup moins cher que ce que cela coûtait à Cap Canaveral. Rien à faire. Afin de protéger ses intérêts, l'US Army le rapatria de la Barbade à Yuma, dans l'Arizona.

C'est là qu'au mois de novembre de la même année, il réussit à envoyer une charge à cent quatre-vingts kilomètres, record qui devait tenir pendant vingt ans. Mais en 1967, le Canada se retira totalement du projet, le gouvernement ainsi que l'université McGill. Le projet HARP fut alors abandonné. Bull se reconvertit dans le conseil et s'installa dans une maison qu'il avait acquise à la frontière du Vermont et du Canada.

Deux précisions d'importance, concernant le projet : en 1990, la mise en orbite d'un kilo à bord de la navette spatiale coûtait dans les dix mille dollars. Lorsqu'il mourut, Bull était capable d'en faire autant pour six cents dollars. En 1988, en Californie, le laboratoire Lawrence Livermore lança un nouveau projet. Il s'agissait d'un canon de calibre plus réduit — quatre pouces — et d'une longueur de cinquante mètres seulement, à partir duquel on espérait pouvoir fabriquer, pour plusieurs centaines de millions de dollars, un prototype plus gros qui serait capable d'envoyer des objets dans l'espace. Le projet fut baptisé SHARP, pour *Super-High Altitude Research Project*.

Bull passa dix ans à Highwater. C'est à cette époque qu'il abandonna son vieux rêve d'un canon capable de mettre en orbite des charges utiles, pour se consacrer à son deuxième domaine de compétence : l'industrie, beaucoup plus rentable, de l'artillerie conventionnelle.

Il s'attaqua tout d'abord à un problème majeur : la quasi-totalité des armées ont constitué leur artillerie à partir du howitzer de campagne calibre 155 mm. Il savait que, lors d'un échange d'artillerie, l'avantage est à celui qui a la portée la plus grande et qui peut ainsi rester à l'abri tout en écrasant son adversaire. Bull décida d'augmenter la portée et la précision du canon de 155 mm. Il commença par le problème de la munition. D'autres que lui s'y étaient essayé sans succès. En quatre ans, Bull atteignit son but. Lors des essais, l'obus de Bull parcourut une fois et demie la distance obtenue avec le 155 mm standard et ce, avec une précision plus grande. Son obus éclatait en 4 700 éclats, alors que la munition standard OTAN n'en produisait que 1 350. Mais l'OTAN ne s'y intéressa pas. Grâce au ciel, l'Union soviétique non plus.

Pas découragé pour autant, Bull continua à creuser le sujet, et mit au point un nouvel obus à portée améliorée. L'OTAN resta sur ses positions, et choisit de conserver ses fournisseurs traditionnels et leurs munitions à portée réduite.

Si les grandes puissances restaient indifférentes, d'autres pays ne l'étaient pas. Les délégations militaires se succédaient à Highwater pour consulter Gerry Bull. Ce fut entre autres le cas des Israéliens, avec qui il avait tissé des relations amicales à la Barbade. Il reçut également des représentants venus d'Égypte, du Venezuela, du Chili et d'Iran. Il fit aussi profiter de ses services, mais sur d'autres sujets, la Grande-Bretagne, les Pays-Bas, l'Italie, le Canada et les États-Unis, dont les ingénieurs militaires continuaient à suivre attentivement ses travaux.

En 1972, Bull acquit la nationalité américaine, sans difficulté particulière. L'année suivante, il commença à travailler sur une version opérationnelle du canon de campagne de 155 mm. Deux ans plus tard, il avait réussi une autre percée significative, en découvrant que la longueur idéale d'un tube de canon était d'environ quarante-cinq fois son calibre. Il redessina alors, en la perfectionnant, la pièce de 155 mm et la baptisa GC (pour *Gun Calibre*)-45. Avec ses munitions à portée améliorée, le nouveau canon dépassait toute l'artillerie de l'arsenal communiste. Mais, s'il espérait des contrats, il fut rapidement déçu. Le Pentagone campa sur ses positions et conserva ses fournisseurs du lobby industriel, avec leurs idées sur les obus autopropulsés, qui coûtaient huit fois plus cher, pour des performances identiques.

Cependant, sa déconvenue fut de courte durée car, dans le

même temps, il fut pressenti, par l'intermédiaire de la CIA, pour améliorer les canons et les munitions de l'armée sud-africaine qui combattait alors en Angola les Cubains soutenus par Moscou.

En politique, Bull était d'une naïveté incroyable. Il se rendit sur place et noua des contacts cordiaux avec les Sud-Africains. Le fait que l'Afrique du Sud soit au ban de la communauté internationale pour cause d'Apartheid le laissait totalement froid. Il les aida à améliorer leur parc d'artillerie selon les principes de son howitzer longue portée GC-45, un canon de plus en plus recherché. Plus tard, les Sud-Africains devaient mettre au point leur propre version de ces canons, qui écrasèrent l'artillerie soviétique, mettant à mal les Russes et les Cubains.

De retour en Amérique, Bull continua à vendre ses obus. Le président Jimmy Carter était arrivé au pouvoir et le « politiquement correct » était devenu la nouvelle doctrine officielle. Bull fut arrêté et accusé d'exportations illégales vers un pays interdit. La CIA le laissa tomber comme une vieille chaussette. On le persuada de ne rien dire et de plaider coupable, en lui expliquant que ce ne serait qu'une formalité et qu'il serait condamné à une peine de principe.

Le 16 juin 1980, un juge américain le condamna à un an de prison, dont six mois fermes, et à une amende de cent cinq mille dollars. Il ne purgea que quatre mois et dix-sept jours de peine à la prison d'Allenwood, en Pennsylvanie. Mais ce n'était pas cela qui avait le plus blessé Bull. Ce qui l'avait atteint, c'était la honte qui s'était abattue sur lui. Il ne comprenait plus rien : il avait aidé l'Amérique, pris la citoyenneté américaine, répondu à l'appel de la CIA en 1976, et on l'accusait de trahison. Pour comble d'infortune, durant son séjour à Allenwood, sa compagnie, la SRC, avait été contrainte de déposer son bilan et de cesser ses activités. Il était ruiné.

A sa sortie de prison, il décida de ne plus jamais remettre les pieds ni aux États-Unis ni au Canada, et émigra à Bruxelles. Il s'installa dans un studio. Plus tard, ses amis devaient déclarer qu'il avait changé à l'époque de son procès et qu'il n'avait plus jamais été le même homme. Il ne pardonnait pas à la CIA et à l'Amérique ce qu'elles lui avaient fait. Et malgré cela, il continua à se battre durant des années pour obtenir une révision de son procès et un acquittement.

Il reprit ses activités de conseil et commença par un contrat qu'on lui avait proposé avant son procès — l'amélioration de l'artillerie chinoise. Dans les années quatre-vingt, Bull avait beaucoup travaillé pour Pékin et il avait revu la conception du parc selon les principes de son GC-45. Le GC-45 était maintenant vendu sous licence par la société autrichienne Voest-Alpine, qui lui avait versé deux millions de dollars pour solde de tout compte. Bull n'avait jamais été homme d'affaires, sans quoi il serait devenu multimillionnaire. Les Sud-Africains, de leur côté, avaient repris ses idées et mis au point leur propre howitzer tracté, le GC-5 dérivé du GC-45 de Bull, puis une version automotrice, le G-6. Ces deux modèles avaient une portée de quarante kilomètres avec les munitions améliorées, et l'Afrique du Sud les vendait dans le monde entier. Mais son contrat avec les Sud-Africains était si bien ficelé que Bull n'en retira jamais le moindre centime.

Parmi les clients de ces canons, il y avait un certain Saddam Hussein. Ce furent ces pièces qui écrasèrent les milliers d'Iraniens fanatisés pendant la guerre Iran-Irak, avant de les vaincre définitivement dans les marais de Fao. Mais Saddam Hussein avait ajouté à ces engins de quoi les rendre encore plus meurtriers : il avait mis des gaz dans les obus.

Bull travailla ensuite pour l'Espagne et la Yougoslavie, où il convertit les vieux canons d'origine soviétique de l'armée yougoslave, des pièces de 130 mm, en canons de 155 à portée améliorée. Bien qu'il n'ait pas vécu assez longtemps pour le voir, ce sont ces canons, devenus propriété des Serbes au moment de l'effondrement de la Yougoslavie, qui détruisirent les villes croates et musulmanes pendant la guerre civile. En 1987, il apprit que l'Amérique avait décidé, malgré tout, de reprendre les travaux sur l'envoi de charges dans l'espace au moyen de canons. Mais Gerry Bull refusa obstinément de travailler pour eux.

Cet hiver-là, il reçut un curieux coup de téléphone de l'ambassade d'Irak à Bonn. Le Dr Bull accepterait-il de venir faire une visite à Bagdad, en tant qu'invité de l'Irak ? Ce qu'il ignorait, c'est que, dans les années quatre-vingt, les Irakiens avaient analysé de près l'opération Staunch, un effort concerté des Américains pour couper toutes les fournitures d'armes destinées à l'Iran. Cette mesure faisait suite au carnage des marines américains perpétré dans leur caserne de Beyrouth par des fanatiques du Hezbollah soutenus par l'Iran.

Les Irakiens avaient certes tiré profit de l'opération Staunch dans leur guerre contre l'Iran, mais cela ne les empêchait pas de penser que ce qu'ils avaient fait aux Iraniens, ces derniers pouvaient très bien le leur faire un jour. L'Irak décida donc de ne plus importer seulement des armes, mais toute la technologie destinée à les produire. Bull était avant tout un inventeur, il intéressait donc les Irakiens.

La tâche de le recruter fut confiée à Amer Saadi, numéro deux du ministère de l'Industrie et de l'Industrialisation militaire, en anglais le MIMI. Quand Bull arriva à Bagdad en janvier 1988, Amer Saadi, mélange subtil de diplomate cosmopolite et de scientifique parlant anglais, français et allemand, le manœuvra à merveille. Il lui expliqua que l'Irak avait besoin de lui pour réaliser son rêve et mettre en orbite des satellites à usage pacifique. Pour ce faire, il leur fallait concevoir un lanceur. Les savants égyptiens et brésiliens qui les aidaient leur avaient suggéré d'utiliser cinq des neuf cents missiles Scud achetés à l'Union soviétique pour fabriquer un premier étage. Mais il y avait quelques problèmes techniques, et même de sérieux problèmes. Ils avaient besoin d'un supercalculateur, Bull pourrait peut-être les aider à en trouver un ?

Bull adorait les problèmes, c'était sa raison d'être. Il n'avait pas accès à ce genre d'ordinateur, mais il était lui-même le meilleur supercalculateur bipède connu. D'ailleurs, si l'Irak voulait réellement être le premier pays arabe à lancer un satellite, il y avait un autre moyen, moins cher, plus simple et plus rapide que des lanceurs à construire de A à Z. OK, ça m'intéresse, répondit en substance l'Irakien. Bull s'exécuta.

Il expliqua que, pour trois millions de dollars, il était capable de mettre au point un canon géant destiné à cet usage. Il faudrait cinq ans de travail. Il battrait les Américains de Livermore sur le fil, et ce serait un vrai triomphe pour les Arabes. Le Dr Saadi était béat d'admiration. Il allait faire part de cette idée à son gouvernement. Pendant ce temps, le Dr Bull pourrait peut-être jeter un coup d'œil sur l'état de l'artillerie irakienne, n'est-ce pas… ?

Au bout d'une semaine de séjour, Bull accepta de s'occuper du problème posé par l'assemblage des cinq Scud devant constituer le premier étage d'un lanceur à capacité intercontinentale ou spatiale ; de dessiner deux nouvelles pièces d'artillerie pour l'armée ; et de soumettre une proposition pour son supercanon spatial.

Comme cela avait déjà été le cas en Afrique du Sud, peu lui importait la nature du régime qu'il aidait. Des amis lui avaient raconté les hauts faits de Saddam Hussein, l'homme qui avait le plus de sang sur les mains de tout le Proche-Orient. Mais, en 1988, des milliers d'entreprises respectables et des douzaines de gouvernements se vantaient de faire des affaires avec ce régime qui n'était pas avare de son argent. Ce qui avait appâté Bull, c'était cette idée de canon, le rêve de sa vie. Il trouvait enfin celui qui allait lui apporter son concours et lui permettre de figurer au panthéon des hommes de science.

En mars 1988, Amer Saadi dépêcha un diplomate à Bruxelles pour parler avec Bull. Oui, dit celui-ci, il avait avancé sur le problème du premier étage de la fusée irakienne. Il serait heureux de signer un contrat avec eux pour le compte de sa société, la Space Research Corporation. Le contrat fut signé. L'Irak, trouvant le prix demandé ridicule — Bull avait proposé trois millions de dollars —, fit une offre à dix millions, mais exigea que le programme aille plus vite.

Quand Bull se mettait à travailler, il allait incroyablement vite. En l'espace d'un mois, il rassembla une équipe constituée des meilleurs chercheurs indépendants qu'il put trouver. Le chef de l'équipe chargée du supercanon était un Britannique du nom de Christopher Cowley. Bull baptisa « Oiseau » le projet de missiles à Saad 16, au nord de l'Irak. Quant au supercanon, il fut désigné sous le nom de projet Babylone.

En mai, les caractéristiques définitives de Babylone étaient arrêtées. Ce devait être un engin extraordinaire. Un mètre de diamètre, avec un tube de 156 mètres de long et pesant 1 665 tonnes — soit deux fois la hauteur de la colonne Nelson à Londres, autant que le mémorial de Washington. Quatre cylindres d'absorption de recul pesant soixante tonnes chacun, et deux cylindres amortisseurs de sept tonnes. La culasse devait peser 182 tonnes. Le canon serait fabriqué en acier spécial, capable de supporter 70 000 livres par pouce carré de pression interne et d'une résistance à la rupture de 1 250 mégapascals.

Bull avait déjà expliqué à Bagdad qu'il lui faudrait commencer par un prototype plus petit, un mini-Babylone de 350 mm de calibre, d'une masse de 113 tonnes. Mais ce prototype permettrait tout de même de tester des corps de rentrée, ce qui pourrait se révéler utile pour le projet de lanceur. Les Irakiens acquiescèrent, car ils avaient également besoin de cette technologie.

Il est possible que les raisons de l'intérêt des Irakiens pour ce sujet aient totalement échappé à Gerry Bull, ou que, voyant le rêve de sa vie sur le point de se réaliser, il ait fait semblant de ne pas s'en rendre compte. Les corps de rentrée à haute performance sont nécessaires lorsqu'on veut empêcher une charge utile de brûler en rentrant dans l'atmosphère. Mais les satellites qui tournent en orbite dans l'espace ne rentrent pas, ils sont faits pour rester là-haut.

Fin mai 1988, Christopher Cowley passa ses premières

commandes d'éléments de tubes chez Walter Somers à Birmingham. Ces morceaux devaient constituer le tube de mini-Babylone. Les éléments échelle 1 de Babylone 1, 2 et 3 viendraient plus tard. D'autres commandes de pièces en acier, tout aussi étranges, furent passées dans toute l'Europe.

Bull travaillait à un rythme insensé. En deux mois, il abattit autant de besogne que n'importe quelle agence gouvernementale en deux ans. Fin 1988, il avait terminé la conception de deux nouveaux canons pour l'Irak — des canons automoteurs, contrairement aux pièces tractées vendues par l'Afrique du Sud. Ces deux modèles étaient tellement puissants qu'ils pouvaient écraser sans problème ceux des pays environnants, comme l'Iran, la Turquie, la Jordanie ou l'Arabie Saoudite, qui s'approvisionnaient auprès des pays de l'OTAN ou des États-Unis.

Bull réussit également à résoudre le problème posé par l'assemblage de cinq Scud pour former le premier étage du lanceur Oiseau, qui devait s'appeler Al-Abeid, le Croyant. Il avait mis le doigt sur une erreur commise par les Irakiens et leurs conseillers brésiliens : des données erronées dues au mauvais fonctionnement d'un tunnel aérodynamique. Il reprit les calculs de base et laissa les Brésiliens se débrouiller avec.

En mai 1990, une grande exposition d'armes à Bagdad attira la plupart des industriels mondiaux de l'armement, la presse et de nombreux représentants des gouvernements ou des services de renseignements étrangers. L'intérêt se concentra sur les maquettes des deux gros canons. En décembre, Al-Abeid fut testé pour la première fois sous les yeux des médias et commença à préoccuper sérieusement les experts occidentaux.

Le gros lanceur à trois étages s'envola, largement couvert par la télévision irakienne, s'éleva au-dessus du sol et disparut. Trois jours plus tard, Washington finit par admettre que la fusée était probablement capable de mettre un satellite en orbite.

Mais les experts n'en restèrent pas là. Si Al-Abeid pouvait lancer un satellite, il pouvait aussi bien servir de missile balistique intercontinental. Les services de renseignements conclurent que Saddam Hussein n'était peut-être pas si inoffensif que ça, mais qu'il s'écoulerait en tout cas plusieurs années avant qu'il devienne un véritable danger.

Les trois principales agences de renseignements, à savoir la CIA aux États-Unis, le SIS en Grande-Bretagne et le Mossad en Israël, arrivèrent à la conclusion que les deux systèmes du projet Babylone étaient destinés à amuser la galerie, mais que la fusée Oiseau représentait une menace réelle. Ils se trompaient tous les trois : en réalité, Al-Abeid n'avait pas fonctionné.

Bull savait très bien pourquoi, et il raconta aux Israéliens ce qui s'était passé. Al-Abeid s'était élevé normalement jusqu'à douze kilomètres d'altitude et on le perdit de vue. Le second étage refusa de se séparer, et le troisième n'existait pas : c'était un leurre. Il le savait parfaitement, car il avait été chargé de convaincre les Chinois de fournir un troisième étage, et il devait aller à Pékin en février.

Il s'y rendit effectivement, mais les Chinois refusèrent de collaborer. Pendant qu'il était là-bas, il discuta longuement avec son vieil ami George Wong. Il s'était passé quelque chose de préoccupant en Irak, quelque chose qui tracassait beaucoup Gerry Bull, et il ne s'agissait pas des Israéliens. Il avait répété plusieurs fois qu'il voulait quitter l'Irak, et vite. Un déclic s'était produit dans sa tête, et il voulait partir. Sa décision était sensée, mais il était déjà trop tard.

Le 15 février 1990, le président Saddam Hussein convoqua ses conseillers les plus directs au palais de Sarseng, dans les montagnes kurdes. Il aimait bien Sarseng. A travers les vitres blindées des fenêtres du palais, il apercevait la campagne environnante où des paysans kurdes devaient endurer le vent glacé de l'hiver dans leurs huttes et leurs masures. On n'était pas très loin de la ville martyre de Halabja. Les 17 et 18 mars 1988, il avait ordonné de punir les soixante-dix mille habitants de cette cité, qu'il soupçonnait de collaborer avec les Iraniens.

Quand son artillerie se tut, cinq mille « chiens » kurdes étaient morts et sept mille autres atteints pour le restant de leurs jours. Il avait pu se rendre compte des résultats de visu, et avait été extrêmement impressionné par les effets de l'acide cyanhydrique contenu dans les obus. Il était reconnaissant envers les sociétés allemandes qui lui avaient cédé la technologie nécessaire à la production des gaz, du tabun et du sarin. Elles lui avaient fourni un équivalent du zyklon-B, l'agent qui avait été utilisé avec tant d'efficacité contre les juifs de nombreuses années plus tôt, et qui pourrait bien retrouver un jour le même emploi.

Cela faisait seize ans qu'il était au pouvoir, un pouvoir indiscuté, mais il lui avait fallu sévir contre bon nombre de gens. Il avait également réussi bon nombre de choses. Un nouveau Sennachareb s'était levé de Ninive, un autre Nabuchodonosor avait surgi de Babylone. Certains s'étaient soumis sans piper, d'autres avaient compris durement, très durement, et ils étaient morts pour la plupart. D'autres, beaucoup d'autres, devraient encore apprendre. Mais il faudrait bien qu'ils y passent, eux aussi. Il prêta un moment attention à un groupe d'hélicoptères qui ronronnaient en arrivant du sud, pendant que son valet de chambre lui nouait soigneusement un foulard vert autour du cou. Il aimait le porter ainsi dans l'encolure de sa veste de combat, pour cacher ses bajoues. Quand il fut enfin satisfait du résultat, il prit son arme de poing personnelle, un Beretta plaqué or de fabrication nationale, muni d'un holster et d'un ceinturon, et le fixa autour de sa taille. Il s'en était déjà servi pour abattre un ministre, et il n'était pas dit qu'il n'aurait pas à recommencer. Il ne se séparait jamais de cette arme.

Un domestique frappa à la porte et informa le Président que ceux qu'il avait convoqués l'attendaient dans la salle de réunion.

Tous se levèrent comme un seul homme lorsqu'il pénétra dans la longue pièce dont les grandes baies vitrées dominaient le paysage enneigé. Il n'y avait guère qu'en ce lieu, à Sarseng, que sa hantise d'un assassinat diminuait un peu. Il savait que le palais était cerné par trois cordons de la police présidentielle, l'Amn-al-Khass, commandée par son propre fils Kusay, et que personne ne pouvait approcher des fenêtres. Des missiles antiaériens Crotale, fournis par la France, étaient en batterie sur les toits, et ses chasseurs patrouillaient dans le ciel au-dessus des montagnes.

Il s'assit au centre de la table en forme de T dans un fauteuil qui ressemblait à un trône. Quatre de ses conseillers les plus intimes le flanquaient, deux de chaque côté. Saddam Hussein n'exigeait qu'une seule qualité de ceux à qui il accordait sa faveur : la loyauté, une loyauté absolue, totale, une fidélité d'esclave. Mais l'expérience lui avait appris qu'il existe plusieurs degrés dans la loyauté. Au premier rang venait la famille, puis le clan et enfin la tribu. Un dicton arabe affirme : « Mon frère et moi avons pour ennemi mon cousin, mon cousin et moi avons pour ennemi le reste du monde. » Il était convaincu de la véracité de ce précepte.

Il était né dans les bas-fonds d'une petite ville appelée Tikrit et était originaire de la tribu des Al-Tikriti. Un nombre invraisemblable de membres de sa famille et d'Al-Tikriti occupaient les plus hautes fonctions en Irak et on leur passait n'importe quelle brutalité ou défaillance, n'importe quel excès, pourvu qu'ils se montrent loyaux envers lui. Son second fils

29

Uday, psychopathe avéré, avait été acquitté après avoir battu à mort l'un de ses domestiques.

Son premier adjoint, Izzat Ibrahim, siégeait à sa droite, puis venait son gendre Hussein Kamil, chef du MIMI et responsable des achats d'armements. A sa gauche, le Premier ministre Taha Ramadan et, à côté de lui, Sadoun Hammadi, vice-Premier ministre et chiite convaincu. Saddam Hussein était sunnite, mais la religion était le seul et unique domaine dans lequel il se montrait capable de tolérance. Son ministre des Affaires étrangères, Tarek Aziz, quant à lui, était chrétien.

Les chefs de l'armée étaient assis tout au bout du T : les généraux commandant la garde républicaine, l'infanterie, les troupes blindées, l'artillerie et le génie. Un peu plus loin se tenaient les quatre experts convoqués pour présenter leur rapport. Deux d'entre eux étaient assis à droite de la table : le Dr Amer Saadi, scientifique adjoint à son gendre, et, à côté de lui, le général de brigade Hassan Rahmani, chef de la division contre-espionnage du Mukhabarat. Leur faisaient face le Dr Ismail Ubaidi, chargé du service étranger du Mukhabarat, et le général de brigade Omar Khatib, patron de la très redoutée police secrète, l'Amn-al-Amm.

Les trois hommes des services secrets avaient des responsabilités très clairement délimitées. Le Dr Ubaidi s'occupait de l'espionnage en dehors des frontières ; Rahmani, du contre-espionnage à l'intérieur ; Khatib veillait sur la police intérieure et était chargé d'écraser toute opposition interne grâce à un réseau serré d'observateurs et d'informateurs. Sa tâche était largement facilitée par la réputation de terreur entretenue par le traitement qu'il réservait aux opposants arrêtés et conduits à la prison d'Abu Ghraib, à l'ouest de Bagdad, ou au centre d'interrogatoires baptisé ironiquement le Gymnase, près du quartier général de l'AMAM. Beaucoup de gens s'étaient plaints auprès de Saddam Hussein de la brutalité du chef de la police secrète, mais il en riait et les écartait sans ménagement. La rumeur disait qu'il avait lui-même donné à Khatib son surnom d'Al-Mu'azib, le Tourmenteur. Khatib était bien entendu tikriti et d'une loyauté à toute épreuve.

Lorsque des questions délicates sont à l'ordre du jour, certains dictateurs préfèrent les réunions restreintes. Telle n'était pas l'opinion de Saddam. S'il y avait de la sale besogne à exécuter, il préférait que tous soient impliqués. Aucun d'entre eux ne pourrait dire ensuite : je m'en lave les mains, je n'étais pas au courant. Et c'est ainsi que chacun comprenait le message : si j'échoue, vous tous échouez avec moi.

Lorsqu'ils se furent tous rassis, le Président fit un signe du menton à son gendre Hussein Kamil, lequel donna la parole au Dr Saadi. Le technocrate commença la lecture de son rapport sans lever les yeux. Aucun individu sensé ne se serait risqué à regarder Saddam en face. Le Président se vantait de lire la pensée des gens dans leur regard, et nombreux étaient ceux qui le croyaient réellement. Le regarder dans les yeux pouvait être une preuve de courage, mais aussi de défiance ou de déloyauté. Et si le Président soupçonnait quelqu'un, il pouvait s'attendre à mourir dans d'horribles souffrances.

Quand le Dr Saadi eut terminé, Saddam resta songeur quelques instants.

« Cet homme, ce Canadien, que sait-il au juste ?

— Pas tout, mais assez pour reconstituer beaucoup de choses, *sayidi*. »

Saadi utilisait l'appellation arabe équivalente du *Sir* des Anglo-Saxons, mais en plus respectueux. On pouvait dire également *Sayid Raïs,* ou « Monsieur le Président ».

« Dans combien de temps ?

— Bientôt, si ce n'est pas déjà fait, *sayidi*.

— Et il parle aux Israéliens ?

— Constamment, *Sayid Raïs,* répondit le Dr Ubaidi. Il est leur ami depuis des années. Il a fait des séjours à Tel-Aviv pour donner des conférences de balistique à l'état-major de l'artillerie. Il a de nombreux amis là-bas, peut-être même au sein du Mossad, mais il n'en est pas forcément conscient.

— Pourrions-nous mener ce projet à bien sans lui ? » demanda Saddam Hussein.

Son gendre Hussein Kamil intervint. « C'est un homme bizarre. Il tient absolument à trimbaler ses papiers scientifiques les plus personnels avec lui dans un gros sac de toile. J'ai donné instruction aux hommes du contre-espionnage de photocopier tous ses documents.

— Et cela a-t-il été fait ? » Le Président fixait Hassan Rahmani, le chef de son contre-espionnage.

« Immédiatement, *Sayid Raïs*. Le mois dernier pendant son séjour ici. Nous l'avions drogué et il a dormi un bon bout de temps. Nous lui avons subtilisé son sac et nous avons photocopié intégralement ce qui s'y trouvait. Nous avons également enregistré toutes ses conversations techniques. Les copies et les transcriptions ont été communiquées à notre camarade le Dr Saadi. »

Le regard présidentiel revint se poser sur le savant. « Je renouvelle donc ma question : pouvez-vous achever ce projet sans lui ?

— Je pense que oui, *Sayid Raïs*. Un certain nombre de calculs sont incompréhensibles pour tout autre que lui, mais nos meilleurs mathématiciens se penchent dessus depuis un mois et ils arriveront à en venir à bout. Et les ingénieurs feront le reste. »

Hussein Kamil jeta à son adjoint un regard lourd de menaces, qui signifiait : mon ami, tu ferais mieux d'avoir raison.

« Où est-il en ce moment ? demanda le Président.

— Il est parti en Chine, *sayidi*, répondit le chef des services de renseignements à l'étranger, Ubaidi. Il essaie de nous trouver un troisième étage pour Al-Abeid. Malheureusement, c'est sans espoir. Il doit rentrer à Bruxelles à la mi-mars.

— Vous avez des hommes à vous là-bas — je veux dire, des bons ?

— Oui, *sayidi*. Je l'ai fait placer sous surveillance à Bruxelles depuis dix mois. C'est comme cela que nous avons découvert ses relations avec des délégations israéliennes, à son bureau. Nous avons également les clés de son appartement.

— Alors allez-y, dès son retour.

— Ce sera fait sans retard, *Sayid Raïs*. » Ubaidi pensait aux quatre hommes qui étaient à Bruxelles en surveillance rapprochée. L'un d'entre eux, Abdelrahman Moyeddin, avait déjà exécuté une mission de ce genre. Il allait lui confier la besogne.

Les trois hommes des services de renseignements et le Dr Saadi furent congédiés. Quand il fut seul avec les autres, Saddam Hussein se tourna vers son gendre. « L'autre sujet, maintenant. Je l'aurai quand ?

— Je suis certain que ce sera fait pour la fin de l'année, *Abu Kusay*. »

En tant que membre de la « famille », Kamil pouvait se permettre cette appellation plus intime de « Père de Kusay ». Cela rappelait aussi aux autres qui était de la famille et qui n'en était pas. Le Président émit un grognement.

« Nous allons avoir besoin d'un nouveau site, d'une forteresse. Il ne faut pas que ce soit un endroit déjà répertorié, et il doit rester secret. Un endroit nouveau et secret que tout le monde ignore. Ou du moins, qui ne sera connu que d'une poignée de gens, même pas de tous ceux qui sont ici. Ce n'est pas pour un projet civil, mais pour un programme militaire. Vous pourriez trouver ça ? »

Le général Ali Musuli, commandant le corps du génie, se redressa en gardant les yeux à vingt centimètres sous ceux du Président. « Nous en serions fiers, *Sayid Raïs*.

— Je veux que vous désigniez un responsable pour cette opération, le meilleur de vos hommes, vraiment la crème des crèmes.

— J'ai l'homme qu'il vous faut, *sayidi*. Un colonel, extrêmement brillant, aussi bon dans son métier que pour cacher ce qu'il fait. Stepanov dit qu'il a été son meilleur élève en *maskirovka*[1].

— Envoyez-le-moi. Non, pas ici : à Bagdad dans deux jours. Je lui définirai sa mission moi-même. Il est militant du Baas, ce colonel ? Loyal envers le parti et envers moi-même ?

— Absolument, *sayidi*, il serait capable de mourir pour vous.

— C'est ce que j'attends de vous tous. » Il marqua un temps et reprit doucement : « Espérons que cela n'arrivera jamais. »

On n'aurait pas fait mieux pour clore la discussion.

Gerry Bull rentra à Bruxelles le 17 mars, mort de fatigue et assez déprimé. Ses collègues mirent ce découragement sur le compte de son échec en Chine. Mais les choses étaient plus graves.

Depuis qu'il était arrivé à Bagdad, plus de deux ans auparavant, il s'était laissé persuader sans difficulté que le projet de fusée ou le canon Babylone étaient destinés exclusivement au lancement de petits satellites scientifiques. Il évaluait en tout cas l'énorme bénéfice psychologique qu'en tirerait le monde arabe si l'Irak arrivait à ses fins. En outre, il pouvait s'agir d'un projet extrêmement rentable, dans la mesure où l'Irak serait capable de lancer des satellites de télécommunications ou météorologiques au profit d'autres pays.

Dans sa vision des choses, Babylone devait survoler le sud-est de l'Irak et de l'Arabie Saoudite puis le sud de l'océan Indien avant d'être lancé en orbite. C'est en tout cas ainsi qu'il l'avait conçu. Mais il avait bien été obligé d'admettre face à ses collègues que les pays occidentaux verraient les choses d'une tout autre manière. Ces pays feraient inévitablement l'hypothèse qu'il s'agissait d'une arme. De là le subterfuge utilisé pour commander séparément et morceau par morceau le tube, la culasse et le dispositif de recul.

1. Techniques de camouflage *(NdT)*.

Lui, Gerry Bull, était le seul à connaître l'exacte vérité, qui était très simple. Ce canon ne pouvait en aucun cas servir à lancer des projectiles conventionnels, quelle que soit leur taille. Pour commencer, le canon Babylone, avec ses cent cinquante-six mètres de tube, ne pouvait demeurer rigide sans système de support. Il fallait impérativement des tourillons tout le long de cet ensemble de vingt-six éléments, même dans l'hypothèse où il serait posé à quarante-cinq degrés au flanc d'une montagne, comme prévu. Sans ces supports, le tube se plierait comme un vulgaire spaghetti et éclaterait en morceaux. Il était par conséquent impossible de modifier son angle de site ou de gisement, et donc de viser plusieurs cibles différentes. Modifier ces angles exigerait de le démonter, ce qui prendrait des semaines. Le simple fait de le nettoyer et de le recharger entre deux tirs nécessitait deux jours.

Plus difficile encore, des tirs répétés useraient le tube de ce canon hors de prix. Et enfin, il était impossible de camoufler Babylone pour le soustraire à une contre-attaque. Chaque fois qu'il ferait feu, une langue de flammes de quatre-vingt-dix mètres de long jaillirait de sa bouche, que n'importe quel satellite ou avion ne manquerait pas de détecter. Les Américains ne mettraient que quelques secondes à calculer ses coordonnées. C'est pourquoi il répétait à qui voulait l'entendre que Babylone ne pourrait jamais être utilisé comme arme.

Mais, au bout de deux ans de travail en Irak, force lui était d'admettre que pour Saddam Hussein, la science et la technique n'avaient qu'un seul et unique but : mettre au point une arme d'une puissance incroyable, *et rien d'autre*. Mais alors, pourquoi consacrait-il autant d'argent à Babylone ? Il ne pourrait s'en servir qu'une seule fois, avant que des mesures de rétorsion aériennes ne le réduisent en miettes, et il ne pouvait lancer qu'un satellite ou un obus conventionnel.

C'est lors de son séjour en Chine, en discutant amicalement avec George Wong, qu'il dut se rendre à l'évidence. Ce fut la dernière équation qu'il eut à résoudre.

Chapitre 2

Le gros véhicule tout terrain descendait à fond de train l'autoroute qui relie Qatar à Abu Dhabi, dans les Émirats arabes unis. Le système d'air conditionné maintenait l'habitacle à une température agréable et le chauffeur écoutait ses cassettes préférées, de la country ou de la musique occidentale. Cela lui rappelait le pays.

Après avoir dépassé Ruweis, il était maintenant en rase campagne. Sur la gauche, on apercevait par intermittence la mer entre les dunes. A droite, le désert s'étendait sur des centaines de kilomètres jusqu'au Dhofar en direction de l'océan Indien.

Assise à côté de son mari, Maybelle Walker regardait avec beaucoup d'excitation le désert couleur ocre qui brillait au soleil de midi. Ray, son mari, gardait les yeux rivés sur la route. Il avait passé toute sa vie dans le pétrole, et le désert, il connaissait. Quand on en a vu un, on les a tous vus. Il se contentait donc de pousser un vague grognement quand sa femme lançait des cris d'admiration, subjuguée par les paysages qu'elle contemplait pour la première fois. Tout était nouveau pour Maybelle Walker et elle ne voulait pas perdre une seule minute de son voyage de deux semaines dans le golfe Persique.

Ils étaient partis du nord du Koweït, avaient continué hors piste par l'itinéraire imposé par la compagnie, droit vers le sud direction l'Arabie Saoudite en passant par Khafji et Al-Khobar, puis ils avaient emprunté à nouveau la piste à Bahreïn et étaient revenus via le Qatar et les Émirats arabes unis. A chaque halte, Ray Walker avait procédé à une inspection en règle de la succursale de la société — motif officiel de sa mission — tandis que sa femme louait les services d'un guide de la compagnie pour explorer les environs. Elle éprouvait un sentiment d'héroïsme en parcourant toutes ces ruelles étroites seule sans un homme avec elle, totalement inconsciente du fait qu'elle aurait couru de plus grands dangers dans une bonne cinquantaine de villes américaines.

Tout l'enchantait, pour ce premier et peut-être dernier voyage hors d'Amérique. Elle admirait les palais et les minarets, s'émerveillait devant tous ces objets étincelants dont regorgeaient les souks, s'effrayant un peu de ces visages basanés et de ces gandouras multicolores qui volaient autour d'elle dans les vieux quartiers.

Elle avait tout photographié. Ainsi, elle pourrait montrer à son club où elle était allée et ce qu'elle avait vu. Elle avait fait bien attention à ne pas prendre en photo un Arabe du désert sans sa permission, comme l'en avait prévenu le représentant de la compagnie au Qatar. Certains d'entre eux croient encore qu'on leur vole leur âme quand on les photographie.

Elle se disait souvent qu'elle était une femme heureuse, et elle avait effectivement de quoi se réjouir. Elle s'était mariée à la sortie du lycée, après avoir fréquenté deux ans le même garçon, et s'était retrouvée l'épouse d'un solide gaillard qui travaillait dans une compagnie pétrolière locale. Il avait gravi peu à peu tous les échelons au fur et à mesure que sa société se développait avant de terminer sa carrière au poste de vice-président.

Ils habitaient une belle maison à Tulsa et possédaient une résidence secondaire à Hatteras, entre l'Atlantique et l'embouchure de la Pamlico, en Caroline du Nord. Cela faisait trente ans qu'ils étaient mariés et heureux. Leur fils unique leur donnait toutes les joies possibles. Et maintenant, la compagnie leur offrait quinze jours de voyage, de senteurs exotiques et de visions insolites.

« La route est bonne », remarqua-t-elle, comme ils arrivaient en haut d'une côte. Le ruban goudronné brillait devant eux. Il ne faisait que vingt degrés dans la voiture, mais au moins cinquante dehors.

« On aurait dû la construire nous-mêmes, grommela son mari.

— La compagnie ?

— Non, Oncle Sam, bon Dieu. »

Ray Walker ponctuait chacune de ses remarques d'un « bon Dieu ». Ils se turent un bon moment.

A soixante ans, Ray Walker était sur le point de raccrocher avec une bonne pension et quelques solides actions. Sa société reconnaissante lui avait offert ces deux semaines de rêve tous frais payés dans le Golfe dans le but officiel d'inspecter différents établissements qu'elle possédait le long de la côte.

C'était la première fois qu'il venait dans le coin, mais il devait admettre qu'il était moins emballé que sa femme. Il était malgré tout ravi de la voir aussi heureuse.

La seule chose qui l'intéressait dans l'immédiat était de gagner Abu Dhabi puis Dubaï avant de reprendre un vol en première classe pour les USA via Londres. Il pourrait enfin commander une grande Bud bien fraîche. L'islam était peut-être ce qui convenait à certains, mais quand on avait passé quelque temps dans les meilleurs hôtels au Koweït, en Arabie Saoudite ou au Qatar, pour s'entendre dire qu'il n'y avait rien à boire, on se demandait bien quelle religion pouvait empêcher quelqu'un de s'en jeter une bien fraîche quand il faisait cette chaleur à crever.

Il était accoutré selon ce qu'il estimait être la tenue type du pétrolier dans le désert : hautes bottes, jean, ceinturon, chemise et stetson. Ce n'était pas indispensable pour un homme dont la spécialité était le contrôle de qualité dans l'industrie chimique.

Il jeta un coup d'œil au compteur : encore cent cinquante kilomètres jusqu'à Abu Dhabi avant de faire demi-tour.

« Faut que je fasse une pause pipi, chérie, marmonna-t-il.

— Fais bien attention, répondit Maybelle, il y a des scorpions dans le coin.

— Ouais, mais ils ne sautent pas à un mètre de haut », répliqua-t-il en riant de sa propre plaisanterie. Se faire taquiner les « choses » par un scorpion sauteur... — faudrait qu'il la raconte à ses copains en rentrant.

« Ray, tu es décidément impossible », répondit Maybelle, et elle se mit à rire elle aussi. Walker gara le 4 × 4 sur le côté, coupa le contact et ouvrit la portière. Il fut happé par une chaleur de fournaise. Il sortit et claqua la porte derrière lui pour essayer de préserver un maximum d'air frais.

Tandis que son mari se dirigeait derrière la dune la plus proche et ouvrait sa braguette, Maybelle vit quelque chose à travers le pare-brise et murmura : « Mon Dieu, qu'est-ce que c'est que ça ? »

Elle attrapa son Pentax, ouvrit la portière et se glissa dehors.

« Ray, tu crois qu'il dirait quelque chose si je prenais une photo ? »

Ray regardait de l'autre côté, absorbé par l'une des plus profondes satisfactions que puisse ressentir un homme d'âge mûr.

« Si c'est toi, ça devrait aller, chérie. Qui ça ? »

Le Bédouin restait immobile de l'autre côté de la route. Il était apparemment arrivé par les dunes. Une seconde plus tôt, il n'y avait personne, et il était là. Maybelle Walker était plantée devant le 4 × 4, son appareil à la main, ne sachant trop quoi faire. Son mari fit demi-tour et se reboutonna. Il regarda l'homme qui était toujours aussi immobile de l'autre côté de la route.

« J' sais pas, fit-il. Je crois que non, mais il est trop près. Il a sans doute des puces. Je vais faire démarrer le moteur, tu prends ta photo vite fait et s'il se fâche, tu montes en vitesse. »

Il remonta en voiture et mit le moteur en route. Le système de climatisation redémarra par la même occasion, ce qui ne faisait pas de mal.

Maybelle Walker fit quelques pas et colla l'œil dans son viseur.

« Puis-je prendre une photo ? demanda-t-elle. Appareil ? Photo ? Clic-clic ? Pour mon album, chez moi ? »

L'homme restait là à la fixer sans bouger. Sa longue djellaba qui jadis avait été blanche lui descendait jusqu'aux pieds. Maintenant, elle était couverte de taches et de poussière. Son keffieh rouge et blanc était maintenu en place par deux bouts de ficelle noire, les coins remontés sur chaque tempe, si bien que son visage était voilé jusqu'aux narines. Deux yeux sombres étincelaient au-dessus du tissu. Le peu de peau que l'on apercevait était brûlé par le soleil du désert. Elle avait déjà pris un paquet de photos pour l'album qu'elle voulait faire en rentrant, mais elle n'en avait pas encore de Bédouin sur fond de désert.

Elle leva son appareil, l'homme ne bougeait toujours pas. Elle visa, centra la silhouette dans le cadre, pas certaine de savoir si elle arriverait à courir jusqu'à la voiture, au cas où l'Arabe la poursuivrait. Clic.

« Merci beaucoup », fit-elle. Il était toujours immobile. Elle recula vers la voiture, souriant de toutes ses dents. Il faut toujours sourire, ça fait partie des conseils du *Reader's Digest* à l'usage des Américains confrontés à des gens qui ne parlent pas anglais.

« Monte, chérie, lui cria son mari.

— Ça va, je crois qu'il ne dira rien », répondit-elle en ouvrant la portière.

La cassette était arrivée à la fin pendant qu'elle prenait sa photo. Cela mit en marche la radio. Ray Walker tendit le bras et la happa au passage pour la faire monter plus vite, puis il démarra en trombe.

L'Arabe les regarda s'éloigner, haussa les épaules et se dirigea derrière la dune où était garée une Land Rover camouflée. Quelques secondes plus tard, il se dirigeait vers Abu Dhabi.

« Pourquoi t'es pressé comme ça ? se plaignit Maybelle Walker. Il ne me voulait aucun mal.

— C'est pas le problème, chérie. » Ray Walker serrait les lèvres, en homme qui domine la situation. « On va aller à Abu Dhabi, on prend le premier vol et on rentre à la maison. Bon Dieu, on dirait que l'Irak a envahi le Koweït ce matin. Ils risquent d'être ici dans moins d'une heure. »

Il était dix heures, heure du Golfe, en ce matin du 2 août 1990.

Douze heures plus tôt, le colonel Osman Badri attendait, tendu et nerveux, à côté des chenilles d'un char de bataille T-72. Il se trouvait à proximité d'une petite base aérienne du nom de Safwan.

Le terrain d'aviation ne comportait qu'une piste, pas de bâtiments, et était longé par l'autoroute. Plus au nord, par où il était arrivé trois jours plus tôt, se trouvait le carrefour d'où l'on pouvait aller à l'est vers Bassorah ou au nord-ouest vers Bagdad.

Au sud, la route filait tout droit vers la frontière avec le Koweït, à quelques kilomètres de là. De l'endroit où il était, en portant son regard vers le sud, il apercevait les lueurs de Jahra et, plus loin à l'est, de l'autre côté de la baie, les lumières de Koweït City.

L'heure était venue et cela le remplissait d'excitation. L'heure de punir ces déchets de l'humanité de Koweïtiens de ce qu'ils avaient fait à sa patrie, de cette guerre économique non déclarée, de cette agression financière et de leur arrogance hautaine.

Et pourtant, tout au long de huit années d'une guerre meurtrière, l'Irak avait contenu les hordes persanes, les empêchant d'envahir le nord du Golfe et de mettre un terme à leur vie de luxe. Et sa seule récompense aurait été de garder le silence tandis que les Koweïtiens volaient le pétrole qui lui appartenait dans le gisement de Rumailah ? Il lui faudrait mendier, tandis que le Koweït augmenterait sa production et ferait baisser les cours ? Il faudrait qu'ils acceptent avec humiliation de rembourser les malheureux quinze milliards de dollars que ces chiens d'Al-Sabah avaient prêtés à l'Irak durant la guerre ?

Non, et le Raïs avait eu raison, comme d'habitude. Le

Koweït était la dix-neuvième province de l'Irak, c'était un fait historique. Elle l'avait toujours été jusqu'à ce que les Britanniques tracent cette damnée ligne dans le sable, en 1913, créant ainsi le plus riche émirat de la planète. Le Koweït allait payer, cette nuit même, et Osman Badri allait y contribuer en personne.

Officier du génie, il ne serait pas en première ligne, mais juste derrière, avec les unités de pontonniers, les pelleteuses, les bulldozers, les sapeurs. Leur mission consistait à ouvrir la voie si d'aventure les Koweïtiens essayaient de leur barrer le passage. Cela dit, les reconnaissances aériennes n'avaient détecté aucune obstruction : pas de levée de terre, pas de tas de sable, pas de tranchée antichar, pas de piège en béton. Mais, en cas de besoin, le génie serait là sous les ordres d'Osman Badri pour ouvrir la route aux blindés et à l'infanterie mécanisée de la garde républicaine.

Il se tenait à quelques mètres de la tente de commandement remplie d'officiers supérieurs penchés sur les cartes et qui mettaient la dernière main à leur plan d'attaque. Les heures et les minutes s'égrenaient, tandis qu'ils attendaient l'ordre d'assaut qui serait donné directement par le Raïs depuis Bagdad. Il reconnaissait son supérieur, le général Ali Musuli, et avait déjà eu l'occasion de lui parler. Le général commandait le corps du génie de l'armée irakienne et c'est à lui qu'il devait d'avoir été recommandé aussi chaudement pour cette « mission spéciale » en février. Il avait assuré son chef que ses hommes étaient parfaitement équipés et prêts au combat.

Tandis qu'il discutait avec Musuli, un autre général s'était approché et l'avait présenté au général Abdullah Kadiri, commandant les blindés. Un peu plus loin, il vit le général Saadi Tumah Abbas, commandant le corps d'élite de la garde républicaine, qui pénétrait dans la tente. Comme membre loyal du parti et admirateur de Saddam Hussein, il avait été surpris d'entendre le général de cavalerie Kadiri marmonner quelque chose au sujet d'une « politique qui ne consiste qu'à ramper ». Comment expliquer cette réaction ? Tumah Abbas n'était-il pas un intime de Saddam Hussein et n'avait-il pas été largement récompensé après avoir remporté la bataille de Fao qui avait définitivement mis les Iraniens hors de combat ? Le colonel Badri avait chassé de sa mémoire les rumeurs qui prétendaient que Fao avait été en fait l'œuvre du général Maher Rashid, maintenant disparu.

Autour de lui, des officiers et des hommes des divisions de la garde Tawakkulna et Médina se pressaient dans l'obscurité. Il repensait à cette nuit mémorable de février, lorsque le général Musuli lui avait ordonné de laisser en plan ce qu'il faisait, l'achèvement d'Al-Qubai, et de se rendre sans délai au quartier général, à Bagdad. Il pensa alors qu'on allait lui donner une nouvelle affectation. « Le Président veut vous voir, lui avait dit sèchement Musuli. Il enverra quelqu'un vous prendre. Allez au mess et tenez-vous disponible vingt-quatre heures sur vingt-quatre. »

Badri se mordit la lèvre. Qu'avait-il bien pu faire ? Qu'avait-il pu dire ? Rien qui montre le moindre signe de déloyauté, c'était impossible. Quelqu'un l'avait-il dénoncé à tort ? Dans ce cas, le Président ne le convoquerait pas — le fautif était simplement embarqué par l'un de ces commandos de l'Amn-al-Amm, les hommes du général de brigade Khatib, et on lui donnait une bonne leçon. En voyant la tête qu'il faisait, Musuli éclata de rire de toutes ses dents. Il portait une épaisse moustache noire, comme beaucoup d'officiers de haut rang qui essayaient d'imiter Saddam Hussein.

« Ne vous inquiétez pas, il a une mission à vous confier, une mission spéciale. »

Et c'est ainsi que les choses s'étaient passées. Moins de vingt-quatre heures plus tard, Badri avait été convoqué dans le hall du mess. Une longue limousine noire l'attendait, avec deux hommes de l'Amn-al-Khass, les gardes du corps du Président. On le conduisit directement au palais présidentiel pour ce qui devait être le moment le plus intense et le plus excitant de sa vie.

Le palais était alors situé à l'angle de la rue Kindi et de la rue du 14-Juillet, non loin du pont du même nom. Cette date est celle du premier des deux coups d'État qui portèrent le parti Baas au pouvoir et mirent un terme au règne des généraux. On conduisit Badri dans une salle d'attente et on le laissa là pendant deux heures. Il fut fouillé deux fois de la tête aux pieds, puis introduit en Sa présence.

Il s'arrêta en même temps que le garde qui se tenait à côté de lui, salua en tremblant, resta la main près de la tempe pendant trois secondes avant de retirer son béret et de le placer sous son bras gauche. Puis il attendit au garde-à-vous.

« Alors, c'est vous, le génie de la *maskirovka* ? »

On lui avait dit qu'il ne fallait jamais regarder le Raïs droit dans les yeux, mais il ne pouvait pas faire autrement lorsque quelqu'un lui adressait la parole. Saddam Hussein était de bonne humeur. Le jeune officier debout devant lui avait les yeux brillants d'amour et d'admiration. Très bien, il n'y avait rien à craindre. Lentement, calmement, il expliqua à l'ingénieur ce qu'il attendait de lui. Badri se sentait rempli de fierté et de reconnaissance.

Il avait travaillé cinq mois pour tenir le délai impossible qui lui avait été fixé, et avait même terminé avec quelques jours d'avance. Il avait obtenu tous les moyens que le Raïs lui avait promis : tous les hommes, tous les engins étaient à son entière disposition. S'il lui fallait davantage de béton ou d'acier, il lui suffisait d'appeler le numéro personnel de Kamil et le gendre du Président le lui fournissait sur-le-champ, en prélevant sur les stocks du ministère de l'Industrie. S'il manquait de travailleurs, des centaines d'ouvriers arrivaient, des Coréens ou des Vietnamiens sous contrat. Ils taillaient, creusaient, logés dans de misérables cantonnements installés dans la vallée. Cela avait duré tout l'été, puis on les avait emmenés vers une destination qu'il ne connaissait pas.

En dehors des coolies, nul n'arrivait par la route, réduite à une simple piste tout juste dégrossie, réservée aux camions qui apportaient les matériaux ou les ferraillages et aux toupies à béton. En dehors des chauffeurs de camions, tous les hommes venaient par hélicoptère, des MIL de fabrication russe dont les hublots étaient masqués par des rideaux. Cette mesure s'appliquait à tous les Irakiens, du plus humble au plus gradé.

Badri avait choisi lui-même le site, après des jours de reconnaissance dans la montagne en hélicoptère. Il s'était finalement arrêté sur un sommet du Djebel Hamreen, assez loin au nord de Kifri, là où les collines de la chaîne des Hamreen s'élèvent sur la route de Sulaymaniya. Il travaillait vingt heures par jour, dormait à la dure sur le site, menaçait, cajolait, et obtint de ses hommes des résultats miraculeux. Tout était terminé fin juillet. Toutes les traces avaient ensuite été effacées, les briques, le moindre morceau de béton, le moindre bout d'acier qui aurait pu briller au soleil. Les trois villages destinés aux gardes avaient été achevés et on y avait installé des chèvres et des moutons. Pour finir, l'unique piste avait été remblayée, recouverte d'éboulis et un bulldozer avait achevé la besogne en reculant jusqu'en bas. Les trois vallées et la montagne avaient retrouvé exactement leur état d'origine. Enfin, presque.

C'était donc lui, Osman Badri, colonel du génie, héritier des bâtisseurs de Ninive et de Tyr, ancien élève du Russe Stepanov, maître en matière de *maskirovka*, l'art de camoufler n'importe quoi de manière à ce qu'il ne ressemble plus à rien ou à quelque chose d'autre — c'était donc lui qui avait édifié pour Saddam

Hussein la Qa'ala, la Forteresse. Personne ne pouvait la trouver, personne ne savait où elle se trouvait.

Avant la clôture du chantier, Badri avait pu observer les autres, ceux qui montaient le canon, les scientifiques. Il les avait vus mettre en place ce terrible canon dont le tube semblait s'élever jusqu'aux étoiles. Ils s'en allèrent eux aussi et il ne resta sur place qu'une petite garnison permanente. Aucun de ses membres n'aurait le droit de sortir de là par voie de terre : arrivées et départs se faisaient uniquement en hélicoptère. Et celui-ci n'atterrissait même pas, il se mettait en stationnaire au-dessus d'une minuscule zone d'herbe, loin de la montagne. Et les rares passagers avaient toujours un bandeau sur les yeux. Les pilotes et les équipages étaient cantonnés dans une seule base aérienne, sans visites ni téléphone. On sema quelques graines d'herbe folle, on planta les derniers arbustes, et la Forteresse fut laissée à sa solitude.

Bien que Badri ne l'ait jamais su, les ouvriers arrivés par la route furent finalements transférés dans des autocars dont on avait masqué les vitres. Ils furent emmenés très loin, dans un ravin, et les bus s'arrêtèrent là avec leurs trois mille travailleurs asiatiques. Les gardes s'éloignèrent en courant, et lorsque les détonations cessèrent, les cars furent recouverts de terre et enterrés à jamais. Puis les gardes eux-mêmes furent abattus par d'autres gardes : ils avaient vu la Qa'ala.

La rêverie de Badri fut interrompue par des cris qui venaient de la tente de commandement, et la nouvelle circula comme une traînée de poudre parmi la foule de soldats qui attendaient l'ordre d'attaque.

L'ingénieur courut à son camion et se hissa sur le siège du passager, tandis que le conducteur mettait le moteur en route. Ils attendirent là dans le hurlement des chars russes T-72 des deux divisions de la garde, avant-garde de l'armée d'invasion. Les chars s'ébranlèrent, s'éloignèrent de l'aérodrome et prirent la route du Koweït.

Son frère Abdelkarim, pilote de chasse et colonel dans l'armée de l'air, lui raconta plus tard que tout s'était passé comme une partie de chasse aux pigeons. Le misérable poste de police implanté à la frontière fut balayé en un tournemain. Vers deux heures du matin, la colonne avait franchi cette ligne et se dirigeait vers le sud. Si les Koweïtiens s'imaginaient que cette armée, la quatrième du monde, allait se contenter de gagner le col de Mutla et attendre là que le Koweït veuille bien accéder aux demandes du Raïs, ils se faisaient des illusions. Si l'Occident pensait qu'ils se contenteraient de s'emparer des deux îles de Warbah et Bubiyan, afin de fournir à l'Irak l'accès au Golfe qu'il demandait depuis si longtemps, ils se trompaient tout autant. Les ordres de Bagdad étaient très simples : s'emparer de tout.

Juste avant l'aube, il se produisit un accrochage de blindés dans la petite ville de Jahra, au nord de Koweït City. L'unique brigade blindée koweïtienne avait fait route vers le nord à toute allure, car on l'avait laissée en retrait pendant la semaine précédant l'invasion pour ne pas provoquer les Irakiens.

Les Koweïtiens, perçus comme de vulgaires commerçants et de bas exploiteurs de leur pétrole, se battirent bien. Ils réussirent à arrêter l'élite de la garde républicaine pendant une heure, permettant ainsi à leurs chasseurs Skyhawk et Mirage de prendre l'air depuis la base d'Ahmadi, loin au sud. Mais ils n'avaient aucune chance. Les gros chars soviétiques T-72 taillèrent en pièces les blindés légers T-55 de fabrication chinoise qui équipaient l'armée du Koweït. Les défenseurs perdirent vingt chars en vingt minutes, et les survivants furent contraints de battre en retraite.

Osman Badri observait le combat qui se déroulait à un peu plus d'un kilomètre. Les mastodontes reculaient et tiraient dans d'énormes nuages de poussière et de fumée, tandis qu'une ligne rose marquait le ciel au-dessus de l'Iran. Il ne pouvait pas savoir qu'un jour, ces mêmes chars T-72 des divisions Médina et Tawakkulna seraient eux-mêmes taillés en pièces par les Challenger britanniques et les Abram américains.

A l'aube, les unités de pointe déboulèrent dans les faubourgs nord-ouest de Koweït City. Elles se divisèrent alors pour contrôler les quatre autoroutes qui donnent accès à la ville en traversant ces quartiers : la route d'Abu Dhabi qui suit la côte, celle de Jahra entre les banlieues de Granada et Andalus, les autoroutes 5 et 6 plus au sud. Après cela, les quatre détachements convergèrent vers le centre de la cité. Personne ou presque ne fit appel aux services du colonel Badri. Il n'y avait pas de tranchée à combler pour ses sapeurs, pas d'obstruction à dégager, pas de bollard en béton à traiter au bulldozer. Une seule fois, il eut besoin de se mettre à l'abri pour sauver sa peau.

Alors qu'il roulait dans Sulaibikhat, tout près du cimetière chrétien (mais il ne le savait pas), un Skyhawk isolé émergea du soleil et tira quatre roquettes contre le char qui le précédait. Le blindé encaissa le coup, perdit une chenille et se mit à brûler. L'équipage paniqué sortit par la tourelle. Mais le Skyhawk était revenu sur eux, cherchant à engager les camions qui suivaient dans la colonne. Des flammes sortaient de son nez. Badri vit le goudron voler en éclats devant lui et sauta par la portière juste au moment où son chauffeur conduisait le camion dans le fossé en poussant des hurlements. Personne n'avait été blessé, mais Badri était furieux. Quelle impudence ! Il termina la journée à bord d'un autre camion.

Il y eut des tirs sporadiques d'artillerie pendant toute la journée, et les deux divisions, composées d'unités blindées, d'artillerie et d'infanterie mécanisée, continuèrent leur progression en traversant de part en part Koweït City. Au ministère de la Défense, un groupe d'officiers se calfeutra à l'intérieur des locaux et essaya de résister aux envahisseurs avec des armes légères trouvées sur place. L'un des officiers irakiens essaya de les amener doucement à la raison, en insistant sur le fait qu'ils étaient des hommes morts s'il forçait la porte en la poussant simplement du canon de son char. Quelques Koweïtiens essayèrent encore de discuter avant de se rendre, les autres se débarrassèrent de leurs uniformes, enfilèrent des *dish-dash* et des *ghutras* avant de s'éclipser par une sortie dérobée. L'un d'entre eux devait devenir plus tard le chef de la résistance koweïtienne.

Le principal foyer d'opposition fut la résidence de l'émir Al-Sabah, longtemps après que celui-ci et sa famille eurent fui pour trouver refuge en Arabie Saoudite. Il fut impitoyablement écrasé.

Au coucher du soleil, le colonel Osman Badri était debout, le dos à la mer, à l'extrémité septentrionale du Koweït, sur le golfe Persique. Il contemplait la façade de cette résidence, le palais Dasman. Quelques soldats irakiens avaient déjà pénétré à l'intérieur, et l'un d'eux ressortit avec une œuvre d'art sans prix arrachée à un mur. Il dut enjamber quelques corps qui gisaient sur les marches et dans l'herbe avant d'aller déposer son butin dans un camion.

Il avait bien envie de prendre un objet pour lui-même, un cadeau de prix pour son vieux père qui habitait Qadisiyah, mais quelque chose le retint. C'était une séquelle héritée de cette foutue école britannique qu'il avait fréquentée pendant de nombreuses années, loin de Bagdad — tout cela à cause de l'amitié que portait son père à un Anglais du nom de Martin et à son admiration pour tout ce qui était britannique. « Piller, c'est voler, mes garçons, et voler est mal. La Bible et le Coran le défendent expressément. Ne le faites donc pas. » En ce jour encore, il se rappelait M. Hartley, le directeur de l'école primaire de l'Institut britannique et le voyait encore faire ses cours à ses élèves anglais et irakiens, assis à leur pupitre.

Combien de fois avait-il eu cette éternelle discussion avec son père après avoir rejoint les rangs du parti Baas ? Les Anglais avaient toujours été des agresseurs impérialistes, qui avaient maintenu les Arabes dans les chaînes pendant des siècles pour accroître toujours davantage leurs richesses. Son vieux père, âgé maintenant de soixante-dix ans — car Osman et son frère étaient nés d'un second mariage —, souriait et répondait invariablement : « Les Anglais sont certes des étrangers et des infidèles, mais ils sont courtois et respectent un certain nombre de règles, mon fils. Peux-tu me dire ce que respecte M. Saddam Hussein, je te prie ? »

Il lui était impossible de faire entrer dans la caboche du vieil homme l'importance du parti pour l'Irak ni de lui faire comprendre que son chef allait donner au pays toute la gloire et les triomphes possibles. Il finit par renoncer à ce genre de discussion, de crainte que son père ne dise sur le compte du Raïs des choses qui pourraient être entendues des voisins, ce qui leur vaudrait à tous pas mal d'ennuis. C'était son seul point de désaccord avec son père, à qui il vouait une grande affection.

Voilà pourquoi, à cause d'un maître qu'il avait connu vingt-cinq ans plus tôt, il fit demi-tour sans se joindre au pillage du palais Dasman.

Il avait du moins retiré de ses années passées à l'école Tasisiya (école de l'Institut britannique) une pratique courante de l'anglais qui s'était révélée très utile. C'est en effet dans cette langue qu'il communiquait le mieux avec le colonel Stepanov. Cet officier avait longtemps dirigé le détachement du génie du groupe de conseillers militaires soviétiques avant la fin de la guerre froide. Il était alors rentré à Moscou.

Osman Badri avait trente-cinq ans, et cette année 1990 était la plus grande année de sa vie. Comme il l'expliqua plus tard à son frère : « J'étais debout, le dos au Golfe, le palais Dasman devant moi, et je me disais : par le Prophète, nous avons gagné. Nous avons fini par prendre le Koweït. Et nous n'avons mis qu'un seul jour. Voilà, tout est terminé. »

Il avait tort : ce n'était que le début.

Pendant que Ray Walker, pour citer ses propres termes, « se maniait le cul » dans l'aéroport d'Abu Dhabi, faisant le siège du guichet en répétant que la Constitution américaine lui donnait droit à un billet d'avion, certains de ses compatriotes venaient de passer une nuit blanche.

À sept heures de décalage de là, le Conseil national de

sécurité avait travaillé toute la nuit. Dans le temps, cela se traduisait par une réunion dans la salle de crise installée au sous-sol de la Maison-Blanche. Avec les techniques modernes de communications, cela signifiait que les gens restaient en contact par vidéoconférence.

Dans l'après-midi du 1er août à Washington, les premiers rapports avaient fait état d'échanges de tirs à la frontière nord du Koweït. C'était prévisible : depuis plusieurs jours, les gros satellites KH-11 envoyaient des photos montrant la montée en puissance des forces irakiennes, et Washington en savait ainsi davantage que son propre ambassadeur au Koweït. Tout le problème était de déterminer quelles étaient exactement les intentions de Saddam Hussein : simple menace ou projet d'invasion ?

La veille, des demandes pressantes d'informations supplémentaires avaient été envoyées au quartier général de la CIA à Langley, mais l'Agence s'était montrée particulièrement inefficace. Tout ce qu'on avait pu en tirer consistait en supputations basées sur les photos prises par les satellites de l'Organisation nationale de reconnaissance, et en généralités politiques déjà amplement connues du Département d'État, division du Proche-Orient. « Le premier imbécile venu en ferait autant, grondait Brent Scowcroft, président du Conseil national de sécurité. On n'a personne d'infiltré au sein du régime irakien ? »

La réponse était non, malheureusement. Ce problème allait se poser constamment pendant quatre mois.

La solution de l'énigme finit par arriver un peu avant dix heures du soir, au moment où le président George Bush décida d'aller se coucher et de ne plus prendre d'appel de Scowcroft. Dans le Golfe, le jour était levé, et les chars irakiens, qui avaient déjà dépassé Jahra, pénétraient dans les faubourgs nord-ouest de Koweït City.

Tous les participants se souvenaient de cette nuit épouvantable. Ils étaient huit en vidéoconférence : il y avait là des représentants du Conseil national de sécurité, du Trésor, du Département d'État, de la CIA, du Comité des chefs d'état-major et du département de la Défense. Des ordres incessants arrivaient et repartaient. Leurs homologues étaient réunis à Londres au sein d'un COBRA [1] réuni à la hâte. Cela faisait cinq heures de décalage avec Washington, mais seulement deux avec le Golfe.

1. *Cabinet Office Briefing Room Annexe :* salle de réunion du gouvernement (NdT).

Tous les avoirs financiers irakiens à l'étranger furent saisis par les deux gouvernements, de même que (avec l'accord du gouvernement koweïtien) les avoirs de ce pays. De cette manière, aucun gouvernement fantoche installé par Bagdad ne pourrait mettre la main sur ces fonds. Des milliards de pétrodollars furent ainsi gelés.

Le 2 août, on réveilla le président Bush à quatre heures quarante-cinq du matin pour lui faire signer ces documents. A Londres, Mme Margaret Thatcher, debout depuis longtemps et au courant de tout, en avait fait autant avant de prendre l'avion pour les États-Unis.

Une autre étape importante consistait à réunir d'urgence le Conseil de sécurité des Nations unies à New York pour condamner l'invasion et exiger le retrait immédiat des Irakiens. Cela fut fait avec la résolution 660, signée à quatre heures trente du matin le même jour.

A l'aube, la vidéoconférence prit fin. Les participants avaient deux heures pour rentrer chez eux, se laver et se raser, avant de se retrouver à la Maison-Blanche à huit heures pour une réunion plénière du Conseil national de sécurité présidée par le président Bush en personne. De nouveaux membres devaient se joindre à cette réunion, à savoir Richard Cheney, du département de la Défense, Nicholas Brady du Trésor, et le garde des Sceaux, Richard Thornburgh. Bob Kimmitt resta pour représenter le Département d'Etat, car le secrétaire d'Etat, James Baker, et son adjoint, Lawrence Eagleburger, étaient tous deux absents.

Colin Powell, président du Comité des chefs d'état-major, était arrivé de Floride en compagnie du général commandant le Central Command, un gros homme de forte carrure dont on allait beaucoup entendre parler. Norman Schwarzkopf était donc avec le général Powell lorsqu'il arriva à la Maison-Blanche.

George Bush quitta la salle de conférences à neuf heures et quart, au moment où Ray et Maybelle Walker se trouvaient dans les airs, quelque part au-dessus de l'Arabie Saoudite, sur le chemin du retour. Le Président embarqua dans un hélicoptère qui l'attendait sur la pelouse sud de la base d'Andrews et s'envola en direction d'Aspen, dans le Colorado. Il devait y prononcer un discours sur les besoins de la défense américaine. Le sujet était tout à fait à l'ordre du jour, mais la journée allait être plus chargée que prévu.

Durant le vol, il eut une longue conversation avec le roi Hussein de Jordanie. Le souverain hachémite était en réunion au Caire avec le président égyptien Hosni Moubarak. Le roi Hussein fut consterné d'apprendre que l'Amérique donnait seulement quelques jours aux États arabes pour tenter de résoudre pacifiquement la crise. Il proposa la tenue d'une conférence à quatre avec le président Moubarak lui-même et Saddam Hussein, sous la présidence de Sa Majesté le roi Fahd d'Arabie. Il avait bon espoir que cette conférence saurait convaincre le dictateur irakien de se retirer tranquillement du Koweït. Mais il avait besoin d'au moins trois jours, peut-être quatre, et il fallait en outre que les pays participants s'abstiennent de toute condamnation préalable de l'Irak.

Le président Bush répondit : « A vous de jouer, je m'en remets à vous. » Le malheureux George n'avait pas encore rencontré la Dame de Londres qui l'attendait à Aspen. Ils se rencontrèrent dans l'après-midi.

La Dame de fer eut très vite l'impression que son cher ami hésitait, une fois de plus. En deux heures de temps, elle s'employa à lui remonter sérieusement les bretelles. « On ne peut pas, on ne peut vraiment pas, George, le laisser tout bonnement rentrer chez lui comme ça. »

Confronté à ces yeux bleus qui lançaient des éclairs et à cette voix coupante qui couvrait le bourdonnement de la climatisation, George Bush finit par admettre que telle n'était pas du tout l'intention de l'Amérique. Plus tard, ses intimes acquirent la conviction qu'il avait été moins impressionné par Saddam Hussein avec ses canons et ses chars que par l'intrépide Dame de fer.

Le 3 août, l'Amérique fit tranquillement comprendre au président Moubarak combien ses forces dépendaient d'armements américains, combien l'Égypte devait à la Banque mondiale et au Fonds monétaire international, et combien la contribution des USA comptait dans tout ça. Le 4 août, le gouvernement égyptien fit une déclaration qui condamnait sévèrement l'invasion de Saddam Hussein.

Au grand dam du roi de Jordanie, mais sans que ce soit réellement une surprise, le despote irakien avait refusé de se rendre à la conférence de Djeddah et de s'asseoir à côté de Hosni Moubarak, sous la présidence du roi Fahd. Pour le roi d'Arabie, c'était un camouflet, dans un contexte culturel où la politesse se conforme à des codes très élaborés. Le roi, qui derrière une grande civilité apparente, cachait une intelligence politique aiguë, n'apprécia pas du tout.

Si ce fut la première raison qui expliqua l'échec de la conférence de Djeddah, la seconde tenait au fait que la monarchie saoudite avait eu connaissance de photos américaines prises depuis l'espace. Ces documents démontraient que, loin de ralentir sa progression, l'armée irakienne était toujours en ordre de bataille et se dirigeait vers le sud, vers la frontière avec l'Arabie Saoudite, dans l'extrême sud du Koweït. Allaient-ils oser tout balayer sur leur passage et envahir l'Arabie Saoudite ? Un simple calcul suffisait à donner quelques indications. L'Arabie possédait les plus grosses réserves de pétrole du monde. Le Koweït venait immédiatement derrière et disposait de centaines d'années de réserve au rythme de production actuel. L'Irak occupait la troisième place. En s'emparant du Koweït, Saddam Hussein avait bouleversé ce classement. Pis encore, quatre-vingt-dix pour cent des puits et des gisements saoudiens étaient coincés dans le coin nord-est du royaume, autour de Dhahran, Al-Khobar, Dammam et Jubail, et dans l'intérieur des terres à proximité de ces ports. Ce triangle se trouvait donc en plein sur la zone vers laquelle se dirigeaient les divisions de la garde républicaine, et les photos montraient que d'autres divisions se massaient au Koweït.

Fort heureusement, Sa Majesté ne sut jamais que ces photos avaient été truquées. Les divisions massées près de la frontière étaient en train de s'enterrer, mais les bulldozers avaient été effacés des documents.

Le 6 août, le royaume d'Arabie Saoudite demandait officiellement aux forces américaines de venir lui prêter main-forte. Les premiers escadrons de chasseurs-bombardiers décollèrent le même jour pour le Proche-Orient. Bouclier du désert venait de commencer.

Le général de brigade Hassan Rahmani sauta de son command-car et monta quatre à quatre les marches de l'hôtel Hilton qui avait été aussitôt réquisitionné pour devenir le quartier général des forces de sécurité irakiennes au Koweït occupé. Franchissant les portes vitrées du hall en ce matin du 4 août, il souriait à la pensée que le Hilton était mitoyen de l'ambassade américaine. Les deux bâtiments étaient construits sur le front de mer et bénéficiaient d'une vue superbe sur les eaux bleues miroitantes du golfe Persique.

Cette vue, c'était tout ce dont pourrait profiter le personnel de l'ambassade pendant un bon bout de temps. Sur ses suggestions, le bâtiment avait été immédiatement encerclé par la garde républicaine, et il le resterait aussi longtemps que nécessaire. Il ne pouvait empêcher des diplomates étrangers de transmettre des messages depuis un territoire sous leur souveraineté, et il ne possédait pas les supercalculateurs nécessaires pour percer à jour des codes aussi sophistiqués que ceux qu'utilisaient les Britanniques et les Américains. Mais, en tant que chef du contre-espionnage, il pouvait garantir que les informations issues uniquement de ce qu'ils parviendraient à voir par les fenêtres ne présenteraient pas grand intérêt. Il leur restait certes la possibilité d'obtenir par téléphone des renseignements de leurs concitoyens qui se trouvaient encore au Koweït. Il fallait donc s'assurer que toutes les lignes internationales étaient coupées ou sur table d'écoute — la seconde solution était préférable, mais la plupart de ses meilleurs éléments étaient à Bagdad.

Il s'engouffra dans l'enfilade de chambres réservées à l'équipe du contre-espionnage, se débarrassa de sa veste de combat, la jeta à son aide de camp en sueur qui était arrivé avec deux grosses valises de documents, et se dirigea vers la fenêtre pour admirer la piscine du Hilton Marina. Il irait volontiers prendre un bain un peu plus tard, mais remarqua deux soldats en train d'y remplir leur gourde, puis deux autres qui pissaient dans l'eau. Il poussa un soupir.

Âgé de trente-sept ans, Rahmani était un homme soigné et élégant, rasé de près — il ne voulait pas s'embêter avec une moustache à la Saddam Hussein. S'il occupait son poste, c'était parce qu'il était compétent et non par copinage politique. Il était un technocrate au milieu de crétins qui ne devaient leur ascension qu'à leurs amitiés.

« Mais pourquoi donc, lui demandaient ses amis étrangers, servez-vous ce régime ? » La question venait en général quand il les avait suffisamment fait boire au bar de l'hôtel Rachid ou dans un endroit plus privé. Il était autorisé à se mêler à eux de par ses fonctions. Mais il restait invariablement sobre. Ce n'était pas pour des raisons religieuses qu'il ne buvait pas d'alcool, il se contentait de commander un gin tonic, tout en s'assurant que le barman ne lui servait que du tonic. Il se bornait donc à sourire, haussait les épaules et répondait : « Je suis irakien et fier de l'être. Quel gouvernement voudriez-vous que je serve ? » En lui-même, il savait parfaitement pourquoi il servait un régime dont il méprisait tous les soi-disant ténors. Si quelque chose l'émouvait encore, bien qu'il prétendît que rien ne l'atteignait, c'était la profonde affection qu'il portait à son pays et à son peuple, ce petit peuple que le parti Baas ne représentait plus depuis bien longtemps.

Mais la raison principale qui le faisait agir ainsi était qu'il tenait à la vie. Pour un Irakien de sa génération, il n'y avait pas beaucoup de solutions. Il pouvait s'opposer au régime et partir à l'étranger, en faisant des traductions pour survivre et en se cachant pour échapper aux commandos de tueurs, ou bien rester en Irak.

Cela ne laissait que trois possibilités. S'opposer au régime, pour finir dans l'une des chambres de torture de cet animal d'Omar Khatib, un individu qu'il détestait et qui le lui rendait sans doute bien ; ou vivoter en faisant des affaires dans une économie gérée de façon catastrophique. Ou enfin, faire de grands sourires à ces imbéciles et monter dans la hiérarchie grâce à son intelligence et à ses talents.

Il ne voyait pas ce qu'il y avait de répréhensible dans cette dernière façon de faire. Reinhard Gehlen avait d'abord servi Hitler, puis les Américains et enfin l'Allemagne de l'Ouest. Marcus Wolf avait servi les communistes de l'Allemagne de l'Est, sans croire un seul mot de ce qu'ils racontaient. Il était comme eux, un joueur d'échecs. Il aimait le jeu subtil de l'espionnage et du contre-espionnage. L'Irak représentait son échiquier à lui. Et il connaissait beaucoup d'autres professionnels dans le monde qui comprenaient parfaitement ce point de vue.

Hassan Rahmani s'éloigna de la fenêtre, s'assit derrière son bureau et commença à écrire. Il y avait un travail énorme à effectuer au Koweït si l'on voulait en faire la dix-neuvième province de l'Irak, dans des conditions de sécurité à peu près convenables.

Son premier problème était qu'il ne savait pas combien de temps Saddam Hussein avait l'intention de rester au Koweït. Et il doutait fort qu'il le sût lui-même. Si l'Irak devait se retirer, cela n'avait aucun sens de monter une grosse opération de contre-espionnage, en colmatant toutes les brèches possibles.

Au fond de lui-même, il pensait que Saddam pouvait s'en sortir. Mais il fallait pour cela jouer finement, manœuvrer habilement, trouver les mots *ad hoc*. La première démarche consistait à se rendre à cette conférence prévue le lendemain à Djeddah et à flatter le roi Fahd. Il fallait ensuite prétendre que l'Irak ne revendiquait qu'un nouvel accord pétrolier, un accès au Golfe, parler de l'emprunt. Cette tactique permettrait de limiter le conflit aux pays arabes et de laisser les Américains et les Britanniques en dehors du coup. Saddam pouvait s'appuyer sur le fait que les Arabes préféraient laver leur linge sale en famille et continuer à palabrer jusqu'à ce que la fièvre retombe. De cette manière, l'Occident maintiendrait la pression pendant quelques semaines puis se lasserait et laisserait les quatre États arabes régler le problème. Tant que le pétrole continuerait à couler, les Anglo-Saxons seraient contents. Tant que le Koweït ne serait pas trop sauvagement martyrisé, les médias se tiendraient à l'écart, on finirait par oublier que les Al-Sabah étaient en exil quelque part en Arabie Saoudite et les Koweïtiens s'habitueraient à vivre avec un nouveau gouvernement. Enfin, la conférence sur le thème « Évacuez le Koweït » pourrait durer des années jusqu'à ce qu'elle n'intéresse plus personne.

Cette stratégie pouvait marcher. Comme elle avait marché pour Hitler, par exemple : je ne cherche qu'une issue pacifique à des exigences qui sont légitimes, promis, c'est ma dernière revendication territoriale. Le roi Fahd tomberait dans le panneau — personne n'avait d'affection particulière pour les Koweïtiens, sans parler de ces Al-Sabah mangeurs de lotus. Le roi Fahd et le roi Hussein les laisseraient tomber, comme Chamberlain avait laissé tomber les Tchèques en 1938.

Il subsistait cependant un petit problème. Saddam Hussein avait une veine de pendu, sans quoi il ne serait plus en vie depuis longtemps, mais, stratégiquement et diplomatiquement parlant, c'était une nullité. D'une manière ou d'une autre, songeait Rahmani, le Raïs ferait une bêtise. Il risquait de ne pas se retirer mais de continuer à avancer, de s'emparer des gisements saoudiens et de mettre l'Occident devant le fait accompli, si bien que ces pays ne pourraient pas faire autrement que de détruire les puits et leur propre prospérité pour au moins une génération.

Par « Occident », il fallait entendre l'Amérique soutenue par les Britanniques. Il connaissait bien les Anglo-Saxons. Cinq années passées à l'école Tasisiya dirigée par M. Hartley lui avaient permis d'avoir un anglais parfait, une excellente compréhension de leur mode de pensée et plus particulièrement de l'une de leurs fâcheuses habitudes : celle de vous balancer un direct dans les mâchoires sans avertissement. Il se frotta le menton, précisément à l'endroit où cela lui était arrivé, longtemps auparavant, et éclata de rire. A l'autre bout de la pièce, son aide de camp sursauta. Sacré Martin, où pouvait-il bien être aujourd'hui ?

Hassan Rahmani était un homme intelligent, cultivé, cosmopolite, raffiné, un rejeton de la bonne société qui servait un régime d'assassins, ployant sous la tâche. Et quelle tâche ! En ce mois d'août, le Koweït comptait un million huit cent mille habitants, mais six cent mille seulement d'entre eux étaient koweïtiens. Il fallait y ajouter six cent mille Palestiniens, dont certains resteraient fidèles au Koweït, tandis que d'autres rallieraient la cause irakienne à cause de l'OLP, mais la plupart d'entre eux adopteraient le profil bas et tenteraient tout simplement de survivre. Il y avait aussi trois cent mille Égyptiens. Quelques-uns travaillaient sans conteste pour Le Caire, ce qui, compte tenu des circonstances, était strictement équivalent à travailler pour Washington ou Londres. On trouvait enfin deux cent cinquante mille Pakistanais, Indiens, citoyens du Bangladesh et Philippins, surtout des ouvriers ou des domestiques. En tant qu'Irakien, il croyait sincèrement qu'aucun Koweïtien digne de ce nom ne s'abaisserait à gratter une morsure de puce sans l'assistance d'un valet de chambre étranger.

Et puis, il y avait cinquante mille ressortissants de pays occidentaux — Britanniques, Américains, Français, Allemands, Espagnols, Suédois, Danois ou Dieu sait qui. Et on attendait de lui qu'il réduise à zéro tout espionnage étranger... Il rit doucement en songeant à l'époque où les messages étaient transmis par des messagers ou, à la rigueur, par téléphone. En tant que chef du contre-espionnage, il se sentait capable de verrouiller les frontières et de couper les lignes téléphoniques. Mais à présent, le premier imbécile venu pouvait composer un numéro sur un téléphone cellulaire ou un modem d'ordinateur et parler avec la Californie. Difficile à intercepter ou à identifier sans l'équipement *ad hoc*... qu'il ne possédait pas, de toute façon.

Il savait aussi qu'il ne pourrait pas empêcher les échanges d'informations via le flot de réfugiés qui réussirait à passer la frontière. Il ne pouvait rien non plus contre les satellites espions américains ; il était d'ailleurs pratiquement sûr qu'ils avaient déjà été reprogrammés pour passer au-dessus du Koweït et de l'Irak.

Nul n'était tenu à l'impossible, même s'il pouvait faire semblant. Son objectif prioritaire serait d'empêcher les opérations de sabotage, les assassinats d'Irakiens et la destruction de leur matériel, la constitution d'un mouvement de résistance organisé. Il lui faudrait en outre interdire l'infiltration dans le pays d'aide, qu'il s'agisse d'hommes, d'équipements ou d'assistance. Ce faisant, il allait se trouver en concurrence avec ses rivaux de l'AMAM, la police secrète, installés deux étages en dessous. Il avait appris le matin même que Khatib avait nommé cette crapule de Sabaawi, un bon à rien aussi brutal que lui, chef de l'AMAM au Koweït. Si des résistants koweïtiens avaient le malheur de tomber entre leurs mains, ils hurleraient aussi fort que les dissidents irakiens. Par conséquent, lui, Rahmani, ne comptait s'occuper que des étrangers. C'était là sa mission.

Ce matin-là, peu avant midi, le Dr Terry Martin termina sa conférence à l'École des études africaines et orientales, institut dépendant de l'université de Londres, près de Gowen Street, et rejoignit la salle des professeurs. En sortant, il se cogna contre Mabel, la secrétaire qu'il partageait avec deux autres professeurs d'études arabes. « Oh, docteur Martin, il y a un message pour vous. » Elle fouilla dans sa serviette, qu'elle avait posée vaille que vaille sur son genou, et sortit une feuille de papier. « Ce monsieur vous a appelé. Il a dit que c'était urgent, il voudrait que vous le rappeliez. »

Une fois dans la salle des professeurs, il posa ses notes sur le califat des Abbassides et décrocha le téléphone mural. A la deuxième sonnerie, une voix de femme charmeuse indiqua son numéro. Pas de nom de société, juste un numéro.

« M. Stephen Laing est-il là ? demanda Martin.

— De la part de qui, je vous prie ?

— De la part du Dr Martin, Terry Martin. Il m'a appelé.

— Ah oui, docteur Martin, pouvez-vous attendre quelques instants ? »

Martin fronça les sourcils. Elle était au courant du premier appel, elle connaissait son nom. Il avait beau chercher, ce nom de Stephen Laing ne lui disait rien du tout. Un homme prit la communication.

« Steve Laing à l'appareil. Écoutez, c'est très gentil de me rappeler aussi vite. Je sais que tout ça est un peu rapide, mais nous nous sommes vus il y a quelque temps à l'Institut des études stratégiques. Oui, lorsque vous avez fait cette brillante présentation des méthodes des Irakiens pour acquérir du matériel d'armement. Je me demandais si vous ne seriez pas libre à déjeuner. »

Qui que fût ce Laing, il pratiquait ce mode d'attaque directe auquel il est très difficile de résister.

« Aujourd'hui ? Vous voulez dire, maintenant ?

— Sauf si vous avez autre chose à faire. Quel était votre emploi du temps ?

— Je comptais avaler un sandwich à la cafétéria, répondit Martin.

— Je peux vous offrir une sole meunière chez Scott, elle est tout à fait convenable. Vous savez où c'est, j'en suis sûr. Mount Street. »

Martin connaissait : l'un des meilleurs restaurants de poissons et l'un des plus chers de Londres. Il était midi et demi, et il adorait le poisson. Et Scott était largement au-dessus de ses moyens. Est-ce que ce Laing se doutait de tout ça ?

« Vous êtes à l'ISS ? demanda-t-il.

— Je vous expliquerai tout ça pendant le déjeuner, docteur. Disons une heure. On se retrouve là-bas. » Son interlocuteur raccrocha.

Quand Martin pénétra dans le restaurant, le maître d'hôtel s'avança immédiatement pour l'accueillir. « Le Dr Martin ? M. Laing est déjà arrivé. Voulez-vous me suivre ? »

Ils s'installèrent à une table discrète, dans un coin, d'où l'on ne risquait pas d'être entendu. Laing — maintenant, il était sûr de ne jamais l'avoir rencontré — se leva pour l'accueillir. C'était un homme assez mince aux cheveux gris, habillé d'un complet sombre et d'une cravate très sobre. Il conduisit son hôte à sa chaise et désigna d'un mouvement de sourcil une bouteille d'un excellent meursault qui les attendait dans son seau. Martin hocha la tête.

« Vous n'appartenez pas à l'Institut, monsieur Laing ? »

Laing ne se laissa pas démonter. Il regardait attentivement le liquide couler dans son verre et attendit que le serveur se fût éloigné après leur avoir laissé le menu. Puis il leva son verre à la santé de son invité. « En fait, j'appartiens à Century House. Cela vous ennuie ? »

Les services secrets britanniques ont leurs bureaux à Century House, un immeuble assez miteux au sud de la Tamise, entre Elephant, le Château et l'ancienne route du Kent. Le bâtiment est assez vétuste compte tenu de ce que l'on y fait, et les couloirs y sont tellement tortueux que les visiteurs n'ont pas vraiment besoin de laissez-passer. Au bout de quelques secondes, ils sont complètement perdus et poussent des hurlements en espérant que quelqu'un viendra les sauver.

« Non, je me renseignais, c'est tout, répondit Martin.

— En fait, c'est nous qui aimerions nous renseigner. J'admire beaucoup ce que vous faites. J'essaie de me tenir au courant, mais je ne suis pas aussi expert que vous.

— J'ai du mal à vous croire », répliqua Martin, en réalité assez flatté. Cela fait toujours plaisir à un professeur, quand on lui dit qu'on l'admire.

« Mais je vous assure que c'est vrai, insista Laing. Une sole vous aussi ? Parfait. Je crois que j'ai lu tous les articles que vous avez écrits pour l'Institut, sans compter les gens de l'Institut des services conjoints et de Chatham. Et sans oublier, naturellement, ces deux papiers pour *Survival*. »

Au cours des cinq dernières années, et malgré son jeune âge (il avait trente-cinq ans), le Dr Martin avait vu sa notoriété croître de plus en plus et on le demandait comme conférencier pour faire des exposés d'une extrême érudition à l'Institut d'études stratégiques, à l'Institut des services conjoints et à cet autre organisme important en matière d'affaires étrangères, Chatham. *Survival* est la revue de l'ISS, et, à chacune de ses livraisons, vingt-cinq exemplaires sont envoyés directement au ministère des Affaires étrangères. Cinq filent à Century House.

L'intérêt de Terry Martin pour ces gens n'était pas dû uniquement à son extrême compétence concernant la Mésopotamie médiévale, il avait une seconde casquette. A titre tout à fait personnel, il s'était mis, plusieurs années auparavant, à étudier tout ce qui touchait aux armées du Proche-Orient, se rendant aux expositions de matériel de guerre, cultivant de nombreuses amitiés tant chez les industriels que chez leurs clients arabes. Avec ces derniers, sa pratique courante de la langue facilitait les contacts. Dix ans plus tard, il était devenu une véritable encyclopédie ambulante et les professionnels recueillaient ses avis avec beaucoup de respect.

On leur servit leurs soles meunières et ils commencèrent à déguster le poisson. Huit semaines plus tôt, Laing, alors directeur des opérations pour le Proche-Orient à Century House, avait demandé au service de documentation une note biographique sur Terry Martin. Ce qu'il lut l'impressionna beaucoup.

Né à Bagdad, Martin avait passé son enfance en Irak avant de regagner l'Angleterre pour poursuivre ses études. Il était sorti de Haileybury avec son bac, options histoire, anglais et français. Tout cela avec mention. Haileybury le considérait comme un élément très brillant, et le destinait à Oxford ou Cambridge. Mais le jeune homme, qui parlait déjà couramment l'arabe, souhaitait continuer dans ce domaine. Il posa donc sa candidature à l'École des langues orientales, la SOAS, à Londres, et passa le concours d'entrée au printemps 1973. Accepté du premier coup, il y commença ses études supérieures à l'automne de la même année et opta pour l'histoire du Proche-Orient.

Il obtint sa maîtrise en trois ans, puis consacra encore trois autres années à préparer son doctorat, se spécialisant dans l'Irak du VIIIe au XVe siècle, plus particulièrement le califat abbasside de 750 à 1258. Il obtint son doctorat d'État en 1979 et prit alors une année sabbatique : il se trouvait en Irak lorsque ce pays envahit l'Iran en 1980, déclenchant une guerre de huit ans. C'est de cette première expérience que naquit son intérêt pour les armées de la région. A son retour, on lui offrit un poste de chargé de cours. Il n'avait que vingt-six ans. A la SOAS, c'est là un honneur insigne, car cette institution est l'une des meilleures écoles au monde d'enseignement de la civilisation arabe. En reconnaissance de ses travaux de recherche originaux, il fut promu assistant d'histoire du Proche-Orient à l'âge de trente-quatre ans. Il était clair qu'il serait professeur à part entière avant d'avoir atteint la quarantaine.

Voilà ce que Laing avait lu dans cette fiche. Ce qui l'intéressait le plus, c'était le second versant du personnage : cette connaissance étonnante des arsenaux au Proche-Orient. Pendant des années, c'était resté un sujet secondaire, une broutille à côté de la guerre froide, mais à présent... « C'est à propos de cette histoire du Koweït », finit-il par lâcher. On avait débarrassé leurs assiettes. Tous deux avaient refusé de prendre un dessert. La bouteille de meursault avait été vidée sans problème et Laing avait fait en sorte que Martin en boive le plus gros. Et deux portos étaient arrivés sur la table comme par enchantement.

« Comme vous pouvez l'imaginer, toute cette affaire a donné lieu à pas mal d'embrouilles ces derniers jours. » Laing était largement en dessous de la vérité. La Dame de fer était rentrée du Colorado d'une humeur qualifiée par ses proches de bodicéenne, du nom de cette reine des Bretons qui avait coutume de découper les Romains au ras des genoux grâce aux épées dont elle avait muni les roues de ses chars. On disait du secrétaire aux Affaires étrangères, Douglas Hurd, qu'il songeait à s'équiper d'un casque de combat. Des demandes d'éclaircissements on ne peut plus pressantes avaient plu sur les espions de Century House.

« Pour dire vrai, ce que nous aimerions, c'est infiltrer quelqu'un au Koweït pour essayer de savoir ce qui se passe exactement.

— Actuellement ? Avec l'occupation irakienne ? demanda Martin.

— J'ai bien peur que oui, puisqu'ils ont l'air de s'être installés.

— Et pourquoi moi ?

— Permettez-moi d'être franc, répondit Laing qui avait envie de tout sauf de ça. Nous avons vraiment besoin de savoir ce qui se passe à l'intérieur. L'armée d'occupation irakienne : ses effectifs, son niveau, la nature de son armement. Nos propres concitoyens : comment ils se débrouillent, s'ils sont en danger, s'il y a une chance qu'ils puissent s'enfuir sans trop de danger. Il nous faut quelqu'un sur place. Ce genre de renseignements est vital. Alors... quelqu'un qui parle l'arabe comme un Arabe, un Koweïtien ou un Irakien. Bon, vous passez votre vie avec des arabisants, beaucoup plus souvent que moi...

— Mais il y a sûrement des centaines de Koweïtiens en Grande-Bretagne qui pourraient retourner discrètement chez eux », tenta de suggérer Martin.

Laing essayait de se débarrasser d'un morceau de sole coincé entre deux dents. « A vrai dire, murmura-t-il doucement, nous préférerions que ce soit quelqu'un de chez nous.

— Un Britannique ? Quelqu'un qui pourrait passer pour un Arabe, noyé dans la foule ?

— C'est cela qu'il nous faut. Et nous ne sommes pas sûrs d'en trouver un. »

C'était sans doute le vin, ou peut-être le porto. Terry Martin n'était pas habitué à boire du meursault et du porto à déjeuner. Plus tard, il se dit qu'il aurait mieux fait de se mordre la langue. Mais il parla, et il ne pouvait plus revenir en arrière.

« Je connais quelqu'un, mon frère Mike. Il est major dans le SAS[1]. Il pourrait passer pour un Arabe. »

Laing tenta de ne pas montrer son excitation. Il réussit enfin à venir à bout de ce morceau de poisson et ôta le cure-dent de sa bouche.

« Il en serait capable, vraiment capable ? »

1. *Special Air Service :* commandos de l'air *(NdT)*.

Chapitre 3

Steve Laing rentra à Century House en taxi, dans un état d'excitation difficile à décrire. Il avait organisé ce déjeuner avec l'universitaire dans l'espoir de le recruter pour une autre mission, qu'il gardait d'ailleurs toujours en tête, et il avait parlé du Koweït en guise d'entrée en matière. Des années d'expérience lui avaient appris qu'il faut toujours commencer par une question ou une demande auxquelles le sujet est incapable d'accéder, avant d'aborder le vif du sujet. L'idée est que l'expert, estomaqué par la première, met son point d'honneur à dire oui à la seconde.

La découverte assez inattendue du Dr Martin s'avérait répondre assez bien à un besoin évoqué lors d'une réunion de haut niveau qui s'était tenue la veille à Century. Tous s'étaient dit alors qu'il n'était guère possible de lui trouver une réponse et que ce n'était qu'un vœu pieux. Mais, si ce jeune Dr Martin avait raison, alors... Un frère qui parlait arabe encore mieux que lui... Et il servait déjà dans le régiment de SAS, il était donc habitué aux missions clandestines. Intéressant tout cela, très intéressant.

Arrivé à Century, Laing se dirigea vers le bureau de son supérieur immédiat, le contrôleur du Proche-Orient. Après avoir discuté une heure, ils montèrent ensemble chez l'un des deux chefs adjoints.

Le Service de renseignements, ou SIS [1], est également connu sous l'appellation inexacte de MI-6 et reste une organisation mystérieuse et extrêmement jalouse de ses secrets, même en ces temps de « transparence ». Il a fallu attendre ces dernières années pour que le gouvernement britannique admette officiellement son existence. Et ce n'est qu'en 1991 que ce même

---

1. Secret Intelligence Service *(NdT)*.

gouvernement révéla le nom de son patron, décision considérée comme stupide par la plupart des observateurs. Cela ne servit qu'à obliger le malheureux à prendre des gardes du corps, aux frais des contribuables. Voilà où mènent les fantaisies du « politiquement correct » !

Il n'existe pas d'annuaire du SIS, mais tous ses membres figurent sur les rôles de divers ministères, principalement le ministère des Affaires étrangères dont relève le Service. Son budget n'apparaît nulle part, mais il est disséminé dans les comptes d'une douzaine de ministères différents. Son misérable quartier général lui-même resta pendant des années un secret d'État. Jusqu'au jour où il devint évident que les chauffeurs de taxis londoniens qui prenaient un client pour Century House demandaient immédiatement : « Ah, vous voulez dire la maison des espions, monsieur ? » A ce stade, il fallut bien admettre que si les taxis londoniens savaient où c'était, le KGB avait peut-être fini par le découvrir lui aussi.

Moins connue que la CIA, infiniment plus petite et avec un budget plus modeste, la « Maison » s'est acquis une solide réputation parmi les pays amis comme les pays ennemis pour la qualité de son « produit » : le renseignement obtenu par des moyens un peu particuliers. Seul le Mossad israélien est encore plus petit et plus secret. L'homme qui dirige cet organisme est désigné officiellement comme le chef et jamais, en dépit d'erreurs répétées commises par la presse, comme le directeur général. C'est l'organisation sœur, le MI-5 des services spéciaux, qui a un directeur général. Le MI-5 est chargé du contre-espionnage à l'intérieur du Royaume-Uni.

Dans la Maison, le chef est appelé le « C », ce qui pourrait être l'abréviation de chef, mais ce n'est pas le cas. Le tout premier des chefs fut l'amiral Sir Mansfield Cummings, et le « C » vient du nom de famille de cet honorable personnage, mort maintenant depuis longtemps. Le chef a deux chefs adjoints qui ont eux-mêmes cinq assistants. Ces hommes dirigent les cinq principaux départements : les opérations (qui collectent le renseignement clandestin) ; le renseignement (qui analyse ce qu'ont ramassé les opérations et essaie d'en faire quelque chose d'utilisable) ; la technique (responsable des faux papiers, des mini-caméras, du cryptage et du décryptage, des communications ultrarapides et généralement de tous les petits morceaux de métal utiles à l'action illégale en territoire étranger) ; l'administration (les salaires, les retraites, le personnel, le budget, les affaires juridiques, le fichier central, etc.) ; et enfin le contre-espionnage (qui tente de tenir le Service à l'abri des pénétrations ennemies en vérifiant tout). L'ops a lui-même sous ses ordres les responsables de zone, lesquels dirigent les différents départements qui couvrent le globe — hémisphère occidental, bloc soviétique, Afrique, Europe, Proche-Orient, Asie et Océanie. Il dispose d'un bureau de liaison, lequel a la charge délicate d'essayer de coopérer avec les services « amis ».

Pour être franc, tout n'est pas aussi rationnel (rien n'est jamais *totalement* rationnel chez les Britanniques), mais le Service donne l'impression de se débrouiller tant bien que mal.

En ce mois d'août 1990, l'attention était concentrée sur le Proche-Orient, et particulièrement le bureau Irak, sur lequel semblaient s'être abattus tous les bureaucrates et les politiques de Westminster. Le chef adjoint écoutait attentivement ce que le contrôleur Proche-Orient et le directeur des opérations étaient venus lui raconter sur le sujet, et il hocha la tête à plusieurs reprises. Il se dit que c'était, ou que cela pourrait devenir, un sujet intéressant. Bien sûr, un certain nombre d'informations sortaient du Koweït. Pendant les premières quarante-huit heures, avant que les Irakiens ne coupent les liaisons téléphoniques internationales, toutes les sociétés britanniques qui étaient représentées là-bas avaient été en liaison permanente par téléphone, télex ou fax avec leurs bureaux locaux. L'ambassade du Koweït était accrochée aux basques du ministère des Affaires étrangères à qui elle racontait des histoires épouvantables et auprès de qui elle exigeait des mesures immédiates.

Mais il y avait un problème : aucun de ces renseignements n'avait la forme requise pour que le chef puisse les présenter au gouvernement comme des informations fiables. Après l'invasion, le Koweït était un « bordel monstre », comme le ministre des Affaires étrangères l'avait dit de manière assez mordante six heures auparavant. Les membres de l'ambassade de Grande-Bretagne étaient eux-mêmes bouclés dans leurs locaux sur le bord du Golfe, à l'ombre des tours élancées du Koweït, essayant de joindre par téléphone les citoyens britanniques portés sur une liste approximative, pour savoir s'ils étaient en sécurité. Tout ce que l'on pouvait tirer de ces hommes d'affaires ou ingénieurs terrorisés était qu'ils entendaient des tirs sporadiques. « Dites-moi quelque chose que je ne sais pas » était la réaction de Century en entendant de pareils scoops.

Maintenant, avoir un homme sur le terrain, quelqu'un d'entraîné aux opérations de pénétration, quelqu'un qui pouvait passer pour un Arabe... c'était autrement intéressant. Sans parler des informations en béton sur ce qui se passait réellement là-bas, il y avait là une chance de montrer aux hommes politiques que l'on faisait vraiment quelque chose ; ce William Webster, à la CIA, en avalerait de travers ses chocolats à la menthe.

Le chef adjoint ne se faisait pas d'illusions sur l'estime que Margaret Thatcher portait au SAS (qui le lui rendait bien) depuis cet après-midi de mai 1980 où ils avaient neutralisé des terroristes de l'ambassade d'Iran à Londres. Elle avait passé la soirée avec l'équipe dans leur caserne d'Albany Road à boire du whisky et à les écouter raconter leurs meilleures histoires.

« Je crois, finit-il par lâcher, que je ferais mieux d'en toucher un mot au DSF. »

Officiellement, le Special Air Service n'a rien à voir avec le SIS et les chaînes de commandement sont totalement séparées. Le 22ᵉ SAS du service Action (contrairement au 23ᵉ, qui ne lui est que partiellement affecté) est installé à la caserne Stirling Lines, près de la ville de Hereford, dans l'ouest de l'Angleterre. Son commandant relève directement du directeur des forces spéciales, dont le bureau est installé dans des sortes de baraquements, à l'ouest de Londres. Ce bureau est niché tout en haut d'un bâtiment à colonnade qui a dû être jadis pimpant, mais est désormais constamment recouvert d'échafaudages. Le tout ressemble à un terrier dont la misère ne peut en aucun cas laisser deviner l'importance des opérations qui y sont menées.

Le DSF est sous les ordres du directeur des opérations militaires (un général) qui rend compte au chef d'état-major général (un autre général de plus haut rang), et le chef d'état-major général rend compte lui-même au ministre de la Défense. Mais le « Spécial » qui figure dans le sigle du SAS a sa raison d'être. Depuis sa création par David Stirling en 1941, le SAS a toujours mené des opérations clandestines. Les pénétrations profondes ont toujours fait partie de sa mission, avec un soin tout particulier apporté au camouflage et à l'observation des mouvements de l'ennemi, à la pénétration en vue d'opérations de sabotage ou d'assassinat, à la protection rapprochée — euphémisme qui recouvre la protection des puissants de ce monde — et enfin aux opérations d'entraînement à l'extérieur.

Comme les membres de n'importe quelle unité d'élite, les officiers et les hommes du SAS ont une tendance marquée à vivre entre eux, ils n'ont pas le droit de parler de ce qu'ils font à quelqu'un d'autre, refusent de se laisser photographier et sortent rarement de l'ombre.

Les membres du SIS et du SAS ayant des styles de vie très comparables, ils se connaissent au moins de vue et ont fréquemment coopéré par le passé, soit lors d'opérations conjointes, soit avec les gens du renseignement qui « empruntent » de temps en temps un spécialiste du régiment pour exécuter une mission particulière. C'est à quelque chose de ce genre que songeait le chef adjoint du SIS (qui avait déjà pris rendez-vous avec Sir Colin). Il sirotait un verre de pur malt que lui avait offert le général de brigade J.P. Lovat à son quartier général secret de Londres. Le soleil se couchait.

Loin de là, dans une caserne située à des milliers de kilomètres de Londres, les mêmes discussions et les mêmes méditations se déroulaient devant une carte. Depuis deux mois, un homme et son équipe de douze instructeurs vivaient dans des locaux réservés aux gardes du corps de Cheikh Zayed ibn Sultan, le sultan d'Abu Dhabi.

Ce n'était pas la première fois que le régiment était chargé de ce genre de mission. Toute une série de sultanats, d'émirats, de régimes dirigés par des cheikhs s'étend le long de la côte occidentale du Golfe, depuis Bahreïn au nord jusqu'au sultanat d'Oman au sud. Les Britanniques y ont des intérêts depuis des siècles. Les États de la Trêve, devenus les Émirats arabes unis, se sont appelés ainsi lorsque la Grande-Bretagne signa un traité avec leurs dirigeants, traité par lequel la Royal Navy les protégeait des pirates en échange d'avantages commerciaux. Ces liens ont perduré et nombre de ces dirigeants font toujours appel à des instructeurs du SAS pour former leur garde princière. Ces services sont payants, bien entendu, mais les versements sont effectués au ministère britannique de la Défense.

Entouré de plusieurs de ses hommes, le major Mike Martin avait étalé une grande carte du Golfe et du Proche-Orient sur la table du mess, et il l'étudiait avec attention. Il avait trente-sept ans et n'était pas le plus âgé de tous ceux qui se trouvaient là. Deux de ses sergents avaient près de cinquante ans, des hommes durs et entraînés qu'un gamin plus jeune qu'eux de vingt ans aurait été fou de défier.

« Y a quelque chose pour nous dans le coin, patron ? » demanda l'un des sergents. Comme dans toutes les petites unités à effectifs réduits, on faisait largement usage des prénoms au régiment, mais les subordonnés donnaient habituellement du « patron » aux officiers.

« Je ne sais pas, répondit Martin, Saddam Hussein s'est invité au Koweït. La question est : va-t-il en sortir de lui-même ? S'il ne le fait pas, l'ONU autorisera-t-elle l'emploi de la force pour le bouter dehors ? Si c'est le cas, alors oui, je crois qu'il y aura du boulot pour nous.

— Parfait », fit le sergent, plutôt satisfait de cette perspective. Et les six autres hommes présents autour de la table hochèrent la tête comme lui. Cela faisait trop longtemps qu'ils n'avaient pas été mêlés à quelque chose d'un peu sérieux.

Il existe quatre spécialités de base au sein du régiment, et chaque homme doit en maîtriser au moins une. Il y a les chuteurs opérationnels, spécialisés dans les parachutages à haute altitude, les alpins, qui préfèrent les zones montagneuses, les hommes des blindés de reconnaissance, qui pilotent des Land Rover modifiées et protégées, et enfin les amphibies, as du canoë, du Zodiac et du travail sous-marin.

Dans son équipe de douze hommes, Martin disposait de quatre chuteurs, dont lui-même, quatre éclaireurs qui enseignaient aux soldats d'Abu Dhabi l'art de l'attaque éclair et de la contre-attaque dans le désert, et, puisque Abu Dhabi est un État côtier, quatre moniteurs de plongée.

En plus de leur propre discipline, les hommes du SAS doivent avoir de solides connaissances dans les autres spécialités. Il est fréquent qu'ils changent d'emploi. Ils doivent en outre maîtriser un certain nombre de techniques annexes, comme les communications, le secourisme, le largage. Ils se piquent de posséder un niveau de formation supérieur à ce que l'on trouve dans n'importe quelle autre unité de l'armée, et, comme ils sont fréquemment amenés à se déplacer à l'étranger, la connaissance de langues étrangères est obligatoire. Chaque homme doit en parler au moins une, en plus de l'anglais. Pendant longtemps, le russe venait en tête, mais cette mode a un peu passé depuis la fin de la guerre froide. Le malais est très utile dans le Sud-Est asiatique, et le régiment a combattu un certain temps à Bornéo. L'espagnol est en croissance depuis les opérations clandestines menées en Colombie contre les parrains de la drogue, à Medellín ou à Cali. On enseigne enfin le français, au cas où.

Enfin, de nombreux hommes du SAS parlent arabe, depuis que le régiment a passé des années chez le sultan Qabous, à Oman, pour l'aider dans sa lutte contre les communistes du Sud-Yémen infiltrés au Dhofar. Sans parler d'autres missions d'entraînement dans toute la région du Golfe ou en Arabie Saoudite. C'était le cas du sergent qui avait pris la parole, mais comme il le disait, « le patron est incroyable, je n'ai jamais entendu personne parler comme lui, on jurerait qu'il est arabe ».

Mike Martin passa une main bronzée dans ses cheveux noir de jais. « Il est temps d'aller se mettre au plum. »

Il était dix heures passées. Ils devaient se lever avant l'aube pour leur jogging rituel de quinze kilomètres sac au dos avant que le soleil ne soit trop chaud. Les soldats d'Abu Dhabi détestaient ce genre de sport, mais leur cheikh les y obligeait. Si ces étranges soldats anglais disaient que ça leur faisait du bien, c'était sûrement vrai. En outre, il les payait pour cela et il voulait en avoir pour son argent.

Le major Martin se retira dans sa chambre et s'endormit comme une souche. Le sergent avait raison : on le prenait *vraiment* pour un Arabe. Ses hommes se demandaient souvent s'il ne devait pas cette peau olivâtre, ces yeux sombres, ces cheveux noirs à quelque ancêtre méditerranéen. Il ne leur en avait jamais parlé, mais ils avaient tort. Le grand-père maternel des deux fils Martin avait été planteur de thé à Darjeeling, en Inde. Quand ils étaient enfants, ils avaient vu des photos de lui, un homme grand, rose, portant une moustache blonde, la pipe à la bouche, le fusil à la main et le pied posé sur un tigre qu'il venait d'abattre. Tout à fait le *sahib pukka*, l'Anglais du Raj indien.

En 1928, Terence Granger avait commis l'impensable : il était tombé amoureux d'une jeune fille indienne et s'était battu pour l'épouser. Elle était douce et jolie, mais la question n'était pas là. La compagnie ne le mit pas à la porte — cela aurait fait éclater le scandale. Elle l'expédia en « exil intérieur » (c'était l'expression consacrée) dans une plantation isolée en Assam, très loin de là.

Ce qui était supposé être une sanction n'en fut pas une. Granger et sa jeune épouse, l'ex-Miss Indira Bohse, adorèrent cet endroit : la campagne ravinée et sauvage, le gibier et les tigres qui pullulaient, les coteaux couverts de plantations vert sombre, le climat, les gens. Et c'est là que naquit Susan en 1930. Ils l'élevèrent sur place, petite Anglaise qui jouait avec ses compagnes indiennes.

La guerre déferla sur l'Inde en 1943, et les Japonais arrivèrent de Birmanie jusqu'à la frontière. Granger n'avait plus l'âge de s'engager, mais il insista pour le faire. Après avoir reçu un entraînement sommaire à Delhi, il fut nommé major aux fusiliers d'Assam. Tous les Britanniques étaient promus directement à ce grade, car il était hors de question qu'ils se retrouvent placés *sous* les ordres d'un officier indien. Mais les Indiens pouvaient être capitaines ou lieutenants.

Il mourut en 1945, en passant l'Irrawaddy. On ne retrouva jamais son corps qui resta pour toujours dans la jungle birmane, comme des dizaines de milliers d'autres victimes de la guerre.

Munie d'une modeste pension de la compagnie, sa veuve se retira dans sa propre plantation. Les troubles débutèrent deux ans plus tard. L'Inde avait été coupée en deux en 1947, les Britanniques se retirèrent. Ali Jinnah se retrancha dans son Pakistan, au nord, et le Pandit Nehru créa un État indien au sud. De violents combats éclatèrent tandis que des hordes de réfugiés des deux religions se croisaient du nord au sud. On compta plus d'un million de morts. Mme Granger, qui craignait pour la vie de sa fille, l'envoya poursuivre son éducation chez le jeune frère de son mari, qui exerçait ses talents d'architecte à Haslemere, dans le Surrey. Six mois après, la mère mourut au cours d'une émeute.

Susan arriva en Angleterre à l'âge de dix-sept ans. C'était le pays de ses pères, mais elle ne le connaissait pas. Elle passa un an dans un collège de filles près d'Haslemere, puis deux à l'école d'infirmières de l'hôpital général de Farnham, avant d'entrer au service d'un avocat de Farnham en qualité de secrétaire.

Dès qu'elle eut atteint l'âge limite de vingt et un ans, elle entra comme hôtesse de l'air à la British Overseas Airways Corporation. Elle suivit une formation à l'école des hôtesses de la BOAC, dans l'ancien couvent de Sainte-Marie, à Heston, en compagnie d'autres jeunes filles. Sa formation initiale d'infirmière l'aida beaucoup, sans parler de son allure et de son éducation.

A vingt et un ans, c'était une véritable beauté avec ses cheveux châtains, ses yeux noisette, sa peau d'Européenne qui aurait été continuellement dorée par le soleil. A l'issue de cette formation, elle fut affectée à la ligne n° 1, Londres-Inde. Cela allait de soi pour une jeune fille qui parlait couramment hindi.

A l'époque, la liaison représentait un long, très long voyage de quatre jours, à bord de quadrimoteurs Argonaute. Le vol faisait escale à Rome, Le Caire, Bassorah, Bahreïn, Karachi et enfin Bombay. Puis il continuait vers Delhi, Calcutta, Colombo, Rangoon, Bangkok, Singapour, Hong Kong et enfin Tokyo. Il fallait naturellement changer d'équipage en cours de route, et la première relève intervenait à Bassorah, dans le sud de l'Irak.

C'est là, en 1951, en prenant un verre au Club du Port, qu'elle fit la connaissance d'un jeune comptable assez timide qui travaillait pour la Compagnie irakienne des pétroles, alors propriété des Britanniques qui la dirigeaient. Il s'appelait Nigel Martin et il l'invita à dîner. On l'avait mise en garde contre les gros méchants loups — parmi les passagers, l'équipage, et pendant les escales. Mais il avait l'air gentil et elle accepta. En la ramenant au siège de la BOAC, où logeaient les hôtesses, il lui tendit la main. Toute surprise, elle lui tendit la sienne.

Elle resta longtemps éveillée dans la chaleur étouffante, à se demander quel effet cela pourrait bien faire d'embrasser Nigel Martin.

Lors de l'escale suivante à Bassorah, il était là. Bien plus tard, après leur mariage, il finit par admettre combien il était épris. Au point qu'il s'était adressé directement à Alex Reid, le responsable local de la BOAC, pour savoir quand elle reviendrait. On était à l'automne 1951. Ils jouaient au tennis, se baignaient au Club du Port et se promenaient dans le bazar de Bassorah. A sa demande, elle finit par accepter de prendre un congé et de le suivre à Bagdad où il était basé.

Elle se rendit très vite compte que l'endroit lui plaisait. Tout lui rappelait son Inde natale : le tournoiement des robes de couleurs vives, le spectacle et les senteurs de la rue, la viande que l'on faisait griller au bord du Tigre, les centaines de petites échoppes qui vendaient des herbes, des épices, de l'or, des bijoux. Elle accepta tout de suite sa proposition.

Ils se marièrent en 1952 à la cathédrale Saint-Georges, située dans la rue Haïfa. Elle n'avait personne pour la conduire à l'autel, mais une foule venue de l'IPC[1] et de l'ambassade remplissait les deux rangées de bancs.

A l'époque, la vie était belle à Bagdad. Tout était lent et facile, le jeune roi Fayçal était sur le trône et Nouri Saïd dirigeait le pays. L'influence britannique était omniprésente. Cela résultait en partie du fait que l'IPC contribuait puissamment à l'économie, en partie de ce que les officiers de l'armée avaient été formés en Grande-Bretagne. Mais cela tenait surtout à ce que la haute société tout entière avait été élevée par des nurses anglaises, qui laissent une forte impression partout où elles ont exercé leurs talents.

Les Martin eurent deux fils, nés en 1953 et 1955. Michael et Terry étaient aussi différents l'un de l'autre qu'on peut l'être. Michael ressemblait beaucoup à Miss Indira Bohse, qui lui avait légué ses cheveux noirs, ses yeux foncés et sa peau brune. Les plaisantins de la communauté britannique assuraient qu'on le prenait pour un Arabe. Terry, de deux ans plus jeune, ressemblait à son père : petit, râblé, la peau claire et les cheveux blonds.

A trois heures du matin, le major Martin fut réveillé par une ordonnance. « Un message pour vous, *sayidi*. »

---

1. *Irak Petroleum Company* : Compagnie Irakienne des Pétroles *(NdT)*.

Le message était très court, mais portait l'indication « flash » et était signé personnellement par le directeur des forces spéciales. On ne lui demandait pas de réponse, on lui ordonnait simplement de prendre le premier vol pour Londres. Il laissa ses consignes à son second, un capitaine du SAS dont c'était la première affectation au régiment, se mit en civil et fonça à l'aéroport.

Le vol de deux heures cinquante-cinq pour Londres aurait déjà dû avoir décollé. A bord, une centaine de passagers manifestèrent leur mauvaise humeur quand l'hôtesse leur annonça d'une voix suave que, pour des raisons « opérationnelles », leur attente d'une heure et demie allait bientôt prendre fin.

On ouvrit la porte d'accès et les passagers qui ne dormaient pas encore virent embarquer un homme seul, mince, vêtu d'un jean, d'une chemise, d'un blouson de vol et de bottes de combat, un sac de marin jeté sur l'épaule. On le conduisit à un siège en classe Club, où il s'installa. Quelques minutes après, l'avion décolla ; l'homme inclina son siège et s'endormit.

Assis à côté de lui, un homme d'affaires avait occupé ses deux heures d'attente dans l'aéroport à faire un dîner copieux et bien arrosé. Il avait ensuite attendu deux heures de plus dans l'appareil. Il avala un comprimé supplémentaire et contempla l'homme qui dormait tranquillement. « Con d'Arabe », grommela-t-il, en essayant en vain de s'endormir.

L'aube se leva sur le Golfe deux heures plus tard. L'avion continua sa route au nord-ouest et se posa à Heathrow un peu avant dix heures, heure locale. Mike Martin n'avait pas de bagages enregistrés et passa la douane dans les premiers. Personne n'était venu l'attendre, il n'en fut pas surpris. Il savait très bien où il devait aller et monta dans un taxi.

Il faisait encore nuit à Washington, mais les premiers petits rayons de soleil coloraient de rose les collines de Prince George County, au confluent de la Patuxent et de la Chesapeake. Les lumières brillaient encore au cinquième et dernier étage d'un grand bâtiment allongé au milieu du complexe qui forme ce que l'on appelle communément Langley, siège de la CIA.

Le juge William Webster, directeur de l'Agence, passa la main sur ses yeux fatigués, se leva et avança jusqu'à la fenêtre. Le rideau de bouleaux argentés qui cachaient la vue du Potomac lorsqu'ils avaient toutes leurs feuilles, ce qui était le cas à cette saison, était encore noyé dans l'obscurité. Mais dans une heure, le soleil levant les colorerait de vert clair. Il avait encore passé une nuit blanche. Depuis l'invasion du Koweït, il était coincé entre les appels du Président, du Conseil national de sécurité, du Département d'État. Apparemment, tous ceux qui avaient son numéro passaient leur temps à l'appeler.

Deux hommes aussi épuisés que lui étaient assis dans la pièce : Bill Stewart, son adjoint aux opérations et Chip Barber, chargé du Proche-Orient.

« Alors, quoi de neuf ? » demanda le directeur, comme si le fait de poser une nouvelle fois la question pouvait fournir une réponse.

Mais il ne se passait rien. Le Président, le Conseil national de sécurité, le Département d'État réclamaient à cor et à cri une source d'informations au cœur de Bagdad, dans l'entourage immédiat de Saddam Hussein. Ce dernier allait-il rester au Koweït ? Allait-il se retirer sous la pression des Nations unies et des résolutions qui sortaient à jet continu du Conseil de sécurité ? Allait-il céder devant l'embargo sur le pétrole et le commerce ? Que se disait-il, que comptait-il faire ? Et bon Dieu, où se trouvait-il ?

La CIA n'en savait rien. Bien sûr, ils avaient un agent à Bagdad. Mais il avait été mis hors course plusieurs semaines auparavant. Ce salopard de Rahmani, le chef du contre-espionnage irakien, le connaissait parfaitement, bien entendu, et il était évident que tout ce qu'il avait appris ne valait pas un clou. Apparemment, ses meilleures sources travaillaient pour Rahmani et ne lui avaient raconté que des sornettes.

Bien sûr, il y avait les photos, un monceau de photos. Les satellites KH-11 et KH-12 survolaient l'Irak plusieurs fois par heure et prenaient des clichés de tout ce qui se passait dans le pays. Les analystes travaillaient vingt-quatre heures sur vingt-quatre pour essayer d'identifier ce qui *aurait pu* être une usine de gaz ou une installation nucléaire, alors qu'officiellement ce n'était qu'une fabrique de bicyclettes.

Parfait. Les analystes du Bureau national de reconnaissance, organisme qui relevait en partie de la CIA et en partie de l'armée de l'air, de même que les savants de l'ENPIC, le Centre national d'interprétation photo, assemblaient avec peine les éléments d'un puzzle qu'ils mettraient des jours à terminer. Ceci était un poste de commandement important, ceci un site de lancement SAM, cela, une base de chasseurs. Très bien, admettons, puisque ce sont les photos qui le disent. Et un jour, peut-être, tout cela allait être bombardé et réduit en cendres. Mais qu'avait-il inventé *d'autre* ? Qu'avait-il bien pu cacher, ensevelir sous terre ?

Voilà où menaient toutes ces années pendant lesquelles on avait négligé l'Irak. Les hommes vautrés dans leur fauteuil derrière lui étaient des espions de l'ancien temps qui avaient fait leurs premières armes à l'époque du mur de Berlin, lorsque le béton en était encore frais. Ils étaient ramenés très longtemps en arrière, avant tous ces joujoux électroniques qui avaient envahi le monde du renseignement. Et ils lui avaient répété que les caméras du NRO et les grandes oreilles de l'Agence nationale de sécurité de Fort Meade étaient incapables de révéler des plans, de percer à jour des intentions, de s'infiltrer dans le crâne d'un dictateur.

Alors le NRO prenait des photos, les oreilles de Fort Meade écoutaient et enregistraient tout ce qui se disait sur chaque ligne téléphonique, au cours de chaque échange radio, en Irak et ailleurs. Mais ils n'avaient pas plus de réponse pour autant.

C'était cette même administration, ce même Capitole qui s'était totalement laissé subjuguer par les gadgets électroniques, au point d'avoir dépensé des milliards de dollars à mettre au point puis à bazarder le dernier truc magique inventé par le génie de l'homme. Maintenant, ils criaient comme des putois, ils exigeaient des réponses que les gadgets ne pouvaient pas leur donner.

Les deux hommes ajoutaient que l'ELINT, le renseignement électronique, n'était qu'un moyen d'appoint, un complément à la collecte directe de renseignements, mais qu'elle ne la remplaçait pas. Tout cela était certes très intéressant, mais n'apportait aucune réponse à leur problème.

Et leur problème, c'était que la Maison-Blanche exigeait des réponses qui ne pouvaient être fournies de façon fiable que par une source, un espion, un traître, peu importe, installé au sein même de la haute hiérarchie irakienne. *Mais ils n'avaient personne.*

« Vous avez demandé à Century House ?

— Oui, monsieur le directeur. Ils sont comme nous.

— Je pars à Tel-Aviv dans deux jours, dit Chip Barber. Je vais voir Yaacov Dror. Je lui pose la question ? »

Le DCI[1] hocha la tête. Le général Yaacov « Kobi » Dror dirigeait le Mossad, de loin le moins coopératif de tous les services « amis ». Le DCI gardait encore le souvenir cuisant de

---

1. *Director Central Intelligence (NdT).*

71

Jonathan Pollard, infiltré par le Mossad au sein de l'administration américaine. Curieux amis. Il avait horreur de demander un service au Mossad.

« Cuisinez-le, Chip. On ne va pas perdre notre temps. S'il a une source à Bagdad, il nous la faut. On en a impérativement besoin. Pendant ce temps-là, je retourne à la Maison-Blanche voir Scowcroft. »

Et la réunion se termina sur cette note morose.

Quatre hommes attendaient au quartier général du SAS à Londres en ce matin du 5 août. Ils n'avaient pas fermé l'œil de la nuit.

Le général de brigade Lovat, directeur des forces spéciales, avait passé le plus clair de son temps au téléphone. Il s'était seulement accordé un petit somme de deux heures dans son fauteuil, entre deux et quatre. Comme beaucoup de soldats qui ont été au combat, il avait acquis de longue date l'habitude de voler un petit moment de sommeil chaque fois que la situation le permettait. Dans ce genre de circonstances, personne ne sait quand la prochaine occasion de recharger les batteries se présentera. Avant que l'aube fût levée, il était douché et rasé, prêt pour une autre journée sur les chapeaux de roues.

Il avait appelé à minuit un haut responsable de la British Airways, et c'est son coup de fil qui avait maintenu un long-courrier au sol à Abu Dhabi. Lorsque les institutions britanniques veulent aller vite et court-circuiter la bureaucratie, il est extrêmement utile d'avoir parmi ses relations un vieux copain bien placé. Le directeur de la British Airways, réveillé chez lui, ne demanda pas pour quelle raison un avion devait attendre, sur un aéroport à des milliers de kilomètres de là, l'embarquement d'un passager supplémentaire. Il connaissait Lovat car ils appartenaient tous deux au Club des forces spéciales, dans Herbert Crescent. Il savait vaguement ce qu'il faisait et lui accorda cette faveur sans poser de question.

A l'heure du petit déjeuner, le sergent de permanence avait pris contact avec Heathrow. Le vol d'Abu Dhabi avait rattrapé un tiers de ses quatre-vingt-dix minutes de retard et devait se poser vers dix heures. Le major serait là à onze heures.

Une estafette était allée chercher un dossier à Browning, PC du régiment de parachutistes d'Aldershot. L'adjudant-major l'avait extrait des archives juste après minuit. Ce dossier contenait les états de service de Mike Martin chez les parachutistes, depuis le jour où il s'était engagé à dix-huit ans et pendant ses dix-neuf années de carrière. Seules manquaient les deux longues périodes qu'il avait passées au régiment du SAS.

Le colonel Bruce Craig, commandant le 22ᵉ régiment du SAS, un Écossais lui aussi, était arrivé en voiture de Hereford juste avant l'aube, après avoir roulé toute la nuit. Il apportait les dossiers qui couvraient ces deux périodes.

« 'jour, J.P. Qu'est-ce que c'est que cette panique ? »

Ils se connaissaient bien. Lovat, plus connu comme J.P. (prononcer *djaypee*), commandait l'équipe qui avait repris l'ambassade d'Iran à des terroristes, dix ans plus tôt. Craig était sous ses ordres à l'époque. Ils avaient fait de sacrées choses ensemble.

« Century veut que nous infiltrions quelqu'un au Koweït ». Il n'en dit pas plus, les grandes explications n'étaient pas son fort.

« Quelqu'un de chez nous ? Martin ? » Le colonel posa le dossier qu'il avait apporté.

« Quelqu'un dans ce genre-là. Je l'ai fait revenir d'Abu Dhabi.

— Qu'ils aillent se faire foutre. Vous allez leur accorder ça ? »

Mike Martin était sous les ordres de Craig, et eux aussi, ils avaient des souvenirs communs. Il n'aimait pas trop se faire piquer un de ses hommes par Century House. Le DSF haussa les épaules.

« Faudra bien, s'il fait l'affaire. Et s'ils ont l'impression qu'il fait l'affaire, ils iront aussi haut qu'il faudra. »

Craig grommela quelque chose d'incompréhensible et prit le café que lui tendait le sergent de permanence, qu'il appelait Sid. Ils avaient combattu ensemble au Dhofar. Lorsque les choses devenaient politiques, le colonel savait comment cela se terminait. Le SIS était capable d'adopter le profil bas, mais si besoin était, il n'hésitait pas à sonner à toutes les portes. Les deux officiers connaissaient bien et admiraient Mme Margaret Thatcher. Ils savaient que, tout comme Winston Churchill, elle avait un faible pour les actions d'éclat. S'il le voulait, Century House allait encore probablement gagner sur ce coup-là. Le régiment serait bien obligé de s'exécuter, et Century serait chargé de la mission, éventuellement sous couvert d'une opération combinée.

On fit entrer les deux représentants de Century, arrivés juste après le colonel. Le plus vieux était Steve Laing. Il s'était fait accompagner par Simon Paxman, responsable du bureau Irak. On les avait fait asseoir dans l'antichambre avec du café et les deux dossiers à lire. Les deux hommes se plongèrent dans les états de service de Mike Martin, remontant à l'époque où il avait dix-huit ans. La veille, Paxman avait passé quatre heures avec son jeune frère, se faisant raconter en détail tout ce qui concernait sa famille et leur jeunesse à Bagdad ou à l'école de Haileybury.

Martin avait envoyé une lettre de candidature spontanée chez les paras, lors de son dernier trimestre à l'école, à l'été 1971. On l'avait convoqué pour un entretien au dépôt d'Aldershot en septembre, là où se trouvent les carcasses des vieux Dakota d'où les paras britanniques sautèrent pour s'emparer du pont d'Arnhem.

Les paras avaient tout vérifié. Son école le considérait comme un élève moyen, mais excellent athlète. Cela leur convenait parfaitement. Le garçon fut pris et commença son entraînement aussitôt. Suivirent vingt-deux semaines éreintantes, qui menèrent les rescapés jusqu'au mois d'avril 1972.

Il y avait d'abord quatre semaines de peignées, de maniement d'armes, apprentissage du terrain, mise en condition physique. Puis deux autres consacrées au secourisme, aux communications et à la protection NBC (la guerre nucléaire, bactériologique et chimique). La septième semaine reprenait la mise en condition physique, en plus dur, mais ce n'était encore rien à côté de ce qui suivait au cours des huitième et neuvième semaines : marches forcées dans la chaîne des Brecon, au pays de Galles. Des hommes en parfaite condition y étaient déjà morts d'hypothermie, d'insolation ou d'épuisement.

Pendant la dixième semaine, les recrues reçurent un entraînement au tir à Hythe, dans le Kent. C'est là que Martin fêta son dix-neuvième anniversaire et reçut son brevet de tireur d'élite. Les onzième et douzième semaines furent consacrées aux tests, en rase campagne près d'Aldershot — monter et descendre les collines dans la boue en portant trois troncs d'arbre, le tout sous la pluie et dans le froid glacé de ce milieu d'hiver.

« La semaine de tests ? murmura Paxman, en tournant la page. Mais bon Dieu, qu'est-ce que ça a dû être pour le reste ! »

A l'issue de ces tests, les jeunes gens reçurent leur béret rouge et leur insigne de parachutiste, avant de partir pour trois semaines dans les Brecon pour des exercices de combat, patrouille et entraînement à balles réelles. A cette saison (fin janvier 1972), il faisait un froid du diable dans les Brecon. Les hommes dormaient à la dure dans leurs tenues trempées, sans feu.

L'entraînement de base au parachutisme commençait au

cours des dix-septième et dix-huitière semaines à la base de la RAF d'Abingdon. Quelques recrues supplémentaires furent éjectées, et pas seulement de l'avion. La période se termina par la cérémonie de remise du macaron que l'on épingla sur la poitrine des nouveaux paras. Le dossier n'en parlait pas, mais il est probable que le tout fut généreusement arrosé à coups de bières au Club 101.

Après deux semaines supplémentaires consacrées à un exercice « assaut final » et à l'apprentissage de techniques de combat plus raffinées, arriva la vingt-deuxième semaine, avec la cérémonie finale, en présence des parents tout émus d'admirer ce qu'étaient devenus leurs fils qu'ils n'avaient pas revus depuis six mois.

Le soldat Mike Martin avait été dès le début présélectionné comme POM[1] et, en mai 1972, il fut envoyé à l'Académie royale de Sandhurst. Il faisait partie de la première promotion à suivre le cycle d'un an qui remplaçait le cours traditionnel de deux ans. Il en résulta au printemps 1973 la plus imposante cérémonie qu'on eût jamais vue à Sandhurst, avec 490 élèves officiers, les élèves des promotions de l'ancien système 51 et 52, plus ceux qui avaient suivi le tout nouveau SMC[2]. La cérémonie était présidée par le général Sir Michael Carver, qui devait devenir le maréchal lord Carver, chef d'état-major des armées.

Le tout nouvellement promu lieutenant Martin rallia Hythe pour prendre le commandement d'une section qui s'entraînait pour les opérations en Irlande du Nord. Il accompagna ensuite sa section pendant douze semaines terribles où ils furent cantonnés dans un poste appelé Flax Mill qui surveillait l'enclave ultrarépublicaine d'Ardoyne, dans le comté de Belfast. L'été fut plutôt calme à Flax car, depuis le dimanche sanglant de janvier 1972, l'IRA craignait les paras comme la peste.

Martin avait été affecté au 3e bataillon, plus connu sous le nom de 3e paras. Après son séjour à Belfast, il retourna au dépôt pour commander la section des recrues, et dut infliger aux nouveaux venus le traitement qu'il avait subi lui-même. A l'été 1977, il retourna au 3e bataillon, parti depuis février à Osnabrück, et qui faisait partie des forces britanniques sur le Rhin.

Ce fut encore une période difficile. Le 3e paras était cantonné

1. *Potential Officer Material* : officier potentiel *(NdT)*.
2. *Standard Military Courses* : cours de formation d'officiers *(NdT)*.

au quartier Québec, un ancien camp de déportés. Les paras étaient soumis au système de la rotation. Cela signifiait qu'au cours d'un cycle de neuf ans, ils en passaient trois dans l'infanterie portée, en dehors des troupes parachutistes. Tous les paras détestent ce système. C'est mauvais pour le moral, des conflits éclatent sans cesse entre parachutistes et fantassins. Martin se trouva dans l'obligation de punir des hommes à contrecœur. Il passa là près d'un an et, en novembre 1977, se porta volontaire pour le SAS.

Bon nombre des membres du SAS sont issus des troupes parachutistes, peut-être parce que leur entraînement est assez similaire, encore que les SAS prétendent que le leur est plus dur. Le dossier de Martin atterrit au bureau du matricule du régiment, à Hereford. Sa pratique courante de l'arabe fut remarquée, et il passa les tests de sélection durant l'été 1978.

Le SAS proclame qu'il prend des hommes avec toutes les qualités requises, et qu'il travaille ensuite sur cette matière première. Martin suivit le cours de sélection initiale de six semaines, en compagnie d'autres paras, de marines, de volontaires venus de l'infanterie, de la cavalerie, de l'artillerie et même du génie. Cette formation est extrêmement simple et repose sur un principe également très simple.

Le premier jour, un instructeur leur déclara avec un grand sourire : « Pendant cette période, nous n'allons pas essayer de vous entraîner. Nous allons essayer de vous tuer. »

Et c'est ce qui se passa. Seuls dix pour cent des candidats franchissent cette étape avec succès au SAS. C'est autant de temps de gagné pour la suite. Martin réussit. Suivit l'entraînement au combat de jungle au Belize, puis retour en Angleterre pour un autre mois consacré à la résistance aux interrogatoires. « Résister » signifie essayer de ne rien dire tandis qu'on vous inflige une succession de traitements très désagréables. Mais la chose a son bon côté : à n'importe quel moment, tout membre du régiment ou tout volontaire a le droit d'arrêter et de demander le retour dans son unité d'origine.

« Ils sont complètement fous, fit Paxman en jetant le dossier, et il se servit un autre café. Ils sont vraiment complètement cinglés. »

Laing grommela on ne sait quoi. Il était plongé dans le second dossier, qui décrivait l'expérience de leur homme en Arabie. C'est cela qui l'intéressait pour la mission qu'il avait en tête.

Martin avait passé trois ans au SAS pour sa première affectation, avec le grade de capitaine. Il avait choisi la compagnie « A », celle des chuteurs opérationnels. Les compagnies sont baptisées « A », « B », « C » et « G ». Ce choix était tout naturel pour quelqu'un qui avait sauté durant son passage chez les paras et avait même appartenu à leur équipe de démonstration, les Démons Rouges.

Si les paras n'avaient pas l'usage de son arabe, le régiment des SAS, lui, savait quoi en faire. Pendant trois ans, de 1979 à 1981 inclus, il avait servi comme conseiller militaire des troupes du sultanat d'Oman, dans le Dhofar occidental. Il avait également enseigné la protection rapprochée des VIP dans deux émirats du Golfe, servi comme instructeur auprès de la garde nationale saoudienne et donné des cours aux gardes du corps de Cheikh Isa, à Bahreïn. Son dossier du SAS comportait quelques commentaires supplémentaires : il avait tissé des liens étroits avec la culture arabe, il parlait la langue comme aucun autre officier du régiment, et il avait l'habitude de partir pour de longues randonnées solitaires dans le désert quand il avait besoin de réfléchir à quelque chose, insensible qu'il était à la chaleur et aux mouches.

Le dossier indiquait également qu'il était retourné chez les paras après ces trois années passées au SAS, durant l'hiver 81. Il avait découvert avec joie que les paras devaient participer à l'opération Rocky Lance qui se déroula en janvier et février 1982, principalement à Oman. Il retourna donc dans le Djebel Akdar, avant de partir en permission en mars. En avril, on le rappela d'urgence — l'Argentine venait d'envahir les Malouines.

Le 1er paras resta en Angleterre, mais les 2e et 3e partirent dans l'Atlantique Sud. Ils embarquèrent à bord d'un paquebot, le *Canberra,* transformé à la hâte en transport de troupes, et débarquèrent à San Carlos. Pendant que le 2e paras chassait les Argentins de Goose Green, et que son colonel, H. Jones, y perdait la vie, gagnant ainsi une Victoria Cross à titre posthume, le 3e fonça droit vers Port Stanley, traversant l'île de bout en bout dans le gel et la pluie, depuis la côte est.

« Je croyais qu'ils appelaient ça une p'tite virée », fit remarquer Laing au sergent Sid qui remplissait une nouvelle fois sa tasse. Le sergent dut se pincer les lèvres. Quels cons, ces civils !

« Ce sont les marines qui disent " p'tite virée ", monsieur. Les paras et les SAS disent " promenade de santé ". »

Quoi qu'il en soit, les deux mots ont la même signification : se déplacer à marches forcées dans des conditions épouvantables et avec soixante kilos d'équipement.

Le 3ᵉ paras installa son PC dans une ferme isolée au lieu dit Estancia, et se prépara pour l'assaut final sur Port Stanley. Cela signifiait entre autres qu'il fallait s'emparer d'une position très bien défendue, le mont Longdon. C'est au cours de cette nuit critique du 11 juin que le capitaine Mike Martin devait être blessé.

Tout débuta par une attaque de nuit et en silence sur les positions argentines. Le vacarme commença lorsque le caporal Milne sauta sur une mine qui lui emporta un pied. Les Argentins ouvrirent le feu à l'arme automatique, les fusées éclairantes illuminaient la montagne comme en plein jour, et le 3ᵉ paras fut placé devant le choix suivant : soit se mettre à couvert, soit s'exposer au feu et s'emparer du mont Longdon. Ils prirent Longdon, eurent vingt-trois tués et plus de quarante blessés. L'un d'eux était Mike Martin, qui ramassa un pruneau dans une jambe et se répandit en injures variées, heureusement en arabe.

Il passa la journée sur le flanc de la montagne, avec huit prisonniers argentins tremblants de peur, en essayant de ne pas s'évanouir. On l'évacua ensuite jusqu'au poste de secours avancé installé dans la baie d'Ajax où il fut pansé sommairement. Il fut ensuite hélitreuillé à bord du navire-hôpital *Ouganda*. Il se retrouva dans une couchette à côté d'un lieutenant argentin. Ils eurent le temps de se lier d'amitié pendant la traversée jusqu'à Montevideo, et étaient restés depuis en correspondance.

L'*Ouganda* fit relâche dans la capitale uruguayenne pour débarquer ses Argentins et l'état de Martin fut jugé suffisamment satisfaisant, si bien qu'il rentra à Brize Norton par un vol régulier. Les paras lui accordèrent ensuite trois semaines de convalescence à Headley Court, Leatherhead.

C'est là-bas qu'il devait faire la connaissance d'une infirmière, Susan, laquelle devint sa femme après une cour rondement menée. Elle appréciait peut-être la romance, mais elle n'allait pas tarder à être déçue. Ils s'installèrent dans une maison près de Chobham, endroit qui était aussi pratique pour elle que pour lui, à proximité de Leatherhead et d'Aldershot. Au bout de trois ans de mariage, Susan ne l'avait vu que quatre mois et demi et le mit devant le choix suivant : ou bien il quittait les paras et son foutu désert, ou bien c'était elle qui partait. Il réfléchit un peu, et choisit le désert.

Elle avait eu raison. A l'automne 1982, il avait commencé à préparer le concours de l'École de guerre, voie royale pour de plus hautes responsabilités et peut-être une affectation d'officier d'état-major au ministère de la Défense. Et en février 1983, il échoua au concours.

« Il l'a fait exprès, dit Paxman, son colonel écrit ici qu'il aurait très bien pu l'avoir s'il avait voulu.

— Je sais, fit Laing, je l'ai déjà lu. Ce type est décidément... un peu étrange. »

Au cours de l'été 1983, Martin fut désigné comme officier d'état-major auprès de l'armée de terre du sultan d'Oman, à Mascate, et y passa deux ans. Il avait conservé son insigne de parachutiste, mais commandait le régiment de la frontière nord. Il fut promu major à Oman pendant l'été 86.

Les officiers qui ont déjà eu une affectation au SAS peuvent en recevoir une seconde, mais seulement si on les réclame. Il était à peine rentré en Angleterre lors de l'hiver 87 pour divorcer quand on l'appela à Hereford. Il y retourna comme commandant de compagnie en janvier 87. Il fut d'abord affecté au théâtre nord en Norvège, puis au sultanat de Brunei et revint enfin passer six mois avec les équipes intérieures de sécurité à Hereford. En juin 1990, on l'envoya à Abu Dhabi avec une équipe d'instructeurs.

Le sergent Sid frappa à la porte et passa la tête dans l'embrasure.

« Le général demande si vous voudriez bien le rejoindre. Le major Martin va arriver incessamment. »

Martin entra, et Laing remarqua immédiatement son visage brûlé par le soleil, ses cheveux et ses yeux. Il jeta un coup d'œil à Paxman. Premier set, encore deux à jouer. L'apparence est bonne. Mais parle-t-il aussi bien arabe qu'il le prétend ?

J.P. s'avança et serra vigoureusement la main de Martin.

« Content de vous savoir de retour, Mike.

— Merci, mon général. » Il serra la main du colonel Craig.

« Permettez-moi de vous présenter à ces deux messieurs, fit le DSF. M. Laing et M. Paxman sont tous les deux de Century. Ils ont une... enfin en quelque sorte... une proposition qu'ils aimeraient vous soumettre. Messieurs, à vous de commencer. Voulez-vous parler au major Martin en privé ?

— Non, non, je vous en prie, répondit précipitamment Laing, le chef espère que, si nous arrivons à nous mettre d'accord, ce sera une opération combinée. »

Bien joué, cette allusion à Sir Colin, songea J.P. Ces salopards essaient juste de me montrer jusqu'où ils peuvent aller en cas de nécessité.

Tout le monde s'assit. Laing prit la parole pour expliquer le contexte politique, les questions que l'on se posait sur les intentions de Saddam Hussein, s'il allait quitter le Koweït rapidement ou non, s'il allait falloir le chasser. Mais l'analyse des politiques était la suivante : l'Irak allait d'abord s'emparer de tout ce qui avait quelque valeur, avant d'exiger des concessions que les Nations unies n'étaient pas d'humeur à lui accorder. Tout cela pouvait prendre des mois.

La Grande-Bretagne devait absolument savoir ce qui se passait au Koweït — pas seulement les rumeurs ou les bruits, ni les histoires à sensation qui traînaient dans les médias, mais de l'information solide. Elle devait savoir ce qu'il en était des citoyens britanniques bloqués sur place, des forces d'occupation et, dans le cas où il faudrait utiliser la force, si la résistance koweïtienne pouvait être utilisée pour stopper l'avance des troupes de Saddam.

Martin écoutait attentivement et hochait la tête de temps en temps. Il posa quelques questions assez pertinentes, mais garda le silence la plupart du temps. Les deux officiers supérieurs faisaient semblant de regarder par la fenêtre. Laing mit fin à l'entretien alors qu'il était environ midi.

« Très bien, major. Je ne vous demande pas de nous répondre sur-le-champ, mais le temps presse.

— Auriez-vous une objection à ce que je m'entretienne en particulier avec votre collègue ? demanda J.P.

— Bien sûr que non. Écoutez, Simon et moi-même allons retourner au bureau. Vous avez mon numéro. Pourriez-vous me rappeler dans l'après-midi ? »

Le sergent Sid conduisit les deux civils et les accompagna jusqu'à la rue où il leur appela un taxi. Il retourna ensuite dans sa soupente, derrière les échafaudages.

J.P. se dirigea vers un petit réfrigérateur et en sortit trois bières glacées. Quand elles furent décapsulées, les trois hommes burent une gorgée.

« Écoutez, Mike, vous savez ce qui se passe. Vous savez ce qu'ils recherchent. Si vous trouvez que c'est du délire, on se chargera de le leur expliquer.

— Tout à fait, dit Craig. Au régiment, on ne vous donne pas de mauvais points si vous dites non. C'est leur idée, pas la nôtre.

— Mais si vous voulez y aller, reprit J.P., il vous suffit de franchir la porte, si j'ose dire, et vous travaillerez pour eux jusqu'à votre retour. Nous nous en mêlerons aussi, naturellement, mais vous serez sous leurs ordres. Ce sont eux qui sont responsables de l'opération. Quand tout sera terminé, vous reviendrez chez nous comme si vous étiez parti en permission. »

Martin savait très bien comment se passait ce genre de choses. Il en avait entendu parler par d'autres officiers qui avaient travaillé pour Century. On cessait tout simplement d'exister pour le régiment, tant qu'on n'était pas rentré. On vous disait alors : « Ça fait plaisir de vous revoir », et on ne vous en reparlait jamais, pas la moindre question.

« J'y vais », dit-il. Le colonel Craig se leva. Il fallait qu'il rentre à Hereford. Il lui tendit la main.

« Bonne chance, Mike.

— A propos, dit le général, vous êtes invité à déjeuner. C'est juste à côté. C'est Century qui a organisé ça. »

Il tendit à Martin un bout de papier, lui dit au revoir, et Mike Martin descendit les escaliers. Le papier indiquait que le rendez-vous était fixé dans un petit restaurant à quatre cents mètres de là, et qu'il était l'hôte de M. Wafik Al-Khouri.

Avec le MI-5 et le MI-6, le troisième service important du renseignement britannique est le quartier général des télécommunications du gouvernement, ou GCHQ. Ce service occupe un ensemble de bâtiments dans une enceinte bien gardée située dans la banlieue de Cheltenham, dans le Gloucestershire.

Le GCHQ est l'équivalent britannique de l'Agence nationale de sécurité aux États-Unis, service avec lequel il collabore étroitement. Ce sont des gens qui écoutent pratiquement tout le trafic radio et qui sont capables d'intercepter une conversation téléphonique n'importe où dans le monde.

Grâce à ses accords avec le GCHQ, la NSA dispose sur le territoire britannique d'un certain nombre de stations, sans parler de toutes celles qu'elle exploite dans le monde entier. Le GCHQ possède ses propres stations outre-mer, dont une des plus importantes se trouve à Akrotiri, dans l'île de Chypre.

Grâce à sa relative proximité, Akrotiri surveille plus particulièrement le Proche-Orient, mais transmet ses interceptions à Cheltenham pour analyse. Au nombre des analystes figurent des experts d'origine arabe de très haut niveau. M. Al-Khouri était l'un de ces experts. Il avait choisi depuis longtemps de s'installer en Grande-Bretagne, il s'était fait naturaliser et avait épousé une Anglaise.

Ancien diplomate jordanien, cet homme de génie travaillait maintenant comme expert à la division arabe du GCHQ. Il y avait là de nombreux diplômés d'arabe, mais lui seul était capable de lire entre les lignes dans le discours d'un leader arabe. C'est lui qui, à la demande de Century, attendait Mike Martin au restaurant.

Après le déjeuner, qui dura deux heures et durant lequel ils ne parlèrent qu'arabe, Martin se dirigea vers l'immeuble du SAS. Il devrait encore subir plusieurs heures de briefing avant de prendre l'avion pour Riyad, muni du passeport que lui avait certainement préparé Century, avec visas, fausse identité et tout.

Avant de quitter le restaurant, M. Al-Khouri appela quelqu'un depuis le téléphone accroché au mur des toilettes. « Pas de problème, Steve. Il est parfait. En fait, je crois que je n'avais encore jamais entendu quelqu'un parler comme lui. Ce n'est pas de l'arabe scolaire, c'est beaucoup mieux, en tout cas pour ce qui nous intéresse. L'arabe de la rue, jurons, argot, jargon... Non, non, pas le moindre accent... oui, il peut passer pour un Arabe sans problème n'importe où au Proche-Orient. Non, non, pas du tout, cher ami. J'ai été heureux de vous rendre ce service. »

Trente minutes plus tard, il avait récupéré sa voiture et retournait au M-4, à Cheltenham. Avant de pénétrer au quartier général, Mike Martin passa lui aussi un coup de fil, à quelqu'un qui habitait près de Gower Street. Son correspondant décrocha le téléphone dans son bureau du SOAS où il était en train de travailler, n'ayant pas cours cet après-midi-là.

« Salut, frangin, c'est moi. »

L'officier n'avait pas besoin de se présenter. Depuis l'époque où ils avaient été ensemble en classe à Bagdad, il avait toujours appelé son cadet « frangin ». Il entendit un gargouillis à l'autre bout de la ligne.

« Martin ! Mais bon Dieu, où es-tu ?

— A Londres, je t'appelle d'une cabine.

— Je te croyais quelque part dans le Golfe.

— Je suis rentré ce matin. Et je repars sans doute ce soir.

— Écoute, Martin, n'y va pas. Tout ça est de ma faute... j'aurais mieux fait de la fermer... »

Son frère aîné éclata de rire. « Et moi qui me demandais comment ces rigolos s'étaient tout d'un coup intéressés à moi. Ils t'ont invité à déjeuner, pas vrai ?

— Oui, mais c'était pour autre chose. J'ai juste laissé échapper un mot de trop. Écoute, tu n'es pas obligé d'y aller. Dis-leur que je me suis trompé...

— Trop tard. De toute façon, j'ai déjà accepté.

— Mon Dieu ! » Dans son bureau encombré de bouquins érudits sur la Mésopotamie médiévale, le jeune homme était au bord des larmes. « Mike, fais bien attention à toi. Je prierai pour toi.

— C'est ça, frangin, prie pour moi. Je te verrai au retour. »

Il raccrocha. Seul dans son bureau, l'universitaire se prit la tête dans les mains.

Lorsque le vol British Airways de vingt heures quarante-cinq pour Djeddah décolla de Heathrow ce soir-là, à l'heure prévue, Mike Martin était à bord avec un faux passeport en règle. Il avait rendez-vous juste avant l'aube avec le responsable Century à l'ambassade de Riyad.

Chapitre 4

Don Walker appuya sur la pédale de frein de sa vieille Corvette Stingray 63 et s'arrêta un instant à l'entrée principale de la base aérienne Seymour Johnson pour laisser passer un couple de campeurs, avant de s'engager sur l'autoroute. Il faisait chaud. Le soleil d'août tapait sur la petite ville de Goldsboro, en Caroline du Nord, et le goudron scintillait comme une nappe d'eau en ébullition. Cela lui faisait du bien de sentir le vent, même chaud, passer dans ses cheveux blonds par le toit ouvrant. Il conduisait sa voiture de sport prudemment, faisant particulièrement attention en ville, qu'il devait traverser avant de prendre la 70, puis la 13 en direction du nord-est.

En cet été étouffant de 1990, Don Walker était un jeune homme de vingt-neuf ans, célibataire, pilote de chasse. Il venait d'apprendre qu'il partait à la guerre. Enfin, peut-être. Apparemment, cela dépendait d'un plaisantin arabe du nom de Saddam Hussein. Le matin même, le colonel — et futur général — Hal Hornberg, commandant l'escadre, avait lâché le morceau : dans trois jours, le 9 août, la 336ᵉ (les « Rocketeers ») de la 9ᵉ armée aérienne partait pour le golfe Persique. Les ordres étaient venus du commandement des forces aériennes tactiques situé sur la base de Langley, Hampton, en Virginie. Voilà, c'était parti. L'excitation était à son comble chez les pilotes. A quoi bon s'entraîner pendant des années si on ne faisait jamais la guerre pour de bon ?

Avec seulement trois jours de délai, il y avait des tonnes de choses à faire. Pour lui, qui était officier armes de l'escadron, c'était encore pire. Il avait mendié vingt-quatre heures de permission pour aller dire au revoir à sa famille. Le lieutenant-colonel Steve Turner, responsable des munitions, lui avait dit que s'il manquait ne fût-ce qu'un seul petit truc le 9 août, lorsque les F-15 décolleraient, lui, Turner, se chargerait

84

personnellement de lui botter le cul. Il avait éclaté de rire et avait finalement dit à Walker qu'il avait intérêt à se manier le train s'il voulait être rentré avant le lever du soleil.

C'est ainsi que Walker escaladait les pentes de Snow Hill et Greenville ce matin-là vers neuf heures. Il se dirigeait vers le chapelet d'îles qui se trouvent à l'est du détroit de Pamlico. Encore avait-il de la chance. Si ses parents étaient rentrés à Tulsa, dans l'Oklahoma, il n'aurait jamais eu le temps d'aller les voir. Mais on était en août et ils passaient leurs vacances dans la maison de famille au bord de la mer, près de Hatteras. C'était à cinq heures de route de la base.

Don Walker savait qu'il était un pilote hors pair et il le prouvait tous les jours. Avoir vingt-neuf ans, faire ce que l'on aime le mieux au monde, et le faire parfaitement, voilà un sentiment agréable. Il aimait sa base, adorait ses copains et l'intense excitation que lui procurait son Strike Eagle F-15, la version attaque au sol du chasseur 15 C de supériorité aérienne. C'était à son avis le meilleur avion de toute l'US Air Force — que les gars des Falcon aillent au diable avec leurs zincs ! Seuls peut-être les F-18 de la marine pouvaient lui être comparés, c'est en tout cas ce que prétendaient les marins, mais il n'avait jamais volé sur Hornet et l'Eagle était exactement ce qu'il lui fallait.

Arrivé à Bethel, il bifurqua vers l'est en direction de Columbia et Whalebone. Il traversa Kitty Hawk puis la pointe de Nag, et la route s'arrêta enfin à Hatteras, avec la mer de chaque côté. Quand il était petit garçon, il y avait passé de bonnes vacances. Il partait en mer à l'aube avec son grand-père, pêcher le gros, jusqu'au jour où le vieil homme fut devenu trop faible pour ce genre d'expéditions.

A présent, son père avait pris sa retraite de la compagnie pétrolière où il travaillait à Tulsa. Lui et sa mère viendraient peut-être désormais plus souvent dans leur maison au bord de la mer. Il était encore trop jeune pour imaginer qu'il pourrait bien ne jamais rentrer du Golfe, s'il y avait la guerre.

Après une excellente scolarité, Walker était sorti du lycée de Tulsa à l'âge de dix-huit ans, avec une seule ambition : voler. D'aussi loin qu'il pût se souvenir, il avait toujours eu envie de voler. Il avait passé quatre ans à l'université d'État de l'Oklahoma et avait obtenu, en juin 1983, un diplôme d'ingénieur en aéronautique. Il avait fait ses périodes dans l'armée de l'air et, à l'automne, il était entré dans l'US Air Force.

Il avait suivi le cours de formation initiale à la base de Williams, près de Phoenix dans l'Arizona, et volé pendant onze mois sur T-33 et T-38. Le jour de la remise des macarons, il apprit qu'il en sortait quatrième sur quarante. A sa plus grande joie, les cinq premiers étaient sélectionnés pour l'école de pilotes de chasse de Holloman près d'Alamagordo, au Nouveau-Mexique. Avec l'arrogance insensée d'un jeune homme destiné à devenir pilote de chasse, il considérait que tous les autres devaient se contenter de devenir des lâcheurs de bombes ou des conducteurs de camions poubelles.

Arrivé à l'escadron d'entraînement de Homestead, en Floride, il troqua le T-38 contre un F-4 Phantom. C'était un gros avion puissant et assez rustique, mais c'était enfin un vrai chasseur. Après neuf mois passés là-bas, il reçut sa première affectation en escadron à Osan, en Corée. Il vola sur Phantom pendant un an. Il était bon pilote, il en était conscient, et c'était apparemment l'avis de son patron. Après Osan, on l'envoya à l'école de McDonnell à Wichita, dans le Kansas.

L'école de pilotes de chasse se targue, et sans doute avec quelque raison, d'être ce que l'on fait de plus dur dans l'US Air Force. Elle sélectionne les meilleurs pilotes, ceux qui seront promis ensuite à une brillante carrière. Toutes les technologies intégrées dans les armes nouvelles sont terrifiantes. Les élèves de McDonnell doivent connaître sur le bout des doigts le moindre boulon, la moindre vis, les circuits intégrés, les microprocesseurs que l'on retrouve dans tous les armements emportés par un chasseur moderne, pour l'attaque au sol ou le combat aérien. Walker en sortit à nouveau très bien classé. Cela signifiait que tout escadron de l'Air Force se ferait un plaisir de l'accueillir.

C'est l'escadron 336 de Goldsboro qui eut ce privilège, à l'été 87. Il vola sur Phantom pendant un an, puis après quatre mois d'entraînement à la base de Luke, près de Phoenix dans l'Arizona, il passa sur le Strike Eagle qui venait d'être attribué aux Rocketeers. Cela faisait plus d'un an qu'il volait sur cet avion quand Saddam Hussein envahit le Koweït.

Il était à peine midi lorsqu'il engagea sa Stingray dans les îles, après le monument dressé à Kitty Hawk, là où Orville et Wilbur Wright s'étaient élancés dans les airs sur leur machine faite de bouts de ficelle et avaient réussi à franchir quelques mètres, démontrant ainsi que l'homme pouvait voler. S'ils avaient su...

Il traversa la pointe de Nag derrière une file de caravanes et de camions, avant de se retrouver sur une route déserte, une fois passés le cap Hatteras et le sommet de l'île. A une heure, il gara sa voiture dans l'allée qui menait à la maison en bois de ses parents. Il les trouva sous le porche qui dominait une mer limpide et bleue.

C'est Ray Walker qui vit son fils le premier, et il poussa un cri de joie. Maybelle sortit de la cuisine où elle préparait le déjeuner, et courut l'embrasser. Son grand-père était assis dans son fauteuil à bascule, occupé à contempler la mer. Don s'approcha de lui : « Salut, grand-père, c'est moi, Don ! »

Le vieil homme leva les yeux, hocha la tête et lui fit un sourire, avant de se replonger dans la contemplation de l'océan.

« Il n'est pas bien, dit Ray. Parfois, il vous reconnaît, parfois non. Allez, viens t'asseoir et raconte-nous les nouvelles. Hé, Maybelle, tu n'apporterais pas deux bières à des hommes qui meurent de soif ? »

Lorsque les bières furent là, Don annonça à ses parents qu'il partait pour le Golfe dans cinq jours ; Maybelle mit sa main devant la bouche, son père prit son air des grands jours. « Enfin, j'imagine que ça doit servir à ça, l'entraînement et tout le reste », finit-il par lâcher.

Don avala une gorgée, se demandant pour la énième fois pourquoi les parents se font tant de mouron. Son grand-père le regardait fixement, on percevait une certaine compréhension dans ses yeux fatigués. « Don part à la guerre, grand-père », lui cria Ray Walker. Un éclair passa dans les yeux du vieillard. Il avait fait carrière dans les marines, aussitôt après sa sortie du lycée, voilà bien longtemps. En 1941, il avait dit adieu à sa femme, l'avait laissée chez ses parents à Tulsa avec Maybelle qui n'était alors qu'un bébé, et il était parti pour le Pacifique. Il était avec MacArthur à Corregidor et l'avait entendu dire : « Je reviendrai », et il était à vingt pas du général lorsqu'il était effectivement revenu. Dans l'intervalle, il avait combattu sur une bonne douzaine d'atolls dans les Mariannes, il avait survécu à l'enfer d'Iwo Jima. Il avait reçu dix-sept blessures au combat et s'était vu décerner, entre autres, la Silver Star.

Il avait toujours refusé de devenir officier. Il était plus heureux comme sergent-chef, car il savait que ce sont les sergents qui détiennent le vrai pouvoir. Il avait débarqué à Inchon, en Corée, et avait finalement achevé sa carrière comme instructeur à l'île Parris. Son uniforme portait plus de décorations que celui de n'importe qui sur la base. Quand il prit enfin sa retraite après deux sursis, quatre généraux assistèrent à la cérémonie de départ, ce qui ne se produit habituellement que pour un autre général.

Le vieil homme fit signe à son petit-fils de s'approcher. Don se leva de table et se pencha vers lui. « Surveille bien ces

Japonais, mon garçon, murmura le vieillard, sans ça ils t'auront. »

Don passa un bras autour de ses épaules décharnées et déformées par les rhumatismes. « T'en fais pas, grand-père, ils n'arriveront même pas à m'approcher. »

Le vieil homme hocha la tête, l'air apparemment satisfait. Il avait quatre-vingts ans. En fin de compte, ce n'était ni les Japonais ni les Coréens qui avaient eu raison du sergent immortel, c'était ce bon vieil Alzheimer. Il passait dorénavant le plus clair de ses jours dans un doux rêve, chez sa fille et son gendre qui l'avaient pris avec eux, car il n'avait plus d'autre endroit où aller.

Après le déjeuner, les parents de Don lui racontèrent leur voyage dans le golfe Persique. Ils étaient rentrés quatre jours plus tôt. Maybelle alla chercher ses photos, qui sortaient tout juste du labo.

Don s'assit à côté de sa mère. Elle ne lui épargna aucune photo — palais et mosquées, souks, et la mer sous tous les angles.

« Fais bien attention quand tu seras là-bas, dit-elle solennellement à son fils. Voilà les gens contre qui tu vas te battre, ils sont dangereux, regarde seulement leurs yeux. »

Don Walker regarda la photo qu'elle lui montrait. Le Bédouin était debout, entre deux dunes, on apercevait le désert derrière lui. L'un des bouts de son keffieh lui barrait le visage. Les yeux sombres fixaient l'objectif.

« Sûr, je ferai attention et je me méfierai de lui si je le vois », promit-il à sa mère, qui eut l'air de s'en satisfaire.

A cinq heures, il annonça qu'il devait rentrer à la base. Ses parents l'accompagnèrent devant la maison, là où il avait garé sa voiture. Maybelle prit son fils dans ses bras et lui recommanda une nouvelle fois de faire bien attention, Ray l'embrassa et lui dit combien ils étaient fiers de lui. Don monta en voiture, fit marche arrière et avança jusqu'à la route. Là, il jeta un regard derrière lui.

Sortant de la maison, appuyé sur ses cannes, son grand-père apparut sous le porche. Précautionneusement, il prit ses deux cannes dans une main et se redressa, luttant contre le rhumatisme pour sortir les épaules et arquer son vieux dos fatigué. Il leva la main, paume vers le bas, jusqu'à sa casquette de base-ball, et resta là, immobile, vieux guerrier qui saluait son petit-fils à son départ pour une nouvelle guerre.

De sa voiture, Don lui rendit son salut. Puis il appuya

sur l'accélérateur. Il ne devait jamais revoir son grand-père, qui mourut pendant son sommeil en octobre.

Il faisait déjà nuit à Londres. Terry Martin avait travaillé tard ; les étudiants de premier cycle étaient en vacances, mais il devait préparer ses cours. L'université organisait également des séminaires à cette époque, ce qui l'occupait énormément, même pendant l'été. Mais ce soir-là, c'était différent. Il fallait à tout prix qu'il trouve quelque chose à faire pour se changer les idées. Il savait très bien où était parti son frère et il ressassait dans sa tête tous les dangers auxquels il allait être confronté en essayant de pénétrer clandestinement au Koweït occupé.

À dix heures, tandis que Don Walker était en route au nord de Hatteras, il quitta l'école, souhaita bonne nuit au portier qui ferma derrière lui. Il descendit Gower Street puis Saint-Martin's Lane et se dirigea vers Trafalgar Square. Peut-être, se disait-il, les lumières de la ville lui remonteraient-elles le moral. Il faisait plutôt chaud et lourd, ce soir-là.

Arrivé devant Saint-Martin-aux-Champs, il remarqua que les portes étaient grandes ouvertes. On entendait des chants. Il entra, trouva un banc vide près d'un pilier et écouta le chœur qui répétait. Mais les voix claires des choristes ne firent que le déprimer davantage. Il repensait à son enfance, lorsque Mike et lui vivaient à Bagdad, trente ans plus tôt.

Nigel et Susan Martin habitaient alors une grande et vieille maison de deux étages à Saadoun, un quartier résidentiel dans la partie de la ville que l'on appelle Risafa. Mike était né en 1953 et lui-même deux ans plus tard, en 1955. Son premier souvenir — il avait alors deux ans — était la vision de son frère, avec ses cheveux noirs, que l'on habillait avant sa première journée de classe au jardin d'enfants de Miss Saywell. Cela voulait dire : une chemise et un short, des chaussures, des chaussettes, tout l'uniforme d'un petit garçon anglais. Mike avait hurlé, furieux de ne plus porter la robe de coton, le *dish-dash,* qui lui laissait toute sa liberté de mouvement et était tellement plus fraîche.

Dans les années cinquante, la vie était facile et fastueuse au sein de la communauté britannique de Bagdad. Ils appartenaient au Club Mansour et au Club Alwiya, avec piscine, courts de tennis, squash. C'est là que se retrouvaient les cadres de la Compagnie des pétroles irakiens et les diplomates de l'ambassade pour jouer, se baigner, déjeuner ou boire au bar des boissons glacées.

Il se rappelait Fatima, leur nanny, une gentille fille rondelette qui arrivait de son village. Ses gages devaient lui permettre d'épouser plus tard un jeune homme comme il faut quand elle retournerait dans sa tribu. Il jouait souvent sur le gazon avec elle, en attendant l'heure où il fallait aller chercher Mike à l'école de Miss Saywell.

Avant l'âge de trois ans, les deux petits garçons étaient complètement bilingues. Ils avaient appris l'arabe avec Fatima, avec le jardinier et le cuisinier. Mike était particulièrement doué pour l'arabe et leur père admirait énormément la culture du pays, si bien que leur maison était toujours remplie d'amis irakiens. Les Arabes portent une adoration sans bornes aux petits enfants et se montrent beaucoup plus patients avec eux que ne le sont les Européens. Lorsque Mike surgissait sur la pelouse avec sa chevelure noire et ses yeux sombres, volant dans son *dish-dash* et baragouinant de l'arabe, les amis de son père éclataient de rire et criaient : « Mais Nigel, ce n'est pas possible, il est des nôtres ! »

Pendant le week-end, ils allaient admirer la chasse royale de Harithiya. On y chassait le chacal sous la direction de l'architecte municipal, Philip Hirst, et la fête se terminait par un méchoui accompagné de légumes du pays. Et il y avait aussi les merveilleux pique-niques au bord du fleuve, dans l'île du Cochon, au milieu du Tigre qui traversait paresseusement la ville.

Deux ans plus tard, il avait suivi Mike au jardin d'enfants de Miss Saywell. Il était très brillant en classe, et ils allèrent ensemble à l'école de l'Institut britannique, dirigée par M. Hartley. Il avait six ans, et son frère huit, lorsqu'ils allèrent pour la première fois à Tasisiya. Il y avait là de petits Anglais, mais aussi de jeunes Irakiens de la bonne société.

C'est alors qu'avait eu lieu le coup d'État. L'enfant-roi et Nouri as-Saïd avaient été assassinés, et le général néo-communiste Kassem avait pris le pouvoir. Les deux jeunes Anglais ne se rendirent compte de rien, mais leurs parents et toute la communauté britannique commencèrent à s'inquiéter sérieusement. Kassem, désireux de plaire au parti communiste irakien, organisa un pogrom contre les membres du parti nationaliste Baas. Ceux-ci contre-attaquèrent et tentèrent d'assassiner le général. L'un d'entre eux était un jeune homme du nom de Saddam Hussein.

Lors de son premier jour à l'école, Terry avait été entouré par un groupe de jeunes Irakiens. « T'es comme un ver blanc », dit l'un d'entre eux, et Terry se mit à pleurer.

« Je suis pas un ver blanc, répondit-il en reniflant.

— Si, t'en es un, dit le plus grand des Irakiens. T'es gros et blanc, t'as des cheveux bizarres. T'as l'air d'un ver blanc. Ver blanc, ver blanc, ver blanc. »

Et ils reprirent tous le refrain en chœur. Mike surgit derrière lui. Ils parlaient arabe, naturellement.

« Traitez pas mon frère de ver, menaça-t-il.

— Ton frère ? On dirait pas que c'est ton frère, y ressemble à un ver. »

Se battre à coups de poing ne fait pas vraiment partie de la culture arabe. En fait, la plupart des cultures ignorent cette forme de combat, sauf peut-être en Extrême-Orient. Même au sud du Sahara, ce mode de combat n'est pas dans les mœurs. Les Noirs d'Afrique et leurs descendants ont dû apprendre l'art du droit et du crochet, grâce à quoi ils sont devenus les meilleurs boxeurs du monde. La boxe reste cantonnée à l'ouest de la Méditerranée et plus particulièrement au monde anglo-saxon.

Le poing droit de Mike Martin atterrit brutalement dans la mâchoire de celui qui embêtait Terry, et il l'étendit raide. Le garçon n'était pas vraiment blessé, mais il n'en revenait pas. Cela dit, plus personne ne traita jamais plus Terry de ver.

Contre toute attente, Mike et le jeune Irakien devinrent les meilleurs amis du monde. Ils restèrent inséparables tout au long des années qu'ils passèrent à l'école. Le jeune Irakien s'appelait Hassan Rahmani. Le troisième membre de la bande de Mike s'appelait Abdelkarim Badri, lequel avait un jeune frère, Osman, du même âge que Terry. C'est ainsi que Terry et Osman devinrent amis eux aussi. Cela n'était pas inutile, dans la mesure où M. Badri père venait souvent chez leurs parents. Il était médecin et les Martin étaient bien contents de faire appel à ses services. C'est lui qui soigna Mike et Terry Martin lorsqu'ils attrapèrent toute la série des maladies infantiles, rougeole, oreillons et autres varicelles.

Terry se souvenait du plus âgé des fils Badri. Il était fou de poésie et passait ses journées plongé dans des recueils de poètes anglais. C'est lui qui eut le premier prix, devant les jeunes Anglais. Osman, son cadet, était bon en maths et disait qu'il voulait devenir ingénieur ou architecte, pour construire de belles choses. Assis sur son banc, en cet été torride de 1990, Terry se demandait ce qu'ils étaient devenus.

Tandis qu'ils poursuivaient leurs études à Tasisiya, les choses bougeaient autour d'eux. Quatre ans après avoir pris le pouvoir, Kassem fut lui-même déposé et assassiné par une armée qui commençait à s'inquiéter sérieusement de son flirt avec les communistes. Suivirent onze mois durant lesquels le pouvoir fut partagé entre l'armée et le parti Baas. Les baassistes en profitèrent pour se venger des communistes qui les avaient tant persécutés.

L'armée mit alors le Baas à la porte, contraignant une fois de plus ses membres à l'exil, et exerça seule le pouvoir jusqu'en 1968.

Mais en 1966, alors qu'il avait treize ans, Mike fut envoyé en Angleterre pour y parfaire son éducation dans un collège du nom de Haileybury. Terry suivit le même chemin en 1968. Cet été-là, ses parents l'emmenèrent en Angleterre fin juin, pour passer leurs vacances ensemble avant que Terry ne rejoigne Mike à Haileybury. C'est ainsi qu'ils échappèrent aux deux coups d'État des 14 et 30 juillet au cours desquels l'armée fut renversée au profit du parti Baas qui prit alors le pouvoir sous la conduite du président Bakr. Le vice-président était un certain Saddam Hussein.

Nigel Martin pressentait vaguement quelque chose, et il avait pris ses dispositions en conséquence. Il quitta l'IPC et entra dans une société installée en Grande-Bretagne, la Burmah Oil. Il rapatria leurs affaires de Bagdad et la famille s'installa dans la banlieue de Hertford. Il allait tous les jours à Londres, où se trouvait son nouveau bureau.

M. Martin devint un joueur de golf talentueux. Pendant les week-ends, ses fils lui servaient de caddies tandis qu'il jouait avec un autre cadre de la Burmah Oil, un certain Denis Thatcher, dont l'épouse se consacrait à la politique.

Terry aimait bien Haileybury, alors placée sous la direction de M. Bill Stewart. Les deux garçons étaient pensionnaires à la Maison Melvill, dirigée par Richard Rhodes-James. Comme on pouvait s'y attendre, Terry se montra excellent élève, et Mike, bon athlète. Mike avait commencé à protéger son jeune frère du temps de l'école de M. Hartley, à Bagdad, et il continua à Haileybury. Le cadet adorait toujours autant son protecteur.

Répugnant à poursuivre ses études à l'université, Mike annonça très tôt qu'il comptait s'engager dans l'armée. M. Rhodes-James se montra enchanté de cette décision.

Lorsque les chanteurs se turent, Terry quitta l'église replongée dans l'obscurité. Il traversa Trafalgar Square et prit un bus pour Bayswater où Hilary et lui partageaient un appartement. En passant devant Park Lane, il se souvint du match de rugby contre Tonbridge. C'est ce jour-là que Mike avait quitté Haileybury, après y avoir passé cinq ans.

Ce match contre Tonbridge était traditionnellement épique,

et, cette année-là, le match se déroulait chez eux. Mike jouait arrière, il n'y avait plus que cinq minutes de jeu, et Tonbridge menait de deux points. Terry était sur la touche, et il regardait son frère avec l'admiration d'un jeune cocker.

Le ballon ovale sortit de mêlée dans les mains d'un joueur de Haileybury qui réussit à feinter et à passer la balle au trois-quarts centre le plus proche. Mike, qui se trouvait plus loin derrière, démarra. Personne ne s'en aperçut, sauf Terry. Il accéléra comme une bombe, traversa sa propre ligne de trois-quarts, intercepta le tir destiné à l'ailier et se retrouva sur la ligne de touche. Terry faisait des bonds de cabri et criait comme un fou. Il aurait volontiers donné tous ses examens, tous ses diplômes, pour être à côté de son frère, malgré ses courtes jambes pâles, ses cheveux blonds qui lui donnaient l'air d'un oisillon, mais il n'aurait pas fait dix mètres avant de se faire intercepter par le pack de Tonbridge.

Les cris s'arrêtèrent brusquement lorsque l'arrière centre de Tonbridge se précipita pour arrêter Mike. Les deux jeunes gens se heurtèrent dans un grand choc, le joueur de Tonbridge vola sur le côté, et Mike gagna les trois points qui manquaient au score de son camp.

Lorsque les deux équipes quittèrent le terrain, Terry était là, au milieu du passage, souriant de toutes ses dents. Mike vint le trouver et lui passa la main dans les cheveux. « Tu vois, on les a eus, frangin. »

Et maintenant, il se retrouvait là, stupide. Il aurait mieux fait de la boucler au lieu de faire envoyer son frère au Koweït occupé. Il se sentait désespéré, au bord des larmes.

Il sortit du bus et descendit en courant Chepstow Gardens. Hilary devait être rentrée, elle était partie pendant trois jours pour son travail. Il espérait qu'elle serait là, il avait tant besoin de se faire réconforter. En arrivant chez lui, il l'appela et l'entendit avec soulagement répondre du salon.

Il entra dans la pièce et lui déballa toutes les idioties qu'il venait de faire. Puis il se laissa bercer, enfoui dans les bras de cette adorable financière dont il partageait la vie.

Mike Martin venait de passer deux jours avec le chef de poste à Riyad, dont l'effectif venait de recevoir le renfort de deux hommes de Century.

Le poste de Riyad relève normalement de l'ambassade. L'Arabie Saoudite étant considérée comme un pays particulièrement ami, le poste n'avait jamais reçu les effectifs et les moyens que l'on met en place dans un pays difficile. Mais dix jours de crise dans le Golfe avaient changé bien des choses.

La coalition toute neuve des pays occidentaux et arabes farouchement opposés à l'occupation du Koweït par l'Irak avait déjà deux commandants en chef : le général américain Norman Schwarzkopf et le prince Khaled ben Sultan ben Abdulaziz, un soldat de métier âgé de quarante-quatre ans, formé en Grande-Bretagne, à Sandhurst, puis aux États-Unis. Il était le neveu du roi et le fils du ministre de la Défense.

Le prince Khaled, en réponse à une demande des Britanniques, s'était montré aussi coopératif qu'à l'accoutumée et avait loué sans tarder une grande villa dans la banlieue pour la mettre à la disposition de l'ambassade de Grande-Bretagne.

Des techniciens venus de Londres étaient en train d'y installer des équipements de télécommunications, sans oublier les inévitables machines à chiffrer. L'endroit devait devenir le quartier général des services secrets britanniques pour la durée de la crise. Quelque part en ville, les Américains en faisaient autant pour le compte de la CIA, qui avait visiblement l'intention de marquer sa présence. Les conflits que l'on allait observer plus tard entre le commandement des forces américaines et les civils de l'Agence n'avaient pas encore eu l'occasion de se manifester.

Pendant ce temps-là, Mike Martin était resté à la résidence privée du chef de poste, Julian Gray. Les deux hommes étaient tombés d'accord sur le fait qu'il valait mieux que personne ne voie Martin à l'ambassade. La charmante Mme Gray, en épouse accomplie, l'avait accueilli sans lui poser une seule question sur ce qu'il était ni ce qu'il faisait en Arabie Saoudite. Martin évitait de parler arabe avec le personnel saoudien, se contentant de dire « merci » en anglais lorsqu'on lui offrait du café.

Le soir du second jour, Gray lui fit un exposé de la situation. Ils avaient passé en revue tout ce qu'il était possible d'en dire, au moins vu de Riyad.

« Vous décollez pour Dhahran demain matin. Un vol régulier des lignes saoudiennes. Ils ont arrêté leurs vols directs pour Khafji. On vous attendra là-bas. La Maison a envoyé un messager à Khafji ; il vous prendra et vous conduira dans le Nord. En fait, je crois que c'est un ancien du régiment. Sparky Low — vous le connaissez ?

— Oui, je le connais, répondit Martin.

— Il a tout ce que vous aviez demandé. Il a trouvé un jeune pilote koweïtien à qui vous aimeriez peut-être parler. On lui enverra les dernières photos de satellites américains qu'on aura eues sur la frontière nord, les principales concentrations de troupes irakiennes à éviter, et tout le reste. Pour le moment, voici les photos que l'on vient de recevoir de Londres. »

Il étala sur la table de la salle à manger une pile de photos agrandies tirées sur papier brillant.

« Apparemment, Saddam n'a pas encore désigné de gouverneur irakien ; il tente toujours de mettre en place une administration de fantoches, mais ça ne le mène à rien. Même l'opposition koweïtienne ne veut pas entrer dans ce jeu-là. Mais il semble bien que la police secrète soit arrivée en nombre. L'un d'eux est sans doute le chef local de l'AMAM, un certain Sabaawi, un fieffé salopard. Il est possible que son patron de Bagdad, Omar Khatib, le chef de l'Amn-al-Amm, vienne faire un tour. »

Martin détaillait le portrait posé devant lui : un visage maussade, renfrogné, un mélange de cruauté et de ruse paysanne dans les yeux et dans la bouche.

« Il a une réputation particulièrement sanguinaire, comme son adjoint au Koweït, Sabaawi. Khatib est un homme d'environ quarante-cinq ans, il est originaire de Tikrit, c'est un type du même clan que Saddam Hussein et son homme de confiance depuis toujours. On ne sait pas grand-chose de Sabaawi, mais il est évident qu'il va se manifester. »

Gray sortit une autre photo.

« En dehors de l'AMAM, Bagdad a envoyé là-bas une équipe de contre-espionnage du Mukhabarat, sans doute pour s'occuper des étrangers et couper court à toute tentative de sabotage ou d'espionnage montée de l'extérieur. Le patron de l'équipe est ce type, ici — il a la réputation d'être intelligent. Il faudra s'en méfier. »

On était le 8 août. Un Galaxy C-5 de plus passa en grondant avant d'atterrir sur la base aérienne voisine. L'énorme machine logistique américaine s'était mise en branle et déversait sans fin du matériel dans ce royaume musulman des plus traditionnels et qui ne comprenait rien à ce qui se passait.

Mike Martin regarda la photo et reconnut le visage de Hassan Rahmani.

C'était Steve Laing qui rappelait.

« Je n'ai pas envie de parler, dit Terry Martin.

— Il le faut pourtant, docteur Martin. Écoutez, vous vous faites du souci pour votre frère, n'est-ce pas ?

— Énormément.

— Vous ne devriez pas, je vous assure. C'est un homme de

caractère, il est tout à fait capable de se débrouiller tout seul. Il avait envie d'y aller, c'est indéniable. Nous lui avons laissé entière liberté de refuser.

— J'aurais mieux fait de me taire.

— Prenons le problème autrement, docteur. Si le pire arrive, nous allons envoyer dans le Golfe des tas d'autres frères, de maris, de fils, d'oncles, d'amants. Et si nous pouvons faire en sorte de limiter le nombre des victimes, nous devons absolument le faire, n'est-ce pas ?

— D'accord. Que voulez-vous ?

— Oh, un autre déjeuner, j'imagine. C'est plus facile de parler d'homme à homme. Connaissez-vous l'hôtel Montcalm ? Là-bas à une heure, ça vous irait ? »

« C'est certainement un brillant esprit, mais il est émotif comme c'est pas permis, avait fait remarquer Laing à Simon Paxman le matin même.

— Seigneur Dieu ! » s'était écrié Paxman, comme un entomologiste à qui l'on viendrait d'annoncer la découverte d'une nouvelle espèce sous un caillou.

Le maître espion et l'universitaire étaient installés dans un coin tranquille — M. Costa y avait veillé. On apporta le saumon fumé et Laing aborda le vif du sujet.

« Les faits sont là, nous risquons de nous retrouver avec une guerre dans le Golfe. Pas dans l'immédiat, bien sûr. Cela va prendre un certain temps de rassembler toutes les forces nécessaires. Mais les Américains ont le couteau entre les dents. Ils sont absolument déterminés à chasser Saddam Hussein et ses assassins du Koweït, et ils ont le soutien total de notre bonne dame de Downing Street.

— Et s'il s'en allait de lui-même ? suggéra Martin.

— Alors, ce serait parfait, il n'y aurait pas besoin de faire la guerre », répliqua Laing.

Il pensait à part lui que cette solution ne serait peut-être pas aussi satisfaisante que cela, après tout. Des rumeurs troublantes circulaient un peu partout, et c'est pour cela qu'il avait organisé ce déjeuner avec l'universitaire.

« Mais dans le cas contraire, il ne nous restera plus qu'à y aller, sous les auspices des Nations unies, et à le foutre dehors.

— Qui ça, nous ?

— Essentiellement les Américains. Nous enverrons des forces de chez nous, des troupes, des navires, des avions. Nous avons déjà des bâtiments de guerre dans le Golfe, des escadrons de chasseurs et de chasseurs bombardiers se redéploient au sud. Sans parler du reste. Mme Thatcher ne veut pas traîner. Pour l'instant, nous n'en sommes qu'à Bouclier du désert, dont l'objectif consiste seulement à empêcher ces salopards de continuer plus au sud et d'envahir l'Arabie Saoudite. Mais les choses pourraient bien ne pas en rester là. Je suis sûr que vous avez entendu parler des WMD ?

— Les armes de destruction massive, bien sûr.

— Là est le vrai problème : les NBC, les armes nucléaires, bactériologiques et chimiques. Entre nous soit dit, nos hommes de Century tentent depuis deux ans de mettre en garde les dirigeants politiques sur ce sujet. L'an dernier, le chef a diffusé un document sur le renseignement dans les années quatre-vingt-dix. Il y expliquait que, depuis la fin de la guerre froide, la menace majeure est la prolifération. Un certain nombre de dictateurs dont la durée de vie est extrêmement incertaine pourraient s'emparer d'armements de haute technologie et peut-être même s'en servir. Tout ça est fort bien, ont-ils tous répondu en chœur, très intéressant. Et ils sont passés à autre chose. Mais maintenant, forcément, ils sont emmerdés comme c'est pas permis.

— Il en a un paquet, vous savez — je veux dire, Saddam Hussein, fit remarquer le Dr Martin.

— C'est précisément le problème, cher ami. D'après nos estimations, Saddam a dépensé cinquante milliards de dollars en armements divers au cours des dix dernières années. C'est pour cela qu'il a fait banqueroute — il doit quinze milliards au Koweït, autant à l'Arabie Saoudite, rien que pour les emprunts contractés pendant la guerre contre l'Iran. Il les a envahis parce qu'ils refusaient d'effacer sa dette et de lui avancer trente milliards de plus pour remettre son économie en état. Mais le plus fort de tout, c'est qu'un tiers de ces cinquante milliards, c'est-à-dire pas moins de dix-sept milliards, ont été utilisés pour acheter des WMD ou les moyens de les fabriquer.

— Et l'Occident a fini par se réveiller ?

— Et il a bien l'intention de se venger. Une opération gigantesque est en train de se préparer. Langley a été prié de retrouver tous les gouvernements qui ont vendu quelque chose à l'Irak et de vérifier les licences d'exportation. Nous en faisons autant.

— Si tout le monde coopère, et ce sera sans doute le cas, ça ne devrait pas prendre trop longtemps, fit Martin à qui l'on apportait sa raie.

— Les choses ne sont pas si simples, répondit Laing. Nous n'en sommes qu'au début, mais il apparaît déjà que le gendre de Saddam, Kamil, a mis sur pied un dispositif d'acquisition extrêmement astucieux, avec des centaines de petites sociétés écrans dans toute l'Europe, l'Amérique du Nord, du Sud, l'Amérique centrale. Ils ont acheté des pièces détachées qui n'avaient apparemment rien à voir entre elles. A l'exportation, ils ont raconté n'importe quoi sur les caractéristiques du produit fini, menti sur son utilisation, réparti les achats dans tous les pays et camouflé la destination finale. Mais reconstituez le puzzle de tous ces petits trucs inoffensifs, et vous obtenez quelque chose d'épouvantable.

— Nous savons qu'il s'est procuré des gaz, dit Martin. Il s'en est servi contre les Kurdes et contre les Iraniens à Fao. Du phosgène, du gaz moutarde. Mais j'ai aussi entendu dire qu'il avait des incapacitants : pas d'odeur, rien qui se voie. C'est mortel et ça disparaît très vite sans laisser de traces.

— Cher ami, je le savais bien, vous êtes une mine d'informations. »

Laing en savait bien entendu autant au sujet des gaz, mais il était encore meilleur en matière de flatterie.

« Et il y a enfin l'anthrax. Il a fait des expériences là-dessus, et peut-être aussi sur la peste pulmonaire. Mais vous savez, on ne peut pas manier ce genre de choses avec de simples gants en caoutchouc. Il faut des équipements chimiques extrêmement spécialisés. Cela devrait apparaître dans les licences d'exportation », fit Martin.

Laing opina du chef et poussa un grand soupir de découragement.

« Cela devrait apparaître, en effet. Mais les enquêteurs se heurtent déjà à deux difficultés de taille. Un certain nombre de sociétés, surtout en Allemagne, leur opposent un mur de silence. Et ensuite, il y a la question des techniques duales. Quelqu'un livre une cargaison de pesticides — ce qui pourrait être tout à fait anodin pour un pays qui essaie de développer sa production agricole, ou qui le prétend. Une autre société, dans un autre pays, livre un autre produit chimique — même motif, un pesticide. Puis un chimiste de talent combine les deux et hop ! ça donne un gaz de combat. Les deux fournisseurs se lamentent en chœur : " Nous n'étions pas au courant. "

— La clé du problème se trouve dans les installations de mélange chimique, dit Martin. C'est de la chimie de haut niveau, on ne peut pas mélanger ce genre de composants dans une baignoire. Trouvez d'abord les gens qui ont livré les usines clé en main et ceux qui les ont installées. Ils peuvent bien raconter ce qu'ils veulent, ils savaient pertinemment ce qu'ils faisaient. Et à quoi ça allait servir.

— Des usines clé en main ? demanda Laing.

— Des usines complètes, construites en partant de zéro par des sociétés étrangères sous contrat. L'heureux propriétaire se contente de tourner la clé et d'entrer chez lui. Mais tout cela ne m'explique pas la raison de ce déjeuner. Vous devriez plutôt en parler à des physiciens ou à des chimistes. Je ne sais tout ça que parce que je m'y intéresse à titre personnel. Alors, pourquoi moi ? »

Laing buvait lentement son café. Il fallait qu'il joue finement avec ce gaillard.

« C'est vrai, nous avons des physiciens et des chimistes, des experts de toute sorte. Et il est certain qu'ils peuvent nous apporter un certain nombre de réponses. Nous travaillons en collaboration étroite avec Washington sur ce problème. Les Américains font le même travail que nous et nous comparerons nos résultats. Nous obtiendrons quelques réponses, mais pas toutes. Nous pensons que nous avons autre chose à proposer, et c'est là le motif de ce déjeuner. Vous savez que la plupart de nos pontes sont convaincus que les Arabes sont incapables de fabriquer un vélo d'enfant, et encore moins de l'inventer ? »

Il venait de toucher un point sensible, et il le savait. C'est là qu'on allait voir si le portrait psychologique du Dr Martin qu'il avait demandé était exact ou non. L'universitaire devint rose vif, mais réussit à conserver son calme.

« Cela me met vraiment hors de moi, fit-il, quand j'entends mes propres concitoyens affirmer que les Arabes ne sont qu'un ramassis d'éleveurs de chameaux avec une serviette de toilette enroulée autour de la tête. Absolument, j'ai déjà entendu ce genre de discours. En fait, ils ont construit des palais très compliqués, des mosquées, des ports, des routes, des systèmes d'irrigation, à une époque où nos ancêtres se baladaient encore vêtus de peaux d'ours. Ils avaient des dirigeants, des législateurs d'une sagesse étonnante quand l'obscurantisme régnait encore chez nous. »

Il se pencha un peu et menaça l'homme de Century de sa cuiller à café.

« Permettez-moi de vous dire une chose : les Irakiens possèdent un certain nombre de scientifiques extrêmement brillants, et, comme bâtisseurs, personne ne leur arrive à la cheville. Leurs ingénieurs en bâtiment sont les meilleurs que l'on puisse trouver à deux mille kilomètres à la ronde, Israël compris. Beaucoup d'entre eux ont été formés en Occident ou chez les Soviétiques, mais ils ont assimilé notre savoir comme des éponges, et ils ont énormément inventé eux-mêmes... »

Il fit une pause, et Laing en profita.

« Docteur Martin, je suis absolument d'accord avec vous. Je ne suis au bureau Proche-Orient de Century que depuis un an, mais je vois les choses exactement comme vous. Les Irakiens sont certainement un peuple très doué. Mais il se trouve qu'ils sont dirigés par un homme qui a accompli un génocide. Tout leur talent, tout leur argent leur sert à tuer des milliers, peut-être des centaines de milliers de gens. Saddam est-il en train de conduire son peuple à la gloire, ou au contraire à un massacre ? »

Martin eut un petit rire.

« Vous avez raison. Cet homme est une aberration. Il n'était pas comme ça dans le temps, il y a très longtemps, mais c'est ce qu'il est devenu. Il a complètement perverti le nationalisme du vieux parti Baas et en a fait une espèce de national-socialisme à la Hitler. »

Laing resta pensif un bon moment. Il était presque au but, si près qu'il ne pouvait plus se permettre maintenant de lâcher son homme.

« George Bush et Mme Thatcher ont décidé que nos deux pays allaient mettre sur pied une équipe conjointe d'investigation et d'analyse des WMD de Saddam. Les enquêteurs doivent rendre compte immédiatement de tout ce qu'ils auront pu découvrir, et les savants nous expliqueront comment il faut l'interpréter. De quoi dispose-t-il exactement ? A quel stade d'avancement ? En quelle quantité ? Que devons-nous envisager comme moyens de protection si la guerre éclate ? Des masques à gaz ? Des combinaisons spatiales ? Des antidotes ? Nous ne savons même pas ce qu'il possède ou ce dont nous aurons besoin...

— Mais je ne sais absolument rien à ce sujet, l'interrompit Martin.

— Non, mais vous connaissez quelque chose que nous ignorons. La mentalité arabe, la mentalité de Saddam. Va-t-il utiliser ce qu'il possède, va-t-il s'accrocher au Koweït ou s'en aller, quelles sortes de pressions pourraient le pousser à renoncer ? Ira-t-il jusqu'au bout ? Les gens de chez nous ne comprennent rien à ce concept arabe du martyre. »

Martin se mit à rire.

« Le président Bush, répondit-il, et tous ceux qui l'entourent, agiront en fonction de leur éducation. Cela signifie qu'ils appliqueront la philosophie et la morale judéo-chrétiennes, elles-mêmes issues des principes de la logique gréco-romaine. Et Saddam réagira en fonction de sa propr vision.

— Comme un Arabe et un musulman ?

— Hum. L'islam n'a rien à voir à l'affaire. Saddam se fiche complètement du hadith, l'enseignement codifié du Prophète. Il prie devant les caméras quand cela lui convient. Non, il faut revenir à Ninive et à l'Assyrie. Il se moque totalement du nombre de morts, tant qu'il est certain de gagner.

— Il ne peut pas gagner, pas contre l'Amérique. Personne ne le pourrait.

— Faux. Vous utilisez le verbe " gagner " comme un Anglais ou un Américain le ferait. Comme Bush et Scowcroft le font en ce moment. Lui voit les choses de manière différente. S'il se retire du Koweït parce que le roi Fahd l'aura payé pour ça, ce qui aurait bien pu arriver si la conférence de Djeddah avait eu lieu, il peut gagner en sauvant la face. Se faire payer pour renoncer serait acceptable, il aurait gagné. Mais l'Amérique ne le permettra pas.

— Sans aucun doute.

— Mais s'il s'en va sous la menace, il perd. Cela paraîtra évident à toute l'Arabie. Il perdra, et il en mourra sans doute. C'est pour ça qu'il ne s'en ira pas.

— Et si on lance la machine de guerre américaine contre lui ? Il sera réduit en morceaux, dit Laing.

— Cela n'a aucune importance. Il sera à l'abri dans son bunker, c'est son peuple qui mourra. Aucune importance. Mais s'il réussit à toucher l'Amérique, il aura gagné. Et s'il l'atteint gravement, très gravement, il sera couvert de gloire. Mort ou vif, il aura gagné.

— Bon Dieu, ce que tout ça est compliqué, fit Laing en riant.

— Pas tant que ça. Les règles morales changent brusquement lorsqu'on franchit le Jourdain. Mais je repose ma question : qu'attendez-vous de moi au juste ?

— Un comité est en train de se constituer, pour conseiller nos patrons sur la question des armes de destruction massive. Quant aux canons, aux chars, aux avions, le ministère de la Défense s'en charge. Il n'y a pas de problème dans ce domaine. Ce n'est que de la ferraille, nous pouvons la détruire par voie aérienne. En fait, il y a deux comités, l'un à Washington et l'autre à Londres. Des observateurs britanniques sont membres du comité américain et réciproquement. Il y aura des gens du ministère des Affaires étrangères, ils viennent d'Aldermaston, Porton Down. Century délègue deux représentants. Je compte y envoyer Simon Paxman et j'aimerais que vous soyez le second, afin de voir s'il n'y a pas un aspect de la question à côté duquel nous passons parce que c'est spécifiquement arabe. C'est votre point fort, c'est là que vous pourriez nous aider.

— C'est d'accord, pour autant que je puisse être utile à quelque chose, mais j'ai peur que ce ne soit bien peu. Comment s'appelle-t-il, votre comité ? Quand se réunit-il ?

— Ah oui, c'est vrai, Simon vous appellera pour vous indiquer le lieu et la date. En fait, on lui a déjà trouvé un nom tout à fait approprié. Méduse. »

L'après-midi du 10 août était déjà bien avancé. Le crépuscule calme et chaud de la Caroline tombait sur la base aérienne Seymour Johnson. C'était un temps à apprécier un punch glacé et un bon steak grillé.

Les hommes du 334e escadron de chasseurs tactiques, qui n'étaient pas encore opérationnels sur F-15E, et ceux du 335e, « les Chefs », qui allaient partir dans le Golfe en décembre, attendaient. Avec le 336e escadron, ils constituaient la 4e escadre tactique de la 9e armée aérienne. C'est le 336e qui partait.

On arrivait au bout de deux jours d'activité frénétique. Deux jours passés à préparer les avions, à faire les plans de vol, à décider de l'équipement, à mettre en sécurité les documents secrets et l'ordinateur de l'escadron chargé avec les plans tactiques, à embarquer le tout dans les conteneurs qui devaient être acheminés par des appareils de transport. Déménager un escadron d'avions de combat n'est pas aussi simple que déménager une maison, ce qui est déjà assez compliqué. Cela ressemble plutôt au déménagement d'une petite ville.

Sortis sur le tarmac, les vingt-quatre Eagle étaient tapis en silence, comme des bêtes terrifiantes qui attendent que les petites créatures qui les ont créées veuillent bien monter à bord pour lâcher toute leur puissance d'un simple mouvement du doigt.

Les appareils étaient équipés pour la longue traversée qu'ils devaient accomplir à travers le monde jusqu'à la péninsule arabique, sans escale. Chaque Eagle emportait treize mille livres de kérosène en réservoir interne. Deux réservoirs supplémentaires profilés étaient accrochés à leurs flancs, comme des conteneurs élancés conçus pour minimiser la traînée autour du fuselage. Ces réservoirs profilés contenaient chacun cinq mille livres. Accrochés à côté de chaque réservoir, se trouvaient trois autres réservoirs supplémentaires en forme de torpille, contenant chacun quatre mille livres. Le plein de kérosène, soit treize tonnes et demie, représentait à lui seul la charge utile de cinq bombardiers de la Seconde Guerre mondiale. Et l'Eagle est un chasseur.

Les affaires personnelles de l'équipage étaient contenues dans des pods de transport, d'anciens pods à napalm reconvertis pour un usage plus humain. Ces conteneurs accrochés sous les ailes renfermaient des chemises, des chaussettes, des shorts, du savon, de la crème à raser, des uniformes, des mascottes et des magazines pour hommes. Pour autant qu'on le sache, il faudrait sans doute faire pas mal de kilomètres avant de trouver un bar à célibataires.

Les quatre gros ravitailleurs KC-10, qui allaient refaire le plein des chasseurs à travers l'Atlantique et jusqu'à la péninsule Arabique, étaient déjà en l'air et attendaient au-dessus de l'Océan. Chacun d'eux pouvait se charger de six chasseurs.

Un peu plus tard, une véritable caravane de Starlifter et de Galaxy apporterait le reste, la petite armée d'hommes de piste et de mécaniciens, les électroniciens, les ravitailleurs, les munitions et les pièces de rechange, les groupes électrogènes et les ateliers, les machines-outils et les établis. Il ne fallait compter sur rien à l'autre bout. Tout ce qui était nécessaire à l'entretien et au maintien en condition de combat de deux douzaines de chasseurs les plus perfectionnés au monde devait prendre le même chemin et parcourir la moitié de la terre.

Chaque Strike Eagle représentait une valeur de quarante-quatre millions de dollars en boîtes noires, aluminium, composites de fibres de carbone, calculateurs, équipements hydrauliques, sans compter la masse de matière grise qui y était incluse.

Le maire de Goldsboro, Hal K. Plonk, était venu à la tête d'une délégation de la ville. Cet éminent fonctionnaire municipal aimait énormément le surnom de « Kerplouc » que lui avaient donné ses vingt-deux mille concitoyens pour souligner le don qu'il avait d'amuser les délégations de pisse-froid politiquement corrects qui arrivaient de Washington, avec son accent du Sud et sa collection de blagues. On se souvenait encore de certains visiteurs, traumatisés par une heure d'histoires à se tordre de rire et qui avaient dû rentrer précipitamment pour se faire soigner. Il est inutile de dire que le maire était régulièrement réélu à une écrasante majorité.

Debout aux côtés du chef d'escadre, Hal Hornburg, la délégation de la cité admirait avec fierté les Eagle qui sortaient des hangars, remorqués par des tracteurs, les équipages qui grimpaient à bord, le pilote dans le siège avant et son officier d'armes, ou « nav », à l'arrière. Autour de chaque appareil, une armée d'hommes de piste s'affairaient pour les dernières vérifications avant le vol.

« Est-ce que je vous ai déjà raconté, demanda en rigolant le maire à l'officier très supérieur qui se tenait à côté de lui, celle du général et de la pute ? »

Dieu soit loué, Don Walker mit les moteurs en marche à ce moment précis et le hurlement des deux Pratt & Whitney F100-PW-220 lui fit perdre les détails malheureux de l'aventure du général et de la dame.

Les vingt-quatre Eagle du 336ᵉ démarrèrent l'un après l'autre et parcoururent le kilomètre et demi qui les séparait de l'entrée de piste. Des petites flammes de tissu rouge tremblaient sous les ailes, indiquant que les sécurités étaient toujours en place sur les missiles Sparrow et Sidewinder accrochés à leurs pylônes. On enlevait ces sécurités juste avant le décollage.

Des groupes de policiers de l'air et de gardes armés étaient en faction tout le long de la piste. Certains faisaient de grands signes, d'autres saluaient militairement. Les Eagle s'arrêtèrent une dernière fois juste avant la piste, et une nuée d'armuriers et de mécaniciens s'affairèrent. Ils vérifiaient les roues, faisaient un dernier tour des appareils, à la recherche de fuites éventuelles, de boulons mal serrés ou de trappes mal fermées — tout ce qui aurait pu apparaître au cours du roulage. Enfin, ils retirèrent les goupilles de sécurité des missiles.

Les Eagle attendaient patiemment, avec leurs vingt mètres de long, leurs six mètres de haut et treize mètres d'envergure. Ces avions ont une masse de quarante mille livres à sec et une masse maximale au décollage de quatre-vingt-un mille livres. C'était à peu près leur masse à cet instant, et il allait leur falloir rouler un bon moment avant de décoller.

Les Eagle avancèrent finalement vers l'entrée de piste, se mirent dans le vent et accélérèrent sur le tarmac. Les réchauffes s'allumèrent lorsque les pilotes poussèrent les manettes à fond et des flammes de dix mètres jaillirent des tuyères. Sur le bord de la piste, les patrons d'appareil, un casque antibruit sur les oreilles pour se protéger du vacarme, saluèrent leurs « bébés » qui partaient en mission lointaine. Ils ne devaient pas les revoir avant d'être arrivés eux aussi en Arabie.

Après quinze cents mètres de piste, les roues quittèrent le tarmac et les Eagle prirent l'air. Trains et volets rentrés, réchauffe coupée et puissance normale. Les vingt-quatre Eagle pointèrent le nez vers le ciel et grimpèrent à cinq mille pieds par minute, avant de disparaître dans la pénombre. Ils se stabilisèrent à vingt-cinq mille pieds, et, une heure plus tard, aperçurent les feux de position et de navigation du premier ravitailleur KC-10. Il était temps, les deux réacteurs F100 commençaient à avoir soif. Lorsque la réchauffe est allumée, ils consomment chacun quarante mille livres de pétrole à l'heure. C'est pour cela que l'on n'utilise la réchauffe ou « post-combustion » qu'au décollage, au combat, ou pour une manœuvre d'urgence quand il faut se tirer vite fait. Même à puissance normale, les avions doivent faire le plein toutes les quatre-vingt-dix minutes. Pour voler sans escale jusqu'en Arabie Saoudite, ils avaient impérativement besoin de leurs KC-10, les « stations-service du ciel ».

L'escadron était en formation lâche, chaque ailier derrière son leader, à environ un nautique de distance. Don Walker, son nav Tim derrière lui, jeta un regard pour vérifier si son ailier tenait son poste. Ils faisaient cap à l'est et ils étaient donc maintenant dans l'obscurité au-dessus de l'Atlantique, mais tous les appareils apparaissaient sur leurs écrans radar. Les feux de navigation étaient également visibles.

A la queue du KC-10 devant lui et légèrement au-dessus, l'opérateur de perche avait ouvert la trappe qui protégeait son hublot, et contemplait la mer de feux de position qui s'étendait derrière lui. La perche se déployait, attendant le premier client.

Chaque groupe de six chasseurs avait identifié son ravitailleur attitré et Walker approcha pour prendre son tour. Un peu de gaz et l'Eagle surgit sous le ravitailleur, à portée de la perche. A bord de l'avion-citerne, l'opérateur guida sa perche dans l'embout placé au bord d'attaque gauche du chasseur. Quand il eut verrouillé, le carburant commença à couler, à la cadence de deux mille livres de JP4 à la minute. L'Eagle suça jusqu'à plus soif.

Lorsque le plein fut fait, Walker dégagea et son ailier glissa sur le côté pour prendre son tour. Autour d'eux, trois autres ravitailleurs se livraient à la même opération pour chacun de leurs six chasseurs.

Ils continuèrent leur vol de nuit, une nuit qui n'allait pas durer très longtemps, compte tenu de leur vitesse de trois cent cinquante nœuds indiqués, soit cinq cents par rapport au sol. Six heures plus tard, le soleil se leva une nouvelle fois au moment où ils dépassaient la côte espagnole. Ils volaient au nord des côtes d'Afrique pour éviter la Libye. En approchant de l'Égypte, qui faisait partie des pays de la coalition, les avions du 336ᵉ virèrent au sud-est, se laissèrent glisser au-dessus de la mer Rouge et aperçurent pour la première fois l'immensité ocre de sable et de cailloux que l'on appelle le désert d'Arabie.

Après quinze heures passées en l'air, fourbus et engourdis, les quarante-huit jeunes Américains atterrirent à Dhahran, en Arabie Saoudite. Quelques heures plus tard, ils atteignirent leur destination finale, la base omanaise de Thumrait au sultanat d'Oman et Mascate.

Ils y trouvèrent des conditions de vie auxquelles ils repenseraient plus tard avec nostalgie, à mille kilomètres de la frontière irakienne et de la zone dangereuse, et y passèrent quatre mois, jusqu'à la mi-décembre. Ils commencèrent à effectuer des missions d'entraînement lorsque leur soutien logistique fut arrivé sur place, ils se baignèrent dans les eaux bleues de l'océan Indien et attendirent là ce que le bon Dieu ou le général Schwarzkopf avait prévu pour eux.

En décembre, ils seraient redéployés en Arabie Saoudite. L'un d'eux, mais il ne le saurait jamais, allait changer le cours de la guerre.

Chapitre 5

L'aéroport de Dhahran était complètement engorgé. Mike Martin arrivait de Riyad, et il avait l'impression que toute la côte Est s'était donné rendez-vous là. Situé au cœur même de la chaîne de puits pétroliers qui a donné à l'Arabie Saoudite sa fabuleuse richesse, il était connu de longue date des Américains et des Européens, contrairement à Taif, Riyad ou Yenbo et aux autres villes du royaume. Le port, pourtant très actif, n'avait pas l'habitude de voir autant de visages anglo-saxons dans les rues. Mais, en cette deuxième semaine d'août, Dhahran se ressentait déjà des effets de l'invasion. Quelques-uns d'entre eux tentaient de partir. Certains avaient emprunté la digue jusqu'à Bahreïn dans l'espoir d'y prendre un avion. D'autres étaient à l'aéroport de Dhahran, surtout des femmes et des familles de pétroliers, attendant la correspondance pour Riyad et de là un avion qui les ramènerait chez eux. Et il en arrivait d'autres, un flot d'Américains avec leurs armes et leur équipement. Le vol de Martin s'était frayé un chemin entre deux Galaxy C-5 bourrés à craquer, deux avions d'un pont aérien ininterrompu qui arrivait de Grande-Bretagne, d'Allemagne et des États-Unis. Ils participaient à la montée en puissance qui allait transformer le nord-est de l'Arabie Saoudite en un gigantesque camp militaire.

Ce n'était pas encore Tempête du désert, la campagne de libération du Koweït, qui n'allait débuter que cinq mois plus tard ; ce n'était que l'opération Bouclier du désert, conçue pour dissuader l'armée irakienne, désormais forte de quatorze divisions déployées le long de la frontière et dans tout le Koweït, de déferler plus au sud.

Un observateur non averti aurait trouvé le spectacle de l'aéroport de Dhahran assez impressionnant, mais un examen plus attentif lui aurait révélé que le bouclier avait l'épaisseur

107

d'une feuille de papier à cigarette. Les blindés et l'artillerie américains n'étaient pas encore sur place — les premiers cargos quittaient tout juste les ports américains —, et les équipements transportés par les Galaxy, Starlifter et Hercules ne représentaient qu'une petite fraction de ce qu'un navire pouvait transporter. Les Eagle basés à Dhahran et les Hornet des marines à Bahreïn, plus les Tornado britanniques qui venaient d'arriver à Dhahran depuis l'Allemagne, avaient à peine assez de munitions pour effectuer une demi-douzaine de missions. Il en fallait plus que cela pour arrêter une attaque de blindés. En dépit du spectacle offert par le matériel militaire débarqué sur quelques aéroports, tout le nord-est de l'Arabie Saoudite restait sans aucune protection sous le soleil.

Martin se fraya un chemin dans la foule qui encombrait le hall d'arrivée, son sac de marin jeté sur l'épaule, et reconnut un visage de l'autre côté de la barrière.

Pendant son stage de sélection au SAS, quand on lui disait qu'on n'allait pas essayer de l'entraîner mais de le tuer, les instructeurs avaient bien manqué réussir. Un jour, il avait parcouru quarante-cinq kilomètres à travers les Brecon, l'un des pires endroits qui existe en Grande-Bretagne. Il tombait une pluie glaciale et il portait cinquante kilos dans son sac Bergen. Comme tous les autres, il était au bord de l'épuisement, essayant de s'enfermer dans un monde intérieur où l'existence ne semblait plus qu'un monceau de souffrances et où plus rien ne subsistait que la volonté.

C'est alors qu'il vit le camion, ce camion magnifique qui les attendait. C'était la fin de la marche et, en termes d'endurance physique, le seuil limite. Plus que cent mètres, quatre-vingts, cinquante. Son corps devinait la fin du calvaire et, à mesure qu'il se rapprochait du but et qu'il ne lui restait plus que quelques mètres à parcourir, ses jambes fléchissaient de plus en plus sous le poids de son sac.

Il y avait un homme assis à l'arrière du camion, un homme qui observait tranquillement les visages, marqués par la pluie et la souffrance, des soldats qui se dirigeaient vers lui. Quand la ridelle ne fut plus qu'à vingt centimètres des doigts qui essayaient désespérément de l'atteindre, l'homme donna un coup sur l'arrière de la cabine et le camion démarra. Il ne s'arrêta pas cent mètres plus loin, il s'arrêta quinze kilomètres plus loin. Sparky Low était l'homme du camion.

« Salut, Mike, ça fait plaisir de te voir. »

Le genre d'accueil qui vous fait tout pardonner.

« Salut, Sparky, comment ça se passe ici ?

« — Un sacré merdier, puisque tu me poses la question. »

Sparky sortit son 4 × 4 du parking et, trente minutes plus tard, ils étaient hors de Dhahran, en route vers le nord. Khafji était à trois cent vingt kilomètres, soit trois heures de voiture, mais ils se retrouvèrent tout seuls après avoir laissé le port de Jubail sur leur droite. La route était déserte, personne n'avait envie de visiter Khafji, petite cité pétrolière à la frontière du Koweït et réduite maintenant à l'état de ville fantôme.

« Y a encore des réfugiés qui arrivent ? demanda Martin.

— Quelques-uns, fit Sparky en hochant la tête, mais le gros est passé. Ceux qui arrivent encore sont surtout des femmes et des gosses avec des laissez-passer, les Irakiens les laissent partir pour s'en débarrasser. C'est sympa. Si c'était moi qui dirigeais le Koweït, je me débarrasserais aussi des expatriés. Quelques Indiens arrivent à passer — les Irakiens ont l'air de ne pas s'en apercevoir. Les Indiens arrivent avec des renseignements intéressants, et j'ai même réussi à en persuader deux de retourner là-bas pour porter des messages aux nôtres.

— T'as les trucs que je t'avais demandés ?

— Ouais. Gray a dû tirer quelques ficelles. C'est arrivé hier dans un camion avec des plaques saoudiennes. J'ai tout mis dans la chambre d'amis. On dîne ce soir avec ce jeune pilote koweïtien dont je t'ai parlé. Il prétend qu'il a gardé des contacts là-bas, des gens de confiance qui pourraient être utiles. »

Martin grommela.

« Il ne faut pas qu'il voie mon visage, il pourrait se faire pincer. »

Sparky réfléchit un instant. « D'accord. »

La villa de Sparky Low était plutôt chouette, se dit Martin. Elle appartenait à un cadre de l'Aramco, mais la compagnie avait évacué ses hommes et les avait rapatriés à Dhahran. Martin savait parfaitement qu'il ne fallait pas demander à Sparky Low ce qu'il fabriquait dans le coin. Il était évident que, lui aussi, avait été « emprunté » par Century House. Sa mission consistait apparemment à intercepter les réfugiés qui réussissaient à passer au sud et, dans la mesure où ils voulaient bien parler, à leur faire raconter ce qu'ils avaient vu ou entendu.

Khafji était pratiquement vide, mis à part la garde nationale saoudienne qui s'était enterrée dans des positions défensives autour de la ville. Mais il restait encore un Saoudien inconsolable qui errait d'une échoppe à l'autre dans le quartier du marché, et qui ne voulait pas croire qu'il avait trouvé un client. Martin lui acheta les vêtements dont il avait besoin.

L'électricité fonctionnait encore à Khafji, en ce milieu

d'août, ce qui signifiait que la climatisation, la pompe à eau du puits et le chauffe-eau fonctionnaient aussi. Il y avait une baignoire, mais il préféra ne pas s'en servir. Cela faisait trois jours qu'il ne s'était pas lavé, rasé ni brossé les dents. Mme Gray avait sans doute remarqué l'odeur, mais, en femme bien élevée, elle n'en avait rien laissé paraître. Pour ce qui était de l'hygiène dentaire, Martin se contentait de se frotter avec un bout de bois après le repas.

L'officier koweïtien se révéla être un jeune homme élégant de vingt-six ans, fou de rage après ce qui était arrivé à son pays et qui soutenait visiblement la dynastie royale des Al-Sabah, lesquels étaient maintenant logés dans un hôtel de luxe mis à leur disposition par le roi Fahd d'Arabie Saoudite. Il fut très étonné en voyant que, si son hôte était plus ou moins ce à quoi il s'attendait, c'est-à-dire un officier britannique en civil, le troisième homme présent à table ressemblait à un Arabe, mais un Arabe vêtu d'un *thob* sale autrefois blanc et qui portait autour de la tête un keffieh troué, dont l'un des coins lui barrait le visage jusqu'aux yeux. Low fit les présentations.

« Vous êtes vraiment britannique ? » lui demanda le jeune homme, surpris. On lui expliqua pourquoi Martin était déguisé de la sorte et pourquoi il se cachait le visage. Le capitaine Al-Khalifa approuva d'une inclinaison de tête. « Pardonnez-moi, major. Je comprends, bien sûr. »

Son histoire était limpide. Le soir du 1er août, on l'avait appelé chez lui pour lui ordonner de rallier la base d'Ahmadi où il était stationné. Toute la nuit, ses camarades et lui avaient écouté la radio qui rendait compte de l'invasion du pays par le nord. A l'aube, son escadron de Skyhawk était prêt au combat, les pleins de carburant et de munitions faits. Si le Skyhawk de fabrication américaine n'est certes pas un chasseur moderne, il peut encore se montrer utile pour l'attaque au sol. Il ne pouvait pas se mesurer aux Mig 23, 25 ou 29 irakiens, ou aux Mirage de fabrication française, mais heureusement, lors de son unique mission, il n'en rencontra pas.

Il avait identifié ses objectifs dans les faubourgs de la ville, juste après l'aube. « J'ai eu un de leurs chars à la roquette, expliqua-t-il, encore tout excité. Je le sais, parce que je l'ai vu brûler. Je n'avais plus que mes canons, et je me suis attaqué aux camions qui venaient derrière. J'ai eu le premier — il est parti dans le fossé et s'est retourné. Puis je me suis retrouvé à court de munitions, si bien que j'ai dû rentrer. Mais arrivé à la verticale d'Ahmadi, la tour de contrôle nous a ordonné de nous diriger au sud vers la frontière pour essayer de sauver les avions. J'ai eu juste assez de pétrole pour me poser à Dhahran. Nous avons eu plus de soixante appareils mis hors de combat, vous savez : des Skyhawk, des Mirage et des avions d'entraînement britanniques, des Hawker. Sans compter les hélicoptères Gazelle, Puma et Super-Puma. Maintenant, je vais continuer à me battre ici et je rentrerai quand nous aurons été libérés. A votre avis, quand l'attaque sera-t-elle déclenchée ? »

Sparky Low esquissa un sourire gêné. Ce gosse était tellement convaincu de ce qu'il disait.

« C'est pas pour tout de suite, j'en ai peur. Vous devez prendre patience. Il y a tout un travail de préparation à faire. Parlez-nous un peu de votre père. »

Apparemment, le père du pilote était un commerçant très fortuné, ami de la famille royale, et comptait parmi les personnalités de son pays.

« Est-ce qu'il soutiendra les forces d'invasion ? » demanda Low.

Le jeune Al-Khalifa explosa.

« Jamais de la vie ! Il fera tout ce qui est en son pouvoir pour aider à notre libération. » Il se tourna vers les yeux sombres qui l'observaient au-dessus du keffieh. « Irez-vous voir mon père ? Vous pouvez compter sur lui.

— Pas impossible, répondit Martin.

— Pourriez-vous lui remettre un message de ma part ? »

Il remplit une feuille et la donna à Martin. Mais pendant le trajet de retour à Dhahran, Martin avait brûlé le message dans le cendrier de la voiture. Il ne voulait rien emporter de compromettant à Koweït City.

Le lendemain matin, Low et lui-même rangèrent les « trucs » qu'il avait demandés dans le coffre de la jeep et ils partirent vers le sud, en direction de Manifah, puis tournèrent à l'ouest le long de la Tapline qui suit la frontière irakienne avec l'Arabie Saoudite. On appelle cette route ainsi parce que TAP est l'acronyme de Trans-Arabian Pipeline. La route sert à l'entretien de cet oléoduc qui transporte la plus grosse partie du brut saoudien destiné à l'Occident. Plus tard, la Tapline deviendrait l'artère principale de ravitaillement de la plus grosse armada terrestre jamais vue : quatre cent mille Américains, soixante-dix mille Britanniques, dix mille Français et deux cent mille Saoudiens, plus tous les soldats des armées arabes massées pour envahir l'Irak et le Koweït depuis le sud. Mais ce jour-là, la route était déserte.

Au bout de quelques kilomètres, la jeep se dirigea de nouveau vers le nord, vers la frontière irako-saoudienne, mais à un autre endroit, à l'intérieur des terres. C'est là que la frontière est la plus proche de Koweït City, près du village de Hamatiyyat, qui était maintenant déserté et envahi par les mouches.

Les photos de reconnaissance américaines que Gray avait pu obtenir à Riyad montraient que le gros des forces irakiennes étaient massées juste au-dessus de la frontière, mais près de la côte. Plus on se dirigeait vers l'intérieur, plus les avant-postes irakiens étaient clairsemés. Ils concentraient leurs forces entre le carrefour de Nuwaisib, sur la côte, et le poste frontière d'Al-Wafra, à quarante kilomètres dans les terres. Le village de Hamatiyyat est à cent cinquante kilomètres à l'intérieur, comme une punaise fichée dans la frontière, et cela réduisait la distance à parcourir pour se rendre à Koweït City.

Les dromadaires que Martin avait demandés les attendaient dans une petite ferme à l'extérieur du village. Il y avait une chamelle de bât, dans la force de l'âge, et son chamelon, beige clair, avec un museau de velours et des yeux attendrissants, qui était encore à la mamelle. Il allait grandir et devenir aussi teigneux que le reste de ses congénères, mais on n'en était pas encore là.

« Pourquoi le chamelon ? » demanda Low. Ils étaient assis dans la jeep et observaient l'enclos.

« C'est une couverture. Si quelqu'un me pose des questions indiscrètes, je répondrai que je les emmène dans les élevages qui se trouvent près de Sulaibiya pour les vendre. Les prix sont plus intéressants là-bas. »

Il sortit de la jeep et se dirigea vers l'éleveur de dromadaires qui somnolait à l'ombre de son turban. Martin avait des sandales aux pieds. Pendant trente bonnes minutes, les deux hommes palabrèrent dans la poussière et finirent par convenir d'un prix. En voyant ce visage sombre, ces dents sales, cet homme qui parlait dans la poussière avec sa chemise sale et son odeur, le chamelier ne douta pas un seul instant qu'il avait affaire à un marchand bédouin qui avait de l'argent à dépenser pour s'acheter deux belles bêtes.

Quand le marché fut conclu, Martin paya avec une liasse de dinars saoudiens qu'il avait empruntés à Low. Il les avait gardés sous son aisselle pour bien les salir. Il conduisit alors les deux dromadaires un kilomètre plus loin, là où ils seraient à l'abri des regards indiscrets derrière les dunes de sable. Low le rejoignit avec la jeep. En attendant, il était allé s'asseoir à quelques centaines de mètres de l'enclos, pour le regarder faire. Lui-même parlait fort bien l'arabe de la péninsule, mais il n'avait encore jamais travaillé avec Martin, et il fut extrêmement impressionné. Ce type ne se contentait pas d'imiter un Arabe. Lorsqu'il était descendu de la jeep, on l'aurait vraiment pris pour un Bédouin, dont il avait tout à fait l'allure et les gestes.

La veille, au Koweït, s'était produit un petit incident dont ils n'avaient bien entendu pas connaissance. Deux ingénieurs britanniques, qui cherchaient à s'enfuir, avaient quitté leur appartement vêtus de la gandoura blanche qui tombe jusqu'aux pieds et que l'on appelle là-bas *thob*, la tête couverte d'un *ghutra*. Ils n'avaient pas parcouru la moitié des cinquante mètres les séparant de leur voiture, qu'un gamin était sorti de sa masure et leur avait crié : « Vous pouvez toujours vous déguiser en Arabes, vous marchez comme des Anglais. » Les ingénieurs avaient dû rentrer chez eux.

Transpirant sous le soleil, mais à l'abri des indiscrets, les deux agents du SAS transférèrent les « trucs » de la jeep dans les couffins accrochés sur les flancs de la chamelle, qui protesta devant la surcharge, crachant et grognant contre les hommes qui s'acharnaient sur elle.

Les deux cents livres d'explosifs Semtex-H furent placées dans un couffin. Chaque bloc de cinq livres était enveloppé dans un chiffon et des sacs de café recouvraient le tout, au cas où un soldat irakien aurait insisté pour voir ce qu'il y avait dans le chargement. Le second couffin fut rempli de pistolets-mitrailleurs, munitions, détonateurs, retardateurs et grenades, ainsi que du minuscule mais puissant émetteur-récepteur de Martin, avec son antenne satellite pliante et des accumulateurs cadmium-nickel de rechange. Ce couffin-là fut également recouvert de sacs de café.

Quand ils eurent terminé, Low lui demanda : « Je peux faire autre chose pour toi ? »

— Non, c'est bon, merci. Je vais rester ici jusqu'au coucher du soleil. C'est pas la peine que tu attendes. »

Low lui tendit la main. « Désolé, pour les Brecon. » Martin lui rendit sa poignée de main. « C'est rien, j'ai survécu. » Low fit entendre un petit aboiement qui ressemblait à un rire. « Bah, c'est le métier. Nous survivons toujours, nom de Dieu. J'espère que t'auras toujours autant de chance, Mike. »

Il démarra. La chamelle lui jeta un coup d'œil, blatéra, régurgita une bouchée de nature indéterminée et se mit à mâcher. Son chamelon essaya d'attraper une tétine, ne réussit pas, et finit par s'allonger à côté d'elle.

Martin alla s'asseoir contre la selle, ramena le keffieh sur sa figure et se mit à réfléchir à ce qui allait se passer pendant les jours à venir. Le désert ne posait pas de problème, l'agitation et la presse dans Koweït City pouvaient en être un. Y avait-il beaucoup de contrôles et de barrages sur les routes ? Les soldats qui les effectuaient étaient-ils perspicaces ? Century lui avait proposé de lui faire de faux papiers, mais il avait refusé. Les Irakiens pouvaient très bien avoir changé les documents d'identité. Il était sûr que la couverture qu'il s'était choisie était la meilleure qu'on puisse imaginer dans le monde arabe. Les Bédouins vont et viennent comme cela leur chante. Ils n'offrent jamais la moindre résistance aux envahisseurs, car ils en ont trop vu : les Sarrasins et les Turcs, les Croisés et les Templiers, les Allemands et les Français, les Britanniques et les Égyptiens, les Israéliens et les Iraniens. S'ils leur ont survécu, c'est parce qu'ils se sont toujours tenus soigneusement à l'écart de la politique et de la guerre. Plusieurs régimes ont tenté de les mater, aucun n'y est parvenu. Le roi Fahd d'Arabie, ayant décrété que tous ses sujets devaient avoir une maison, avait construit un beau village du nom d'Escan, avec tout l'équipement moderne — piscine, toilettes, salles de bains, eau courante. On rassembla quelques Bédouins et on les installa dans les lieux. Ils burent l'eau de la piscine (cela ressemblait assez à une oasis), chièrent dans le patio, jouèrent avec les robinets puis déguerpirent, en expliquant poliment à leur monarque qu'ils préféraient dormir à la belle étoile. On nettoya Escan, qui fut utilisé par les Américains pendant la crise du Golfe.

Mais Martin savait aussi que sa taille pouvait poser un problème. Il mesurait un mètre soixante-dix-huit, et la plupart des Bédouins sont beaucoup plus petits. Des siècles d'épidémies et de malnutrition les ont réduits à l'état d'êtres maladifs et rachitiques. Dans le désert, l'eau est réservée exclusivement à la boisson, que ce soit pour les chèvres, les dromadaires ou les hommes. C'est pour cela que Martin avait renoncé à prendre un bain. Il savait combien l'attrait de la vie dans le désert est une notion réservée aux Occidentaux.

Il n'avait aucun papier d'identité, mais cela, par contre, n'était pas un problème. Plusieurs gouvernements avaient essayé de les imposer aux Bédouins. Les hommes des tribus s'en montrèrent ravis, cela faisait un excellent papier hygiénique, très supérieur à une poignée de sable. Pour un policier ou un soldat, demander ses papiers à un Bédouin était une perte de temps, pour eux et pour lui, et chacun le savait. Du point de vue des autorités, la seule chose qui comptait était que les

Bédouins ne créent d'ennuis à personne. Ils n'auraient aucune envie de participer à un mouvement de résistance au Koweït. Martin en était conscient, il espérait seulement que les Irakiens l'étaient aussi.

Il somnola jusqu'au coucher du soleil, puis se mit en selle. A son « hut hut hut », la chamelle se mit debout, son chamelon derrière. Il avait avalé assez de lait pour tenir un bon bout de temps. Ils se mirent donc en route, de ce pas chaloupé qui semble très lent, mais permet en fait de couvrir des distances invraisemblables. La chamelle avait été bien nourrie et abreuvée dans l'enclos, et elle ne fatiguerait pas avant plusieurs jours.

Il était loin au nord-ouest du poste de police de Ruqaifah, là où passe une piste qui va du Koweït jusqu'en Arabie, lorsqu'il franchit la frontière, peu avant huit heures. Il faisait nuit noire, mais une faible lueur descendait des étoiles. A sa droite, il apercevait les lueurs du champ pétrolier de Manageesh, au Koweït, probablement patrouillé par les Irakiens, mais le désert qui s'étendait devant lui était vide. D'après la carte, il y avait encore cinquante kilomètres, soit trente miles, jusqu'aux élevages de chameaux qui se trouvent juste au sud de Sulaibiya, le district situé près de Koweït City où il comptait laisser ses bêtes au pâturage pour les récupérer plus tard en cas de besoin. Mais avant cela, il lui fallait enterrer ses « trucs » dans le désert et marquer l'endroit. Si personne ne l'arrêtait ni ne le retardait, il aurait le temps d'enterrer son chargement dans l'obscurité avant le lever du soleil, dans neuf heures. Une heure de plus et il serait à la ferme.

Lorsqu'il eut les champs pétroliers de Manageesh dans le dos, il sortit sa boussole et releva sa position. Comme il l'avait supposé, les Irakiens patrouillaient sans doute sur les routes, peut-être même sur les pistes, mais jamais dans le désert proprement dit. Aucun réfugié ne tenterait de s'échapper par cette voie, ni aucun ennemi de s'y infiltrer.

De la ferme, après le lever du jour, il savait qu'il trouverait facilement un camion qui le conduirait en ville, trente-cinq kilomètres plus loin. Très haut au-dessus de sa tête, silencieux dans le ciel nocturne, un satellite de reconnaissance KH-11 glissait dans le ciel. Jadis, les premières générations de satellites espions américains devaient périodiquement éjecter leurs photos dans des capsules qui rentraient dans l'atmosphère. Il fallait ensuite développer laborieusement ces images. Les KH-11, des satellites de trente mètres de long et pesant quinze tonnes, sont plus perfectionnés. Au fur et à mesure qu'ils photographient le sol sous eux, ils chiffrent automatiquement les images qui deviennent des trains d'impulsions électroniques. Ces impulsions sont alors dirigées *vers le haut,* sur un satellite situé au-dessus d'eux. Le satellite récepteur appartient à la catégorie des engins placés en orbite géostationnaire. Cela signifie que leur orbite et leur vitesse les maintiennent au-dessus d'un point fixe sur la terre. Lorsqu'il reçoit les images émises par le KH-11, le satellite peut soit les réémettre vers l'Amérique, soit, si la courbure de la terre masque ce continent, les réémettre dans l'espace vers un autre satellite géostationnaire qui renvoie les images à ses maîtres américains. Le NRO peut ainsi récupérer les photos en temps réel, quelques secondes après qu'elles ont été prises.

Le gain de temps réalisé ainsi est considérable en cas de guerre. Par exemple, si le KH-11 voit un convoi ennemi en mouvement, on a largement le temps d'envoyer une patrouille aérienne d'attaque au sol pour réduire les camions à l'état de ferraille. Les malheureux soldats qui sont dedans ne comprendront jamais comment les chasseurs bombardiers ont pu les trouver. Car les KH-11 fonctionnent en permanence, de jour comme de nuit, que le ciel soit clair ou qu'il y ait du brouillard.

La formule que l'on utilise souvent à leur propos est : « voit-tout ». Malheureusement, c'est inexact. Cette nuit-là, le KH-11 passait au-dessus de l'Arabie et du Koweït. Mais il ne voyait pas ce Bédouin isolé qui pénétrait dans un territoire interdit, et l'eût-il vu qu'il ne s'en serait pas préoccupé davantage. Le satellite progressait au-dessus du Koweït avant de survoler l'Irak. Il voyait de nombreux immeubles, des guirlandes de mini-cités industrielles autour de Al-Hillah et Tarmiya, Al-Atheer et Tuwaitha, mais il était incapable de voir ce qui se passait dans ces bâtiments. Il ne voyait ni les cuves de gaz mortel en cours de préparation, ni les installations de centrifugation des usines de séparation d'isotopes.

Il progressait vers le nord, repérant les aérodromes, les autoroutes et les ponts. Il détecta même le dépôt de vieilles voitures d'Al-Qubai, mais n'y prêta aucune attention. Il aperçut les centres industriels d'Al-Quaim, Jazira et Al-Shirqat à l'ouest et au nord de Bagdad, mais pas les armes de destruction massive qu'on y assemblait. Il passa au-dessus du Djebel Al-Hamreen, mais il ne vit pas la Forteresse construite par l'officier du génie Osman Badri. Il ne vit qu'une montagne parmi d'autres montagnes, des villages dans les collines parmi d'autres villages. Puis il survola le Kurdistan et aborda la Turquie.

Mike Martin avançait péniblement dans la nuit vers Koweït

City, invisible dans sa gandoura qu'il n'avait pas quittée depuis deux semaines. Il eut un sourire en se rappelant ce jour où, revenant à sa Land Rover après une balade dans le désert près d'Abu Dhabi, il s'était fait surprendre par une grosse Américaine qui le visait avec son appareil en lui criant « clic-clic ».

Il avait été convenu que le comité Méduse tiendrait sa réunion préliminaire dans une salle de réunion située près de la salle du Conseil des ministres, à Whitehall. La principale raison de ce choix était que le lieu était sûr, on le fouillait régulièrement pour rechercher d'éventuels systèmes d'écoute. Mais les Russes étaient devenus apparemment si *gentils,* ces derniers temps, qu'on ne pouvait plus les soupçonner de se livrer à des pratiques aussi épouvantables.

La pièce où l'on mena les huit invités se trouvait au deuxième sous-sol. Terry Martin avait entendu parler de ces locaux protégés contre les ondes de choc et les écoutes indiscrètes où se discutaient les matières les plus sensibles qui puissent concerner l'État. Cela se passait dans un immeuble d'aspect très anodin, en face du Cénotaphe.

Sir Paul Spruce présidait. C'était un bureaucrate poli et expérimenté, qui occupait la fonction de secrétaire général du gouvernement. Il se présenta d'abord, puis chacun en fit autant. L'ambassade américaine et par conséquent les États-Unis étaient représentés par l'attaché militaire adjoint et par Harry Sinclair, officier expérimenté et très intelligent de Langley, qui dirigeait le poste de la CIA à Londres depuis trois ans.

Sinclair était un type assez grand, carré, qui raffolait des vestes de tweed, fréquentait assidûment l'Opéra et s'entendait à merveille avec ses homologues britanniques.

L'homme de la CIA fit un petit signe de tête et un clin d'œil à Simon Paxman, qu'il avait rencontré au Comité mixte du renseignement, à Londres. La CIA y possède un siège permanent.

Sinclair était chargé de noter tout ce que les scientifiques britanniques auraient trouvé d'intéressant et de transmettre ces informations à Washington. Là-bas, la branche américaine de Méduse, beaucoup plus importante, était également réunie. Tout ce qu'on aurait découvert serait rassemblé, rapproché, afin d'évaluer en permanence la capacité qu'avait l'Irak de causer des dégâts majeurs. Il y avait également deux experts du Centre de recherche de l'armement d'Aldermaston, dans le Berkshire. Ces gens-là préféraient enlever l'adjectif « atomique » qui figurait dans leur nom, mais c'était pourtant bien la spécialité d'Aldermaston. Leur boulot consistait à analyser tous les renseignements provenant des USA, d'Europe et de tous les endroits où l'on pouvait en glaner, plus les photos aériennes de centres de recherche nucléaire irakiens, s'il s'en trouvait. Le but était de déterminer où en était l'Irak dans sa course pour maîtriser la technologie de la bombe atomique.

Deux autres scientifiques venaient de Porton Down. L'un était chimiste, l'autre biologiste et expert en bactériologie.

Porton Down a souvent été accusé par la presse de gauche de faire des recherches sur les armes chimiques et bactériologiques pour le compte du gouvernement britannique. En fait, depuis de nombreuses années, ses travaux s'orientent vers les antidotes destinés à lutter contre les gaz et les bactéries qui pourraient être lancés contre les troupes britanniques et alliées. Il est malheureusement impossible de mettre au point des antidotes sans étudier au préalable les propriétés des substances toxiques. Les deux experts de Porton possédaient donc, stockées dans des conditions extrêmes de sécurité, un certain nombre de substances très nocives. Mais en ce 13 août, M. Saddam Hussein en possédait tout autant. La seule différence résidait dans le fait que les Britanniques n'avaient aucune intention de s'en servir, alors que M. Saddam Hussein pouvait bien ne pas avoir les mêmes scrupules.

La tâche des hommes de Porton serait de voir si, à partir de la liste de tous les produits chimiques achetés par l'Irak depuis des années, on pouvait réussir à savoir ce que ce pays possédait, en quelle quantité, le niveau de risque, et si c'était utilisable. Ils éplucheraient également les photos aériennes de toute une série d'usines en Irak pour voir si certains indices — la forme, les dimensions des unités de décontamination et des filtres — permettaient d'identifier des installations de production de gaz toxiques.

« A présent, messieurs, commença Sir Paul en s'adressant aux quatre scientifiques, le gros du travail repose sur vous. Quant à nous, nous essaierons de vous aider dans toute la mesure du possible. J'ai ici deux gros dossiers de renseignements reçus de nos agents à l'étranger, dans les ambassades, les missions commerciales et via les clandestins. Mais nous n'en sommes qu'au tout début. Ce sont les premiers résultats de l'examen des licences d'exportation accordées à l'Irak depuis dix ans, et je n'ai pas besoin d'ajouter qu'ils proviennent essentiellement de gouvernements qui sont très désireux de nous aider. Nous avons jeté nos filets aussi rapidement que possible. Vous trouverez là des exportations de produits chimiques, de matériaux de construction, d'équipement de laboratoires et autres. En bref, il y a de tout, sauf des parapluies, de la laine à tricoter et des jouets. Certaines de ces exportations, sans doute la majorité d'entre elles, se révéleront parfaitement normales pour un pays arabe en voie de développement qui a des objectifs pacifiques, et je vous prie de m'excuser pour le temps que vous allez perdre à les traiter. Mais je vous demande de vous concentrer non seulement sur les achats manifestement destinés à fabriquer des armes de destruction massive, mais aussi sur tous les produits qui pourraient être détournés vers un objectif autre que celui qui est spécifié. Bon, je crois que nos collègues américains se sont également mis au travail. »

Sir Paul tendit l'un des dossiers aux hommes de Porton Down et l'autre à ceux d'Aldermaston. Le représentant de la CIA sortit à son tour deux dossiers et en fit autant. Assez étonnés, les experts se retrouvaient devant une masse impressionnante de papiers à traiter.

« Nous avons essayé, expliqua Sir Paul, de ne pas faire de travail en double, les Américains et nous, mais il se peut que nous n'y soyons pas entièrement parvenus. Je vous renouvelle mes excuses. Je passe la parole à M. Sinclair. »

Contrairement au fonctionnaire de Whitehall, qui avait endormi son auditoire à force de verbiage, le chef de poste de la CIA locale était un homme qui allait droit au fait. « Le problème, messieurs, c'est que nous risquons d'être obligés de nous battre contre ces salopards. » Et il continua sur ce ton. Sinclair parlait comme un Américain vu par des Britanniques : avec le style direct de quelqu'un qui ne mâche pas ses mots.

Les quatre experts l'écoutaient avec la plus grande attention.

« Si cela doit arriver un jour, nous commencerons par des attaques aériennes. Nous sommes comme les Britanniques, nous souhaitons limiter nos pertes au maximum. Nous attaquerons donc leur infanterie, leur artillerie, leurs chars et leurs avions. Nous prendrons pour cible les sites de missiles SAM, les nœuds de communications, les postes de commandement. Mais, si Saddam se sert d'armes de destruction massive, alors les pertes seront beaucoup plus lourdes, pour vous comme pour nous. C'est pourquoi nous avons besoin de savoir deux choses. Primo, que possède-t-il exactement ? Nous pourrons alors prévoir en conséquence les masques à gaz, les combinaisons étanches, les antidotes. Secundo, où diable a-t-il caché tout ça ? Nous pourrons alors attaquer les usines et les dépôts

— tout détruire avant qu'il ait eu le temps de s'en servir. Il faut donc que vous étudiiez les photos à la loupe, pour trouver tous les indices. Nous allons continuer à chercher et à interviewer tous les fournisseurs qui ont construit ces usines et les scientifiques qui les ont équipées. Cela va nous apprendre énormément de choses. Mais les Irakiens ont très bien pu se livrer à quelques déménagements. C'est là que vous intervenez, vous, messieurs les experts. Vous pouvez sauver de nombreuses vies humaines, alors faites de votre mieux. Identifiez les WMD pour nous, et nous nous chargerons de les bombarder pour réduire en bouillie toute cette merde. »

Les quatre scientifiques restaient ébahis. Sir Paul avait l'air un peu choqué.

« Oui, parfait, je suis sûr que nous sommes très reconnaissants envers M. Sinclair pour sa... euh... son explication. Puis-je proposer que nous nous retrouvions dès qu'Aldermaston ou Porton Down aura quelque chose pour nous ? »

En quittant le bâtiment, Simon Paxman et Terry Martin continuèrent à déambuler pour profiter de ce chaud soleil d'août près de Whitehall et sur la place du Parlement. Les lieux étaient encombrés par les files habituelles de cars de touristes. Ils trouvèrent de la place sur un banc près de la statue de Winston Churchill, dont le regard majestueux foudroyait les pauvres humains massés à ses pieds.

« Vous connaissez la dernière de Bagdad ? demanda Paxman.

— Bien sûr. »

Saddam Hussein venait de proposer de se retirer du Koweït, à condition qu'Israël évacue la rive gauche du Jourdain et que la Syrie se retire du Liban. C'était une tentative pour mélanger les problèmes. Les Nations unies avaient tout rejeté en bloc. Les résolutions continuaient à sortir à grande cadence du Conseil de sécurité : embargo sur le commerce irakien, les exportations de pétrole, les mouvements de capitaux, les liaisons aériennes, l'approvisionnement. La destruction systématique du Koweït par l'armée d'occupation continua donc de plus belle.

« Vous y voyez une signification particulière ?

— Non, le petit jeu habituel. C'était prévisible, il joue pour son public. L'OLP est enthousiaste, bien entendu, mais ce n'est pas une stratégie.

— A-t-il seulement une stratégie ? demanda Paxman. Dans la négative, personne ne peut rien faire. Les Américains jugent qu'il est complètement fou.

— Je sais, j'ai vu Bush hier soir à la télé.

— Alors, Saddam est fou ? »

— Fou furieux.

— Alors, pourquoi ne continue-t-il pas plus au sud, dans les champs pétroliers d'Arabie Saoudite tant qu'il en a le temps ? Les Américains commencent à peine à monter en puissance, et nous de même. Il n'y a dans le Golfe que quelques escadrons, quelques porte-avions. On ne peut pas l'arrêter uniquement avec des moyens aériens. Ce général américain qu'ils viennent de désigner...

— Schwarzkopf, fit Martin, Norman Schwarzkopf.

— C'est ça. Il a déclaré qu'il lui fallait au moins deux mois pour mettre en place les forces nécessaires et être capable de s'opposer à une invasion massive. Alors, pourquoi les Irakiens n'attaquent-ils pas dès maintenant ?

— Parce que Saddam attaquerait un pays arabe ami, avec qui il n'a aucun contentieux. Cela ne lui apporterait que la honte et lui mettrait tous les Arabes à dos. C'est totalement contraire à leur culture. Il veut dominer le monde arabe, mais il veut être acclamé, pas rejeté.

— Il a pourtant envahi le Koweït, remarqua Paxman.

— C'était différent. Il pouvait prétendre qu'il ne faisait que redresser une injustice des impérialistes, parce que le Koweït appartient historiquement à l'Irak. Nehru a fait la même chose quand il a chassé les Portugais de Goa.

— Allons donc, Terry. Saddam a envahi le Koweït tout simplement parce qu'il est au bord de la banqueroute. Tout le monde sait ça.

— Oui, c'est la vraie raison. Mais l'argument qu'il a mis en avant, c'est qu'il voulait récupérer un territoire irakien. Écoutez, cela arrive partout dans le monde. L'Inde a repris Goa, l'Argentine a tenté de le faire aux Malouines. Chaque fois, le prétexte est le même : on essaie de récupérer un bout de territoire sur lequel on a des droits. Les gens adorent ça, vous savez.

— Alors, pourquoi ses amis arabes se retournent-ils contre lui ?

— Parce qu'ils se disent qu'il ne va pas s'arrêter là. Et ils ont raison.

— Seulement à cause des Américains, pas des Arabes. Pour se faire acclamer par les Arabes, il faut qu'il humilie l'Amérique, pas ses voisins arabes. Vous êtes déjà allé à Bagdad ?

— Pas récemment, répondit Paxman.

— La ville est couverte de portraits de Saddam représenté en guerrier du désert, monté sur un cheval blanc et sabre au clair. Bien entendu, c'est de la frime et l'homme n'est pas du tout de ce genre-là. Mais c'est ainsi qu'il se voit lui-même.

— Tout ça reste très théorique, Terry. Mais peu importe, merci de me livrer vos réflexions. Le seul ennui, c'est que j'ai des problèmes plus sérieux à régler. De toute manière, personne n'imagine qu'il puisse sérieusement humilier l'Amérique. Les Yankees possèdent toute la puissance et toute la technologie nécessaires. Dès qu'ils seront prêts, ils peuvent aller là-bas et balayer son armée de terre et ses forces aériennes. »

Terry Martin clignait des yeux pour se protéger du soleil.

« Les pertes humaines, Simon. L'Amérique peut se permettre beaucoup de choses, mais elle ne peut se permettre d'endurer trop de pertes. Saddam le peut, lui. Cela lui est totalement indifférent.

— Mais il n'y a pas encore suffisamment d'Américains sur place.

— Précisément. »

La Rolls Royce où se trouvait Ahmed Al-Khalifa ralentit devant la façade du bâtiment où l'on lisait, en arabe et en anglais : « Société d'import-export Al-Khalifa Ltd » et s'arrêta dans un crissement.

Le chauffeur, un domestique plutôt costaud, mi-chauffeur mi-garde du corps, descendit et alla ouvrir la portière de son maître. C'était peut-être de la folie de sortir la Rolls, mais le millionnaire koweïtien avait énergiquement refusé à ceux qui l'en suppliaient d'utiliser la Volvo, pour ne pas provoquer les soldats irakiens qui tenaient les barrages sur la route. « Qu'ils aillent en enfer », avait-il grommelé en prenant son petit déjeuner.

En fait, tout s'était passé sans incident sur le trajet entre son bureau de Shamiya et la somptueuse résidence, entourée d'un jardin magnifique et cernée de murs, qu'il occupait dans la banlieue chic d'Andalus.

Dix jours après l'invasion, les soldats disciplinés de la garde républicaine irakienne avaient quitté Koweït City et avaient été relevés par la soldatesque de l'Armée populaire. S'il détestait les premiers, il n'avait que mépris pour ceux-là.

Au cours des premiers jours, les gardes avaient mis la ville à sac, de manière systématique et délibérée. Il les avait vus pénétrer dans la Banque centrale et emporter les 8 milliards de dollars en lingots d'or qui constituaient les réserves du pays. Mais ce n'était pas là pillage en vue de profits personnels. Les lingots avaient été placés dans des conteneurs, embarqués sur des camions fermés et ils avaient pris la route de Bagdad. Le marché aux métaux précieux avait quant à lui fourni un autre milliard de dollars qui avaient pris le même chemin.

Les gardes qui tenaient les barrages, reconnaissables à leur béret noir et à leur tenue, étaient stricts mais professionnels. Puis on avait brusquement eu besoin d'eux plus au sud pour prendre position sur la frontière avec l'Arabie Saoudite. Ils avaient alors été remplacés par l'Armée populaire, des hommes en haillons, mal rasés, indisciplinés, et par conséquent aussi dangereux qu'imprévisibles. De temps en temps, un Koweïtien se faisait tuer pour avoir refusé de donner sa montre ou sa voiture, et les témoignages de ce genre abondaient.

A la mi-août, la chaleur s'était abattue sur l'émirat comme un marteau sur une enclume. Pour s'en protéger, les soldats irakiens avaient arraché des pavés, s'étaient construit de petites cabanes en pierre dans les rues qu'ils étaient censés surveiller, et s'étaient réfugiés à l'intérieur. Lorsqu'il faisait plus frais, à l'aube ou au crépuscule, ils en sortaient et jouaient aux petits soldats. Ils s'en prenaient aux civils, volant de la nourriture ou des objets de valeur sous prétexte de fouiller les voitures pour lutter contre la contrebande.

M. Al-Khalifa avait coutume d'arriver à son bureau à sept heures, mais en retardant son arrivée jusqu'à dix heures, alors que le soleil donnait à plein, il évitait les bivouacs de l'Armée populaire. Pas un soldat n'était sorti de là pour l'inquiéter. Deux hommes, débraillés et sans coiffure, avaient même salué la Rolls, s'imaginant sans doute qu'elle transportait quelque notabilité de chez eux. Mais tout cela ne durerait pas très longtemps, bien sûr. Un jour ou l'autre, un bandit s'emparerait de la Rolls sous la menace d'un fusil. Et alors ? Lorsqu'on les aurait fait rentrer chez eux — et il était sûr que cela finirait par arriver —, il en achèterait une autre.

Il fit quelques pas sur le trottoir dans son long *thob* blanc. Son *ghutra* de fine cotonnade, maintenu par deux cordons noirs, lui recouvrait le visage. Le chauffeur ferma la portière et fit le tour de la voiture pour la conduire au parking de la société.

« L'aumône, *sayidi*, l'aumône pour quelqu'un qui n'a rien mangé depuis trois jours. »

Il avait à peine remarqué l'homme vautré sur le trottoir, près de la porte, apparemment assoupi au soleil. C'est là un spectacle habituel dans n'importe quelle ville au Proche-Orient. L'homme était maintenant tout près de lui, un Bédouin dans sa gandoura infecte, la main tendue. Le chauffeur avait abandonné la Rolls et se préparait à chasser le mendiant sous un flot d'injures. Mais Ahmed Al-Khalifa tendit la main. Il était musulman pratiquant, et il essayait de suivre les préceptes du Coran. L'un des préceptes ordonne à celui qui en a les moyens de se montrer généreux. « Va ranger la voiture ! » ordonna-t-il. Il sortit son portefeuille de la poche de sa robe et prit un billet de dix dinars. Le Bédouin saisit le billet à deux mains, geste qui manifeste que le don est si lourd qu'on doit utiliser les deux mains pour le porter.

« *Shukran, sayidi, shukran.* » Et sans changer de ton, l'homme ajouta : « Lorsque vous serez à votre bureau, envoyez quelqu'un me chercher. J'ai des nouvelles de votre fils qui est dans le Sud. »

Le commerçant se dit qu'il avait dû mal entendre. L'homme s'était laissé glisser sur le trottoir, et il mettait le billet dans sa poche. Al-Khalifa entra dans l'immeuble, fit un petit signe de tête au planton, et monta jusqu'à son bureau au dernier étage, encore tout étonné. Il s'assit à son bureau et réfléchit un bon moment, puis appuya sur une touche de l'interphone.

« Il y a un Bédouin sur le trottoir, dehors. J'aimerais lui parler. Merci de le faire monter. »

Sa secrétaire se dit peut-être que son patron était devenu fou, mais elle n'en montra rien. Elle tordait seulement un peu le nez quand elle fit entrer le Bédouin dans le bureau climatisé, cinq minutes plus tard, manifestant ainsi ce qu'elle pensait de l'odeur dégagée par cet hôte indésirable.

Quand elle fut sortie, le commerçant proposa une chaise à son visiteur. « Tu dis que tu as vu mon fils ? » fit-il abruptement. Il se demandait si l'homme n'essayait pas simplement d'obtenir un billet un peu plus gros.

« Oui, monsieur Al-Khalifa. J'étais avec lui il y a deux jours, à Khafji. »

Le cœur du Koweïtien se mit à battre la chamade. Il n'en avait aucune nouvelle depuis deux semaines. Il avait seulement appris indirectement que son fils avait décollé ce matin-là de la base d'Ahmadi, puis après... rien. Aucun de ses contacts ne semblait savoir ce qui s'était passé ensuite. Une confusion énorme avait régné toute cette journée du 2 août.

« Tu as un message de lui ?

— Oui, *sayidi.* »

Al-Khalifa tendit la main.

« S'il te plaît, donne-le-moi. Je saurai te récompenser.

« — Il est dans ma tête. Je ne voulais pas avoir de papier sur moi, alors je l'ai appris par cœur.

— Très bien, récite-moi ce qu'il t'a dit. »

Mike Martin récita mot à mot la lettre d'une page écrite par le jeune pilote de Skyhawk : « Mon cher père, en dépit des apparences, l'homme qui est devant toi est un officier britannique... »

Al-Khalifa se pencha brusquement en avant dans son fauteuil en regardant fixement Martin. Il n'arrivait à en croire ni ses yeux ni ses oreilles.

« Il est entré clandestinement au Koweït. Maintenant que tu le sais, tu tiens sa vie entre tes mains. Je te supplie de lui faire confiance, comme il te fait confiance, car il aura besoin de ton aide. Je suis sain et sauf et je suis à la base de Dhahran, avec les forces saoudiennes. J'ai pu effectuer une mission contre les Irakiens, j'ai détruit un char et un camion. Je vais voler avec les forces aériennes saoudiennes jusqu'à la libération de notre pays. Je prie Allah chaque jour pour que les heures passent plus vite et que je puisse rentrer pour t'embrasser. Ton fils obligé, Khaled. »

Martin se tut. Ahmed Al-Khalifa se leva, se dirigea vers la fenêtre et resta là à regarder dehors. Il poussa plusieurs longs soupirs. Lorsqu'il eut retrouvé son calme, il retourna s'asseoir. « Merci, merci. Que désirez-vous ?

— L'occupation du Koweït ne va pas durer ni quelques heures ni quelques jours. Il faudra des mois, sauf si l'on persuade Saddam Hussein de se retirer...

— Mais les Américains ne vont pas arriver bientôt ?

— Les Américains, les Britanniques, les Français et tous les autres membres de la coalition ont besoin de temps pour rassembler leurs forces. Saddam a la quatrième armée du monde, plus d'un million d'hommes. Il y en a qui sont médiocres, mais pas tous. Et ce n'est pas une poignée d'hommes qui parviendra à déloger les forces d'occupation.

— Très bien, je comprends.

— En attendant, il faudrait que tous les soldats irakiens, leurs chars, leurs canons soient entièrement immobilisés au Koweït et ne puissent pas être utilisés sur la frontière...

— Vous me parlez de résistance, de résistance armée, de contre-attaque, dit Al-Khalifa. Quelques gamins ont essayé. Ils ont tiré sur des patrouilles irakiennes, et ils se sont fait abattre comme des chiens.

— Oui, c'est aussi ce que je pense. Ils étaient courageux mais tout fous. Il existe des moyens plus efficaces de faire ce genre

125

de chose. Il ne s'agit pas d'en tuer des centaines, ou de se faire tuer, il s'agit de rendre l'armée irakienne nerveuse, sans lui laisser aucun répit. Il faut les obliger à fournir une escorte aux officiers qui se déplacent, à ne jamais pouvoir dormir en paix.

— Écoutez, monsieur l'Anglais, je sais que vous avez raison, mais j'ai comme le sentiment que vous êtes habitué à ce genre de chose et que vous y avez été entraîné. Ce n'est pas mon cas. Les Irakiens sont des sauvages. Cela fait longtemps que nous les connaissons. Si nous faisons ce que vous me dites, il y aura des représailles.

— C'est comme le viol, monsieur Al-Khalifa.

— Le viol ?

— Quand une femme est sur le point de se faire violer, elle peut résister ou se laisser faire. Si elle se montre docile, elle se fera violer, probablement battre et peut-être tuer. Si elle résiste, elle sera violée, sûrement battue et probablement tuée.

— Le Koweït est cette femme, et l'Irak, le violeur. Cela, je le sais déjà. Alors, pourquoi résister ?

— Parce qu'il y a un lendemain. Demain, le Koweït se regardera dans la glace. Et votre fils verra le visage d'un guerrier. »

Ahmed Al-Khalifa fixa l'Anglais barbu au visage sombre pendant un long moment, puis il reprit la parole :

« Son père aussi. Qu'Allah ait pitié de mon peuple. Que voulez-vous ? De l'argent ?

— Non merci, j'en ai. »

En fait, il avait dix mille dinars koweïtiens, reçus de l'ambassadeur à Londres, qui les avait retirés à la Banque du Koweït à l'angle de Baker Street et de George Street.

« Il me faut des maisons pour y loger, six maisons...

— Aucun problème, il existe déjà des milliers d'appartements abandonnés...

— Non, pas des appartements, des villas isolées. Les appartements ont des voisins. Mais personne ne se souciera d'un malheureux qu'on a engagé pour garder une villa abandonnée.

— Je vous les trouverai.

— J'ai besoin de papiers d'identité. De vrais papiers koweïtiens. Trois en tout. Un pour un médecin koweïtien, un pour un comptable indien, et le dernier pour un jardinier qui arrive de la campagne.

— Parfait. J'ai des amis au ministère de l'Intérieur. J'espère qu'ils contrôlent encore les presses qui servent à fabriquer les cartes d'identité. Et pour les photos ?

— Pour le jardinier, trouvez un vieil homme dans la rue.

126

Payez-le. Pour le médecin et le comptable, choisissez parmi votre personnel deux hommes qui me ressemblent vaguement lorsque je suis rasé. Il est notoire que ces sortes de photos sont toujours mauvaises. Pour terminer, des voitures, trois voitures. Une berline blanche, un 4 × 4 et un vieux pick-up aussi cabossé que possible. Il faut que toutes ces voitures soient mises à l'abri dans des garages fermés, avec des plaques neuves.

— Très bien, tout cela sera fait. Les cartes d'identité, les clés des garages et des maisons, où les prendrez-vous ?

— Vous connaissez le cimetière chrétien ? »

Al-Khalifa fronça les sourcils. « J'en ai entendu parler, mais je n'y suis jamais allé. Pourquoi ?

— C'est sur la route de Jahra, dans Sulaibikhat, près du cimetière musulman principal. Il y a une porte très peu visible avec une pancarte marquée : " Pour les chrétiens ". La plupart des pierres tombales sont celles de Libanais et de Syriens, mais il y a aussi quelques Philippins et des Chinois. Dans le coin le plus éloigné sur la droite, il y a celle d'un gabier, Shepton. La plaque de marbre bouge un peu. J'ai creusé un trou dans le sable sous cette plaque, vous laisserez tout à cet endroit-là. Si vous avez un message pour moi, même chose. Allez voir une fois par semaine si je n'ai pas laissé de message pour vous. »

Al-Khalifa secoua la tête, il était béat d'étonnement. « Je ne suis pas taillé pour ce genre de chose. »

Mike Martin disparut dans la foule de gens qui se pressaient dans les rues étroites et les ruelles du quartier de Bneid-al-Qar. Cinq jours après, sous la pierre tombale de Shepton, il trouva trois cartes d'identité, trois jeux de clés de garages avec leur adresse, trois clés de contact et six trousseaux de clés de maisons, avec l'adresse sur l'étiquette.

Deux jours plus tard, un camion irakien qui rentrait en ville au retour du champ pétrolier d'Umm Gudayr sauta sur quelque chose qui explosa sous ses roues.

Le chef de la division Proche-Orient à la CIA, Chip Barber, était à Tel-Aviv depuis deux jours lorsque le téléphone sonna dans le bureau qu'on lui avait prêté à l'ambassade des États-Unis. C'était le chef de poste.

« Chip, ça marche. Il est de retour. J'ai fixé un rendez-vous pour quatre heures. Ça te donne le temps de prendre le dernier avion de l'aéroport Ben-Gourion pour Stateside. Les gars m'ont dit qu'ils te prendraient en passant au bureau. »

Le chef de poste appelait de l'extérieur, et il parlait en langage codé, au cas où la ligne aurait été sur écoute. Et elle

127

l'était, bien entendu, mais par les Israéliens, qui étaient au courant de toute manière. Celui qui était « de retour », c'était le général Yaacov « Kobi » Dror, chef du Mossad. Le bureau désignait l'ambassade et les « gars » étaient deux hommes de l'équipe de Dror qui arrivèrent dans une voiture banalisée à trois heures dix.

Barber se dit que cinquante minutes étaient plus qu'il n'en fallait pour aller de l'ambassade au quartier général du Mossad, installé dans un ensemble de tours, le Hadar Dafna, boulevard du Roi-Saül. Mais ce n'était pas là-bas que devait se tenir la réunion. La voiture sortit de la ville en direction du nord, dépassa l'aéroport militaire de Sde Dov, et rattrapa la route côtière en direction de Haïfa.

Juste à la sortie de Herzlia se trouve un grand complexe hôtelier et que l'on appelle simplement le Country Club. C'est là que viennent se détendre quelques Israéliens, mais surtout de vieux juifs venus de l'étranger. Ils viennent y profiter des installations de thalassothérapie. Ces heureux vacanciers ne se donnent jamais la peine de regarder plus loin que la colline qui borde la station balnéaire.

S'ils l'avaient fait, ils auraient vu, perché au sommet de la crête, un splendide immeuble bénéficiant d'une vue magnifique sur la mer et le pays environnant. Et s'ils avaient demandé ce que c'était, on leur aurait répondu que c'était la résidence d'été du Premier ministre. Les Premiers ministres d'Israël ont bien entendu le droit d'y venir, mais ils ne sont pas nombreux à le faire, puisqu'il s'agit de l'école de formation du Mossad, connue dans cet organisme sous le nom de Midrasha.

Yaacov Dror reçut les deux Américains dans son bureau du dernier étage, vaste pièce claire et aérée où la climatisation était réglée au maximum. C'était un homme petit et râblé qui portait l'uniforme israélien, à savoir une chemise à manches courtes sans cravate, et fumait la bagatelle de soixante cigarettes par jour.

Barber était content qu'il y ait l'air conditionné. La fumée lui chatouillait désagréablement les narines.

Le maître espion d'Israël se leva lourdement de son bureau. « Chip, mon vieil ami, comment va, ces temps-ci ? » Il donna l'accolade à l'Américain qui le dominait de la tête et des épaules. Cela l'amusait de jouer le rôle d'un vieux juif et de faire l'ours savant. Mais, à l'époque où il effectuait des missions de *katsa* confirmé, il s'était révélé un homme extrêmement habile et dangereux.

Chip Barber l'embrassa chaleureusement à son tour. Les

sourires étaient de convenance, mais tous deux avaient la mémoire longue. Et il n'y avait pas si longtemps qu'un tribunal américain avait condamné Jonathan Pollard, du service de renseignements de la marine, à une lourde peine de prison pour espionnage au profit d'Israël. Opération qui, à coup sûr, avait été montée contre les États-Unis par le génial Kobi Dror.

Dix minutes plus tard, on en vint au vif du sujet : l'Irak.

« Permettez-moi de vous dire une chose, Chip, je crois que vous faites exactement ce qu'il faut », déclara Dror en servant une autre tasse de café à son invité, un café à réveiller un mort. Il écrasa sa troisième cigarette dans un gros cendrier de verre. Barber essayait de se retenir de respirer, mais il dut renoncer.

« Si on est obligés d'y aller, fit Barber, s'il ne s'en va pas du Koweït et qu'on doive y mettre les pieds, nous commencerons par des attaques aériennes.

— Bien sûr.

— Et nous commencerons par ses armes de destruction massive. C'est aussi votre intérêt, Kobi. C'est là que nous avons besoin de votre aide.

— Chip, nous surveillons ce genre d'engins depuis des années. Bon Dieu, on vous avait prévenus. A votre avis, à qui sont destinés tous ces gaz, ces bombes bourrées de bactéries et de germes de la peste ? A nous. Il y a neuf ans, nous avons détruit ses réacteurs nucléaires, à Osirak, et le monde nous a condamnés. L'Amérique aussi...

— C'était pour la galerie, nous le savons tous.

— OK, Chip, mais maintenant, il y a des vies américaines en jeu, et ce n'est plus pour la galerie. Ce sont de vrais Américains qui risquent de mourir.

— Kobi, laissez tomber avec votre paranoïa.

— Merde. Écoutez, cela nous convient tout à fait de vous voir détruire toutes ses usines chimiques et ses centres de recherche nucléaire. Cela nous convient parfaitement. Et nous accepterons même de rester en dehors du coup, maintenant que l'Oncle Sam s'est trouvé des alliés arabes. Qui s'en plaindrait ? Pas Israël, en tout cas. Nous vous avons transmis tout ce que nous savions sur leurs projets d'armes secrètes. Tout ce que nous avions. Nous n'avons rien gardé pour nous.

— Il nous faut plus que cela, Kobi. D'accord, nous avons peut-être un peu trop négligé l'Irak ces dernières années. Il y avait encore la guerre froide. Maintenant, c'est l'Irak, et nous nous retrouvons à court. Nous avons besoin de renseignements, des vrais, des informations fiables. Alors, je vous le demande franchement : disposez-vous d'un agent bien placé qui travaillerait pour vous au cœur du régime irakien ? Nous aurions des questions à lui poser, et il nous faut les réponses. Et nous sommes prêts à payer, vous connaissez les habitudes. »

Ils restèrent silencieux un bon moment. Kobi Dror était perdu dans la contemplation de sa cigarette. Les deux autres officiers supérieurs regardaient dans le lointain, au-dessus de la table.

« Chip, reprit enfin Dror, en parlant lentement, je vous en donne ma parole. Si nous avions un agent assez haut placé au cœur du régime de Bagdad, je vous le dirais. Je vous donnerais tous les tuyaux. Mais je vous demande de me croire, je n'en ai pas. »

Le général Dror devait expliquer un peu plus tard au Premier ministre Itzhak Shamir, fort en colère, qu'il ne mentait pas quand il avait fait cette déclaration. Mais il aurait tout de même bien dû faire allusion à Jéricho.

Chapitre 6

Le jeune garçon serait mort ce jour-là si Mike Martin ne l'avait pas aperçu le premier. Il conduisait sa vieille camionnette rouillée et cabossée, l'arrière chargé de melons d'eau qu'il avait achetés dans une ferme près de Jahra. Il entrevit soudain une tête couverte d'un voile blanc qui disparut derrière un tas de gravats au bord de la route. Il eut le temps de voir le canon d'un fusil avant que le garçon ait pu se cacher.

La camionnette correspondait tout à fait à ce qu'il voulait. Il l'avait demandée dans cet état car il se doutait bien que, tôt ou tard, et probablement très tôt, les soldats irakiens se mettraient à confisquer les voitures en bon état pour leur propre usage.

Il jeta un coup d'œil dans le rétroviseur, freina et se gara sur le bas-côté de la route de Jahra. Un camion bourré de soldats de l'Armée populaire arrivait juste derrière lui.

Le jeune Koweïtien visait le camion, essayant de garder le véhicule en mouvement dans sa ligne de mire, lorsqu'une main ferme s'appliqua sur sa bouche tandis que l'autre lui arrachait le fusil des mains. « Tu n'as pas envie de mourir aujourd'hui, j'imagine ? » gronda une voix dans son oreille. Le camion passa dans un bruit de pétarade. Le gosse était déjà assez effrayé par ce qu'il avait essayé de faire ; à présent, il était terrifié.

Lorsque le camion eut disparu, la main qui lui tenait le visage et la tête se relâcha. Le garçon se dégagea et roula sur le dos. Penché au-dessus de lui se tenait un grand Bédouin barbu, au regard dur. « Qui êtes-vous ? murmura-t-il ?

— Quelqu'un qui sait qu'il y a mieux à faire que de tuer un Irakien quand il y en a une vingtaine dans un camion. Où est ta voiture ?

— Par là », répondit le garçon. Il avait à peu près vingt ans, et essayait de laisser pousser un début de barbe. Il avait un scooter, rangé à vingt mètres près d'un bouquet d'arbres. Le

Bédouin eut un petit rire. Il posa le fusil, un vieil Enfield 303 que le gosse avait dû trouver dans un magasin d'antiquités, et l'emmena d'une main ferme à sa camionnette. Il revint jusqu'au tas de pierres ; le fusil atterrit sous les melons d'eau. Il attrapa ensuite le scooter et le chargea sur le dessus du tas. Plusieurs melons éclatèrent. « Allez, monte », ordonna-t-il.

Ils se dirigèrent jusqu'à un endroit tranquille près du port de Shuwaikh et il s'arrêta là. « Mais qu'est-ce que tu fabriquais ? » demanda le Bédouin. Le garçon regardait droit devant lui à travers le pare-brise taché de mouches. Ses yeux étaient remplis de larmes et ses lèvres tremblaient. « Ils ont violé ma sœur, elle est infirmière... à l'hôpital Al-Adan. Elle ne s'en est pas remise. »

Le Bédouin hocha du chef. « Il va y avoir bien pire, fit-il. Comme ça, tu veux tuer des Irakiens ?

— Oui, autant que je pourrai. Avant de mourir.

— Mais le secret, c'est de ne pas mourir. Si c'est ce que tu veux, je crois qu'il vaudrait mieux que je te forme. Sinon, tu ne dureras pas un jour. »

Le garçon reniflait. « Les Bédouins ne savent pas se battre.

— Déjà entendu parler de la légion arabe ? » Le jeune homme ne dit rien. « Et le prince Fayçal et la révolte arabe ? Tous des Bédouins. Tu en connais d'autres comme toi ? »

Le jeune homme était étudiant en droit, il poursuivait ses études à l'université du Koweït, avant l'invasion.

« Nous sommes cinq. Nous voulons tous faire la même chose. J'ai décidé d'essayer le premier.

— Apprends par cœur cette adresse », dit le Bédouin. Il la lui dicta — une villa dans une rue retirée, à Yarmuk. Le garçon se trompa deux fois, puis finit par la répéter correctement. Mike la lui fit répéter vingt fois de suite.

« Sept heures ce soir. Il fera nuit. Mais le couvre-feu ne commence qu'à dix heures. Arrivez séparément, garez-vous à plus de deux cents mètres et faites le reste du chemin à pied. Entrez dans la maison à deux minutes d'intervalle, la grille et la porte seront ouvertes. »

Il regarda le jeune homme enfourcher son scooter et eut un petit rire. Un peu léger comme recrue, se disait-il, mais pour le moment, c'est tout ce que j'ai sous la main.

Les jeunes gens arrivèrent à l'heure. Il était grimpé sur un toit en terrasse de l'autre côté de la rue et les regarda venir. Ils semblaient nerveux et inquiets, jetaient des coups d'œil par-dessus leur épaule, se dissimulaient dans les embrasures de portes puis repartaient. On se serait cru dans une série B.

Quand ils furent tous entrés dans la maison, il attendit encore dix minutes. Pas d'homme des forces de sécurité irakiennes à l'horizon. Il se laissa glisser du toit, traversa la rue et entra dans la villa par la porte de derrière. Ils étaient tous assis dans la pièce principale, lumières allumées et rideaux grands ouverts. Quatre garçons et une fille, sombres de peau, et très tendus.

Ils scrutaient la porte d'entrée lorsqu'il arriva par la cuisine. Un instant avant, il n'y avait personne, et l'instant d'après, il était là. Les jeunes gens eurent à peine le temps de l'apercevoir avant qu'il arrive et éteigne les lumières. « Tirez les rideaux », fit-il d'une voix calme. La fille y alla. Travail de femme. Il ralluma alors la lumière. « Ne restez jamais dans une pièce, la lumière et les rideaux ouverts. Il ne faut pas qu'on vous voie ensemble. »

Il avait divisé ses six résidences en deux groupes. Il vivait dans les quatre premières, changeant de demeure de façon aléatoire. A chaque fois, il laissait un petit signe de reconnaissance, une feuille glissée sous la porte, une boîte de conserve sur la marche. S'il ne les retrouvait pas à son retour, c'est que quelqu'un était venu faire une petite visite. Dans les deux autres, il avait stocké la moitié des « trucs » qu'il y avait apportés depuis leur cache dans le désert. Celle qu'il avait choisie pour son rendez-vous avec les étudiants était la moins importante, et désormais il ne l'utiliserait plus pour y dormir.

Ils étaient tous étudiants, à l'exception d'un employé de banque. Il leur demanda de se présenter.

« Maintenant, il vous faut de faux noms. » Il leur en attribua. « Vous ne direz ces noms à personne, ni amis ni parents ni frères, *à personne*. Si quelqu'un les utilise, vous saurez ainsi que c'est un message de l'un de nous.

— Et vous, comment faut-il vous appeler ? demanda la jeune fille que l'on venait de rebaptiser " Rana " ?

— Le Bédouin, fit-il, ça fera l'affaire. Toi, répète-moi cette adresse. »

Le jeune homme qu'il avait désigné réfléchit, puis sortit une feuille de papier. Martin la lui arracha. « Jamais de papiers. Apprenez tout par cœur. L'Armée populaire est peut-être stupide, les hommes de la police secrète ne le sont pas, eux. Si vous êtes contrôlés, comment expliquerez-vous cela ? » Il obligea les trois qui avaient noté l'adresse à brûler leurs bouts de papier. « Connaissez-vous bien votre ville ?

— Oui, sur le bout des doigts, dit le plus âgé, l'employé de banque qui était âgé de vingt-cinq ans.

— Ce n'est pas suffisant. Demain matin, achetez des plans

détaillés, avec les noms des rues. Apprenez-les comme si vous deviez passer un examen. Apprenez le nom de chaque rue, chaque allée, les places, les jardins, les boulevards et les avenues, les principaux monuments publics, chaque mosquée et chaque cour. Vous savez qu'il y a de moins en moins de plaques de rues ? »

Ils firent signe que oui. Dans les quinze jours qui avaient suivi l'invasion, après s'être remis du premier choc, les Koweïtiens avaient inauguré une sorte de résistance passive, ou de désobéissance civile, si l'on préfère. Le mouvement était totalement spontané et assez désordonné. L'une des premières manifestations en fut l'arrachage des plaques de rues. Koweït City est une ville compliquée ; sans plaques de rues, elle devenait un vrai labyrinthe. Les patrouilles irakiennes commencèrent naturellement à se perdre en ville. Pour la police secrète, trouver l'adresse d'un suspect devenait un cauchemar. Aux carrefours principaux, les flèches de direction étaient enlevées pendant la nuit, ou retournées.

Pour cette première soirée, il leur fit deux heures de cours consacrées aux règles de sécurité de base : toujours disposer d'une histoire vraisemblable à raconter, en cas de déplacement ou de rendez-vous ; ne jamais avoir de document compromettant sur soi ; toujours traiter les soldats irakiens avec respect et, même, avec déférence ; ne faire confiance à personne.

« A partir de maintenant, vous devrez avoir une double personnalité. La première est la vraie, celle que tout le monde connaît, l'étudiant, l'employé. C'est quelqu'un de poli, de respectueux de la loi, d'innocent et d'inoffensif. Les Irakiens le laisseront tranquille, car il ne les menace pas. Il n'insulte jamais leur pays, leur drapeau ou leur chef. Il se débrouille pour ne jamais attirer l'attention de l'AMAM. Il reste ainsi libre et en vie. Ce n'est qu'en certaines occasions, pour une mission, que l'autre personnage se révèle. Il deviendra habile et dangereux, mais il restera pourtant en vie. »

Il leur fit un cours de sécurité : comment se rendre à un rendez-vous. Prévoir un bon laps de temps, se garer à bonne distance ; attendre vingt minutes, surveiller les maisons alentour ; essayer de repérer des têtes sur les toits ou des hommes en embuscade ; être attentif aux bruits de pas d'un soldat sur le gravier, à la lueur d'une cigarette, au cliquetis de pièces métalliques. Il les renvoya en leur laissant suffisamment de temps pour rentrer chez eux avant le couvre-feu. Ils étaient un peu déçus.

« Mais nos envahisseurs, quand allons-nous en tuer ?

— Lorsque vous saurez comment.

— On ne peut rien faire en attendant ?

— Quand les Irakiens se déplacent, comment font-ils ? Ils marchent ?

— Non, ils sont toujours en camion, ou dans des jeeps et des voitures volées, répondit l'étudiant en droit.

— Des véhicules qui ont des bouchons d'essence, reprit le Bédouin, des bouchons qu'il suffit de dévisser. Des morceaux de sucre, vingt par réservoir. Ils se dissolvent dans le carburant, pénètrent dans le carburateur et se transforment en caramel à la chaleur. De quoi détruire un moteur. Mais faites attention à ne pas vous faire prendre, agissez par groupes de deux à la tombée de la nuit. L'un fait le guet, l'autre introduit le sucre. Remettez en place le bouchon. Il y en a en tout pour dix secondes. Ou bien, prenez un morceau de contre-plaqué de dix centimètres de côté et plantez dedans quatre gros clous. Laissez-le glisser sous votre *thob* et poussez-le doucement du bout du pied. Placez-le ainsi sous la roue avant d'un véhicule en stationnement. Il y a aussi des rats, au Koweït, il y a donc des boutiques qui vendent de la morts-aux-rats. Achetez-en de la blanche, celle qui est à base de strychnine. Achetez de la pâte à pain chez un boulanger et mélangez-y le poison en mettant des gants de caoutchouc, puis détruisez les gants. Faites cuire le pain dans le four de votre cuisine, mais seulement lorsque vous êtes seuls chez vous. »

Les étudiants le regardaient, bouche bée. « Et il faudra qu'on le donne aux Irakiens ?

— Non, mettez les miches dans des paniers ouverts, sur votre scooter ou dans le coffre de votre voiture. Ils vous arrêteront aux barrages et les voleront. On se revoit ici dans six jours. »

Quatre jours après, des camions irakiens commencèrent à tomber en panne. On en remorqua quelques-uns, les autres furent abandonnés sur place, au total six camions et quatre jeeps. Les mécaniciens trouvèrent bien la raison, mais personne ne put expliquer qui l'avait fait ni quand. Des pneus se mirent à éclater et on apporta à la police secrète des carrés de contre-plaqué. Les policiers se mirent dans une rage folle et passèrent à tabac plusieurs Koweïtiens arrêtés au hasard dans les rues.

Les hôpitaux commencèrent à se remplir de soldats malades, qui présentaient tous les mêmes symptômes : vomissements et maux d'estomac. Comme ils ne touchaient pratiquement à aucune ration de leur intendance et vivaient dans de très mauvaises conditions d'hygiène sur leurs barrages ou dans leurs abris de fortune, on supposa qu'ils avaient bu de l'eau polluée.

Puis un laborantin koweïtien de l'hôpital Amiri, à Dasman, analysa un échantillon de vomi d'un soldat irakien. Assez perplexe, il alla chercher son chef de service. « Il a avalé de la mort-aux-rats, monsieur le professeur, mais il prétend qu'il n'a rien mangé d'autre depuis trois jours que du pain et des fruits. »

Le professeur était aussi étonné que lui. « Du pain de l'armée ?

— Non, cela fait plusieurs jours qu'on ne leur en donne plus. Il l'a pris à un commis boulanger qui passait.

— Où sont les échantillons ?

— Je les ai laissés au labo, sur la paillasse. J'ai pensé qu'il valait mieux commencer par vous prévenir.

— Parfait, tu as eu raison. Détruis-les, tu n'as rien vu. C'est compris ? »

Le professeur retourna à son bureau en hochant la tête. De la mort aux rats, mais qui diable pouvait avoir eu une idée pareille ?

Le comité Méduse se réunit une seconde fois le 30 août car le bactériologue de Porton Down pensait qu'il avait étudié tout ce qu'on pouvait savoir, ou imaginer, à propos du programme de guerre bactériologique irakien.

« J'ai bien peur que nous n'ayons pas grand-chose à nous mettre sous la dent, annonça le Dr Bryant à ses auditeurs. La principale raison en est que des recherches bactériologiques peuvent parfaitement être menées dans un établissement de médecine légale ou dans un laboratoire vétérinaire. Les équipements utilisés sont exactement les mêmes que ceux que l'on trouverait dans n'importe quel laboratoire de chimie, et ce genre de distinguo n'apparaît pas sur les licences d'exportation. Vous savez, la plus grosse partie de ces produits sert au bien de l'humanité, pour la prévention des maladies et non pour leur propagation. Il n'y a donc rien de plus naturel, pour un pays en voie de développement, que d'étudier la bilharziose, le béri-béri, la fièvre jaune, la malaria, le choléra, la typhoïde ou l'hépatite. Ce sont des maladies qui s'attaquent à l'homme. Et il existe toute une autre gamme de maladies que les vétérinaires peuvent souhaiter étudier, à juste titre.

— Il n'y a donc pratiquement aucun moyen de savoir si l'Irak dispose à ce jour d'une usine destinée à produire des produits bactériologiques ? demanda Sinclair, l'homme de la CIA.

— Pratiquement aucun, répondit Bryant. Il existe un indice qui remonte à 1974, alors que Saddam Hussein n'était pas encore monté sur le trône, si j'ose dire...

— Mais il était déjà vice-président, et c'est lui qui détenait en fait le pouvoir », fit remarquer Terry Martin.

Bryant se troubla un peu. « Bon, enfin, peu importe... L'Irak a alors signé un contrat avec l'Institut Mérieux, à Paris, pour se faire construire un labo de recherche bactériologique. Ce labo était destiné en principe à des recherches vétérinaires sur les maladies animales, et il est bien possible qu'il ait servi à ça.

— Pourriez-vous nous dire un mot des cultures d'anthrax destinées aux êtres humains ? lui demanda l'Américain.

— Oui, il pourrait s'agir de cela. L'anthrax est une maladie particulièrement virulente. Elle touche surtout le bétail et d'autres animaux, mais elle peut également atteindre l'être humain qui manipule ou absorbe des produits provenant d'animaux infectés. Vous vous souvenez peut-être que le gouvernement britannique s'est livré à des expériences sur l'anthrax aux Hébrides, dans l'île de Grinard, au cours de la Seconde Guerre mondiale. Soit dit en passant, l'accès de cette île est toujours interdit.

— C'est vraiment à ce point ? Mais où aurait-il pu se procurer ce produit ?

— C'est bien là le problème, monsieur Sinclair. Il est difficile d'aller trouver un laboratoire réputé, en Europe ou aux États-Unis, et de demander : " Pourriez-vous me fournir de bonnes souches d'anthrax, j'ai envie de les répandre sur des gens. " Mais peu importe, il n'aurait pas besoin d'en passer par là. On trouve du bétail infecté dans tout le tiers monde. Il suffit de détecter une poussée d'épidémie et de se procurer deux carcasses de bêtes malades. Mais tout cela n'apparaîtrait sur aucun document officiel.

— Ainsi, il pourrait avoir fait des cultures de ce germe pour les utiliser à des fins militaires, mais nous ignorons si c'est le cas. C'est bien ça ? demanda Sir Paul Spruce. » Son stylo en or était suspendu au-dessus de son bloc-notes.

« C'est à peu près cela, lui répondit Bryant. Mais c'est le mauvais côté de l'affaire. Le bon, c'est que je doute fort qu'on puisse utiliser cette arme contre une armée en mouvement. J'imagine que si une armée s'avance contre vous, et si vous n'êtes pas trop regardant, vous essayez de l'arrêter sur place.

— C'est à peu près ça, fit Sinclair.

— Dans ce cas, l'anthrax n'est pas le bon moyen. Il imprégnerait le sol après avoir été largué par voie aérienne au-dessus de l'armée et devant elle. Tout ce qui y pousse — herbe, fruits, légumes — serait contaminé. Les animaux qui s'en nourriraient mourraient. Ceux qui mangeraient de cette viande, qui boiraient le lait ou toucheraient un animal malade l'attraperaient. Mais le désert se prête mal à ce genre de culture. J'imagine que vos soldats se nourriraient de rations préemballées et boiraient de l'eau en bouteille ?

— Oui, c'est déjà le cas, répondit Sinclair.

— Alors, cela n'aurait pas beaucoup d'effet sur eux, à moins qu'ils n'inhalent les germes. Le microbe doit pénétrer dans l'organisme par voie respiratoire ou digestive. Comme vous craignez la menace chimique, je suppose que vos hommes porteront des masques à gaz ?

— C'est ce que nous prévoyons de faire.

— Et nous aussi, ajouta Sir Paul.

— Dans ce cas, je ne crois pas à la menace de l'anthrax, conclut Bryant. Contrairement à de nombreux gaz, cela ne suffirait pas à bloquer des troupes sur place, et ceux qui contracteraient la maladie pourraient être soignés avec de puissants antibiotiques. Il y a une période d'incubation, vous savez. Les soldats auraient le temps de gagner la guerre avant de tomber malades. Franchement, c'est une arme de terroriste, pas une arme de combat. Cela dit, si vous déversiez de l'anthrax dans les réserves d'eau qui alimentent une ville, vous pourriez déclencher une gigantesque épidémie et les services médicaux seraient vite débordés. Mais quitte à arroser des combattants dans le désert, je choisirais plutôt les gaz innervants. C'est invisible et ça agit vite.

— Donc, à supposer que Saddam possède un labo de guerre bactériologique, on ne sait pas où il est ? demanda Sir Paul Spruce.

— A votre place, j'irais voir tous les laboratoires vétérinaires occidentaux et nos collègues. J'essaierais de savoir s'ils ont reçu la visite de délégations ou de professeurs irakiens au cours des dix dernières années. Je demanderais à ceux qui se sont rendus sur place s'ils ont eu connaissance d'un centre dont l'accès leur ait été strictement interdit, ou si l'on prenait des précautions particulières, du genre quarantaine. Si l'on en trouve, c'est là que ça se passe. »

Sinclair et Palfrey prenaient des notes sans discontinuer. Encore du boulot pour les experts.

« Si cela ne marche pas, conclut Bryant, vous pourriez

essayer de trouver un informateur. Par exemple, un scientifique irakien spécialisé dans ce domaine qui est parti et s'est réfugié en Occident. Il n'y a pas tant de chercheurs en bactériologie sur la planète, tout le monde se connaît. Les gens savent en général ce qui se passe dans leur propre pays, même sous une dictature comme l'Irak. Si Saddam a construit un laboratoire de ce genre, un homme ayant ce profil pourrait en avoir entendu parler, et même avoir une idée sur l'endroit où il se trouve.

— Eh bien, nous vous sommes tous reconnaissants de cet exposé, docteur Bryant, conclut Sir Paul en levant la séance. Il y a du pain sur la planche pour nos enquêteurs, hein, docteur Sinclair ? J'ai entendu dire que notre autre collègue de Porton Down, le Dr Reinhart, serait en mesure de nous livrer ses conclusions sur les gaz dans deux semaines environ. Je reste naturellement en contact avec vous, messieurs. Merci de votre participation. »

Tout le groupe était tranquillement allongé dans le désert à contempler les lueurs de l'aube derrière les dunes. Lorsqu'ils étaient arrivés à la maison du Bédouin, la veille, les jeunes gens ne savaient pas qu'ils allaient passer toute la nuit dehors. Ils croyaient avoir droit à un second cours. Ils n'avaient donc pas pris de vêtements chauds et les nuits sont fraîches dans le désert, même fin août. Ils grelottaient, en se demandant ce qu'ils allaient raconter à leurs parents inquiets. Surpris par le couvre-feu ? Mais pourquoi ne pas avoir téléphoné ? La cabine était en panne... ça pouvait passer.

Sur les cinq, trois se demandaient s'ils avaient fait le bon choix, mais il était trop tard pour reculer. Le Bédouin leur avait simplement annoncé qu'il était temps pour eux d'assister à des exercices pratiques. Il les avait donc embarqués dans un vieux 4 × 4 délabré, garé à deux rues de chez lui. Ils étaient sortis de la ville avant le couvre-feu et avaient pris la route du désert, dans un paysage aride. Depuis, ils n'avaient vu absolument personne.

Ils avaient continué à travers le sable vers le sud pendant trente kilomètres avant d'arriver à une route étroite qui, pour autant qu'ils puissent en juger, allait du champ pétrolifère de Manageesh, à l'ouest, jusqu'au boulevard circulaire, à l'est. Ils savaient que tous les puits de pétrole étaient surveillés par une garnison irakienne et que des patrouilles circulaient sans interruption sur les principaux axes. Quelque part, loin au sud, seize divisions de l'armée et de la garde républicaine étaient enterrées face à l'Arabie Saoudite et à la masse toujours croissante des Américains qui débarquaient. Ils se sentaient un peu nerveux.

Trois membres du groupe étaient allongés dans le sable à côté du Bédouin et regardaient la route qui s'éclairait doucement. La chaussée était étroite, et les véhicules étaient obligés de mordre sur le bas-côté lorsqu'ils se croisaient. Une planche plantée de clous était placée en travers de la route et en couvrait la moitié. Le Bédouin l'avait sortie de sa camionnette et recouverte d'une toile de jute. Il leur avait ensuite ordonné de la recouvrir de sable, jusqu'à ce que le tout ressemble à une traînée balayée par le vent du désert.

Les deux derniers, l'employé de banque et l'étudiant, faisaient le guet. Ils se tenaient sur deux dunes à une centaine de mètres, de chaque côté de la route, et devaient signaler les véhicules qui approchaient. Il avait été convenu d'un certain geste pour un gros camion irakien, et d'un autre s'il y en avait plusieurs.

Juste après six heures, l'étudiant en droit fit un grand mouvement des bras. Le signal signifiait : « Trop nombreux. » Le Bédouin tira sur le fil de pêche qu'il tenait à la main, et la planche glissa sur le bas-côté. Trente secondes plus tard, deux camions bourrés de soldats irakiens passèrent sans encombre. Le Bédouin courut sur la chaussée, et remit en place la planche, la couverture et le sable.

Quelques minutes après, l'employé de banque fit un geste à son tour. C'était le bon signal. Une voiture arrivait à fond de train, en direction du puits de pétrole. Le chauffeur ne chercha même pas à éviter la traînée de sable, et les clous entrèrent dans l'un des pneus avant. C'était suffisant. Le pneu éclata, la toile s'enroula autour de la roue et la voiture fit une violente embardée. Le chauffeur réagit à temps, remit la voiture dans l'axe et finit par s'arrêter, moitié sur la chaussée, moitié sur la berme. La partie de la voiture qui était sortie de la route s'enfonça sur le côté.

Le chauffeur jaillit de son siège et deux officiers, un major et un lieutenant, sortirent de l'arrière. Ils commencèrent à injurier le chauffeur qui se contenta de se lamenter en haussant les épaules et leur montra la roue. Il n'y avait pas moyen de mettre le cric en place : la voiture avait pris une curieuse inclinaison.

Le Bédouin murmura alors à l'oreille de ses élèves estomaqués : « Restez ici », se leva, et avança dans le sable jusqu'à la route. Il portait sur l'épaule une couverture de Bédouin en poil de chameau qui lui recouvrait le bras droit. Il héla le major en arborant un large sourire.

« *Salam aleikoum, sayidi major.* Je vois que vous avez un problème, je pourrais peut-être vous aider. Mes hommes sont juste à côté. »

Le major sortit son pistolet, puis se radoucit. Essayant de faire bonne figure, il hocha la tête.

« *Aleikoum salam*, Bédouin. Cette couverture de selle a envoyé ma voiture dans le fossé.

— Il va falloir la tirer de là, *sayidi*. J'ai de nombreux frères. »

Le Bédouin s'approchait toujours, il n'était plus qu'à quelques mètres quand il leva le bras. Lorsqu'il avait demandé des pistolets automatiques ou des pistolets-mitrailleurs, il souhaitait obtenir des Heckler, des Koch MP-5 ou des mini-Uzi. Cette dernière arme était impensable en Arabie Saoudite, car de fabrication israélienne, et il n'y avait pas non plus de HK. Il s'était donc arrêté sur des Kalachnikov AK-47, version MS à poignée rabattable, fabriquées en Tchécoslovaquie par Omnipol. Et il avait remplacé les munitions d'origine par des balles de 7,62 sciées. Il est inutile d'envoyer une balle dans un bonhomme pour la laisser ressortir de l'autre côté.

Il ouvrit le feu à la manière des hommes du SAS, courte rafale de deux coups, pause, rafale et ainsi de suite. Le major fut touché au cœur à trois mètres de distance. Une légère rotation sur la droite, et la deuxième cueillit le lieutenant à hauteur du sternum. Il s'écroula sur le chauffeur penché sur la roue endommagée et qui essaya de se relever. Il eut le temps de se mettre debout, et fut tué sur le coup par la troisième rafale de balles en pleine poitrine.

L'écho des coups de feu se répercuta sur les dunes, mais le désert et la route étaient toujours aussi vides. Il fit signe aux trois étudiants terrorisés de sortir de leur cachette et de venir le rejoindre. « Remettez les corps dans la voiture, le chauffeur au volant et les deux officiers à l'arrière », ordonna-t-il aux deux garçons. Puis il tendit à la fille un petit tournevis aiguisé en forme de pointe. « Crève le réservoir, trois trous. »

Il jeta un coup d'œil aux guetteurs. Il leur indiqua que personne n'arrivait. Il demanda à la jeune fille de prendre son mouchoir, de l'enrouler autour d'une pierre, de faire un grand nœud et de le tremper dans l'essence. Lorsque les trois cadavres furent installés dans la voiture, il alluma le mouchoir dégoulinant et le jeta dans la flaque d'essence qui s'échappait du réservoir. « Et maintenant, filez. »

Il n'y eut pas besoin de le leur répéter, ils partirent en

courant à travers les dunes jusqu'à l'endroit où il était garé, à l'écart de la route. C'est le Bédouin qui pensa à récupérer la planche cloutée. Au moment où il passait la dune, le réservoir explosa. Et la voiture d'état-major disparut dans les flammes.

Ils rentrèrent à Koweït City en silence, encore terrifiés par ce qui venait de se passer. Deux des Koweïtiens étaient assis devant à côté de lui, les trois autres étaient à l'arrière.

« Vous avez vu ? finit par leur demander Martin. Vous avez bien observé ?

— Oui, Bédouin.

— Et alors ?

— Ça a été... ça a été si rapide, finit par dire Rana, la jeune fille.

— J'ai trouvé que ça avait été long, fit l'employé de banque.

— Tout a été rapide et très brutal, reprit Martin. A votre avis, ça a duré combien de temps ?

— Une demi-heure ?

— Six minutes. Ça vous a choqués ?

— Oui, Bédouin.

— C'est parfait, il n'y a que les psychopathes pour supporter ce genre de spectacle, la première fois. Il y a un général américain qui s'appelait Patton, vous en avez entendu parler ?

— Non, Bédouin.

— Il a dit un jour : mon boulot n'est pas de faire mourir mes hommes pour leur patrie, c'est de faire mourir un maximum de salopards pour la leur. Vous comprenez ça ? »

Il n'est pas facile de traduire la philosophie de George Patton en arabe, mais ils finirent par saisir ce qu'il voulait dire.

« Lorsqu'on fait la guerre, il y a une période pendant laquelle on peut rester à l'abri. Ensuite, il faut faire un choix : c'est vous qui mourez, ou c'est lui. A vous de faire votre propre choix, tous. Vous pouvez retourner à vos études, ou bien faire la guerre. »

Ils restèrent sans rien dire plusieurs minutes. Ce fut Rana qui prit la parole. « Je veux faire la guerre, si vous m'apprenez, Bédouin. » Chacun des jeunes gens dut prendre le même engagement.

« Très bien. Mais il faut tout d'abord que je vous apprenne comment tuer et détruire en restant vous-mêmes en vie. On se retrouve chez moi dans deux jours, à l'heure où le couvre-feu est levé. Apportez des livres de classe, même toi, le banquier. Si on vous arrête, restez naturels : vous n'êtes que des étudiants qui se rendent à leurs cours. D'ailleurs c'est vrai, ce sont seulement des études un peu spéciales. Maintenant, disparaissez et rentrez chez vous, un par camion. »

Ils avaient rejoint la route goudronnée et arrivèrent sur le périphérique n° 5. Il leur montra un garage où des camions allaient sûrement s'arrêter et qui pourraient les ramener. Quand ils furent tous partis, il retourna dans le désert, récupéra son émetteur dans sa cache, parcourut encore cinq kilomètres, déploya l'antenne satellite et commença à trafiquer sur son Motorola crypté avec un certain correspondant à Riyad.

Une heure après l'embuscade, une patrouille découvrit la voiture d'état-major pulvérisée. On emporta les corps à l'hôpital le plus proche, Al-Adan, près de Fintas, sur la côte.

Un médecin légiste pratiqua les autopsies sous l'œil furibond d'un colonel de l'AMAM, la police secrète. Il découvrit les blessures par balles, minuscules traces d'épingle dans les chairs carbonisées. Il était père de famille, il avait des filles et il connaissait bien l'infirmière qui s'était fait violer.

Il remit le drap sur le troisième cadavre et enleva ses gants.

« J'ai bien peur qu'ils ne soient morts par asphyxie lorsque la voiture a pris feu après l'accident, déclara-t-il. Qu'Allah ait pitié d'eux. »

Le colonel grommela et tourna les talons.

Lors de la troisième réunion avec sa bande de volontaires, le Bédouin les conduisit en voiture loin dans le désert dans un endroit où ils pourraient être seuls, à l'ouest de Koweït City et au sud de Jahra. Assis dans le sable comme pour un pique-nique, les cinq jeunes gens regardèrent leur professeur tirer de son sac à dos et vider dans une couverture de selle tout un tas d'objets étranges. Il les identifia l'un après l'autre.

« Ceci est du plastic, facile à manipuler, remarquablement stable. »

Ils devinrent plus pâles lorsqu'il commença à pétrir le matériau dans sa main, comme de la pâte à modeler. L'un des garçons, dont le père tenait un débit de tabac, avait apporté à sa demande quelques vieilles boîtes de cigares.

« Ceci, fit le Bédouin, est un détonateur avec son allumeur intégré. Lorsque vous tournez cette vis papillon, en haut, cela écrase une ampoule d'acide. L'acide commence à attaquer un diaphragme en cuivre. Cela prend soixante secondes. Ensuite, le fulminate de mercure fait sauter l'explosif. Regardez. »

Il n'avait pas à faire d'effort pour capter leur attention. Il prit un morceau de Semtex de la taille d'un paquet de cigarettes, le mit dans une petite boîte à cigares et inséra le détonateur dans l'explosif.

« Maintenant, vous tournez le papillon comme cela, tout ce que vous avez à faire est de refermer la boîte et de passer un élastique autour... voilà... pour la maintenir fermée. Vous ne faites cette opération qu'au dernier moment. » Il posa la boîte dans le sable au centre du cercle. « Cependant, soixante secondes durent bien plus longtemps que vous ne le pensez. Cela vous laisse le temps de marcher tranquillement jusqu'à un camion irakien, ou un half-track, de jeter votre boîte et de tourner les talons. Marchez, ne courez jamais. Voir un homme courir met les gens en alerte. Gardez-vous assez de temps pour aller jusqu'au coin de la rue, continuez à marcher, ne courez toujours pas, même après avoir entendu l'explosion. »

Il gardait un œil sur sa montre. Trente secondes.

« Bédouin..., fit l'employé de banque.

— Oui ?

— Ce n'est pas une vraie ?

— Quoi ?

— La bombe que vous venez de fabriquer. C'est une fausse, non ? »

Quarante-cinq secondes. Il se pencha pour ramasser l'engin.

« Mais non, c'est une vraie. Je voulais simplement vous montrer que, soixante secondes, c'est très long. Ne paniquez jamais quand vous manipulez ce genre d'objet. La panique vous tuerait, ou vous ferait fusiller. Restez calmes quoi qu'il arrive. »

D'un mouvement de poignet, il lança la petite boîte qui tournoya jusqu'à l'autre versant de la dune. Elle tomba là et explosa. La détonation fit sursauter les membres du groupe et un nuage de sable s'éleva, poussé par le vent.

Très haut au-dessus de leurs têtes, dans le nord du Golfe, un AWACS américain détecta l'explosion grâce à l'un de ses capteurs infrarouges. L'opérateur la signala au contrôleur de mission qui se pencha sur l'écran. La lueur de l'explosion s'évanouissait lentement.

« Intensité ?

— A peu près comme un réservoir de char qui explose, monsieur.

— OK. Notez-la. On ne bouge pas. »

« Vous serez capables d'en faire autant à la fin de la journée. Vous aurez des détonateurs, et vous les conserverez comme ceci. » Il prit un tube à cigares en aluminium, enveloppa le détonateur dans du coton, le plaça dans le tube et revissa le bouchon. « Pour le plastic, vous ferez comme ceci. » Il prit l'emballage d'un morceau de savon, découpa cent grammes d'explosif en forme de pain et l'enveloppa dedans, puis colla le tout avec un bout de scotch. « Vous achèterez vous-mêmes les boîtes de cigares. Pas de grosses boîtes de havanes, non, des petites boîtes de cigarillos. Laissez toujours deux cigarillos dans la boîte au cas où vous seriez arrêtés et fouillés. Si un Irakien veut vous prendre le tube à cigares, ou la boîte, ou le savon, laissez-le faire. »

Il les fit s'entraîner au soleil jusqu'à ce qu'ils soient tous capables de sortir le « savon » de son papier, vider la boîte de cigarillos, préparer la bombe et attacher l'élastique, le tout en moins de trente secondes.

« Toutes ces opérations peuvent se faire à l'arrière d'une voiture, dans les toilettes d'un café, dans l'embrasure d'une porte ou la nuit derrière un arbre, leur dit-il. Choisissez votre première cible, assurez-vous qu'il n'y ait pas de soldat à l'écart qui risquerait d'en réchapper, tournez le papillon, fermez la boîte, placez l'élastique, avancez-vous, jetez votre bombe et partez. A partir du moment où vous avez tourné le papillon, comptez lentement jusqu'à cinquante. Si à cinquante vous n'avez pas réussi à vous en débarrasser, jetez-la le plus loin possible. Maintenant, vous ferez cela essentiellement dans l'obscurité, c'est ce que nous allons voir maintenant. »

Il leur fit s'attacher un foulard sur les yeux, l'un après l'autre, et ils regardèrent le premier élève tâtonner et laisser tomber les composants. A la fin de l'après-midi, ils étaient capables de faire toutes les manipulations uniquement au toucher. Le soir, il leur distribua le contenu de son sac. Chacun avait suffisamment de matériel pour confectionner six morceaux de savon, avec six détonateurs. Le fils du détaillant en tabac promit de leur procurer les boîtes de cigares et les tubes en aluminium. De leur côté, ils devaient trouver du coton, des emballages de savon et des élastiques. Il les ramena en ville.

Au cours du mois de septembre, l'état-major de l'AMAM, à l'hôtel Hilton, commença à voir arriver une masse de rapports, qui faisaient tous état d'une augmentation croissante d'attaques contre des soldats ou des matériels irakiens. La colère du colonel Sabaawi était à la mesure de son impuissance.

Les choses ne se passaient pas du tout comme prévu. On lui avait dit que les Koweïtiens étaient un peuple de lâches, qui ne bougeraient pas. Quelques bonnes vieilles méthodes à la mode de Bagdad, et ils feraient ce qu'on leur dirait de faire. Or les choses ne se passaient pas du tout ainsi.

Il existait en fait plusieurs mouvements de résistance, mais la plupart d'entre eux apparaissaient au hasard et sans aucune coordination. Dans le quartier chiite de Rumaithiya, des soldats irakiens disparurent purement et simplement. Les musulmans chiites avaient des raisons bien précises de haïr les Irakiens qui avaient massacré par centaines de milliers leurs coreligionnaires iraniens pendant le conflit Iran-Irak. Des soldats irakiens qui arpentaient le fouillis de ruelles de Rumaithiya se firent couper la gorge et leurs corps furent jetés dans les égouts. On ne les retrouva jamais.

Chez les sunnites, la résistance était concentrée autour des mosquées où les Irakiens ne s'aventuraient que rarement. C'est là que l'on se passait les messages, que l'on échangeait des armes et que l'on mettait au point les opérations.

Le mouvement le mieux organisé avait été mis sur pied par des notables koweïtiens, gens riches et cultivés. M. Al-Khalifa en devint le trésorier et utilisa sa fortune pour procurer aux Koweïtiens de quoi se nourrir. D'autres cargaisons un peu particulières, cachées sous des caisses de produits alimentaires, commencèrent à arriver de l'étranger.

L'organisation s'était fixé six objectifs, dont cinq concernaient uniquement la résistance passive. Premier point, la documentation : chaque résistant recevait des informations précises fournies par des membres du mouvement qui travaillaient au ministère de l'Intérieur. Venait ensuite le renseignement, collecte de toutes les informations relatives aux mouvements des Irakiens que l'on retransmettait au quartier général de la coalition à Riyad. Une attention spéciale était accordée aux effectifs et aux armements, aux fortifications côtières, aux sites de missiles. Une troisième branche s'occupait de maintenir en état de fonctionnement différents services d'intérêt général — l'eau, l'électricité, les services d'incendie et de santé. Lorsque les Irakiens, à la fin des opérations, ouvrirent les vannes des puits de pétrole et déclenchèrent une marée noire, ce furent des ingénieurs koweïtiens qui indiquèrent aux chasseurs bombardiers américains l'emplacement exact des vannes qu'ils devaient détruire pour arrêter l'hémorragie.

Des comités de solidarité circulaient dans les différents quartiers, prenaient contact avec les Européens et autres citoyens des pays développés toujours calfeutrés dans leurs appartements. Ce sont eux qui veillaient à ce qu'ils puissent échapper aux coups de filet des Irakiens.

Un système de téléphone par satellite fut introduit en contrebande depuis l'Arabie Saoudite dans le réservoir d'une jeep. Contrairement à celui de Martin, cet appareil n'était pas crypté, mais en le déplaçant constamment, la résistance koweïtienne échappait aux moyens de détection irakiens et parvint à transmettre à Riyad tout ce qui se produisait d'intéressant. Un vieux radioamateur réussit à émettre durant toute la durée de l'occupation, envoyant des milliers de messages à un collègue du Colorado qui les retransmit au Département d'État.

Il y avait enfin la résistance armée dont l'essentiel était regroupé sous les ordres d'un lieutenant-colonel koweïtien, l'un de ceux qui avaient réussi à s'échapper du ministère de la Défense le jour de l'invasion. Comme il avait un fils appelé Fouad, il prit pour nom d'emprunt celui d'Abou Fouad, père de Fouad.

Saddam Hussein avait fini par renoncer à mettre en place un gouvernement fantoche et désigna comme gouverneur général son demi-frère, Hassan Majid.

La résistance qui s'organisait n'était pas un jeu pour amuser la galerie. Une guerre limitée, mais extrêmement féroce, se développa dans la clandestinité. L'AMAM répliqua en installant deux centres d'interrogatoires, le premier au centre sportif Kathma et l'autre dans le stade de Qadisiyah. On y employait intensivement les méthodes pratiquées par le chef de l'AMAM, Omar Khatib, à la prison d'Abu Ghraib, près de Bagdad. Durant toute la durée de l'occupation, cinq cents Koweïtiens furent tués, dont deux cent cinquante par exécution, souvent après de longues tortures.

Hassan Rahmani, chef du contre-espionnage, s'installa à son bureau de l'hôtel Hilton et se mit à lire la pile de comptes rendus préparés par ses collaborateurs directs. Ce 15 septembre, il était venu de Bagdad en mission éclair. Ce qu'il lisait était très inquiétant. On observait une augmentation régulière des attaques contre les postes irakiens installés sur les routes isolées ou contre les cantonnements de soldats et les barrages routiers. Ce problème concernait surtout l'AMAM — la résistance locale relevait de son activité. Comme Rahmani l'avait prévu de longue date, cette brute de Khatib n'arrivait pas à s'en sortir.

Rahmani n'avait pas pour la torture le goût de son rival des services secrets irakiens. Il préférait s'appuyer sur un patient travail de détective, sur la déduction et le rassemblement d'indices. Il admettait pourtant que c'était la terreur et rien d'autre qui avait permis au Raïs de conserver le pouvoir en Irak depuis tant d'années. Il avait essayé de persuader le Président de lui donner la responsabilité du renseignement au Koweït, mais s'était vu opposer un refus ferme et sans appel. Comme le lui avait expliqué Tarek Aziz, ministre des Affaires étrangères, c'était une question de principe. Lui, Rahmani, était chargé de protéger l'État contre l'espionnage et le sabotage manipulés par l'étranger. Et le Raïs ne pouvait admettre que le Koweït fût un pays étranger. C'était la dix-neuvième province de l'Irak. Par conséquent, c'était à Omar Khatib de s'en occuper.

En contemplant cette pile de rapports ce matin-là à l'hôtel Hilton, Rahmani était plutôt soulagé de ne pas avoir cette responsabilité. C'était un vrai cauchemar, et, comme prévu, Saddam Hussein avait fait exactement le contraire de ce qu'il fallait. La prise d'otages occidentaux transformés en boucliers humains s'était révélée désastreuse, totalement contre-productive. Il avait raté l'occasion de déferler au sud et de s'emparer des puits de pétrole saoudiens, de manière à contraindre le roi Fahd à s'asseoir à la table de négociations. Et à présent, les Américains s'engouffraient dans le pays.

Toutes les tentatives faites pour assimiler le Koweït avaient échoué et dans un mois, si ce n'est moins, l'Arabie Saoudite serait imprenable grâce au bouclier américain installé à sa frontière nord. A son avis, Saddam Hussein ne réussirait ni à se retirer du Koweït sans se faire humilier, ni à résister sur place si on l'attaquait avec des forces supérieures en nombre. Mais, dans l'entourage du Raïs, l'ambiance était encore à la confiance, comme s'il avait la conviction qu'un retournement de situation était possible. Pourtant, que pouvait-il bien espérer ? Qu'Allah en personne descende du paradis et écrase ses ennemis ?

Rahmani se leva et fit quelques pas jusqu'à la fenêtre. Il aimait bien faire les cent pas quand il avait besoin de réfléchir, cela lui excitait les méninges. Il regarda ce qui se passait dehors. La marina, autrefois superbe, était devenue une vraie poubelle. Quelque chose le troublait dans tous ces rapports déposés sur son bureau. Il retourna s'asseoir et les relut une seconde fois. Oui, il y avait quelque chose d'anormal. Un certain nombre d'attaques menées contre les Irakiens l'avaient été avec des fusils et des armes de poing, d'autres avec des bombes à base de TNT utilisé dans l'industrie. Mais il y en avait eu d'autres, et même de plus en plus, où il était clair que du plastic avait été utilisé. Il n'y en avait jamais eu au Koweït, encore moins du Semtex-H. Qui l'utilisait et où l'avait-il déniché ?

Il y avait aussi les interceptions radio, qui avaient détecté un émetteur crypté quelque part dans le désert. Il se déplaçait continuellement, émettait de façon erratique, envoyant des messages chiffrés pendant dix ou quinze minutes. Puis c'était le silence. D'autres rapports évoquaient un étrange Bédouin qui circulait à sa guise, apparaissant et disparaissant, réapparaissant et semant la destruction derrière lui. Avant de mourir, deux soldats grièvement blessés avaient dit l'avoir rencontré. Ils l'avaient décrit comme un individu de grande taille et très sûr de lui. Il portait un keffieh à damiers rouges et blancs, dont un pan lui masquait le visage.

Sous la torture, deux Koweïtiens avaient raconté la légende du Bédouin invisible, mais assuraient qu'ils ne l'avaient jamais rencontré. Les hommes de Sabaawi voulaient à tout prix leur faire avouer qu'ils le connaissaient. Bande d'imbéciles ! Ils auraient avoué n'importe quoi pour mettre un terme à ce supplice.

Plus Hassan Rahmani y pensait, plus il était convaincu qu'il avait affaire à des agents infiltrés de l'extérieur. Donc, cela relevait de lui. Il avait du mal à croire à cette histoire de Bédouin expert en plastic et en émetteurs cryptés — en admettant qu'il s'agisse d'un seul et même homme. Il avait fort bien pu former plusieurs poseurs de bombes, mais il effectuait apparemment un certain nombre de missions lui-même.

Il était impensable d'arrêter tous les Bédouins qui se baladaient en ville ou dans le désert — c'est comme cela qu'agirait l'AMAM, mais ils pourraient leur arracher les ongles pendant des siècles sans obtenir le moindre résultat. Pour Rahmani, un problème de ce genre avait trois solutions possibles. On pouvait capturer l'homme sur le fait, mais c'était extrêmement improbable. On pouvait aussi essayer de s'emparer de l'un de ses complices koweïtiens et le suivre à la trace. Ou bien il fallait le prendre pendant qu'il émettait dans le désert.

Rahmani s'arrêta à cette dernière solution. Il allait faire venir d'Irak deux ou trois de ses meilleures équipes radio, les mettre à différents endroits et essayer de localiser la source. Il aurait également besoin d'un hélicoptère de l'armée avec une équipe des forces spéciales, prête à intervenir. Il décida de mettre l'opération en route dès qu'il serait de retour à Bagdad.

Hassan Rahmani n'était pas le seul à s'intéresser au Bédouin. Dans une villa à quelques kilomètres du Hilton, un élégant jeune homme portant moustache, vêtu d'un long *thob* de coton blanc, était installé dans un fauteuil et écoutait l'un de ses amis venu lui raconter une curieuse anecdote.

« J'étais dans ma voiture, à attendre que le feu passe au vert, je ne regardais rien de précis, quand j'ai remarqué un camion de l'armée irakienne de l'autre côté du carrefour. Il était garé, il y avait des soldats autour, en train de casser la croûte ou de fumer une cigarette. Un jeune garçon, quelqu'un de chez nous, est alors sorti d'un café, tenant à la main quelque chose qui ressemblait à une petite boîte, quelque chose de vraiment minuscule. Je ne faisais pas attention à lui, quand je l'ai vu la lancer sous le camion. Il a alors tourné au coin de la rue et a disparu. Le feu est passé au vert, mais je n'ai pas bougé. « Cinq secondes après, le camion a explosé. Tu vois ce que je veux dire, complètement en miettes. Il y avait des soldats allongés par terre, les jambes arrachées. Je n'avais jamais vu un si petit truc faire autant de carnage. Pas besoin de te raconter, j'ai fait demi-tour et je me suis tiré avant que l'AMAM se pointe.

— Du plastic, murmura l'officier. Je donnerais n'importe quoi pour en avoir. C'est sans doute l'un des hommes du Bédouin. Qui est ce salopard, peu importe après tout. Mais j'aimerais bien le rencontrer.

— Ce qu'il y a, c'est que j'ai reconnu le garçon.

— Quoi ? » Le colonel se pencha un peu, soudain intéressé.

« Je ne serais pas venu vous voir pour le plaisir de vous raconter quelque chose que tout le monde sait. Mais je vous le garantis, j'ai reconnu ce jeteur de bombe. Abou Fouad, cela fait des années que j'achète mes cigarettes chez son père. »

Trois jours plus tard, lorsqu'il prit la parole devant les membres du comité Méduse, le Dr Reinhart avait l'air fatigué. Même en laissant tomber toutes ses autres activités à Porton Down, la masse de documents qu'on lui avait fournis lors de la première réunion et tout ce qu'il avait accumulé ensuite lui avaient donné un travail considérable.

« Cette analyse n'est sans doute pas terminée, dit-il, mais ce que l'on peut en déduire à ce stade est déjà intéressant. Pour commencer, bien sûr, nous savons que Saddam Hussein dispose d'une capacité de production de gaz que j'estime à plus de mille tonnes par an. Au cours de la guerre Iran-Irak, des soldats iraniens gazés ont été soignés en Grande-Bretagne et j'ai eu l'occasion de les examiner. Nous avons reconnu les effets du gaz moutarde et du phosgène. Mais pis encore, j'ai la conviction que l'Irak possède des stocks significatifs de deux gaz beaucoup plus dangereux, d'invention allemande, le sarin et le tabun. S'ils ont été utilisés au cours de cette guerre, et je crois que cela a été le cas, on n'a pas pu traiter les victimes dans des hôpitaux britanniques, elles sont mortes bien avant.

— Mais quelle est exactement la toxicité de ces... euh... de ces agents, docteur Reinhart ? demanda Sir Paul Spruce.

— Sir Paul, êtes-vous marié ? »

Le mandarin fut surpris de la question.

« Oui, bien sûr, j'ai une femme.

— Lady Spruce utilise-t-elle du parfum en atomiseur ?

— Oui, je crois que je l'ai déjà vue s'en servir.

— Avez-vous remarqué la taille minuscule des gouttelettes ?

— Bien sûr, et quand je pense au prix du parfum, je m'en réjouis. »

Fine plaisanterie, en tout cas aux yeux de Sir Paul.

« Deux de ces gouttelettes de sarin ou de tabun sur votre peau, et vous êtes un homme mort », reprit le chimiste de Porton. Plus personne ne souriait. « Les recherches irakiennes sur les gaz innervants remontent à 1976. Cette année-là, ils ont pris contact avec la société britannique ICI et lui ont expliqué qu'ils voulaient construire une usine pour produire quatre insecticides — mais la nature des produits qu'ils réclamaient à conduit ICI à refuser. Les spécifications des Irakiens comportaient l'utilisation de réacteurs résistant à la corrosion, de tuyaux et de pompes tels qu'ICI fut rapidement convaincue que leur véritable but n'était pas de produire des insecticides, mais des gaz innervants. L'affaire échoua donc.

— Dieu soit loué, dit Sir Paul qui prenait des notes.

— Mais tout le monde n'a pas refusé de travailler pour eux, ajouta l'ex-réfugié autrichien. C'est toujours le même argument, l'Irak avait besoin de produire des herbicides et des pesticides, ce qui nécessite bien entendu l'utilisation de produits toxiques.

— Mais ils avaient peut-être vraiment l'intention de fabriquer des produits chimiques pour l'agriculture ? demanda Paxman.

— Impossible, répondit Reinhart. Pour un chimiste, la seule chose qui importe est la quantité et la nature des composants. En 1981, ils ont obtenu d'une société allemande qu'elle leur livre un laboratoire d'une conception assez spéciale. Il devait produire du pentachlorure de phosphore, qui sert à fabriquer du phosphore organique, lequel est l'un des composants des gaz innervants. Aucune université, aucun laboratoire normal n'accepterait de manipuler des substances aussi toxiques. Les ingénieurs chimistes qui ont trempé dans l'affaire le savaient certainement. D'autres autorisations d'exportation concernent le thioglycol. C'est un composant du gaz moutarde, après réaction avec l'acide chlorhydrique. En faibles quantités, le thioglycol est utilisé également pour la fabrication d'encre de stylo à bille.

— Combien en ont-ils acheté ? demanda Sinclair.

— Cinq cents tonnes.

— De quoi fabriquer pas mal de stylos, murmura Paxman.

— Cela se passait début 83, ajouta Reinhart. Pendant l'été, leur grande usine de gaz de combat, à Samarra, démarra la production. Elle fournissait de l'ypérite, du gaz moutarde si vous préférez. Ils commencèrent à l'utiliser contre les Iraniens en décembre. Lorsque les Iraniens lancèrent leurs premières attaques par vagues, les Irakiens utilisèrent un mélange de pluie jaune, d'ypérite et de tabun. En 1985, ils réussirent à améliorer la composition du mélange : acide cyanhydrique, gaz moutarde, tabun et sarin. L'infanterie iranienne connut alors jusqu'à soixante-dix pour cent de pertes.

— Pourrions-nous considérer uniquement les gaz innervants, docteur ? demanda Sinclair. Il semble que ce soient les plus dangereux.

— C'est exact, répondit le Dr Reinhart. A partir de 1984, les produits chimiques qu'ils se sont mis à acheter étaient le chloroxyde de phosphore, important précurseur chimique du tabun, et deux précurseurs du sarin, le triméthyl de phosphite et le fluorure de potassium. Pour le premier, ils passèrent commande de deux cent cinquante tonnes à une société néerlandaise. Il y a là suffisamment de pesticides pour détruire tous les arbres, arbustes et brins d'herbe du Proche-Orient. Les Hollandais refusèrent, comme ICI avant eux, mais ils réussirent à acheter deux autres produits non contrôlés à la même époque : du diméthylamine pour produire du tabun et de l'isopropanol pour le sarin.

— Mais si ces produits étaient en vente libre en Europe, pourquoi ne pouvaient-ils pas les utiliser à la production de pesticides ? demanda Sir Paul.

— A cause des quantités en jeu, répondit Reinhart, de la nature des équipements chimiques, des moyens de manipulation et des plans de l'usine. Pour un chimiste ou pour un ingénieur, il est évident que ces approvisionnements ne pouvaient servir qu'à la fabrication de gaz de combat.

« — Savez-vous qui a été leur principal fournisseur pendant toutes ces années, docteur ? demanda Sir Paul.

— Oh oui. Au début, il y a eu quelques transferts de connaissances de la part de l'Union soviétique et de l'Allemagne de l'Est, plus des exportations venant de huit autres pays. Dans la plupart des cas, il s'agissait de produits non contrôlés et en petite quantité. Mais quatre-vingts pour cent des usines, des plans, des équipements, des moyens de manutention spécialisés, la technologie, le savoir-faire provenaient d'Allemagne de l'Ouest.

— Il est vrai, grommela Sinclair, que nous avons protesté pendant des années auprès de Bonn. Ils ont toujours rejeté avec dédain ces accusations. Docteur, seriez-vous capable d'identifier les usines de gaz chimiques sur les photos que je vous ai remises ?

— Oui, naturellement. Quelques-unes sont directement identifiables sur les tirages, il faut utiliser la loupe pour les autres. »

Le chimiste étala cinq grandes photos aériennes sur la table.

« Je ne connais pas les noms arabes, mais vous pouvez reconnaître les photos d'après leur numéro d'identification, n'est-ce pas ?

— Oui, montrez-moi les bâtiments, dit Sinclair.

— Ici, tout ce complexe de dix-sept constructions... là, cette usine isolée... vous voyez le filtre à air ? Et ici, celle-là... et tout cet ensemble de huit bâtiments... et celui-ci. »

Sinclair consulta une liste qu'il avait sortie de son attaché-case. Il hocha la tête d'un air entendu.

« C'est bien ce que nous pensions. Al-Qaim, Fallujah, Al-Hillah, Salman Pak et Samarra. Docteur, je vous suis très reconnaissant. Nos experts aux États-Unis arrivent exactement aux mêmes conclusions. Ce seront les objectifs de la première vague d'attaque. »

Lorsque la réunion eut pris fin, Sinclair, Simon Paxman et Terry Martin se promenèrent jusqu'à Piccadilly et entrèrent boire un café chez Richoux.

« Je ne sais pas ce que vous en pensez, dit Sinclair en buvant lentement son cappuccino, mais pour nous, l'essentiel est la menace des gaz. Le général Schwarzkopf est persuadé de ce qu'il appelle le scénario cauchemar. Des attaques de gaz massives, une pluie d'épandage aérien au-dessus de nos troupes. S'ils doivent y aller, ce sera avec des masques à gaz et des combinaisons de la tête aux pieds. Le bon côté des choses, c'est que ces gaz ont une durée de vie assez courte une fois

153

qu'ils sont à l'air libre. Dès qu'ils touchent le désert, c'est terminé. Terry, vous m'avez l'air sceptique.

— C'est à propos de cet épandage par voie aérienne, dit Martin. Comment Saddam pourrait-il procéder ? »

Sinclair haussa les épaules. « Au moyen de barrages d'artillerie, j'imagine. C'est ce qu'il a fait contre les Iraniens.

— Vous ne pouvez pas détruire son artillerie ? Les canons n'ont jamais qu'une portée de trente kilomètres, et ils doivent bien être quelque part dans le désert.

— Sûr, dit l'Américain, nous avons toute la technologie nécessaire pour localiser chaque canon et chaque blindé là-bas, même s'ils sont enterrés ou camouflés.

— S'il n'a plus de canons, comment Saddam pourra-t-il faire pleuvoir une pluie de gaz ?

— Sans doute avec des chasseurs bombardiers.

— Mais vous les aurez détruits lorsque les forces terrestres se mettront en branle, souligna Martin. Saddam n'aura plus rien à mettre en l'air.

— OK, alors les missiles Scud. C'est ce qu'il va essayer de faire. Et nous les descendrons un par un. Désolé, les gars, il faut que je m'en aille.

— Qu'avez-vous derrière la tête, Terry ? lui demanda Paxman lorsque l'homme de la CIA fut parti. »

Terry Martin eut un petit rire. « Oh, je ne sais pas. Je me dis que Saddam et ses stratèges savent certainement tout ça. Ils ne vont pas sous-estimer la puissance aérienne américaine. Simon, pourriez-vous me fournir tous les discours de Saddam depuis six mois ? En arabe, il me les faut en arabe.

— Oui, ça devrait être possible. Cheltenham doit les avoir, ou bien le service arabe de la BBC. Il vous les faut sur bande ou sur papier ?

— Sur bande, si possible. »

Pendant trois jours, Terry Martin écouta la voix gutturale qui haranguait les foules depuis Bagdad. Il passa et repassa les bandes, et il ne pouvait s'empêcher de penser que le despote irakien n'avait pas le ton auquel on s'attendrait de la part de quelqu'un qui se trouve dans une situation aussi difficile. Ou bien il n'en était pas conscient, ou bien il savait quelque chose que ses adversaires ignoraient.

Le 21 septembre, Saddam Hussein prononça un discours, ou plutôt une déclaration depuis le Conseil révolutionnaire. Dans cette déclaration, il indiquait qu'il n'y avait pas la moindre chance de voir l'Irak se retirer du Koweït, et que toute tentative d'en chasser son pays conduirait à « la mère de toutes les batailles ». C'est en tout cas ainsi que l'on traduisit l'expression qu'il avait employée. Elle plut aux médias et elle devint bientôt un leitmotiv.

Le Dr Martin étudia ce texte et téléphona à Simon Paxman.

« J'ai consulté le dialecte de la haute vallée du Tigre, lui dit-il.

— Seigneur, quel passe-temps ! répondit Paxman.

— C'est à propos de l'expression qu'il a utilisée, " la mère de toutes les batailles ".

— Oui, et alors ?

— Ce mot qu'on a traduit par " bataille ", eh bien dans ce dialecte, il signifie également " dégâts " ou " bain de sang ". »

Son interlocuteur garda le silence un bon moment.

« Ne vous en faites pas trop pour ça. »

Mais il avait beau dire, c'est précisément pour cela que Terry Martin se faisait du souci.

Chapitre 7

Le fils du marchand de tabac était terrorisé, et son père l'était tout autant.

« Je t'en supplie, mon fils, dis-leur ce que tu sais », implorait-il.

Les deux hommes envoyés par le Comité de la résistance koweïtienne s'étaient présentés fort poliment au commerçant, mais avaient insisté pour que son fils leur dise la vérité.

Le commerçant avait beau savoir qu'ils s'étaient présentés sous un pseudonyme et non sous leur vrai nom, il était assez intelligent pour comprendre qu'il s'adressait à des membres puissants et influents de son propre peuple. Pis encore, il tomba des nues en découvrant que son fils était impliqué dans la résistance. Et le comble, c'est qu'il venait d'apprendre que son rejeton n'appartenait même pas à la résistance officielle, mais qu'il avait jeté une bombe sous un camion irakien sur l'ordre d'un étrange bandit dont il n'avait jamais entendu parler. C'était assez pour déclencher une crise cardiaque chez n'importe quel père.

Ils s'installèrent tous les quatre dans le salon de la maison confortable qu'occupait le marchand de tabac à Keifan, et l'un des visiteurs expliqua qu'ils n'avaient rien contre le Bédouin, mais qu'ils essayaient simplement d'entrer en contact avec lui pour travailler ensemble.

Le garçon raconta alors ce qui s'était passé depuis le jour où l'un de ses amis s'était fait ramasser derrière un tas de gravats au moment où il s'apprêtait à tirer sur un camion irakien qui arrivait à toute allure. Les hommes l'écoutèrent sans dire un mot, celui qui l'interrogeait lui posait seulement de temps en temps une question. Celui qui ne disait rien, avec des lunettes noires, était Abou Fouad.

Celui qui l'interrogeait était surtout intéressé par la maison où le groupe retrouvait le Bédouin. Le garçon lui donna l'adresse, avant d'ajouter : « Je pense que ça ne sert pas à grand-chose d'aller là-bas. Il est extrêmement prudent. L'un d'entre nous a essayé d'y aller un jour, pour lui parler, mais la maison était fermée à clé. Nous pensons qu'il n'y vit pas, et pourtant il s'est rendu compte que nous étions venus. Il nous a dit de ne plus jamais recommencer. Si cela se reproduit, a-t-il ajouté, je couperai tout contact avec vous et vous ne me reverrez jamais. »

Assis dans un coin, Abou Fouad approuva d'un signe de tête. Contrairement aux autres, c'était un soldat de métier et il reconnaissait là le comportement d'un autre professionnel.

« Quand devez-vous le rencontrer ? demanda-t-il.

— Il doit prendre contact avec l'un de nous aujourd'hui. Et celui-là préviendra les autres. Cela peut prendre un certain temps. »

Les deux Koweïtiens se retirèrent. Ils avaient la description des deux voitures, une camionnette hors d'état qui servait apparemment à l'homme à se déguiser en maraîcher qui vient vendre ses fruits en ville, et un puissant tout-terrain pour les sorties dans le désert.

Abou Fouad appela un de ses amis au ministère des Transports et lui dicta les numéros des deux véhicules, mais sans aucun résultat : les deux numéros étaient faux. La seule autre piste passait par les cartes d'identité que l'homme devait posséder pour franchir les innombrables barrages irakiens.

Via son comité, il prit contact avec un fonctionnaire du ministère de l'Intérieur. Là, il eut plus de chance. L'homme se rappelait avoir fait une fausse carte d'identité pour un jardinier de Jahra. Il avait rendu ce service à un millionnaire, Ahmed Al-Khalifa, six semaines plus tôt.

Abou Fouad fut à la fois ravi et intrigué. Le marchand était un homme influent et une figure respectée du mouvement. Mais tout le monde croyait qu'il ne jouait qu'un rôle financier et qu'il n'était pas impliqué dans l'action sur le terrain. Comment pouvait-il être le chef de ce mystérieux et dangereux Bédouin ?

Au sud de la frontière koweïtienne, le matériel américain continuait d'arriver en masse. Pendant la dernière semaine de septembre, le général Norman Schwarzkopf, enterré dans le terrier creusé deux niveaux sous le ministère saoudien de la Défense, route de l'ancien aéroport, à Riyad, décida qu'il avait désormais suffisamment de moyens pour proclamer que l'Arabie Saoudite était à l'abri d'une attaque irakienne.

Côté aérien, le général Charles « Chuck » Horner avait mis sur pied un parapluie constitué de patrouilles permanentes, une armada amplement approvisionnée en chasseurs de supériorité aérienne, chasseurs bombardiers pour l'attaque au sol, ravitailleurs, bombardiers lourds et chasseurs de chars Thunderbolt. De quoi détruire les Irakiens s'ils arrivaient sur terre et dans les airs. Il avait à sa disposition tous les moyens d'alerte aérienne nécessaires pour passer au radar chaque centimètre carré du territoire irakien. Il était capable de détecter le moindre objet de métal se déplaçant sur une route, dans le désert ou essayant de voler ; il était en mesure d'écouter toutes les conversations des Irakiens à la radio et de déterminer la position de n'importe quelle source de chaleur.

Au sol, le général Schwarzkopf disposait quant à lui de suffisamment d'unités mécanisées, de blindés lourds et légers, d'artillerie et d'infanterie pour accueillir n'importe quelle colonne irakienne, l'arrêter, l'encercler et la détruire. Pendant la dernière semaine de septembre, et dans des conditions de secret telles que même les alliés des Américains n'en furent pas avertis, on passa d'une stratégie défensive à une stratégie offensive. On prépara l'attaque de l'Irak, alors que le mandat des Nations unies se limitait toujours strictement à la défense de l'Arabie Saoudite et des États du Golfe.

Mais Norman Schwarzkopf lui aussi avait un certain nombre de problèmes. Le premier était que l'effectif des troupes irakiennes et le nombre de canons et de chars déployés contre lui représentaient à présent le double de ce qu'il était lorsqu'il était arrivé à Riyad six semaines plus tôt. Le second tenait au fait qu'il avait besoin de deux fois plus de troupes pour libérer le Koweït que pour protéger l'Arabie Saoudite.

C'était un homme à faire sien le dicton de George Patton : un mort américain, britannique, français ou d'un autre pays de la coalition était un mort de trop. Avant de lancer l'attaque, il lui fallait donc remplir deux conditions : doubler le niveau de ses forces, et obtenir la garantie qu'une attaque aérienne préliminaire réduirait de moitié les forces irakiennes massées au nord de la frontière. Cela voulait dire plus de temps, plus de matériel, plus de réserves, plus de canons, de chars, de troupes, d'avions, de carburant, de nourriture, et encore bien davantage d'argent. Il déclara donc aux Napoléons en chambre installés au Capitole que s'ils voulaient une victoire, ils avaient plutôt intérêt à lui accorder ce qu'il demandait.

En fait, ce fut le chef d'état-major interarmes, le général Colin Powell, beaucoup plus diplomate, qui fit passer le message en arrondissant légèrement les angles. Les hommes politiques adorent jouer aux soldats, mais ils détestent qu'on leur parle le langage des soldats.

Ainsi, en cette fin septembre, tous les préparatifs militaires restaient extrêmement secrets. Et, comme l'on s'en rendit compte plus tard, c'était aussi bien ainsi. Les Nations unies sortaient des plans de paix à tire-larigot, et attendirent le 29 novembre pour autoriser l'usage de la force pour chasser l'Irak du Koweït, à moins qu'elle ne se retire avant le 16 janvier. Si les préparatifs militaires n'avaient commencé à être mis au point qu'à cette date, personne n'aurait été prêt à temps.

Ahmed Al-Khalifa était très ennuyé. Il connaissait Abou Fouad, bien entendu, il savait qui il était et ce qu'il faisait. Mieux encore, il avait accueilli avec sympathie sa requête. Mais il avait donné sa parole, il le lui expliqua et dit qu'il ne pouvait pas revenir dessus.

Il ne révéla à personne que son ami était officier britannique, pas même à ses amis ou à ses amis de la résistance. Il accepta tout juste de laisser au Bédouin un message à l'endroit habituel. Il savait bien qu'il le trouverait tôt ou tard.

Le lendemain matin, il déposa donc une lettre sous la pierre tombale du gabier Shepton, au cimetière chrétien. Il y demandait instamment au Bédouin d'accepter une rencontre avec Abou Fouad.

Le groupe se composait de six hommes commandés par un sergent et, lorsque le Bédouin apparut au coin de la rue, ils furent aussi surpris que lui.

Mike Martin venait de déposer sa camionnette dans son garage fermé à clé et il rentrait à pied à la villa qu'il avait choisie pour y passer la nuit. Il était fatigué et moins sur ses gardes qu'à l'accoutumée. Quand il vit les Irakiens et se rendit compte qu'il avait été repéré, il s'en voulut. Dans son métier, un homme pouvait mourir bêtement pour un simple moment d'inattention.

L'heure du couvre-feu était passée depuis longtemps et, bien qu'il eût l'habitude de parcourir la ville désertée par les citoyens respectueux des lois, à une période où seules les patrouilles irakiennes circulaient encore dans les rues, il veillait à emprunter les ruelles mal éclairées, les terrains vagues et les passages sombres, alors que les Irakiens se concentraient dans les rues principales et aux carrefours. Ainsi, personne ne gênait l'autre.

Mais, depuis que Hassan Rahmani était rentré à Bagdad et avait écrit un rapport au vitriol sur l'inefficacité de l'Armée populaire, bien des choses avaient changé. On avait vu apparaître les bérets verts des forces spéciales. Même s'ils n'avaient pas la classe des troupes d'élite de la garde républicaine, les bérets verts étaient plus disciplinés que ce ramassis de conscrits qui composait l'Armée populaire. Six de ces hommes se tenaient tranquillement à côté de leur camion, à un carrefour où en temps normal il n'y avait aucun Irakien. Martin eut juste le temps de se pencher davantage sur sa canne et d'adopter l'allure d'un vieillard. C'était une bonne idée, quand on sait que, dans la culture arabe, les vieux sont l'objet de respect ou, du moins, de compassion.

« Hé toi, cria le sergent, viens voir par ici. »

Quatre fusils d'assaut se pointèrent sur la silhouette en keffieh rouge et blanc. Le vieil homme s'arrêta, puis reprit péniblement sa marche.

« Qu'est-ce que tu fais dehors à cette heure-là, Bédouin ?

— Je ne suis qu'un vieil homme qui rentre chez lui avant le couvre-feu, *sayidi*, fit l'homme d'un ton geignard.

— L'heure du couvre-feu est largement passée, imbécile. Ça fait deux heures. »

Le vieil homme secoua la tête d'un air incrédule. « Je ne savais pas, *sayidi*, je n'ai pas de montre. »

Au Proche-Orient, la montre n'est pas un accessoire indispensable, ce n'est qu'un signe de richesse. Les soldats irakiens arrivés au Koweït ne mirent pas très longtemps à s'en procurer : il leur suffisait de les voler. Mais le mot « Bédouin » vient de *bedou*, qui signifie « sans ».

Le sergent grommela quelque chose d'incompréhensible. L'excuse était plausible. « Papiers », fit-il. Le vieil homme se servit de sa seule main libre pour fouiller dans sa goudoura sale. « J'ai l'impression que je les ai perdus, plaida-t-il.

— Fouillez-le », ordonna le sergent.

L'un des soldats s'avança. La grenade à main collée contre la cuisse de Martin avait la même apparence que l'un de ces melons d'eau qu'il transportait dans sa camionnette.

« Touche pas à mes couilles », fit sèchement le vieux Bédouin.

Le soldat s'interrompit. Un de ses copains, derrière lui, se

160

mit à rigoler. Le sergent essayait de garder son sérieux. « Bon, continue, Zuhair », fouille-le.

Zuhair, le jeune soldat, hésita encore, un peu gêné. Il savait qu'on se moquait de lui.

— Il n'y a que ma femme qui ait le droit de toucher à mes couilles », dit le Bédouin.

Deux des soldats étaient pliés en deux et baissèrent leurs armes. Les autres en firent autant. Zuhair recula.

« Et permets-moi de te dire, ça n'est pas pour son plaisir. Ça fait longtemps que je suis trop vieux pour la chose », ajouta le vieillard.

Là, c'en était trop. Toute la patrouille éclata de rire. Même le sergent souriait.

« Allez, le vieux. Passe ton chemin. Et ne reste pas dehors quand il fait nuit. »

Le Bédouin se dirigea vers le coin de la rue, un peu crispé. Passé l'angle, il sortit sa grenade, la dégoupilla et la lança aux pieds de Zuhair. Les six hommes regardèrent l'engin, qui explosa. Ce fut la fin des six soldats, et c'était également la fin de ce mois de septembre.

Cette nuit-là, très loin, à Tel-Aviv, le général Yaacov Kobi Dror était dans son bureau du Mossad, dans l'immeuble de Hadar Dafna. Il était très tard, et il prenait un verre avec un vieil ami et collègue, Shlomo Gershon, également connu sous le diminutif de Sami.

Sami Gershon dirigeait la division des Combattants, les Komeniute. Cette section est chargée des « illégaux », l'activité la plus dangereuse de l'espionnage. Il était présent lorsque son chef avait menti à Chip Barber.

« Tu ne crois pas que tu aurais dû lui dire ? » demanda-t-il, car la question était revenue sur le tapis.

Dror fit tourner sa bière dans la bouteille et en avala une gorgée.

« Qu'ils aillent se faire foutre, répondit-il en grommelant, ils n'ont qu'à les recruter eux-mêmes, leurs agents de merde. »

Encore adolescent, il s'était retrouvé couché sous son char Patton, dans le désert au printemps 1967, en attendant que quatre États arabes décident de régler leurs comptes avec Israël une bonne fois pour toutes. Il se rappelait encore que le monde entier avait gardé le silence.

Avec son équipage, commandé par un homme de vingt ans, il avait été l'un de ceux qui avaient fait la percée dans la passe de Mutla et avaient reconduit l'armée égyptienne jusqu'au canal de Suez sous les ordres d'Israël Tal. Et il se souvenait très bien comment, lorsque Israël avait anéanti en mai quatre armées et quatre escadres aériennes en six jours, les mêmes médias occidentaux s'en étaient pris à Israël, l'accusant d'avoir gagné de façon trop facile.

De ce jour, la philosophie de Kobi Dror était faite. Qu'ils aillent tous se faire foutre. Il était sabra, il était né en Israël et y avait grandi, il n'avait ni la largeur de vues ni la vision d'avenir d'un homme comme Ben Gourion. Ses idées politiques le portaient vers l'extrême droite et le Likoud. Il y côtoyait Menahem Begin, qui avait appartenu à l'Irgoun, et Itzhak Shamir, ancien des commandos Stern.

Une fois, assis au fond de la classe, pendant un cours destiné aux recrues, il avait entendu l'instructeur utiliser l'expression « services de renseignement alliés ». Il s'était levé pour prendre la parole. « Israël n'a pas d'amis, sauf peut-être dans la diaspora, avait-il déclaré. Le monde est coupé en deux : nos ennemis et ceux qui sont neutres. Nos ennemis, nous savons comment faire avec eux. Quant aux neutres, prenons-leur tout ce que nous pouvons et ne leur donnons rien. Sourions-leur, passons-leur la main dans le dos, buvons avec eux, flattons-les, remercions-les de leurs pourboires, mais ne leur disons rien.

« Écoute, Kobi, il n'y a plus qu'à espérer qu'ils ne sauront jamais, fit Gershon.

— Comment feraient-ils ? Nous ne sommes que huit à être au courant. Et nous appartenons tous au Service. »

C'était sans doute la bière, mais il en oubliait un.

Au printemps 1988, un homme d'affaires britannique du nom de Stuart Harris était venu à Bagdad pour un salon. Il était directeur des ventes d'une société de Nottingham qui fabriquait et commercialisait des équipements de travaux publics. La foire se tenait sous les auspices du ministère irakien des Transports. Comme presque tous les Occidentaux, il avait pris une chambre à l'hôtel Rachid, dans la rue Yafa. Cet hôtel avait été construit spécialement pour les étrangers et était placé sous surveillance constante.

Au troisième jour de l'exposition, Harris avait trouvé en entrant dans sa chambre une enveloppe que quelqu'un avait glissée sous la porte. Elle ne portait aucune adresse, juste le numéro de sa chambre. A l'intérieur, une simple feuille de papier et une autre enveloppe « par avion ». La feuille portait les mots suivants, en anglais et en capitales : À VOTRE RETOUR À

C'était tout. Stuart Harris fut pris de panique, complètement terrifié. Il connaissait la réputation de l'Irak et de sa redoutable police secrète. Quel que fût le contenu de l'enveloppe, cela pouvait le faire arrêter, torturer, exécuter même.

Mais il sut garder son calme. Il s'assit et essaya de réfléchir. Pourquoi lui, par exemple ? Il y avait des dizaines d'hommes d'affaires britanniques à Bagdad. Pourquoi avoir choisi Stuart Harris ? Comment pouvaient-ils savoir qu'il était juif, que son père était arrivé en Angleterre en 1935 après avoir fui l'Allemagne sous le nom de Samuel Horowitz.

En réalité — mais ça, il ne le saurait jamais —, deux fonctionnaires irakiens du ministre des Transports avaient eu une discussion deux jours plus tôt dans la cantine du sous-sol. Le premier avait raconté à l'autre sa visite à l'usine de Nottingham, l'automne précédent. Harris l'avait reçu pendant deux jours, s'était absenté de façon inexplicable le troisième jour, puis était revenu. Lui, l'Irakien, avait demandé si Harris était malade. L'un de ses collègues lui avait répondu en riant que c'était Yom Kippour. Les deux fonctionnaires irakiens n'en dirent pas plus, mais quelqu'un prit bonne note à la table d'à côté et raconta la conversation à son supérieur. Apparemment, celui-ci n'y fit pas attention, mais il y réfléchit un peu plus tard et réclama une enquête sur ce M. Harris de Nottingham. C'est ainsi qu'il obtint le numéro de sa chambre à l'hôtel Rachid.

Harris était assis là, se demandant ce qu'il pouvait bien faire. Même si l'expéditeur anonyme avait découvert qu'il était juif, se dit-il, il y avait une chose qu'il ne savait certainement pas. Par une coïncidence extraordinaire, Stuart Harris était *sayan*.

L'Institut israélien pour le renseignement et les opérations spéciales, fondé en 1951 sur ordre de Ben Gourion, est plus connu sous le nom de Mossad, ce qui signifie « institut » en hébreu. Dans ses murs, on ne parle jamais du Mossad, mais du « service ». De toutes les agences de renseignements dans le monde, le Mossad est de loin la plus petite. En termes d'effectifs, elle est minuscule. Le quartier général de la CIA à Langley, en Virginie, emploie environ vingt-cinq mille personnes, sans compter l'étranger. A son apogée, le KGB, responsable comme la CIA et le Mossad de la collecte du renseignement à l'étranger, avait quinze mille officiers traitants dans le monde entier, plus trois mille personnes au siège à Yazenovo.

Le Mossad a toujours eu entre mille deux cents et mille cinq cents employés, et moins de quarante officiers traitants, que l'on appelle les *katsas*. Qu'il arrive à fonctionner avec un budget aussi réduit et aussi peu de monde, tout en fournissant un « produit fini » d'aussi bonne qualité, résulte de deux choses. La première est son aptitude à recruter dans la population israélienne, une population étonnamment cosmopolite et qui compte une variété incroyable de talents, de langues ou d'origines géographiques.

L'autre facteur est un réseau international de gens qui l'aident ou d'assistants, en hébreu, *sayanim*. Ce sont des juifs de la diaspora (ils doivent être juifs des deux côtés) qui, bien que probablement loyaux envers le pays où ils résident, éprouvent également de la sympathie pour l'État d'Israël. Ils sont des milliers rien qu'à Londres, cinq mille dans le reste de la Grande-Bretagne et dix fois plus aux États-Unis. Ils ne participent jamais à aucune opération, on ne leur demande que quelques menus services. Et ils doivent également être certains que le service qu'on leur demande ne concerne pas une opération montée contre leur pays de naissance ou d'adoption. Les conflits de conscience ne sont pas permis. Mais cela permet de diviser le coût d'une opération par dix.

Pour donner un exemple, une équipe du Mossad arrive à Londres pour monter une opération contre un commando palestinien. Il lui faut une voiture. On demande à un *sayan* concessionnaire automobile de déposer une voiture d'occasion à un certain endroit avec les clés sous le paillasson. On la lui rend une fois l'opération terminée. Le *sayan* ne saura jamais à quoi elle a servi ; dans ses registres, la seule indication sera qu'elle est sortie pour la faire essayer à un client potentiel.

La même équipe a besoin d'une planque. Un commerçant *sayan* fournit un magasin vide et un *sayan* confiseur le garnit de bonbons et de chocolats. Elle a besoin d'une boîtes aux lettres ; un *sayan* qui travaille dans l'immobilier lui prête les clés d'un bureau vide qu'il a en stock.

Stuart Harris passait ses vacances dans la station balnéaire d'Eilat lorsque, au bar du Rocher Rouge, il avait bavardé avec un jeune Israélien très sympathique qui parlait parfaitement anglais. L'Israélien revint avec un ami, un homme plus âgé qui sonda Harris sur ses sentiments à l'égard d'Israël. Avant la fin des vacances, Harris avait fini par dire que, s'il pouvait faire quelque chose pour eux...

Il rentra chez lui comme on le lui avait conseillé et reprit son existence ordinaire. Il attendit un appel pendant deux ans, mais il ne se passa rien. Cependant, un ami lui rendait périodiquement une petite visite. L'une des tâches les plus ingrates des *katsas* en poste à l'étranger consiste à rester en contact avec les *sayanim* dont ils ont la charge.

Harris était donc assis là dans sa chambre d'hôtel à Bagdad, de plus en plus paniqué, et il se demandait quoi faire. La lettre pouvait très bien être une provocation — il risquait de se faire intercepter à l'aéroport en train de la sortir clandestinement du pays. La glisser dans le sac de quelqu'un d'autre ? Cela lui paraissait difficile. Et comment faire pour la récupérer à Londres ?

Il finit par se calmer, établit son plan et l'exécuta à la lettre. Il brûla l'enveloppe extérieure et la lettre dans un cendrier, écrasa les cendres, les mit dans la cuvette des cabinets et tira la chasse d'eau. Il cacha ensuite la deuxième enveloppe sous la couverture supplémentaire pliée sur une étagère, en haut de la penderie, après l'avoir soigneusement essuyée. Si quelqu'un fouillait sa chambre, il jurerait qu'il ne s'était jamais servi de la couverture, qu'il n'était jamais allé voir l'étagère supérieure et que la lettre avait sans doute été laissée là par l'occupant précédent.

Il acheta une enveloppe en papier kraft, une étiquette autocollante et un rouleau de scotch, puis suffisamment de timbres pour envoyer une revue de Bagdad à Londres. Il prit également une revue de l'exposition qui vantait les mérites de l'Irak et s'arrangea pour faire tamponner l'enveloppe avec le logo de la manifestation.

Le dernier jour, juste avant de se rendre à l'aéroport avec deux de ses collègues, il s'enferma dans sa chambre. Il glissa la lettre dans la revue et colla l'enveloppe. Il écrivit l'adresse d'un de ses oncles qui vivait à Long Eaton, et colla enfin l'étiquette et les timbres. Il savait qu'il y avait une boîte aux lettres dans le hall et que la prochaine levée aurait lieu dans quatre heures. Même si l'enveloppe était ouverte par la censure, se disait-il, il serait déjà au-dessus des Alpes dans un avion britannique.

On dit que la chance sourit aux courageux et aux fous. Le hall était sous surveillance des hommes de l'AMAM, qui observaient tous les clients sur le départ pour voir s'ils n'étaient pas abordés par un Irakien qui essaierait de leur confier quelque chose. Harris mit l'enveloppe sous sa veste, coincée sous l'aisselle. Caché dans un coin derrière son journal, un homme faisait le guet, mais un chariot à bagages passa entre Harris et lui au moment où Harris jetait l'enveloppe dans la boîte. Quand le guetteur le vit à nouveau, il était déjà au comptoir pour y déposer ses clés.

La revue arriva chez l'oncle une semaine plus tard. Harris savait que cet oncle était en vacances ; et c'est lui qui avait les clés, afin de passer de temps en temps surveiller la maison. Il récupéra donc facilement son enveloppe. Il la porta à l'ambassade d'Israël à Londres et demanda à voir son contact. On le conduisit dans une pièces et on le pria d'attendre.

Un homme d'âge moyen entra, s'enquit de son nom et de la raison pour laquelle il désirait voir « Norman ». Il expliqua tout, sortit l'enveloppe « par avion » de sa poche et la posa sur la table. Le diplomate israélien pâlit, lui dit d'attendre un peu et sortit.

L'immeuble de l'ambassade, 2 Palace Green, est un beau bâtiment, mais jamais on ne pourrait imaginer que sa façade classique renferme des trésors de technologie qui abritent le bureau londonien du Mossad, installé au sous-sol. C'est dans cette forteresse souterraine qu'on alla de toute urgence chercher un jeune homme. Harris attendait toujours.

A son insu, il était observé à travers une glace sans tain, l'enveloppe toujours devant lui sur la table. On le photographiait aussi et on consultait les fichiers pour savoir s'il était réellement un *sayan* et non pas un terroriste palestinien. Lorsque la comparaison avec la photo d'un certain Stuart Harris, habitant Nottingham, fut concluante, le jeune *katsa* pénétra dans la pièce.

Il sourit, se présenta sous le nom de Rafi et invita Harris à reprendre toute son histoire depuis le début, à Eilat. Harris s'exécuta. Rafi savait tout sur ce qui s'était passé à Eilat (il venait de lire le dossier), mais il devait vérifier. Lorsque le narrateur arriva à Bagdad, son intérêt grandit. Au début, il essaya de ne pas trop l'interrompre, laissant Harris raconter les choses à son rythme. Puis il l'assaillit de questions, jusqu'à ce qu'Harris ait répété plusieurs fois tout ce qui s'était passé là-bas. Rafi ne prit aucune note, tout était enregistré. Il finit par décrocher le téléphone mural et eut une conversation à voix basse avec un de ses supérieurs installé juste à côté. Puis il remercia chaleureusement Harris, le félicita de son courage et de sa présence d'esprit, l'exhorta à ne jamais parler de cet incident à *quiconque,* et lui souhaita bon vent. On le reconduisit à la sortie.

Un homme portant un casque, un gilet pare-balles et des gants emporta l'enveloppe. Elle fut photographiée et passée aux rayons X. L'ambassade d'Israël avait déjà perdu un homme victime d'une lettre piégée, et n'avait pas envie de recommencer.

On ouvrit enfin la lettre. Elle contenait deux feuilles de papier par avion manuscrites. Et en arabe. Rafi ne parlait ni ne comprenait l'arabe. Il n'y avait personne dans ce cas à l'ambassade à Londres, en tout cas personne qui en sût assez pour lire de l'écriture arabe manuscrite. Rafi envoya un gros rapport chiffré par radio à Tel-Aviv, et en rédigea un second encore plus épais dans le style uniforme et impersonnel que l'on appelle NAKA au Mossad. La lettre et le rapport furent placés dans la valise diplomatique et prirent à Heathrow le vol du soir d'El Al pour l'aéroport Ben-Gourion. Un courrier motorisé avec une escorte en armes prit le tout dans l'avion et déposa le sac de toile dans le gros immeuble du boulevard du Roi-Saül, juste après l'heure du petit déjeuner. Le tout se retrouva sur le bureau du responsable Irak, un jeune *katsa* très doué du nom de David Sharon.

Il parlait et lisait *couramment* l'arabe, et ce qu'il lut dans ces deux pages de papier pelure le laissa avec la même sensation que lorsqu'il avait sauté pour la première fois d'un avion au-dessus du désert du Néguev, pendant son entraînement chez les parachutistes. Il tapa lui-même à la machine la traduction littérale de la lettre en hébreu, y ajouta le rapport de Rafi qui indiquait comment la lettre était arrivée au Mossad et transmit le tout à son supérieur immédiat, le directeur de la division Proche-Orient. Cette lettre disait en effet que son auteur était un fonctionnaire irakien de haut rang, ayant accès aux cercles les plus restreints du régime, et qu'il était prêt à travailler pour Israël pour de l'argent, mais uniquement pour de l'argent. Il y avait encore quelques autres détails, l'adresse d'une boîte postale à la poste principale de Bagdad, et c'était tout.

Ce soir-là, une réunion au plus haut niveau se tint dans le bureau de Kobi Dror, à son domicile. Étaient présents, outre lui-même, Sami Gershon, chef des Combattants, Eitan Hadar, supérieur direct de Sharon et directeur de la division du Proche-Orient, à qui il avait remis la lettre de Bagdad le matin même. David Sharon avait également été convoqué.

Gershon adopta immédiatement une position très réservée. « C'est un piège, déclara-t-il. Je n'ai encore jamais vu de tentative aussi grossière pour nous prendre au piège. Kobi, je ne veux pas envoyer l'un de mes hommes là-bas pour tirer cette affaire au clair. Ce serait l'envoyer à une mort certaine. Je n'enverrais même pas un *oter* à Bagdad pour tenter d'établir un contact. »

Un *oter* est un Arabe utilisé par le Mossad pour établir un contact préalable avec un autre Arabe, un intermédiaire de bas niveau et, pour tout dire, moins précieux qu'un *katsa* israélien longuement entraîné.

Le point de vue de Gershon semblait dominer. La lettre était l'œuvre d'un fou, probablement une tentative pour attirer un *katsa* à Bagdad, où il serait arrêté, torturé, jugé en public et exécuté de même. Dror finit par se tourner vers David Sharon. « Eh bien, David, vous avez une langue. Qu'en pensez-vous ? »

Sharon secoua négativement la tête. « Je suis sûr que Sami a raison. Envoyer là-bas un homme de valeur serait complètement fou. »

Eitan Hadar lui jeta un coup d'œil incendiaire. La rivalité habituelle régnait entre les différentes divisions. Ce n'était pas la peine de servir une victoire sur un plateau à Gershon.

« Quatre-vingt-dix-neuf chances sur cent que c'est un piège.

— Seulement ? demanda ironiquement Dror. Et le un pour cent qui reste, cher ami ?

— Oh, juste une idée comme ça : ce un pour cent, ça pourrait vouloir dire que nous avons là un nouveau Penkovsky. »

Il y eut un silence de mort. Ce nom resta suspendu dans l'air comme un défi. Gershon poussa un long soupir. Kobi Dror regarda son directeur du bureau Irak droit dans les yeux. Sharon fixait obstinément le bout de ses doigts.

En matière d'espionnage, il n'existe que quatre façons de recruter un agent infiltré au cœur de l'objectif. La première est de très loin la plus difficile : utiliser un concitoyen, mais extraordinairement entraîné, jusqu'à être capable de passer pour un citoyen du pays visé. Cela est pratiquement impossible, à moins que l'infiltré soit né et ait été élevé là-bas et puisse être réintroduit sur place, avec une couverture susceptible d'expliquer son absence. Même ainsi, il lui faudra attendre des années avant d'accéder à un poste où il aura connaissance d'informations secrètes. Cet état dormant peut durer parfois dix ans.

Cependant, par le passé, Israël a été le maître de cette technique. Cela parce que, lors de la naissance de l'État d'Israël, les juifs ont afflué du monde entier. Il y avait des juifs qui pouvaient passer pour marocains, algériens, libyens, égyptiens, syriens, irakiens ou yéménites. Sans parler de ceux qui venaient de Russie, de Pologne, d'Europe de l'Ouest, d'Amérique du Nord ou du Sud.

Le plus célèbre agent infiltré fut Élie Cohen, né et élevé en Syrie. Il fut réinfiltré à Damas en tant que citoyen syrien qui rentrait au pays après avoir passé plusieurs années à l'étranger. Sous son nom syrien, Cohen devint l'intime d'hommes politiques importants, de fonctionnaires, de généraux qui parlaient très librement à cet hôte généreux qui les invitait à de somptueuses festivités. Tout ce qu'ils lui racontèrent, y compris les plans militaires des Syriens, fut transmis à Tel-Aviv avant le début de la guerre des Six Jours. Cohen fut exposé en public, torturé et enfin pendu sur la place de la Révolution, au centre de Damas. De tels exploits comportent de gros dangers et restent rares.

Mais, les années passant, les premiers immigrants se firent vieux. Leurs enfants, les sabras, n'apprenaient pas l'arabe et ne pouvaient plus tenter ce qu'avait réalisé Élie Cohen. C'est pourquoi, vers 1990, le Mossad était loin d'avoir les brillants arabisants qu'on lui attribuait.

Il y avait aussi une autre raison. Il est plus aisé de pénétrer les secrets arabes à partir de l'Europe ou de l'Amérique. Si un État arabe achète un chasseur américain, il est plus facile et beaucoup moins risqué de mettre la main sur certaines informations aux États-Unis. Si un haut dirigeant arabe semble constituer une bonne cible, pourquoi ne pas l'approcher alors qu'il effectue une virée dans un bordel en Europe ? C'est pourquoi, en 1990, la plupart des opérations du Mossad étaient conduites depuis l'Europe et non dans les pays arabes eux-mêmes.

Le roi des infiltrateurs fut sans conteste Marcus Wolf, qui dirigea pendant des années le réseau d'espionnage est-allemand. Il avait un énorme avantage : un Allemand de l'Est passe très facilement pour un Allemand de l'Ouest. « Mischa » réussit à infiltrer des dizaines et des dizaines d'agents en Allemagne fédérale, l'un deux parvint même à devenir le secrétaire particulier du chancelier Willy Brandt. La spécialité de Wolf était la vieille fille secrétaire, revêche et laide qui savait se rendre indispensable à son ministre-employeur. Elle copiait tous les documents qui passaient dans son bureau et les transmettait à Berlin-Est.

La deuxième méthode d'infiltration consiste à utiliser un ressortissant du pays agresseur, déguisé en citoyen d'un pays tiers. La cible sait que l'infiltré est étranger, mais croit que c'est un étranger sympathisant et ami.

Le Mossad réussit brillamment, là encore, avec un homme du nom de Ze'ev Gur Arieh. Il était né en 1921 à Mannheim, sous le nom de Wolfgang Lotz, mesurait un mètre quatre-vingt-cinq, était blond aux yeux bleus, n'était pas circoncis, et il était juif. Il arriva en Israël pendant son enfance, y fut élevé, combattit dans la Haganah clandestine et devint major dans l'armée israélienne. C'est alors que le Mossad le prit en main. On l'envoya passer deux ans en Allemagne pour perfectionner sa langue maternelle et « prospérer » aux frais du Mossad. Muni d'une charmante épouse allemande, il émigra au Caire et y fonda une école d'équitation.

Ce fut un succès. Les officiers égyptiens adoraient venir se détendre en montant chez lui et appréciaient fort ce Wolfgang qui faisait couler le champagne à flots, un bon vieil Allemand d'extrême droite, antisémite, en qui ils avaient une totale confiance. Et ils lui confiaient tout. Tout ce qu'ils lui racontaient prenait le chemin de Tel-Aviv. Lotz finit par se faire prendre, eut la chance de ne pas être pendu, et fut échangé contre des prisonniers égyptiens après la guerre des Six Jours.

Mais un des plus grands imposteurs était un autre Allemand, qui appartenait à la génération précédente. Avant la Seconde Guerre mondiale, Richard Sorge était correspondant à Tokyo. Il parlait japonais et avait des contacts de haut niveau au sein du gouvernement de Hideki Tojo. Ce gouvernement était l'allié de Hitler et supposait que Sorge était loyal envers les nazis — ce qu'il leur avait certainement affirmé.

Tokyo ne soupçonna jamais que ce n'était pas le cas — c'était un communiste allemand au service de Moscou. Pendant des années, il transmit à Moscou les plans de guerre du gouvernement Tojo. Mais son plus grand coup devait être aussi le dernier. En 1941, les armées de Hitler étaient aux portes de Moscou. Staline avait besoin de savoir d'urgence si les Japonais allaient envahir l'Union soviétique à partir de leurs bases en Mandchourie. Sorge répondit que non. Staline put transférer quarante mille soldats mongols d'Extrême-Orient à Moscou. La chair à canon asiatique réussit à contenir les Allemands pendant quelques semaines supplémentaires, jusqu'à l'arrivée de l'hiver, et Moscou fut sauvé.

Mais pas Sorge. Il fut démasqué et pendu. Seulement, les renseignements qu'il avait fournis avant sa mort avaient sans doute changé le cours de l'Histoire.

La manière la plus courante d'infiltrer un agent dans le pays cible est la troisième ; elle consiste tout simplement à recruter quelqu'un qui est déjà dans la place. Cette méthode peut s'avérer soit très lente, soit étonnamment rapide. Des recruteurs spécialisés fréquentent à cette fin les milieux diplomatiques, à la recherche d'un haut fonctionnaire de l'autre bord qui semble désenchanté, qui a des motifs de ressentiment, d'insatisfaction et qui pour telle ou telle raison, serait susceptible de devenir un informateur.

Les délégations qui se rendent à l'étranger sont l'objet d'une surveillance toute particulière, pour voir si l'un de leurs membres ne peut pas être pris à part. On lui offre une partie fine et on lui propose de changer de bord. Lorsque le recruteur a détecté un « informateur possible », il passe le relais à d'autres. Ceux-ci commencent en général par une vague amitié de pure forme, qui devient de plus en plus chaleureuse. Finalement, l' « ami » demande à sa victime de lui rendre un petit service, par exemple de lui fournir une information mineure.

Quand le piège est refermé, il n'y a plus de retour en arrière possible. Plus le régime du pays de l'informateur est sévère, moins il y a de chances pour qu'il aille se confesser et se jeter dans les griffes d'un État sans pitié.

Les motifs qui mènent un individu à se faire recruter de cette manière sont variés : l'informateur peut avoir des dettes, avoir fait un mariage malheureux, ne pas avoir eu l'avancement espéré, il peut aussi être révolté par son propre régime, ou bien rêver simplement d'une vie facile. On peut aussi le recruter sur la base de ses faiblesses, sexuelles ou homosexuelles, ou tout simplement en lui parlant gentiment et en le flattant.

Mais la méthode la plus banale est ce que l'on appelle dans le jargon, la « candidature spontanée ». Comme cette expression l'indique, la recrue arrive sans crier gare et propose ses services.

La réaction d'une agence de renseignements contactée de cette façon est toujours marquée du plus grand scepticisme — c'est sûrement une « taupe » envoyée par l'autre bord. C'est ainsi qu'en 1960 un Russe alla trouver les Américains à Moscou. Il leur déclara qu'il était colonel dans les services de renseignements de l'armée soviétique et leur offrit d'espionner pour le compte de l'Occident. Les Américains refusèrent.

Dépité, l'homme alla alors trouver les Britanniques, qui le prirent à l'essai. Oleg Penkovsky se révéla être l'un des meilleurs informateurs qu'on ait jamais vus. Au cours de sa brève carrière de trente mois, il transmit aux Anglo-Américains cinq mille cinq cents documents « secrets » ou « très secrets ». Pendant la crise des missiles à Cuba, personne ne sut que le président Kennedy connaissait toutes les cartes de Nikita Krouchtchev, comme un joueur de poker qui les verrait dans une glace placée derrière son adversaire. La glace s'appelait Penkovsky.

Le Russe prit des risques insensés et refusa de se réfugier à l'Ouest alors qu'il en était encore temps. Après la crise des missiles, il fut démasqué par le contre-espionnage soviétique, jugé et fusillé.

Les trois Israéliens qui se trouvaient dans le bureau de Kobi Dror ce soir-là n'avaient pas besoin qu'on leur raconte l'histoire d'Oleg Penkovsky. Dans leur métier, cet homme était une légende. Ils restèrent songeurs quand Sharon eut lâché son nom. Un traître en or massif au cœur de Bagdad ? Et si c'était vrai ? Mais était-il seulement possible que ce soit vrai ?

Kobi Dror regardait fixement Sharon, d'un regard dur. « Qu'avez-vous en tête, jeune homme ?

— Oh, je réfléchissais, c'est tout, répondit Sharon, feignant l'indifférence, une lettre... c'est sans risque... juste une simple lettre... on lui poserait quelques questions, des questions difficiles, d'autres dont nous connaissons la réponse... il répondra ou il ne répondra pas. »

Dror jeta un coup d'œil à Gershon. L'homme qui était chargé des « illégaux » haussa les épaules. Moi, je m'occupe de mes hommes sur le terrain, semblait signifier sa réponse muette, je ne m'occupe pas des lettres.

« Très bien, jeune homme. Nous allons répondre à sa lettre, lui poser quelques questions, et puis nous verrons bien. Eitan, tu l'écriras avec David. Et vous me montrerez la lettre avant de l'envoyer. »

Eitan Hadar et David Sharon se levèrent tous les deux.

« Bon Dieu, j'espère que tu es conscient de ce que tu fais, murmura le chef de la division Proche-Orient à son protégé. »

Chaque mot de cette lettre fut pesé avec soin. Plusieurs experts de la maison y travaillèrent, en tout cas pour la version en hébreu. On s'occuperait de la traduction plus tard.

David Sharon se présenta dès le départ sous son seul prénom. Il remerciait son correspondant de la peine qu'il avait prise et l'assurait que sa lettre était arrivée sans encombre à l'adresse indiquée. Il continuait en disant que celui qui l'avait écrite ne pouvait manquer de comprendre que sa missive avait suscité étonnement et scepticisme, tant par son origine que par sa méthode de transmission. David ajoutait que l'auteur de cette lettre n'était pas un idiot et que, par conséquent, il se douterait que ses « collègues » voudraient obtenir un gage de bonne foi. Il assurait son correspondant que, si cette bonne foi pouvait être établie, ses exigences financières ne poseraient pas de problème, mais que les renseignements fournis devraient être à la hauteur des montants que ses « collègues » étaient disposés à payer. Serait-il donc assez aimable pour répondre aux quelques questions figurant sur la feuille jointe ?

La lettre était longue et compliquée, mais il n'y avait pas moyen de faire autrement. Sharon terminait en donnant au correspondant une adresse à Rome, pour la réponse. Cette adresse était celle d'une ancienne planque désaffectée que le poste de Rome avait trouvée pour répondre à la demande urgente de Tel-Aviv. Le poste de Rome devait surveiller cette maison. Si les services de sécurité irakiens montraient le bout de leur nez, ils seraient détectés et on laisserait les choses en plan.

La liste des vingt questions demanda également beaucoup de travail. Le Mossad connaissait la réponse aux huit premières, mais personne ne pouvait le deviner. Essayer de tromper Tel-Aviv ne marcherait donc pas. Huit autres questions concernaient des affaires en cours dont la réponse n'était pas encore connue, mais pourrait être vérifiée ultérieurement. Quatre questions avaient trait, enfin, à des choses que Tel-Aviv aurait bien aimé savoir, concernant en particulier les intentions personnelles de Saddam Hussein. « Voyons comment ce salopard va s'en tirer, fit Kobi Dror après avoir pris connaissance de cette liste. »

Enfin, on demanda à un professeur de la faculté d'arabe à l'université de Tel-Aviv de traduire le tout dans le style fleuri et ampoulé qui caractérise cette langue. Sharon signa de son prénom traduit en arabe : Daoud.

Le texte contenait également autre chose. David aimerait bien donner à son correspondant un nom de code, et si le correspondant de Bagdad n'y voyait pas d'inconvénient, accepterait-il de se faire appeler simplement Jéricho ?

La lettre fut alors postée depuis le seul pays arabe où Israël possédait une ambassade, c'est-à-dire au Caire.

David Sharon reprit ses activités habituelles et attendit la suite. Plus il y pensait, plus cette affaire lui semblait démente. Une boîte postale, dans un pays où le contre-espionnage était dirigé par un homme aussi intelligent que Hassan Rahmani, représentait une méthode extrêmement dangereuse. De même qu'écrire en clair sur des sujets de niveau « très secret ». Rien n'indiquait que Jéricho eût jamais entendu parler des méthodes de chiffrement. Il était également hors de question d'utiliser la poste ordinaire, si les choses devaient se poursuivre. De toute façon, se dit-il, il est probable que tout s'arrêtera là.

Mais cela continua. Quatre semaines plus tard, la réponse de Jéricho arriva à Rome et fut transférée à Tel-Aviv dans une boîte blindée. On prit les plus extrêmes précautions. L'enveloppe pouvait être reliée à un explosif ou imprégnée de poison. Lorsque les techniciens finirent par rendre leur verdict et la déclarèrent sans danger, on l'ouvrit.

Ils n'en revinrent pas : Jéricho ne s'était pas fichu d'eux. Les réponses aux huit questions dont le Mossad connaissait la solution étaient bonnes. Pour les huit suivantes, relatives à des mouvements de troupes, des promotions, des disgrâces, aux voyages à l'étranger de pontes du régime, il faudrait attendre un peu pour savoir. Les quatre dernières réponses concernaient des sujets sur lesquels Tel-Aviv ne pouvait rien savoir ni rien vérifier, mais elles semblaient plausibles.

David Sharon répondit immédiatement par un petit mot, un texte qui ne poserait pas de problème de sécurité s'il était intercepté. « Cher oncle, merci pour la lettre que je viens de recevoir. Je suis heureux d'apprendre que tout va bien et que tu es en bonne santé. Il me faudra un peu de temps pour faire ce que tu m'as demandé, mais j'ai bon espoir et je te récrirai très bientôt. Ton neveu affectionné, Daoud. »

Dans l'immeuble de Hadar Dafna, la théorie de ceux qui prenaient Jéricho au sérieux gagnait du terrain. Dans ce cas, il fallait agir très vite. Échanger deux lettres était une chose, s'occuper d'un clandestin dans une dictature aussi brutale en était une autre. Il était hors de question de poursuivre ces échanges en clair, en utilisant la poste. C'était là le moyen le plus sûr de courir au désastre.

Il allait falloir trouver un officier traitant vivant à Bagdad et qui cornaquerait Jéricho en utilisant les méthodes habituelles — écriture invisible, codes, boîtes aux lettres « muettes », divers moyens de faire sortir les informations de Badgad sans se faire intercepter et de les faire parvenir en Israël.

« Je n'ai pas ce qu'il vous faut, répétait Gershon, je ne suis pas disposé à envoyer là-bas un *katsa* entraîné en mission secrète de longue durée. Ou vous trouvez une couverture diplomatique, ou vous n'aurez personne.

— D'accord, Sami, répondit Dror, je choisis la couverture diplomatique. Laisse-moi le temps de voir si on a quelqu'un. »

L'avantage de la couverture diplomatique tient au fait qu'un clandestin peut toujours être arrêté, torturé, pendu — ou tout ce qu'on voudra. Un diplomate accrédité, même à Bagdad, peut éviter ces conséquences désagréables ; s'il est pris, on le déclare *persona non grata* et on l'expulse. Cela arrive tout le temps.

Plusieurs services du Mossad travaillèrent avec acharnement cet été-là, principalement la recherche. Gershon pouvait déjà leur certifier qu'il n'avait pas d'agent au sein des représentations diplomatiques à Bagdad. On essaya donc de trouver un diplomate qui ferait l'affaire. On examina chaque ambassade à Bagdad. On obtint de leurs capitales respectives la liste du personnel diplomatique en poste là-bas. Aucun nom n'en sortit ; il n'y avait là-dedans personne qui eût travaillé pour le Mossad dans le passé, et que l'on puisse réactiver. Il n'y avait même pas un *sayan* sur ces listes.

Un jour, un simple employé eut une idée : les Nations unies. L'organisation possédait une agence à Bagdad depuis 1990, la Commission économique des Nations unies pour l'Asie occidentale.

Le Mossad est très bien implanté au sein des Nations unies, à New York, et il obtint une liste du personnel. Il en sortit un nom : un jeune diplomate juif chilien du nom d'Alfonso Benz Moncada. Ce n'était pas un agent entraîné, mais il avait été *sayan* et, par conséquent, on pouvait espérer qu'il accepterait de coopérer.

L'une après l'autre, les révélations de Jéricho se révélèrent exactes. Toutes les vérifications effectuées montrèrent que les mouvements des divisions de l'armée étaient ceux indiqués, les promotions avaient lieu comme prévu, les disgrâces également.

« Ou bien c'est Saddam Hussein en personne qui est derrière ce lascar, ou bien il est en train de trahir son pays jusqu'au trognon », finit par déclarer Kobi Dror.

David Sharon envoya un troisième courrier, toujours aussi innocent. Pour les deuxième et troisième lettres, on n'avait pas eu besoin du professeur. La troisième faisait référence à la commande d'un client installé à Bagdad, de la verrerie et de la porcelaine très fragiles. Il est évident, disait David, qu'il fallait prendre patience, le temps de trouver un moyen d'acheminement suffisamment sûr pour éviter la casse.

Un *katsa* hispanophone installé en Amérique latine fut envoyé sur-le-champ à Santiago, et persuada les parents du Señor Benz de dire à leur fils de rentrer d'urgence car sa mère était gravement malade. Le père appela son fils à Bagdad. Très inquiet, le jeune homme prit le premier avion pour le Chili et vint passer trois semaines de vacances chez lui.

Ce n'est pas sa mère malade qui l'accueillit, mais toute une équipe d'instructeurs du Mossad. Ils le supplièrent d'accéder à leur demande. Il en parla à ses parents et accepta. Un autre *sayan* installé à Santiago prêta sa maison d'été toute proche, au bord de la mer, une villa isolée entourée d'un jardin et d'un mur. Et l'équipe d'instructeurs se mit au travail.

En temps normal, il faut un minimum de deux ans pour former un *katsa* capable de s'occuper d'un clandestin en pays hostile. L'équipe disposait de trois semaines. Ils travaillaient seize heures par jour. Ils apprirent au jeune Chilien âgé de trente ans comment utiliser l'encre invisible et les codes, comment transformer une photo en micropoints. Ils l'emmenèrent dans la rue et lui apprirent à détecter une filature. Ils lui enseignèrent à ne rien faire dans un cas de ce genre, sauf en cas d'urgence et avec des documents compromettants sur soi. Ils lui dirent que, s'il se sentait suivi, il devait annuler le rendez-vous ou la relève de boîte aux lettres, et faire une seconde tentative plus tard.

Ils lui apprirent à se servir des combustibles chimiques cachés dans un faux stylo pour détruire instantanément des preuves gênantes en s'abritant dans des toilettes ou au coin d'une rue. Ils l'emmenèrent en voiture pour lui montrer comment s'apercevoir qu'on est filé par une autre voiture. L'un des instructeurs faisait le chauffeur, les autres « l'ennemi ». Le programme était tellement chargé que les oreilles lui tintaient, ses yeux se brouillaient de douleur, et il les suppliait de le laisser dormir un peu.

Ils lui enseignèrent ensuite le système des boîtes aux lettres « muettes », ces caches où l'on dépose ou reprend un message. Ils lui montrèrent comment en fabriquer, derrière la brique branlante d'un mur, sous une pierre tombale, dans la crevasse d'un vieil arbre ou sous une borne.

Trois semaines plus tard, Alfonso Benz Moncada fit ses adieux à des parents éplorés et s'envola pour Bagdad via Londres. Le chef instructeur se vautra dans son fauteuil, passa une main épuisée sur son front et dit à son équipe : « Si ce brigand parvient à rester libre et en vie, je fais le pèlerinage de La Mecque. »

Ses adjoints éclatèrent de rire ; leur chef était un juif ortho-doxe de stricte obédience. Pendant tout le temps passé à former Moncada, aucun d'entre eux n'avait su ce qu'il retournait faire à Bagdad, cela ne les regardait pas. Le Chilien n'en savait d'ailleurs pas davantage.

Au cours de son escale à Londres, on le conduisit à l'hôtel Penta d'Heathrow. Il y fit la connaissance de Sami Gershon et de David Sharon, qui lui dirent : « N'essayez jamais de savoir de qui il s'agit, l'avertit Gershon. C'est notre affaire. Conten-tez-vous d'établir les boîtes aux lettres et de les relever. Nous vous enverrons la liste de ce que nous désirons savoir — vous n'y comprendrez rien, ce sera écrit en arabe. Nous pensons que

Jéricho ne parle pas très bien anglais, peut-être même pas du tout. N'essayez jamais de traduire ce que nous vous ferons parvenir. Contentez-vous de le mettre dans les boîtes choisies d'un commun accord et faites la marque de craie convenue pour qu'il sache qu'il doit les relever. Quand vous verrez qu'il a fait sa propre marque, allez relever la boîte et rapportez la réponse. »

Dans une autre chambre de l'hôtel, on remit à Alfonzo Benz Moncada quelques nouveaux bagages. Il y avait un appareil photo qui ressemblait à un banal Kodak, mais qui possédait un chargeur avec plus d'une centaine de poses ainsi qu'un petit dispositif en aluminium, tout à fait innocent, destiné à prendre des documents exactement à la distance requise. L'appareil était préréglé à cette distance.

Sa trousse de toilette contenait du combustible chimique camouflé en lotion après-rasage et différentes encres invisibles. Son nécessaire à courrier contenait du papier spécialement traité pour l'utilisation de cette encre. Enfin, ils lui indiquèrent les moyens de communiquer avec eux, une méthode qu'ils avaient mise au point tandis qu'il s'entraînait au Chili. Il écrirait des lettres consacrées aux échecs — c'était un joueur d'échecs passionné — à un correspondant, Justin Bokomo, un Ougandais, qui travaillait à New York pour les Nations unies. Ses lettres passeraient *systématiquement* par la valise diplomatique de l'ONU qui partait pour New York. Les réponses de Bokomo suivraient le même chemin.

Benz Moncada l'ignorait, mais il y avait effectivement un Ougandais du nom de Bokomo à New York. Il y avait également là un *katsa* au service du courrier, et c'est lui qui devait intercepter la correspondance.

Le dos des lettres de Bokomo serait spécialement traité et, après développement, laisserait apparaître la liste de questions du Mossad. Il devait les photocopier quand il était seul et les transmettre à Jéricho, dans l'une des boîtes aux lettres. La réponse de Jéricho lui parviendrait sans doute en arabe manuscrit. Il devait prendre dix photos de chaque page (en cas de vol) et envoyer la pellicule à Bokomo.

De retour à Bagdad, le jeune Chilien, la peur au ventre, commença par mettre en place six boîtes aux lettres, derrière des briques, dans de vieux murs ou dans des maisons en ruine, sous des bornes dans des ruelles à l'écart et sous la pierre de la fenêtre d'une vieille boutique.

Chaque fois, il se disait qu'il allait se retrouver entouré par l'AMAM tant redoutée, mais les habitants de Bagdad étaient aussi courtois que d'habitude, et personne ne prêtait attention à lui lorsqu'il flânait dans les petites rues du vieux quartier arménien, du marché aux fruits et légumes, Kasra, ou dans les cimetières anciens, avec l'apparence d'un touriste étranger. Il y trouva à profusion des vieux murs, des tombes abandonnées où personne n'aurait jamais l'idée d'aller jeter un œil.

Il nota par écrit l'emplacement des six boîtes, trois pour les messages destinés à Jéricho et les trois autres dans l'autre sens. Il choisit six autres endroits — des murs, des portes, des volets — où une innocente marque de craie alerterait Jéricho et l'avertirait qu'il y avait un message pour lui, ou bien que Jéricho avait une réponse prête dans l'une des boîtes aux lettres.

Chaque marque correspondait à une boîte différente. Il mit par écrit les adresses des boîtes, celles des marques de craie, afin que Jéricho puisse savoir où il devait aller.

Il guettait sans cesse une éventuelle filature lorsqu'il était à pied ou en voiture. Il fut placé sous surveillance une seule fois, mais ce n'était qu'une simple opération de routine. L'AMAM semblait surveiller de temps à autre quelques diplomates choisis au hasard. Le lendemain, la filature n'était plus là, et tout reprit comme avant.

Lorsque tout fut prêt, il le mit par écrit, l'apprit par cœur, détruisit le ruban de sa machine à écrire, prit des photos de la feuille de papier, se débarrassa de cette feuille et envoya la pellicule à M. Bokomo. Via la salle du courrier de l'immeuble des Nations unies à New York, le petit paquet arriva entre les mains de David Sharon à Tel-Aviv.

La phase la plus risquée consistait à transmettre le tout à Jéricho. Cela signifiait qu'il allait falloir envoyer une dernière lettre à ce foutu bureau de poste de Bagdad. Sharon écrivit à son « ami » que les papiers qu'il avait demandés y seraient déposés à midi pile dans quatorze jours, le 18 août 1988, et qu'il devrait passer les prendre dans un délai d'une heure.

Ces instructions très précises, rédigées en arabe, arrivèrent entre les mains de Moncada le 16. A midi moins cinq, le 18, il pénétra dans le bureau de poste, demanda où se trouvaient les boîtes postales, et jeta le paquet dans celle qu'on lui avait indiquée. Une heure après, Jéricho ouvrit la serrure et prit le colis. Il ne fut pas non plus inquiété ni arrêté.

Maintenant qu'un mode de communication sûr était en place, les échanges pouvaient commencer. Jéricho avait insisté sur le fait qu'il « affecterait un prix » à chacun des envois que Tel-Aviv lui demanderait et que, si la somme correspondante lui était remise, il procéderait à l'expédition. Il fournit le nom d'une petite banque discrète à Vienne, la Banque Winkler, Ballgasse, à deux pas de Franziskanerplatz, ainsi qu'un numéro de compte.

Tel-Aviv donna son accord et alla immédiatement vérifier ce qu'était cette banque. Il y avait visiblement un compte numéroté qui collait, car le premier virement de vingt mille dollars ne fut pas retourné à la banque émettrice avec demande de renseignements.

Le Mossad suggéra à Jéricho de s'identifier afin qu'en cas de problème, ses amis à l'Ouest puissent essayer de l'aider. Jéricho refusa tout net et alla même plus loin. S'il constatait la moindre tentative de surveillance des boîtes aux lettres, ou si un seul virement faisait défaut, il disparaîtrait de la circulation à jamais.

Le Mossad accepta, mais essaya d'autres moyens. Il fit établir des portraits psychologiques, son analyse graphologique, et l'on examina des listes entières de notables irakiens. Il en résultait que l'homme était d'âge mûr, qu'il parlait peu ou pas anglais, qu'il avait reçu une éducation moyenne et qu'il avait été dans l'armée ou qu'il y était toujours. « Avec ça, le choix est limité à tout le haut commandement irakien, les cinquante plus hauts dignitaires du parti Baas, sans oublier le cousin Max », grommelait Kobi Dror.

Alfonso Benz Moncada cornaqua Jéricho pendant deux ans, et le résultat dépassa toutes les espérances : de l'or massif. Ses renseignements traitaient de tout : politique, armes conventionnelles, mouvements de troupes, mutations, achats d'armes, fusées, gaz, guerre biologique et deux tentatives de coup d'État contre Saddam Hussein. Le seul point sur lequel Jéricho était plus hésitant concernait l'armement nucléaire. On lui posa naturellement un certain nombre de questions à ce sujet. Mais le domaine était couvert du plus grand secret et accessible uniquement à l'équivalent irakien de Robert Oppenheimer, le physicien Jaafar Al-Jaafar. Il soutint que, s'il insistait, cela risquait de le mettre en danger.

À l'automne 1989, il apprit à Tel-Aviv que Gerry Bull était soupçonné et surveillé à Bruxelles par une équipe du Mukhabarat irakien. Le Mossad, qui utilisait également Bull comme source pour tout ce qui concernait le programme de missiles irakiens, essaya de le mettre en garde aussi discrètement que possible. Mais il ne put jamais lui dire en face ce qu'il savait — cela aurait risqué de lui faire deviner qu'ils avaient un agent extrêmement haut placé à Bagdad, et aucun service de renseignements ne prend jamais ce genre de risque.

Le *katsa* qui dirigeait l'important poste de Bruxelles envoya donc ses hommes dans l'appartement de Bull à plusieurs reprises, pendant l'automne et l'hiver. Ils y laissèrent des traces évidentes de leur passage — bandes vidéo rembobinées, verres changés de place, fenêtre ouverte, et même une grande mèche de cheveux féminins sur son oreiller. Le savant fut tout de suite alerté, mais pas suffisamment. Lorsque Jéricho envoya un message pour dire que l'opération de liquidation était déclenchée, il était trop tard. Le contrat avait déjà été exécuté.

Les renseignements fournis par Jéricho fournirent au Mossad un panorama à peu près complet de ce qui se passait en Irak alors que se préparait l'invasion du Koweït, en 1990. Ce qu'il leur apprit des armes de destruction massive de Saddam confirma et amplifia les preuves photographiques que leur avait déjà transmises Jonathan Pollard, jugé et condamné depuis lors.

Gardant en mémoire ce qu'ils savaient, et ce qu'ils supposaient également connu des Américains, ils s'attendaient à une réaction de l'Amérique. Mais tandis que les préparatifs irakiens se poursuivaient dans les domaines chimique, bactériologique et nucléaire, l'Occident restait plongé dans sa torpeur. Les Israéliens gardèrent donc le silence.

En août 1990, le Mossad avait transféré deux millions de dollars sur le compte numéroté de la banque viennoise. C'était cher, mais il fallait voir le résultat, et Tel-Aviv devait bien reconnaître qu'il en avait pour son argent. Puis il y eut l'invasion du Koweït et l'imprévisible se réalisa. Après avoir voté une nouvelle résolution demandant à l'Irak de se retirer sur-le-champ, le 2 août, les Nations unies décidèrent qu'elles ne pouvaient plus apporter leur soutien à Saddam en maintenant une présence à Bagdad. Soudain, le 7 août, la Commission économique pour l'Asie de l'Ouest fut fermée et ses diplomates rapatriés.

Benz Moncada réussit tout de même à faire une dernière chose. Il laissa dans une boîte aux lettres un message pour Jéricho, lui expliquant qu'il était sur le point de partir et que le contact était donc rompu. Cependant, il reviendrait peut-être un jour, et Jéricho devrait continuer à surveiller les marques de craie.

Et il partit. Le jeune Chilien fut soumis à un interrogatoire extrêmement détaillé dès son retour, jusqu'à ce que David Sharon soit convaincu qu'on ne pouvait rien en tirer de plus.

C'est cela qui avait permis à Kobi Dror de mentir à Chip Barber. Ce jour-là, *il n'avait plus* d'agent à Bagdad. Admettre qu'il n'avait jamais connu son identité et même qu'il avait perdu tout contact avec lui aurait été assez ennuyeux. Pourtant, comme le disait Sami Gershon, si les Américains venaient à découvrir la vérité... Avec le recul, il se disait qu'il aurait peut-être mieux fait de mentionner Jéricho.

Chapitre 8

Le 1ᵉʳ octobre, Mike Martin se rendit sur la tombe du gabier Shepton au cimetière de Sulaibikhat et y trouva la requête d'Ahmed Al-Khalifa. Il n'en fut pas surpris. Si Abou Fouad avait entendu parler de lui, lui aussi avait entendu parler de la croissance régulière et du développement du mouvement de résistance koweïtien et de son chef resté dans l'ombre. Il était sans doute inévitable que leurs chemins se croisent un jour ou l'autre.

En six semaines, la situation des forces d'occupation irakiennes s'était énormément détériorée. L'invasion proprement dite s'était déroulée comme une promenade, et les Irakiens avaient entamé leur occupation dans le calme et la confiance, persuadés que leur installation serait aussi aisée que l'avait été la conquête. Le pillage s'était révélé facile et profitable, il était amusant de tout détruire, les femmes leur avaient donné bien du plaisir. Les conquérants agissaient ainsi depuis toujours, depuis l'époque de Babylone.

Le Koweït n'était après tout qu'un pigeon gavé prêt à se laisser plumer. Mais, en six semaines de temps, le pigeon avait commencé à donner des coups de bec et de griffes. Plus de cent soldats et huit officiers avaient disparu, ou avaient été retrouvés morts. Et ces disparitions ne pouvaient pas s'expliquer par des désertions. Pour la première fois, les forces d'occupation faisaient l'expérience de la peur.

Les officiers refusaient désormais de se déplacer en voiture isolée et exigeaient d'avoir un camion bourré de soldats d'escorte. Les bâtiments qui abritaient les quartiers généraux devaient être gardés nuit et jour, au point que les officiers irakiens en vinrent à tirer des coups de feu au-dessus des sentinelles pour les réveiller. La nuit, seuls les mouvements de troupes d'une certaine importance avaient été maintenus. Les groupes qui gardaient les barrages routiers se calfeutraient dans leurs abris dès que l'obscurité tombait. Et les mines continuaient à sauter, les véhicules se retrouvaient en flammes ou en panne, moteur hors d'usage, on jetait des grenades et des soldats disparaissaient dans des égouts ou des dépôts d'ordures, la gorge tranchée.

La montée en puissance de la résistance avait obligé le haut commandement à faire relever l'Armée populaire par les forces spéciales, des troupes aptes au combat qui auraient été mieux employées sur le front en cas d'attaque américaine. En ce début d'octobre, et pour paraphraser Churchill, le Koweït n'en était pas au début de la fin, mais à la fin du début.

Martin n'avait pas sur lui de quoi répondre au message d'Al-Khalifa qu'il venait de lire dans le cimetière, et il ne déposa donc sa réponse que le lendemain. Il accepta un rendez-vous, mais à ses propres conditions. Pour bénéficier de l'obscurité, tout en évitant la période du couvre-feu qui commençait à vingt-deux heures, il fixa l'heure à sept heures du soir. Il fournit des consignes précises, l'endroit où Abou Fouad devait garer sa voiture et la description du petit bouquet d'arbres où ils devaient se rencontrer. L'endroit se trouvait dans le quartier d'Abrak Kheitan, près de la grand-route qui reliait la ville à l'aéroport, désormais détruit et déserté.

Martin savait que le quartier était bâti en traditionnel, des maisons de pierre aux toits plats. Il comptait se poster sur l'un de ces toits deux heures avant l'heure fixée pour le rendez-vous, afin de voir si l'officier koweïtien était suivi et, si oui, par qui : ses propres gardes du corps, ou les Irakiens. Dans cet environnement hostile, l'officier SAS se sentait à l'aise comme au combat, et ne prenait pas de risque, pas un seul risque. Il ne savait rien des habitudes d'Abou Fouad en matière de sécurité. Il fixa la date du rendez-vous au 7, et déposa sa réponse sous la dalle de marbre. Ahmed Al-Khalifa la retira le 6.

Lorsque le Dr John Hipwell se présenta devant le comité Méduse, on n'aurait jamais pensé qu'il se rendait régulièrement à des réunions de physiciens nucléaires, ni qu'il passait ses journées derrière les murs sévèrement gardés du centre nucléaire d'Aldermaston où il concevait des têtes au plutonium pour les missiles Trident qui devaient bientôt entrer en service. Un observateur non averti l'aurait pris pour un homme de la campagne, se penchant sur un morceau d'agneau au marché pour l'examiner, plutôt que pour l'homme qui supervisait l'enrobage de disques de plutonium dans de l'or pur.

Le temps était encore assez chaud, mais il portait toujours, comme en août, sa chemise à carreaux, une cravate de laine et une veste de tweed. Sans attendre qu'on l'interroge, il commença à bourrer sa pipe d'une grosse main rougeaude — il fumait du tabac fort — avant de prendre la parole. Sir Paul Spruce tordait son nez de dégoût et fit signe que l'on veuille bien pousser à fond la climatisation.

« Eh bien, messieurs, j'ai une bonne nouvelle. Notre ami Saddam Hussein n'a pas de bombe atomique. Il n'en a pas encore, et il n'en aura pas avant longtemps », ajouta Hipwell derrière un nuage de fumée bleu pâle.

Le savant marqua une pause pour savourer sa pipe. Peut-être, se dit Terry Martin, que lorsqu'on risque chaque jour de se ramasser une dose mortelle de plutonium, une pipe de temps en temps n'a pas grande importance. Le Dr Hipwell consultait ses notes.

« L'Irak essaie de fabriquer sa bombe depuis le milieu des années soixante-dix, lorsque Saddam Hussein a pris le pouvoir pour de bon. On dirait que ça l'obsède. A cette époque, l'Irak a acquis un réacteur nucléaire complet auprès de la France, qui n'a pas signé le Traité de non-prolifération de 1968, précisément pour cette raison. »

Il aspira voluptueusement et bourra un peu le feu de broussailles qui ronflait dans sa pipe d'églantier. Des escarbilles tombèrent çà et là sur ses papiers.

« Pardonnez-moi, fit Sir Paul, ce réacteur n'était-il pas destiné à produire de l'électricité ?

— C'était la raison officielle, convint Hipwell. Mais c'était parfaitement invraisemblable, et les Français le savaient très bien. L'Irak dispose des troisièmes réserves pétrolières au monde et aurait pu se procurer une centrale thermique pour beaucoup moins cher. Non, le problème consistait à charger ce réacteur avec de l'uranium peu enrichi, ce que l'on appelle du *yellowcake* ou du caramel, pour convaincre les fournisseurs de lui en vendre. Une fois passé dans le réacteur, il en sort du plutonium. »

Les participants hochèrent la tête. Ils savaient que le réacteur britannique de Sellafield produisait de l'électricité pour le réseau et du plutonium qui se retrouvait chez le Dr Hipwell pour lui permettre de fabriquer ses têtes nucléaires.

« Alors, les Israéliens se sont mis au boulot, continua Hipwell. Pour commencer, l'un de leurs commandos détruisit la grosse turbine à Toulon avant son embarquement, retardant ainsi le projet de deux ans. Puis, en 1981, alors que les précieux réacteurs Osirak 1 et 2 de Saddam étaient sur le point de fonctionner, des chasseurs bombardiers israéliens expédièrent le tout au paradis. Depuis, Saddam n'a jamais réussi à acheter un autre réacteur. Au bout d'un moment, il a fini par renoncer.

— Mais pourquoi diable avait-il essayé ? demanda Harry Sinclair, à l'autre bout de la table.

— Parce qu'il avait modifié ses plans, répondit Hipwell avec un grand sourire, comme quelqu'un qui vient de faire les mots croisés du *Times* en une demi-heure. Jusque-là, il avait choisi la filière du plutonium pour fabriquer une bombe atomique. Désormais, il choisit celle de l'uranium. Et avec quelque succès, soit dit en passant. Mais ce n'était pas suffisant. Cependant...

— Je ne comprends pas, dit Sir Paul Spruce. Quelle est la différence entre une bombe au plutonium et une bombe à l'uranium ?

— L'uranium est plus simple à obtenir, dit le physicien. Vous comprenez... il existe plusieurs substances radioactives qui peuvent servir à une réaction en chaîne, mais si vous voulez faire une bombe simple et efficace, il vous faut choisir l'uranium. C'est ce qu'a décidé Saddam à partir de 1982. Il ne l'a pas encore, mais il essaie et il finira bien par y arriver un jour. »

Le Dr Hipwell se rassit, l'air aussi satisfait que s'il venait de résoudre l'énigme de la Création. Comme la plupart de ceux qui étaient assis là, Sir Paul Spruce était toujours aussi perplexe.

« S'il a réussi à acheter de l'uranium pour son réacteur en ruine, pourquoi ne s'en sert-il pas pour faire une bombe ? » demanda-t-il.

Le Dr Hipwell se jeta sur la question comme un fermier sur une bonne affaire.

« Il y a plusieurs sortes d'uranium, mon cher. Un truc amusant, l'uranium. Très rare. Avec mille tonnes de minerai, tout ce qu'on en extrait représente la taille d'une boîte à cigares. Le *yellowcake* : on l'appelle uranium naturel, et son nombre isotopique est 238. On peut faire marcher un réacteur industriel avec ça, mais on ne peut pas en faire une bombe. Il n'est pas assez pur. Pour une bombe, il vous faut l'isotope le plus léger, du 235.

— Et ça sort d'où ? demanda Paxman.

— Il est contenu dans le *yellowcake*. Dans une boîte à

185

cigares, il y en a suffisamment pour le mettre au bout de son doigt sans aucun danger. Là où ça se corse, c'est pour séparer les deux. On appelle cette opération : séparation isotopique. Très difficile, très technique, très cher et très lent.

— Mais vous dites que l'Irak en est là, insista Sinclair.

— Il y est sans y être, dit Hipwell. Il existe une seule méthode valable pour purifier et raffiner le *yellowcake* jusqu'au taux requis de quatre-vingt-treize pour cent. Il y a des années, lors du projet Manhattan, vos copains ont essayé plusieurs méthodes. Ils en étaient encore au stade expérimental, vous comprenez ? Ernest Lawrence tenta une méthode, Robert Oppenheimer en essaya une autre. A cette époque, ils ont utilisé les deux de manière complémentaire et ont produit suffisamment d'uranium pour fabriquer Little Boy. Après la guerre, on inventa la méthode par centrifugation et on la perfectionna lentement. A présent, c'est la seule méthode utilisée. Schématiquement, vous mettez la matière première dans une machine qu'on appelle centrifugeuse, qui tourne tellement vite que toute l'opération doit se passer dans le vide, faute de quoi les paliers seraient réduits en purée. Lentement, les isotopes les plus lourds, ceux dont on ne veut pas, sont chassés à l'extérieur et évacués. Ce qui reste est un tout petit peu plus pur qu'au début. Juste un tout petit peu. Vous recommencez encore et encore, pendant des milliers d'heures, pour obtenir une malheureuse galette d'uranium enrichi de la taille d'un timbre.

— Mais c'est ce qu'il est *en train* de faire ? insista encore Sir Paul.

— Ouais. Depuis environ un an. Ces centrifugeuses... pour aller plus vite, nous les plaçons en série, c'est ce qu'on appelle des cascades. Mais il vous faut des milliers de centrifugeuses pour réaliser une cascade.

— S'ils y sont mis dès 1982, pourquoi leur a-t-il fallu si longtemps ? demanda Terry Martin.

— Il ne suffit pas d'entrer dans une quincaillerie et d'acheter une centrifugeuse à uranium, souligna Hipwell. Ils ont d'abord essayé, mais sans succès — les documents le montrent clairement. Depuis 1985, ils ont acheté les composants nécessaires à la construction de leur propre usine sur place. Ils ont acquis environ cinq cents tonnes de *yellowcake* brut, dont la moitié au Portugal. Et le plus gros de la technologie des centrifugeuses, ils l'ont acheté en Allemagne de l'Ouest...

— Je croyais que l'Allemagne avait signé tous les accords

internationaux qui limitent la prolifération nucléaire, protesta Paxman.

— C'est bien possible, mais je ne connais rien à la politique, répondit le physicien. Ce que je sais, c'est qu'ils se sont procuré toutes les pièces et tous les composants auprès de ce pays : tours de précision, l'acier spécial maraging, cuves résistant à la corrosion, sectionnements spéciaux, fours à haute température qu'on appelle " crânes " parce qu'ils en ont la forme, plus des pompes à vide et des membranes. Ils ont acheté tout ça, et le savoir-faire qui allait avec, en Allemagne.

— Essayons de clarifier tout ça, reprit Harry Sinclair, Saddam possède-t-il déjà une unité de centrifugation en état de marche ?

— Oui, il a une cascade. Elle marche depuis un an environ, et une seconde va entrer en service bientôt.

— Et savez-vous où il a installé tout ça ?

— L'usine qui fabrique la chaîne de centrifugeuses est installée à Taji, ici. » Le savant tendit à l'Américain une grande photo aérienne et entoura d'un cercle un ensemble de bâtiments industriels. « La cascade qui fonctionne semble enterrée pas très loin du réacteur français en ruine, à Tuwaitha, ce réacteur qu'ils avaient appelé Osirak. Je ne suis pas sûr qu'un bombardier arriverait à trouver l'endroit — tout est certainement enterré et camouflé.

— Et la seconde cascade ?

— Aucune idée, dit Hipwell, elle peut se trouver n'importe où.

— Ils l'ont sans doute installée ailleurs, fit remarquer Terry Martin. Les Irakiens dispersent et dupliquent systématiquement leurs installations, depuis qu'ils ont commis l'erreur de mettre tous leurs œufs dans le même panier et que les Israéliens ont écrabouillé le panier en question. »

Sinclair grommela on ne sait quoi.

« Êtes-vous sûr de vous ? demanda Sir Paul, êtes-vous bien sûr que Saddam Hussein ne possède pas encore cette bombe ?

— Facile, dit le physicien. C'est une question de temps, et il n'en a pas eu assez. Pour une bombe simple mais utilisable, il vous faut trente à trente-cinq kilos d'uranium 235 pur. En partant de zéro il y a un an, même en supposant que la cascade qui produit tourne vingt-quatre heures sur vingt-quatre — ce qui est impossible —, une séquence élémentaire nécessite au moins douze heures par centrifugeuse. Il vous faut un millier de machines pour obtenir du quatre-vingt-treize pour cent à partir du matériau brut. Cela représente cinq cents jours de

187

travail. Mais il y a aussi le nettoyage, l'entretien, les pannes. Même avec mille centrifugeuses qui tournent depuis deux ans, il vous faut cinq ans en tout. Vous ajoutez une deuxième chaîne l'an prochain — ça tombe à trois ans.

— Donc, il n'aura pas ses trente-trois kilos avant 1993 au minimum ? l'interrompit Sinclair.

— Non, c'est impossible.

— Une dernière question. S'il a l'uranium, combien lui faut-il de temps pour avoir la bombe ?

— Pas longtemps. Quelques semaines. Vous savez, un pays qui décide de fabriquer sa propre bombe travaille sur l'ingénierie en parallèle. Fabriquer une bombe n'est pas si compliqué, pourvu que vous sachiez ce que vous devez faire. Et Jaafar le sait parfaitement, il sait comment la faire et comment l'allumer. Bon Dieu, et c'est nous qui l'avons formé à Harwell ! Mais le point fondamental, c'est que Saddam Hussein ne peut pas avoir déjà assez d'uranium, c'est une question de temps. Dix kilos, maxi. Il lui faut encore trois ans au minimum. »

On remercia le Dr Hipwell pour les semaines qu'il avait consacrées à ce travail, et la réunion fut levée.

Sinclair rentra à son ambassade pour rédiger une note volumineuse qui serait expédiée en Amérique, une fois codée. Ensuite, elle serait comparée avec les analyses effectuées côté américain par des physiciens qu'on était allé chercher à Sandia, Los Alamos et surtout à Lawrence Livermore, en Californie. C'est là que depuis des années et dans le plus grand secret, le Département Z surveillait la prolifération nucléaire dans le monde pour le compte du département d'État et du Pentagone.

Sinclair ne le savait pas à ce moment, mais les résultats obtenus par les Britanniques et les Américains se révélèrent extrêmement similaires.

Terry Martin et Simon Paxman quittèrent les lieux et allèrent flâner un peu dans Whitehall. Le soleil d'octobre était encore doux.

« Quel soulagement, dit Paxman. Ce vieil Hipwell est très rassurant. Et il semble que les Américains soient entièrement du même avis. Ce salaud n'est pas près d'avoir sa bombe, ça fait toujours un cauchemar de moins. »

Ils se séparèrent au coin de la rue. Paxman franchit la Tamise pour retourner à son bureau de Century House, Martin traversa Trafalgar Square et remonta ensuite Saint-Martin's Lane en direction de Gower Street.

Déterminer ce que possédait, ou possédait probablement l'Irak était une chose. Trouver précisément à quel endroit en était une autre. Les photos continuaient à s'empiler. Les KH-11 et KH-12 passaient et repassaient sans interruption, photographiant tout ce qu'ils voyaient de l'Irak au-dessous d'eux.

Au mois d'octobre, un autre appareil d'observation était entré en action, un nouvel appareil de reconnaissance américain si secret que le Capitole n'était même pas au courant. Baptisé Aurora, il volait à la limite de l'atmosphère, atteignant Mach 8, près de huit mille kilomètres à l'heure, et se propulsant sur sa chambre à combustion — l'effet statoréacteur — loin au-dessus des radars et des missiles irakiens. Même la technologie de feu l'URSS aurait été incapable d'intercepter Aurora, qui avait remplacé le légendaire Blackbird SR-71.

De manière assez amusante, et alors que le Blackbird venait d'être retiré du service, un autre vieux coucou faisait ses petites affaires au-dessus de l'Irak, cet automne-là. Âgé de près de quarante ans et surnommé Dragon Lady, Madame Dragon, l'U-2 volait toujours et continuait à faire des photos. En 1960, Gary Powers avait été descendu avec son U-2 au-dessus de Sverdlovsk en Sibérie, et c'est également un U-2 qui avait détecté les premiers missiles soviétiques déployés à Cuba pendant l'été 62, même si c'est bien Oleg Penkovsky qui avait annoncé leur nature offensive et non pas défensive. C'est toute cette histoire qui avait déclenché les vociférations de Krouchtchev, et c'est comme cela que Penkovsky avait mis en place ce qui devait le conduire à la mort.

Les U-2 version 1990 avaient été modernisés pour l'écoute plutôt que pour l'observation et rebaptisés TR-1, mais ils continuaient à faire des photos.

Tout ce faisceau de renseignements obtenus par des professeurs et des savants, des analystes et des interprètes, des enquêteurs et des observateurs esquissait le tableau de l'Irak en cet automne 1990, et ce tableau était assez effrayant.

Obtenue à travers des milliers de sources, cette matière première aboutissait dans une pièce très secrète installée au deuxième niveau sous le ministère saoudien de l'Air, route de l'ancien aéroport. C'est dans cette pièce côté rue que les galonnés tenaient leurs réunions pour discuter les plans (non autorisés par les Nations unies) d'invasion de l'Irak. Ils l'appelaient entre eux « le Trou Noir ».

C'est donc dans ce Trou Noir que les planificateurs britanniques et américains déterminaient les sites à détruire. Ils avaient en fin de compte réalisé la carte des opérations aériennes du général Chuck Horner, et elle comportait sept cents objectifs.

Six cents étaient des objectifs militaires — postes de commandement, ponts, aéroports, arsenaux, dépôts de munitions, sites de missiles, concentrations de troupes. Les cent derniers concernaient les armes de destruction massive — centres de recherche, usines d'assemblage, laboratoires chimiques, dépôts de stockage.

Les installations de centrifugation de Taji figuraient sur la liste, de même que l'installation moins bien localisée et souterraine du complexe de Tuwaitha. Mais l'usine d'embouteillage de Tarmiya n'y était pas, ni Al-Qubai. Personne ne savait où les localiser.

Un exemplaire du rapport détaillé de Harry Sinclair s'ajouta à ceux des différents services aux États-Unis et à l'étranger. La synthèse de ce volumineux travail finit par atterrir dans une petite cellule de réflexion très discrète, au Département d'État, connue seulement de quelques initiés à Washington sous le nom de Groupe de renseignement et d'analyse politique. Le PIAG est une sorte de laboratoire d'idées en matière d'affaires étrangères et prépare des rapports à usage strictement confidentiel. Cet organisme n'en réfère qu'au secrétaire d'État, James Baker à l'époque.

Deux jours plus tard, Mike Martin était allongé à plat ventre sur un toit d'où il bénéficiait d'une vue panoramique sur le quartier d'Abrak Kheitan, là où il avait donné rendez-vous à Abou Fouad.

Presque exactement à l'heure fixée, il vit arriver une voiture qui quittait la route du Roi-Fahd, la route de l'aéroport, pour s'engager dans une rue latérale. La voiture descendit lentement la rue, loin des lumières de l'autoroute brillamment éclairée, et entra dans l'ombre. Elle s'arrêta à l'endroit qu'il avait indiqué dans son message à Al-Khalifa. Deux personnes en sortirent, un homme et une femme. Ils observèrent soigneusement autour d'eux, vérifiant si une autre voiture ne les avait pas suivis depuis l'autoroute, puis se dirigèrent lentement à pied vers un terrain vague planté de quelques rares arbres.

Abou Fouad et la femme avaient reçu pour consigne d'attendre une demi-heure. Si le Bédouin n'était toujours pas là, ils devaient abandonner et rentrer chez eux. En fait, ils attendirent quarante minutes avant de retourner à leur voiture. Ils étaient tous deux déçus.

« Il a dû avoir un problème, fit Abou Fouad à sa compagne.

Peut-être une patrouille irakienne. Qui sait ? Mais peu importe, merde, il faudra que je recommence.

— Je crois que tu es fou de lui faire confiance, dit la femme. Tu ne sais absolument pas qui il est. »

Ils parlaient à voix basse. Le chef de la résistance koweïtienne inspecta les deux bouts de la rue pour vérifier si des soldats irakiens n'étaient pas venus pendant qu'il était plus loin.

« Il est malin et il fait du travail de professionnel. C'est tout ce que j'ai besoin de savoir. J'aimerais bien collaborer avec lui, s'il est d'accord.

— Alors je n'ai rien contre. »

La jeune femme poussa un cri bref et Abou Fouad sursauta sur son siège.

« Ne vous retournez pas. On va causer un peu », dit une voix qui venait de derrière eux. Dans son rétroviseur, le Koweïtien entrevit la forme vague d'un keffieh rouge et blanc. Il sentait l'odeur de quelqu'un qui vit à la dure. Il poussa un long soupir. « Tu ne fais pas de bruit quand tu te déplaces, Bédouin.

— Pas besoin de faire de bruit, Abou Fouad. Ça attire les Irakiens. Et je n'aime pas trop, sauf quand je suis prêt. »

Les dents d'Abou Fouad étincelaient sous sa moustache noire. « Très bien, on a fini par se retrouver. Parlons un peu. A propos, pourquoi t'es-tu caché dans la voiture ?

— Si ce rendez-vous avait été un coup monté, tu n'aurais pas dit ce que tu as dit en remontant en voiture.

— Je me serais dénoncé moi-même...

— Tout juste...

— Et dans ce cas...

— Tu serais mort.

— Compris.

— Qui est avec toi ? Je ne t'avais pas autorisé à venir accompagné.

— C'est toi qui as fixé les conditions du rendez-vous, c'est moi qui devais te faire confiance. C'est une collègue, elle est sûre. Asrar Qabandi.

— Très bien. Enchanté, mademoiselle Qabandi. De quoi voulais-tu parler ?

— D'armes, Bédouin. De pistolets-mitrailleurs Kalachnikov, de grenades à main modernes, de Semtex-H. Mes hommes pourraient faire bien plus s'ils avaient tout cela.

— Tes hommes se font prendre, Abou Fouad. Tu en as dix qui ont été encerclés dans une maison par toute une compagnie irakienne aux ordres de l'AMAM. Tous fusillés. Tous des jeunes. »

Abou Fouad n'avait rien à répondre à cela. Ç'avait été un désastre.

« Neuf, finit-il par dire. Le dixième a fait le mort et a réussi à sortir en rampant, un peu plus tard. Il est blessé et nous le soignons. C'est lui qui nous a tout raconté.

— Raconté quoi ?

— Qu'ils avaient été trahis. S'il était mort, nous ne l'aurions jamais su.

— Ah, la trahison. C'est toujours le gros risque, dans la résistance. Et le traître ?

— Nous savons qui c'est, bien entendu. Nous pensions que nous pouvions lui faire confiance.

— Mais il est coupable ?

— On dirait.

— On dirait seulement ? »

Abou Fouad se mit à ricaner. « Le survivant jure que seul le onzième connaissait l'heure et l'adresse du rendez-vous. Mais il y a peut-être eu une fuite, quelqu'un d'autre... Ou l'un d'entre eux a été suivi...

— Alors, il faut enquêter sur lui. Et s'il est coupable, le punir. Mademoiselle Qabandi, voudriez-vous nous laisser seuls un moment, je vous prie ? »

La jeune femme jeta un coup d'œil à Abou Fouad, qui lui fit un signe de tête. Elle sortit de la voiture et retourna sous les arbres. Le Bédouin expliqua calmement et en détail à Abou Fouad ce qu'il attendait de lui.

« Je ne quitterai pas cette maison avant sept heures, conclut-il, donc, sous aucun prétexte tu n'appelles avant sept heures et demie. Compris ? »

Le Bédouin se glissa hors de la voiture et disparut dans les ruelles sombres qui serpentaient entre les maisons. Abou Fouad remonta la rue en voiture et prit Mlle Qabandi au passage. Et ils rentrèrent chez eux.

Le Bédouin ne devait jamais revoir la jeune femme. Avant la libération du Koweït, Asrar Qabandi fut capturée par l'AMAM, horriblement torturée, violée, fusillée et enfin déca-pitée. Elle n'avait pas parlé avant de mourir.

Terry Martin était au téléphone avec Simon Paxman, qui était submergé de travail et se serait bien passé de cette interruption. Mais il aimait bien cet arabisant distingué, et il avait donc pris la communication.

« Je sais que je vous dérange, mais je voudrais savoir si vous avez des contacts avec le GCHQ ?

— Bien sûr, répondit Paxman. Surtout avec la division pays arabes. Je connais le directeur.

— Pourriez-vous lui passer un coup de fil et lui demander de me recevoir ?

— Oui, enfin, je suppose. Qu'avez-vous en tête ?

— C'est à propos de tous ces trucs qui sortent d'Irak, ces jours-ci. Bien sûr, j'ai étudié tous les discours de Saddam et j'ai regardé les reportages sur les otages, les boucliers humains, toute leur propagande minable à la télévision. Mais j'aimerais voir si l'on ne peut pas trouver autre chose, quelque chose qui n'aurait pas été filtré par leur ministère de la Propagande.

— Eh bien, c'est précisément le boulot du GCHQ. Je ne vois pas ce qui s'y opposerait. Si vous avez participé aux réunions de Méduse, c'est que vous êtes habilité. Je vais l'appeler. »

Cet après-midi-là, sur rendez-vous, Terry Martin prit donc la route du Gloucestershire et se pésenta au portail sévèrement gardé de l'ensemble de bâtiments et d'antennes qui abrite la troisième branche du renseignement britannique, les deux autres étant le M I-5 et le M I-6, le quartier général des transmissions du gouvernement.

Le directeur de la division pays arabes était un certain Sean Plummer, sous les ordres de qui se trouvait ce M. Al-Khouri qui avait testé l'arabe de Mike Martin dans un restaurant de Chelsea, onze semaines plus tôt. Mais ni Terry Martin ni Plummer n'étaient au courant.

Le directeur avait accepté de recevoir Martin au milieu d'une journée chargée, car, en tant qu'arabisant, il avait entendu parler du jeune professeur de la SOAS et admirait beaucoup les travaux originaux qu'il avait consacrés au califat des Abbassides.

« Que puis-je faire pour vous ? » lui demanda-t-il lorsqu'ils furent installés devant un verre de thé à la menthe. C'était un petit luxe que Plummer s'autorisait pour échapper au café de la Maison. Martin lui expliqua qu'il était surpris de la pauvreté des conversations irakiennes interceptées qu'on lui avait communiquées. L'œil de Plummer s'alluma.

« Vous avez tout à fait raison. Comme vous le savez, nos amis arabes ont la langue déliée et passent leur vie à bavarder comme des pies. Ces deux dernières années, le trafic intercepté s'est pourtant considérablement réduit. Alors, ou bien le caractère national a changé, ou bien...

— Les câbles enterrés, dit Martin.

— Précisément. Il semble que Saddam et ses acolytes aient posé plus de soixante-dix mille kilomètres de fibres optiques.

C'est là-dessus qu'ils discutent. A mon avis, c'est un vrai salaud. Mais comment faire pour fournir à nos espions des piles de bulletins météo pour la région de Bagdad ou la dernière liste de teinturerie de la mère Hussein ? »

Martin se doutait bien que c'était une façon de parler. En fait, le service de Plummer fournissait beaucoup plus que cela.

« Ils parlent toujours autant, bien sûr — les ministres, les fonctionnaires, les généraux —, jusqu'aux chefs de chars qui taillent une bavette sur la frontière saoudienne. Mais les appels téléphoniques sérieux, ultraconfidentiels, rien. On n'avait jamais vu ça. Que voudriez-vous voir ? »

Durant quatre heures, Terry Martin parcourut la liste des interceptions. Les émissions radio étaient banales. Il cherchait une imprudence commise au cours d'une conversation téléphonique, un lapsus, une erreur. Il referma le dossier qui contenait les résumés.

« Pourriez-vous, demanda-t-il enfin, juste garder un œil, au cas où vous tomberiez sur quelque chose de bizarre, quelque chose d'incompréhensible ? »

Mike Martin commençait à se dire qu'un de ces jours il devrait écrire un guide touristique sur les toits en terrasse de Koweït City. Il y avait passé énormément de temps, à surveiller le quartier au-dessous de lui. Mais c'était aussi un endroit remarquablement adapté à la position allongée.

Dans le cas présent, cela faisait deux jours qu'il était installé là, à surveiller la maison dont il avait donné l'adresse à Abou Fouad. C'était l'une des six villas louées par Ahmed Al-Khalifa, et une planque qu'il n'utiliserait plus à l'avenir.

Bien qu'il eût donné cette adresse deux jours plus tôt à Abou Fouad et qu'il ne dût rien se produire avant le soir de ce 9 octobre, il était resté là à veiller jour et nuit, se nourrissant d'un morceau de pain et de fruits.

Si les soldats irakiens débarquaient avant sept heures et demie en ce 9 octobre, il saurait qui l'avait trahi — Abou Fouad lui-même. Il jeta un coup d'œil à sa montre : sept heures trente. Le colonel koweïtien devait être en train de passer son coup de fil, comme il le lui avait demandé.

De l'autre côté de la ville, Abou Fouad décrochait effectivement le combiné. Il composa un numéro, et quelqu'un décrocha à la troisième sonnerie. « Salah ?

— Oui, qui est à l'appareil ?

— Nous ne nous connaissons pas, mais j'ai eu des renseignements flatteurs sur ton compte. On me dit que tu es quelqu'un de courageux et loyal, et que tu es des nôtres. On m'appelle Abou Fouad. »

Il y eut un silence au bout du fil.

« J'ai besoin de toi, Salah. Le mouvement peut-il compter sur toi ?

— Oh oui, Abou Fouad. Dis-moi ce que tu veux.

— Ce n'est pas pour moi, c'est pour un ami. Il est gravement blessé. Je sais que tu es pharmacien. Prends immédiatement des médicaments avec toi — des pansements, des antibiotiques et des calmants. As-tu entendu parler de ce type qu'on appelle le Bédouin ?

— Oui, bien sûr. Tu veux dire que tu le connais ?

— Peu importe, mais nous travaillons avec lui depuis quelques semaines. Nous tenons beaucoup à lui.

— Je descends à la pharmacie et je vais prendre ce dont il a besoin. Où se trouve-t-il ?

— Il est terré dans une maison de Shuwaikh et est incapable de se déplacer. Prends un papier et un crayon. »

Abou Fouad lui dicta l'adresse qu'on lui avait donnée. A l'autre bout du fil, son correspondant notait.

« J'y pars tout de suite en voiture, Abou Fouad. Tu peux me faire confiance, conclut le pharmacien.

— T'es un brave type, nous te récompenserons. »

Abou Fouad raccrocha. Le Bédouin lui avait dit qu'il téléphonerait à l'aube s'il ne s'était rien passé et l'on saurait alors que le pharmacien était innocent.

Mike Martin aperçut soudain, plus qu'il ne l'entendit, le premier camion. Il était tout juste huit heures. Il était en roues libres, moteur coupé pour ne pas faire de bruit. Il dépassa lentement le croisement avant de s'arrêter quelques mètres plus loin, hors de sa vue. Martin hocha la tête de satisfaction.

Un second camion refit la même manœuvre quelques instants plus tard. Vingt hommes descendirent calmement des deux véhicules, des bérets verts qui savaient ce qu'ils avaient à faire. Les hommes remontèrent la rue en colonne, précédés d'un officier qui tenait un civil par le collet. Le *dish-dash* blanc de l'homme faisait une tache de lumière dans la demi-obscurité. Avec toutes ces plaques de rue qui avaient été arrachées, les soldats avaient besoin d'un civil pour les guider. Mais les numéros des maisons étaient toujours là.

Le civil s'arrêta devant une maison, examina le numéro et la montra du doigt. Le capitaine responsable de l'opération eut une rapide conversation à voix basse avec son sergent, qui prit quinze hommes et passa derrière la maison pour couvrir l'autre côté.

Suivi des autres, le capitaine essaya d'ouvrir la porte en fer qui fermait le petit jardin. Elle s'ouvrit sans peine. Les hommes s'engouffrèrent à l'intérieur.

Du jardin, le capitaine apercevait une faible lueur dans la chambre à l'étage. Un garage, vide, occupait la plus grande partie du rez-de-chaussée. Arrivé à la porte d'entrée, il fallut bien se résoudre à abandonner toute discrétion. Le capitaine tourna la poignée, la serrure était verrouillée. Il fit signe à un soldat qui se trouvait derrière lui. L'homme tira une courte rafale d'automatique, arrachant la serrure du panneau de bois, et la porte s'ouvrit largement.

Leur capitaine en tête, les bérets verts se précipitèrent à l'intérieur. Les uns se dirigèrent vers les pièces du bas, le capitaine et le reste montèrent les escaliers quatre à quatre vers la chambre principale.

Du palier, le capitaine apercevait l'intérieur de la chambre mal éclairée, un fauteuil dos à la porte et d'où dépassait un keffieh à damier rouge et blanc. Il ne tira pas. Le colonel Sabaawi, de l'AMAM, avait été formel : il le voulait vivant pour pouvoir l'interroger. Le jeune officier se précipita dans la chambre, sans se rendre compte qu'un fil de pêche en nylon se prenait dans ses bottes.

Il entendit la première équipe entrer par-derrière, tandis que les autres se massaient en haut des escaliers. Il vit une forme molle en robe blanc sale, remplie de coussins, et un gros melon d'eau qui bourrait le keffieh. Son visage s'empourpra de colère, et il eut le temps de lancer une insulte au pharmacien tremblant qui se tenait dans l'embrasure.

Cinq livres de Semtex-H ne font pas tant de bruit que ça, et n'occupent pas énormément de place. Toutes les maisons du voisinage étaient faites de pierre et de béton, ce qui les sauva de dégâts trop importants. Mais celle dans laquelle se trouvaient les soldats fut totalement détruite. On retrouva plus tard des tuiles de la toiture à plusieurs centaines de mètres de distance.

Le Bédouin n'avait pas attendu de voir la conclusion de son œuvre. Il était déjà deux rues plus loin, traînant les pieds, réfléchissant à la suite, quand il entendit l'explosion assourdie, comme une porte que l'on claque, puis un silence, et enfin le fracas de la maison qui s'effondrait.

Il se passa trois choses le lendemain, après la tombée de la nuit. Au Koweït, le Bédouin eut une seconde rencontre avec Abou Fouad. Cette fois, le Koweïtien était venu seul au rendez-vous, à l'ombre d'une porte voûtée et à deux cents mètres seulement de l'hôtel Sheraton qui était occupé par des dizaines d'officiers supérieurs irakiens.

« Tu en as entendu parler, Abou Fouad ?

— Bien sûr, toute la ville est en ébullition. Ils ont perdu plus de vingt hommes sans compter les blessés. » Il soupira. « Il va y avoir des représailles aveugles.

— Tu as envie de tout arrêter ?

— Non, c'est impossible. Mais combien de temps allons-nous souffrir comme ça ?

— Les Américains et les Britanniques viendront. Un jour.

— Allah fasse que ce soit bientôt. Salah était-il avec eux ?

— C'est lui qui les guidait. Il y avait un seul civil. Tu n'en as parlé à personne d'autre ?

— Non, rien qu'à lui. C'était sans doute lui le traître. Il avait la mort de neuf hommes sur la conscience. Il n'ira pas au paradis.

— Tant pis pour lui. Que veux-tu d'autre ?

— Je ne te demande pas qui tu es ni d'où tu viens. Je suis officier de carrière, et je sais que tu n'es pas un simple éleveur de chameaux qui arrive du désert. Tu possèdes des explosifs, des armes, des munitions, des grenades. Mes hommes pourraient faire beaucoup de choses s'ils en avaient autant.

— Et que m'offres-tu en échange ?

— Rejoins-nous et apporte tes stocks. Ou reste de ton côté, mais partage ce que tu possèdes. Je ne suis pas là pour menacer, plutôt pour demander. Mais si tu veux vraiment aider notre résistance, c'est le moyen de le faire. »

Mike Martin réfléchit un bon moment. Après huit semaines de séjour, il lui restait encore la moitié de ses stocks, toujours enterrés dans le désert ou dispersés dans les deux villas qu'il avait réservées à cette fin et où il ne logeait pas. Sur ses quatre autres pied-à-terre, l'un était détruit et l'autre, celui où il retrouvait ses élèves, suspect. Il pouvait distribuer ce qui restait et demander un parachutage de nuit — c'était risqué, mais faisable, au moins tant que ses messages vers Riyad n'étaient pas interceptés, ce qu'il ignorait. Il pouvait également faire un autre voyage à dos de chameau, passer la frontière saoudienne et revenir avec deux couffins chargés. Mais ce ne serait pas facile — il y avait désormais seize divisions irakiennes déployées le long de cette frontière, trois fois plus qu'à son arrivée.

Il fallait qu'il reprenne contact avec Riyad pour demander des instructions. En attendant, il décida de céder à Abou Fouad la quasi-totalité de ce qu'il lui restait. Le ravitaillement ne manquait pas au sud de la frontière, il faudrait simplement qu'on lui en fasse passer d'une manière ou d'une autre.

« Où veux-tu être livré ? demanda-t-il.

— Nous avons un hangar au port de Shuwaikh. Il est très sûr, on s'en sert pour stocker du poisson. Et le propriétaire est des nôtres.

— Dans six jours », décida Martin.

Ils convinrent de l'heure et du lieu, où un homme de confiance d'Abou Fouad retrouverait le Bédouin et le guiderait jusqu'au hangar. Martin lui expliqua à quoi ressemblait son véhicule et comment lui-même serait déguisé.

Cette même nuit, mais deux heures plus tard à cause du décalage horaire, Terry Martin était installé dans un petit restaurant pas loin de chez lui, et faisait tournoyer lentement un peu de vin dans son verre. L'homme qu'il avait invité arriva quelques minutes après. C'était un homme âgé aux cheveux grisonnants, qui portait des lunettes et un nœud papillon à pois. Il cherchait quelqu'un des yeux.

« Moshe, je suis ici. »

L'Israélien se fraya un chemin jusqu'à l'endroit où Terry Martin venait de se lever, et le salua avec effusion.

« Terry, mon cher enfant, comment vas-tu ?

— Je vais déjà mieux de vous voir, Moshe. Vous croyez que je vous laisserais passer à Londres sans vous avoir à dîner pour bavarder un peu ? »

L'Israélien avait l'âge d'être le père de Terry Martin, mais leur amitié était née de leur passion commune. Ils étaient tous deux universitaires et spécialistes des anciennes civilisations du Proche-Orient, de leurs cultures, de leurs langues, de leur art.

Le professeur Moshe Hadari avait eu une carrière très riche. Quand il était encore jeune, il avait fait des fouilles dans la majeure partie de la terre sainte avec Yigael Yadin, qui était lui-même à la fois universitaire et général. Son grand regret était que, en tant qu'Israélien, la plus grande partie du Proche-Orient lui fût fermée, même pour ses recherches. Il était pourtant l'un des meilleurs dans sa spécialité, spécialité certes étroite. Il était donc inévitable que les deux professeurs se rencontrent un jour ou l'autre, et cela s'était produit dix ans plus tôt.

Le menu était savoureux, la conversation portait sur les dernières recherches, les derniers détails obtenus sur le mode de vie dans les royaumes du Proche-Orient, dix siècles auparavant. Terry Martin savait qu'il était lié par la loi sur le secret et n'aborda donc pas ses activités plus récentes au bénéfice de Century House. Mais, au moment du café, ils en vinrent tout naturellement à parler de la crise du Golfe et des risques de guerre.

« Crois-tu qu'ils vont s'en aller tout seuls du Koweït, Terry ? » demanda le professeur.

Terry hocha négativement la tête. « Non, c'est impossible, sauf si on propose à Saddam Hussein une porte de sortie honorable, des concessions qu'il pourrait mettre en avant pour justifier son départ. S'il part les mains vides, il est mort. »

Hadari poussa un soupir. « Quel gâchis, fit-il, toute ma vie, quel gâchis ! Tout cet argent, il y en avait assez pour faire du Proche-Orient un paradis sur terre. Tous ces talents, toutes ces jeunes existences. Et tout ça pour quoi ? Terry, si la guerre éclate, crois-tu que les Britanniques se battront avec les Américains ?

— Bien sûr. Nous avons déjà envoyé là-bas la 7e brigade blindée et je crois que la 4e va suivre. Cela fait une division, sans compter les chasseurs et les navires de guerre. Mais ne vous en faites pas. S'il y a une guerre au Proche-Orient à laquelle Israël ne peut pas participer, et surtout, ne doit pas participer, c'est bien celle-là.

— Oui, je sais, répondit tristement l'Israélien. Mais combien de jeunes gens vont encore se faire tuer ? »

Martin se pencha et posa la main sur son bras.

« Écoutez, Moshe, il faut arrêter cet homme. Tôt ou tard. S'il y a un pays qui sait où il en est avec ses armes de destruction massive, c'est Israël. Et d'une certaine manière, nous venons tout juste de prendre conscience de l'ampleur de ce programme.

— Mais les gens de chez nous vous ont aidés, bien sûr. Nous sommes certainement sa cible prioritaire.

— Oui, si l'on se contente d'une analyse d'objectifs, répondit Martin. Notre principal problème vient du renseignement de base, obtenu sur place. Nous n'avons aucun agent de bon niveau à Bagdad. Les Britanniques, les Américains, les gens de chez vous, personne. »

Vingt minutes plus tard, leur dîner était terminé et Terry Martin mit le Pr Hadari dans le taxi qui le ramenait à son hôtel.

Vers minuit, trois stations radio étaient installées au Koweït, sur ordre envoyé de Bagdad par Hassan Rahmani. Elles étaient équipées de paraboles conçues pour suivre les sources d'émission radioélectriques et prendre des relèvements. La première était une station fixe, installée sur le toit d'un grand immeuble du quartier Ardiya, à l'extrémité sud des faubourgs de Koweït City. Sa parabole était pointée vers le désert.

Les deux autres étaient des stations mobiles, de gros camions avec leurs antennes sur le toit et un groupe électrogène. A l'intérieur de la cabine, maintenue dans l'obscurité, les opérateurs installés devant leurs consoles scrutaient leurs écrans, à la recherche de l'émetteur qu'ils devaient repérer. On leur avait simplement dit que le lieu de l'émission se situerait probablement quelque part dans le désert, entre la ville et la frontière saoudienne.

L'un des camions stationnait près de Jahra, très à l'ouest d'Ardiya, et le deuxième avait été placé près de la côte, sur le terrain de l'hôpital Al-Adan, là où la sœur de l'étudiant en droit avait été violée aux premiers jours de l'invasion. La station d'Al-Adan pouvait faire un relèvement que l'on croiserait avec ceux qu'obtiendraient les deux autres situés plus au nord. Il était alors possible en théorie de déterminer le lieu d'émission à quelques centaines de mètres près.

A la base aérienne d'Ahmadi, là même où avait décollé Khaled Al-Khalifa avec son Skyhawk, un hélicoptère canon de fabrication soviétique, un Hind, stationnait, en alerte vingt-quatre heures sur vingt-quatre. L'équipage appartenait à l'armée de l'air, concession faite par Rahmani au général commandant l'armée de l'air irakienne. Les spécialistes radio provenaient du contre-espionnage de Rahmani et arrivaient de Bagdad. Il avait choisi sa meilleure équipe.

Le Pr Hadari passa une nuit blanche. Quelque chose l'ennuyait terriblement dans ce que lui avait dit son ami. Il se considérait comme un citoyen loyal envers Israël, il était né dans une vieille famille séfarade qui avait émigré au début du siècle, avec des hommes comme Ben Yehuda ou David Ben Gourion. Lui-même était né dans la banlieue d'Haïfa, à une époque où ce port animé fourmillait encore d'Arabes palestiniens, et il avait appris leur langue à l'école. Il avait eu deux fils, dont l'un était mort bêtement dans une embuscade au Sud-Liban. Il était grand-père de cinq petits-enfants. Qui aurait pu lui reprocher de ne pas aimer son pays ?

Mais il y avait quelque chose qui ne collait pas. Si la guerre devait éclater, de nombreux jeunes gens allaient mourir, comme son Ze'ev, et peu importe qu'ils fussent américains, britanniques ou français. Était-ce bien le moment pour Kobi Dror de se montrer si vindicatif, d'afficher un chauvinisme de petite puissance ?

Il se leva de bonne heure, paya sa note, fit ses valises et commanda un taxi pour l'aéroport. Avant de quitter l'hôtel, il chercha vaguement une cabine téléphonique dans le hall puis changea d'avis.

A mi-chemin de l'aéroport, il ordonna au chauffeur de quitter la M4 et de lui trouver un téléphone. Pestant contre la perte de temps et les ennuis que cela lui occasionnait, le taxi s'exécuta et finit par dénicher une cabine à un coin de rue dans Chiswick. Hadari avait de la chance. C'est Hilary qui répondit au téléphone, dans leur appartement de Bayswater.

« Attendez une seconde, lui dit-elle, il est tout juste en train de partir. »

Terry Martin prit le combiné.

« Ici Moshe. Terry, je n'ai pas beaucoup de temps. Dis aux gens de chez toi que l'Institut a un agent bien placé à Bagdad. Dis-leur de demander ce qui est arrivé à Jéricho. Au revoir, l'ami.

— Moshe, un instant, vous êtes sûr ? Comment êtes-vous au courant ?

— Ça n'a pas d'importance. Je ne t'ai jamais appelé. Au revoir. »

On avait raccroché. A Chiswick, le vieux professeur remonta dans son taxi et continua son chemin vers Heathrow. Il était tout tremblant à cause de ce qu'il venait de faire. Et comment expliquer à Terry Martin que c'était lui, professeur d'arabe à l'université, qui avait traduit la première réponse qu'ils avaient envoyée à Jéricho, à Bagdad ?

L'appel de Terry Martin surprit Simon Paxman à son bureau de Century House peu après dix heures.

« Un déjeuner ? Désolé, je ne peux pas. Trop de boulot. Demain peut-être, répondit Paxman.

— Trop tard, c'est urgent, Simon. »

Paxman soupira. Son universitaire distingué avait sans doute une nouvelle interprétation d'une phrase prononcée à la radio irakienne, trouvaille qui allait changer la face de la terre.

— C'est toujours non pour le déjeuner. J'ai une conférence importante, ici même. Écoutez, juste un verre. Au

Trou-dans-le-mur, c'est un pub en bas du pont de Waterloo, tout près d'ici. Disons midi ? Je peux vous accorder une demi-heure, Terry.

— C'est plus qu'il n'en faut. A tout à l'heure », dit Martin.

Juste après midi, ils s'assirent devant une bière au bar, au milieu du bruit des trains en provenance du sud-ouest et qui se dirigeaient vers le Kent, le Sussex et le Hampshire. Martin, sans révéler sa source, raconta ce qu'il avait appris le matin.

« Bon Dieu, murmura Paxman, car il y avait quelqu'un dans le box à côté. Qui vous a raconté ça ?

— Je ne peux pas le dire.

— Si, vous devez.

— Écoutez, il est arrivé sur un petit nuage. J'ai donné ma parole. C'est un universitaire, un vieil universitaire. Je ne peux pas en dire plus. »

Paxman réfléchissait. Un universitaire qui avait affaire à Terry Martin. Sûrement un autre arabisant. Peut-être quelqu'un qui collaborait avec le Mossad. En tout cas, il fallait qu'il rende compte à Century, et sur l'heure. Il remercia Martin, laissa sa bière et se précipita vers l'immeuble minable qui abritait le Service.

Steve Laing n'avait pas bougé, pour cause de réunion à l'heure du déjeuner. Paxman le prit à part et lui raconta la chose. Laing en référa immédiatement au chef en personne.

Sir Colin, qui n'était pas homme à prononcer un mot de trop, déclara tout net que le général Kobi Dror était décidément « un type impossible », décommanda son déjeuner, ordonna qu'on lui porte un sandwich à son bureau et gagna le dernier étage. Là, il appela directement sur une ligne extrêmement protégée le juge William Webster, directeur de la CIA.

Il n'était que huit heures trente à Washington, mais le juge avait coutume de se lever aux aurores et il était déjà à son bureau. Il posa une ou deux questions à son collègue britannique sur la source de ses informations, grogna un peu quand il apprit qu'elle était inconnue, mais convint volontiers qu'il s'agissait d'une chose qu'on ne pouvait pas traiter à la légère.

M. Webster en parla à son directeur adjoint aux opérations, Bill Stewart, qui explosa de rage. Ils eurent ensuite une réunion d'une demi-heure avec Chip Barber, chef des opérations pour le Proche-Orient. Barber était encore plus en colère qu'eux, car c'est lui qui s'était trouvé en face du général Dror dans le bureau en haut de la colline, près de Herzlia, et apparemment, c'est à lui qu'on avait menti.

Ils mirent au point ce qu'ils voulaient faire et allèrent en parler au directeur.

Au milieu de l'après-midi, William Webster eut une réunion avec Brent Scowcroft, président du Conseil national de sécurité, et alla rendre compte au président Bush. Webster expliqua ce qu'il voulait et obtint carte blanche.

Il sollicita le concours du secrétaire d'État James Baker et l'obtint immédiatement. Le soir même, le Département d'État envoya une demande urgente à Tel-Aviv, laquelle fut remise à son destinataire le lendemain matin, c'est-à-dire seulement trois heures plus tard, compte tenu du décalage horaire.

Le vice-ministre des Affaires étrangères israélien de l'époque était Benyamin Netanyahu, un diplomate grisonnant, élégant et distingué, frère de ce Jonathan Netanyahu qui avait été le seul mort israélien du raid sur l'aéroport d'Entebbe, lorsque les commandos israéliens avaient récupéré les passagers d'un avion de ligne français pris en otage par des terroristes palestiniens et allemands.

Benyamin Netanyahu, sabra de la troisième génération, avait fait une partie de ses études aux États-Unis. Il parlait un anglais impeccable, avec une diction parfaite et c'était un ardent nationaliste. Il était membre du Likoud d'Itzhak Shamir dont il était le porte-parole persuasif auprès des médias occidentaux.

Il arriva le 14 octobre, deux jours plus tard, à l'aéroport Dulles qui dessert Washington, plutôt perplexe sur l'objet de cette invitation urgente. Le Département d'État l'avait en effet prié de venir sans délai pour un sujet de la plus haute importance.

Deux heures de conversation avec le secrétaire d'État adjoint Lawrence Eagleburger n'avaient fait qu'ajouter à sa perplexité : la discussion avait consisté en un tour d'horizon sur l'évolution de la situation au Proche-Orient depuis le 2 août. Il sortit de là très déçu et se prépara à reprendre le vol du soir pour rentrer en Israël.

Au moment où il quittait le Département d'État, un employé lui tendit un épais carton d'invitation. La carte était imprimée au nom de son propriétaire qui, d'une élégante écriture, le priait de ne pas quitter Washington sans passer lui faire une petite visite. Le signataire ajoutait qu'il souhaitait parler de quelque chose d'urgent « pour nos deux pays et nos deux peuples ».

Il reconnut la signature. Il connaissait cet homme, son pouvoir et sa fortune. La limousine de son correspondant l'attendait devant la porte. Le ministre israélien décida d'y aller, ordonna à son secrétaire de passer à l'ambassade prendre ses bagages et de le retrouver deux heures plus tard à une adresse qu'il lui indiqua, dans Georgetown. Ils se rendraient ensuite directement à Dulles. Puis il monta dans la limousine.

Il n'avait jamais vu la maison, mais elle était exactement comme il l'avait imaginée, une bâtisse somptueuse dans la partie la plus chic de M. Street, à moins de trois cents mètres du campus de l'université. On le fit entrer dans une bibliothèque lambrissée, remplie de livres et de tableaux de prix. Son hôte se montra quelques instants plus tard. « Mon cher Bibi, merci de m'accorder un peu de ton précieux temps. »

Saul Nathanson à la fois banquier et financier, était extrêmement riche. Sa fortune exacte n'était pas connue et son propriétaire était bien trop raffiné pour l'afficher. Mais les Van Dyck et les Breughel accrochés aux murs n'étaient pas des copies, et les dons qu'il faisait aux bonnes œuvres, y compris en Israël, étaient légendaires.

Il était aussi élégant et grisonnant que le ministre israélien, à ceci près que son costume venait de chez Savile Row à Londres et sa chemise de soie de chez Sulka.

Il invita son visiteur à prendre place dans l'un des deux fauteuils de cuir, devant un feu de bois, et un maître d'hôtel anglais entra, apportant deux verres et une bouteille sur un plateau d'argent.

« J'ai pensé que ceci vous ferait plaisir, cher ami, pendant que nous discutons. »

Le maître d'hôtel servit le vin rouge dans les verres signés Lalique et l'Israélien goûta. Nathanson l'interrogea du regard.

« Il est sublime, naturellement, fit Netanyahu. Un château-mouton-rothschild 61 ne se trouve pas partout et ne s'avale pas d'un trait. » Le maître d'hôtel laissa la bouteille à portée de la main et se retira.

Saul Nathanson était bien trop fin pour aller immédiatement au vif du sujet. Il commença par parler de choses et d'autres. Puis on passa au Proche-Orient. « La guerre va éclater, vous savez, fit-il tristement.

— J'en suis convaincu, approuva Netanyahu.

— Beaucoup de jeunes Américains pourraient bien y laisser la vie, des hommes qui ne méritent pas cela. Nous devons faire tout ce qui est en notre pouvoir pour limiter les pertes à ce qui est humainement faisable, vous ne croyez pas ? Un peu de vin ?

— Je suis parfaitement d'accord avec vous. »

Où voulait-il en venir ? Dans sa candeur, le vice-ministre n'en avait aucune idée. « Saddam, reprit Nathanson en contemplant la flambée, représente une menace. Il faut absolument l'arrêter. Et il menace sans doute plus Israël qu'aucun de ses voisins.

— C'est ce que nous répétons depuis des années. Mais lorsque nous avons bombardé son réacteur nucléaire, les Américains nous ont condamnés. »

Nathanson balaya l'argument d'un geste. « L'administration Carter. C'était stupide, naturellement, et uniquement destiné à la galerie. Nous le savons tous deux, et nous savons plus encore. J'ai un fils qui sert dans le Golfe.

— Je ne le savais pas. J'espère qu'il reviendra sain et sauf. »

Nathanson était sincèrement touché. « Merci, Bibi, merci. Je prie chaque jour pour cela. C'est mon fils aîné, mon seul fils. J'ai simplement le sentiment qu'au point où nous en sommes... nous devons coopérer sans aucune arrière-pensée.

— C'est indiscutable. » L'Israélien avait l'impression désagréable que le ton allait changer.

« Il faut limiter les pertes, vous comprenez. C'est pourquoi je vous demande votre aide, Benyamin, pour limiter ces pertes. Nous sommes du même bord, n'est-ce pas ? Je suis américain et juif. »

L'ordre qu'il avait utilisé n'était pas neutre.

« Et moi, je suis israélien et juif », murmura Netanyahu. Il le dit exprès dans le même ordre. Le financier n'en fut pas étonné.

« Précisément. Mais vous avez été élevé ici, vous comprenez bien... voyons, comment dire... que les Américains peuvent parfois être sensibles à certaines choses. Vous me permettez d'être direct ? »

L'Israélien se sentit soulagé.

« Tout ce qui pourrait limiter un tant soit peu les pertes, la plus petite chose, mes compatriotes et moi-même en serions éternellement reconnaissants à celui qui y aurait contribué. »

Nathanson n'eut pas besoin d'en dire davantage, Netanyahu avait suffisamment de pratique de la diplomatie pour saisir la suite. Si quoi que ce soit augmentait ces pertes, l'Amérique ne l'oublierait pas et sa vengeance pourrait bien être fort désagréable.

« Qu'attendez-vous exactement de moi ? » demanda-t-il.

Saul Nathanson but une petite gorgée de vin en fixant rêveusement les bûches qui se consumaient.

« Il semblerait qu'il y ait un homme à Bagdad. Nom de code : Jéricho... »

Lorsqu'il eut terminé, le vice-ministre des Affaires étrangères se précipita à Dulles. Il avait matière à réfléchir.

Chapitre 9

Le barrage où il se fit arrêter se trouvait à l'angle de la rue Mohammed-ibn-Kassem et du boulevard circulaire n° 4. Martin le vit d'assez loin et fut tenté de faire demi-tour. Mais il y avait des soldats irakiens tout le long de la chaussée en avant du barrage, et il aurait été stupide de s'exposer à leur feu en ralentissant pour tourner. Il n'avait pas d'autre choix que de continuer, et il fit la queue derrière les voitures qui attendaient de se faire contrôler. Comme toujours lorsqu'il circulait en voiture dans Koweït City, il avait essayé d'éviter les grands axes, mais il était impossible de traverser l'un des six boulevards circulaires entourant la ville sans croiser un carrefour important. En se déplaçant au milieu de la matinée, il avait également espéré se fondre dans la circulation, ou bien trouver les soldats irakiens réfugiés dans leurs abris pour se protéger de la chaleur. Mais, en cette mi-octobre, le temps s'était rafraîchi et les bérets verts des forces spéciales se montraient nettement plus efficaces que l'Armée populaire. Il resta donc là à attendre au volant de son break Volvo blanc.

Il faisait encore nuit noire lorsqu'il avait pris la route du désert vers le sud, pour aller déterrer ce qui restait d'explosifs, d'armes et de munitions, tout ce qu'il avait promis à Abou Fouad. Avant l'aube, il avait transféré à l'intérieur du garage le contenu de la jeep dans le break.

Entre ce moment et celui où il avait jugé le soleil assez haut mais pas encore tout à fait assez chaud pour pousser les Irakiens à rechercher l'ombre, il avait eu le temps de faire deux heures de somme allongé près de la voiture dans le garage. Puis il l'avait sortie, l'avait remplacée par le 4 × 4, conscient qu'un véhicule de ce prix ne tarderait pas à être confisqué. Il avait enfin changé de vêtements, ôtant ses robes sales de Bédouin pour le *dish-dash* blanc d'un médecin koweïtien.

Les voitures qui le précédaient avançaient centimètre par centimètre vers le groupe de fantassins irakiens rassemblés autour des fûts de béton. Parfois, les soldats se contentaient d'un coup d'œil aux papiers du conducteur et le laissaient aller. Dans d'autres cas, les véhicules devaient se ranger sur le côté pour la fouille. En général, c'était le cas des voitures qui transportaient de la marchandise.

La présence des deux grosses malles en bois à l'arrière n'était pas pour le rassurer. Elles contenaient assez de choses pour le faire arrêter sur-le-champ. La voiture devant lui finit par passer et il avança jusqu'au barrage de fûts. Le sergent responsable ne lui demanda même pas ses papiers. Mais en voyant les deux grosses malles à l'arrière de la Volvo, le soldat lui ordonna immédiatement de se ranger sur la berme, et cria un ordre à l'un de ses collègues.

Un uniforme vert olive apparut à la vitre, côté conducteur, que Martin avait déjà baissée. L'uniforme se pencha et un visage assez borné apparut. « Sors de là », ordonna le soldat. Martin descendit de voiture et se mit debout. Il souriait poliment. Un sergent au visage dur, marqué par la vérole, s'approcha. Le deuxième classe fit le tour de la voiture et s'approcha du hayon.

« Papiers », fit le sergent. Il examina la carte d'identité que lui tendait Martin, et regarda successivement le portrait sur la photo et le visage du conducteur. S'il vit une quelconque différence entre l'officier britannique qui lui faisait face et le commis de la société commerciale Al-Khalifa dont on avait utilisé la photo, il n'en laissa rien paraître. La carte d'identité portait une date vieille d'un an, et en un an, un homme a pu se laisser pousser un collier de barbe.

— Tu es médecin ?

— Oui, sergent. Je travaille à l'hôpital.

— Où ça ?

— Sur la route de Jahra.

— Et où vas-tu ?

— A l'hôpital Amiri, à Dasman. »

Le sergent était visiblement un homme un peu fruste, et pour lui un médecin était un homme important tant par sa culture que par son statut social. Il marmonna vaguement quelque chose et retourna à la voiture. « Ouvre », ordonna-t-il.

Martin déverrouilla la serrure et leva le hayon. Le sergent contemplait les deux malles. « C'est quoi ?

— Des échantillons, sergent. Ils en ont besoin pour faire des recherches à Amiri.

— Ouvre. »

Martin sortit de la poche de son *dish-dash* un fatras de clés. Les caisses ressemblaient à des malles-cabines. Il les avait achetées dans un magasin de bagages, et elles étaient munies de deux grosses serrures en laiton.

— Qu'est-ce que c'est que ça ?

— Vous savez que ces malles sont réfrigérées ? dit incidemment Martin, toujours en train de se débattre avec ses clés.

— Réfrigérées ? » Le sergent était très impressionné par ce mot. « Oui, sergent. L'intérieur est refroidi. Elles contiennent des cultures qu'il faut conserver à basse température. Ainsi, elles restent inertes. J'ai bien peur que si je les ouvre, l'air frais ne s'échappe et qu'elles ne deviennent actives. Vaudrait mieux se pousser un peu. »

En entendant « se pousser un peu », le sergent, inquiet à l'idée que les malles pourraient contenir des armes, saisit sa carabine et menaça Martin.

« Que veux-tu dire ? », aboya-t-il.

Martin haussa les épaules, l'air de quelqu'un qui ne sait pas trop. « Je suis désolé, mais je n'y peux rien. Les germes vont tout simplement s'échapper dans l'atmosphère.

— Des germes, mais quels germes ? »

Le sergent ne savait trop quoi penser, il était en colère autant à cause de son ignorance qu'à cause de l'attitude de ce médecin.

« Je vous ai bien dit où je travaillais ? demanda-t-il calmement.

— Oui, à l'hôpital.

— C'est exact. L'hôpital des maladies infectieuses. Ces malles contiennent des échantillons contaminés, variole et choléra. Je les emporte là-bas pour analyse. »

Cette fois, le sergent recula d'un bon mètre. Ces marques qu'il avait sur la figure ne résultaient pas d'un accident ; il avait failli mourir de la variole quand il était enfant.

« Emporte tes saloperies ailleurs, et va te faire voir. »

Martin se confondit en excuses, referma le hayon, se glissa au volant et démarra. Une heure après, on le conduisit au hangar à poisson, dans le port de Shuwaikh et il remit son chargement à Abou Fouad.

De :   Groupe de renseignement
                        et d'analyses politiques,
                        Département d'État, Washington, D.C.
                        20520
Pour :   James Baker, secrétaire d'État
Pour :   Destruction de la machine
                        de guerre irakienne
Date :   16 octobre 1990
Classification :   Très confidentiel

Pendant les dix semaines qui ont suivi l'invasion du Koweït par l'Irak, les investigations les plus rigoureuses ont été menées, tant par nous-mêmes que par nos alliés britanniques, pour connaître l'importance exacte, la nature et l'état de préparation de la machine de guerre dont dispose le président Saddam Hussein.

Comme toujours, des critiques diront certainement a posteriori que de tels travaux auraient dû être conduits avant cette date. En admettant que cela ait été possible, les résultats de ces diverses études sont maintenant connus, et le tableau qui en ressort est extrêmement préoccupant.

Les seules forces conventionnelles irakiennes, avec leurs effectifs d'un million deux cent cinquante mille hommes, leurs canons, leurs chars, leurs rampes de missiles et une armée de l'air moderne, font de l'Irak, et de très loin, la puissance militaire la plus forte de tout le Proche-Orient.

On estimait voici deux ans que les conséquences de la guerre contre l'Iran avaient été de réduire l'appareil militaire iranien à un niveau tel que ce pays ne serait plus en mesure de menacer ses voisins, et que les dommages causés aux forces irakiennes étaient du même ordre de grandeur.

Il est maintenant clair que, dans le cas de l'Iran, l'embargo rigoureux mis sur pied par nous-mêmes et nos alliés a maintenu cet état de fait. Cependant, dans le cas de l'Irak, les deux dernières années ont vu la naissance d'un programme de réarmement d'une ampleur étonnante.

Vous vous souvenez, monsieur le secrétaire d'État, que la politique occidentale dans la zone du Golfe et dans tout le Proche-Orient a longtemps été fondée sur le concept d'équilibre ; sur l'idée que la stabilité et par conséquent le statu quo ne peuvent être maintenus que si aucun des pays de la région n'a la possibilité d'acquérir une puissance telle qu'il soit en mesure de menacer l'ensemble de ses voisins et d'établir ainsi sa domination.

Du seul point de vue de la guerre classique, il est désormais évident que l'Irak a acquis de tels moyens et qu'elle ambitionne maintenant d'établir une telle domination.

Mais les auteurs de ce document sont encore plus préoccupés par un autre aspect des préparatifs irakiens : la constitution d'un stock terrifiant d'armes de destruction massive, qui fait l'objet de plans continus de croissance, ainsi que des moyens de lancement à portée internationale, si ce n'est intercontinentale.

En bref, si tous ces armements ne sont pas totalement détruits, tant ceux qui sont en cours de développement que leurs moyens de lancement associés, l'avenir immédiat risque d'être catastrophique.

D'ici trois ans, si l'on en croit les rapports présentés au comité Méduse, qui ont reçu le plein accord des Britanniques, l'Irak possédera sa propre bombe atomique avec la possibilité de la lancer dans un rayon de deux mille kilomètres autour de Bagdad.

Il convient d'ajouter à ce tableau les milliers de tonnes de gaz toxiques et le potentiel de guerre bactériologique que constituent l'anthrax, la tularémie[1], et peut-être la peste pulmonaire et bubonique.

Si l'Irak était dirigée par un régime raisonnable, cette perspective serait déjà préoccupante. La réalité est que l'Irak est dirigée par le président Saddam Hussein et par lui seul, lequel souffre visiblement de deux troubles mentaux clairement identifiés, la mégalomanie et la paranoïa.

D'ici trois ans, faute d'action préventive, l'Irak sera en mesure de dominer par la seule menace tous les territoires qui s'étendent du nord de la Turquie jusqu'au golfe d'Aden, de Haïfa aux montagnes du Kandahar.

Le résultat de ces révélations doit être un changement radical de la politique occidentale. La destruction de l'appareil militaire irakien et particulièrement des armes de destruction massive doit devenir dorénavant l'objectif prioritaire de cette politique. La libération du Koweït ne devrait plus être que la justification de cet objectif principal.

La réalisation de cet objectif deviendrait impossible si l'Irak se retirait du Koweït, et tous les efforts doivent être entrepris pour que ce retrait ne se réalise pas.

La politique américaine, en liaison avec celle de nos alliés britanniques, doit par conséquent se consacrer aux quatre missions ci-après :

(a) Autant que possible, assener à Saddam Hussein des arguments et des provocations tels qu'il refuse de se retirer du Koweït.

---

1. Maladie du sang transmise par les lièvres (NdT).

(b) Rejeter tous les compromis qu'il pourrait être amené à proposer en contrepartie de son retrait, ce qui ôterait toute justification à nos projets d'invasion et de destruction de son armement.

(c) Insister auprès des Nations unies pour que l'Organisation adopte sans délai la résolution 678 du Conseil de sécurité, toujours en suspens, autorisant les alliés de la coalition à entamer les opérations aériennes dès qu'ils seront prêts à le faire.

(d) Feindre d'accueillir favorablement, mais en fait saborder tout plan de paix qui pourrait permettre à l'Irak de se sortir sans trop de dommages de ce mauvais pas. En pratique, il est clair que le secrétaire général des Nations unies, Paris et Moscou constituent les principaux dangers en ce sens, susceptibles qu'ils sont de proposer à tout moment des schémas capables de prévenir cette action. L'opinion publique, naturellement, devra continuer à être assurée du contraire.

Respectueusement.
PIAG

« Itzhak, il faut absolument que nous travaillions avec eux dans ce domaine. »

Le Premier ministre d'Israël avait l'air d'un nain dans son grand fauteuil et devant son bureau. Le vice-ministre des Affaires étrangères était venu lui faire son rapport dans son bureau blindé situé au sous-sol de la Knesset à Jérusalem. Derrière la lourde porte de bois, les deux paras de garde dans le couloir, l'Uzi à la bretelle, ne risquaient pas d'en saisir la moindre bribe.

Itzhak Shamir foudroyait du regard l'homme assis de l'autre côté de son bureau, les jambes dans le vide au-dessus de la moquette malgré le repose-pieds spécialement conçu pour lui. Son visage pugnace aux traits marqués sous les cheveux gris accentuait encore davantage la ressemblance avec un troll nordique. Tout le différenciait de son vice-ministre : celui-ci était grand alors que lui-même était tout petit, élégant alors que Shamir était mal habillé, affable quand l'autre était colérique. Ils s'entendaient pourtant très bien, partageant la même vision sans compromis de leur pays et des Palestiniens. Le chef du gouvernement, né en Russie, n'avait donc pas hésité à choisir ce diplomate cosmopolite pour l'appeler à ces hautes fonctions.

Benyamin Netanyahu remplissait remarquablement son rôle. Israël avait besoin de l'Amérique. Par le passé, la bonne volonté des États-Unis était quelque chose d'automatique que garantissait la puissance du lobby juif. A présent, cette puissance était contrecarrée au Capitole et dans les médias américains. Cela avait des conséquences sur les subventions, l'armement, les vetos au Conseil de sécurité. Mettre tout cela en danger pour un malheureux agent irakien de Kobi Dror relevait du délire.

« Laissez-les se débrouiller avec ce Jéricho, quel qu'il soit, insistait Netanyahu. Si cela les aide à vaincre Saddam Hussein, ce sera toujours ça de gagné pour nous. »

Le Premier ministre grommela, hocha la tête et appuya sur l'interphone.

« Appelez le général Dror et dites-lui que je veux le voir à mon bureau, demanda-t-il à sa secrétaire particulière. Non, non, pas quand il sera libre, tout de suite. »

Quatre heures plus tard, Kobi Dror quittait le bureau du Premier ministre. Il était fou de rage. Et en redescendant les collines de Jérusalem pour reprendre l'autoroute de Tel-Aviv, il réalisa qu'il ne s'était jamais senti aussi en colère de sa vie. Se faire dire par son Premier ministre qu'on a eu tort était déjà dur à encaisser. Mais s'entendre traiter de trou du cul était une chose dont il se serait volontiers passé.

En temps normal, il prenait un certain plaisir à admirer les forêts de pins où, pendant le siège de Jérusalem, à une époque où cette autoroute n'était qu'un mauvais chemin, son père et d'autres s'étaient battus pour percer une brèche dans les lignes palestiniennes et délivrer la ville. Mais pas aujourd'hui.

De retour à son bureau, il convoqua Sami Gershon et lui raconta les nouvelles.

« Bon Dieu, comment les Yankees sont-ils au courant ? lui cria-t-il. Qui leur a vendu la mèche ?

— En tout cas, ce n'est pas quelqu'un du Service, répondit fermement Gershon. Et ce professeur ? Je vois qu'il rentre tout juste de Londres.

— Chien de traître, aboya Dror. Je le briserai.

— Les British l'ont sans doute fait boire, suggéra Gershon, et il aura joué les fanfarons. Laisse tomber, Kobi, le mal est fait. Maintenant, qu'est-ce qu'on fait ?

— Raconte-leur tout ce qui concerne Jéricho, cria Dror. Je ne veux pas m'en charger, envoie Sharon. La réunion a lieu à Londres, là où s'est produit la fuite. »

Gershon réfléchit un instant puis se mit à sourire.

« Qu'est-ce qu'il y a de si drôle ? lui demanda Dror.

— Je pensais juste à une chose. Nous n'avons plus de moyen d'établir le contact avec Jéricho. Laissons-les essayer. Nous ne savons toujours pas qui est ce salopard, ils n'ont qu'à trouver eux-mêmes. Avec un peu de chance, cela finira en eau de boudin. »

Dror réfléchit et un faible sourire éclaira son visage. « Envoie Sharon dès ce soir, ajouta-t-il. Après, nous lancerons une autre opération. Ça fait quelque temps que j'y pense. Nous l'appellerons opération Josué.

— Pourquoi Josué ? demanda Gershon, perplexe.

— Tu ne te souviens vraiment pas de ce que Josué a fait à Jéricho ? »

La rencontre de Londres était suffisamment importante pour que Bill Stewart, directeur adjoint aux opérations à Langley ait traversé l'Atlantique en personne. Il était accompagné de Chip Barber, de la division Proche-Orient. Ils étaient descendus dans l'un des pied-à-terre de la Compagnie, un appartement situé pas très loin de l'ambassade à Grosvenor Square. Ils avaient rendez-vous pour dîner avec le directeur adjoint du SIS et Steve Laing. Le directeur adjoint était là uniquement pour des raisons protocolaires, étant donné le rang de Steward. Pour l'interrogatoire de David Sharon, il devait être remplacé par Simon Paxman, responsable de l'Irak.

David Sharon arriva de Tel-Aviv sous une fausse identité et fut accueilli par un *katsa* de l'ambassade d'Israël à Palace Green. Le contre-espionnage britannique, le MI-5, qui n'aime pas trop que les agents étrangers, même lorsqu'ils appartiennent à un pays ami, s'amusent à ce genre de petit jeu, avait été alerté par le SIS et fila le *katsa* lorsqu'il quitta l'ambassade. Dès qu'il eut accueilli ce « M. Eliyahu » à sa descente d'avion, le groupe du MI-5 arriva en délégation, souhaita chaleureusement la bienvenue à Londres à M. Sharon et l'assura qu'il était à son entière disposition pour rendre son séjour aussi agréable que possible.

Passablement irrités, les deux Israéliens furent accompagnés jusqu'à leur voiture puis suivis consciencieusement jusqu'au centre de Londres. La musique de la garde n'aurait pas pu leur faire un accueil plus discret.

Le debriefing de David Sharon commença le lendemain matin et dura toute la journée plus une partie de la nuit. Le SIS avait choisi une de ses planques, un appartement fort bien protégé et « câblé » dans South Kensington.

C'était (et c'est toujours) un endroit vaste et spacieux, dont la salle à manger servait de salle de réunion. L'une des chambres était bourrée de magnétophones et deux techniciens enregistraient tout ce qui se disait. Une élégante jeune femme venue de Century régnait à la cuisine et ravitaillait en café et sandwiches les six hommes réunis autour de la table.

Au rez-de-chaussée dans le hall, deux agents ayant la tête de l'emploi passèrent la journée à faire semblant de réparer un ascenseur qui marchait parfaitement. En fait, ils devaient s'assurer que nul, en dehors des occupants de l'immeuble, ne dépassait ce niveau.

Les participants étaient David Sharon et le *katsa* de l'ambassade à Londres, agent « officiel » de toute manière, les deux Américains venus de Langley, Barber et Stewart, et enfin les deux représentants du SIS, Laing et Paxman.

A la demande des Américains, Sharon se mit à raconter l'histoire depuis le début.

« Un mercenaire ? Une candidature spontanée ? demanda Stewart. Vous n'espérez tout de même pas me faire croire un truc pareil ?

— J'ai reçu pour instruction d'être parfaitement franc avec vous, répondit Sharon. C'est comme cela que ça s'est passé. »

Les Américains n'avaient rien contre un mercenaire. En fait, c'était plutôt un avantage. De toutes les raisons susceptibles de pousser quelqu'un à trahir son pays, l'argent est la plus simple et la plus facile pour le service de renseignements qui recrute. Avec un mercenaire, on sait où on met les pieds. Pas de remords ni de regrets, pas de dégoût de soi-même, pas d'ego fragile qu'il faut dorloter et soigner, pas de susceptibilité à ménager. Dans le monde du renseignement, un mercenaire ressemble à une putain : il n'est pas nécessaire de l'inviter à dîner aux chandelles ou de lui offrir de délicats petits cadeaux. Une poignée de dollars sur la table de chevet fait parfaitement l'affaire.

Sharon décrivit leur quête frénétique d'un homme pouvant vivre longtemps à Bagdad avec une couverture diplomatique et le choix final d'Alfonso Benz Moncada, son entraînement intensif à Santiago et enfin sa réinfiltration à Bagdad où il avait dirigé Jéricho pendant deux ans.

« Attendez, interrompit Stewart, cet amateur s'est occupé de Jéricho pendant deux ans ? Il a relevé soixante-dix fois les boîtes aux lettres et il s'en est tiré ?

— Oui, je le jure sur ma tête, répondit Sharon.

— A quoi pensez-vous, Steve ? »

Laing haussa les épaules.

« Il a eu une chance de débutant. Ça ne se serait pas passé comme ça à Berlin-Est ou à Moscou.

— C'est vrai, fit Stewart. Et il n'a jamais été filé en allant relever une boîte ? Jamais la moindre imprudence.

— Non, répondit Sharon. Il lui est arrivé d'être suivi, mais c'était toujours par hasard et sans beaucoup de conviction. Cela s'est passé pendant ses trajets de chez lui jusqu'à la Commission économique, ou au retour, et une fois alors qu'il se rendait à une boîte. Mais il les a vus et a tout arrêté.

— Imaginons seulement, dit Laing, qu'il ait été *réellement* suivi jusqu'à une boîte, une seule fois, par une véritable équipe. Les gars du contre-espionnage de Rahmani auraient pu attendre à côté et emballer Jéricho. Sous la contrainte, Jéricho aurait été obligé de coopérer...

— Et la qualité du produit fini aurait baissé, dit Sharon. Jéricho aurait fait énormément de dégâts. Rahmani ne l'aurait pas laissé continuer. On aurait assisté à un procès public, Jéricho aurait été pendu et Moncada expulsé, à condition d'avoir un peu de chance. Apparemment, ceux qui le suivaient appartenaient à l'AMAM, alors que les étrangers sont supposés être du ressort de l'équipe de Rahmani. De toute façon, ils se sont montrés aussi maladroits qu'à l'accoutumée. Moncada les a repérés sans problème. Vous savez que l'AMAM essaie continuellement de marcher dans les plates-bandes du contre-espionnage... »

Tout le monde approuva de la tête. Les rivalités interservices ne dataient pas d'hier. Cela arrivait même dans leur propre pays.

Lorsque Sharon en arriva au moment où Moncada avait dû quitter précipitamment l'Irak, Bill Stewart poussa une exclamation. « Vous voulez dire qu'il est déconnecté, que vous n'avez plus aucun contact... ? Vous prétendez que Jéricho est dans la nature, sans aucun contrôle ?

— C'est bien cela, répondit doucement Sharon. » Il se tourna vers Chip Barber. « Lorsque le général Dror vous a dit qu'il n'avait pas d'agent à Bagdad, c'est cela qu'il voulait dire. Le Mossad était convaincu que Jéricho, en tant qu'agent opérationnel, était perdu. »

Barber jeta au jeune *katsa* un regard qui signifiait : cause toujours, mon garçon, tu m'intéresses.

« Nous voulons rétablir le contact, déclara Laing d'une voix basse. Mais comment faire ? »

Sharon leur montra l'emplacement des six boîtes aux lettres. Pendant ses deux années d'activité, Moncada en avait modifié deux. La première fois, l'endroit avait été passé au bulldozer au cours d'une opération de réhabilitation. Dans le second cas, une boutique délabrée avait été remise en état et de nouveau occupée. Mais les six boîtes utilisées et les six endroits où ils faisaient leurs marques à la craie étaient celles qui existaient toujours lorsqu'il avait eu son dernier contact avant de quitter le pays.

Ils notèrent l'emplacement exact de ces différents endroits au centimètre près.

« Nous pourrions peut-être trouver un diplomate ami pour le contacter, lui dire que c'est reparti et qu'il y aura encore davantage d'argent à gagner, suggéra Barber, et pour aller ramasser toute cette merde derrière des briques ou sous des bornes.

— Non, fit Sharon, ce sera les boîtes aux lettres ou rien du tout.

— Et pourquoi ? demanda Stewart.

— Vous allez avoir du mal à me croire, mais je jure que c'est vrai : nous n'avons jamais su qui c'était. »

Les quatre agents occidentaux fixèrent Sharon sans rien dire pendant plusieurs minutes.

« Vous ne l'avez jamais identifié ? demanda lentement Stewart.

— Non. Nous avons essayé, nous lui avons demandé de nous dire qui il était pour pouvoir assurer sa protection. Il a refusé et nous a même menacés de tout arrêter si nous nous obstinions. Nous avons procédé à des analyses graphologiques, fait faire des portraits psychologiques. Nous avons essayé de croiser les informations qu'il nous fournissait et d'autres trucs qu'il ne pouvait pas savoir. Nous avons fini par obtenir une liste de trente noms, peut-être quarante, tous dans l'entourage de Saddam Hussein, tous membres du Conseil révolutionnaire, du haut commandement de l'armée ou des plus hautes instances du parti Baas. Nous n'avons jamais réussi à aller plus loin. A deux reprises, nous avons glissé un terme technique en anglais dans nos demandes. Chaque fois, il nous a tout renvoyé en demandant ce que cela voulait dire. Apparemment, il ne parle pas, ou à peine, anglais. Mais c'est peut-être une ruse. Il peut très bien le parler couramment, mais se douter que si nous le savons, cela réduira le nombre des possibles à deux ou trois. Il écrit toujours à la main, en arabe. »

Stewart grommela, mais il était convaincu.

La nuit était tombée depuis longtemps lorsque les quatre hommes finirent par laisser David Sharon regagner son ambassade. S'il avait encore quelque chose à leur apprendre, ils ne réussiraient pas à le lui faire cracher. Mais Steve Laing était certain que, cette fois, le Mossad s'était montré correct. Bill

Stewart lui avait raconté les pressions qu'avait exercées Washington.

Les deux officiers de renseignements américains et leurs collègues britanniques, un peu fatigués des sandwiches et du café, se rendirent dans un restaurant à cinq cents mètres de là. Bill Stewart souffrait d'un ulcère que douze heures de sandwiches et de tension nerveuse n'avaient pas arrangé. Il se contenta donc d'une assiette de saumon fumé.

« C'est un vrai salopard, Steve. Un salaud. Comme le Mossad, il va falloir que nous trouvions un diplomate accrédité déjà entraîné à ce métier et le convaincre de travailler pour nous. On le paiera si nécessaire. Langley est prêt à dépenser beaucoup d'argent sur ce coup. Les renseignements fournis par Jéricho pourraient nous éviter de perdre des tas de vies humaines lorsque les combats commenceront.

— Alors, quelles sont les possibilités ? dit Barber. La moitié des ambassades à Bagdad sont déjà fermées, et les autres sont certainement très surveillées. Les Irlandais, les Suisses, les Suédois, les Finlandais ?

— Les pays neutres ne voudront jamais, fit Laing. Et je doute fort qu'ils aient déjà quelqu'un d'entraîné à Bagdad pour leur propre compte. Vous pouvez tout de suite rayer les ambassades du tiers monde — il faudrait commencer à zéro une opération de recrutement et d'entraînement.

— Nous n'avons pas le temps, Steve, il y a urgence. Nous ne pouvons pas refaire ce qu'ont imaginé les Israéliens. Trois semaines, c'est dingue. Ça a peut-être marché à l'époque, mais maintenant, Badgad est sur le pied de guerre. Les choses doivent être plus difficiles là-bas. Si on devait partir de zéro, il me faudrait au minimum trois mois pour former un diplomate. »

Stewart acquiesça de la tête.

« A défaut, il faudrait quelqu'un dont on puisse justifier la présence. Il y a encore quelques hommes d'affaires qui font le voyage, surtout des Allemands. Nous pourrions trouver un Allemand ou un Japonais qui ferait l'affaire.

— Le problème, c'est que ces mecs ne font que de courts séjours. L'idéal, ce serait de dénicher quelqu'un capable de couver Jéricho pendant... disons... quatre mois. Et pourquoi pas un journaliste ? » suggéra Laing.

Paxman hocha la tête.

« J'ai interviewé tous ceux qui sont rentrés. En tant que journalistes, ils étaient constamment surveillés. Et aller flâner dans les petites rues ne marchera jamais pour un correspondant étranger. Ils sont toujours accompagnés par un indic de l'AMAM, tout le temps. En plus, souvenez-vous que, faute de représentation diplomatique, il s'agit d'une opération secrète. Faut-il vous rappeler ce qui arriverait à un agent s'il tombait aux mains d'Omar Khatib ? »

Ils connaissaient tous les quatre la sinistre réputation de Khatib, le chef de l'AMAM, surnommé « le Tourmenteur ».

« Il faut bien prendre des risques, observa Barber.

— Je voulais parler de quelqu'un qui accepte de les prendre, souligna Paxman. Quel homme d'affaires, quel journaliste accepterait, en sachant ce qui lui arriverait s'il était pris ? Je préférerais encore le KGB à l'AMAM. »

Découragé, Bill Stewart posa sa fourchette et demanda un autre verre de lait.

« Bon, si je comprends bien, y a vraiment pas moyen de dégoter un agent expérimenté qui pourrait passer pour un Irakien ? »

Paxman jeta un coup d'œil à Steve Laing, qui réfléchit un moment et hocha lentement la tête.

« Nous avons un gars qui peut faire l'affaire, fit Paxman.

— Un Arabe apprivoisé ? Le Mossad en a, nous en avons aussi, dit Stewart, mais pas de ce niveau. Des porteurs de messages, des petites mains. Là c'est à haut risque et à haut niveau.

— Non, un British, major au SAS. »

Stewart se tut, son verre de lait suspendu en l'air. Barber posa son couteau, sa fourchette, et arrêta de mastiquer son steak.

« Parler arabe est une chose, passer pour un Irakien en Irak est une autre paire de manches, fit Stewart.

— Il a la peau brune, les cheveux noirs, les yeux marron, mais c'est un Britannique à cent pour cent. Il est né et a été élevé là-bas. On le prendrait pour un homme du cru.

— Et il est parfaitement entraîné aux opérations clandestines ? demanda Barber. Merde à la fin, où est-il ?

— En fait, il est au Koweït, lui répondit Laing.

— Bon sang, vous voulez dire qu'il est coincé là-bas, pris au piège ?

— Non, il semble qu'il se déplace comme il l'entend.

— Donc il peut en sortir, mais qu'est-ce qu'il peut bien foutre là-bas ?

— Eh bien, il tue des Irakiens. »

Stewart réfléchit et hocha lentement la tête.

« Une sacrée paire de couilles, celui-là, murmura-t-il.

Pourriez-vous le faire revenir ? On aimerait bien vous l'emprunter.

— Je pense que oui, la prochaine fois qu'il a une liaison radio. Nous souhaiterions cependant qu'il reste sous notre coupe. On pourrait partager les résultats. »

Steward approuvait toujours.

« Je suis d'accord. Vous nous avez apporté Jéricho, c'est un marché entre nous. Je m'arrangerai avec le juge. »

Paxman se leva de table et s'essuya la bouche.

« Je crois que je ferais mieux d'aller à Riyad », conclut-il.

Mike Martin était un homme habitué à se débrouiller tout seul mais, cet octobre-là, il dut la vie sauve à un coup de chance.

Pendant la nuit du 19, il devait appeler par radio la maison occupée par le SIS dans la banlieue de Riyad. C'était la nuit où les quatre officiers supérieurs de la CIA et de Century House avaient dîné ensemble à South Kensington. S'il avait appelé, et compte tenu du décalage horaire, il aurait eu la liaison deux heures avant que Paxman soit rentré à Century House pour dire à Riyad qu'on le réclamait ailleurs. Pis encore, il aurait discuté cinq ou dix minutes avec Riyad des moyens de compléter ses stocks d'armes et d'explosifs.

En fait, il était allé au garage où il gardait sa jeep, juste avant minuit, pour découvrir qu'il avait un pneu crevé. Il avait passé une heure à se battre avec les boulons coincés par un mélange de graisse et de sable du désert. A une heure moins le quart, il était enfin sorti de là. Moins d'un kilomètre plus loin, il se rendit compte que sa roue de secours était dégonflée.

Il n'y avait plus rien à faire qu'à rentrer et renoncer à la liaison avec Riyad.

Il lui fallut deux jours pour faire réparer les deux roues, et il dut attendre le 21 pour se retrouver dans le désert, loin au sud de la ville. Il pointa sa petite antenne satellite dans la direction de la capitale saoudienne, quelques centaines de kilomètres plus bas. Il appuya à plusieurs reprises sur le bouton « émission » pour émettre une série de bips qui signifiaient qu'il était prêt à émettre.

Son émetteur était assez simple, un appareil à quartz à dix fréquences fixes et un canal était affecté à chaque jour du mois. Le 21, il utilisait le canal un. Après s'être identifié, il commuta sur « réception » et attendit. Au bout de quelques secondes, une voix grave répondit : « Ours Brun, Montagne Rocheuse, je vous reçois cinq sur cinq. »

Les deux indicatifs de Riyad et de Martin correspondaient bien à ceux du jour et au canal. Cela permettait de détecter la présence éventuelle d'un ennemi sur la fréquence.

Martin commuta sur « émission » et envoya plusieurs phrases.

Dans les faubourgs nord de Koweït City, au fond d'un appartement réquisitionné dans un ensemble résidentiel, un jeune technicien irakien fut alerté par une lampe clignotante sur sa console. L'un de ses appareils avait détecté une émission.

« Mon capitaine ! » appela-t-il. Un officier de la section écoute du contre-espionnage de Hassan Rahmani se pencha sur la console. La lampe clignotait toujours, le technicien manipulait la boule pour essayer de faire un relèvement.

« Quelque chose vient juste de commencer à émettre.

— Où ça ?

— Quelque part dans le désert, mon capitaine. »

Le technicien essayait d'entendre quelque chose dans son casque et stabilisa dans la direction de la source.

« Émission brouillée électroniquement, mon capitaine.

— Ça doit être lui. Le patron avait raison. Quel est le relèvement ? »

L'officier décrocha le téléphone pour alerter les deux autres stations installées dans leurs semi-remorques, à Jahra et à l'hôpital Al-Adan près de la côte.

« Deux-Zéro-Deux. »

Cela faisait vingt-deux degrés à l'ouest du plein sud, direction dans laquelle il n'y avait absolument rien, si ce n'est le désert koweïtien jusqu'à la frontière saoudienne.

« Fréquence ? » aboya l'officier au moment où le camion de Jahra prenait la liaison.

L'opérateur la lui indiqua, un canal peu utilisé dans la bande très haute fréquence.

« Lieutenant, appela-t-il par-dessus son épaule, appelez la base d'Ahmadi et dites-leur de mettre l'hélicoptère en l'air, nous avons une position. »

Très loin dans le désert, Martin dit ce qu'il avait à dire et passa en mode « réception » pour avoir la réponse de Riyad. Et ce ne fut pas exactement ce à quoi il s'attendait. On ne lui parla que pendant quinze brèves secondes.

« Ours Brun, Montagne Rocheuse. Rentrez à la cave, je répète, rentrez à la cave. Très urgent, Terminé. »

Le capitaine irakien donna la fréquence à ses deux autres

stations. A Jahra et dans les jardins de l'hôpital, d'autres techniciens calèrent leurs appareils sur cette fréquence et des antennes d'un mètre vingt commencèrent à balayer le ciel. Celle de la côte couvrait toute la zone qui s'étend de la frontière nord entre l'Irak et le Koweït jusqu'à la frontière saoudienne. Les détecteurs de Jahra balayaient d'est en ouest, depuis la mer jusqu'à la frontière occidentale de l'Irak. A elles trois, les stations étaient capables de trianguler et d'obtenir un chapeau de quelques centaines de mètres à côté, puis de fournir un cap et une distance au Hind et à ses dix soldats en armes.

« Il est toujours là ? » interrogea le capitaine.

Le technicien scrutait l'écran circulaire placé devant lui et dont la circonférence était graduée en azimuts. Le centre représentait sa propre position. Quelques secondes plus tôt, une série de petits points brillants traçait une ligne depuis le centre jusqu'au bord dans le relèvement Deux-Zéro-Deux. Maintenant, l'écran était vide. Il ne s'éclairerait que lorsque l'homme recommencerait à émettre.

« Non, il s'est tu. Il attend sans doute une réponse.

— Il va revenir, répondit le capitaine. »

Mais il avait tort. Ours Brun avait froncé le sourcil en recevant les ordres de Riyad. Il éteignit tout, referma l'émetteur et replia son antenne.

Les Irakiens surveillèrent la fréquence toute la nuit jusqu'à l'aube. A Al-Ahmadi, le Hind coupa son rotor et les soldats, courbatus et fatigués, sortirent de l'appareil.

Simon Paxman dormait sur un lit de camp dans son bureau lorsque le téléphone sonna. C'était le chiffreur du service radio, au sous-sol.

« Je descends », fit Paxman. Le message venait de Riyad, était très bref, et on venait tout juste de le déchiffrer. Martin avait établi le contact et on lui avait donné les ordres nécessaires.

De son bureau, Paxman téléphona à Chip Barber qui logeait dans l'appartement de la CIA, à Grosvenor Square.

« Il rentre, lui annonça Simon. Nous ne savons pas à quel endroit il va franchir la frontière. Steve dit qu'il veut que j'aille là-bas. Vous venez ?

— C'est d'accord, répondit Barber. Le DDO[1] rentre à

1. *Deputy Director Operations* : directeur adjoint chargé des opérations (NdT).

222

Langley par le vol du matin. Mais je viens avec vous. Il faut que je voie ce gars. »

Pendant la journée du 22, l'ambassade américaine et le ministère britannique des Affaires étrangères prirent contact avec l'ambassade d'Arabie Saoudite pour obtenir l'accréditation d'un jeune diplomate supplémentaire à Riyad. Tout se passa sans problème. Deux passeports, établis à des noms différents de ceux de Barber et Paxman, reçurent leur visa sans délai et les deux hommes prirent à Heathrow le vol de huit heures quarante-cinq qui se posa sur l'aéroport international de Riyad, King Abdulaziz, juste avant le lever du jour.

Une voiture de l'ambassade américaine attendait Chip Barber et l'emmena directement à la mission des États-Unis où l'équipe de la CIA, qui s'était considérablement accrue, s'était installée. Une voiture banalisée plus modeste conduisit Paxman à la villa où le SIS s'était installé de son côté. La première chose qu'apprit Paxman fut que Martin n'avait apparemment pas traversé la frontière ni donné signe de vie.

Du point de vue de Martin, l'ordre qu'il avait reçu de Riyad de rentrer à sa base était plus facile à donner qu'à exécuter. Le 22 octobre, il était rentré du désert bien avant l'aube, et passa la journée à terminer l'opération en cours.

Il laissa un message sous la pierre tombale du gabier Shepton au cimetière chrétien. Il expliquait à M. Al-Khalifa qu'il devait quitter le Koweït, à son grand regret. Un autre message destiné à Abou Fouad lui indiquait où et quand il pourrait récupérer les armes et les explosifs encore cachés dans deux de ses six villas.

Tout fut terminé dans l'après-midi. Il prit sa vieille guimbarde et se rendit à l'élevage de dromadaires au-delà de Sulaibiya, non loin des derniers avant-postes de Koweït City, à l'orée du désert.

Ses dromadaires étaient toujours là, en bonne forme. Le chamelon avait grandi et serait bientôt un animal de valeur. Il le vendit pour payer l'éleveur qui s'en était occupé.

Peu avant le crépuscule, il monta en selle et prit la direction du sud-sud-ouest, si bien, que lorsque la nuit et la fraîcheur furent tombées, Martin était loin des dernières habitations.

Il lui fallut quatre heures, au lieu d'une seule en temps normal, pour arriver à l'endroit où il avait enterré sa radio. L'emplacement était repérable grâce à une vieille carcasse de voiture accidentée qui avait été abandonnée là, très longtemps auparavant. Il cacha la radio dans le chargement de dattes qu'il avait entassé dans ses paniers. Même ainsi, la chamelle était nettement moins chargée qu'à l'aller, neuf semaines plus tôt, lorsqu'elle portait les armes et les explosifs. Elle lui en était peut-être reconnaissante mais n'en montra rien. Elle continuait à grogner et à râler, mécontente d'avoir été arrachée au confort de l'enclos. Mais elle ne ralentit jamais sa démarche chaloupée tandis qu'ils avançaient toujours plus à l'ouest, en direction de la frontière irakienne.

En général, il voyait les lueurs des champs pétrolifères plantés dans le désert et, se doutant que les Irakiens les occupaient, les évitait soigneusement. Parfois, il sentait l'odeur de leurs feux de bois et parvenait ainsi à passer au large des campements. Une fois, il tomba nez à nez avec un escadron de chars abrités derrière des tas de sable en demi-lune face aux Américains et aux Saoudiens, de l'autre côté de la frontière. Il entendit juste à temps le cliquetis de morceaux de métal, bifurqua sur la droite et se perdit dans les dunes de sable.

Lorsqu'il était arrivé, le Koweït n'était occupé que par deux divisions de la garde républicaine, et elles étaient installées plus à l'est, au sud de Koweït City. A présent, la division Hammourabi avait rejoint les deux premières, et onze divisions supplémentaires, provenant de l'armée régulière, avaient été envoyées au sud par Saddam Hussein pour contrer les forces de la coalition qui se massaient de l'autre côté.

Quatorze divisions représentent un effectif considérable, même lorsqu'elles sont dispersées dans le désert. Heureusement pour Martin, il semblait qu'elles n'avaient pas mis de sentinelles en place. Les hommes se contentaient de dormir sous leurs véhicules, mais des détachements de plus en plus importants se portaient sans cesse vers l'ouest.

Il n'était plus question de reprendre l'itinéraire assez court — quatre-vingts kilomètres — qui séparait le village frontalier de Hamatiyyat, en Arabie, de l'enclos où il avait acheté ses montures. Il lui fallait pousser plus à l'ouest, vers la frontière de l'Irak, marquée par la dépression de l'oued al-Batin qu'il n'avait pas envie de traverser.

L'aube le trouva très à l'ouest du gisement pétrolier de Manageesh et au nord du poste de police d'Al-Mufrad qui marque la limite de la zone interdite. Le terrain était plus accidenté et il dénicha un amas de rochers où passer la journée. Au lever du soleil, il entrava le dromadaire qui se mit à renifler avec dégoût l'étendue de sable et de cailloux où il ne risquait pas de trouver le moindre arbuste en guise de petit déjeuner. Il s'enroula dans sa couverture en poil de chameau et s'endormit.

Peu après midi, il fut réveillé par le cliquetis de chars qui passaient tout près, et se rendit compte ainsi qu'il était trop près de la grand-route qui part de Jahra, au Koweït, et se dirige au sud-ouest jusqu'au poste des douanes d'Al-Salmi. Après le coucher du soleil, il attendit encore jusqu'à minuit pour se remettre en route. Il savait que la frontière n'était pas à plus de vingt kilomètres au sud.

Ce départ tardif lui permit de franchir les dernières patrouilles irakiennes vers trois heures, quand l'attention est moins vive et que les sentinelles ont tendance à s'assoupir.

A la lueur de la lune, il aperçut le poste de police de Qaimat Subah. La frontière n'était plus qu'à quatre kilomètres de distance. Pour passer du côté où il serait en sécurité, il continua jusqu'à la route secondaire est-ouest qui va de Hamatiyyat à Ar-Rugi. Arrivé là, il s'arrêta et déploya son antenne.

Au nord, les Irakiens s'étaient profondément enterrés sur plusieurs kilomètres le long de la frontière. Quant au général Schwarzkopf, il voulait pouvoir affirmer, en cas d'attaque, que les Irakiens étaient nettement rentrés en territoire saoudien. Martin se retrouva donc dans une zone qui n'était occupée par personne. Un jour, cette bande deviendrait le terrain de manœuvres d'un raz de marée de forces saoudiennes et américaines qui se rueraient au Koweït vers le nord. Mais, à l'aube de ce 24 octobre, dans l'obscurité complète, elle était à lui tout seul.

Simon Paxman fut tiré de son sommeil par un jeune de l'équipe de Century House qui habitait la villa.

« Ours Brun s'est manifesté, Simon. Il a franchi la frontière. »

Paxman sauta à bas de son lit et se précipita au local radio en pyjama. Un opérateur était assis dans un fauteuil pivotant devant la console qui occupait toute la longueur du mur, dans ce qui avait été autrefois une confortable chambre à coucher. On était maintenant le 24, et les indicatifs d'appel avaient donc changé.

« Corpus Christi à Texas Ranger, où êtes-vous ? Répétez votre position, s'il vous plaît. »

La voix dans le haut-parleur était faible, mais parfaitement audible.

« Au sud de Qaimat Subah, sur la route de Hamatiyyat à Ar-Rugi. »

L'opérateur jeta un coup d'œil à Paxman. L'homme du SIS prit le combiné et appuya sur la pédale.

« Ranger, restez où vous êtes. Un taxi va passer vous prendre. Faites-lui signe.

— Compris, répondit la voix. J'attends la voiture noire. »

En fait, ce n'était pas exactement un taxi de couleur noire, mais un hélicoptère américain Blackhawk qui remonta la route deux heures plus tard. Un treuilleur était attaché dans l'embrasure de la porte, une paire de jumelles sur le nez et il fouillait le ruban poussiéreux qui tenait lieu de route. A deux cents mètres, il aperçut enfin un homme à côté d'un chameau, et il était sur le point de poursuivre la recherche lorsqu'il vit l'homme faire de grands gestes.

Le Blackhawk se mit en stationnaire et l'équipage examina le Bédouin d'un œil méfiant. La frontière était bien proche. Pourtant, la position que lui avait fournie son chef d'escadrille était bien celle-là, et il n'y avait personne d'autre en vue.

C'est Chip Barber qui avait réglé les détails avec l'armée américaine, sur l'aéroport de Riyad, et il s'était fait prêter un Blackhawk pour aller récupérer un Britannique qui venait de passer la frontière du Koweït. Le Blackhawk avait le rayon d'action nécessaire. Mais personne n'avait parlé au pilote d'un Bédouin avec son dromadaire.

Tandis que les aviateurs américains restaient à cent mètres pour observer, l'homme au sol commença à aligner des rangées de pierres. Il se releva quand il eut terminé. Le treuilleur mit ses jumelles au point et essaya de déchiffrer le muret de cailloux. Il lut : « Salut là-dedans. »

Le treuilleur prit son micro : « Ça doit être le mec. On va le chercher. »

Le pilote lui fit signe qu'il avait compris, le Blackhawk vira et s'approcha du sol à vingt mètres de l'homme et de sa bête.

Martin avait déjà retiré du dos de l'animal les deux couffins, et la lourde selle. La radio et son arme personnelle, un Browning 9 mm, se trouvaient dans le sac jeté sur son épaule.

Quand l'hélicoptère descendit, le dromadaire paniqua et se mit à ruer dans tous les sens. Martin regarda la femelle s'en aller. Elle l'avait bien servi, malgré son sale caractère. Il ne pouvait rien lui arriver, toute seule dans le désert. Elle était chez elle. Elle allait errer quelque temps en liberté, trouverait de la nourriture et de l'eau, jusqu'à ce qu'un quelconque Bédouin, trop content de se l'approprier, la découvre.

Martin se courba en deux pour passer sous le rotor et s'approcha de la porte. En essayant de couvrir le ronflement des pales, le treuilleur lui cria : « Votre nom s'il vous plaît, monsieur.

« — Major Martin. » Une main sortit par l'ouverture pour le tirer dans la carlingue. « Bienvenue à bord, major. »

Le bruit du moteur augmenta jusqu'au sifflement, le treuilleur passa à Martin un casque antibruit pour étouffer le hurlement, et ils prirent la direction de Riyad.

Alors qu'il approchait de la ville, le pilote fut dérouté vers une villa isolée. Un peu plus loin, un terrain vague avait été balisé avec des coussins orange en forme de H. Le Blackhawk se mit en stationnaire, l'homme en costume arabe sauta à terre un mètre plus bas, fit un grand signe de remerciement à l'équipage et se dirigea vers la maison alors que l'hélicoptère repartait. Deux domestiques vinrent reprendre les coussins.

Martin passa la porte arrondie percée dans le mur et se retrouva dans un jardin décoré de drapeaux. Deux hommes sortirent de la maison. Il en reconnut un, qu'il avait vu au quartier général des SAS dans l'ouest de Londres, il y a très longtemps.

« Simon Paxman, dit le jeune homme en lui tendant la main. Ça fait sacrément plaisir de vous revoir. Oh, je vous présente Chip Barber, un cousin de Langley. »

Barber lui serra la main et examina le personnage : la robe d'un blanc douteux de la tête aux pieds, la couverture rayée roulée et passée en travers de l'épaule, le keffieh à damier rouge et blanc et les deux ficelles noires qui le maintenaient en place, ce visage noir émacié, dur, où brillaient deux yeux sombres.

« Ça me fait plaisir de vous connaître, major. J'ai beaucoup entendu parler de vous. Je crois qu'un grand bain vous ferait plaisir, non ?

— Ah oui, je vais m'en occuper immédiatement », fit Paxman.

Martin hocha la tête, dit merci et pénétra dans la fraîcheur de la villa. Paxman et Barber le suivirent. Barber était encore sidéré. Bon sang, pensait-il, ce salaud est capable d'y arriver.

Il fallut à Martin trois bains consécutifs dans la baignoire en marbre de la maison prêtée aux Britanniques par le prince Khaled ben Sultan pour décrasser la poussière et la sueur accumulées pendant des semaines. Il s'assit, une serviette autour de la taille. Un coiffeur avait été convoqué spécialement pour lui couper les cheveux, puis Martin se rasa avec les affaires de Paxman.

Son keffieh, la couverture, la gandoura et les sandales avaient été emportés dans le jardin où un domestique saoudien en fit un grand feu. Deux heures plus tard, habillé d'un pantalon léger en coton emprunté à Paxman et d'une chemise à manches courtes, Mike Martin s'installa à table pour le dîner devant un menu plantureux.

« Auriez-vous la bonté de m'indiquer, leur demanda-t-il, pourquoi vous m'avez fait rentrer ? »

C'est Chip Barber qui répondit. « Bonne question, major, sacrément bonne question. Et qui mérite une sacrément bonne réponse. En fait, nous aimerions vous envoyer à Bagdad. La semaine prochaine. Salade ou poisson ? »

Chapitre 10

La CIA et le SIS étaient très occupés. Bien que la chose n'ait pas donné lieu à trop de publicité, la présence de la CIA à Riyad en cette fin octobre avait pris énormément d'ampleur.

Très rapidement, la CIA commença à se chamailler avec les militaires installés un kilomètre plus loin dans les salles d'état-major du ministère saoudien de la Défense. L'opinion la plus répandue, en tout cas chez les généraux de l'armée de l'air, était la suivante : en utilisant judicieusement la stupéfiante panoplie de moyens techniques mis à leur disposition, ils étaient en mesure de découvrir tout seuls les défenses irakiennes et leur état de préparation.

Et la panoplie était effectivement stupéfiante : sans parler des satellites qui produisaient un flot continu de photos prises au-dessus du pays de Saddam Hussein, sans parler des Aurora et des U-2 qui en faisaient autant un peu plus bas, il existait un certain nombre d'autres moyens spécialisés dans l'obtention de renseignements depuis le ciel.

D'autres satellites, en orbite géostationnaire au-dessus du Proche-Orient, écoutaient tout ce que racontaient les Irakiens et interceptaient chaque mot prononcé sur une ligne téléphonique. Mais ils ne pouvaient pas entendre les conversations tenues sur les quarante-cinq mille kilomètres de fibres optiques enterrées...

Côté avions, le plus important était le Système aéroporté de détection et de contrôle, plus connu sous le nom d'AWACS. Il s'agissait de Boeing 707 équipés d'un grand dôme radar monté sur leur dos. Ils tournaient lentement dans le nord du Golfe en se relevant toutes les vingt-quatre heures. Les AWACS pouvaient signaler à Riyad en quelques secondes le moindre mouvement aérien au-dessus de l'Irak. Un avion irakien ne pouvait pas bouger ni une patrouille prendre l'air sans que Riyad sache le numéro de la piste, son relèvement, son cap, sa vitesse et son altitude.

D'autres 707 transformés complétaient les AWACS. Les E8-A, également appelés J-STAR, réalisaient pour les mouvements au sol l'équivalent de ce que faisaient les AWACS pour les mouvements aériens. Avec leurs grands radars Norden à visée latérale vers le bas, ils pouvaient observer le territoire irakien sans entrer dans l'espace aérien et les J-STAR étaient de détecter le moindre morceau de métal en mouvement.

combinaison de tous ces moyens, sans compter d'autres miracles de la technique pour lesquels Washington avait dépensé des milliards de dollars, avait convaincu les généraux d'une chose : ils pouvaient entendre tout ce qui se disait, voir tout ce qui bougeait, et donc détruire tout ce qu'ils détectaient. Et mieux encore, ils pouvaient le faire qu'il vente ou qu'il pleuve, de nuit comme de jour. Jamais plus l'ennemi ne pourrait se mettre à l'abri dans la jungle pour échapper à la détection. Les yeux du ciel voyaient tout.

Les fonctionnaires du renseignement arrivés de Langley étaient sceptiques, et cela sautait aux yeux. Les civils doutent toujours de tout. Cela irritait les militaires : ils avaient une rude tâche devant eux, ils allaient l'accomplir, et ils n'avaient pas besoin qu'on leur sape le moral.

La situation était différente côté britannique. Les opérations du SIS dans le Golfe n'avaient pas la même ampleur que celles de la CIA, mais, selon les normes de Century House, c'était tout de même une opération d'envergure. Simplement, l'approche était différente, plus discrète et plus secrète. Les Britanniques avaient en outre choisi comme commandant en chef de leurs forces et adjoint du général Schwarzkopf un homme assez particulier et au profil original.

Norman Schwarzkopf était un homme massif et carré promis à un brillant avenir et très proche de la troupe. Surnommé également Norman la Tempête ou « l'Ours », son humeur passait sans transition de la bonhomie à la colère, des colères brèves qui faisaient dire à son état-major que le général « partait en butée ». Son homologue britannique n'aurait pas pu être plus différent de lui.

Le lieutenant général Sir Peter de la Billière, qui était arrivé début octobre pour prendre le commandement des forces britanniques, était un homme mince, taciturne et peu porté au contact. Le grand Américain extraverti et le petit Britannique introverti composaient un couple on ne peut plus insolite.

Sir Peter, connu de ses hommes sous le sigle P.B., était le

soldat le plus décoré de l'armée britannique, chose dont il ne parlait jamais. Seuls ceux qui avaient servi avec lui au cours de ses différentes campagnes évoquaient parfois, après quelques bières, son calme imperturbable sous le feu, qualité qui lui avait valu toutes ces rondelles de métal épinglées sur sa vareuse. Il avait également commandé le SAS, expérience qui lui avait permis d'acquérir une bonne connaissance du Golfe, des Arabes et des opérations clandestines.

Le commandant en chef britannique avait déjà travaillé avec le SIS, et Century House trouvait auprès de lui une oreille plus attentive à ses réserves que la CIA.

Les hommes du SAS avaient déjà une forte présence sur le théâtre d'opérations saoudien. Ils étaient cantonnés dans un camp qui leur était réservé au bout d'une grande base, à l'extérieur de Riyad. En tant qu'ancien chef de corps de ces hommes, le général P.B. veillait personnellement à ce que leurs talents ne soient pas gaspillés dans des missions que les fantassins ou les paras pouvaient aussi bien remplir. Ces hommes étaient des spécialistes de la pénétration profonde et de la récupération d'otages. On avait envisagé un moment de les utiliser pour aller récupérer les « boucliers humains » britanniques qui se trouvaient entre les mains de Saddam, mais l'idée avait été abandonnée lorsque les otages avaient été dispersés à travers l'Irak.

Réunis dans cette villa près de Riyad au cours de la dernière semaine d'octobre, les équipes de la CIA et du SIS arrêtèrent une opération qui était tout à fait dans les cordes du SAS. Les principales lignes en furent transmises au commandant de l'échelon local du SAS, qui se mit immédiatement au travail.

Le lendemain de son retour, Mike Martin passa tout l'après-midi à se faire expliquer comment les Anglo-Américains avaient découvert l'existence à Bagdad d'un traître baptisé Jéricho. Il avait cependant le droit de refuser et de rejoindre son régiment. Il passa la soirée à réfléchir et retourna voir les officiers de la CIA et du SIS.

« J'y vais. Mais je pose mes conditions et je veux qu'elles soient respectées. »

Ils le savaient tous, le problème majeur était de lui trouver une couverture. Il ne s'agissait pas d'une mission éclair où tout se jouait sur la vitesse et l'appui du contre-espionnage. Il ne pourrait pas non plus compter sur des soutiens comme ceux qu'il avait pu trouver au Koweït. Il ne pourrait pas davantage se déguiser en Bédouin et aller se promener dans le désert autour de Bagdad.

L'Irak n'était plus qu'un gigantesque camp militaire. Même les zones qui, sur la carte, paraissaient désolées et vides, étaient quadrillées par l'armée. Dans Bagdad même, les patrouilles de l'armée et de l'AMAM étaient partout. La police militaire traquait les déserteurs et l'AMAM tous ceux qui avaient l'air un tant soit peu suspect.

La crainte qu'inspirait l'AMAM était parfaitement connue de tous les participants à la réunion de la villa. Les comptes rendus faits à leur retour par des hommes d'affaires, des journalistes, des diplomates britanniques ou américains témoignaient amplement de l'omniprésence de la police secrète qui terrorisait les citoyens.

S'il allait là-bas, il devrait aussi y passer un certain temps. Et diriger un agent comme Jéricho n'allait pas être facile. Pour commencer, il fallait le retrouver, via les boîtes aux lettres, et le prévenir que l'opération était réactivée. Ces boîtes pouvaient être compromises et placées sous surveillance. Jéricho pouvait s'être fait prendre et avoir été obligé de tout avouer.

Ensuite, il fallait que Martin trouve un endroit où s'installer, une base à partir de laquelle il pourrait envoyer et recevoir des messages. Il lui faudrait circuler en ville pour relever les boîtes si l'activité de Jéricho reprenait, fût-ce au profit de nouveaux maîtres.

Enfin, et c'était bien là le pire, il ne pourrait bénéficier d'aucune couverture diplomatique, d'aucune protection susceptible de lui épargner les horreurs qu'il subirait s'il était capturé. Les cellules des tortionnaires d'Abu Ghraib étaient déjà toute prêtes pour un individu dans son genre.

« Euh, qu'aviez-vous exactement en tête lorsque vous avez dit que vous poseriez vos exigences ? avait demandé Paxman à Martin.

— Si je ne peux pas être diplomate, je veux être hébergé dans un local à statut diplomatique.

— Ce ne sera pas facile, mon vieux. Les ambassades sont surveillées.

— Je n'ai pas dit une ambassade, j'ai dit un local diplomatique.

— Vous voudriez être chauffeur ou quelque chose comme ça ?

— Non, trop facile. Un chauffeur doit rester au volant de sa voiture. C'est lui qui trimbale le diplomate, et il est donc surveillé comme un diplomate.

— Alors quoi ?

— Sauf si les choses ont complètement changé, la plupart

des diplomates de haut rang vivent en dehors de l'ambassade, et si le rang est suffisamment élevé, il s'agit d'une villa indépendante dans un jardin clos de murs. Autrefois, il y avait toujours un jardinier dans ce genre de demeures.

« Un jardinier ? s'enquit Barber. Pour l'amour du ciel, c'est un métier manuel. Vous vous ferez ramasser et on vous enrôlera dans l'armée.

— Non. Le jardinier-homme à tout faire s'occupe de tout ce qui se passe en dehors de la maison. Il s'occupe du jardin, part à bicyclette au marché acheter du poisson, des fruits, des légumes, du pain et de l'huile. Il habite dans une remise au fond du jardin.

— Alors, où est l'avantage, Mike ? demanda Paxman.

— L'avantage, c'est qu'il est invisible. Il est tellement ordinaire que personne ne le remarque. Si on l'arrête, sa carte d'identité est en règle et il a un papier à en-tête de l'ambassade qui dit qu'il travaille pour un ambassadeur, qu'il est exempté de service militaire et qui prie les autorités de bien vouloir le laisser vaquer à ses occupations. Tant qu'il ne fait rien de mal, tout policier qui s'en prendrait à lui s'expose à une lettre de protestation officielle de l'ambassade. »

Les officiers de renseignements réfléchirent à la proposition.

« Ça pourrait marcher, finit par admettre Barber. Un homme ordinaire, invisible. Qu'en pensez-vous, Simon ?

— Oui, dit Paxman, il faudrait que le diplomate soit dans le coup.

— En partie seulement, répondit Martin. Il suffirait qu'il reçoive un ordre de son gouvernement d'accueillir et de prendre à son service un homme qui viendrait se présenter chez lui, et il n'aurait plus à s'en préoccuper. S'il suspecte quelque chose, c'est son affaire. Il a intérêt à ne rien dire s'il tient à garder son poste et à préserver sa carrière. Il faut pour cela que l'ordre vienne de suffisamment haut.

— L'ambassade de Grande-Bretagne est hors de question, dit Paxman. Les Irakiens se feraient un plaisir de nous embêter.

— C'est la même chose pour nous, ajouta Barber. Vous aviez quelque chose en tête, Mike ? »

Martin leur expliqua ce à quoi il pensait, et ils en restèrent pantois.

« Vous n'êtes pas sérieux, fit l'Américain.

— Parfaitement sérieux, répondit calmement Martin.

— Bon Dieu, Martin, une requête de ce genre devrait remonter à... euh... au Premier ministre.

— Et au Président, dit Barber.

233

« — Bon, au point où nous en sommes tous, pourquoi pas ? Je veux dire, si les renseignements de Jéricho peuvent sauver des vies alliées, est-ce trop demander que de passer un coup de fil ? »

Chip Barber jeta un coup d'œil à sa montre. Il y avait sept heures de décalage entre Washington et le Golfe. Les gars de Langley finissaient de déjeuner. À Londres, il n'était que deux heures plus tôt, mais les officiers supérieurs avaient encore une chance d'être à leur bureau.

Barber se précipita à l'ambassade des États-Unis et envoya un message « flash » codé au directeur adjoint aux opérations, Bill Stewart, qui, lorsqu'il en prit connaissance, en référa immédiatement au directeur, William Webster. Ce dernier appela la Maison-Blanche et demanda un rendez-vous avec le Président.

Quant à Simon Paxman, il eut de la chance. Son coup de téléphone crypté trouva Steve Laing encore à son bureau de Century House, et, après l'avoir écouté, le directeur aux opérations au Proche-Orient appela le chef chez lui.

Sir Colin réfléchit un instant et appela à son tour le secrétaire du gouvernement, Sir Robin Butler.

Le chef des services secrets a le privilège, en cas d'urgence, de pouvoir demander un rendez-vous avec son Premier ministre, et Margaret Thatcher avait toujours eu la réputation de recevoir sans problème ceux qui dirigeaient les services de renseignements et les forces spéciales. Elle accepta de recevoir le chef à son bureau personnel au 10, Downing Street le lendemain matin à huit heures.

Comme à son habitude, elle était au travail avant l'aube et avait pratiquement déblayé ses dossiers lorsqu'on introduisit le chef du SIS. Elle écouta attentivement son étrange requête, demanda des explications supplémentaires, pesa le pour et le contre, puis, comme à son habitude, prit sa décision sur-le-champ.

« Je vais en parler au président Bush dès qu'il sera levé, et nous verrons ce que nous pouvons faire. Ce, hum, cet homme... il va réellement y aller ?

— C'est en tout cas son intention, madame le Premier ministre.

— C'est l'un de vos hommes, Sir Colin ?

— Non, il est major au SAS. »

Son visage s'éclaira. « Un homme remarquable.

— C'est aussi mon avis, madame.

— Lorsqu'il sera rentré, j'aimerais le rencontrer.

— Je suis sûr que ce sera possible, madame le Premier ministre. »

Après le départ du chef, le cabinet appela la Maison-Blanche, alors qu'on était au milieu de la nuit, et fixa l'heure de la liaison à huit heures du matin, heure de Washington, soit une heure de l'après-midi à Londres. On décala de trente minutes le déjeuner du Premier ministre.

Comme son prédécesseur Ronald Reagan, le président George Bush avait toujours trouvé difficile de refuser au Premier ministre britannique quoi que ce soit lorsqu'elle était remontée à bloc.

— « D'accord, Margaret, fit le Président au bout de cinq minutes, je vais l'appeler.

— Il peut dire non, insista Mme Thatcher, mais il ferait mieux de dire oui. Après tout ce que nous avons fait pour lui.

— Oui, quand on pense à tout ce qu'on a fait », approuva le Président.

Les deux chefs de gouvernement appelèrent à une heure d'intervalle et la réponse de leur correspondant, pourtant passablement surpris, fut positive. Il acceptait de recevoir leurs représentants en tête à tête dès qu'ils seraient arrivés.

Ce soir-là, Bill Stewart décolla de Washington et Steve Laing attrapa le dernier vol qui partait de Heathrow.

Si Mike Martin avait une idée du branle-bas qu'avait déclenché sa demande, il n'en montra rien. Il passa les journées des 26 et 27 octobre à se reposer, à manger et à dormir. En revanche, il ne se rasait plus, pour laisser repousser sa barbe. Pendant ce temps-là, et à plusieurs endroits différents, d'autres travaillaient pour lui.

Le chef de poste du SIS à Tel-Aviv avait rendu visite au général Kobi Dror pour une dernière requête. Le chef du Mossad considérait l'Anglais avec stupeur.

« Vous allez vraiment continuer cette affaire, non ? lui demanda-t-il.

— Je ne sais rien d'autre que ce qu'on m'a dit de vous dire, Kobi.

— Mais bon Dieu, une opération clandestine ? Vous savez bien qu'il va se faire prendre, vous le savez.

— Pouvez-vous faire cela pour nous, Kobi ?

— Bien sûr que nous pouvons le faire.

— D'ici vingt-quatre heures ? »

Kobi Dror lui fit la grande scène du deux.

« Pour vous, vieux frère, je me ferais couper le bras droit. Mais écoutez-moi bien, c'est complètement délirant, ce que vous proposez. »

Il se leva de son bureau et passa un bras autour des épaules de l'Anglais.

« Écoutez, nous avons violé la moitié de nos règles habituelles, et nous avons eu de la chance. Normalement, on n'envoie jamais personne relever une boîte aux lettres, ce pourrait être un piège. Pour nous, une boîte ne marche que dans un seul sens : du *katsa* à l'espion. Pour Jéricho, nous avons violé cette règle. Moncada allait récupérer les messages de cette façon parce qu'il n'y avait pas moyen de faire autrement. Et il a eu de la chance, de la chance pendant deux ans. Mais il avait une couverture diplomatique. Et maintenant, vous voulez *ça* ? »

Il lui tendit la photo d'un homme à l'air sinistre déguisé en Arabe, les cheveux noirs, mal rasé, la photo de l'Anglais qu'on venait juste de lui envoyer de Riyad. Comme il n'existe pas de lignes commerciales entre les deux capitales, c'est le biréacteur HS-125 personnel du général de la Billière qui avait fait la commission. Le 125 attendait sur la base militaire de Sde Dov, où son marquage avait été photographié sous tous les angles.

Dror haussa les épaules.

« D'accord, à demain matin. C'est juré. »

Sans vouloir soulever de polémique, on peut dire que le Mossad dispose de l'un des meilleurs services techniques qui soient au monde. Outre un ordinateur central qui stocke près de deux millions de noms et la meilleure équipe de serruriers de la terre, il existe dans les sous-sols au siège du Mossad une série de pièces où la température reste soigneusement contrôlée.

Ces salles contiennent du « papier ». Pas seulement du vieux papier : du papier très spécial. On y trouve en fait les originaux de tous les passeports imaginables, des myriades de cartes d'identité, de permis de conduire, de cartes de sécurité sociale et toutes ces sortes de choses. On y trouve également des « ébauches », c'est-à-dire des pièces d'identité vierges que les calligraphes peuvent remplir à volonté, en se fondant sur les originaux pour produire des faux d'une qualité tout à fait exceptionnelle.

Les cartes d'identité ne sont pas la seule spécialité de la maison. Ce service peut également fournir des billets de banque pratiquement parfaits, et il en fournit effectivement : que ce soit pour démolir la monnaie de pays voisins, mais ennemis, ou pour financer les opérations secrètes du Mossad, celles que ni le

Premier ministre ni la Knesset ne connaissent ou ne veulent connaître.

Après bien des hésitations, la CIA et le SIS avaient décidé de demander cette faveur au Mossad. Il leur avait fallu se rendre à l'évidence : ils étaient tous deux incapables de fabriquer la carte d'identité d'un travailleur irakien âgé de quarante-cinq ans, en étant assurés qu'elle résisterait aux contrôles. Personne ne s'était jamais soucié d'obtenir un original qu'on puisse copier.

Par un heureux hasard, le Sayeret Matkal, un groupe de reconnaissance si secret dont le nom n'est jamais prononcé en Israël, avait fait une incursion en Irak deux ans auparavant. Il était allé déposer un indicateur arabe qui devait prendre quelques contacts là-bas. Une fois sur place, il avait surpris deux hommes qui travaillaient aux champs, les avait ligotés et leur avait subtilisé leurs papiers.

Comme promis, les faussaires de Dror travaillèrent toute la nuit. A l'aube, ils avaient terminé une carte d'identité irakienne, assez sale et déchirée pour attester d'un long usage. Le document était établi au nom d'un certain Mahmoud Al-Khouri, âgé de quarante-cinq ans, né dans un village des collines au nord de Bagdad et qui vivait dans la capitale où il exerçait un métier manuel.

Les faussaires ignoraient que Martin avait emprunté son patronyme à ce M. Al-Khouri qui avait testé son arabe dans un restaurant de Chelsea, début août. Ils ne pouvaient pas non plus deviner que le village était celui dont était originaire le jardinier de son père, le vieil homme qui, voilà bien longtemps, sous un arbre de leur jardin de Bagdad, avait décrit au petit Anglais l'endroit où il était né, la mosquée, le café, les champs d'alfa et de melons qui l'entouraient. Mais il y avait encore autre chose qu'ignoraient les faussaires.

Dans la matinée, Kobi Dror remit le document à l'homme du SIS à Tel-Aviv.

« Ce n'est en tout cas pas ceci qui le perdra. Mais laissez-moi vous dire que ce... (il frappa la photo du bout du doigt)... que cet Arabe apprivoisé vous trahira ou se fera prendre en moins d'une semaine. »

L'homme du SIS se contenta de hausser les épaules. Il ne savait même pas que l'homme de la photo salie n'était pas arabe. Il n'avait pas besoin de le savoir, et on ne lui avait donc pas dit. Il se contenta de faire ce qu'on lui avait ordonné : il prit le document et le remit à l'équipage du HS-125 qui le remporta à Riyad.

Pendant ce temps, on avait préparé les vêtements adéquats :

le simple *dish-dash* du travailleur irakien, un keffieh marron foncé en tissu rugueux, des espadrilles de toile à semelle de corde.

Un fabricant de paniers, sans savoir ni pour qui ni pour quoi on le lui demandait, se vit confier la réalisation d'un berceau d'osier assez insolite. C'était un pauvre artisan saoudien et l'argent que lui proposait cet étrange infidèle était bienvenu. Il s'exécuta donc sans rechigner.

Hors de Bagdad, sur une base secrète de l'armée, on prépara également deux véhicules très particuliers. Un Hercules de la RAF les avait apportés depuis la base principale du SAS jusqu'au sud de la péninsule arabique, à Oman. Ils furent totalement désossés puis remis en état en prévision d'un sévère voyage au long cours.

L'essentiel de la transformation des deux Land Rover à châssis long ne concernait ni le blindage ni l'armement, mais la vitesse et le rayon d'action. Chacune devrait emporter son équipe SAS habituelle de quatre hommes avec un passager supplémentaire pour l'une des deux. L'autre transporterait en plus une moto tout-terrain à pneus renforcés, elle-même équipée de réservoirs supplémentaires.

L'armée américaine mit une fois de plus ses moyens à disposition. Cette fois-ci, il s'agissait de deux gros hélicoptères Chinook, des appareils de transport lourd. On leur demanda de se tenir prêts à décoller.

Mikhail Sergueïvitch Gorbatchev était à son bureau comme d'habitude au septième et dernier étage de l'immeuble du Comité central, à Novaya Ploshad, en compagnie de deux secrétaires hommes. L'interphone sonna pour lui annoncer que les deux émissaires venus de Londres et Washington étaient arrivés.

Il était toujours aussi intrigué par les requêtes faites vingt-quatre heures plus tôt par le Président américain et le Premier ministre britannique. Ils lui avaient demandé de bien vouloir recevoir un émissaire personnel dépêché par chacun d'eux. Pas des politiciens ni des diplomates, juste un messager. A notre époque, se disait-il, quel genre de message faut-il que ce soit pour qu'il ne puisse pas transiter par les voies diplomatiques ordinaires ? Ils pouvaient même utiliser la ligne protégée, encore qu'elle impose de passer par des interprètes et des techniciens.

Il était donc assez intrigué, et comme la curiosité était l'un de ses traits de caractère, il avait envie de résoudre très vite cette énigme.

Dix minutes plus tard, les deux visiteurs furent introduits dans le bureau du secrétaire général du Parti communiste de l'URSS et président de l'Union soviétique. C'était une pièce étroite et profonde, avec des fenêtres sur un seul côté, et qui donnait sur la place Neuve. Il n'y avait pas de fenêtres derrière le Président qui était assis dos au mur, à l'extrémité d'une longue table.

Contrairement à ses prédécesseurs, Andropov et Tchernenko, Gorbatchev aimait les décors sobres. Le bureau et la table en bois de hêtre clair étaient flanqués de chaises droites mais confortables. Les fenêtres étaient cachées par des voilages légers.

Lorsque les deux hommes furent là, il congédia d'un geste ses deux secrétaires, puis se leva et vint vers eux. « Bienvenue, messieurs, dit-il en russe. Parlez-vous notre langue ? »

L'un d'eux, qu'il jugea être l'Anglais, répondit dans un russe hésitant : « Je crois que l'assistance d'un interprète serait préférable, monsieur le Président.

— Vitali, fit Gorbatchev à l'un des secrétaires qui se retiraient, envoie-moi Evgueni. »

Faute de pouvoir discuter, il arbora un grand sourire et fit signe aux visiteurs de prendre un siège. Son interprète personnel les rejoignit bientôt et s'assit sur le côté du bureau présidentiel.

« Mon nom, monsieur, est William Stewart. Je suis directeur adjoint aux opérations de l'Agence centrale de renseignements, à Washington », dit l'Américain.

Gorbatchev pinça les lèvres et fronça les sourcils.

« Et moi, monsieur, je suis Stephen Laing, directeur aux opérations pour le Proche-Orient des services de renseignements britanniques. »

La perplexité de Gorbatchev ne faisait que croître. Des espions ?

« Nos deux services, reprit Stewart, ont suggéré à leurs gouvernements respectifs de vous demander si vous accepteriez de nous recevoir. Vous savez, monsieur, que le Proche-Orient se dirige vers une guerre. Nous en sommes tous conscients. Pour tenter de l'éviter, nous devons savoir ce qui se passe à l'intérieur même des instances du régime irakien. Nous croyons qu'il existe des différences radicales entre ce qu'ils proclament en public et ce qu'ils disent en privé.

— Ce n'est pas nouveau, remarqua sèchement Gorbatchev.

239

— Non, monsieur, ce n'est pas nouveau. Mais il s'agit ici d'un régime très instable, et dangereux pour nous tous. Si nous pouvions savoir ce qui se passe exactement dans l'entourage immédiat du président Saddam Hussein, nous pourrions mettre au point une stratégie propre à éviter la guerre, dit Laing.

— C'est le travail des diplomates, souligna Gorbatchev.

— En temps normal, monsieur le Président. Mais il existe des circonstances dans lesquelles la diplomatie est trop voyante, trop ouverte pour permettre d'exprimer les pensées profondes. Vous vous souvenez de Richard Sorge ? »

Gorbatchev hocha la tête affirmativement. Tous les Russes connaissaient Sorge. Il existait des timbres à son effigie et il avait été fait Héros de l'Union soviétique à titre posthume.

« A cette époque, poursuivit Laing, les renseignements fournis par Sorge et selon lesquels le Japon n'attaquerait pas la Sibérie se sont révélés décisifs pour votre pays. Mais vous n'auriez pas pu les obtenir par l'intermédiaire de votre ambassade. Monsieur le Président, nous avons des raisons de penser qu'il existe une source à Bagdad, exceptionnellement haut placée, et qui est prête à nous informer de tout ce qui se dit dans les réunions les plus secrètes de l'entourage de Saddam Hussein. Ce genre de renseignements pourrait faire la différence entre une guerre et un retrait volontaire du Koweït de la part de l'Irak. »

Mikhail Gorbatchev hocha une nouvelle fois la tête. Il n'éprouvait pas une grande amitié pour ce Saddam Hussein. Dans le temps, l'Irak s'était montrée l'élève docile de l'URSS, mais avait manifesté de plus en plus d'indépendance. Ces derniers temps, son chef imprévisible s'était montré de plus en plus agressif vis-à-vis de l'Union soviétique.

Plus important encore, le dirigeant soviétique savait parfaitement que, s'il voulait pousser assez loin les réformes chez lui, il aurait besoin d'une aide industrielle et financière, laquelle dépendait de la bonne volonté occidentale. La guerre froide était terminée, c'est pourquoi, au Conseil de sécurité, l'URSS s'était associée à la condamnation de l'invasion irakienne au Koweït.

« Ainsi, messieurs, prenez contact avec cette source, montrez-nous des informations que les grandes puissances pourraient utiliser pour désamorcer la situation, et nous vous en serons tous reconnaissants. L'URSS ne veut pas d'une guerre au Proche-Orient.

— Nous aimerions bien établir ce contact, monsieur, répondit Stewart, mais nous en sommes incapables. Cette source refuse de se dévoiler et nous comprenons fort bien ses raisons. Les risques qu'elle court sont énormes. Pour établir ce contact, il nous faut éviter les voies diplomatiques habituelles. Notre source nous a dit très clairement qu'elle ne voulait entrer en rapport avec nous que par des moyens clandestins.

— Alors, qu'êtes-vous venus me demander ? »

Les deux Occidentaux prirent une profonde respiration.

« Nous voudrions infiltrer l'un de nos hommes à Bagdad, afin qu'il fasse le relais entre la source et nous-mêmes, dit Stewart.

— Un agent ?

— Oui, monsieur le Président, un agent. Qui pourrait passer pour un Irakien. »

Gorbatchev les regarda, l'air incrédule.

« Vous avez l'homme qui convient ?

— Oui, monsieur. Mais il faut bien qu'il habite quelque part. Un endroit tranquille, calme, où il ne ferait rien d'autre que récupérer nos messages et de remettre les siens. Nous vous demandons de le prendre dans le personnel d'un haut diplomate de l'ambassade soviétique. »

Gorbatchev posa son menton dans ses mains. Il était parfaitement au fait de tout ce qui touchait aux opérations clandestines, le KGB en avait monté un certain nombre. Et voilà que, maintenant, on lui demandait d'aider les anciens adversaires de ce même KGB à monter la leur et de prêter l'ambassade soviétique pour couvrir un des leurs. C'était tellement insensé qu'il éclata de rire.

« Si votre homme se fait prendre, c'est mon ambassade qui sera compromise.

— Non, monsieur, la Russie aura simplement été lâchement trompée par l'un de ses cyniques ennemis occidentaux traditionnels. Saddam le croira », dit Laing.

Gorbatchev réfléchissait. Il se disait qu'un président et un Premier ministre s'étaient personnellement impliqués dans cette affaire. Il n'avait pas vraiment le choix.

« Très bien, dit-il enfin. Je vais donner les instructions nécessaires au général Vladimir Krioutchkov, et vous pouvez être assuré de sa pleine coopération. »

A l'époque, Krioutchkov était président du KGB. Deux mois plus tard, alors que Gorbatchev était en vacances sur les bords de la mer Noire, Krioutchov, le ministre de la Défense et quelques autres tenteraient un coup d'État contre leur président.

Les deux Occidentaux se trémoussèrent sur leur chaise.

« Avec tout notre respect, monsieur le Président, fit Laing, pourriez-vous faire en sorte que seul votre ministre des Affaires étrangères soit dans la confidence ? »

Édouard Chevardnadze était le ministre des Affaires étrangères et l'ami intime de Mikhail Gorbatchev.

« Chevardnadze et personne d'autre ? demanda le Président.

— Oui, monsieur, si cela ne vous ennuie pas.

— Comme vous voudrez. Toutes les dispositions seront prises exclusivement par le ministre des Affaires étrangères. »

Une fois les deux visiteurs partis, Mikhail Gorbatchev retourna s'asseoir, perdu dans ses pensées. Ils avaient insisté pour que seul Édouard Chevardnadze fût mis au courant. Pas Krioutchkov. Savaient-ils quelque chose qu'ignorait le président de l'URSS ?

Ils étaient onze agents du Mossad au total, répartis en deux équipes de cinq plus le contrôleur opérationnel que Kobi Dror avait choisi personnellement. Il était allé le dénicher au centre d'entraînement de Herzlia, où il s'embêtait à faire des cours aux nouvelles recrues.

La première équipe appartenait à la division Yarid, branche du Mossad responsable de la sécurité et des opérations de surveillance. L'autre venait du Neviot, dont la spécialité couvre tout ce qui concerne les écoutes, les intrusions et la serrurerie — en somme, tout ce qui a trait à des objets inanimés ou mécaniques.

Sur les dix, huit parlaient un allemand à peu près correct. Le contrôleur opérationnel, quant à lui, le parlait couramment. Le groupe de l'opération Josué entra dans Vienne en étalant les arrivées sur trois jours, et en venant de différents endroits d'Europe. Tous possédaient des passeports irréprochables et des couvertures crédibles.

Comme pour l'opération Jéricho, Kobi Dror avait pris certaines libertés avec les règles internes, mais aucun de ses subordonnés ne songea un instant à discuter. Josué avait été désignée comme *ain efes,* ce qui signifie « échec interdit ». Venant du patron lui-même, cela impliquait une priorité absolue.

Les équipes Yarid et Neviot se composent normalement de sept à neuf membres, mais, puisque la cible était un civil d'un pays neutre, ce nombre avait été légèrement réduit.

Le responsable du Mossad à Vienne avait mis à leur

disposition trois de ses résidences, avec trois *bodlim* chargés de les maintenir en état et de les approvisionner convenablement.

Un *bodel*, pluriel *bodlim*, est en général un jeune Israélien, étudiant le plus souvent, engagé comme indicateur après une vérification approfondie de sa situation familiale et de ses antécédents. Son rôle consiste à s'occuper des agents en mission, de faire ce qu'on lui dit et surtout de ne pas poser de questions. En contrepartie, il peut habiter gratuitement l'une des résidences du Mossad, ce qui constitue un avantage non négligeable pour un étudiant fauché qui vit dans une capitale étrangère. Lorsque des « pompiers » arrivent pour une mission, le *bodel* doit déménager, mais il peut également rester sur place pour s'occuper du ménage, de la lessive et des courses.

Vienne n'est sans doute pas une capitale importante en soi, mais elle l'a troujours été pour le monde de l'espionnage. Cela remonte à 1945 lorsque la ville, alors seconde capitale du Troisième Reich, fut occupée par les alliés victorieux et divisée en quatre secteurs — français, britannique, américain et russe.

Contrairement à Berlin, Vienne retrouva sa liberté. Les Russes acceptèrent même de se retirer, mais en échange de la neutralité absolue de Vienne et de toute l'Autriche. Pendant la guerre froide et particulièrement après le blocus de Berlin en 1948, Vienne devint un repaire d'espions. Le pays était neutre, ne possédait aucun service de contre-espionnage digne de ce nom, était proche de la Hongrie et de la Tchécoslovaquie. Il était ouvert sur l'Occident tout en restànt suffisamment proche du monde de l'Est. Il constituait par conséquent une base idéale pour un grand nombre de services secrets.

Peu après sa création, en 1951, le Mossad comprit rapidement les avantages présentés par cette ville et s'y installa, au point que le responsable local est un personnage plus important que l'ambassadeur. Cette décision était plus que justifiée, dans la mesure où l'élégante capitale cosmopolite de l'ex-Empire austro-hongrois était devenue le siège de banques extrêmement discrètes, de trois organismes des Nations unies et le point d'entrée préféré des Palestiniens et autres terroristes.

Très attachée à sa neutralité, l'Autriche n'a possédé pendant longtemps qu'un service de contre-espionnage et de sécurité du territoire très réduit. Il est tellement facile de lui échapper que les agents du Mossad appellent ses agents débonnaires les *fertsalach*, mot qui n'est pas exactement un compliment puisqu'il signifie « pétomane ».

Le contrôleur de mission choisi par Kobi Dror était un *katsa* énergique qui possédait des années d'expérience à Berlin, Paris et Bruxelles. Gideon Barzilai avait aussi servi dans l'un des commandos *kidon* qui avaient pourchassé les terroristes arabes responsables du massacre d'athlètes israéliens lors des jeux olympiques de Munich en 1972. Heureusement pour sa carrière, il n'avait pas été mêlé au plus grave fiasco de toute l'histoire du Mossad, lorsqu'un commando *kidon* avait abattu un innocent barman marocain à Lillehammer, en Norvège. Il avait été identifié par erreur comme étant Ali Hassan Salameh, le cerveau du massacre.

Gideon « Gidi » Barzilai s'appelait dorénavant Ewald Strauss, représentant d'un fabricant de matériel sanitaire établi à Hambourg. Ses papiers étaient bien sûr parfaitement en règle et le contenu de sa serviette aurait révélé les brochures *ad hoc,* des carnets de commande et de la correspondance établie sur papier à en-tête de la société. Et si quelqu'un avait essayé de téléphoner à son bureau de Hambourg, il aurait eu confirmation de toute l'histoire, car le numéro de téléphone qui figurait dans l'en-tête du papier à lettre était celui d'un bureau contrôlé par le Mossad.

La documentation de Gidi, comme celle de tous les autres membres de son équipe, était l'œuvre d'un autre service du Mossad. Dans ce même sous-sol qui abrite le département des faux papiers se trouvent des salles où sont archivés une masse impressionnante de documents sur un nombre incroyable de sociétés, réelles ou fictives. Les comptes, les rapports d'audit, les certificats d'enregistrement, leur papier à lettres, tout est conservé en quantité telle que n'importe quel *katsa* partant en mission à l'étranger peut être pourvu d'une couverture professionnelle pratiquement impossible à pénétrer.

Après s'être installé dans l'appartement qui lui était réservé, Barzilai eut une longue réunion avec le responsable local et décida de commencer par quelque chose d'assez simple : rassembler le maximum d'informations sur une petite banque très discrète, la Banque Winkler, installée à deux pas de Franziskanerplatz.

Pendant ce même week-end, deux hélicoptères américains Chinook décollèrent d'un terrain militaire situé près de Riyad et mirent cap au nord. Leur trajectoire coupait la Tapline qui court tout le long de la frontière avec l'Irak, de Khafji à la Jordanie. Chaque hélicoptère transportait, coincée dans la carlingue, une Land Rover à châssis long, dépouillée de tous ses accessoires, mais munie de réservoirs supplémentaires. Chacune devait emporter quatre SAS entassés derrière l'équipage.

Leur lieu de destination se situait au-delà du rayon d'action normal des hélicoptères, mais deux gros camions-citernes venus de Dammam, sur la côte du Golfe, les attendaient sur la Tapline.

Quand les Chinook assoiffés se posèrent sur la chaussée, les hommes des camions se mirent à l'ouvrage et firent le plein à ras bord. Les hélicoptères redécollèrent, suivirent la route en direction de la Jordanie en restant assez bas pour échapper aux radars irakiens installés de l'autre côté de la frontière. Après avoir dépassé la ville saoudienne de Badanah, ils se retrouvèrent à l'endroit où les trois frontières, jordanienne, irakienne et saoudienne, font leur jonction et atterrirent une seconde fois. Deux autres camions-citernes les attendaient pour refaire les pleins, mais c'est là qu'ils débarquèrent leur cargaison et leurs passagers.

Si les Américains avaient une idée de l'endroit où allaient ces Anglais taciturnes, ils n'en laissèrent rien paraître. De toute façon, ils ne leur demandèrent rien. L'équipage baissa la rampe et mit à terre les véhicules camouflés couleur de sable. Tout le monde se serra la main en se contentant d'un « bonne chance, les gars ». Ils refirent le plein avant de reprendre le même chemin. Les camions en firent autant.

Les huit SAS les regardèrent disparaître avant de prendre la route dans la direction opposée, plus loin encore sur la route de la Jordanie. Arrivés à quatre-vingts kilomètres au nord de Badanah, ils s'arrêtèrent et attendirent.

Le capitaine qui commandait l'expédition vérifia sa position. A l'époque où le colonel David Stirling parcourait le désert libyen, il fallait prendre des hauteurs sur le soleil, les étoiles et la lune. La technologie des années quatre-vingt-dix rendait cette opération beaucoup plus facile et précise.

Le capitaine tenait à la main un petit appareil pas plus gros qu'un livre de poche. C'est ce qu'on appelle le Système global de navigation, alias NAVSTAR, alias Magellan. En dépit de sa taille, le GPS fournit une position à au moins dix mètres près dans n'importe quel endroit du globe. Le récepteur du capitaine pouvait être utilisé soit en mode P, soit en mode Q. Le mode P avait une précision de l'ordre de dix mètres, mais nécessitait la présence simultanée de quatre satellites NAVS-TAR au-dessus de l'horizon. Le mode Q ne nécessitait que deux satellites au-dessus de l'horizon, mais sa précision n'était que de cent mètres.

A ce moment-là, il n'y avait que deux satellites visibles, mais c'était suffisant. Personne ne risquait de manquer quelqu'un d'autre à cent mètres près dans ce désert sauvage de sable et de rochers, à des kilomètres de tout lieu habité entre Badanah et la frontière jordanienne. Satisfait de voir qu'il était à l'endroit fixé pour le rendez-vous, le capitaine coupa le GPS et se glissa sous le filet de camouflage tendu par ses hommes entre les deux véhicules pour s'abriter du soleil. Le thermomètre affichait cinquante-cinq degrés.

Une heure plus tard, un hélicoptère Gazelle arriva du sud. Le major Mike Martin avait décollé de Riyad à bord d'un C-130 Hercules de la RAF jusqu'à la ville saoudienne d'Al-Jawf, aérodrome secondaire le plus proche de la frontière. L'Hercules avait embarqué le Gazelle, pales repliées, son pilote, une équipe de mécaniciens et les réservoirs supplémentaires requis pour permettre à l'hélicoptère de se rendre d'Al-Jawf à la Tapline aller et retour.

Pour se mettre à l'abri d'un éventuel radar irakien, y compris dans cette région perdue, le Gazelle volait en rase-mottes, mais le pilote aperçut tout de suite la fusée Véry tirée par le capitaine du SAS lorsqu'il entendit le bruit du moteur. Le Gazelle se posa sur la route à cinquante mètres des Land Rover et Martin sauta à terre. Un sac tricoté pendait à son épaule et il tenait un panier d'osier à la main gauche. Le contenu de ce panier avait amené le pilote à se demander s'il s'était engagé dans l'aviation légère de l'armée de terre ou dans quelque syndicat agricole : le panier contenait deux poulets vivants.

A part cela, Martin était vêtu comme les huit SAS qui l'attendaient : bottes spécialement adaptées au désert, pantalon large en toile épaisse, chemise, tricot et veste de combat couleur sable. Un keffieh à damier était enroulé autour de son cou, qui lui servirait à se protéger le visage des tourbillons de poussière. Il avait sur le sommet du crâne une *balaclava* ronde en laine et une paire de grosses lunettes de protection. Le pilote se demandait comment faisaient tous ces hommes pour ne pas mourir de chaleur sous cet accoutrement, mais il ne savait pas à quel point les nuits pouvaient être froides dans le désert.

Les SAS sortirent du Gazelle les jerricanes en plastique qui l'avaient obligé à décoller à la masse maximale, et refirent le plein. Sur ce, le pilote leur fit un grand signe et décolla, cap au sud sur Al-Jawf, puis sur Riyad où l'attendait le monde normal, loin de ces fous du désert.

Les hommes du SAS se sentirent plus à l'aise lorsqu'il eut disparu. Bien que les huit hommes appartiennent à la compagnie D, celle des experts en véhicules de reconnaissance, alors que Martin faisait partie de la compagnie A, celle des chuteurs opérationnels, il les connaissait tous sauf deux. Ils se saluèrent chaleureusement avant de passer à l'activité favorite des soldats britanniques lorsqu'ils ont un peu de temps devant eux : ils se firent un thé.

L'endroit choisi par le capitaine pour franchir la frontière irakienne était particulièrement sauvage et accidenté, et ce pour deux raisons. La première était que cela réduisait la probabilité de rencontrer une patrouille irakienne. Sa mission ne consistait pas à battre les Irakiens en terrain découvert, mais à ne pas se faire voir. Seconde raison : il devait déposer son passager aussi près que possible de la grande autoroute irakienne qui serpente depuis Bagdad jusqu'à Ruweishid, à la frontière jordanienne, en traversant de vastes plaines désertiques.

Ce misérable avant-poste dans le désert était devenu familier aux téléspectateurs depuis la conquête du Koweït, car c'est là que venaient s'échouer le flot de réfugiés — Philippins, Bengalis, Palestiniens et autres — qui fuyaient le chaos créé par l'invasion.

C'est à cette pointe extrême occidentale de l'Arabie Saoudite que la distance est la plus courte jusqu'à Bagdad. Le capitaine savait que, plus à l'est, de Bagdad jusqu'à la frontière saoudienne, le pays n'était la plupart du temps qu'un désert plat et lisse comme une table de billard. Ce terrain se prêtait bien à un trajet rapide depuis la frontière jusqu'à la route la plus proche menant à Bagdad. Mais cette zone avait aussi toutes les chances d'être patrouillée par l'armée et d'abriter des observateurs. Ici, dans le désert de l'Ouest irakien, le pays comportait des collines, des ravins qui deviendraient des torrents en cas de pluie, et qui étaient délicats à franchir même à la saison sèche. Mais il était pratiquement vide de patrouilles irakiennes.

Le point de franchissement qu'il avait choisi se trouvait à cinquante kilomètres plus au nord et, au-delà de la frontière non signalée, à cent autres kilomètres de la route Bagdad-Ruweishid. Mais le capitaine était conscient qu'il aurait besoin de toute une nuit, puis une halte sous les filets de camouflage pendant la journée, et encore d'une autre nuit, pour déposer son passager à un endroit d'où il pût rejoindre la route à pied.

Ils se mirent en route à quatre heures de l'après-midi. Le soleil tapait encore et il faisait une chaleur de fournaise. A six heures, le crépuscule approchait et la température tomba rapidement. A sept heures, il faisait complètement noir et la fraîcheur s'installa. La sueur séchait sur leur peau et ils étaient bien contents de porter les chandails dont le pilote du Gazelle s'était tellement moqué.

Le navigateur était assis à côté du conducteur dans la voiture de tête et surveillait sans cesse leur position et leur cap. A la base, le capitaine et lui avaient passé des heures sur les cartes à grande échelle et les photographies haute définition aimablement fournies par les U-2 américains, qui décollaient de la base aérienne de Taïf et donnaient du pays une image supérieure à celle d'une simple carte.

Ils roulaient tous feux éteints, mais, grâce à sa lampe torche, le navigateur suivait tous les écarts qu'ils devaient faire, et corrigeait la route chaque fois qu'un goulet ou un défilé les contraignait à s'éloigner de leur axe. Ils s'arrêtaient toutes les heures pour confirmer leur position au moyen de Magellan. Le navigateur avait gradué le bord des photos en minutes et en secondes de latitude et de longitude, si bien que les indications du Magellan lui disaient exactement où ils se trouvaient sur les photos elles-mêmes.

La progression était lente. A chaque crête, il fallait envoyer un homme en éclaireur pour observer et s'assurer qu'il n'y avait pas de présence hostile de l'autre côté.

Une heure avant l'aube, ils dénichèrent un oued assez encaissé, au fond duquel ils descendirent et mirent en place les filets. L'un des hommes grimpa sur une petite éminence pour examiner leur camp et fit faire quelques ajustements jusqu'à ce qu'il soit satisfait du résultat. Un avion de reconnaissance pouvait pratiquement s'écraser dans l'oued sans les voir.

Pendant la journée, ils se restaurèrent, burent, dormirent. Deux hommes étaient de faction en permanence, au cas où un berger ou un voyageur isolé s'approcherait. Ils entendirent à plusieurs reprises le bruit d'avions à réaction irakiens, très haut, et une fois les bêlements de chèvres qui paissaient sur une colline, pas très loin d'eux. Mais les chèvres, qui semblaient se promener en liberté, s'éloignèrent de l'autre côté. Ils se remirent en route au coucher du soleil.

Il y avait une petite ville, Ar-Rutba, à cheval sur la route et, peu avant quatre heures, ils aperçurent des lumières dans le lointain. Magellan confirma qu'ils étaient bien à l'endroit où ils voulaient, juste au sud de la ville et à sept kilomètres de la route.

Quatre hommes partirent en reconnaissance, jusqu'à ce que l'un d'eux ait trouvé un oued au fond sablonneux. Ils y creusèrent un trou en silence, grâce aux pelles et aux outils accrochés au flanc des Land Rover pour parer au risque d'enlisement. Ils y enterrèrent la moto tout terrain aux pneus renforcés, ainsi que les jerricanes d'essence qui lui permettraient de rouler jusqu'à la frontière, en cas de nécessité. Le tout était enveloppé dans une feuille épaisse de polyéthylène pour le protéger du sable et de l'eau, car la saison des pluies n'allait plus tarder. Pour éviter que la cache ne soit emportée par les eaux, ils construisirent un cairn destiné à ralentir l'érosion hydraulique.

Le navigateur grimpa sur la colline qui dominait l'oued et fit un relèvement aussi précis que possible de l'antenne radio dominant Ar-Rutba. On apercevait ses feux rouges dans le lointain.

Pendant qu'ils travaillaient, Mike Martin s'était déshabillé. Il sortit de son sac la gandoura, le voile et les sandales de Mahmoud Al-Khouri, travailleur irakien et jardinier — homme à tout faire. Un autre sac contenait du pain, de l'huile, du fromage et des olives pour le petit déjeuner, un portefeuille fatigué pour les papiers et les photos des vieux parents de Mahmoud, une boîte cabossée en fer-blanc avec un peu d'argent et un coupe-papier. Il était prêt.

« Touche du bois, fit le capitaine.

— Bonne chasse, patron, ajouta le navigateur.

— Au moins, vous aurez un œuf frais pour votre déjeuner », dit un autre, et tous éclatèrent de rire. Les hommes du SAS ne se souhaitent jamais bonne chance, jamais. Mike Martin leur fit un grand signe de la main et commença à marcher dans le désert, jusqu'à la route. Quelques minutes plus tard, les Land Rover avaient disparu et l'oued était redevenu vide comme avant.

Le chef du poste de Vienne avait dans ses cartons un *sayan* qui était banquier, directeur de l'une des plus grandes banques de dépôt du pays. On lui demanda de préparer un rapport, aussi détaillé que possible, sur la Banque Winkler. On expliqua seulement au *sayan* que certaines entreprises israéliennes étaient entrées en relation avec Winkler et souhaitaient être rassurées sur sa solidité, ses antécédents et ses pratiques bancaires. On constate tellement de fraudes de nos jours, lui dit-on.

Le *sayan* accepta l'explication et fit de son mieux. Ce n'était pas si mal, car sa première découverte fut que la Winkler opérait avec un souci obsessionnel du secret.

La banque avait été créée presque cent ans plus tôt par le père du propriétaire et président actuel. Le Winkler de 1990, fils du fondateur, était âgé de quatre-vingt-onze ans et il était connu dans les cercles financiers de Vienne sous le surnom de Der Alte, le Vieux. Malgré son âge, il refusait d'abandonner la présidence et le contrôle de l'établissement. Veuf et sans enfants, il n'avait pas de successeur naturel. Le changement de contrôle devrait donc attendre la séance de lecture de son testament.

Néanmoins, la gestion au jour le jour de la banque reposait sur trois vice-présidents. Ils voyaient le président à son domicile environ une fois par mois. Sa principale préoccupation semblait être de s'assurer que ses principes extrêmement stricts étaient appliqués à la lettre. Les décisions de gestion courante étaient prises par les vice-présidents, Kessler, Gemütlich et Blei. Il ne s'agissait naturellement pas d'une banque de dépôt, et elle ne délivrait pas de carnets de chèques ni ne tenait de comptes courants. Son métier consistait à recueillir les fonds que lui confiaient ses clients et à les placer de façon judicieuse et sûre, principalement en valeurs européennes. Les rendements de pareils investissements avaient peu de chances d'être parmi les dix meilleurs de la place, mais là n'était pas la question. Les clients de Winkler ne recherchaient pas la croissance où des taux d'intérêts époustouflants. Ils cherchaient la sécurité et l'anonymat le plus absolu. C'est cela que leur garantissait Winkler, et il tenait ses promesses.

Les règles auxquelles Winkler attachait une importance maladive étaient la discrétion la plus totale quant à l'identité des détenteurs de comptes numérotés, associée à une sainte horreur de ce que le Vieux appelait « ces nouvelles excentricités ». Il professait pour tous ces gadgets modernes un tel dégoût que les ordinateurs étaient bannis de chez lui pour l'archivage des informations sensibles ou de la comptabilité, de même que les télécopieurs, et, dans la mesure du possible, les téléphones. La Banque Winkler acceptait de recevoir des ordres ou des informations par téléphone, mais n'en communiquait jamais par cette voie. La Banque Winkler travaillait à l'ancienne mode, rédigeant ses lettres sur un papier de luxe et organisant des réunions dans ses murs. Dans Vienne, c'est un coursier qui portait les lettres et les notes, dans des enveloppes cachetées à la cire. La banque ne faisait confiance aux services postaux que pour le courrier expédié en province ou à l'étranger.

On avait demandé au *sayan* de s'intéresser particulièrement aux comptes numérotés des clients étrangers. Personne ne savait grand-chose là-dessus, mais la rumeur publique parlait de dépôts de plusieurs centaines de millions de dollars. Si c'était vrai, et étant donné le pourcentage de ces clients très discrets qui mouraient sans avoir dit à personne comment accéder à leur compte, la Banque Winkler devait faire d'assez jolis résultats, merci pour elle.

Gidi Barzilai, lorsqu'il lut ce rapport, jura comme un charretier. Le vieux Winkler ne connaissait peut-être rien aux dernières techniques d'écoute ou de piratage d'ordinateur, mais son instinct avait mis exactement le doigt sur ce qu'il fallait faire.

Au cours des années pendant lesquelles l'Irak avait accru ses achats d'équipements d'armes chimiques, tous les contrats avec des sociétés allemandes avaient transité par trois banques suisses. Le Mossad savait que la CIA avait réussi à pirater les ordinateurs de ces trois établissements — le premier objectif était en fait de repérer l'argent du blanchiment de la drogue. Ce sont ces renseignements qui avaient permis à Washington d'adresser un nombre incalculable de protestations au gouvernement allemand. Et ce n'était vraiment pas de la faute de la CIA si le chancelier Kohl avait rejeté avec mépris chacune de ces protestations : les renseignements étaient extrêmement précis.

Si Gidi Barzilai avait espéré pirater l'ordinateur central de la Banque Winkler, c'était peine perdue : il n'existait pas. Il ne restait guère que les micros, l'interception du courrier et les écoutes téléphoniques. Mais il était bien possible que ces moyens ne suffisent pas à régler son problème.

De nombreux comptes bancaires utilisent un *losungswort,* un indicatif codé qui permet d'effectuer transferts et retraits. Mais les détenteurs de ces comptes utilisent normalement cet indicatif pour s'identifier au téléphone ou dans un fax, quelquefois même dans une lettre. Avec les méthodes de la Winkler, un compte numéroté important utilisait sans doute un système plus élaboré. Il pouvait s'agir d'une présentation particulière associée à une identification détaillée du titulaire, ou d'un mandat manuscrit préparé d'une certaine façon, avec des mots codés ou des symboles qui devaient apparaître à un endroit bien déterminé.

Il était clair que la Banque Winkler acceptait n'importe quel versement, d'où qu'il vienne et quel qu'en soit l'émetteur. Le Mossad le savait, puisqu'il avait effectué ces foutus virements sur le compte de Jéricho à la banque. Et ce compte n'était identifié que par un simple numéro. Mais convaincre la Banque Winkler d'effectuer un *virement* serait une autre paire de manches.

D'une façon ou d'une autre, dans la chambre où il passait le plus clair de son temps à écouter de la musique religieuse, le vieux Winkler avait deviné que les techniques d'interception frauduleuse seraient plus fortes que les techniques modernes de transfert.

La seule autre chose que le *sayan* pouvait considérer comme pratiquement certaine était que les comptes les plus sensibles étaient gérés directement par l'un des trois vice-présidents et personne d'autre. Le Vieux avait choisi judicieusement ses adjoints ; tous trois avaient la réputation d'hommes dépourvus d'humour, durs et fort bien rémunérés. En un mot, inattaquables. Israël, avait conclu le *sayan*, n'avait aucun souci à se faire avec la Banque Winkler. Mais il était naturellement passé à côté de la plaque. En cette première semaine de novembre, Gidi Barzilai commençait à en avoir sérieusement assez, de cette Banque Winkler.

Il y avait un bus une heure après le lever du jour, et il ralentit pour prendre l'unique passager assis sur un rocher au bord de la route cinq kilomètres avant Ar-Rutba. L'homme se leva et fit de grands signes. Il tendit deux billets sales d'un dinar, alla s'asseoir à l'arrière, posa son panier et les poulets sur ses genoux et s'endormit.

Une patrouille de police stationnait dans le centre de la ville, et le bus s'arrêta en tanguant sur ses vieux ressorts fatigués. La plupart des passagers descendirent pour se rendre à leur travail ou au marché, d'autres montèrent. Mais tandis que les policiers contrôlaient les papiers de ceux qui montaient, ils se contentaient de se faire montrer à travers les vitres sales les cartes d'identité des rares passagers restés à bord. Ils ne virent même pas le paysan installé à l'arrière. Ce qu'ils recherchaient, c'étaient des individus suspects.

Au bout d'une heure, le bus prit en cahotant la direction de l'est, roulant d'un bord à l'autre de la route. Il était obligé de temps à autre de se mettre à moitié sur le bas-côté pour laisser passer une colonne grondante de camions militaires remplis de soldats abrutis entassés à l'arrière, qui contemplaient les nuages de poussière soulevés par les véhicules.

Mike Martin gardait les yeux clos, mais il écoutait attentivement les conversations autour de lui, essayant de repérer un mot insolite ou une pointe d'accent qu'il aurait oubliés. Dans cette région de l'Irak, l'arabe était assez différent de celui qu'on parlait au Koweït. S'il devait passer pour un fellah analphabète à Bagdad, il aurait à se servir de cet accent et des tournures de la campagne. Un policier urbain laisse rapidement tomber lorsqu'il entend un accent qui a l'odeur du foin.

Dans leur cage posée sur ses genoux, les poulets avaient fait un voyage éprouvant, même s'il avait sorti de temps en temps du fond de sa poche quelques grains et partagé avec eux un peu d'eau de sa gourde. Laquelle gourde se trouvait maintenant dans une Land Rover camouflée sous un filet dans le désert, très loin derrière lui. Les volatiles caquetaient de colère à chaque cahot, ou s'accroupissaient et crottaient dans leur litière.

Il aurait fallu un œil averti pour s'apercevoir que le fond extérieur de la cage mesurait six centimètres de plus que l'intérieur. L'épaisse litière autour des pattes des poulets masquait la différence. Le foin n'avait pas plus de deux centimètres d'épaisseur. Dans la cavité de six centimètres ainsi ménagée à l'intérieur de cette cage de trente centimètres de côté, se trouvait un certain nombre d'objets que la police d'Ar-Rutba aurait certainement jugés aussi étranges qu'intéressants. Il y avait là une antenne satellite pliante, réduite à la taille d'un manche de parapluie de poche. Il y avait aussi un émetteur radio, mais plus puissant que celui que Martin avait utilisé au Koweït. Bagdad ne lui offrirait pas la possibilité de s'éloigner dans le désert pour émettre à sa guise. De même, il était hors de question de s'autoriser de longues vacations, ce qui expliquait, outre les piles au cadmium-nickel, la présence dans la cachette d'un dernier objet. Il s'agissait d'un magnétophone, mais d'un genre très particulier.

Les nouvelles technologies commencent toujours par être encombrantes et difficiles à utiliser. Au fur et à mesure qu'elles se développent, il se produit deux choses. La « tripaille » devient de plus en plus complexe, mais l'appareil est de plus en plus miniaturisé et sa mise en œuvre se simplifie.

Les émetteurs radio utilisés en France au cours de la Seconde Guerre mondiale par les agents des services spéciaux britanniques étaient un vrai cauchemar selon les normes actuelles. Tenant dans une valise, ils avaient besoin d'une antenne de plusieurs mètres, possédaient des tubes électroniques de la taille d'une grosse ampoule et ne travaillaient qu'en Morse. Toutes ces contraintes obligeaient l'opérateur à pianoter pendant des heures, ce qui laissait largement le temps aux unités radio allemandes de le localiser et de débarquer sur les lieux.

Le magnétophone de Mike Martin était très simple à utiliser, mais comportait quelques raffinements assez intéressants. Il pouvait dicter un message de dix minutes à un rythme normal dans le micro. Avant enregistrement, le texte était chiffré électroniquement en un crachouillis que, même s'ils l'interceptaient, les Irakiens seraient probablement incapables de décoder. Lorsqu'on appuyait sur un bouton, la bande se rembobinait. Un autre bouton déclenchait le réenregistrement, mais deux cents fois plus vite, réduisant ainsi la durée de l'émission à un grésillement de trois secondes impossible à repérer. C'est ce grésillement que l'opérateur envoyait sur les ondes via l'antenne satellite en raccordant l'émetteur à la batterie et au magnétophone. Le message serait reçu à Riyad, ralenti, déchiffré et relu en clair.

Martin descendit du bus à Ramadi, terminus de la ligne, et prit une autre correspondance qui s'arrêtait après le lac Habbaniyah et l'ancienne base aérienne de la Royal Air Force maintenant transformée en base de la chasse irakienne. Le bus fut arrêté dans la banlieue de Bagdad et toutes les pièces d'identité vérifiées.

Martin fit humblement la queue, serrant ses poulets contre lui, derrière les voyageurs qui s'avançaient jusqu'à la table où officiait un policier. Lorsque ce fut son tour, il posa le panier d'osier par terre et sortit sa carte d'identité. Le policier jeta un coup d'œil, il faisait chaud et il avait soif. La journée avait été longue. Il désigna du doigt la localité d'origine du porteur.

« Où est-ce ?

— Un petit village au nord de Baji, très connu pour ses melons, *bey*. »

Le policier tordit la bouche. « Bey » était l'appellation respectueuse qui remontait au temps de l'Empire turc. On ne l'entendait plus que rarement, et uniquement dans la bouche de gens qui sortaient d'un trou. Il lui fit signe qu'il pouvait s'en aller. Martin ramassa ses poulets et remonta dans le bus.

Peu avant sept heures, le bus s'arrêta et Martin sortit de la grande gare routière de Kadhimiya. Il était à Bagdad.

Chapitre 11

Cela lui faisait une bonne marche matinale depuis le terminus des bus, dans le nord de la ville, jusqu'à la maison du premier secrétaire de l'ambassade d'Union soviétique, dans le quartier de Mansour, mais Martin en était plutôt heureux. La première raison était simple : il venait de se faire secouer pendant douze heures dans deux bus successifs pour parcourir les trois cent soixante-dix kilomètres qui séparent Ar-Rutba de la capitale, et ce n'étaient pas des autocars de luxe avec couchette. Deuxième motif, marcher lui permettrait de s'imprégner de l'atmosphère de la ville où il n'était pas revenu depuis qu'un avion de ligne avait emmené à Londres l'écolier nerveux de treize ans qu'il était alors. Et cela faisait vingt-quatre ans.

Beaucoup de choses avaient changé. La ville dont il se souvenait était typiquement arabe, plus petite, regroupée autour des quartiers centraux de Cheikh Omar et Saadoun sur la rive occidentale du Tigre, et du quartier d'Aalam de l'autre côté du fleuve, vers Karch. L'activité se concentrait là, dans les rues étroites et les ruelles, les marchés, les mosquées et leurs minarets qui se découpaient sur le ciel pour rappeler aux gens qu'ils devaient se soumettre à la volonté d'Allah.

Vingt années de revenus pétroliers avaient apporté de larges autoroutes qui se croisaient à travers des ronds-points, des viaducs et des bretelles d'accès en forme de trèfle. Les voitures s'étaient multipliées et les gratte-ciel s'élançaient vers le ciel nocturne. Mammon avait vaincu son vieil adversaire.

Il eut du mal à reconnaître Mansour une fois arrivé au bas du long ruban de la rue Rabia. Il avait le souvenir de vastes espaces dégagés autour du Club Mansour où son père emmenait sa famille pendant les après-midi de week-end. Le quartier était visiblement resté un endroit chic, mais les jardins avaient cédé la place à des rues et à des résidences destinées à ceux qui en avaient les moyens.

Il passa à quelques centaines de mètres seulement de l'ancienne école primaire de M. Hartley où il avait appris ses leçons et joué pendant la récréation avec ses amis, Hassan Rahmani et Abdelkarim Badri, mais il faisait nuit et il ne reconnut pas la rue.

Il savait quel boulot faisait Hassan, mais il n'avait plus entendu parler des deux fils du Dr Badri depuis près d'un quart de siècle. Le cadet, Osman, qui aimait tant les maths, était peut-être devenu ingénieur. Et Abdelkarim, qui raflait tous les prix de récitation, était-il poète ou écrivain ?

S'il avait marché à la façon des SAS, le pied bien à plat, les épaules se balançant en cadence pour soulager les jambes, il aurait mis moitié moins de temps pour couvrir le trajet. Mais il se souvenait de ce qui était arrivé à ces deux ingénieurs anglais, au Koweït : « Vous avez beau être habillés comme des Arabes, vous marchez comme des Anglais. » Il ne portait pas aux pieds de bonnes chaussures de marche bien lacées, mais des espadrilles de toile à semelle de corde, comme n'importe quel pauvre fellah irakien. Il traînait donc les pieds, les épaules courbées, la tête basse.

On lui avait montré à Riyad les derniers plans de la ville et de nombreuses photos prises à haute altitude. Elles avaient été agrandies et, avec une loupe, on arrivait à distinguer les détails des jardins derrière leurs murs, les piscines et les voitures des riches et des puissants. Il avait tout appris par cœur. Il prit à gauche dans la rue de Jordanie, dépassa la place Yarmuk puis tourna tout de suite à droite l'avenue bordée de trois rangées d'arbres où habitait le diplomate soviétique.

Dans les années soixante, du temps de Kassem puis des généraux qui lui avaient succédé, l'URSS occupait une place de premier plan à Bagdad et faisait mine d'épouser la cause du nationalisme arabe perçu comme anti-occidental, tout en essayant de convertir ce même monde arabe au communisme. A cette époque, l'Union soviétique avait acquis plusieurs vastes résidences hors de l'ambassade pour y loger une représentation de plus en plus nombreuse. Ces maisons ainsi que les terrains qui les entouraient avaient obtenu le statut d'extraterritorialité. C'était là un privilège que même Saddam Hussein n'avait pas osé remettre en cause, car, au milieu des années quatre-vingt, Moscou était devenu son principal fournisseur d'armes et six mille conseillers militaires soviétiques entraînaient son armée de l'air et ses forces blindées sur du matériel russe.

Martin arriva devant la villa, facile à identifier grâce à la petite plaque de cuivre indiquant que cette maison appartenait à l'ambassade d'URSS. Il tira la chaîne qui pendait sur le côté du portail et attendit là.

Au bout de plusieurs minutes, on ouvrit la porte et il vit apparaître un grand gaillard tout blond en veste blanche de maître d'hôtel. « *Da ?* » fit-il. Martin répondit en arabe, sur le ton larmoyant d'un humble employé s'adressant à un supérieur. Le Russe prit un air excédé. Martin fouilla dans sa robe et sortit sa carte d'identité. C'était au moins une chose que le Russe comprenait, son pays en connaissait un bout en matière de passeports intérieurs. Il prit la carte, dit « Attends » en arabe et referma le portail.

Il revint au bout de cinq minutes et fit signe à l'Irakien au *dish-dash* douteux d'entrer, et le mena vers l'escalier qui conduisait à la porte d'entrée de la villa. Alors qu'ils étaient au pied des marches, un homme apparut en haut du perron.

Youri Koulikov, premier secrétaire de l'ambassade soviétique, était un diplomate tout ce qu'il y a de plus professionnel : il avait trouvé scandaleuses les instructions reçues de Moscou, mais était bien obligé de s'y plier. Il était évident qu'on le dérangeait pendant son dîner, car il froissait une serviette avec laquelle il s'essuya la bouche en descendant les marches.

« Alors, te voilà, dit-il en russe. Maintenant, écoute-moi bien. Puisqu'on nous impose cette histoire invraisemblable, allons-y. Mais je ne veux rien avoir à faire là-dedans. *Panimayesh ?* »

Martin, qui ne parlait pas russe, haussa les épaules d'un air découragé et répondit en arabe. « Oui, *bey ?* »

Koulikov prit ce changement de langue pour une insolence. Martin en déduisit que — circonstance amusante — le Russe prenait ce nouveau domestique assez peu bienvenu pour l'un de ces espions que lui collaient aux fesses ces incapables de la Loubianka.

« Oh, très bien, on parle arabe si tu préfères. » Il le parlait couramment lui aussi, encore que ce soit avec un accent russe prononcé, et il ferait beau voir que cet agent du KGB lui en remontre dans ce domaine.

Il poursuivit donc en arabe. « Voilà ta carte. Et voici la lettre qu'on m'a ordonné de préparer pour toi. Maintenant, tu logeras dans la remise au fin fond du jardin, tu t'occuperas des plates-bandes, et tu feras le marché comme te l'ordonnera le chef. A part ça, je ne veux pas entendre parler de toi. Si tu te fais prendre, je ne sais rien, si ce n'est que je t'ai engagé de bonne foi. Maintenant, va t'occuper de tes affaires et débarrasse-moi de ces foutues bêtes. Je ne veux pas voir des poulets me saccager le jardin. »

Quel merdier ! se dit-il, irrité, en retournant terminer son dîner interrompu. Si cet idiot se fait pincer par l'AMAM à faire une bêtise, ils sauront vite qu'il est russe. L'idée qu'il est au service du premier secrétaire de l'ambassade par un malheureux hasard a autant de chances de passer qu'une partie de patin à glace sur le Tigre.

Mike Martin découvrit son logement au fond du jardin. C'était un bungalow d'une seule pièce, meublé d'un lit de camp, d'une table, de deux chaises, d'un portemanteau accroché au mur et d'une cuvette posée sur une étagère dans un coin. Un examen un peu plus fouillé révéla des cabinets extérieurs et un robinet scellé dans le mur du jardin. Les ablutions allaient être plutôt sommaires, et il fallait s'attendre à ce qu'on lui serve ses repas à la porte de la cuisine, derrière la maison. Il poussa un soupir. Qu'elle était loin, la grande villa de Riyad !

Il trouva une bonne quantité de bougies et des allumettes. En s'éclairant à la lueur d'une chandelle, il tendit des couvertures devant les fenêtres et commença à défaire quelques-unes des briques grossières du sol au moyen de son couteau. Après avoir creusé le ciment pendant une heure, il réussit à en enlever quatre. Il passa encore une heure à creuser un trou en s'aidant d'une pioche trouvée dans le râtelier à outils. Il avait de quoi mettre à l'abri son émetteur, les batteries, le magnétophone et l'antenne pliable. Il mélangea un peu de salive et de terre pour combler les rainures entre les briques et effacer toute trace de la cache.

Un peu avant minuit, il découpa au couteau le fond de la cage à poules et tassa la litière dans le véritable fond. Toute trace de la cavité de six centimètres avait ainsi disparu. Tandis qu'il travaillait, les poulets grattaient le sol à la recherche de grains de blé assez improbables. Ils se rattrapèrent en avalant un certain nombre de punaises.

Martin termina ses dernières olives et le reste du fromage puis partagea la fin du pain de seigle avec ses compagnons de voyage, ainsi qu'un grand bol d'eau tiré au robinet.

Les poulets retrouvèrent leur cage, sans qu'on sache s'ils avaient pris conscience de l'agrandissement de leur logis. Mais ils ne protestèrent pas. La journée avait été longue, et tout ce petit monde s'endormit.

Le dernier geste de Martin fut pour aller pisser un coup sur les roses de Koulikov dans l'obscurité avant de souffler les bougies. Puis il s'enroula dans sa couverture et fit comme ses protégés.

Son horloge interne le réveilla à quatre heures du matin. Il sortit les sacs en plastique qui contenaient son matériel de transmission, enregistra un court message pour Riyad, l'accéléra deux cents fois, relia le magnétophone à l'émetteur et dressa face à la porte ouverte l'antenne qui occupait toute la place dans la remise.

A quatre heures quarante-cinq, il effectua une brève émission sur la fréquence du jour, démonta le tout et le remit à sa place sous le carrelage.

Le ciel était encore tout noir au-dessus de Riyad. Une antenne identique, installée sur le toit de la résidence du SIS, capta le signal d'une seconde et le transmit au PC télécoms. La fenêtre de transmission était comprise entre quatre heures trente et cinq heures du matin, l'équipe d'écoute était donc présente.

Deux magnétophones enregistrèrent l'émission de Bagdad et un voyant se mit à clignoter, avertissant les techniciens qu'il y avait quelque chose. Ils ralentirent le message deux cents fois et l'écoutèrent en clair sur casque. L'un d'eux nota rapidement le contenu, le tapa à la machine et sortit du local.

Julian Gray, le chef de poste, fut réveillé à cinq heures quinze.

« C'est Ours Brun, monsieur. »

Gray lut le message dans l'excitation et alla réveiller Simon Paxman. Le chef du bureau Irak avait décidé de rester à Riyad pour une durée indéterminée et son intérim à Londres était assuré par son adjoint. Il s'assit sur le bord de son lit, complètement réveillé, et lut la feuille de papier pelure.

« Sacrebleu, pour l'instant, ça marche.

— Les problèmes pourraient commencer, fit Gray, lorsqu'il essaiera de contacter Jéricho. »

Il y avait en effet de quoi être préoccupé. L'ex-agent du Mossad à Bagdad était déconnecté depuis trois mois. Il pouvait être compromis, ou tout simplement avoir changé d'avis. Il avait peut-être aussi été muté assez loin, ce qui était encore plus vraisemblable s'il s'agissait d'un officier supérieur nommé à un commandement opérationnel au Koweït. Tout avait pu arriver.

« On ferait mieux de prévenir Londres. Y a moyen d'avoir du café ?

— Je vais dire à Mohammed de s'en occuper », fit Gray.

Mike Martin arrosait les fleurs du jardin. Il était cinq heures trente et la maison s'éveillait. La cuisinière, une Russe épanouie, l'aperçut par la fenêtre et, quand l'eau fut chaude, l'appela par la fenêtre de la cuisine. « *Kak naravitsiya ?* » lui demanda-t-elle. Elle s'arrêta avant de reprendre en arabe : « Ton nom ?

— Mahmoud, répondit Martin.

— Tiens, voilà une tasse de café, Mahmoud. »

Martin remercia plusieurs fois à grands signes de tête en signe de reconnaissance, murmura « *Shukran* » et prit la tasse chaude à deux mains. Il ne plaisantait pas, c'était du vrai café et il était délicieux. C'était la première boisson chaude qu'il avalait depuis le thé qu'ils avaient préparé à la frontière saoudienne.

Le petit déjeuner était à sept heures — un bol de lentilles et du pain de seigle — et il se jeta littéralement dessus. Apparemment, le maître d'hôtel de la veille et sa femme, la cuisinière, tenaient le ménage du premier secrétaire Koulikov, qui semblait être célibataire. A huit heures, Martin fit la connaissance du chauffeur, un Irakien qui baragouinait le russe et lui était donc assez utile pour traduire quelques messages assez simples.

Martin décida de ne pas trop frayer avec ce chauffeur qui risquait d'être un homme de l'AMAM ou même du contre-espionnage de Rahmani. Mais il s'avéra vite que cela ne posait pas de problème. Agent ou pas, le chauffeur regardait le jardinier avec beaucoup de condescendance. Il consentit cependant à expliquer à la cuisinière que Martin devait sortir quelque temps, car leur employeur lui avait ordonné de se débarrasser de ses poulets.

Une fois dans la rue, Martin se dirigea vers l'arrêt de bus et remit ses poulets en liberté dans un terrain vague.

Comme dans de nombreuses villes arabes, un arrêt de bus à Bagdad n'est pas seulement un endroit où l'on monte dans les véhicules qui desservent la province. C'est aussi un endroit où une foule de gens de la classe laborieuse viennent vendre ou acheter. Un marché en plein air court ainsi tout le long de l'enceinte sud de la ville. C'est là que Martin, après avoir marchandé comme il convient, acquit une bicyclette bringuebalante qui se mit à gémir pitoyablement quand il l'enfourcha. Mais une bonne giclée d'huile y remédia.

Il savait qu'il ne pourrait pas circuler en voiture, et même une moto aurait paru trop luxueuse pour un humble jardinier. Il revoyait le domestique de son père pédalant dans toute la ville, d'un marché à l'autre, pour assurer le ravitaillement quotidien. Il en déduisit que la bicyclette était un moyen de transport parfait pour un travailleur.

Avec son couteau, il découpa le haut de la cage à poules et la transforma ainsi en un panier carré ouvert sur le dessus. Il la fixa sur la fourche arrière de son vélo avec deux gros caoutchouc, d'ex-courroies de ventilateur qu'il avait achetées dans un modeste garage. Il revint jusqu'au centre ville et s'acheta quatre bâtons de craie de différentes couleurs chez un marchand de trottoir, rue Shurja, juste en face de l'église catholique Saint-Joseph où se réunissent les chrétiens chaldéens.

Il se souvenait de ce quartier de son enfance, l'Agid-al-Nasara ou quartier des Chrétiens. Les rues Shurja et de la Banque étaient toujours aussi encombrées de voitures en stationnement interdit et d'étrangers qui flânaient dans les boutiques où l'on vendait des herbes et des épices.

Lorsqu'il était enfant, il n'existait que trois ponts pour franchir le Tigre, le pont de chemin de fer au nord, le pont Neuf au centre et le pont du Roi-Fayçal au sud. A présent, il y en avait neuf. Quatre jours après le début de la guerre aérienne qui allait éclater, il n'en resterait plus un. Tous faisaient partie de la liste d'objectifs établis dans le Trou Noir à Riyad, et ils furent consciencieusement détruits. Mais, en cette première semaine de novembre, toute l'animation de la ville y créait une circulation incessante dans les deux sens.

Il remarqua aussi une autre nouveauté, l'omniprésence de la police secrète, l'AMAM, encore que la plupart des hommes ne fissent aucun effort pour avoir l'air secret. Ils stationnaient au coin des rues ou dans leurs voitures. Deux fois, il vit des étrangers se faire contrôler leurs papiers, et il vit deux autres fois la même chose arriver à des Irakiens. Les étrangers se contentèrent de manifester une résignation un peu nerveuse, alors que les Irakiens avaient l'air terrorisé.

En apparence, la vie de la cité continuait comme avant, et les habitants se montraient toujours d'aussi bonne humeur que dans ses souvenirs. Mais ses antennes lui disaient que, sous ces apparences, régnait la peur, une peur inspirée par le tyran installé dans son grand palais près du fleuve, plus bas, près du pont Tamouz.

Ce matin-là, il n'eut qu'une occasion d'expérimenter ce que les Irakiens vivaient chaque jour. Il était à Kasra, au marché aux fruits et légumes, de l'autre côté du fleuve par rapport à sa nouvelle demeure, en train de marchander le prix de quelques fruits avec un vieux marchand. Si les Russes devaient continuer à le nourrir uniquement de bonnes paroles et de pain, il pourrait au moins compléter son ordinaire avec quelques fruits.

Pas très loin de là, quatre hommes de l'AMAM bousculèrent un jeune homme un peu rudement avant de le laisser aller. Le vieux marchand éructa et cracha dans la poussière, manquant de peu une botte de ses propres aubergines. « Un jour, les Beni Nadji reviendront et ils chasseront cette vermine, murmura-t-il.

— Fais attention, vieillard, tu dis n'importe quoi », dit Martin dans un souffle en tâtant des pêches pour voir si elles étaient mûres.

Le vieil homme le fixa droit dans les yeux. « D'où viens-tu, mon frère ?

— De très loin. Un village du nord, après Baji.

— Retournes-y, si tu veux croire ce que te dit un vieil homme. J'ai vu beaucoup de choses. Les Beni Nadji viendront du ciel, sûr, et les Beni Kalb aussi. »

Il cracha une seconde fois, et là, les aubergines n'eurent pas la même chance. Martin acheta des pêches et des melons puis s'éloigna sur son vélo. Il était de retour dans la demeure du premier conseiller soviétique vers midi. Koulikov était parti depuis longtemps à l'ambassade et son chauffeur avec lui. Martin se fit engueuler par la cuisinière, mais c'était en russe. Il haussa les épaules et retourna s'occuper du jardin.

Il était tout de même intrigué par le vieil homme. Il y avait apparemment des gens qui s'attendaient à l'invasion et qui n'étaient pas contre. L'expression « chasser cette vermine » ne pouvait viser que la police secrète et, par conséquent, Saddam Hussein.

A Bagdad, le peuple des rues appelle les Britanniques les Beni Nadji. L'origine de ce nom se perd dans la nuit des temps, mais on croit qu'il s'agissait d'un vieux sage et d'un saint. Les jeunes officiers britanniques affectés dans le pays du temps de l'Empire avaient coutume de venir le voir. Ils s'asseyaient à ses pieds et écoutaient ses préceptes. Il les traitait comme ses propres fils, en dépit du fait qu'ils étaient chrétiens, donc infidèles, si bien que le petit peuple les appela les « fils de Nadji ».

Les Américains sont surnommés Beni Kalb. *Kalb* signifie « chien » en arabe, et le chien, hélas, n'est pas un animal trop bien considéré dans la culture arabe.

Gideon Barzilai avait au moins un motif de satisfaction après avoir pris connaissance du rapport établi sur la Banque Winkler par le *sayan* banquier de l'ambassade. Il lui indiquait une piste qu'il pouvait explorer. Sa première priorité consistait à déterminer qui, des trois vice-présidents, Kessler, Gemütlich ou Blei, gérait le compte du renégat irakien Jéricho. Le moyen le plus rapide était de téléphoner, mais, au vu du rapport, Barzilai était sûr que personne ne prendrait un appel sur une ligne non protégée. Il présenta sa demande par message codé depuis le sous-sol blindé qu'occupait le Mossad dans l'ambassade et reçut la réponse de Tel-Aviv dans les meilleurs délais.

C'était une lettre, fabriquée sur papier à en-tête de l'un des établissements les plus vénérables qui soient, la Banque Coutts of the Strand, à Londres, banquiers de Sa Majesté la Reine. La signature était la reproduction exacte de celle d'un véritable directeur de Coutts, département des opérations internationales. Aucun nom ne figurait sur l'enveloppe ni dans la lettre, qui commençait simplement par un « Cher monsieur... »

Le contenu de cette missive était simple et allait droit au fait. Un client important de Coutts comptait procéder prochainement à un virement important sur le compte numéroté d'un client de la Banque Winkler, numéro ceci et cela... Le client de Coutts venait de les prévenir que, pour des raisons techniques de dernière minute, il était obligé de reporter ce virement de plusieurs jours. Si jamais le client de Winkler s'inquiétait de ce retard, Coutts serait éternellement reconnaissant envers M. Winkler s'ils pouvaient informer leur client que les fonds allaient arriver incessamment. Pour conclure, Coutts serait heureux d'obtenir un accusé de réception de cette lettre.

Barzilai avait fait le raisonnement suivant : les banques adorent la perspective d'une rentrée d'argent, et Winkler encore plus que les autres. On pouvait donc s'attendre à ce que la bonne vieille maison de Ballgasse fasse aux banquiers de la Maison Royale des Windsor l'honneur d'une réponse — par courrier. Il avait vu juste.

L'enveloppe envoyée par Tel-Aviv était assortie au papier à lettres, et portait des timbres anglais, apparemment compostés au bureau de Trafalgar Square deux jours plus tôt. Elle était adressée à « Monsieur le Directeur, Clients internationaux, Banque Winkler etc. ». Il n'existait bien sûr aucun responsable de ce genre à la Banque Winkler, puisque les tâches correspondantes étaient partagées entre trois hommes.

L'enveloppe fut glissée au milieu de la nuit dans la boîte aux lettres de la banque.

L'équipe Yarid de surveillance observait la banque depuis

déjà une semaine, notant et prenant en photo tous les menus événements du train-train quotidien, les heures d'ouverture et de fermeture, l'arrivée du courrier, le départ du coursier en tournée, l'endroit où se tenait la réceptionniste derrière son bureau dans le hall du rez-de-chaussée et celui où se trouvait le garde de sécurité qui avait le sien du côté opposé.

Winkler n'occupait pas un immeuble très grand. Ballgasse, ainsi d'ailleurs que Franziskanerplatz, est situé dans le quartier ancien, juste au-delà de Singerstrasse. L'immeuble de la banque avait sans doute été jadis l'hôtel particulier d'une riche famille de marchands, qui se sentait à l'abri derrière l'épaisse porte de bois décorée d'une discrète plaque de cuivre. Pour avoir une idée de la disposition des lieux, l'équipe Yarid était entrée dans une autre maison similaire de la place en se faisant passer pour les clients d'un cabinet comptable qui y était installé. Il n'y avait que cinq étages, et six bureaux à chaque niveau.

Entre autres choses, l'équipe Yarid avait remarqué que le courrier était déposé dans la boîte située sur la place juste avant l'heure de la fermeture. C'était le travail du coursier-gardien, qui retournait ensuite dans l'immeuble pour surveiller la porte ouverte pendant que le personnel quittait les bureaux. Il passait le relais au gardien de nuit avant de rentrer chez lui. Le gardien de nuit fermait la porte, en tirant assez de verrous pour résister à un véhicule blindé.

Avant de jeter l'enveloppe de Coutts dans la fente à la porte de la banque, le chef de l'équipe technique du Neviot avait examiné la boîte aux lettres de la place avec une grimace dédaigneuse. Ce n'était pas sorcier. L'un des hommes était un as du rossignol, il lui avait fallu trois minutes pour l'ouvrir et la refermer. Avec ce qu'il avait observé, il était en mesure de fabriquer une clé *ad hoc*, ce qu'il fit. Après deux ajustements mineurs, elle marcha aussi bien que celle du postier.

La surveillance montra également que le gardien avait toujours vingt à trente minutes d'avance sur l'heure à laquelle passait la camionnette de la poste.

Le jour où la lettre de Coutts fut déposée, l'équipe Yarid et le serrurier du Neviot travaillèrent de concert. Pendant que le gardien rentrait à la banque, le serrurier ouvrit la boîte aux lettres. Les vingt-deux lettres déposées par la Banque Winkler étaient sur le sommet du tas. Il leur fallut trente secondes pour retirer celle qui était adressée à « M. Coutts, Londres », remettre le reste en place et refermer la porte.

Les cinq hommes de l'équipe Yarid étaient disséminés dans le square pour le cas où quelqu'un aurait risqué de déranger le

« postier » dont l'uniforme, acheté à la hâte dans un magasin de fripes, ressemblait presque en tout point à un véritable uniforme de la poste de Vienne.

Mais les bons citoyens de cette ville ne sont pas habitués à voir des agents venus du Proche-Orient violer le sanctuaire que représente une boîte aux lettres. Il n'y avait que deux promeneurs dans le square et aucun ne fit attention à l'individu qui avait tout d'un employé des postes en train d'accomplir son devoir. Vingt minutes plus tard, le vrai postier fit ce qu'il avait à faire, mais les deux promeneurs étaient déjà partis pour être remplacés par d'autres.

Barzilai ouvrit la réponse de Winkler à Coutts et prit connaissance de l'accusé de réception, bref mais courtois, écrit dans un anglais passable et signé Wolfgang Gemütlich. Le chef de l'équipe du Mossad savait maintenant qui gérait le compte de Jéricho. Il ne restait plus qu'à le casser ou à le retourner. Ce que Barzilai ne savait pas, c'est que les vrais problèmes commençaient tout juste.

Il faisait nuit depuis longtemps lorsque Mike Martin quitta l'enclave russe à Mansour. Il ne voyait aucune raison de déranger les Russes en passant par la grande porte. Il y en avait une autre, un guichet, dans le mur de derrière avec une serrure rouillée dont on lui avait donné la clé. Il poussa sa bicyclette dans l'allée, referma la porte à clé et se mit en route.

Il savait que la nuit allait être longue. Le diplomate chilien, Moncada, avait parfaitement décrit aux officiers du Mossad qui l'avaient interrogé les trois boîtes aux lettres destinées aux messages qu'il faisait passer à Jéricho et les endroits où il faisait ses marques à la craie pour prévenir l'homme invisible qu'un message l'attendait. Martin savait qu'il n'avait pas le choix et qu'il lui fallait utiliser simultanément les trois, avec un message identique dans chacune d'elles.

Il avait écrit son message en arabe sur du fin papier pelure et avait glissé les feuilles pliées dans un petit sachet en plastique. Les trois sachets étaient collés à l'intérieur de sa cuisse. Il avait mis les bâtons de craie dans sa poche.

Il s'arrêta d'abord au cimetière Alwazia de l'autre côté du fleuve, à Risafa. Il y était déjà venu, il y avait longtemps, et s'en souvenait encore. Il avait aussi soigneusement étudié des photos à Riyad. Mais trouver une brique branlante dans l'obscurité était une autre paire de manches.

Il lui fallut tâtonner pendant dix minutes dans l'obscurité

avant de la trouver. C'était exactement à l'endroit indiqué par Moncada. Il sortit la brique de son logement, glissa le sachet en plastique derrière et remit la brique en place.

La seconde boîte se trouvait dans un autre vieux mur en ruine, près de la vieille citadelle d'Aadhamiya cette fois. Une flaque d'eau stagnante est tout ce qu'il reste des anciennes douves. Le tombeau d'Aladin n'est pas très loin de la citadelle, et entre les deux court un mur aussi ancien que celle-ci. Martin trouva le mur et l'arbre solitaire qui y était adossé. Il se glissa par-derrière et compta dix rangées de briques en partant du haut. La dixième brique tomba comme une vieille dent. Il y glissa la seconde enveloppe et remit la brique à sa place. Martin vérifia que personne n'était en vue, mais il était complètement seul. Personne n'avait envie de venir dans cet endroit désert pendant la nuit.

La troisième et dernière boîte se trouvait également dans un cimetière, mais cette fois dans le cimetière britannique abandonné de longue date qui se trouve à Waziraya près de l'ambassade de Turquie. Comme au Koweït, c'était une tombe. Pas une fente sous la dalle de marbre : une petite urne en pierre scellée à la place de la stèle au bout d'un lot laissé à l'abandon depuis très longtemps.

« Te fais pas de bile, murmura Martin au guerrier de l'Empire qui reposait en dessous depuis des années, continue comme ça, tu fais du bon boulot. »

Comme Moncada travaillait dans l'immeuble des Nations unies situé à quelques kilomètres sur la route de l'aéroport Matar-Sadam, il avait judicieusement fait ses marques à la craie à des endroits proches des larges avenues de Mansour, d'où on pouvait les voir en passant en voiture. La règle était simple : quand Moncada ou Jéricho voyait une marque, il notait la boîte à laquelle elle correspondait et effaçait la craie avec un chiffon humide. Celui qui l'avait faite repassait au même endroit un ou deux jours plus tard, voyait qu'elle avait été effacée et savait que le message avait été reçu (probablement), la cache visitée et le colis enlevé.

Les deux agents avaient communiqué de cette façon pendant deux ans sans jamais se rencontrer.

Martin, contrairement à Moncada, n'avait pas de voiture, et dut donc faire tout le trajet à vélo. Il fit sa première marque, un X en forme de croix de Saint-André, à la craie bleue sur le pilier en pierre du portail d'une vieille maison. La seconde, blanche, fut apposée sur la porte rouillée d'un garage derrière une maison de Yarmuk. Elle était en forme de croix de Lorraine. La troisième était rouge — un croissant islamique barré d'un trait au centre — et inscrite sur le mur de l'immeuble qui abritait l'Union des journalistes arabes à l'extrémité du quartier de Moutanabi. Les journalistes irakiens ne sont guère encouragés à se livrer à des investigations approfondies, et une marque de craie sur leur mur avait peu de chances de faire la une.

Martin n'avait aucun moyen de savoir si Jéricho, en dépit de l'avis laissé par Moncada pour le prévenir qu'il reviendrait peut-être un jour, continuait à circuler en ville, surveillant par la vitre de sa voiture la présence éventuelle de marques sur les murs. Tout ce qu'il pouvait faire était d'effectuer une tournée d'inspection chaque jour et d'attendre.

Le 7 novembre, il remarqua que la marque blanche avait disparu. Le propriétaire de la porte du garage avait-il décidé de nettoyer sa plaque de tôle rouillée de sa propre initiative ?

Martin continua sa tournée en vélo. La marque bleue sur le pilier du portail n'était plus là. Et la rouge sur le mur des journalistes non plus.

Cette nuit-là, il alla relever les trois boîtes aux lettres réservées aux messages de Jéricho pour son contrôleur.

La première était cachée sous une brique branlante derrière le mur qui entourait le marché aux fruits et légumes de la rue Saadoun. Il y avait une feuille de papier pelure pliée pour lui. La seconde cache se trouvait sous la pierre mal fixée d'une fenêtre, dans une maison en ruine, au bout d'une ruelle, dans ce labyrinthe de rues grouillantes qui constituent le souk de la rive nord, près du pont Shuhada. Elle lui réserva la même bonne surprise. La troisième et dernière, sous une borne dans une cour abandonnée, près d'Abou-Nawas, lui procura enfin un troisième morceau de papier pelure.

Martin les fixa avec du sparadrap contre sa cuisse gauche et retourna à bicyclette jusqu'à la maison de Mansour.

A la lueur d'une bougie vacillante, il les lut tous. Le message était le même à chaque fois. Jéricho était vivant et en bonne santé. Il était prêt à se remettre à travailler pour l'Occident, et comprenait que les Britanniques et les Américains étaient désormais les destinataires de ses renseignements. Mais les risques avaient augmenté dans des proportions considérables, et ses honoraires en feraient autant. Il attendait un accord sur ce point et des indications sur ce qu'on attendait de lui.

Martin brûla les trois messages et écrasa les cendres jusqu'à les réduire en poudre. Il savait quelle réponse faire aux deux requêtes. Langley était prêt à se montrer généreux, très généreux même, si la marchandise était de qualité. Quant aux renseignements recherchés, Martin avait appris par cœur une liste de questions relatives à l'humeur de Saddam, à sa stratégie, à l'emplacement des principaux centres de commandement et aux sites de production d'armes de destruction massive.

Juste avant l'aube, il prévint Riyad : Jéricho était de retour.

Le 10 novembre, le Dr Terry Martin retourna dans le petit bureau encombré qu'il occupait à l'École des études orientales et africaines. Il trouva un bout de papier que sa secrétaire avait déposé sur son sous-main. « Un certain M. Plummer a appelé. A dit que vous avez son numéro et voudrait avoir de vos nouvelles. »

La sécheresse du message indiquait que Miss Wordsworth était mécontente. C'était une femme qui aimait protéger ses universitaires avec la possessivité d'une mère poule. Pour tout dire, cela signifiait qu'elle désirait savoir tout ce qui se passait et à tout instant. Les gens qui appelaient et refusaient de lui donner le motif de leur appel n'avaient aucune chance de recueillir son approbation.

Avec le premier trimestre qui battait son plein et un nouvel arrivage d'étudiants dont il prenait la responsabilité, Terry Martin avait presque oublié la demande qu'il avait faite au directeur du département pays arabes du GCHQ. Lorsqu'il l'appela, Plummer était sorti déjeuner et ses conférences retinrent Martin jusqu'à quatre heures. A cinq heures, il réussit à obtenir son correspondant dans le Gloucestershire. Celui-ci était sur le point de rentrer chez lui.

« Ah oui, fit Plummer. Vous vous souvenez que vous m'aviez demandé de vous prévenir si on trouvait quelque chose de bizarre, quelque chose qui n'aurait apparemment aucun sens ? Nous avons intercepté quelque chose hier à notre station de Chypre, et ça sent le roussi. On peut vous le faire écouter, si vous voulez.

— Ici, à Londres ? demanda Martin.

— Non, j'ai peur que ce ne soit pas possible. Nous avons la bande ici, naturellement, mais franchement, il faudrait que vous l'entendiez sur l'une des grosses machines que nous avons ici, avec toutes les possibilités de réglage. Un magnétophone ordinaire ne vous permettrait pas d'obtenir cette qualité. Le son est très mauvais. C'est pourquoi mes Arabes ne peuvent pas en venir à bout. »

Les deux hommes étaient totalement pris tout le reste de la semaine. Martin convint d'aller en voiture le voir le dimanche et Plummer lui proposa de l'inviter à déjeuner dans un petit restaurant sympa à un kilomètre ou deux de son bureau.

Les deux hommes en veste de tweed n'éveillèrent l'attention de personne dans la vieille auberge à poutres apparentes. Ils commandèrent le plat du jour, bœuf et yorkshire pudding.

« Nous ne savons pas qui parle à qui, dit Plummer, mais ce sont visiblement des gens importants. Pour une raison ou pour une autre, celui qui appelle le fait sur une ligne non protégée et il semble qu'il rentre d'une tournée au quartier général avancé, au Koweït. Il utilisait peut-être son téléphone de voiture. Nous savons qu'ils n'étaient pas sur le réseau militaire, donc le correspondant n'est probablement pas un militaire. Un haut fonctionnaire, peut-être. »

Le bœuf arriva et ils cessèrent de parler pendant qu'on leur servait les pommes de terre et la viande grillée. Lorsque la serveuse se fut éloignée, Plummer continua. « Celui qui appelle semble commenter les comptes rendus de l'armée de l'air irakienne selon lesquels les Américains et les Britanniques envoient de plus en plus de patrouilles de chasse qui foncent jusqu'à la frontière avant de virer de bord à la dernière minute. »

Martin hocha la tête, il avait entendu parler de cette tactique. Elle était destinée à tester les réactions de la défense antiaérienne à de telles attaques simulées, en l'obligeant à « illuminer » ses écrans radar et les conduites de tir des missiles SAM, dévoilant ainsi leur position exacte aux AWACS qui faisaient des ronds au-dessus du Golfe.

« Celui qui parle fait allusion aux Beni Kalb, les fils de chiens, le surnom des Américains. L'autre se met à rire et dit que l'Irak a tort de répondre à ces manœuvres, destinées évidemment à la piéger en l'obligeant à révéler ses positions défensives. Le premier poursuit en parlant de quelque chose que nous ne parvenons pas à comprendre. Il y a de la friture à ce moment-là, électricité statique ou autre chose. Nous pouvons augmenter la qualité de la majeure partie de la bande, mais le haut-parleur crache de la bouillie à cet endroit. Enfin, peu importe, le second a l'air très ennuyé, dit à l'autre de se taire et raccroche brutalement. En fait, nous avons l'impression qu'il se trouvait à Bagdad. Ce sont ces deux dernières phrases que j'aimerais vous faire entendre. »

Le déjeuner fini, Plummer conduisit Martin jusqu'au centre d'exploitation qui travaillait exactement comme si c'était n'importe quel jour de la semaine. Le GCHQ fonctionne sept jours sur sept. Dans une salle isolée phoniquement comme un studio d'enregistrement, Plummer demanda à un technicien de faire tourner la bande. Martin et lui s'assirent en silence, tandis que les voix gutturales des Irakiens remplissaient la pièce.

La conversation commença telle que Plummer l'avait décrite. Vers la fin, l'Irakien qui avait appelé le premier donnait l'impression de s'exciter, la voix devenait plus aiguë. « Pas pour longtemps, *Rafeek*. Bientôt nous pourrons... » Le grésillement commença et les mots furent brouillés. Mais leur effet sur l'homme de Bagdad fut immédiat. Il l'interrompit. « Tais-toi, *ibn-al-gahba*. » Puis il raccrocha brutalement, comme s'il prenait soudain conscience que la ligne n'était pas protégée.

Le technicien repassa trois fois la bande, à des vitesses légèrement différentes.

« Alors, vous comprenez quelque chose ? demanda Plummer.

— Eh bien, ils sont tous deux membres du parti, dit Martin. Seuls les hiérarques du parti utilisent le terme *Rafeek*, " camarade ".

— Exact, nous avons donc deux gros pontes qui taillent la bavette sur la montée en puissance américaine et les provocations de l'US Air Force à la frontière.

— Puis le locuteur s'énerve, il est probablement en colère, avec une touche d'exaltation. Il utilise l'expression " pas pour longtemps... ".

— ... qui indique que des changements vont intervenir ? demanda Plummer.

— Quelque chose comme ça, fit Martin.

— Puis le passage brouillé. Mais écoutez bien la réaction de celui qui écoute, Terry. Il ne se contente pas de raccrocher, il traite son collègue de " fils de pute ". C'est une injure assez gratinée, non ?

— Oui, une grave injure. Seul le plus gradé des deux pourrait utiliser cette expression sans piper, dit Martin. Qu'est-ce qui peut bien avoir provoqué une réaction pareille, bon sang ?

— C'est la phrase qui est brouillée. Écoutez encore une fois. »

Le technicien repassa une nouvelle fois uniquement cet extrait.

« Quelque chose à propos d'Allah ? suggéra Plummer. Bientôt nous serons avec Allah ? Dans les mains d'Allah ?

— Je comprends quelque chose comme : bientôt, nous aurons quelque chose... quelque chose... Allah.

— Parfait, Terry. Je vais essayer de creuser cette idée. Nous allons avoir l'aide d'Allah, peut-être ?

— Dans ce cas, pourquoi l'autre explose-t-il de rage ? demanda Martin. Attribuer la bonne volonté du Tout-Puissant à sa cause n'est pas quelque chose de nouveau. Ni de particulièrement offensant. Je ne vois pas. Vous pourriez me laisser une copie de la bande pour que je l'emporte ?

— Bien sûr.

— Vous en avez parlé à nos cousins d'Amérique ? »

Terry Martin ne fréquentait cet univers bizarre que depuis quelques semaines, mais il avait déjà le vocabulaire. Pour les gens du renseignement britannique, leurs propres collègues sont des « amis » et leurs équivalents américains des « cousins ».

« Naturellement. Fort Meade a intercepté la même conversation retransmise par satellite. Ils ne comprennent rien non plus. En fait, ils n'y attachent pas trop d'importance. Pour eux, c'est secondaire. »

Terry Martin rentra chez lui en voiture avec la cassette dans sa poche. Malgré l'irritation d'Hilary, il passa et repassa la brève conversation sur le magnétophone qui était à côté de leur lit. Lorsqu'elle protestait, Terry répondait qu'Hilary lui cassait souvent les pieds pour un simple mot qu'elle n'arrivait pas à trouver dans les mots croisés du *Times*. Hilary fut choquée de la comparaison. « Moi au moins, je finis par trouver la réponse le lendemain matin », lui cria-t-elle avant de se retourner et de s'endormir.

Terry Martin n'avait toujours pas la réponse le lendemain ni le surlendemain. Il écoutait l'enregistrement pendant les pauses entre deux cours ou dès qu'il avait un moment, essayant différentes hypothèses pour remplacer les mots manquants. Mais le sens lui échappait toujours. Pourquoi l'autre homme s'était-il mis dans un tel état pour une référence inoffensive à Allah ?

Il ne fallut pas moins de cinq jours pour que les deux gutturales et la sifflante de la phrase brouillée livrent enfin leur secret. Il essaya alors de joindre Simon Paxman à Century House, mais on lui répondit que son contact était absent pour une durée indéterminée. Il demanda alors qu'on lui passe Steve Laing, mais le responsable des opérations pour le Proche-Orient n'était pas là non plus.

Il ne pouvait pas savoir que Paxman était à Riyad avec le détachement du SIS, et que Laing l'avait rejoint pour une importante réunion sur place avec Chip Barber, de la CIA.

L'homme qu'on appelait l' « observateur » arriva à Vienne en provenance de Tel-Aviv, via Londres et Francfort. Personne n'était venu l'accueillir et il prit un taxi pour se rendre de l'aéroport de Schwechat à l'hôtel Sheraton où une chambre était réservée à son nom.

L'observateur en question était un Américain rubicond et jovial, un juriste qui arrivait de New York avec tous les documents nécessaires pour prouver cette qualité. Son anglais teinté d'accent américain était parfait, ce qui n'était pas surprenant pour quelqu'un qui avait vécu longtemps aux États-Unis, et son allemand était passable.

Dès son arrivée à Vienne, il avait consacré quelques heures, grâce aux services de secrétariat offerts par l'hôtel Sheraton, pour écrire le brouillon d'une lettre tout à fait comme il faut, sur papier à en-tête de son cabinet, et destinée à un certain Wolfgang Gemütlich, vice-président de la Banque Winkler.

Le papier était d'origine et, si quelqu'un avait tenté de vérifier par téléphone, le signataire était réellement associé de ce cabinet prestigieux de New York. Il était cependant en vacances (le Mossad avait fait les vérifications nécessaires sur place). Ce n'était donc sûrement pas le même homme qui se trouvait à Vienne.

La lettre multipliait les excuses et éveillait la curiosité, comme il se devait. L'auteur représentait un client fortuné d'un certain standing qui désirait placer une part substantielle de ses biens en Europe.

Ce client avait insisté personnellement, peut-être sur le conseil d'un ami, pour que l'on contacte à ce sujet la Banque Winkler, et plus spécialement ce bon Herr Gemütlich.

L'auteur de la lettre aurait dû prendre rendez-vous, mais le client comme son cabinet attachaient la plus grande importance à ce que toute l'affaire soit menée de manière discrète. Ils souhaitaient éviter l'emploi du téléphone et du fax pour parler affaires. Le signataire avait donc profité d'un voyage en Europe pour faire un crochet par Vienne. Hélas, son programme ne lui permettait pas de passer plus de trois jours à Vienne, mais si Herr Gemütlich voulait avoir la bonté de lui accorder un entretien, lui, l'Américain, serait ravi de se rendre à la banque.

L'Américain mit personnellement la lettre dans la boîte aux lettres de la banque pendant la nuit, et à midi le lendemain, le coursier de la banque avait déposé la réponse au Sheraton. Herr

Gemütlich serait ravi de recevoir l'avocat américain le lendemain matin à dix heures.

A partir de l'instant où l'observateur fut introduit dans l'établissement, ses yeux ne manquèrent pas un seul détail. Il ne prenait pas de notes, mais rien ne lui échappait et il se souvenait de tout. La réceptionniste contrôla ses papiers, téléphona en haut pour vérifier qu'il était bien attendu, et le coursier le prit en charge — tout le long du trajet depuis l'austère porte de bois où il avait frappé. On ne le laissa pas un seul instant sans surveillance.

En voyant le signal « entrée » s'allumer, le coursier ouvrit la porte et introduisit l'Américain, avant de refermer derrière lui et de retourner à son bureau dans le hall.

En allemand, *gemütlich* signifie « confortable » avec une nuance de chaleur. Jamais homme n'avait aussi peu mérité son nom. Ce Gemütlich était d'une maigreur cadavérique — la soixantaine, costume gris, cravate grise, le cheveu rare et le visage à l'avenant. Il suintait la grisaille par chaque pore de sa peau. Pas la moindre trace d'humour dans les yeux gris pâle et le sourire de bienvenue de ses lèvres desséchées ressemblait au rictus d'une statue de marbre.

Le bureau affichait la même austérité que son propriétaire : murs garnis de boiseries sombres, diplômes professionnels encadrés et un grand bureau en bois travaillé sur lequel absolument rien ne traînait.

Wolfgang Gemütlich n'était pas un banquier pour rire. D'ailleurs, il était évident que toute forme de distraction, quelle qu'elle soit, était considérée par l'intéressé comme quelque chose de répréhensible. La banque était quelque chose de sérieux ; plus encore, c'était l'essence même de la vie. S'il y avait une chose que déplorait amèrement Herr Gemütlich, c'était bien le fait de dépenser de l'argent. L'argent était fait pour être épargné, de préférence sous l'égide de la Banque Winkler. Un retrait pouvait lui causer de violentes douleurs stomacales, un transfert de fonds chez une autre banque le rendait malade pour la semaine.

L'observateur savait qu'il était là pour tout noter et rendre compte de ce qu'il avait vu. Sa première mission, remplie, consistait à identifier Gemütlich pour le décrire à l'équipe Yarid restée au-dehors. Il devait aussi essayer de détecter la présence d'un coffre-fort contenant les détails du compte de Jéricho, ainsi que la présence de serrures de sécurité, de sécurités de porte, de systèmes d'alarme — en bref, il était venu faire un état des lieux en vue d'une éventuelle entrée par effraction.

Tout en restant très vague sur les sommes que son client désirait transférer en Europe, mais en donnant suffisamment d'indications sur leur importance, l'observateur mena la conversation sur le terrain des mesures de sécurité et de discrétion mises en œuvre par la Banque Winkler. Herr Gemütlich se fit un plaisir de lui expliquer que les comptes numérotés de la Banque Winkler étaient inviolables et que la discrétion était une véritable obsession dans son établissement.

Ils ne furent interrompus qu'une seule fois durant cet entretien. Une porte s'ouvrit et laissa entr'apercevoir la frimousse de souris d'une femme qui apportait trois lettres à la signature. Gemütlich fronça les sourcils d'être ainsi dérangé.

« Mais vous m'aviez dit que c'était très important, Herr Gemütlich. Sans cela... », fit la femme. En l'examinant d'un peu plus près, on se disait qu'elle n'était pas si vieille que cela, la quarantaine peut-être. Les cheveux noirs tirés en arrière, le chignon, le tailleur de tweed, les bas de fil et les chaussures à talon plat la vieillissaient.

« *Ja, ja, ja...* », répondit Gemütlich, et il tendit le bras pour prendre les lettres. *Entschuldigung...* », s'excusa-t-il auprès de son visiteur.

L'observateur et lui parlaient allemand, car Gemütlich ne parlait qu'un anglais assez hésitant. L'observateur se leva et fit une petite courbette à la secrétaire. « *Grüss Gott, Fräulein* », fit-il. Elle parut surprise. En général, les visiteurs de Gemütlich ne se donnaient pas la peine de se lever pour une employée. Le geste de galanterie contraignit Gemütlich à s'éclaircir la gorge et à murmurer : « Ah oui... euh... mon assistante, Mlle Hardenberg. »

L'observateur prit bonne note de son nom et se rassit.

Lorsqu'on le reconduisit, après lui avoir donné l'assurance que son client de New York serait le bienvenu à la Banque Winkler, la procédure fut le même qu'à l'arrivée. Le coursier fut demandé dans le hall et se présenta à la porte du bureau. L'observateur prit congé et suivit l'homme vers la sortie. Ils se dirigèrent ensemble vers le petit ascenseur à porte grillagée qui les descendit au rez-de-chaussée. L'observateur s'enquit des toilettes. Le coursier prit l'air ennuyé de quelqu'un qui considère ce genre de fonction biologique comme un peu déplacée à la Banque Winkler, mais arrêta l'ascenseur à mi-étage. Il montra à l'observateur une porte sans indication particulière tout près de l'ascenseur. L'observateur entra.

L'endroit était visiblement réservé aux employés de la banque de sexe masculin. Un W-C, un lavabo, un rouleau d'essuie-main et un placard mural. L'observateur ouvrit les robinets pour faire du bruit et fit rapidement l'inspection des lieux. Il y avait une fenêtre verrouillée avec des barreaux, où l'on voyait les fils d'un dispositif d'alarme — possible, mais pas très facile. L'aération était assurée par un système de ventilation automatique. Le placard contenait des balais, des seaux, des produits de nettoyage et un aspirateur. Donc, ils avaient une équipe de nettoyage. Mais quand venaient-ils ? La nuit ou pendant le week-end ? A en croire son expérience, l'équipe de nettoyage ne devait pas avoir le droit d'entrer dans les bureaux sans surveillance. Il devait être assez facile de neutraliser le coursier ou le gardien de nuit, mais ce n'était pas là qu'était le problème. Les ordres de Kobi Dror étaient très nets là-dessus : il ne fallait pas laisser la moindre trace.

Lorsqu'il sortit des toilettes, le coursier l'attendait à la porte. En apercevant un peu plus loin dans le couloir les larges marches de marbre qui conduisaient au hall d'entrée, l'observateur fit un grand sourire, les montra du doigt et se dirigea vers les escaliers au lieu de reprendre l'ascenseur pour un trajet aussi court.

Le coursier courut derrière lui, l'escorta jusqu'en bas et le raccompagna à la porte. Il entendit le long levier de cuivre du dispositif de verrouillage claquer derrière lui. Lorsque le coursier était dans les étages, se disait-il, comment la réception-niste faisait-elle si un client ou un coursier arrivait ?

Il passa deux heures à décrire à Gidi Barzilai les aménage-ments intérieurs de la banque, de manière aussi détaillée que possible. Le rapport n'était pas brillant. Le chef de l'équipe Neviot s'assit et branla du chef.

Ils pouvaient s'introduire à l'intérieur, dit-il. Pas de problème. Trouver le système d'alarme et le neutraliser. Mais quant à le faire sans laisser de traces, c'était une autre paire de manches. Il y avait le gardien de nuit qui faisait sans doute régulièrement sa ronde. Et ils rechercheraient quoi ? Un coffre ? Où ça ? De quel type ? Moderne ou pas ? Une clé, une combinaison, ou les deux ? Cela leur prendrait des heures. Et il faudrait neutraliser le gardien de nuit. Cela laisserait des traces. Dror le leur avait interdit.

L'observateur reprenait l'avion pour Tel-Aviv le lendemain. Cet après-midi-là, sur un jeu de photos, il identifia Wolfgang Gemütlich et Fräulein Hardenberg pour faire bonne mesure. Lorsqu'il fut parti, Barzilai et le chef de l'équipe Neviot se réunirent pour discuter.

« Franchement, il me faut plus de détails sur la disposition des lieux, Gidi. Il y a encore trop de choses dans le vague. Les papiers que tu cherches, il doit les garder dans un coffre. Où ça ? Derrière les lambris ? Sous le plancher ? Dans le bureau de sa secrétaire ? Dans la cave ? Il nous faut davantage de renseignements. »

Barzilai émit un grognement. Des années plus tôt, lorsqu'il suivait sa formation, un instructeur leur avait dit : s'il y a une chose qui n'existe pas, c'est un homme sans aucun point faible. Trouvez le point faible, appuyez dessus, et il coopérera. Le lendemain matin, les deux équipes Yarid et Neviot au complet mirent Wolfgang Gemütlich sous surveillance serrée.

Mais le peu sympathique Viennois allait faire la preuve que l'instructeur avait tort.

Steve Laing et Chip Barber avaient un gros problème. Vers la mi-novembre, Jéricho avait déposé une première réponse aux questions qu'on lui avait transmises via la boîte aux lettres de Bagdad. Son prix était élevé, mais le gouvernement américain avait effectué le transfert de fonds sur son compte à Vienne sans rechigner.

Si les informations de Jéricho étaient exactes, et il n'y avait aucune raison d'en douter, elles étaient très précieuses. Il n'avait pas répondu à toutes les questions, mais il en avait résolu quelques-unes et confirmé quelques autres sur lesquelles planait encore un doute.

Pour l'essentiel, il avait indiqué précisément les noms de dix-sept sites liés à la production d'armes de destruction massive. Huit d'entre eux étaient déjà considérés comme suspects par les alliés. Sur les huit, il avait rectifié la position de deux sites. Les neuf autres étaient nouveaux. Y figurait en particulier l'emplacement exact du laboratoire souterrain où fonctionnait la cascade de centrifugation et de diffusion gazeuse destinée à la production d'uranium 235 pour la bombe atomique.

Le problème était le suivant : comment faire passer ces renseignements aux militaires sans dévoiler le fait que Langley et Century avaient un agent bien placé qui trahissait Bagdad de l'intérieur ? Non que les maîtres espions se soient défiés des militaires. Au contraire, ils étaient officiers supérieurs comme eux. Mais dans le monde de l'action clandestine, il existe un vieux principe qui a fait ses preuves ; moins on en sait, mieux c'est. Un homme qui n'est pas au courant de quelque chose ne peut pas le laisser échapper, même par inadvertance. Si les hommes en civil se contentaient de sortir une liste de nouveaux objectifs qui auraient l'air de venir de nulle part, combien de généraux et de colonels finiraient par deviner d'où cela sortait ?

La troisième semaine du même mois, Barber et Laing eurent un entretien en tête à tête au sous-sol du ministère de l'Air saoudien avec le général Buster Glosson, adjoint du général Chuck Horner qui commandait les forces aériennes sur le terrain.

Bien qu'il ait un prénom comme tout le monde, tout le monde donnait au général de brigade Glosson son surnom de « Buster ». C'est lui qui avait établi et complété le plan des attaques aériennes sur l'Irak dont chacun savait qu'elles devraient précéder l'attaque par voie terrestre.

Londres et Washington s'étaient depuis longtemps accordés sur le fait que, indépendamment du problème du Koweït, la machine de guerre de Saddam Hussein devait purement et simplement être détruite, et cela incluait la production de gaz, de produits bactériologiques et de bombes atomiques.

Avant que Bouclier du Désert ait anéanti tout risque de voir l'Irak attaquer l'Arabie Saoudite victorieusement, les plans de la guerre aérienne étaient bien avancés, sous le nom de code secret de Tonnerre Immédiat. Le véritable stratège de cette guerre aérienne était Buster Glosson.

Le 16 novembre, les Nations unies et diverses chancelleries dans le monde en étaient encore à s'échiner pour monter un « plan de paix » afin de mettre fin à la crise sans tirer un seul coup de feu, sans jeter une seule bombe ni lancer un seul missile. Ce jour-là, les trois hommes enfermés dans le souterrain savaient très bien que cette stratégie n'avait aucune chance de succès.

Barber fut bref et alla droit au fait. « Comme vous le savez, Buster, les Britanniques et nous-mêmes avons beaucoup travaillé depuis des mois pour essayer de déterminer l'emplacement exact des usines de production d'armes de destruction massive de Saddam. » Le général de l'USAF hocha prudemment la tête. Dans le couloir, il avait une carte couverte d'épingles comme un porc-épic, et chacune d'elles représentait un objectif à bombarder.

Barber poursuivit : « Nous avons commencé avec les licences d'exportation et nous avons établi la liste de tous les pays exportateurs, puis des sociétés qui avaient signé ces contrats. Nous sommes passés ensuite aux savants qui avaient réalisé les équipements, mais dans de nombreux cas, ils avaient été conduits sur les sites dans des cars aux vitre masquées, ils vivaient sur la base et n'avaient jamais su exactement où ils se trouvaient. En fin de compte, Buster, nous avons fait les mêmes vérifications avec les gens du bâtiment, ceux qui ont réalisé la plupart des usines chimiques de Saddam. Et quelques-uns d'entre nous ont permis de découvrir le pot aux roses, une vraie saloperie. »

Barber remit au général la nouvelle liste d'objectifs. Glosson la lut avec intérêt. Les cibles n'étaient pas identifiées par leurs coordonnées comme celles dont aurait besoin le responsable d'une mission de bombardement, mais les descriptions étaient suffisamment précises pour qu'il soit possible de les identifier sur les photographies aériennes déjà disponibles.

Glosson maugréa. Il savait que certains de ces objectifs figuraient déjà sur ses listes ; d'autres étaient encore marqués d'un point d'interrogation et devaient être confirmés. D'autres enfin étaient nouveaux. Il leva les yeux.

« C'est du sûr ?

— C'est absolument sûr, dit l'Anglais. Nous sommes convaincus que les gens du bâtiment constituent une source fiable, peut-être la plus fiable, parce que ce sont des hommes de terrain qui savaient ce qu'ils faisaient lorsqu'ils construisaient ces bâtiments, et qu'ils parlent librement, beaucoup plus que les bureaucrates. »

Glosson se leva. « OK. Vous allez m'en rapporter encore beaucoup comme ça ?

— Nous continuons à enquêter en Europe, Buster, répondit Barber. Si nous tombons sur d'autres cibles qui nous paraissent sérieuses, nous vous les ferons parvenir. Ils ont enterré énormément de matériel, vous savez. Dans le désert. Nous parlons là des grandes installations.

— Dites-moi où ils les ont mises, et nous ferons écrouler le toit sur leurs têtes », dit le général.

Un peu plus tard, Glosson transmit la liste à Chuck Horner. Le commandant des forces de l'USAF était plus petit que Glosson, c'était un homme taciturne et renfermé avec une tête de limier et la subtilité d'un rhinocéros. Mais il adorait ses hommes, et ils le lui rendaient bien. Tout le monde savait qu'il se battrait autant qu'il le faudrait contre les industriels, les bureaucrates et les politiques, si haut placés fussent-ils, et il ne mâchait jamais ses mots. L'homme faisait ce qu'il disait. Quand il faisait la tournée des États du Golfe, Bahreïn, Abu Dhabi et Dubai où certains de ses hommes étaient stationnés, il évitait le confort des Sheraton et des Hilton pour partager la vie de ses équipages sur les bases.

Les hommes et les femmes qui servent sous l'uniforme n'ont pas beaucoup de goût pour les finasseries : ils savent très vite ce qu'ils aiment et ce qu'ils détestent. Les pilotes de l'US Air Force se seraient battus contre l'Irak sur des vieux biplans en toile et en ficelle pour Chuck Horner. Il prit connaissance de la liste établie par les gens du renseignement et grommela quelques mots. Deux des sites indiqués sur les cartes se trouvaient au beau milieu du désert.

« Où ont-ils trouvé ça ? demanda-t-il à Glosson.

— Ils ont interrogé les équipes qui les ont construits, c'est en tout cas ce qu'ils racontent, dit Glosson.

— Foutaises, répondit le général, ces enfants de salauds ont quelqu'un à Bagdad. Buster, on garde ça pour nous. Pas un mot à qui que ce soit. Contentez-vous de prendre ce qu'ils nous rapportent et de l'ajouter sur la liste. » Il se tut et réfléchit un instant avant d'ajouter : « Je me demande qui peut bien être ce salopard. »

Steve Laing rentra à Londres le 18, un Londres pris dans les tourbillons de la crise qui secouait le gouvernement conservateur depuis qu'un obscur membre du Parlement essayait de tirer profit des règles du parti pour chasser Mme Margaret Thatcher de son poste de Premier ministre.

Malgré sa fatigue, Laing prit sur son bureau le message de Terry Martin et l'appela à l'école. L'universitaire semblait très excité et Laing accepta donc de le voir un instant en fin de journée. Laing, qui habitait dans la grande banlieue, ne souhaitait pas rentrer trop tard chez lui.

Quand ils furent installés à une table au fond d'un bar tranquille de West End, Martin sortit de son attaché-case un magnétophone et une cassette. Il les montra à Laing en lui expliquant la demande qu'il avait faite quelques semaines plus tôt à Plummer puis leur rencontre une semaine plus tôt.

« Je peux vous la passer ? fit-il.

— Eh bien, si les copains du GCHQ n'arrivent pas à comprendre, je ne sais pas comment je ferai, dit Laing. Écoutez, Sean Plummer a dans son équipe des Arabes comme Al-Khouri. S'ils ne s'en sortent pas... »

Il écouta cependant poliment.

« Vous entendez ça ? lui dit Martin, tout excité. Le son " k " après " avons " ? L'homme ne demande pas l'aide d'Allah en faveur de la cause irakienne, il se sert d'un titre.

279

Et il est évident que personne ne l'utilise de manière ouverte. Cela doit rester confiné à un petit cercle d'initiés.

— Mais qu'est-ce qu'il dit exactement ? » demanda Laing qui n'y comprenait rien.

Martin le regarda d'un air consterné. Ce type ne comprenait décidément rien à rien. « Il dit que le gigantesque effort des Américains ne sert à rien, car " nous aurons bientôt *Qubth-ut-Allah* ". »

Laing était toujours aussi perplexe.

« Une arme, insista Martin, ce doit être une arme. Quelque chose dont ils vont disposer bientôt et qui anéantira les Américains.

— Excusez mes faibles connaissances en arabe, fit Laing, mais que veut dire *Qubth-ut-Allah* ?

— Oh, dit Martin, cela signifie " le Poing de Dieu ". »

Chapitre 12

Au bout de onze ans passés au pouvoir et après avoir remporté trois élections générales, le Premier ministre britannique tomba le 20 novembre, encore qu'elle ait attendu deux jours de plus pour annoncer sa décision.

Le petit monde bavard des cocktails londoniens mit cette décision sur le compte de son isolement croissant au sein des politiques de la Communauté européenne. C'était naturellement totalement faux, les Britanniques ne remercient jamais un de leurs dirigeants sous prétexte que des étrangers ont du mal à le supporter.

En trente mois, le gouvernement italien, qui avait manigancé son isolement lors de la conférence de Rome, avait lui-même perdu le pouvoir et quelques-uns de ses membres s'étaient retrouvés en prison sous des inculpations de corruption d'une telle gravité qu'ils rendaient ce beau pays pratiquement ingouvernable.

Le gouvernement français avait été balayé, un vrai massacre comme on n'en avait pas vu depuis la Saint-Barthélemy. Le chancelier allemand était confronté à la récession, au chômage, au néo-nazisme. Tous les sondages montraient que le peuple allemand n'avait pas la plus petite intention d'abandonner son deutschemark bien-aimé et tout-puissant en faveur du jeton de fer-blanc concocté pour lui à Bruxelles par M. Delors.

Les vraies raisons de la chute de Mme Thatcher étaient au nombre de quatre, et elles avaient toutes un lien entre elles. Premièrement, lorsque cet obscur député alla chercher sous les fagots une règle oubliée de fonctionnement du parti pour la défier et rendre inévitable sa réélection par les députés conservateurs, elle désigna une équipe de campagne d'une incompétence incroyable.

Deuxièmement, elle choisit justement ce moment, le 18 novembre, pour se rendre à Paris assister à une conférence.

S'il y avait un jour où il fallait se montrer dans les couloirs de Westminster, pour discuter, convaincre, cajoler, rassurer les hésitants, promettre monts et merveilles aux fidèles et les ténèbres extérieures aux traîtres, c'était bien celui-là.

La décision dépendait d'un groupe d'une cinquantaine de députés qui avaient été élus avec de faibles majorités — pas plus de cinq mille voix chacun — et qui craignaient de perdre leur siège à la prochaine élection si elle restait en place. La moitié d'entre eux avaient perdu les pédales, et ils perdraient leur siège plus tard de toute façon.

Le point clé, pour ces cinquante députés, était la Poll Tax, mesure récemment introduite pour augmenter les ressources des communes. Cet impôt était massivement perçu dans tout le pays comme impossible à mettre en œuvre et totalement injuste. Dans ces conditions, il aurait suffi de discuter et de revenir sur les injustices les plus criantes, et Mme Thatcher serait passée au premier tour. Il n'y aurait pas eu de second tour, et son adversaire serait retourné à son anonymat. Lors du vote du 20 novembre, il lui fallait une majorité des deux tiers ; elle la manqua de quatre voix et on dut donc procéder à un deuxième tour.

En quelques heures, ce qui avait commencé comme un éboulis sans gravité se transforma en véritable glissement de terrain. Après avoir consulté le cabinet, qui lui prédit que cette fois-ci elle allait perdre, elle démissionna.

Tenant tête à son adversaire, le chancelier de l'Échiquier, John Major, posa sa candidature et gagna.

La nouvelle fit aux soldats du Golfe l'effet d'une bombe, qu'il s'agisse des Britanniques ou des Américains. A Oman, les pilotes de chasse américains qui voyaient maintenant chaque jour leurs voisins du SAS cantonnés sur une base toute proche demandèrent aux Britanniques ce qui se passait. On leur répondit par des haussements d'épaules.

Disséminés tout au long de la frontière irako-saoudienne, dormant sous leurs chars Challenger dans un désert où il faisait de plus en plus froid, les hommes de la 7e brigade blindée, les Rats du Désert, apprirent la nouvelle en écoutant leurs transistors et jurèrent d'abondance.

Mike Martin fut mis au courant par le chauffeur irakien qui s'approcha de lui d'un air supérieur et lui raconta ce qui s'était passé. Martin réfléchit à la chose et haussa les épaules avant de demander : « Qui est-ce ?

— Imbécile, lui cria le chauffeur, c'est elle qui dirige les Beni Nadji. Maintenant, on va gagner. »

Le chauffeur retourna écouter la radio dans sa voiture. Un peu plus tard, le premier secrétaire Koulikov l'appela depuis la maison et il la conduisit à l'ambassade.

Cette nuit-là, Martin envoya un long message à Riyad, ainsi que la dernière série de réponses de Jéricho et une demande de consignes pour lui-même. Accroupi près de la porte de sa remise au cas où quelqu'un serait venu le déranger, car l'antenne était pointée face au sud dans l'embrasure, Martin resta là à attendre la réponse. Un petit voyant qui se mit à clignoter sur l'appareil radio le prévint à une heure et demie du matin que la réponse arrivait.

Il démonta l'antenne, la rangea sous le carrelage avec les batteries et l'émetteur, repassa le message au ralenti et écouta ce qu'il contenait.

Il y avait une nouvelle liste de questions destinées à Jéricho et l'accord pour envoyer de l'argent à l'informateur. La somme avait déjà été transférée sur son compte. En moins d'un mois, le renégat du Conseil révolutionnaire avait gagné plus d'un million de dollars.

En plus de cette liste, il y avait deux ordres pour Martin. Le premier était d'envoyer à Jéricho un message qui n'était pas une question, mais dont on espérait qu'il parviendrait d'une manière ou d'une autre aux oreilles des stratèges de Bagdad.

Il fallait essayer de leur glisser que les nouvelles de Londres signifiaient probablement que la coalition renoncerait à reprendre le Koweït si le Raïs campait sur ses positions.

Personne ne sait si cette désinformation parvint effectivement aux oreilles des plus hautes instances de Bagdad, mais, en moins d'une semaine, Saddam Hussein commençait à dire que la chute de Mme Thatcher venait de l'hostilité du peuple britannique vis-à-vis de la politique qu'elle menait contre lui.

La dernière instruction sur la bande magnétique de Martin était de demander à Jéricho s'il avait jamais entendu parler d'une arme ou d'un système d'armes baptisé le Poing de Dieu.

Martin passa le plus clair de la nuit à la lueur d'une bougie, à transcrire en arabe les questions sur deux feuilles de papier pelure. Vingt heures plus tard, les papiers étaient cachés derrière la brique branlante du mur, près du tombeau de l'imam Aladin, à Aadhamiya.

Il dut attendre les réponses une semaine. Martin lut les caractères arabes manuscrits de Jéricho et traduisit le tout en anglais. Pour un soldat, c'était plutôt intéressant.

Les trois divisions de la garde républicaine qui faisaient face aux Américains et aux Britanniques le long de la frontière, à savoir les divisions Tawakkulna et Médina, rejointes depuis peu par la division Hammourabi, étaient équipées de chars de combat T54, T55, T62 et T72, tous d'origine soviétique. Mais, au cours d'une récente tournée d'inspection, le général Abdullah Kadiri, commandant les forces blindées, avait découvert avec horreur que la plupart des équipages des chars avaient démonté les batteries et les utilisaient pour alimenter des ventilateurs, réchauds, radios et autres lecteurs de cassettes. On pouvait donc douter qu'au combat un seul de ces chars arrive à démarrer. Il y avait eu plusieurs exécutions sur-le-champ. Deux officiers supérieurs avaient été relevés de leur commandement et rapatriés.

Le demi-frère de Saddam, Ali Hassan Majid, à présent gouverneur du Koweït, rapportait que l'occupation devenait un véritable cauchemar, avec des attaques contre des soldats irakiens qui se multipliaient et une augmentation du nombre des désertions. La résistance ne montrait aucun signe de découragement en dépit d'interrogatoires musclés et des nombreuses exécutions ordonnées par le colonel Sabaawi, de l'AMAM, et des deux visites faites sur place par son patron, Omar Khatib.

Pis encore, la résistance disposait désormais de plastic, du Semtex, beaucoup plus puissant que la dynamite utilisée dans l'industrie.

Jéricho avait identifié deux importants postes de commandement supplémentaires, tous deux souterrains et invisibles du ciel.

Dans le cercle des conseillers immédiats de Saddam Hussein, l'opinion qui prévalait était que c'était l'action de Saddam qui avait déclenché la chute de Margaret Thatcher. Il avait répété par deux fois son refus absolu de considérer ne serait-ce que l'éventualité d'un retrait du Koweït.

Enfin, Jéricho n'avait jamais entendu parler de quelque chose dont le nom de code serait le Poing de Dieu, mais il essaierait d'en savoir plus. A titre personnel, il doutait fort de l'existence d'une arme ou d'un système d'armes inconnu des alliés.

Martin relut toute la dépêche devant le micro, accéléra le message et l'envoya. A Riyad, il fut avidement accueilli et les radios notèrent l'heure de réception : vingt-trois heures cinquante-cinq, le 30 novembre 1990.

Leila Al-Hilla sortit lentement de la salle de bains, s'arrêta à contre-jour dans l'embrasure et leva les bras contre les montants de la porte.

La lumière de la salle de bains, à travers le négligé, soulignait avantageusement ses formes généreuses et pleines de volupté. D'ailleurs, c'est pour cela qu'il avait été conçu. Il était en fine dentelle noire à trous et lui avait coûté une fortune dans une boutique de Beyrouth qui faisait venir ses articles de Paris.

Allongé sur le lit, un gros homme la regardait avec convoitise. Il lécha son épaisse lèvre inférieure d'une langue gourmande et sourit.

Leila aimait paresser dans la salle de bains avant de faire l'amour. Il y avait les endroits qu'il fallait laver et bichonner, le mascara pour souligner les yeux, le rouge sur les lèvres, et des parfums de différents arômes pour chaque partie de son anatomie.

A trente ans, elle avait un corps superbe, de ceux que les clients adorent. Pas trop gros, mais des formes harmonieusement courbées là où il faut, des hanches larges et la gorge abondante, une musculature nerveuse.

Elle baissa les bras et s'approcha du lit baigné dans une lumière tamisée en balançant les hanches. Ses talons aiguilles la grandissaient de huit bons centimètres et exagéraient encore le déhanchement.

Mais l'homme allongé nu sur le dos, velu comme un ours, avait fermé les yeux. Ne va pas t'endormir maintenant, gros cochon, se dit-elle. Pas cette nuit, j'ai besoin de toi. Leila vint s'asseoir au rebord du lit et laissa courir ses doigts légers aux ongles vernis sur la toison qui recouvrait le ventre et la poitrine. Elle pinça les deux mamelons et promena sa main sur le ventre puis jusqu'à l'aine.

Elle se pencha un peu et l'embrassa sur les lèvres, agitant avec art sa langue pointue. Mais les lèvres de l'homme ne répondirent que très mollement à sa caresse et elle sentit soudain l'odeur de l'arak.

Encore saoul, se dit-elle. Cet imbécile ne pouvait décidément pas s'arrêter un peu de boire. Pourtant, cela présentait un certain nombre d'avantages, cette bouteille d'arak qu'il vidait tous les soirs. Allez, au travail.

Leila Al-Hilla était une courtisane de talent et elle le savait. La meilleure de tout le Proche-Orient, d'après certains, mais certainement la plus chère. Elle avait commencé bien des années avant, alors qu'elle n'était encore qu'une enfant, dans une académie très discrète où l'on enseignait tous les secrets et ficelles des *ouled-nails* marocaines, des *nautsh* indiennes et des adeptes du Fukutomi-cho. Les filles les plus anciennes servaient de professeurs aux petites qui apprenaient en les regardant faire.

Après quinze ans de pratique, elle savait très bien que quatre-vingt-dix pour cent de l'art d'une bonne putain ne consiste pas à satisfaire une virilité insatiable. Ce genre de balivernes était bonnes pour les revues ou les films pornos. Ses talents consistaient davantage à flatter, complimenter, louer et cajoler, mais surtout à susciter l'érection du mâle à partir de désirs brûlants mais de moyens fort limités.

Elle continua à promener sa main, quitta l'aine et sentit le pénis de l'homme. Il était tout recroquevillé, aussi mou que de la guimauve. Elle rit intérieurement. Ce soir, le général Abdullah Kadiri, commandant les forces blindées de l'armée de la République d'Irak, allait avoir besoin de quelques encouragements.

Elle avait caché sous le lit, dans un petit sac de tissu, quelques objets qu'elle étala sur le drap à côté d'elle. Après s'être enduit les doigts d'un gel crémeux et épais, elle en garnit un vibromasseur de taille moyenne, souleva une des cuisses du général et lui introduisit délicatement l'appareil dans l'anus.

Le général Kadiri émit un grognement, ouvrit les yeux, jeta un coup d'œil à la femme nue accroupie près de ses génitoires, et sourit. Ses dents étincelaient sous l'épaisse moustache noire.

Leila appuya sur le bouton de l'appareil et des pulsations insistantes envahirent le bas du corps du général. La femme sentait l'organe rabougri se raffermir lentement sous sa main.

Elle s'enduisit la bouche avec du gel, se pencha en avant et prit le pénis dans sa bouche.

L'onctuosité du gel alliée aux mouvements rapides de sa langue commença à produire son effet. Elle caressa et suça le membre pendant dix minutes, à s'en faire mal aux mâchoires, jusqu'à ce que l'érection du général fût aussi satisfaisante que ce qu'on était en droit d'espérer.

Avant qu'il ait eu le temps de reperdre le terrain gagné, elle releva la tête, passa sa cuisse généreuse au-dessus de son corps, s'ajusta à lui et s'accrocha autour de ses hanches. Elle avait connu plus gros et plus ferme, mais ça marchait — enfin, tout juste.

Leila se pencha et laissa ses seins se balancer au-dessus de sa figure. « Ah, mon gros ours brun, tu es si fort, minauda-t-elle, tu es magnifique, comme d'habitude. »

Il leva les yeux et lui sourit. Elle commença ses mouvements de va-et-vient, pas trop vite, se soulevant jusqu'à placer le gland à la limite des lèvres et redescendant doucement jusqu'à envelopper complètement le peu qu'il avait à lui offrir. Tout en allant et venant, elle faisait jouer ses muscles vaginaux parfaitement entraînés pour serrer et presser, relâcher, et à nouveau presser et serrer.

Elle connaissait à merveille les effets de cette double excitation. Le général Kadiri commença à grogner, puis se mit à crier, un cri bref que lui arrachait la sensation du vibromasseur dans son sphincter et de la femme qui se soulevait et s'abaissait sur son membre à un rythme de plus en plus rapide.

« Oui, oui, oh oui, c'est tellement bon, continue, chéri », cria-t-elle jusqu'à ce qu'il finisse par avoir son orgasme. Pendant qu'il jouissait entre ses hanches, Leila redressa le buste, s'arc-bouta dans un spasme et cria de plaisir en simulant l'extase la plus intense.

Il s'effondra après avoir éjaculé. Elle se retira aussitôt et ôta le vibromasseur, puis s'allongea à côté de lui avant qu'il ait eu le temps de se rendormir. Il lui restait encore une chose à faire après tout ce dur labeur. Encore un peu de travail en perspective.

Elle était donc allongée près de lui sous le drap qui les recouvrait tous deux et elle se redressa sur un coude. Elle laissa un sein s'appuyer contre l'une de ses joues, lui caressa doucement les cheveux et la joue de la main droite.

« Pauvre petit ours, murmurait-elle, tu es très fatigué ? Tu travailles trop, mon chou. Ils abusent de toi. Et alors, c'était quoi aujourd'hui ? Des problèmes au Conseil, et c'est toujours toi qui dois trouver la solution ? Mmmmm ? Raconte à Leila, tu sais que tu peux tout dire à ta petite Leila. »

Et c'est ce qu'il fit, avant de s'endormir.

Plus tard, alors que le général Kadiri ronflait encore sous l'effet de l'arak et du sexe, Leila gagna la salle de bains, verrouilla la porte et s'assit sur le siège, un plateau posé sur les genoux. Elle nota tout ce qu'elle avait entendu d'une écriture très nette, en arabe.

Plus tard, dans la matinée, les feuilles de papier roulées dans un étui de protection périodique pour échapper aux contrôles, elle remettrait le tout à l'homme qui la payait.

C'était dangereux, elle en était consciente, mais très lucratif. Cela doublait son salaire, et elle voulait devenir riche un jour. Assez riche pour quitter l'Irak à jamais et monter sa propre école, peut-être à Tanger, avec une cour de jolies filles et des domestiques marocains pour les fouetter en cas de besoin.

Si Gidi Barzilai avait été découragé par les mesures de sécurité appliquées à la Banque Winkler, deux semaines passées à filer Wolfgang Gemütlich n'avaient guère amélioré son moral. Ce type était impossible.

Après le compte rendu de l'observateur, Gemütlich avait tout de suite été suivi jusqu'à chez lui, derrière le parc du Prater. Le lendemain, pendant qu'il était à son bureau, l'équipe Yarid avait fait le guet près de chez lui jusqu'à ce que Frau Gemütlich soit sortie faire ses courses. La fille de l'équipe l'avait suivie en restant en contact radio avec ses collègues, afin de les prévenir de son retour. En fait, la femme du banquier resta deux heures dehors, plus de temps qu'il ne leur en fallait.

Ouvrir la porte ne posa aucun problème aux experts du Neviot. Ils placèrent rapidement des micros dans le salon, la chambre et dans le combiné du téléphone. La fouille, rapide, efficace et qui ne laissait pas de trace, ne donna rien. Il y avait tous les papiers habituels : les factures et le bail de la maison, les passeports, certificats de naissance, faire-part de mariage et même une liasse de relevés de banque. Ils photographièrent tout, mais un regard jeté au compte en banque ne montra pas la moindre preuve d'un comportement un tant soit peu douteux envers la Banque Winkler. C'était triste à dire, mais tout montrait que cet homme était totalement honnête.

Les tiroirs de la garde-robe et de la chambre ne révélèrent aucun signe de comportement bizarre — ce qui constitue toujours le moyen rêvé de faire chanter les gens respectables de la classe moyenne — et, à vrai dire, le chef de l'équipe Neviot, qui avait vu Frau Gemütlich quitter la maison, n'en fut pas vraiment surpris. Si la secrétaire de cet homme ressemblait à une petite souris, sa femme avait l'air d'un bout de papier chiffonné. L'Israélien se dit qu'il avait rarement vu une crevette de ce genre.

Le temps que la fille du Yarid les prévienne par radio que la femme du banquier rentrait chez elle, les experts du Neviot avaient fini leur boulot et quitté les lieux. L'un des hommes, en uniforme de la compagnie du téléphone, referma la porte à clé après que les autres se furent éclipsés par-derrière dans le jardin.

L'équipe Neviot pouvait désormais utiliser les magnétophones installés dans la camionnette garée en bas de la rue pour écouter ce qui se passait dans la maison.

Deux semaines plus tard, complètement découragé, le chef

du Neviot dit à Barzilai qu'ils avaient à peine enregistré une bande. Le premier soir, ils avaient enregistré dix-huit mots en tout. Elle avait dit : « Voici ton dîner, Wolfgang. » Pas de réponse. Elle avait réclamé de nouveaux rideaux. Refusé. Il avait fini par un : « Je me lève tôt demain, je vais me coucher. »

« Il répète ça tous les soirs, on dirait que ça dure depuis trente ans, se lamenta l'homme du Neviot.

— Et côté sexe ? demanda Barzilai.

— Tu plaisantes, Gidi. Ils n'en parlent jamais, alors, pour ce qui est de baiser... »

Toutes les autres tentatives faites pour trouver une faille chez Wolfgang Gemütlich n'aboutirent à rien. Ni jeu ni petits garçons ni night-clubs ni maîtresse ni petites virées dans le quartier chaud. Un jour pourtant, il quitta son domicile, et les hommes sentirent renaître l'espoir.

Gemütlich portait un manteau sombre et un chapeau. Il partit à pied après le dîner, il faisait nuit, et se dirigea à travers la banlieue obscure jusqu'à une maison, cinq rues plus loin. Il frappa à la porte et attendit. La porte s'ouvrit, on le fit entrer et l'on referma derrière lui. Une lumière s'alluma bientôt au rez-de-chaussée, derrière d'épais rideaux. Avant que la porte se soit refermée, l'un des guetteurs israéliens avait aperçu une femme maquillée qui portait une blouse en nylon blanc.

Des bains relaxants, peut-être ? Des douches spéciales, des saunas mixtes avec deux prostituées assez costauds pour manier des verges de bouleau ? La vérification faite le lendemain matin révéla que la femme à la blouse était une vieille pédicure qui tenait un petit commerce chez elle. Wolfgang Gemütlich était allé se faire raboter ses oignons.

Le 1er décembre, Gidi Barzilai reçut un message sanglant de Kobi Dror. Il lui rappelait que le temps était compté pour cette opération. Les Nations unies avaient accordé à l'Irak jusqu'au 16 janvier pour se retirer du Koweït. Après, ce serait la guerre. Tout pouvait arriver.

« Gidi, on pourrait suivre ce salopard jusqu'à ce que l'enfer soit gelé, répondirent les deux chefs d'équipe au responsable de la mission. Il n'y a rien qui cloche dans sa vie. Je ne comprends pas ce salaud. Rien, il ne fait strictement rien qu'on puisse utiliser contre lui. »

Barzilai se trouvait confronté à un dilemme. Ils pouvaient enlever sa femme et proposer à son mari de coopérer, sans quoi... Seul problème, cet enfoiré était foutu de la laisser tomber plutôt que de dépenser un ticket-restaurant. Et pis, il appellerait les flics.

Ils pouvaient aussi kidnapper Gemütlich et le torturer. Cette fois, nouveau problème : l'homme devrait retourner à la banque pour effectuer le transfert et fermer le compte de Jéricho. Une fois à l'intérieur de la banque, ce serait un vrai massacre. Kobi Dror avait été formel : pas de loupé et pas de traces.

« Et si on essayait avec la secrétaire, dit-il. Les secrétaires particulières en savent souvent autant que leurs patrons. »

Les deux équipes concentrèrent donc leur attention sur cette Fräulein Edith Hardenberg qui avait toujours l'air aussi tristounet.

Cela ne leur prit pas longtemps : dix jours. Ils la suivirent jusque chez elle, un petit appartement dans une vieille maison convenable juste après Trautenauplatz, assez loin, dans le 19e arrondissement, la banlieue nord-ouest de Grinzing.

Elle vivait seule. Pas d'amant, pas de petit ami, pas même un animal. Une fouille effectuée dans ses papiers révéla un compte en banque assez modeste, une mère à la retraite qui vivait à Salzbourg — c'est elle qui louait l'appartement dans le temps, comme le montraient les quittances, mais sa fille avait déménagé sept ans plus tôt lorsque sa mère était retournée vivre dans sa ville natale.

Edith possédait une petite Seat qu'elle garait dans la rue devant chez elle, mais elle utilisait surtout les transports en commun pour aller au bureau, sans doute à cause de la difficulté qu'il y avait à trouver une place dans le centre.

Ses fiches de paie affichaient un salaire de misère — « quelle bande de salauds ! » explosa l'homme du Neviot quand il découvrit le montant — et, d'après son certificat de naissance, elle avait trente-neuf ans. Et elle en paraissait cinquante, fit remarquer le même.

Il n'y avait pas une seule photo d'homme dans l'appartement, juste un portrait de sa mère, une autre où on les voyait toutes les deux en vacances au bord d'un lac, et enfin une dernière de son père, mort sans doute, en uniforme des Douanes.

S'il y avait un homme qui comptait dans sa vie, c'était à coup sûr Mozart. « Elle est folle d'opéra, et c'est tout, raconta le chef du Neviot à Barzilai, en revenant de la visite de l'appartement qui avait été laissé exactement en l'état. Elle possède une bonne collection de trente-trois tours — elle n'est pas encore passée aux disques compacts — et rien que de l'opéra. Elle doit y laisser la plus grande partie de ses économies. Des livres sur l'opéra, sur les compositeurs, les chanteurs, les chefs d'orchestre. Des affiches avec le programme de l'Opéra de Vienne pour cet hiver, alors qu'elle ne peut sûrement pas s'offrir un billet...

— Pas d'homme dans sa vie, hein ? hasarda Barzilai.

— Elle se laisserait peut-être faire pour Pavarotti, à condition que tu mettes la main dessus. Allez, laisse tomber. »

Mais Barzilai décida de ne pas laisser tomber. Il se souvenait d'une affaire qui s'était produite à Londres, longtemps avant. Une fonctionnaire au ministère de la Défense, vieille fille comme c'est pas possible. Les Soviétiques avaient alors sorti de leur manche cet étonnant jeune Yougoslave... même le juge s'était montré compréhensif lors du procès.

Ce soir-là, Barzilai expédia un long message chiffré à Tel-Aviv.

A la mi-décembre, la montée en puissance des forces de la coalition rassemblées à la frontière sud du Koweït était devenue une véritable marée d'hommes et de matériel. Trois cent mille hommes et femmes appartenant à trente nations étaient disposés selon un réseau de lignes parallèles à travers le désert saoudien depuis la côte jusqu'à plus de cent cinquante kilomètres dans les terres. Des cargos débarquaient sans cesse leur matériel dans les ports de Jubail, Dammam, Bahreïn, Doha, Abu Dhabi : canons et chars, carburant et équipements divers, nourriture et matériel de couchage, munitions et rechanges se succédaient sans interruption. Les convois partaient des quais et se dirigeaient vers l'ouest, le long de la Tapline, pour mettre en place les énormes bases logistiques qui seraient nécessaires un jour à l'armée d'invasion.

Un pilote de Tornado de la base de Tabuq, volant cap au sud au retour d'une attaque simulée à la frontière irakienne, raconta à ses camarades d'escadron qu'il avait survolé un convoi de la tête à la queue. A huit cents à l'heure, il lui avait fallu six minutes pour remonter la colonne qui s'étendait sur quatre-vingts kilomètres, et les camions roulaient à touche-touche.

Sur la base logistique Alpha, une zone de stockage comprenait des fûts d'essence stockés sur trois rangées en hauteur, sur des palettes de deux mètres et à des intervalles suffisants pour laisser passer un chariot élévateur. L'ensemble formait un carré de quarante kilomètres de côté. Et ce n'était que pour l'essence. D'autres zones d'Alpha étaient réservées aux obus, roquettes, mortiers, caissons de munitions pour mitrailleuses, obus antichars à charge creuse et grenades. D'autres encore contenaient de la nourriture et de l'eau, des équipements et des rechanges, des batteries de chars ou des ateliers mobiles.

A ce moment-là, le général Schwarzkopf avait confiné les forces de la coalition dans une zone désertique au sud du Koweït. Ce que Bagdad ne pouvait pas savoir, c'est que le général avait l'intention, avant d'attaquer, d'envoyer davantage de forces à travers l'oued Al-Batin, cent cinquante kilomètres plus loin vers l'ouest, pour envahir l'Irak, pousser au nord puis à l'est afin de prendre la garde républicaine de flanc pour l'anéantir.

Le 13 décembre, les Rocketeers, 336e escadron tactique de l'US Air Force, quitta sa base de Thumrait à Oman pour être transféré à Al-Kharz, en Arabie Saoudite. La décision avait été prise le 1er décembre.

Al-Kharz était une base complètement nue, qui comportait des pistes et des zones de parking et rien d'autre. Il n'y avait pas de tour de contrôle, ni de hangars ou d'ateliers, pas de quoi loger qui que ce soit. Ce n'était qu'une surface plate dans le désert avec quelques rubans de béton. Mais *c'était un véritable* aéroport. Avec un sens étonnant de la prévision, le gouvernement saoudien avait commandé longtemps auparavant et construit assez de bases pour accueillir des forces aériennes représentant cinq fois celles du pays.

Le 1er décembre, le génie américain se mit en branle. En trente jours, il avait construit une ville de tentes suffisante pour héberger cinq mille personnes et cinq escadrons de chasse. Les éléments du génie étaient composés essentiellement des Chevaux Rouges, équipés de cinquante groupes électrogènes fournis par l'armée de l'air. Une partie du matériel arriva par la route sur des transporteurs spéciaux, mais le plus gros fut acheminé par voie aérienne. Ils installèrent des hangars, des ateliers, des citernes à carburant, des dépôts de munitions, des salles de briefing et d'alerte, une tour de contrôle, des tentes-magasins et des garages. Ils montèrent ensuite, à l'usage des équipages et des mécaniciens, des villages de tentes avec routes, toilettes, douches, cuisines et mess. Un château d'eau alimentait le tout, à partir d'eau apportée par camion depuis une source proche.

Al-Kharz se trouve à quatre-vingts kilomètres au sud-est de Riyad, et donc à cinq kilomètres au-delà de la portée maximale des Scud irakiens. Ç'allait être la base de cinq escadrons pendant trois mois — deux escadrons de Strike Eagle F-15E, les Rocketeers et les Chief, le 335e escadron venu de Seymour

Johnson qui les avait rejoints là, un escadron de chasseurs Eagle F-15C et deux escadrons d'intercepteurs Fighting Falcon F-16. Une rue avait même été réservée pour les deux cent cinquante femmes de l'escadre. Elles étaient juristes, chefs d'équipes d'entretien, conducteurs de camions, secrétaires, infirmières ou appartenaient aux deux escadrons de renseignements.

Les équipages proprement dits arrivèrent avec leurs avions de Thumrait. Les équipes de basiers et les autres personnels furent amenés par des avions de transport. Le transfert dura deux jours en tout et, lorsqu'ils arrivèrent, le génie était toujours à l'œuvre. Le travail des sapeurs allait durer jusqu'à Noël.

Don Walker avait bien aimé Thumrait. Les conditions de vie étaient excellentes, les installations modernes et, dans l'ambiance assez détendue qui régnait à Oman, les boissons alcooliques étaient autorisées à l'intérieur de la base.

Pour la première fois de sa vie, il avait fait la connaissance des hommes du SAS, qui possédaient une base permanente d'entraînement sur place, et d'autres officiers qui servaient dans les forces du sultan Qabous. Cela donna lieu à quelques virées mémorables. Les membres du sexe opposé étaient totalement disponibles et les missions des Eagle en mission d'attaque simulée sur la frontière irakienne, plutôt amusantes.

Après avoir fait une expédition dans le désert en véhicule léger de reconnaissance avec les SAS, Walker avait dit à son nouveau chef d'escadre, le lieutenant-colonel Steve Turner : « Ces types sont complètement cinglés. »

A Al-Kharz, les choses allaient se révéler très différentes. L'Arabie Saoudite, qui abrite deux lieux saints, La Mecque et Médine, pratique une théocratie sévère, sans parler de l'interdiction faite aux femmes de montrer quoi que ce soit en dessous du menton, si ce n'est les mains et les pieds.

Dans son ordre du jour numéro un, le général Schwarzkopf avait interdit l'usage de l'alcool à toutes les forces de la coalition placées sous son commandement. Toutes les unités américaines devaient appliquer cet ordre, et il s'appliquait donc à Al-Kharz. Dans le port de Dammam, pourtant, les Américains responsables du déchargement commencèrent à s'étonner des quantités de shampooing destinées à la Royal Air Force. Il en arrivait des conteneurs entiers, que l'on transférait sur des camions ou dans des Hercules C-130 qui les livraient aux escadrons de la RAF. Les Américains qui travaillaient sur le port persistaient à ne pas comprendre comment, dans un endroit aussi dénué d'eau, les équipages britanniques pouvaient passer autant de temps à se laver les cheveux. Cela devait leur rester une énigme jusqu'à la fin de la guerre.

De l'autre côté de la péninsule, sur la base de Tabuq dans le désert, que les Tornado britanniques partageaient avec des Falcon américains, les pilotes de l'USAF furent encore plus surpris de voir les Britanniques, au coucher du soleil, s'asseoir à côté de leurs tentes, se verser une petite dose de shampooing dans un verre et compléter le tout avec de l'eau.

A Al-Kharz, le problème ne se posait pas. Il n'y avait pas de shampooing. Les hommes vivaient beaucoup plus entassés qu'à Thumrait : à l'exception du chef d'escadre qui disposait d'une tente pour lui tout seul, les autres, du colonel au simple soldat, devaient se partager une tente pour deux, quatre, six, huit, ou douze selon leur grade.

Pis encore, les tentes du personnel féminin étaient installées à l'écart, problème rendu encore plus crucial par le fait que ces Américaines, à cause de leur culture et en l'absence de Mutawa saoudienne (la police religieuse) pour les surveiller, prenaient des bains de soleil en bikini derrière les légers paravents qu'elles avaient dressés autour de leurs tentes.

En conséquence de quoi, les équipages faisaient la razzia sur tous les camions de la base qui avaient un châssis suffisamment haut. En se mettant sur la pointe des pieds sur le plateau arrière, un vrai patriote pouvait aller de sa tente jusqu'aux pistes en faisant un énorme détour dans la rue des femmes pour passer entre les tentes et voir si ces dames étaient en forme.

En dehors de ces occupations éminemment civiques, pour la plupart, il n'y avait guère que le lit de camp et les batailles de polochons.

L'humeur générale avait également changé pour une autre raison. Les Nations unies avaient fixé à Saddam Hussein la date limite du 16 janvier. Les déclarations de Bagdad gardaient le ton du défi et, pour la première fois, il apparut clairement que l'on se dirigeait droit vers la guerre. Les missions d'entraînement prirent un autre tour.

Pour quelque obscure raison, le 15 décembre fut particulièrement chaud à Vienne. Le soleil brillait et la température monta en conséquence. A l'heure du déjeuner, Fräulein Hardenberg quitta la banque à son habitude pour prendre son modeste repas. Sur un coup de tête, elle décida d'acheter des sandwiches et d'aller les manger dans Stadtpark, à quelques rues de Ballgasse.

Elle avait l'habitude de déjeuner ainsi en été et même en automne. Dans ce cas, elle emportait des sandwiches. Mais, en ce 15 décembre, elle n'en avait pas. Néanmoins, en voyant le ciel bleu au-dessus de Franziskanerplatz, elle se dit que si la nature lui offrait le plaisir, fût-ce pour une seule journée, d'un Altweibersommer — l'été des vieilles dames à Vienne —, elle devait en profiter pour aller déjeuner dans le parc.

Elle avait une raison précise d'aimer cet endroit, de l'autre côté du Ring. Il existait à une extrémité du parc un restaurant aux parois vitrées, le Hübner Kursalon, où un petit orchestre jouait à l'heure du déjeuner des mélodies de Strauss, le plus viennois des compositeurs. Ceux qui n'ont pas de quoi s'y offrir un déjeuner ont le droit de s'asseoir dehors pour écouter gratuitement la musique. Mieux encore, au centre du parc, protégée sous un dôme de pierre, se trouve la statue du grand Johann lui-même.

Edith Hardenberg acheta ses sandwiches chez un petit marchand, trouva un banc libre au soleil et se mit à rêvasser en écoutant les airs de valse.

« *Entschuldigung.* »

Elle sursauta, arrachée brutalement à sa rêverie par une voix grave qui disait « Excusez-moi ».

S'il y avait une chose que ne supportait pas Mlle Hardenberg, c'était qu'un inconnu s'adresse à elle. Elle détourna la tête.

Il était jeune, il avait les cheveux noirs, de doux yeux noisette et un accent étranger transparaissait dans sa voix. Elle était sur le point de regarder définitivement ailleurs lorsqu'elle remarqua que le jeune homme tenait à la main une sorte de brochure illustrée et montrait du doigt un mot dans le texte. Malgré elle, elle jeta un coup d'œil. La brochure était la partition de *La Flûte enchantée*.

« Pardonnez-moi, ce mot, ce n'est pas de l'allemand, n'est-ce pas ? »

De son index, il montrait le mot *libretto*.

Elle aurait dû le planter là et s'en aller, bien sûr. Elle se mit à emballer ses sandwiches.

« Non, fit-elle sèchement, c'est de l'italien.

— Ah, fit l'homme comme pour s'excuser. J'apprends l'allemand, mais je ne parle pas italien. Cela signifie-t-il " musique ", je vous prie ?

— Non, répondit-elle, cela veut dire le texte, le livret.

— Merci, répondit-il avec tous les signes de la plus sincère gratitude. Il est si difficile de comprendre vos opéras viennois, mais je les adore. »

Ses doigts se firent plus paresseux pour emballer les sandwiches.

« Cela se passe en Égypte, vous savez », expliqua le jeune homme. Il était stupide de lui dire cela, à elle qui connaissait par cœur chaque mot de *Die Zauberflöte*.

« Tout à fait », répondit-elle. Bon, se dit-elle intérieurement, cela suffit comme ça. Peu importait l'identité de ce monsieur, ce n'était qu'un jeune impudent. Et pourtant, ils en étaient presque au ton de la conversation. La belle idée.

« C'est comme *Aïda*, ajouta-t-il, en revenant à sa partition. J'aime beaucoup Verdi, mais je crois que je préfère encore Mozart. »

Ses sandwiches étaient enfin dans leur papier, elle pouvait s'en aller. Elle n'avait qu'à se lever pour partir. Elle se tourna vers lui et c'est le moment qu'il choisit pour lever les yeux et lui sourire.

C'était un sourire bien timide, presque implorant. Il avait des yeux sombres de cocker sous des cils qui auraient fait pâlir d'envie un mannequin.

« Ce n'est pas comparable, fit-elle, Mozart est leur maître à tous. »

Son sourire s'agrandit sur des dents étincelantes.

« C'est ici qu'il a vécu. Il s'est peut-être même assis à cet endroit, sur ce banc, pour composer sa musique.

— Je suis sûre que non, répondit-elle. Ce banc n'existait pas. »

Elle se leva et tourna les talons. Le jeune homme se leva aussi et s'inclina légèrement, à la mode viennoise.

« Je suis désolé de vous avoir dérangée, *Fräulein*. Mais je vous remercie de votre aide. »

Elle sortit à pied du parc et retourna à son bureau, furieuse contre elle-même. Des conversations dans un parc avec un jeune homme, maintenant, et puis quoi encore ? D'un autre côté, ce n'était jamais qu'un étudiant étranger qui voulait découvrir l'opéra viennois. Cela n'avait rien de bien méchant. Elle passa devant une affiche : bien entendu, l'Opéra de Vienne donnait *La Flûte enchantée* dans trois jours. C'était peut-être au programme de ses études.

En dépit de sa passion, Edith Hardenberg n'avait jamais écouté d'opéra à l'Obernhaus. Elle avait bien entendu visité l'endroit dans la journée, mais une place d'orchestre était largement au-dessus de ses moyens. D'ailleurs, toutes les places étaient hors de prix. Les abonnements se transmettaient pratiquement d'une génération à l'autre. Et ils étaient réservés aux gens très riches. Quant aux billets ordinaires, on pouvait en obtenir seulement par relation, mais elle ne connaissait personne. Elle soupira et rentra travailler.

Cette journée de beau temps fut la dernière, le froid et les nuages gris refirent leur apparition. Elle fit comme de coutume et retourna désormais déjeuner au café où elle avait ses habitudes et sa table attitrée. C'était une petite dame bien propre, une personne d'habitudes, précisément.

Trois jours après l'incident du parc, elle arriva à sa table à l'heure habituelle, à la minute près, et remarqua à peine que la table d'à côté était occupée. Il y avait deux ouvrages universitaires — elle ne fit pas attention à leurs titres — et un verre d'eau à moitié plein. A peine avait-elle commandé le plat du jour que l'occupant de la table voisine revint des toilettes. Il s'assit et c'est seulement alors qu'il la reconnut. Il poussa une exclamation de surprise.

« Oh, *Grüss Gott,* c'est vous », lui dit-il. Elle pinça les lèvres pour marquer sa désapprobation. La serveuse lui apporta son plat. Elle était prise au piège. Mais le jeune homme était impossible à arrêter.

« J'ai fini la partition, je crois que je comprends tout à présent. »

Elle acquiesça et se mit à manger.

« Parfait. Vous faites des études ? »

Mais pourquoi donc lui avait-elle demandé ça ? Quelle folie la prenait ? Le restaurant bruissait de conversations. De quoi as-tu peur, Édith ? Une conversation de bonne tenue, même avec un étudiant étranger, ne peut pas prêter à conséquence. Elle se demandait ce que Herr Gemütlich aurait bien pu en penser. Il aurait certainement désapprouvé, c'était sûr.

Le jeune homme basané souriait de bonheur.

« Oui, je fais des études d'ingénieur à l'université de technologie. Lorsque j'aurai obtenu mon diplôme, je retournerai chez moi pour participer au développement de mon pays. Je m'appelle Karim, et vous ?

— Fräulein Hardenberg, fit-elle en reprenant son air pincé. Et d'où venez-vous, Herr Karim ?

— De Jordanie. »

Oh, Seigneur Tout-Puissant, un Arabe ! Oh, ça, il y en avait beaucoup à l'université de technologie, derrière Kärntner Ring. La plupart de ceux qu'elle rencontrait étaient vendeurs à la sauvette, des gens horribles qui tentaient de vendre des tapis ou des journaux à la terrasse des cafés et qui refusaient de s'en aller. Ce jeune homme, au moins, avait l'air très convenable. Il était peut-être de bonne famille. Mais tout de même, un Arabe... Elle termina son repas et fit signe qu'on lui apporte l'addition. Il était temps de prendre congé de ce monsieur, si civilisé qu'il paraisse.

« Mais, dit-il avec une nuance de regret, je crois que je ne pourrai pas y aller. »

On lui apporta sa note. Elle fouilla dans son sac à la recherche de quelques shillings.

« Aller où ça ?

— A l'Opéra, entendre *La Flûte enchantée.* Je ne veux pas y aller seul, je serais trop ému. Il y a une telle foule, je ne saurais ni où aller ni quand applaudir. »

Elle lui fit un sourire un peu indulgent.

« Oh, je ne crois pas que vous pourrez y aller, jeune homme, vous n'arriverez pas à avoir de billets. »

Il parut surpris.

« Oh non, ce n'est pas ça du tout. »

Il fouilla dans sa poche et posa deux bouts de papier sur la table. Sur sa table à elle, à côté de son addition. Deuxième rangée de l'orchestre, à quelques mètres seulement des chanteurs. Dans l'année centrale.

« J'ai un ami qui travaille aux Nations unies. Ils ont droit à un certain nombre de billets, vous savez. Mais il ne voulait pas les utiliser et il me les a donnés. »

Il avait dit « donné ». Pas « vendu », « donné ». Ça coûtait une fortune, et il les lui avait donnés.

« Accepteriez-vous, demanda le jeune homme sur un ton un peu suppliant, accepteriez-vous de m'emmener ? S'il vous plaît ? »

C'était assez joliment tourné, comme si c'était elle qui l'invitait.

Elle s'imagina soudain dans ce sanctuaire doré de l'art rococo, transportée au paradis par les voix des basses, barytons, ténors et sopranos.

« Certainement pas, trancha-t-elle.

— Oh, je suis désolé, Fräulein, j'ai dû vous blesser. »

Il tendit la main pour reprendre ses billets et commença à les déchirer.

— Non ! » Elle lui prit les mains avant qu'il ait eu le temps de déchirer un millimètre de ces billets sans prix. « Non, vous n'avez pas le droit. »

Elle était rouge pivoine.

« Mais je n'en ai pas l'usage...

— Eh bien, j'imagine que... »

Le visage du jeune homme s'éclaira.

« Alors, vous acceptez de m'emmener à l'Opéra ? C'est oui ? »

L'emmener à l'Opéra. Bien sûr, c'était différent. Ce n'était pas un rendez-vous, pas ce genre de rendez-vous qu'acceptent les gens qui... acceptent un rendez-vous. Plutôt une visite guidée. Simple courtoisie viennoise. Il s'agissait de faire à un étudiant étranger les honneurs d'une des merveilles de la capitale autrichienne. Il n'y avait pas de mal à ça...

Ils convinrent sur les marches de se retrouver à sept heures quinze. Elle avait pris sa voiture pour venir de Grinzing et avait trouvé à se garer sans problème. Ils se joignirent à la foule qui se pressait dehors, tout frémissants du plaisir qui les attendait.

Si Edith Hardenberg, vieille fille de quarante printemps, devait avoir un petit avant-goût du paradis, ce fut bien en cette soirée de 1990, lorsqu'elle prit place à quelques mètres de la scène et se laissa envahir par la musique. Si elle devait une seule fois dans sa vie éprouver une sensation d'ivresse, ce fut ce soir-là, en se laissant délicieusement enivrer par le flot des voix qui montaient et descendaient.

Pendant la première partie, alors que Papageno chantait et faisait des cabrioles devant elle, elle sentit soudain une main chaude venir se placer sur la sienne. Elle la retira instinctivement. Durant la deuxième partie, lorsque cela se reproduisit, elle ne bougea pas et sentit, en même temps que la musique, une douce chaleur pénétrer en elle, la chaleur de quelqu'un d'autre.

Quand le concert fut terminé, elle était toujours dans le même état. Sans cela, elle ne lui aurait jamais permis de l'accompagner à pied dans le parc puis jusqu'au café Landtmann, encore hanté par le souvenir de Freud. Il avait été restauré et avait retrouvé sa splendeur d'antan, celle des années 1890. Le célèbre maître d'hôtel, Robert en personne, les conduisit à une table et ils soupèrent.

Elle se dirigea vers sa voiture. Elle était plus calme à présent. Sa réserve naturelle reprenait le dessus.

« J'aimerais tant que vous me fassiez découvrir le vrai visage de Vienne, dit doucement Karim, votre Vienne, la Vienne des musées et des concerts. Sans cela, je ne pourrai jamais comprendre vraiment la culture autrichienne, en tout cas pas comme si c'était vous qui me la faisiez découvrir.

— Mais que dites-vous là, Karim ? »

Ils se tenaient près de la voiture. Non, il n'était pas question qu'elle accepte d'aller chez lui, où qu'il habite, et s'il lui proposait de venir chez elle, elle saurait à quel sorte de séducteur elle avait affaire.

« Je dis que j'aimerais bien vous revoir.

— Pourquoi cela ? »

S'il me dit que je suis belle, je le gifle, songea-t-elle.

« Parce que vous êtes si gentille, fit-il.

— Oh ! »

Elle avait rougi violemment dans l'obscurité. Sans dire un mot, il se pencha et l'embrassa sur la joue, puis s'éloigna et traversa la place. Elle rentra toute seule chez elle.

Cette nuit-là, Edith Hardenberg fit des rêves troublants. Elle rêva d'un lointain passé, de Horst qui l'avait aimée, ou cet été si chaud de 1970, alors qu'elle avait dix-neuf ans et était vierge. Horst qui lui avait pris sa virginité et lui avait fait l'amour. Horst qui avait disparu pendant l'hiver sans une lettre, sans une explication, sans un mot d'adieu.

Au début, elle s'était dit qu'il avait eu un accident et elle avait téléphoné aux hôpitaux. Puis elle avait imaginé que c'était à cause de son métier de représentant de commerce — il était en voyage mais il allait l'appeler. Plus tard, elle avait appris qu'il avait épousé cette fille de Graz dont il était également amoureux.

Elle avait pleuré jusqu'au printemps. Elle avait ensuite rassemblé tous ses souvenirs, tous les signes de sa présence chez elle, et les avait brûlés. Elle avait brûlé ses cadeaux, les photos qu'ils avaient prises ensemble lorsqu'ils se promenaient dans les jardins ou quand ils avaient fait de la voile sur le lac du Schlosspark à Laxenburg. Pour couronner le tout, elle avait enfin détruit la photo de l'arbre sous lequel il lui avait fait l'amour la première fois, faisant d'elle sa femme.

Elle n'avait plus jamais eu d'homme dans sa vie. Ils n'étaient bons qu'à vous trahir et à vous abandonner, sa mère le lui avait bien dit, et sa mère avait raison. Il n'y aurait plus jamais d'homme, plus jamais, elle se le jura.

Cette nuit-là, une semaine avant Noël, tous ces rêves remontèrent à la surface. Elle s'endormit à l'aube en serrant contre son sein maigrichon le programme de *La Flûte enchantée*. Tandis qu'elle dormait, les quelques petites rides qui couraient au coin de ses yeux et aux commissures des lèvres semblèrent s'effacer. Elle souriait dans son sommeil. Non, il n'y avait vraiment pas de mal à ça...

Chapitre 13

La grosse Mercedes grise était coincée dans la circulation. Le chauffeur essayait de se frayer un chemin dans le flot de voitures et de camionnettes en klaxonnant furieusement, au milieu des étals et des voitures à bras qui créent toute cette animation entre les rues Khulafa et Rachid.

Ils étaient au cœur du vieux Bagdad, là où les commerçants et les marchands de vêtements, d'or et d'épices, de faucons, bref de tout ce qui s'achète, tiennent commerce depuis dix siècles.

La voiture tourna dans la rue de la Banque dont les deux côtés étaient remplis de voitures en stationnement, et aboutit enfin dans la rue Shurja. Il était impossible d'aller plus loin, le marché aux épices était inaccessible. Le chauffeur tourna la tête. « Je ne peux vraiment pas aller plus loin. »

Leila Al-Hilla fit signe qu'elle avait compris et attendit qu'on vienne lui ouvrir la portière. Kemal, le garde du corps personnel du général, était assis à côté du chauffeur. C'était un gros maréchal des logis des blindés, et il était au service de Kadiri depuis des années. Elle le détestait.

Prenant son temps, le maréchal des logis ouvrit sa portière, déplia son immense carcasse sur le trottoir et ouvrit la portière arrière. Il se rendait très bien compte qu'elle cherchait à l'humilier une fois de plus, et cela se voyait dans ses yeux. Elle descendit de la voiture sans lui accorder un regard ni le moindre mot de remerciement.

L'une des raisons pour lesquelles elle le détestait tant était qu'il la suivait partout. C'était son boulot, d'accord, et la consigne venait de Kadiri, mais elle ne l'en aimait pas davantage pour cela. Lorsqu'il n'était pas saoul, Kadiri était un soldat sûr et compétent ; mais pour tout ce qui touchait au sexe, il était d'une jalousie insensée. D'où ses ordres formels : elle ne devait jamais aller seule en ville.

Il y avait aussi une autre raison : le désir évident qu'elle lui inspirait. C'était une femme qui connaissait les hommes et leurs pulsions, et elle comprenait qu'on éprouve du désir pour son corps. Tant que le prix était convenable, elle admettait n'importe quel désir, quelque bizarre qu'il puisse être. Mais Kemal lui avait infligé la dernière des insultes : il était maréchal des logis, et donc pauvre. Comment pouvait-il se nourrir de pareilles pensées, ce mélange de mépris et de désir bestial ? Cela se voyait lorsqu'il savait que le général Kadiri ne le regardait pas.

Elle s'en était plainte auprès de Kadiri, mais il s'était contenté de rire. Il se doutait bien que tous les hommes la désiraient, mais Kemal pouvait se permettre un certain nombre de libertés parce qu'il lui avait sauvé la vie dans les marais de Fao pendant la guerre contre l'Iran, et il savait que Kemal se serait fait tuer pour lui.

Le garde du corps claqua la porte et resta à côté d'elle tandis qu'ils descendaient à pied la rue Shurja. On appelle ce quartier Agid al-Nasara, le quartier des Chrétiens. En dehors de l'église Saint-Georges construite par les Anglais pour leur propre usage et celui des protestants, de l'autre côté du fleuve, il y a trois sectes en Irak, qui représentent environ sept pour cent de la population.

La plus importante est celle des assyriens ou syriaques dont la cathédrale se dresse dans le quartier des Chrétiens, près de la rue Shurja. A un kilomètre et demi de là, c'est l'église arménienne, près d'une toile d'araignée de petites rues et de ruelles dont l'histoire remonte à plusieurs siècles. On appelle cet endroit Camp El-Arman, le vieux quartier arménien.

Enfin, collée contre la cathédrale syriaque, se trouve Saint-Joseph, paroisse des chaldéens, la moins nombreuse de toutes ces sectes. Alors que le rite syriaque rappelle celui des Grecs orthodoxes, les chaldéens sont quant à eux une variante de l'Église catholique.

Le plus célèbre des chaldéens irakiens était alors le ministre des Affaires étrangères, Tarek Aziz. La fidélité de chien qu'il portait à Saddam Hussein, malgré les génocides commis par son maître, semblait indiquer que M. Tarek Aziz avait quelque peu oublié les préceptes du Prince de la Paix. Leila Al-Hilla avait également été élevée dans la religion chaldéenne, et cela lui était bien utile à présent.

Le couple mal assorti arriva à la grille de fer qui donnait accès à une petite cour, devant l'entrée de l'église chaldéenne. Kemal s'arrêta là. En tant que musulman, il n'était pas question qu'il aille plus loin. Elle lui fit un signe de tête et franchit la porte. Kemal la vit acheter un petit cierge dans un présentoir près de l'entrée, mettre sur la tête son lourd foulard de dentelle noire et elle entra dans l'église sombre où régnait une insistante odeur d'encens.

Le garde du corps haussa les épaules et s'éloigna de quelques mètres pour acheter un Coca-Cola. Il se mit ensuite à la recherche d'un endroit où il pourrait s'asseoir tout en surveillant l'entrée. Il n'arrivait pas à comprendre comment son maître autorisait ce genre d'idiotie. Cette femme n'était qu'une putain ; le général en aurait assez un jour ou l'autre et lui, Kemal, s'était vu promettre qu'il pourrait prendre son plaisir avant qu'on la renvoie. Il sourit à cette idée et en fit dégouliner une lampée de Coca le long de son menton.

Dans l'église, Leila alluma son cierge à la flamme de l'une des centaines de bougies qui brûlaient là en permanence près de la porte. Elle avança alors, la tête baissée, jusqu'aux confessionnaux alignés au bout de la nef. Un prêtre en soutane noire passa sans la remarquer.

C'était toujours le même confessionnal. Elle entra à l'heure dite, passant devant une femme vêtue de noir qui cherchait elle aussi un prêtre pour écouter la litanie de ses péchés, péchés sans doute plus banals que ceux de la jeune femme qui la poussait pour lui voler son tour.

Leila referma la porte sur elle, se retourna et s'assit sur le siège réservé au pénitent. Il y avait une grille à sa droite. Elle entendit un bruissement de l'autre côté. Il devait être là. Il était toujours à l'heure.

Mais qui pouvait-il bien être ? se demandait-elle. Pourquoi payait-il aussi cher les informations qu'elle lui communiquait ? Ce n'était pas un étranger — son arabe était trop bon pour cela, il parlait arabe comme quelqu'un qui est né à Bagdad. Et il payait bien, très bien.

« Leila ? » La voix, un murmure en fait, était grave et égale. Elle devait toujours arriver après lui et quitter le confessionnal avant lui. Il l'avait avertie de ne pas rôder aux alentours pour essayer de l'apercevoir, mais comment aurait-elle bien pu faire, avec Kemal accroché à ses basques ? Ce porc voyait tout, et il aurait immédiatement rendu compte à son maître. Elle tenait à la vie.

« Identifie-toi, s'il te plaît.

— Mon père, j'ai commis le péché de la chair, et je ne suis pas digne de recevoir votre absolution. »

C'est lui qui avait imaginé cette formule, parce qu'elle ne serait venue à l'idée de personne d'autre.

« Que m'as-tu apporté ? »

Elle chercha quelque chose entre ses jambes, écarta l'élastique de ses collants et prit le faux tube qu'il lui avait remis plusieurs semaines auparavant. Elle dévissa le bouchon. A l'intérieur, elle prit un fin rouleau de papier pas plus épais qu'un crayon et le lui passa à travers la grille.

« Attends. »

Elle entendit le froissement du papier pelure ; l'homme examinait attentivement les notes qu'elle avait prises et qui reprenaient le compte rendu et les conclusions du conseil de la veille, réuni sous la présidence de Saddam Hussein en personne, et auquel avait assisté le général Kadiri.

« C'est bien, Leila, c'est vraiment très bien. »

Aujourd'hui, les billets étaient des francs suisses, des grosses coupures, et il les lui remit à travers la grille. Elle les cacha à l'endroit même où elle avait mis les documents, endroit que les musulmans considèrent comme impur à certaines époques. Il n'y aurait eu qu'un médecin ou un membre de l'AMAM pour oser aller chercher là.

« Combien de temps cela va-t-il durer ? lui demanda-t-elle à travers la grille.

— Il n'y en a plus pour très longtemps. La guerre va éclater, et quand ce sera fini, le Raïs tombera. D'autres prendront le pouvoir, et je serai l'un d'entre eux. Ce jour-là, tu seras largement récompensée, Leila. Reste calme, fais ton travail et prends patience. »

Elle sourit. Largement récompensée. De l'argent, tout plein d'argent, suffisamment pour s'en aller et avoir de quoi vivre pour le restant de ses jours.

« Maintenant, va-t'en. »

Elle se leva et quitta le confessionnal. La vieille femme en noir avait trouvé quelqu'un d'autre pour l'entendre en confession. Leila traversa la nef dans l'autre sens et sortit en plein soleil. Ce cochon de Kemal l'attendait de l'autre côté de la grille, occupé à tordre une canette dans sa grosse main, dégoulinant de sueur. Seigneur, qu'il sue ! Il suerait bien davantage s'il savait...

Sans lui jeter un regard, elle reprit la rue Shurja, traversa le marché grouillant de monde et retourna jusqu'à la voiture. Kemal, furieux mais impuissant, suivait derrière. Elle ne prêta pas la moindre attention à un pauvre fellah qui poussait sa bicyclette, un grand panier ouvert posé sur le porte-bagages, et il ne la remarqua pas davantage. L'homme était venu au marché pour le compte du cuisinier de la maison où il était employé. Il devait acheter de la muscade, de la coriandre et du safran.

Resté seul dans un confessionnal, l'homme vêtu de la soutane noire des prêtres chaldéens resta assis là quelque temps pour laisser le temps à son agent de regagner la rue. Il était très improbable qu'elle réussisse à le reconnaître, mais, dans ce genre d'activité, il ne fallait pas jouer avec le feu.

Il croyait sincèrement ce qu'il lui avait répondu. La guerre était imminente. Même le départ de la Dame de fer n'y pourrait rien changer. Les Américains avaient le couteau entre les dents et ils ne reculeraient pas.

Du moins, tant que l'imbécile qui siégeait dans son palais de l'autre côté du fleuve, près du pont de Tamouz, ne gâchait pas tout en se retirant unilatéralement du Koweït. Heureusement, il semblait s'acharner à sa propre perte. Les Américains commenceraient par gagner la guerre, puis ils iraient jusqu'à Bagdad terminer le boulot. Ils ne se contenteraient sûrement pas de libérer le Koweït et de s'arrêter là. Personne ne pouvait être à la fois aussi fort et aussi stupide.

Lorsqu'ils seraient là, il leur faudrait un nouveau régime. Puisqu'il s'agissait d'Américains, il leur faudrait naturellement quelqu'un qui parle couramment anglais, qui comprenne leur façon de penser, leur manière de s'exprimer, qui sache quoi leur dire pour leur plaire. Et c'est donc lui qu'ils choisiraient tout naturellement.

Son éducation même, son mode de vie cosmopolite, qui jouaient maintenant contre lui, deviendraient alors un atout. Pour l'instant, il était exclu des réunions les plus importantes et ne participait pas aux décisions du Raïs — parce qu'il n'appartenait pas à la tribu des Al-Takriti, qu'il n'était ni militant fanatique du parti Baas, ni général à part entière, ni demi-frère de Saddam.

Mais Kadiri était tikrit, et on lui faisait confiance. Ce n'était qu'un général de blindés assez médiocre, avec des goûts aussi délicats que ceux d'un dromadaire en rut, mais il avait joué, enfant, dans la poussière de Tikrit avec Saddam et les autres membres de son clan, et cela suffisait. Lui, Kadiri, faisait partie de toutes les réunions où se prenaient les décisions, il était au courant de tous les secrets. Et l'homme du confessionnal avait besoin, lui aussi, de connaître toutes ces choses, afin de se préparer à ce qui allait suivre.

Lorsqu'il fut certain que la voie était libre, l'homme se leva et quitta les lieux. Au lieu de traverser la nef, il se glissa par une porte latérale dans la sacristie, salua un véritable prêtre qui se préparait pour l'office, et quitta l'église par une porte dérobée.

L'homme à la bicyclette n'était qu'à vingt mètres de lui. Il jeta par hasard un coup d'œil au prêtre en soutane qui émergeait dans la lumière du soleil et se cacha juste à temps. L'homme en soutane lui jeta un regard, mais ne remarqua rien d'autre qu'un fellah penché sur son vélo et occupé à régler sa chaîne. Il se dirigea à grands pas dans la ruelle vers une petite voiture sans signe particulier.

L'homme venu faire son marché sentait la sueur lui dégouliner sur la figure et son cœur battait à tout rompre. Il était trop près, sacrément trop près. Il avait délibérément évité de se promener du côté du siège du Mukhabarat, dans le quartier Mansour, pour ne pas risquer de rencontrer cet individu. Mais que diable pouvait bien faire cet homme, habillé en prêtre, dans le quartier chrétien ?

Seigneur, cela faisait si longtemps... Quand ils jouaient ensemble sur les pelouses de l'école primaire de M. Hartley, à Tasisiya, quand il lui avait envoyé son poing dans la figure pour avoir insulté son plus jeune frère, quand ils récitaient de la poésie en classe et que c'était toujours Abdelkarim Badri qui l'emportait... Cela faisait si longtemps qu'il n'avait pas vu son vieil ami Hassan Rahmani, désormais chef du contre-espionnage de la République d'Irak.

On était juste avant Noël et, dans le désert nord d'Arabie, trois cent mille Américains et Européens tournaient leurs pensées vers leur pays alors qu'ils se préparaient à se passer de fête dans un pays profondément musulman. Pourtant, malgré la célébration de la naissance du Christ qui approchait, la montée en puissance de la plus grosse force d'invasion rassemblée depuis le débarquement en Normandie se poursuivait.

Les forces de la coalition étaient toujours concentrées dans la zone sud du Koweït. Rien ne devait laisser indiquer que ces forces allaient se déplacer plus à l'ouest.

D'autres divisions continuaient à débarquer dans les ports. La 4e brigade blindée britannique avait rejoint les Rats du Désert, la 7e, pour constituer la 1re division blindée. Les Français avaient porté leurs effectifs à dix mille hommes, dont la Légion étrangère.

Les Américains avaient fait venir, ou étaient sur le point de faire venir, la 1re division de cavalerie, les 2e et 3e régiments de cavalerie blindée, la 1re division d'infanterie mécanisée, les 1re et

3e divisions de blindés, deux divisions de marines et les 82e et 101e divisions de parachutistes.

Juste à la frontière, là où ils voulaient être, se trouvaient les forces saoudiennes, régulières et spéciales, assistées par des divisions égyptiennes ou syriennes, ainsi que par d'autres unités fournies par différents pays arabes.

Le nord du golfe Persique était couvert de navires de guerre envoyés par tous les pays de la coalition. Que ce soit dans le Golfe ou, de l'autre côté, en mer Rouge, les États-Unis avaient positionné cinq groupes de porte-avions, avec l'*Eisenhower*, l'*Independence*, le *John F. Kennedy*, le *Midway* et le *Saratoga*. L'*America*, le *Ranger* et le *Theodore Roosevelt* n'allaient pas tarder à les rejoindre. La puissance aérienne embarquée à bord de ces seuls bâtiments, avec leurs Tomcat, leurs Hornet, les Intruder, les Prowler, les Avenger et les Hawkeye, était impressionnante. Le cuirassé américain *Wisconsin* avait également pris position dans le Golfe, et il devait être rejoint par le *Missouri* en janvier.

Dans tous les États du Golfe et à travers l'Arabie Saoudite, tous les aéroports dignes de ce nom étaient remplis de chasseurs, de bombardiers, de ravitailleurs, de transports de troupes et d'avions d'alerte avancée. Tous ces appareils volaient vingt-quatre heures sur vingt-quatre, sans cependant jamais pénétrer dans l'espace aérien irakien, à l'exception des avions-espions.

Dans de nombreux cas, l'US Air Force partageait les bases avec la RAF. Comme les équipages parlaient la même langue, la communication entre eux était plutôt facile et amicale. De temps à autre, pourtant, il y avait des incompréhensions. L'incident le plus notable concerna un endroit secret connu des seuls Britanniques sous le sigle de MMFD.

Lors d'une des premières missions d'entraînement, un Tornado britannique, interrogé par le contrôle, s'était vu demander s'il avait atteint certain point tournant. Le pilote répondit que non : il était encore au-dessus du MMFD.

Le temps passant, plusieurs pilotes américains entendirent eux aussi parler de cet endroit et scrutèrent leurs cartes pour essayer de savoir où il se trouvait. C'était pratiquement sans espoir pour deux raisons : les Britanniques passaient apparemment beaucoup de leur temps à le survoler et le lieu ne figurait sur aucune carte américaine.

Quelqu'un émit l'hypothèse qu'on avait fait une confusion avec le KKMC, la cité militaire du Roi Khaled, énorme base saoudienne. Mais l'hypothèse fut écartée et on reprit les recherches. Les Américains finirent par donner leur langue au chat. Quelle que fût la localisation exacte du MMFD, il n'y avait pas moyen de la trouver sur les cartes fournies aux escadrons de l'USAF par l'état-major de Riyad.

Finalement, les pilotes de Tornado leur fournirent la réponse. MMFD signifiait : à des « miles et des miles de ce foutu désert ».

Au sol, les soldats vivaient au cœur du MMFD. Pour beaucoup d'entre eux, la vie était rude. Ils dormaient sous leurs chars, leurs canons autotractés ou leurs véhicules blindés. Mais surtout, leur existence était extrêmement ennuyeuse.

Il existait malgré tout quelques distractions et l'une d'entre elles consistait à rendre visite aux unités voisines. Le temps s'écoulait doucement. Les Américains disposaient de lits de camp particulièrement confortables, que leur enviaient beaucoup les Britanniques. Par bonheur, les Américains étaient également dotés de rations particulièrement infectes, sans doute mises au point par un fonctionnaire civil du Pentagone qui serait certainement mort plutôt que de les avaler trois fois par jour.

Ces menus étaient baptisés RPE, « rations prêtes à l'emploi ». Les soldats américains leur reconnaissaient toutes les vertus, sauf celle-là, et décidèrent que le sigle signifiait « refusé par les Éthiopiens ». Les Britanniques, au contraire, étaient nettement mieux nourris, et, grâce aux bons vieux principes capitalistes, un système de troc s'établit rapidement entre les lits américains et les rations britanniques.

Les Américains furent également sidérés par une autre demande des Britanniques : à Londres, le ministère de la Défense passa commande d'un demi-million de préservatifs pour les soldats stationnés dans le Golfe. Dans les déserts vides de l'Arabie profonde, un tel achat semblait indiquer que les soldats britanniques avaient découvert des ressources inconnues des GI.

Ce mystère ne fut résolu que la veille de l'attaque terrestre. Les Américains avaient passé une centaine de jours à nettoyer leurs fusils sans relâche pour essayer de venir à bout du sable, de la poussière, de tous les corps étrangers et petits cailloux qui se glissaient dans le canon des armes. Les Britanniques n'eurent qu'à enlever les préservatifs pour présenter des armes impeccables encore toutes luisantes d'huile.

Un autre événement mémorable qui intervint juste avant Noël fut la réintégration du contingent français dans le dispositif allié.

Au début, la France avait en guise de ministre de la Défense un véritable désastre ambulant, en la personne de Jean-Pierre Chevènement. Ce ministre semblait éprouver une grande sympathie pour l'Irak et avait ordonné aux forces françaises de faire remonter toutes les directives alliées à Paris.

Lorsque le fait fut porté à la connaissance du général Schwarzkopf, il faillit mourir de rire, de même que le général de la Billière. A cette date, M. Chevènement présidait également l'Association France-Irak. Bien que les forces françaises aient été placées sous le commandement d'un officier tout à fait distingué, en la personne du général Michel Roquejoffre, la France fut exclue de tous les comités d'état-major.

A la fin de l'année, Pierre Joxe fut nommé ministre de la Défense et annula aussitôt cet ordre. Le général Roquejoffre put alors reprendre sa place dans ces réunions avec les Américains et les Britanniques.

Deux jours avant Noël, Mike Martin reçut de Jéricho les réponses aux questions qu'il lui avait posées une semaine auparavant. Jéricho était formel : au cours des jours précédents, un cabinet de crise s'était réuni, auquel n'avaient participé que les membres les plus proches de Saddam Hussein, Conseil de la Révolution et généraux de haut rang.

Lors de cette réunion, la question de savoir si l'Irak devait se retirer du Koweït avait été délibérément mise à l'ordre du jour. Naturellement, ce n'était pas l'un des membres présents qui l'avait fait — personne n'était assez bête pour cela. Tous se souvenaient d'un autre exemple, pendant la guerre Iran-Irak : on avait évoqué une proposition iranienne de faire la paix si Saddam Hussein décidait de s'arrêter. Saddam avait lancé un tour de table. Le ministre de la Santé avait soutenu l'opinion qu'une telle idée était peut-être intéressante, de façon provisoire bien entendu. Saddam avait invité le ministre à le suivre dans une autre pièce, avait dégainé son revolver et lui avait tiré une balle dans la tête avant de reprendre sa place au Conseil des ministres.

La question du Koweït avait été soulevée sous la forme d'une dénonciation des Nations unies qui avaient osé soumettre cette idée. Chacun attendait que Saddam donne son avis. Mais il n'en fit rien, restant, comme il en avait l'habitude, assis au bout de la table comme un cobra aux aguets, fixant tous les assistants l'un après l'autre pour essayer de détecter le moindre signe de déloyauté.

Évidemment, en l'absence de toute indication du Raïs, la discussion avait cessé avant même d'avoir commencé. Puis Saddam avait pris la parole, sur ce ton exagérément calme qu'il adoptait lorsqu'il était le plus dangereux. Tous ceux, avait-il déclaré, qui acceptaient l'idée d'une humiliation aussi catastrophique pour l'Irak face aux Américains, étaient mûrs pour devenir les lèche-bottes de l'Amérique pour le restant de leurs jours. Il n'y avait pas de place autour de cette table pour des individus de cette espèce.

Il n'y avait plus rien à discuter. Tous les participants prirent la parole pour expliquer que pareille pensée ne les effleurerait jamais, quelles que soient les circonstances. Le dictateur irakien avait alors ajouté quelque chose. L'Irak pourrait se retirer de sa dix-neuvième province à la seule condition de gagner, et de gagner de manière éclatante.

Les participants approuvèrent en chœur, même s'ils ne comprenaient pas de quoi il voulait parler.

Le compte rendu était assez long, et Mike Martin le transmit à Riyad la nuit même.

Chip Barber et Simon Paxman l'étudièrent pendant des heures. Ils avaient tous deux décidé de faire une petite pause et étaient rentrés passer quelques jours chez eux, laissant la direction de Martin et Jéricho, à Riyad, entre les mains de Julian Gray, côté britannique, et du chef de poste de la CIA pour les Américains. L'ultimatum des Nations unies expirait dans vingt-quatre jours, début de l'offensive aérienne du général Chuck Horner contre l'Irak. Les deux hommes avaient besoin de prendre un peu de repos, et le compe rendu exceptionnel de Jéricho leur en offrait la possibilité. Ils allaient l'emporter dans leurs bagages.

« A votre avis, que veut-il dire exactement, par " gagner de manière éclatante " ? demanda Barber.

— Aucune idée, répondit Paxman. Nous allons soumettre ça à nos analystes, ils seront peut-être meilleurs que nous.

— Nous aussi. Il ne va pas y avoir grand monde dans les jours qui viennent, à l'exception de ceux qui ont des achats à faire. Je vais remettre le document tel quel à Bill Stewart et il trouvera bien quelques têtes d'œuf pour l'analyser en détail avant que ça remonte au directeur et au Département d'État.

— Je connais de mon côté une tête d'œuf à qui j'aimerais bien en toucher un mot », dit Paxman, et sur ce, ils allèrent à l'aéroport prendre leur avion respectif.

La veille de Noël, le Dr Terry Martin prit connaissance du message de Jéricho et on lui demanda s'il pourrait l'éplucher et déterminer si, d'aventure, Saddam Hussein voulait dire qu'une victoire contre l'Amérique serait le prix de son retrait du Koweït.

« A propos, demanda-t-il à Paxman, je sais que je viole les règles sacro-saintes du secret, mais je suis vraiment soucieux. Je travaille pour vous, alors accordez-moi un service en échange. Comment cela se passe-t-il au Koweït, pour mon frère ? Il va bien ? »

Paxman regarda le professeur d'arabe sans rien dire.

« La seule chose que j'aie le droit de vous dire, c'est qu'il a quitté le Koweït, fit-il enfin. Et c'est déjà plus que ce que je devrais vous en dire. »

Terry Martin poussa un soupir de soulagement.

« C'est le plus beau cadeau de Noël qu'on pouvait me faire. Merci, Simon. » Il leva les yeux et, brandissant l'index : « Une dernière chose, ne l'envoyez jamais à Bagdad. »

Cela faisait quinze ans que Paxman était dans le métier. Il resta impassible et réussit à maîtriser le ton de sa voix. L'universitaire plaisantait, ce n'était pas possible.

« Oui ? Et pourquoi cela ? »

Martin terminait son verre de vin et ne remarqua pas l'éclair d'inquiétude qui venait de passer dans les yeux de l'officier de renseignements.

« Mon cher Simon, Bagdad est la seule ville au monde où il ne doit absolument pas mettre les pieds. Vous vous souvenez de ces bandes enregistrées que m'avait passées Sean Plummer, ces interceptions de conversations en Irak ? On a pu identifier quelques-unes des voix. J'en ai reconnu une. Par un coup de pot, mais je suis sûr de moi.

— Vraiment ? dit tranquillement Paxman, racontez-moi ça.

— Cela remonte à loin, bien sûr, mais je sais que c'est le même homme. Et devinez qui ? Il est maintenant chef du contre-espionnage à Bagdad, le chasseur d'espions en chef de Saddam.

— Hassan Rahmani », murmura Paxman. Il ne fallait surtout pas que Terry Martin fasse la fête en cette période de Noël. Il serait incapable de tenir sa langue.

« C'est lui. Nous avons été en classe ensemble, vous savez, nous tous, à l'école primaire de ce bon M. Hartley. Mike et Hassan étaient inséparables. Vous comprenez, maintenant ? C'est pour cela qu'il ne doit pas être vu à Bagdad. »

Paxman quitta le bar à vins et regarda la silhouette de l'universitaire s'éloigner dans la rue. « Et merde, fit-il, quel foutu merdier. » Quelqu'un venait de lui gâcher son Noël, et il allait en faire autant avec celui de Steve Laing.

Edith Hardenberg était partie à Salzbourg pour passer les fêtes avec sa mère, conformément à une tradition vieille de plusieurs années.

Karim, le jeune étudiant jordanien, alla voir Gidi Barzilai chez lui. Le chef de l'opération Josué offrait un verre aux membres des équipes Yarid et Neviot placés sous ses ordres et qui n'étaient pas de service. Un seul malheureux se trouvait à Salzbourg pour garder un œil sur Mlle Hardenberg et les avertir si elle rentrait brusquement dans la capitale.

Le vrai nom de Karim était Avi Herzog. A vingt-neuf ans, il avait servi longtemps au Mossad dans l'unité 504, une division des services de renseignements de l'armée, spécialisée dans les raids de l'autre côté de la frontière. C'est cela qui expliquait sa pratique courante de l'arabe. Comme il avait une bonne tête et savait prendre sur commande un air timide et mal à l'aise, le Mossad l'avait déjà utilisé à deux reprises dans des missions de séducteur.

« Alors, comment ça va, joli cœur ? lui demanda Gidi en passant les verres.

— Doucement, répondit Avi.

— Ne traîne pas trop. Le Vieux veut un résultat, rappelle-toi.

— La dame est assez coincée, fit Avi. La seule chose qui l'intéresse, c'est le commerce intellectuel. »

Pour peaufiner sa couverture d'étudiant arrivant d'Amman, on l'avait installé dans un petit appartement qu'il partageait avec un autre étudiant arabe, qui appartenait en fait à l'équipe Neviot, et dont la spécialité était les écoutes sauvages. Lui aussi parlait couramment arabe. C'était pour le cas où Edith Hardenberg ou quelqu'un d'autre aurait eu l'idée de savoir où il vivait et avec qui.

L'appartement en question aurait pu résister à n'importe quelle inspection. Il était rempli de livres de technologie et jonché de journaux et de revues jordaniennes. Les deux hommes avaient naturellement été inscrits à l'université technique, au cas où il serait venu à quelqu'un l'idée de pousser les vérifications jusque-là. C'est précisément son compagnon qui intervint.

« Le commerce intellectuel ? Baise-la donc !

— Justement, fit Avi, pas moyen. »

Lorsque les éclats de rire cessèrent, il ajouta : « A propos, j'exige une prime de risque.

— Pourquoi ? lui demanda Gidi. Tu crois qu'elle essaiera de te mordre quand tu auras baissé ton pantalon ?

— Tu parles ! On passe notre temps dans des galeries d'art, au concert, à l'Opéra. Je serai mort d'ennui avant que ça arrive.

— Continue comme tu sais faire, espèce de puceau. Si on t'a fait venir, c'est parce que le Service prétend que tu as un truc qu'on n'a pas, nous autres.

— Oui, fit la fille de l'équipe de filature du Yarid, un truc d'environ vingt-trois centimètres.

— Ça suffit, Yael. Continue comme ça et tu pourrais bien te retrouver à faire la circulation rue Hayarkon. »

Ils continuèrent ainsi à boire, à rire et à raconter des blagues en hébreu. Plus tard, ce soir-là, Yael put constater par elle-même qu'elle ne s'était pas trompée. Ce fut une bonne nuit de Noël pour l'équipe du Mossad en mission à Vienne.

« Alors, qu'en pensez-vous, Terry ? »

Steve Laing et Simon Paxman avaient invité Terry Martin à les rejoindre dans l'un des appartements de la Boîte, à Kensington. Ils voulaient pouvoir parler dans un endroit plus discret qu'un restaurant. On était à deux jours du nouvel an.

« Fascinant, dit le Dr Martin. Absolument fascinant. C'est vrai ? Saddam a vraiment dit cela ?

— Pourquoi demandez-vous ça ?

— Eh bien, si vous voulez me pardonner, c'est plutôt bizarre, pour un enregistrement de conversation téléphonique. Celui qui parle a l'air de faire à quelqu'un d'autre le récit de ce qui s'est passé au cours d'une réunion... Le second ne dit rien à l'autre bout du fil. »

Il était absolument impossible à la Boîte de dire à Terry Martin comment elle s'était procuré ce document.

« Les interventions du correspondant n'avaient aucun inté-rêt, répondit tranquillement Laing, quelques grognements et des marques d'approbation. Nous ne les avons pas gardées.

— Mais c'est bien *ce qu'a dit* Saddam ?

— C'est en tout cas ce que nous avons compris.

— Extraordinaire. C'est la première fois que j'ai sous les yeux quelque chose qui n'est pas destiné à être diffusé à un public plus large. »

Martin avait entre les mains, non pas le rapport manuscrit de Jéricho, qui avait été détruit par son frère à Bagdad aussitôt lu, mot à mot, devant le micro, mais une retranscription tapée à la machine en arabe, du texte transmis par radio à Riyad, juste avant Noël. Il possédait également la traduction en anglais faite par la Boîte.

« Cette dernière phrase, dit Paxman, qui devait retourner à Riyad le soir même, là où il dit gagner de manière éclatante, est-ce que ça vous dit quelque chose ?

— Bien sûr que oui. Mais vous savez, vous utilisez le mot " gagner " dans son acception européenne ou nord-américaine. En anglais, je dirais plutôt " réussir ".

— Très bien, Terry, comment peut-il croire qu'il va réussir contre les Américains et la coalition ? lui demanda Laing.

— Par l'humiliation. Je vous l'ai déjà dit, il faut qu'il ridiculise totalement l'Amérique.

— Mais il ne va pas se retirer du Koweït dans les vingt jours qui viennent ? On a vraiment besoin de savoir, Terry.

— Écoutez, Saddam en est arrivé là parce que ses exigences n'avaient pas été satisfaites, répondit Martin. Il exigeait quatre choses : qu'on lui remette les îles Warbah et Bubiyan pour lui procurer un accès à la mer, une compensation pour le pétrole que le Koweït, d'après lui, a produit au-delà de son quota dans les champs qu'il partage avec l'Irak, la fin de la surproduction koweïtienne et l'effacement des quinze milliards de dollars de dettes de guerre. S'il obtient satisfaction sur tous ces points, il pourrait se retirer dans l'honneur, et laisser les Américains se débrouiller. C'est cela qu'il appelle " gagner ".

— Vous voyez un indice qui laisserait à penser qu'il y croit ? »

Martin haussa les épaules. « Il croit que les pacifistes à tout crin des Nations unies pourraient faire pression dans ce sens. Il fait le pari qu'il a le temps pour lui, pourvu qu'il arrive à tenir jusqu'à ce que la résolution de l'ONU se refroidisse. Et il n'a peut-être pas tort.

— Ce type est complètement cinglé, dit sèchement Laing. Il y a une date limite, le 16 janvier, dans vingt jours. Il va se faire écrabouiller.

— A moins, suggéra Paxman, à moins que l'un des membres permanents du Conseil de sécurité n'arrive avec un plan de paix à la dernière minute pour retarder l'échéance. »

Laing avait l'air sombre. « Paris, ou Moscou, ou encore les deux à la fois, fit-il.

— Si la guerre éclate, pense-t-il vraiment qu'il pourrait la gagner ? Pardon, qu'il pourrait " réussir " ? demanda Paxman.

— Oui, répondit Terry Martin. Mais cela renvoie à ce que je

vous ai déjà dit — les pertes américaines. N'oubliez pas que Saddam n'est qu'un vulgaire voyou. Les conférences diplomatiques au Caire ou à Riyad, ce n'est pas son truc. Les ruelles et les bazars sont remplis de Palestiniens et d'Arabes qui en veulent à l'Amérique, considérée comme le soutien d'Israël. Tout homme qui arrivera à faire saigner l'Amérique, même en infligeant beaucoup de souffrances à son propre peuple, deviendra le héros de millions de gens.

— Mais il n'y arrivera pas, insista Laing.

— Il croit que si, rétorqua Martin. Écoutez, il est assez futé pour comprendre qu'aux yeux de l'Amérique, l'Amérique ne peut pas perdre, ne doit pas perdre. C'est tout bonnement inacceptable. Regardez ce qui s'est passé avec le Vietnam. Les anciens combattants sont rentrés chez eux et ont été traités comme des moins que rien. Pour l'Amérique, des pertes infligées par un ennemi détesté équivalent à une défaite. Une défaite inacceptable. Saddam peut faire massacrer cinquante mille de ses hommes, quand il veut, là où il veut. Il s'en fiche. Mais pas l'Oncle Sam. Si l'Amérique doit supporter ce genre de perte, elle sera atteinte en plein cœur. Des têtes seront coupées, des carrières seront brisées, des gouvernements tomberont.

— Il ne peut pas faire ça, dit Laing.

— Il croit qu'il le peut, répliqua Martin.

— La guerre chimique, sans doute, murmura Paxman.

— Peut-être. A propos, avez-vous trouvé ce que signifiait la phrase dans cette écoute téléphonique ? »

Laing jeta un rapide coup d'œil à Paxman. Encore Jéricho. Il ne fallait absolument pas faire mention de Jéricho.

« Non, tous ceux à qui nous avons demandé n'en avaient jamais entendu parler. Personne n'y comprend rien.

— Ça pourrait être d'une extrême importance, Steve. Quelque chose d'autre... pas les gaz.

— Terry, reprit calmement Laing, dans moins de vingt jours, les Américains et nous, les Français, les Italiens, les Saoudiens et bien d'autres vont lancer contre Saddam la plus gigantesque armada aérienne qu'on ait jamais vue. Il y aura assez de puissance de feu pour déverser en vingt jours l'équivalent de toutes les bombes utilisées pendant la Seconde Guerre mondiale. A Riyad, les généraux s'y préparent activement. On ne peut pas arriver et leur dire : halte, les gars, on a intercepté une conversation téléphonique qu'on n'arrive pas à comprendre. Il faut voir les choses en face, ce n'était qu'un type un peu excité qui suggérait que Dieu était avec eux.

— Il n'y a rien de surprenant à cela, Terry, ajouta Paxman.

Depuis la nuit des temps, les gens qui partent faire la guerre ont toujours proclamé que Dieu était de leur côté. Il n'y a pas besoin d'aller chercher plus loin.

— Le plus important des deux a dit à l'autre de la fermer et d'arrêter cette conversation, leur rappela Martin.

— Il était occupé et ça l'avait rendu irritable.

— Il l'a appelé " fils de pute ".

— Sans doute parce que c'est quelqu'un qu'il n'aimait pas beaucoup.

— Peut-être.

— Terry, je vous en prie, ne pensez plus à ça. Ce n'était qu'une petite phrase. Il s'agit des armes chimiques. C'est là-dessus qu'il compte. Pour tout le reste, nos analyses convergent. »

Martin s'en alla le premier, et les deux officiers de renseignements vingt minutes après lui. Les épaules enfoncées dans leurs manteaux, le col relevé, ils descendirent la rue pour trouver un taxi.

« Vous savez, fit Laing, c'est un type très intelligent et je l'aime bien. Mais c'est aussi un sacré enquiquineur. Vous savez quelque chose sur sa vie privée ?

— Oui, bien entendu, la Boîte a fait quelques vérifications. »

La Boîte, ou Boîte 500, est le terme argotique pour le service de sécurité ou MI-5. Pendant longtemps, l'adresse du MI-5 avait été boîte postale 500, à Londres.

« Eh bien, vous avez l'explication, reprit Laing.

— Steve, je crois vraiment que cela n'a rien à voir avec l'affaire. »

Laing s'arrêta et se tourna vers son subordonné. « Simon, croyez-moi. Il a une araignée au plafond et il nous fait perdre notre temps. Si je peux vous donner un conseil, laissez tomber le professeur. »

« Ce sera une guerre chimique, monsieur le Président. »

Trois jours après le nouvel an, les festivités à la Maison-Blanche étaient terminées, et, pour beaucoup de gens, il n'y avait pas eu de pause du tout. Toute l'aile ouest, le cœur de l'administration américaine, bourdonnait d'activité.

Dans le calme du bureau Ovale, le dos tourné aux hautes fenêtres avec leurs vitres pare-balles de quinze centimètres d'épaisseur, sous le grand sceau des États-Unis, George Bush était assis derrière son grand bureau. Le général Brent Scowcroft, conseiller du Président pour les affaires de sécurité nationale, lui faisait face.

Le Président jeta un œil à la synthèse qu'on venait tout juste de lui apporter. « Tout le monde est d'accord là-dessus ? demanda-t-il.

— Oui, monsieur le Président. Ce que nous avons reçu de Londres montre que les gens de là-bas sont totalement en phase avec nos propres spécialistes. Saddam Hussein n'évacuera pas le Koweït si on ne lui fournit pas un prétexte, une manière de sauver la face, et nous nous chargeons de l'en priver. Pour le reste, il compte sur des attaques massives de gaz contre les forces de la coalition, soit avant, soit au cours de l'invasion.

— Et comment fera-t-il pour disperser ces gaz ? demanda-t-il.

— Nous pensons qu'il y a quatre possibilités, monsieur le Président. La plus simple consisterait à utiliser des bidons lancés par des chasseurs et des avions d'assaut. Colin Powell vient d'appeler Chuck Horner, à Riyad. Le général Horner lui a dit qu'il avait besoin de trente-cinq jours de guerre aérienne ininterrompue. A J + 20, aucun avion irakien ne serait en mesure d'atteindre la frontière. A J + 30, aucun ne serait en mesure de décoller et de tenir l'air plus de soixante secondes. Il est prêt à s'engager là-dessus, monsieur le Président. Vous pouvez mettre ses étoiles dans la balance.

— Et les autres solutions ?

— Saddam possède quantité de batteries de lance-roquettes. Cela pourrait lui offrir une seconde possibilité. »

Les batteries de lance-roquettes irakiennes leur avaient été fournies par les Soviétiques et dérivaient des vieilles Katiouchka utilisées avec les effets dévastateurs que l'on sait au cours de la Seconde Guerre mondiale. Largement modernisées, ces roquettes, lancées à cadence rapide depuis un caisson rectangulaire monté sur camion ou depuis des rampes fixes, avaient désormais une portée de cent kilomètres.

« Naturellement, monsieur le Président, elles devraient être tirées depuis le Koweït ou le désert irakien, compte tenu de leur portée. Nous pensons que les J-STAR les détecteraient au radar et seraient capables de les neutraliser. Les Irakiens peuvent essayer de les camoufler, mais leur masse métallique ne peut pas nous échapper. Pour terminer, les Irakiens disposent de stocks d'obus à tête chimique qu'ils peuvent tirer en utilisant les chars et l'artillerie. Portée inférieure à trente-sept kilomètres. Nous savons que ces stocks ont déjà été apportés sur les sites de lancement, mais avec une portée aussi limitée, dans le désert, il n'y a pas moyen de les cacher. Les aviateurs nous certifient qu'ils pourraient les détecter et les détruire. Il y a enfin les Scud. C'est une menace, et nous les surveillons en permanence, au moment même où je vous parle.

— Et les mesures préventives ?

— Elles sont en place, monsieur le Président. Si nous subissons une attaque d'anthrax, tous les hommes sont vaccinés. Les Britanniques ont pris les mêmes mesures. Nous augmentons en permanence la cadence de production de ces vaccins. Chaque homme, chaque femme a un masque à gaz et un vêtement de protection. S'il essaie de... »

Le Président se leva, se retourna et regarda le sceau. L'aigle chauve, serrant un faisceau de flèches, regardait fixement dans le lointain. Vingt ans plus tôt, il avait assisté au spectacle épouvantable de ces sacs mortuaires à fermeture Éclair qui revenaient du Vietnam. Il savait qu'on en avait déjà stocké un certain nombre sous le soleil d'Arabie, dans de discrets conteneurs sans marquage. Même avec toutes ces précautions, il y aurait encore des morceaux de peau exposés, des masques qu'on n'arriverait pas à mettre à temps.

L'année prochaine était une année électorale, mais là n'était pas le problème. Gagnant ou perdant, il n'avait aucunement l'intention de rester dans l'histoire comme le président américain qui avait envoyé des dizaines de milliers de soldats à la mort, pas en neuf ans de guerre, comme au Vietnam, mais en moins de quelques semaines ou même de quelques jours.

« Brent...

— Monsieur le Président...

— James Baker doit rencontrer Tarek Aziz incessamment.

— Oui, dans six jours, à Genève.

— Demandez-lui de venir me voir, je vous prie. »

Pendant la première semaine de janvier, Edith Hardenberg commença à s'amuser, réellement s'amuser, pour la première fois depuis des années. Il y avait une certaine exaltation à faire découvrir et à expliquer à son jeune ami si intelligent les merveilles culturelles de la ville.

La Banque Winkler accordait à son personnel quatre jours de congé au moment du nouvel an. Passé cette période, ils devraient se contenter des soirées pour leurs activités culturelles. Cela promettait encore beaucoup de concerts, pièces de théâtre, récitals, ou de visites de musées et de galeries d'art pendant les week-ends.

Ils passèrent une demi-journée à admirer les collections d'Art nouveau, et encore une autre à visiter une exposition permanente des œuvres de Klimt.

Le jeune Jordanien était enthousiasmé, il n'arrêtait pas de poser des questions. Ses yeux s'éclairèrent lorsqu'elle lui expliqua qu'il y avait encore une autre exposition merveilleuse à la Künstlerhaus, et qu'il fallait absolument profiter du week-end suivant pour aller la voir.

Après la soirée passée à l'exposition Klimt, Karim l'emmena dîner à la rôtisserie Sirk. Elle lui dit que c'était trop cher, mais son nouvel ami lui expliqua que son père était un riche chirurgien d'Amman et qu'il lui accordait une pension assez généreuse.

Contre toute attente, elle le laissa lui servir un verre de vin et ne remarqua pas qu'il le remplissait continuellement. Elle se mit à parler de façon plus animée qu'à l'accoutumée et une légère rougeur colora ses joues si pâles d'habitude. Au moment du café, Karim se pencha un peu et posa sa main sur la sienne. Elle prit un air gêné et regarda rapidement autour d'elle pour voir si quelqu'un ne l'avait pas remarquée : personne ne s'occupait d'eux. Elle ôta sa main, mais assez lentement.

A la fin de la semaine, ils avaient fait le tour des quatre trésors culturels qu'elle avait en tête. Un soir, alors qu'ils revenaient à sa voiture dans la nuit glacée après être allés au Musikverein, il prit sa main gantée dans la sienne et la garda. Elle n'essaya pas de la retirer, se laissant aller à la douce chaleur qui traversait le gant de coton.

« Vous êtes si gentille de faire tout cela pour moi, lui dit-il gravement, je suis sûr que cela doit être assez ennuyeux.

— Oh non, pas du tout, se récria-t-elle. J'adore voir et écouter toutes ces merveilles. Et je suis heureuse que cela vous plaise aussi. Bientôt, vous serez devenu un spécialiste de la culture et de l'art européens. »

Lorsqu'ils furent arrivés à sa voiture, il lui sourit, lui prit le visage entre des mains nues mais étrangement chaudes et l'embrassa délicatement sur les lèvres. « *Danke, Edith.* » Et il s'éloigna. Elle rentra chez elle comme d'habitude, mais ses mains étaient toutes tremblantes et elle faillit se faire renverser par un tramway.

Le secrétaire d'État américain, James Baker, rencontra le ministre des Affaires étrangères irakiens, Tarek Aziz, à Genève le 9 janvier. La rencontre fut brève et plutôt glaciale. Il fallait s'y attendre. Un seul interprète, anglo-arabe, assistait à l'entretien, bien que Tarek Aziz parlât un anglais parfait et fût tout à fait en mesure de comprendre l'Américain dont le débit était assez lent et qui s'exprimait avec une grande clarté. Son message était très simple. « Si, lors des hostilités qui risqueraient de survenir entre nos deux pays, votre gouvernement décidait d'utiliser les armes chimiques, interdites par les traités internationaux, je vous informe, ainsi que le président Hussein, que mon pays utilisera l'arme nucléaire. Pour tout dire, nous lancerions une arme nucléaire sur Bagdad. »

L'Irakien replet et grisonnant comprit parfaitement le message, mais sans parvenir à y croire. D'abord, aucun homme sensé n'oserait jamais rapporter au Raïs une menace aussi directe. Comme les anciens rois de Babylone, il avait l'habitude de passer ses colères sur les porteurs de mauvaises nouvelles. Ensuite, il n'était pas sûr que l'Américain ait parlé sérieusement. Les retombées d'une bombe atomique ne se limiteraient sûrement pas à Bagdad. C'est tout le Proche-Orient qui serait dévasté.

Mais, alors qu'il rentrait à Bagdad, plongé dans de troublantes réflexions, Tarek Aziz ignorait trois choses. La première était que ce que l'on appelle les armes nucléaires « de théâtre », mises au point par la science moderne, n'ont plus rien à voir avec la bombe lancée sur Hiroshima en 1945. Les bombes « propres », à effets limités, sont ainsi appelées parce que, même si leurs effets thermiques et de souffle sont toujours aussi terrifiants, elles ne laissent derrière elles que des effets radioactifs de courte durée.

Deuxième point, il ne savait pas que le *Wisconsin*, qui croisait dans le Golfe et devait être bientôt rejoint par le *Missouri*, avait embarqué trois caissons d'acier et de béton très particuliers, assez résistants pour supporter une immersion de dix mille ans si le bâtiment allait au fond. Ils contenaient trois missiles de croisière Tomahawk dont les États-Unis espéraient bien ne jamais avoir à se servir.

Et enfin, il ignorait que le secrétaire d'État ne plaisantait absolument pas.

Le général Sir Peter de la Billière faisait une promenade nocturne et solitaire dans le désert, en la seule compagnie du sable qui crissait sous ses pas et des pensées qui l'occupaient.

Militaire de carrière et vétéran de tant de combats, il avait un tempérament d'ascète et cela se voyait à sa silhouette mince.

Incapable de goûter les plaisirs de la ville, il ne se sentait chez lui et à l'aise que dans les camps et les bivouacs, en compagnie de ses frères d'armes. Comme tant d'autres avant lui, il aimait le désert d'Arabie, ses vastes horizons, la chaleur accablante qui succédait au froid glacé et, parfois, son terrible silence.

Cette nuit-là, en tournée sur la ligne de front, une de ces escapades qu'il se permettait aussi souvent que possible, il s'était éloigné du camp Saint-Patrick, laissant derrière lui les chars Challenger nichés sous leurs filets de camouflage, tels des animaux accroupis attendant leur heure, et les hussards qui préparaient le repas du soir. Devenu l'intime du général Schwarzkopf, il participait à toutes les réunions d'état-major et savait donc que la guerre allait éclater. A moins d'une semaine de l'expiration de l'ultimatum des Nations unies, rien ne laissait prévoir que Saddam Hussein veuille se retirer du Koweït. Ce qui le préoccupait le plus cette nuit-là, sous les étoiles du ciel d'Arabie, c'était qu'il ne parvenait pas à comprendre ce que le tyran de Bagdad avait l'intention de faire. En tant que soldat, le général britannique aimait comprendre, comprendre son ennemi, deviner les motivations de l'homme, sa tactique, sa stratégie globale.

A titre personnel, il n'éprouvait que mépris pour l'homme de Bagdad. Les détails abondaient sur les génocides, les tortures, les meurtres dont il s'était rendu coupable. Saddam n'était pas un soldat, et ne l'avait jamais été. Il avait gaspillé tous les talents militaires qui existaient au sein de son armée en démettant de leurs fonctions ses généraux ou en faisant exécuter les meilleurs d'entre eux.

Mais là n'était pas la question. Le problème était que Saddam Hussein tenait entre ses mains tous les rênes du pouvoir, politique et militaire, et rien de ce qu'il faisait n'avait le moindre sens. Il avait envahi le Koweït au mauvais moment et pour de mauvais motifs. Cela fait, il avait annihilé ses chances de convaincre ses amis arabes qu'il était ouvert à une solution diplomatique et que le problème pouvait être réglé dans le cadre de négociations entre Arabes. Se fût-il engagé dans cette voie qu'il aurait sans doute pu continuer à exporter son pétrole vers l'Occident, et tout se serait terminé par une conférence panarabe qui se serait enlisée au fil des ans.

C'est sa stupidité qui avait amené l'Occident à intervenir et, pour couronner le tout, l'occupation du Koweït, avec son cortège de viols, de brutalités, et ses tentatives pour utiliser les otages occidentaux comme boucliers humains, avait décidé de son isolement définitif.

Alors que, au début, Saddam Hussein tenait à sa merci les riches gisements pétroliers du nord-est de l'Arabie, il avait dû y renoncer. Son armée et son aviation, bien commandées, lui auraient même permis d'atteindre Riyad et de dicter ses conditions. Il avait échoué, et Bouclier du Désert s'était mis en place pendant qu'il accumulait les maladresses politiques et les désastres militaires.

C'était peut-être un voyou de talent, mais piètre stratège, songeait le général britannique. Avait-il seulement idée du déluge qui allait s'abattre des cieux sur l'Irak ? Comment pouvait-il ne pas voir la puissance qui allait ramener en cinq semaines tout son arsenal dix ans en arrière ?

Le général s'arrêta et contempla le désert vers le nord. Il n'y avait pas de lune ce soir, mais, dans le désert, les étoiles brillent tant que leur pâle lueur suffit à éclairer les silhouettes. Le terrain était plat, lorsqu'on s'éloignait un peu des murs de sacs de sable, des tranchées, des champs de mines, des réseaux de fil de fer barbelé et des cheminements enterrés qui marquaient les lignes de défense irakiennes. C'est à travers elles que les sapeurs américains des Big Red One devaient ouvrir un passage aux Challenger.

Et pourtant, le tyran de Bagdad avait un atout, que le général connaissait et redoutait à la fois. Saddam pouvait tout simplement se retirer du Koweït. Le temps ne jouait pas en faveur des alliés, il jouait en faveur de l'Irak. Le Ramadan commençait le 15 mars. Pendant un mois, aucun musulman n'avalerait la moindre nourriture ni la moindre goutte d'eau du lever au coucher du soleil. Les nuits se passeraient à manger et à boire. Cela interdisait pratiquement à une armée musulmane de faire la guerre pendant cette période.

Après le 15 avril, le désert deviendrait un enfer, avec des températures jusqu'à cinquante-cinq degrés. Les pressions de l'opinion augmenteraient pour obtenir le retour des « garçons » à la maison. A l'été, ces pressions et la dureté de la vie dans le désert deviendraient intenables. Les alliés seraient alors obligés de se retirer et, une fois repartis, ils ne reviendraient jamais, en tout cas pas avec ces moyens. La coalition était quelque chose qui ne pouvait se produire qu'une fois.

Donc, la limite était le 15 mars. En remontant le calendrier à l'envers, la guerre terrestre pouvait durer jusqu'à vingt jours. Elle devait donc débuter, si jamais elle avait lieu, le 23 février. Mais Chuck Horner avait besoin de trente-cinq jours de guerre aérienne pour écraser les armes, les régiments et les défenses irakiennes. La dernière date possible était donc le 17 janvier.

Et à supposer que Saddam se retire ? Il laisserait là un demi-million de soldats alliés, les bras ballants, éparpillés dans le désert et sans autre alternative que celle de rentrer chez eux. Mais ce Saddam était une tête de mule — il ne se retirerait pas.

Que pouvait bien chercher ce fou ? se demanda-t-il une fois encore. Attendait-il quelque chose, une intervention divine née de son imagination, qui écraserait ses ennemis et le verrait triompher ?

Il entendit une voix crier son nom, derrière lui. Il se retourna. Le commandant du régiment de hussards irlandais, Arthur Denaro, l'appelait pour le dîner. Ce grand gaillard d'Arthur Denaro qui serait un jour dans le char de tête pour franchir la brèche.

Il sourit et fit demi-tour. Cela lui ferait du bien d'être assis à côté des hommes dans le sable, à faire chauffer des haricots et du pain dans une gamelle, tout en écoutant les conversations à la lueur du feu. Cela lui ferait du bien de rire aux taquineries et aux blagues, d'entendre le langage cru d'hommes qui utilisaient un anglais rude pour dire ce qu'ils avaient à dire, dans la bonne humeur.

Que cet homme aille pourrir dans ces contrées du Nord ! Mais que diable attendait-il donc... ?

Chapitre 14

La réponse aux questions du général résidait sur un chariot rangé sous l'éclairage fluorescent d'une usine installée à trente mètres de profondeur sous le désert irakien.

Un ingénieur donna à l'engin un dernier coup de chiffon et recula à la hâte pour se mettre au garde-à-vous : la porte s'ouvrait. Cinq hommes seulement entrèrent avant que les deux gardes en armes du service de sécurité présidentiel, l'Amn-al-Khass, referment la porte.

Quatre de ces personnages s'affairaient autour du cinquième. Il portait comme d'habitude sa tenue de combat sur des bottes en veau brillant, son pistolet à la ceinture, un foulard de coton dans l'encolure de sa veste.

L'un des quatre autres était son garde du corps personnel qui, même ici où tout le monde avait été contrôlé cinq fois pour vérifier qu'il n'y avait pas d'armes cachées, ne le quittait jamais d'une semelle. Entre le Raïs et son garde du corps se tenait son gendre, Hussein Kamil, ministre de l'Industrie et de l'Industrialisation militaire, le MIMI. Comme dans beaucoup d'autres domaines, c'était le MIMI qui avait pris le pas sur le ministère de la Défense.

De l'autre côté du Président se tenait le cerveau du programme irakien, le Dr Jaafar al-Jaafar, le génie que l'on appelait le Robert Oppenheimer de l'Irak. A côté de lui, mais un peu en retrait, se tenait le Dr Salah Siddiqui. Jaafar était le physicien, et Siddiqui l'ingénieur.

L'acier de leur enfant brillait sinistrement dans la lumière éblouissante. Il mesurait cinq mètres de long et avait un peu plus d'un mètre de diamètre. A l'arrière, sur un mètre cinquante, se trouvait un système sophistiqué d'absorption de choc qui serait éjecté aussitôt après le lancement. Même le reste de tout le conteneur de trois mètres n'était en fait qu'un sabot, composé de huit sections identiques. Des boulons explosifs le découperaient lorsque le projectile partirait, ne laissant en fin de compte que le cœur du système, une minuscule sphère de soixante centimètres de diamètre qui poursuivrait sa trajectoire.

Le sabot n'était là que pour faire passer les soixante centimètres du projectile aux cent que représentait le diamètre du lanceur, et pour protéger les quatre ailerons fixes qu'il renfermait.

L'Irak ne disposait pas des moyens de télécommande nécessaires pour faire fonctionner des gouvernes mobiles depuis le sol, mais les empennages fixes étaient là pour stabiliser l'engin en vol, l'empêcher d'osciller et de faire la culbute. A l'avant, le cône en forme d'aiguille était fait de maraging. Lui aussi était consommable.

Lorsqu'une fusée qu'on a envoyée dans l'espace rentre dans l'atmosphère terrestre, l'air de plus en plus dense au cours de la descente crée un échauffement par friction suffisant pour faire fondre le cône. C'est pourquoi les astronautes ont besoin, lors de cette phase, d'un bouclier thermique pour empêcher leur capsule de brûler.

L'engin que les cinq Irakiens étaient venus inspecter ce soir-là était en tout point similaire à ce qui vient d'être décrit. La coiffe en acier assurait la phase de montée, mais n'aurait pas résisté à la rentrée. Si cela avait été le cas, le métal se serait tordu en huit, et l'objet aurait commencé à faire des galipettes dans tous les sens avant de se mettre en travers pour finalement se consumer.

La coiffe métallique était donc conçue pour se détacher, laissant à nu le cône de rentrée en fibre de carbone, court et trapu.

Lorsque le Dr Gerald Bull était encore en vie, il avait tenté d'acquérir pour le compte de Bagdad une société britannique installée en Irlande du Nord, la Lear Fan. C'était une société aéronautique en capilotade. Il avait essayé d'acheter plusieurs avions d'affaires qui comportaient un certain nombre de pièces en fibre de carbone. Ce qui intéressait le Dr Bull et Bagdad, ce n'étaient pas les avions d'affaires, mais les machines à tisser les fibres de Lear Fan.

La fibre de carbone résiste extrêmement bien à la température, mais c'est un matériau difficile à travailler. Le carbone est d'abord transformé en une sorte de touffe dont on tire un fil. Le fil est alors tiré et embobiné en plusieurs couches sur un mandrin, puis collé dans un moule pour obtenir la forme désirée.

La fibre de carbone étant indispensable à tout ce qui touche aux missiles, sa technologie est hautement protégée ; on surveille donc de très près l'exportation de ce genre de machines. Lorsque les services de renseignements britanniques apprirent à qui était destiné le matériel de Lear Fan, ils consultèrent Washington et le contrat fut annulé. On supposa alors que l'Irak ne parviendrait pas à acquérir cette technologie.

Les experts se trompaient. L'Irak essaya une autre méthode, et elle marcha. Un fournisseur américain de systèmes de climatisation et de matériaux isolants se laissa convaincre de vendre à une compagnie écran irakienne une bobineuse à fibres de quartz. La machine fut alors modifiée en Irak par des ingénieurs irakiens, de façon à pouvoir bobiner de la fibre de carbone.

Entre l'absorbeur de choc, à l'arrière, et le cône se trouvait l'œuvre du Dr Siddiqui — une petite bombe atomique, très simple, mais qui fonctionnait parfaitement. Elle était mise à feu selon le principe du tube de canon. Une réaction catalytique de lithium et de polonium fournissait le flux de neutrons nécessaire au démarrage de la réaction en chaîne.

Placée au cœur du système imaginé par le Dr Siddiqui, se trouvait une boule sphérique munie d'un tube. Le tout pesait trente-cinq kilos et avait été réalisé selon les directives du Dr Jaafar. Ces deux composants étaient faits d'uranium 235 enrichi.

Un léger sourire de satisfaction apparut sous l'épaisse moustache noire. Le Président s'avança et pointa l'index sur l'acier foncé. « Cela va marcher ? Cela va réellement marcher ? murmura-t-il.

— Oui, *sayidi Raïs*, répondit le physicien. »

Il hocha lentement et à plusieurs reprises sa tête coiffée du béret noir.

« Je dois vous féliciter, mes frères. »

Sous le projectile, le berceau de bois portait une simple plaque sur laquelle on pouvait lire : QUBTH-UT-ALLAH.

Tarek Aziz avait longuement soupesé l'art et la manière d'annoncer à son président, s'il lui en parlait, la menace brutale agitée par les Américains à Genève. Cela faisait vingt ans qu'ils se connaissaient, vingt années au cours desquelles le ministre des Affaires étrangères avait servi son maître comme un chien fidèle. Il avait toujours pris son parti au cours des luttes qui avaient agité la direction du parti Baas à ses débuts. Il y avait d'autres candidats au pouvoir, mais il s'en était toujours tenu à son intuition : la dureté impitoyable de l'homme de Tikrit finirait par triompher. Et les faits lui avaient toujours donné raison.

Ils avaient gravi ensemble les marches glissantes de la dictature, l'un dans l'ombre de l'autre. Opiniâtre, le grisonnant Tarek Aziz avait réussi à surmonter à force de discipline aveugle son handicap initial : un niveau d'éducation supérieur et la pratique de deux langues européennes. Laissant la violence active à d'autres, il regardait et approuvait, comme tous les courtisans de Saddam Hussein, tandis que, purge après purge, il avait vu des cohortes d'officiers ou de membres du parti tomber dans la disgrâce et se faire exécuter. Et l'exécution de cette sentence n'intervenait souvent qu'après des heures de tortures infligées par les tortionnaires d'Abu Ghraib.

Il avait vu d'excellents généraux démis et fusillés pour avoir tenté de prendre la défense de leurs subordonnés, et il savait que les conspirateurs périssaient dans des souffrances plus terribles que tout ce que l'on pouvait imaginer.

Il avait vu la tribu des Al-Juburi — autrefois si puissante au sein de l'armée que nul n'osait offenser l'un de ses membres — laminée, réduite plus bas que terre, et les survivants contraints de s'humilier au dernier degré. Il avait gardé le silence lorsque le demi-frère de Saddam, Ali Hassan Majid, alors ministre de l'Intérieur, avait organisé le génocide des Kurdes, non seulement à Halabja, mais également dans cinquante autres villes et villages rayés de la carte à coups de bombes, d'obus et de gaz.

Tarek Aziz, comme tous les membres de l'entourage du Raïs, savait qu'il n'avait pas d'autre choix. Si quelque chose arrivait à son maître, lui aussi serait un homme fini.

Contrairement à beaucoup de ceux qui se pressaient autour du trône, il était trop intelligent pour croire à la popularité du régime. Il ne craignait pas tant les étrangers que la vengeance terrible du peuple irakien si jamais le voile de protection que constituait Saddam tombait.

En ce 11 janvier, il attendait d'être reçu après la convocation qu'il avait trouvée à son retour d'Europe. Son problème était de savoir comment faire part de la menace américaine sans attirer les foudres sur sa personne. Le Raïs, il le savait parfaitement, pouvait très bien imaginer que c'était lui, son ministre des Affaires étrangères, qui avait suggéré cette menace aux Américains. La paranoïa ne connaît aucune logique, seulement l'instinct à l'état brut, et cet instinct est parfois clairvoyant, parfois non. Beaucoup d'innocents avaient péri, et leurs familles avec eux, uniquement parce que le Raïs avait porté ses soupçons sur eux.

Quand il remonta en voiture, deux heures plus tard, il était à la fois soulagé, souriant et étonné.

Son soulagement était simple à comprendre. Le Président s'était montré détendu et génial. Il avait écouté d'un air approbateur le récit fait par Tarek Aziz de sa mission à Genève ; le ministre avait insisté sur la bienveillance de tous ceux à qui il avait expliqué la position irakienne, et plus généralement, sur les sentiments anti-américains que l'on sentait grandir en Occident. Le Raïs avait pris l'air compréhensif lorsque Tarek avait rejeté tout le blâme sur les fauteurs de guerre américains et quand, encore sous le coup de l'émotion, il lui avait rapporté les propos de James Baker, l'explosion de fureur qu'il redoutait tant de la part du Président ne s'était pas produite. Pendant que les autres assistants hurlaient et tempêtaient, Saddam Hussein, imperturbable, souriait et hochait doucement la tête.

Le ministre des Affaires étrangères était souriant parce que, pour conclure, le Raïs l'avait vivement félicité du succès de sa mission en Europe. Que, selon les normes habituelles de la diplomatie, cette mission ait été en fait un désastre — il avait été rejeté de toutes parts, ses hôtes l'avaient accueilli avec une politesse glacée, il avait été incapable d'entamer la solidité de la coalition liguée contre son pays — semblait n'avoir aucune espèce d'importance.

Quant à son étonnement, il venait d'une remarque faite par le Raïs à la fin de l'audience. En le raccompagnant à la porte, il l'avait pris à part et lui avait murmuré quelques mots : « *Rafeek*, cher camarade, ne t'en fais pas. Je vais bientôt avoir une surprise pour les Américains. Pas tout de suite. Mais si les Beni Kalb essaient seulement de franchir la frontière, je ne riposterai pas avec les gaz, mais avec le Poing de Dieu. »

Tarek Aziz avait approuvé du chef, alors qu'il ne savait absolument pas de quoi le Raïs voulait parler. Comme les autres, il comprit vingt-quatre heures plus tard.

En cette matinée du 12 janvier se tint pour la dernière fois la réunion du Conseil révolutionnaire au grand complet au palais présidentiel, au coin de la 14e Rue et de la rue Kindi. Une semaine plus tard, le palais était réduit à l'état de décombres par les bombardements, mais l'oiseau s'était envolé depuis longtemps.

Comme d'habitude, les convocations furent envoyées au dernier moment. Quel que fût le rang hiérarchique, quel que fût le degré de confiance dont on bénéficiait, seule une poignée de membres de la famille, intimes et gardes du corps personnels, savait exactement où se trouvait le Raïs à n'importe quelle heure du jour.

S'il était encore vivant après sept sérieuses tentatives d'assassinat, c'est parce qu'il était absolument obsédé par sa sécurité personnelle. Ni le contre-espionnage, ni la police secrète d'Omar al-Khatib, et certainement moins encore l'armée, sans même parler de la garde républicaine, ne s'étaient vu confier sa sécurité. Cette responsabilité revenait aux hommes de l'Amn-al-Khass. Tous jeunes, rarement âgés de plus de vingt ans, ils faisaient preuve d'une loyauté absolue et fanatique. Leur chef était le propre fils du Raïs, Kusay.

Aucun conspirateur ne pourrait jamais découvrir quelle route empruntait le Raïs, à quel moment ni dans quel véhicule. Les inspections qu'il effectuait dans les unités de l'armée ou les installations industrielles étaient toujours des visites surprises, non seulement pour ceux qu'il venait voir, mais également pour son entourage. Même à Bagdad, il changeait sans cesse d'endroit à sa convenance, passant parfois plusieurs jours dans un palais, se retirant à d'autres moments dans son bunker sous l'hôtel Rachid. Tous les plats qu'on lui présentait étaient goûtés au préalable, et le goûteur était le fils aîné de son cuisinier. Ce qu'il buvait sortait toujours d'une bouteille qu'on lui apportait sans l'avoir débouchée.

Ce matin-là, les convocations pour la réunion au palais furent portées à tous les membres du CCR par un messager spécial avec seulement une heure de préavis. Il était ainsi impossible matériellement de préparer un assassinat.

Les limousines franchirent la grille, déposèrent leur passager et se dirigèrent vers le parking qui leur était réservé. Chaque membre du CCR dut passer à travers un portique de détection, les armes individuelles étaient proscrites.

Lorsqu'ils furent tous réunis dans la grande salle de conférences avec sa table en T, ils étaient trente-trois. Huit d'entre eux s'assirent en haut du T, de part et d'autre du trône qui en marquait le centre. Les autres s'assirent face à face le long de la barre centrale.

Sept des participants avaient des liens avec le Raïs, par le sang ou à cause de leur mariage. Tous ceux-là, plus huit autres, venaient de Tikrit ou de ses environs immédiats. Tous étaient membres de longue date du parti Baas. Dix autres étaient ministres dans le gouvernement et neuf, généraux de l'armée de terre ou de l'aviation. Saadi Tumah Abbas, ancien commandant de la garde républicaine, avait été promu au rang de ministre de la Défense le matin même et était assis au bout de la table. Il avait remplacé Abd Al-Jabber Shenshall, le Kurde renégat qui avait depuis long-temps fait cause commune avec le boucher de son propre peuple.

Parmi les généraux présents, on remarquait Mustafa Radi pour l'infanterie, Farouk Ridha pour l'artillerie, Ali Musuli du corps du génie et Abdullah Kadiri pour les forces blin-dées. Au bout de la table se tenaient les trois hommes qui avaient en main l'appareil du renseignement : le Dr Ubaidi, du Mukhabarat étranger, Hassan Rahmani pour le contre-espionnage et Omar Khatib de la police secrète.

Lorsque le Raïs fit son entrée, tout le monde se leva et claqua des talons. Il sourit, prit son fauteuil, invita les assistants à s'asseoir et commença son discours. Ils n'étaient pas là pour discuter quoi que ce soit ; ils étaient là pour écouter ce qu'on avait à leur dire.

Seul son gendre, Hussein Kamil, ne montra aucun éton-nement lorsque le Raïs commença sa péroraison. Au bout de quarante minutes d'un discours qui rappelait la série ininterrompue de triomphes qui avait marqué son règne, il leur donna les dernières nouvelles. La réaction immédiate fut un profond silence.

Cela faisait des années que l'Irak essayait, ils le savaient. Un pas décisif venait d'être franchi dans un domaine tech-nologique capable à lui seul d'inspirer la terreur au monde entier et aux Américains en particulier. Que cela arrive maintenant, au seuil de la guerre, paraissait tout simplement incroyable. C'était le signe d'une intervention divine. Mais la divinité n'était pas dans le ciel, au-dessus d'eux ; elle était assise ici même, au milieu d'eux, et elle souriait tranquille-ment.

Averti à l'avance, Hussein Kamil se leva et déclencha l'ovation. Les autres se bousculèrent à qui mieux mieux pour suivre, chacun ayant trop peur d'être le dernier à se lever ou d'applaudir trop mollement. Et personne ne voulait non plus être le premier à s'arrêter.

Lorsqu'il retourna à son bureau, deux heures plus tard, Hassan Rahmani, le chef du contre-espionnage, si distingué et cultivé, ôta tout ce qui traînait sur sa table, ordonna qu'on ne le dérange pas et s'assit avec une tasse de café très fort. Il avait besoin de réfléchir, et il se mit donc à réfléchir.

Comme tous ceux qui étaient là, il avait été secoué par la nouvelle. En un instant, l'équilibre des forces au Proche-Orient avait changé, mais personne ne le savait. Après que le Raïs, levant les bras en feignant de tenter d'arrêter l'ovation, eut repris son siège, tout le monde était resté plongé dans le silence.

Rahmani comprenait ça. Malgré l'euphorie un peu folle qui les avait tous saisis, et à laquelle il avait bien été obligé de se joindre, il voyait poindre de gros problèmes.

Un engin de cette sorte n'a aucun intérêt tant que vos amis et, plus important encore, vos ennemis, en ignorent l'existence. C'est alors seulement que l'ennemi potentiel devient un ami qui rampe à vos pieds.

Quelques-uns des pays qui avaient réussi à mettre au point cette arme s'étaient contentés d'annoncer la nouvelle en procédant à un essai et avaient laissé le reste du monde méditer sur les conséquences. Les autres, comme Israël et l'Afrique du Sud, avaient seulement laissé entendre qu'ils la possédaient, sans jamais le confirmer, laissant le monde et leurs voisins en particulier penser ce qu'ils voulaient. Et parfois, cette méthode était la meilleure, les imaginations galopaient.

Mais cette méthode, Rahmani en était convaincu, ne pouvait pas marcher dans le cas de l'Irak. Si ce qu'on leur avait raconté était vrai — et là, il n'était pas du tout convaincu que ce ne fût pas simple manœuvre —, personne ne le croirait à l'extérieur.

Le seul moyen pour l'Irak de le prouver à quelqu'un aurait consisté à procéder à un essai. Et le Raïs s'y refusait. Une telle preuve posait évidemment de nombreux problèmes.

Il était hors de question de faire un essai sur le territoire national, cela aurait été pure démence. Il aurait été possible d'envoyer un navire dans le sud de l'océan Indien et de l'abandonner là pour procéder ensuite au test, mais ce n'était désormais plus possible. Tous les ports étaient verrouillés par le blocus. On pouvait inviter à Vienne une équipe de l'Agence internationale de l'énergie atomique qui dépendait des Nations unies, lui demander de vérifier elle-même et de constater que ce n'était pas un mensonge. Après tout, l'AIEA était venue faire des inspections tous les ans ou presque depuis une décennie et on avait toujours réussi à la tromper sur ce qui se passait réellement. Si on leur mettait les preuves sous le nez, ils seraient bien obligés de croire ce que leur disent leurs yeux et d'admettre humblement qu'ils s'étaient plantés.

Et pourtant, lui, Rahmani, venait tout juste d'entendre que cette démarche était strictement interdite. Pourquoi ? Parce que tout cela n'était que mensonge ? Parce que le Raïs avait autre chose en tête ? Et plus grave encore, n'était-ce pas lui, Rahmani, qui était visé ? Durant des mois, il avait compté sur le fait que Saddam Hussein allait se précipiter tête baissée dans une guerre qu'il ne pouvait gagner. Maintenant, c'était fait. Rahmani avait ensuite compté sur une défaite qui signifierait l'anéantissement du Raïs et lui permettrait de participer au futur régime mis en place par les Américains. Maintenant, les choses étaient différentes. Il conclut qu'il devait prendre le temps de réfléchir, afin de jouer au mieux cette carte nouvelle et stupéfiante.

Ce soir-là, lorsque la nuit fut tombée, une marque à la craie apparut sur un mur derrière l'église chaldéenne Saint-Joseph, dans le quartier des Chrétiens. Elle ressemblait à un huit couché.

Les habitants de Bagdad tremblèrent, cette nuit-là. En dépit du matraquage des services de propagande et de la crédulité de beaucoup qui croyaient aveuglément tout ce qu'ils entendaient à la radio irakienne, il y en avait d'autres qui écoutaient tranquillement la BBC internationale, qui émettait depuis Chypre en arabe, et ils savaient que les Beni Nadji disaient la vérité : la guerre était imminente.

L'hypothèse la plus courante dans la capitale était que les Américains commenceraient par lâcher un véritable tapis de bombes sur Bagdad, et cette hypothèse venait directement du palais présidentiel. Les pertes civiles allaient être considérables. Le régime faisait cette hypothèse, mais n'en était pas troublé pour autant. En haut lieu, on supputait que l'effet d'un tel massacre serait de créer un sentiment de répulsion à l'égard de l'Amérique, qui serait contrainte d'abandonner et de se retirer. C'était la raison pour laquelle un fort contingent de journalistes internationaux avaient été autorisés à rester sur place, et on les avait encouragés à loger à l'hôtel Rachid. Des guides se tenaient prêts en permanence à conduire les équipes de télévision étrangères sur les lieux du génocide dès que les hostilités auraient commencé.

La subtilité du raisonnement échappait pourtant quelque peu à ceux qui devaient vivre à Bagdad, dans leurs maisons. Beaucoup étaient déjà partis ; les non-Irakiens s'étaient dirigés vers la frontière jordanienne pour se joindre au flot des réfugiés

332

qui quittaient le Koweït depuis cinq mois, les Irakiens cherchaient refuge à la campagne.

Mais personne ne se doutait, y compris chez les millions de téléspectateurs vautrés devant leurs écrans en Amérique et en Europe, du degré de sophistication des moyens dont disposait à Riyad le triste Chuck Horner. Personne alors ne pouvait savoir que la plupart des objectifs allaient être sélectionnés à partir d'un menu établi par les caméras des satellites puis détruits par des bombes laser qui touchaient rarement ce qu'on ne leur avait pas désigné pour cible.

Ce que savaient les habitants de Bagdad, au fur et à mesure que la vérité glanée auprès de la BBC se répandait dans les bazars et les marchés, c'était que dans quatre nuits à compter de ce 12 janvier, l'ultimatum fixé pour l'évacuation du Koweït expirait et que les avions de combat américains allaient arriver. La ville restait calme dans l'attente de ce qui allait se passer.

Mike Martin pédalait lentement. Il sortit de la rue Shurja et passa derrière l'église. Il aperçut la marque de craie sur le mur tout en roulant et passa son chemin. Arrivé au bout de l'allée, il mit pied à terre, posa son vélo et fit semblant de s'occuper de sa chaîne tout en surveillant les environs pour voir s'il n'y avait pas quelqu'un derrière lui.

Personne. Pas de membre de la police secrète dans une porte, pas de tête se profilant au-dessus des toits. Il remonta en selle, fit demi-tour, sortit son chiffon humide, effaça la marque et s'en alla.

Le huit couché signifiait qu'un message l'attendait sous une brique dans un vieux mur près de la rue Abou-Nawas, en aval sur le fleuve à environ huit cents mètres. Il avait joué là-bas étant enfant, courant le long des quais avec Hassan Rahmani et Abdelkarim Badri. Des marchands faisaient cuire de délicieux masgoufs sur des braises de bouse de chameau séchée, ou vendaient aux passants les morceaux les plus délicats de carpes pêchées dans le Tigre.

Les boutiques étaient fermées, les maisons de thé avaient tiré leurs rideaux. Il n'y avait pas beaucoup de gens pour se promener sur les quais comme dans le temps. Le silence l'arrangeait. Arrivé en haut d'Abou-Nawas, il aperçut un groupe de gardes de l'AMAM en uniforme, mais ils ne prêtèrent aucune attention au fellah qui circulait à vélo pour le compte de son maître. Leur vue le rassura. L'AMAM était tout sauf rapide, et d'une maladresse rare.

Le message était là. La brique retourna dans son logement en un instant, et le rouleau de papier alla rejoindre sa cachette dans son caleçon. Quelques minutes plus tard, il franchissait le pont Ahrar sur le Tigre pour revenir de Risafa à Karch et, de là, jusqu'à la maison du diplomate soviétique dans Mansour.

Au bout de neuf semaines, il se sentait davantage chez lui dans la villa entourée de murs. La cuisinière russe et son mari le traitaient convenablement et il avait appris quelques rudiments de leur langue. Il faisait le marché tous les jours, ce qui lui donnait une bonne excuse pour aller relever toutes ses boîtes. Il avait transmis quatorze messages à ce Jéricho invisible et en avait récupéré quinze.

Il avait été contrôlé à huit reprises par l'AMAM, mais à chaque fois, son attitude humble, sa bicyclette et son panier rempli de légumes, de fruits, de café, d'épices et d'articles d'épicerie, plus la lettre du diplomate et sa pauvreté évidente, lui avaient permis de s'en tirer sans problème.

Il ne pouvait pas savoir que les plans de guerre prenaient forme là-bas, à Riyad, mais il lui fallait continuer à écrire à la main, en arabe, les questions destinées à Jéricho, après avoir écouté les messages enregistrés sur bande. Il devait ensuite lire les réponses de Jéricho pour les retransmettre à Simon Paxman. En tant que soldat, il pouvait seulement juger de la valeur inestimable, pour un commandant en chef qui se préparait à attaquer l'Irak, des renseignements politiques et militaires fournis par Jéricho.

Il avait acheté un réchaud à pétrole pour sa remise et une lampe Petromax pour s'éclairer. Des sacs de jute provenant du marché faisaient des rideaux assez convenables pour les fenêtres et le crissement des pas dans le gravier le préviendrait à temps si quelqu'un s'approchait de sa porte.

Cette nuit-là, il rentra avec plaisir dans la chaleur de son logis, ferma la porte à clé, vérifia que tous les rideaux masquaient entièrement les fenêtres, alluma sa lampe et lut le dernier message de Jéricho. Le mot était plus court que d'ordinaire, mais son effet n'en était que plus fort. Martin le lut deux fois pour être sûr qu'il n'avait pas perdu sa compréhension de la langue arabe, murmura « Mon Dieu » et enleva les dalles pour prendre le magnétophone.

Pour éviter toute erreur d'interprétation, il le lut lentement en arabe puis en anglais devant le micro avant de passer en vitesse accélérée et de réduire les cinq minutes de lecture à un message d'une seconde et demie.

Il transmit le message à minuit vingt.

Sachant qu'il y avait un créneau d'émission entre minuit quinze et minuit trente cette nuit-là, Simon Paxman ne s'était même pas donné la peine d'aller se coucher. Il jouait aux cartes avec l'un des radios lorsque le message tomba. Le second opérateur le leur apporta depuis le PC télécoms. « Vous feriez mieux de venir pour écouter ça... oui, tout de suite, Simon », leur dit-il.

Bien que l'équipe du SIS à Riyad ait compté largement plus de quatre personnes, l'opération Jéricho était considérée comme tellement secrète que seuls Paxman, le chef de poste Julian Gray et deux radios étaient au courant. Leurs trois chambres étaient pratiquement isolées du reste de la villa.

Simon Paxman écouta la voix sur le gros magnétophone dans la « hutte radio » qui était en fait une chambre reconvertie à cet usage. Martin parlait d'abord en arabe, donnant la lecture mot à mot du message manuscrit de Jéricho, deux fois de suite, puis sa propre traduction, deux fois également.

En l'écoutant, Simon Paxman sentit une main d'acier lui tordre l'estomac. Quelque chose clochait, clochait même sérieusement. Ce qu'il entendait était tout simplement impossible. Les deux hommes étaient debout à côté de lui et gardaient le silence.

« Est-ce bien lui ? » demanda-t-il dès que le message fut terminé. Sa première réaction avait été de se dire que Martin s'était fait prendre et que la voix était celle d'un imposteur.

« C'est lui, j'ai vérifié la signature acoustique. Il n'y a pas de doute possible, c'est bien lui. »

Les spectres vocaux ont des rythmes et des hauteurs variables, des hauts et des bas, des cadences que l'on peut enregistrer sur un oscilloscope qui les transforme en une série de traits sur un écran, comme un électrocardiogramme. Chaque voix humaine est légèrement différente des autres, même chez un très bon imitateur. Avant de partir pour Bagdad, la voix de Mike Martin avait été enregistrée sur un appareil de ce genre. Ses émissions successives avaient subi le même sort, au cas où l'on aurait détecté une accélération ou un ralentissement suspect, de même que les distorsions créées par le magnétophone ou l'émetteur.

La voix qui venait de Bagdad cette nuit-là était identique à celle des enregistrements. C'était bien Martin qui parlait et personne d'autre.

La seconde crainte de Paxman était que Martin ait pu se

faire prendre, qu'il ait été torturé et « retourné », et qu'on l'ait obligé à émettre sous la contrainte. Il rejeta également cette idée comme improbable.

Il y aurait eu un certain nombre de mots convenus à l'avance, une pause, une hésitation, une toux, qui auraient mis en alerte ceux qui écoutaient à Riyad s'il n'avait pas émis librement. En outre, sa dernière émission ne remontait qu'à trois jours.

La police irakienne était peut-être brutale, mais elle n'était pas rapide. Et Martin était un dur à cuire. Un homme brisé et retourné aussi rapidement serait encore sous le choc. Ce serait une épave à la sortie de la salle de torture, et cela s'entendrait.

Cela signifiait que Martin était dans son état normal — le message qu'il avait lu était exactement celui qu'il avait reçu de Jéricho cette nuit. Ce qui laissait pas mal d'impondérables. Ou bien Jéricho avait raison, ou il se trompait, ou bien il mentait.

« Allez me chercher Julian », dit Paxman à l'un des radios.

Tandis que l'homme allait chercher le chef de poste dans sa chambre, au premier étage, Paxman décrocha la ligne particulière qui le reliait à son homologue américain, Chip Barber.

L'homme de la CIA se réveilla sur-le-champ. Quelque chose dans la voix de l'Anglais lui disait que ce n'était pas le moment de dormir. « Un problème, vieux ?

— Ça m'en a tout l'air, vu d'ici », convint Paxman.

Barber logeait de l'autre côté de la ville et il arriva au SIS trente minutes après. Il était deux heures du matin. Entre-temps, Paxman avait la bande en anglais et en arabe, plus une retranscription dans les deux langues. Les deux radios, qui travaillaient depuis des années au Proche-Orient, parlaient couramment arabe et confirmèrent que la traduction de Martin était parfaitement exacte.

« Il plaisante », souffla Barber en entendant la bande.

Paxman fouilla dans les contrôles qui avaient été faits pour vérifier l'authenticité de la voix de Martin.

« Écoutez, Simon, ce n'est après tout que le récit fait par Jéricho de ce qu'il *prétend* avoir entendu dire par Saddam ce matin, pardon, hier matin. Il y a de bonnes chances pour que Saddam mente. C'est bien connu, il ment comme il respire. »

Mensonge ou pas, le sujet était trop grave pour être traité par Riyad. Les bureaux locaux du SIS et de la CIA devaient fournir aux généraux les renseignements militaires d'ordre tactique et même stratégique venant de Jéricho, mais les informations politiques remontaient à Londres et Washington. Barber jeta un coup d'œil à sa montre. Sept heures du soir à Washington.

« Ils sont en train de mélanger leurs cocktails, à cette heure-ci, dit-il. Ils ont intérêt à bien les tasser, les gars. J'envoie ça à Langley tout de suite.

— Et à Londres, c'est l'heure des petits gâteaux, fit Paxman. J'expédie le tout à Century. Laissons-les faire le tri. »

Barber repartit pour envoyer son exemplaire du message à Bill Stewart, sous forme hautement cryptée, avec le degré d'urgence « cosmique », le plus élevé qui soit. Cela signifiait que, quel que soit l'endroit où il se trouvait, les gens du chiffre le trouveraient et lui diraient de les appeler sur une ligne protégée.

Paxman en fit autant avec Steve Laing, qui serait réveillé au milieu de la nuit et à qui on dirait de quitter son lit douillet pour prendre la route dans le froid glacé et se rendre à Londres.

Paxman pouvait encore faire une dernière chose, et il la fit. Martin avait une fenêtre de réception à quatre heures du matin. Il envoya à l'homme de Bagdad un message très bref, mais suffisamment explicite. Ce message disait que Martin ne devait pas, jusqu'à nouvel ordre, s'approcher des six boîtes aux lettres. C'était seulement pour le cas où.

Karim, l'étudiant jordanien, faisait des progrès lents mais continus dans sa cour à Fräulein Edith Hardenberg. Elle lui permettait de lui prendre la main lorsqu'ils se promenaient à pied dans les rues de l'ancienne Vienne, et le givre des trottoirs crissait sous leurs pas. Elle finit même par admettre intérieurement qu'elle trouvait cette façon de se faire tenir par la main assez agréable.

Au cours de la deuxième semaine de janvier, elle réussit à avoir des billets pour le Burgtheater — ce fut Karim qui paya. On donnait une pièce de Grillparzer, *Cygus und sein Ring*.

Elle lui expliqua avec enthousiasme le thème de l'œuvre, l'histoire d'un vieux roi qui a plusieurs fils et qui aura pour successeur celui d'entre eux qui trouvera l'anneau. Karim lut tout le texte, demanda des tas d'explications et s'y référa sans arrêt pendant la représentation.

Edith fut heureuse de lui répondre. Plus tard, Karim raconta à Barzilai que le spectacle était aussi excitant que de regarder de la peinture sécher.

« Tu n'es qu'un Philistin, dit l'homme du Mossad. Tu n'as absolument aucune culture.

— Je ne suis pas venu pour me cultiver, répliqua Karim.

— Alors, fais ce que tu as à faire, mon garçon. »

Le dimanche, Edith qui était catholique pratiquante, alla à la messe du matin, à Votivkirche. Karim lui expliqua que, en tant que musulman, il lui était impossible de l'accompagner mais qu'il l'attendrait dans un café de l'autre côté de la place. Ensuite, il lui offrit un café dans lequel il avait délibérément versé un peu de schnaps et un peu de rose lui vint aux joues. Il lui expliqua les différences et les similarités qui existent entre le christianisme et l'islam — la croyance commune au vrai Dieu, la lignée des patriarches et des prophètes, les enseignements des Livres saints et les préceptes moraux. Edith était un peu effrayée, mais fascinée tout de même. Elle se demanda si prêter l'oreille à pareille chose ne risquait pas de mettre en péril le salut de son âme, mais fut étonnée de découvrir qu'elle avait eu tort de considérer les musulmans comme des idolâtres.

« J'aimerais dîner, lui dit Karim trois jours plus tard.

— D'accord, mais tu dépenses trop pour moi », lui répondit Edith. Elle pouvait désormais le regarder en face et se plonger dans ses doux yeux noisette avec plaisir. Mais elle gardait toujours en tête que leurs dix ans de différence auraient rendu ridicule autre chose qu'une amitié platonique.

— Pas au restaurant.

— Où ça alors ?

— Tu ne me ferais pas la cuisine, Edith ? Tu sais faire la cuisine ? De la vraie cuisine viennoise ? »

Elle devint rouge pivoine à cette pensée. Chaque soir, sauf si elle allait seule au concert, elle se préparait un modeste repas dans un petit recoin de son appartement qui tenait lieu de salle à manger. Mais oui, après tout, se dit-elle, elle *savait* faire la cuisine. Cela faisait si longtemps que cela ne lui était pas arrivé. En outre, pensait-elle, il l'avait invitée si souvent au restaurant, et dans des restaurants assez chers... et c'était un jeune homme si bien élevé, si courtois. Cela ne présenterait certainement aucun risque.

Dire que le message reçu de Jéricho dans la nuit du 12 janvier sema la consternation dans certains milieux du renseignement à Londres et à Washington serait un euphémisme. « Panique maîtrisée » serait une expression plus appropriée.

Le premier problème était que l'existence même de Jéricho n'était connue que d'un petit nombre de gens, sans parler des détails. Le principe du « moins on en sait, mieux c'est » peut paraître sommaire ou même névrotique, mais il marche, pour une raison très simple. Tous les services secrets se sentent des obligations envers un agent qui travaille pour eux et qui court des risques, sans se soucier de savoir si cet agent est un être ignoble, humainement parlant. Que Jéricho ne soit qu'un mercenaire et non pas un homme travaillant pour un idéal n'avait rien à voir à l'affaire. Et le fait qu'il trahisse cyniquement son pays et son gouvernement n'avait aucune importance. Le gouvernement irakien était de toute façon assez répugnant par lui-même, si bien qu'un traître en trahissait un autre.

La vraie question était que, sans parler de sa valeur évidente ni du fait que ses renseignements pourraient très bien sauver des vies alliées sur le champ de bataille, Jéricho était un agent inestimable et les deux services qui le cornaquaient n'avaient révélé son existence qu'à un petit cercle d'initiés. Aucun ministre, aucun homme politique, aucun fonctionnaire ni aucun soldat ne savait qu'il existait.

En conséquence, sa « production » avait été déguisée de diverses manières. Toute une gamme de couvertures avaient été mises au point pour expliquer d'où sortait ce flot d'informations. Les renseignements d'ordre militaire venaient de déserteurs irakiens au Koweït, y compris un major fictif qui avait été intensivement interrogé dans un centre au Proche-Orient, mais pas en Arabie Saoudite. Les renseignements scientifiques et techniques touchant aux armes de destruction massive étaient attribués à un étudiant irakien en sciences qui était passé chez les Britanniques après avoir fait des études au Collège impérial, à Londres, et être tombé amoureux d'une Anglaise. Il y avait aussi une nouvelle enquête menée chez les techniciens européens qui avaient travaillé en Irak de 1985 à 1990. Les informations politiques venaient de différentes sources : des réfugiés fuyant l'Irak, des messages radio chiffrés émis depuis le Koweït occupé et enfin des renseignements recueillis par le Sigint[1] et l'Elint[2], les écoutes et la surveillance aérienne.

Mais comment expliquer des paroles prononcées textuellement par Saddam, au cours d'une réunion confidentielle à l'intérieur de son propre palais, sans admettre que l'on avait un agent infiltré au plus haut niveau à Bagdad ?

Le danger, si l'on admettait pareille chose, était énorme. D'une part, il y avait le risque de fuites. Il y a tout le temps des fuites. Des documents du gouvernement disparaissent, des mémorandums de l'administration, des messages échangés entre départements. Les politiciens sont les pires en la matière.

1. *Signal Intelligence :* écoute des communications de l'adversaire *(NdT).*
2. *Electronic Intelligence :* interception des signaux électroniques *(NdT).*

Dans les cauchemars des espions, ils parlent à leur femme, leur petite amie, leur petit ami, leur coiffeur, leur chauffeur ou le barman. Et ils n'hésitent pas à traiter de sujets confidentiels avec un collègue pendant qu'une serveuse est penchée au-dessus de la table. À cela s'ajoute le fait que la Grande-Bretagne et l'Amérique possèdent une presse et des médias dont le pouvoir d'investigation fait de Scotland Yard ou du FBI des monstres de lenteur. Le problème consistait donc à expliquer la provenance des informations fournies par Jéricho sans admettre qu'il existait.

Enfin, Londres et Washington hébergeaient des centaines d'étudiants irakiens, dont certains étaient des agents du Mukhabarat, et qui étaient certainement prêts à raconter tout ce qu'ils pouvaient voir ou entendre.

La question n'était pas tellement de voir quelqu'un dénoncer Jéricho sous son nom. Cela eût été pratiquement impossible. Mais en apprenant que ces renseignements arrivaient de Bagdad, le réseau de contre-espionnage de Rahmani n'aurait eu de cesse de trouver et d'isoler la source. Au mieux, cela pouvait réduire Jéricho au silence, au pire, le faire prendre.

Le compte à rebours du début de la guerre aérienne se poursuivait, et les deux agences de renseignements reprirent contact avec leurs experts en physique nucléaire pour leur demander de vérifier rapidement les informations qu'ils avaient déjà fournies. N'y aurait-il pas, après tout, une chance minuscule pour que l'Irak soit en possession d'installations de séparation isotopique plus importantes et plus performantes que ce que l'on avait imaginé jusqu'ici ?

En Grande-Bretagne, on consulta une nouvelle fois les experts de Harwell et d'Aldermaston. En Amérique, on en fit autant avec ceux de Sandia, Lawrence Livermore et Los Alamos. Le Département Z de Livermore, dont le métier consiste à suivre en permanence la prolifération dans le tiers monde, fut particulièrement sollicité.

Les experts scientifiques firent donc leur réapparition, sans beaucoup d'enthousiasme, et confirmèrent leurs premières conclusions. Même en se mettant dans le cas de figure le plus pessimiste, déclarèrent-ils, en supposant qu'il y eût non pas une mais deux « cascades » en fonctionnement, depuis deux ans au lieu d'un an, il n'y avait pas moyen que l'Irak ait réussi à produire plus de la moitié de l'uranium 235 nécessaire à la fabrication d'une arme de puissance moyenne.

Cela laissait les agences de renseignements devant une large gamme de possibilités.

Saddam se trompait parce qu'on lui avait menti. Conclusion : improbable. Les responsables paieraient de leur vie un outrage aussi grave envers le Raïs.

Saddam avait bien fait cette déclaration, mais il avait menti. Conclusion : tout à fait possible. Cela pouvait avoir pour but de remonter le moral de ses supporters qui commençaient à s'inquiéter sérieusement. Mais dans ce cas, pourquoi avoir donné cette information au cercle restreint des fanatiques qui, eux, ne s'inquiétaient pas tant ? Ce genre d'opération de propagande est destiné aux masses et à l'étranger. Impossible de trancher.

Saddam n'avait pas dit ce qu'on lui attribuait. Conclusion : tous les renseignements n'étaient qu'un tissu de mensonges. Conclusion annexe : Jéricho avait menti parce qu'il était assoiffé d'argent. Avec la guerre qui arrivait, il pensait que le temps lui était compté. Il avait donc demandé un million de dollars pour cette dernière information.

Jéricho mentait parce qu'il avait été démasqué et avait tout avoué. Conclusion : possible, et cette hypothèse faisait peser une terrible menace sur l'homme qui assurait la liaison à Bagdad.

A ce stade, la CIA prit fermement les rênes en main. En tant que payeur, Langley avait parfaitement le droit d'agir ainsi.

« Je vais vous livrer notre conclusion, Steve, déclara Bill Stewart à Steve Laing sur la ligne protégée qui reliait la CIA à Century House, le soir du 14 janvier. Saddam se trompe ou ment, Jéricho se trompe ou ment. En tout état de cause, l'Oncle Sam n'est plus disposé à verser un million de dollars sur un compte à Vienne pour ce genre de conneries.

— Il n'y a pas moyen de considérer l'option la plus invraisemblable comme la bonne, Bill ?

— Laquelle ?

— Que Saddam aurait réellement dit cela et qu'il est dans le vrai.

— Pas question, c'est trop gros. Et nous ne sommes pas disposés à l'avaler. Écoutez, Jéricho a été magnifique pendant neuf semaines, même si nous allons devoir vérifier tout ce qu'il nous a raconté. La moitié de ce qu'il nous a dit est déjà prouvée et c'est du solide. Mais il s'est planté avec son dernier rapport. Nous pensons qu'on est arrivés au terminus. Nous ne savons pas pourquoi, mais c'est la voix de la sagesse.

— Ça va nous créer des problèmes, Bill.

— Je sais, mon vieux, c'est pour cela que je vous ai appelé dès que la réunion chez le directeur s'est terminée. Ou bien

Jéricho a été capturé et il a raconté tout ce qu'il savait, ou bien il court toujours. Mais s'il s'aperçoit que son million de dollars n'arrive pas, je parie qu'il va devenir méchant. Et dans les deux cas, ça sent mauvais pour l'homme que vous avez là-bas. C'est un bon, pas vrai ?

— Le meilleur de tous, des nerfs en acier.

— Alors sortez-le de là, Steve. Vite.

— Je crois que c'est tout ce que nous avons à faire, Bill. Merci pour le coup de fil, mais bon Dieu, c'était une belle opération.

— La plus belle de toutes, tant que ça a duré. »

Stewart raccrocha. Laing monta chez Sir Colin. La décision fut prise en moins d'une heure.

Le matin du 15 janvier, à l'heure du petit déjeuner, tous les équipages, Américains, Britanniques, Français, Italiens, Saoudiens et Koweïtiens, savaient qu'ils allaient partir au combat. Ils se disaient que les politiques et les diplomates n'avaient pas réussi à éviter cela. Au cours de la journée, toutes les unités furent placées en état d'alerte maximum.

Le centre nerveux de la campagne se situait en trois endroits différents dans Riyad. A proximité immédiate de la base militaire de Riyad, il y avait d'abord un rassemblement de grandes tentes climatisées, baptisé « la Grange » à cause de la lumière verte qui filtrait à travers la toile. Là s'effectuait le premier tri du véritable flot de photos aériennes prises depuis des semaines et dont le volume allait encore doubler et tripler au cours des semaines suivantes.

Ce qui sortait de la Grange était une synthèse des informations les plus importantes recueillies par les nombreuses missions de reconnaissance puis était envoyé un kilomètre plus loin, au quartier général de l'armée de l'air saoudienne, un grand bâtiment dont on avait fait le siège du CENTAF, les forces aériennes centrales. Ce quartier général occupait un immense bâtiment de cent cinquante mètres de long construit en verre et en béton et posé sur pilotis. Il possédait un sous-sol sur toute sa longueur, et c'est là qu'était installé le CENTAF. Malgré la taille de ce sous-sol, on manquait de place. Le parking était donc rempli de tentes kaki et de baraques préfabriquées, où s'effectuait le deuxième stade de l'interprétation.

Le point névralgique de ce complexe était le Centre interarmes de production photo, un dédale de pièces qui communiquaient entre elles et où travaillèrent pendant toute la durée de la guerre deux cent cinquante analystes de tous grades, américains et britanniques. C'est ce que l'on appelait le Trou Noir.

En tant que commandant des forces aériennes, c'était le général Chuck Horner qui assurait la direction de ce service, mais comme il était fréquemment convoqué au ministère de la Défense, un kilomètre plus loin, c'était en général son adjoint, le général « Buster » Glosson, qui assurait la permanence.

Les stratèges des opérations aériennes consultaient dans le Trou Noir, au moins une fois par jour et quelquefois toutes les heures, le « graphique des missions de base », c'est-à-dire la liste et la carte de toutes les cibles présélectionnées en Irak. A partir de ce document, ils établissaient la bible de tous les commandants d'unités aériennes, officiers renseignement, officiers opérations et équipages dans le Golfe : le « tableau des missions air ».

Ce TMA journalier était extrêmement détaillé et comportait une centaine de pages. Il fallait trois jours pour le préparer. Le premier jour était consacré à la répartition des objectifs — les décisions concernant le pourcentage d'objectifs irakiens qui pouvaient être atteints dans la journée et les types d'avions disponibles pour chacune de ces missions. Le second jour était celui de la « ventilation » — le pourcentage de cibles irakiennes était converti en nombres réels avec leurs coordonnées. Le troisième jour était enfin consacré à la distribution — le « qui faisait quoi ». Au cours de ce processus, on décidait par exemple que telle mission était confiée aux Tornado britanniques, celle-ci aux Strike Eagle américains, celle-là aux Tomcat de la Marine, une autre aux Phantom, et cette dernière aux Stratofortress B-52.

C'est seulement à ce moment que chaque escadre puis chaque escadron recevait le programme du lendemain. C'était alors à eux de s'occuper du reste — repérer l'objectif, déterminer les routes, se mettre d'accord avec les ravitailleurs, désigner un chef de mission, calculer les objectifs secondaires possibles en cas d'impossibilité sur l'objectif principal et déterminer le chemin du retour.

Le commandant de l'escadron choisissait ses équipages — de nombreux escadrons se voyaient attribuer plusieurs objectifs le même jour —, désignait les chefs de patrouille et leurs ailiers. Les officiers armes — c'était la fonction de Don Walker — sélectionnaient les armements — bombes ordinaires non guidées, bombes guidées laser, roquettes laser, etc.

En continuant encore un kilomètre sur la route de l'ancien aéroport, on trouvait enfin le troisième bâtiment. Le ministère saoudien de la Défense est un bâtiment immense, cinq immeubles en béton d'un blanc éclatant reliés entre eux, hauts de sept étages et ornés de colonnades jusqu'au quatrième. Le général Schwarzkopf s'était vu offrir au quatrième une suite confortable où il était rarement. Il dormait en général dans une petite pièce du sous-sol où il avait un lit de camp, à proximité immédiate de son poste de commandement.

Le ministère mesure quatre cents mètres de long sur trente mètres de haut — une petite folie qui devait se révéler extrêmement rentable durant le guerre du Golfe, lorsque Riyad dut accueillir autant d'étrangers qui n'étaient pas prévus. Deux étages supplémentaires sont installés en sous-sol et sur toute la longueur du bâtiment. La coalition s'en vit attribuer soixante mètres sur les quatre cents. C'est là que les généraux se tinrent en conférence pendant toute la guerre, consultant la carte géante, tandis que des officiers d'état-major leur indiquaient les missions effectuées, les ripostes irakiennes et toutes les dispositions prises.

Bien à l'abri de la chaleur du soleil en cette journée de janvier, un commandant d'escadron britannique debout devant la carte indiquait les sept cents objectifs répertoriés en Irak, dont deux cent quarante objectifs prioritaires, les autres étant classés « secondaires ». Il dit simplement : « Cette fois, on y est. »

On n'y était pas du tout. Les stratèges ignoraient, malgré tous leurs satellites et leur technologie, que l'imagination de l'homme avait réussi à leur cacher un certain nombre de choses, à coups de camouflage et de *maskirovka*.

A des centaines d'emplacements en Irak et au Koweït, des tanks irakiens étaient cachés sous leurs filets, parfaitement identifiés par les alliés grâce aux masses de métal détectées par les radars aéroportés. Dans de nombreux cas, ils étaient faits de bois de caisse, de contre-plaqué et de fer-blanc, avec des bidons métalliques à l'intérieur pour donner aux radars la réponse appropriée.

Des dizaines de vieux châssis avaient été équipés de répliques de tubes de lancement pour Scud, et ces « lanceurs mobiles » allaient être pompeusement réduits en pièces. Mais, plus grave, soixante-dix des objectifs prioritaires qui avaient à voir avec les armes de destruction massive n'avaient pas été détectés car ils étaient profondément enfouis ou déguisés en autre chose.

Bien plus tard, les stratèges devaient rester ébahis par la

façon qu'avait eue l'Irak de reconstituer à une vitesse incroyable des divisions entières supposées avoir été détruites. Plus tard également, les inspecteurs des Nations unies allaient découvrir des usines et des magasins de stockage qui avaient échappé à la destruction. Ils devaient repartir en sachant parfaitement qu'il y en avait encore d'autres enterrés dans le sol.

Mais en cette chaude journée de janvier, personne ne savait tout cela. Ce que savaient tous ces jeunes gens qui constituaient les équipages depuis Tabuq à l'ouest jusqu'à Bahreïn à l'est et plus au sud dans la base ultrasecrète de Khamis Mushait, c'était que, dans quarante heures, ils partiraient à la guerre et que quelques-uns d'entre eux ne reviendraient pas.

Pendant cette dernière journée précédant le briefing avant vol, la plupart d'entre eux écrivirent chez eux. Quelques-uns mâchonnaient leur stylo en se demandant ce qu'ils pourraient bien dire. D'autres pensaient à leurs femmes et à leurs enfants et pleuraient en écrivant. Leurs mains, habituées à piloter des tonnes de métal, tremblaient en cherchant le mot juste pour exprimer ce qu'ils ressentaient. Des amants tentaient d'exprimer ce qu'ils avaient déjà murmuré, des pères suppliaient leurs fils de prendre soin de leur mère si le pire devait arriver.

Le capitaine Don Walker apprit la nouvelle comme tous les autres pilotes et équipages des Rocketeers du 336ᵉ escadron de chasse, par une brève communication de leur chef d'escadre à Al-Kharz. Il était à peine neuf heures du matin, et le soleil matraquait déjà le désert comme un marteau tapant sur une enclume.

On n'entendit pas le brouhaha habituel lorsque les hommes pénétrèrent dans la tente qui servait de salle de briefing, car chacun était plongé dans ses pensées. C'étaient les mêmes pour tout le monde. On avait fait une dernière tentative pour éviter la guerre, et elle avait échoué. Les hommes politiques et les diplomates étaient passés d'une conférence à l'autre, ils avaient fait des déclarations, avaient pressé l'adversaire, foncé, plaidé leur cause, cajolé, menacé pour éviter une guerre... et cela avait échoué.

Ils finissaient donc par y croire, ces jeunes hommes qui venaient d'apprendre que les discussions étaient interrompues. Ils n'arrivaient pas à comprendre que les mois qu'ils venaient de vivre avaient uniquement servi à les mener à ce jour.

Walker vit son commandant d'escadron, Steve Turner, retourner dans sa tente pour écrire ce qu'il croyait être peut-être sa dernière lettre à Betty Jane qui habitait Goldsboro, en

Caroline du Nord. Randy Roberts glissa rapidement quelques mots dans l'oreille de Boomer Henry, puis tous deux s'éloignèrent chacun de son côté.

Le jeune homme originaire de l'Oklahoma admirait le bleu pâle du ciel où il avait rêvé de se retrouver depuis qu'il était tout petit, à Tulsa, et où il allait peut-être bientôt mourir à trente ans. Il se dirigea vers le périmètre du camp. Comme les autres, il avait envie d'être seul.

Il n'y avait pas de grillage autour de la base à Al-Kharz, juste la mer de sable ocre, la poussière et les cailloux qui s'étendaient jusqu'à l'horizon et encore au-delà. Il dépassa les hangars pliables groupés autour de la zone bétonnée où s'affairaient les mécaniciens, les patrons d'appareils qui allaient d'une équipe à l'autre, discutant pour vérifier que, lorsque leurs bébés prendraient l'air, ils seraient aussi parfaits qu'on peut l'être entre les mains des pilotes.

Walker jeta un coup d'œil à son Eagle qui attendait avec les autres, et fut étonné, comme il l'était toujours quand on voyait un F-15 d'un peu loin, par son air de tranquillité menaçante. L'avion était tapi silencieusement au milieu de la ruche d'hommes et de femmes en bleu qui rampaient sur la structure, insensible à l'amitié ou à la haine, à l'amour ou au désir, attendant patiemment le moment où il ferait enfin ce pour quoi il avait été conçu des années plus tôt sur la planche à dessin : porter le fer et le feu sur les gens désignés par le président des États-Unis. Walker enviait son Eagle ; malgré sa complexité, il ne ressentirait jamais le moindre sentiment, il n'aurait jamais peur de rien.

Il s'éloigna de la cité de toile et s'avança dans la plaine de schiste, les yeux protégés par l'ombre de sa casquette de base-ball et ses lunettes d'aviateur, à peine gêné par la chaleur du soleil sur ses épaules.

Il pilotait cet avion depuis huit ans pour son pays et il aimait ça. Mais il n'avait jamais vraiment songé à la perspective de mourir au combat. Tout pilote de combat rêve de tester ses capacités, ses nerfs et ses talents en se battant contre un autre homme pour de vrai plutôt qu'à l'entraînement. Mais une autre moitié de lui-même agit comme si cela ne devait jamais arriver. Comme si l'instant ne viendrait jamais où il faudrait tuer les fils d'autres mères ou se faire tuer soi-même.

Ce matin-là, comme tous les autres, il comprit que cet instant allait arriver. Toutes ces années passées à apprendre et à s'entraîner aboutissaient en fin de compte à cet endroit et à ce jour, au fait que, dans quarante heures, il ferait monter son

Eagle dans le ciel une fois de plus, et qu'il ne rentrerait peut-être pas. Comme tous les autres, il songeait à son foyer. Il était fils unique et célibataire, il pensait donc à son père et à sa mère. Il se souvenait de son enfance à Tulsa, des moments où ils jouaient ensemble derrière la maison, du jour où on lui avait offert son premier gant de base-ball et où il avait obligé son père à lui lancer la balle jusqu'à ce que le soleil se couche.

Ses pensées vagabondaient et il repensa aux vacances qu'ils avaient passées ensemble avant qu'il quitte la maison pour entrer au lycée puis dans l'armée de l'air. Celles dont il se souvenait le mieux, c'était lorsque son père l'avait emmené, alors qu'il avait douze ans, pour une partie de pêche entre hommes en Alaska, à la fin de l'été. Ray Walker avait alors vingt ans de moins, il était plus mince et plus souple, plus fort que son fils, avant que les ans n'inversent les choses. Ils avaient pris un kayak avec un guide et d'autres vacanciers, et avaient parcouru les eaux glacées de la baie du Glacier. Ils avaient vu les ours bruns chercher des baies sur les pentes de la montagne, les phoques dans le port qui lézardaient sur les derniers glaçons en cette fin août, et le soleil se lever sur le glacier de Mendenhall derrière Juneau. Ils avaient sorti ensemble des monstres de trente-cinq kilos à Halibut et pêché le saumon royal dans les eaux profondes du chenal le long de Sitka.

Il se réveilla en train de marcher dans une mer de sable brûlant, si loin de chez lui. Les larmes ruisselaient sur son visage, il ne les essuyait même pas, elles séchaient au soleil. S'il mourait, il n'aurait pas eu le temps de se marier, d'avoir des enfants à lui. Par deux fois, il avait presque failli se déclarer. La première fois avec une fille du lycée, mais il était alors jeune et très infatué de sa personne. La seconde, avec une femme plus mûre qu'il avait rencontrée près de la base, à McConnell. Mais elle lui avait fait comprendre qu'elle ne serait jamais la femme d'un chevalier du manche.

Mais maintenant, il avait envie comme jamais d'avoir des enfants. Il voulait une femme, pour pouvoir rentrer chez lui à la fin de la journée, et une petite fille qu'on cajole dans son lit en lui racontant des histoires pour l'endormir, et un fils auquel il apprendrait à taper dans un ballon de football, à manier la batte, comme son père le lui avait appris. Mais plus que tout, il aurait aimé retourner à Tulsa pour embrasser sa mère une nouvelle fois, elle qui s'était fait tant de souci pour lui.

Le jeune pilote finit par rentrer à la base, s'assit devant une table bancale dans la tente qu'il partageait avec d'autres et essaya d'écrire chez lui. Il n'était pas doué pour les lettres. Les mots ne lui venaient pas. Il essayait en général de raconter ce qui lui était arrivé à l'escadron, les événements de la vie, l'état du temps. Là, c'était différent.

Il écrivit deux pages à ses parents, comme tant d'autres fils ce jour-là. Il essayait d'expliquer ce qui lui passait dans la tête, et ce n'était pas facile. Il leur raconta les nouvelles du matin et ce que cela signifiait, il leur demanda de ne pas s'inquiéter pour lui. Il avait bénéficié du meilleur entraînement qui soit au monde, il volait sur le meilleur des chasseurs, pour la meilleure armée de l'air de la planète. Il écrivit qu'il était désolé pour toutes les fois où il leur avait fait de la peine et les remercia pour tout ce qu'ils avaient fait pour lui pendant tant d'années, depuis le jour où ils lui avaient essuyé les fesses jusqu'au moment où ils avaient traversé tous les États-Unis pour assister à la revue au cours de laquelle le général avait épinglé sur sa poitrine le macaron de pilote tant convoité.

Dans quarante heures, leur expliquait-il, il ferait décoller son Eagle, mais cette fois, ce serait différent. Cette fois, pour la première fois, il allait essayer de tuer d'autres êtres humains, et ils essaieraient eux aussi de le tuer. Il ne verrait pas leurs visages et ne sentirait pas leur peur, et ce serait la même chose pour eux, car c'est ainsi que les choses se passent dans la guerre moderne. Mais s'ils gagnaient et s'il échouait, il voulait que ses parents sachent à quel point il les aimait, et il espérait qu'il avait été un bon fils pour eux.

Lorsqu'il eut fini sa lettre, il colla l'enveloppe. Beaucoup d'autres lettres furent fermées de la même façon ce jour-là dans toute l'Arabie Saoudite. Puis la poste aux armées les ramassa, et elles furent déposées à Trenton et à Tulsa, à Londres, à Rouen et à Rome.

Cette nuit-là, Martin reçut un message de ses contrôleurs à Riyad. Lorsqu'il fit repasser la bande, c'était Simon Paxman qui parlait. Le message n'était pas long, mais il était parfaitement clair. Dans son dernier message, Jéricho s'était trompé, complètement trompé et de manière grave. Toutes les vérifications scientifiques prouvaient qu'il ne pouvait avoir raison. Et il s'était trompé soit volontairement, soit par inadvertance. Dans le premier cas, cela signifiait qu'il avait été retourné — par appât du gain — ou bien qu'il avait été pris. Dans le second cas, il serait déçu, car la CIA refusait catégoriquement de payer un seul dollar de plus pour cette sorte de renseignement. Cela étant, le choix consistait à croire soit que, avec la totale coopération de Jéricho, l'opération avait été montée par le contre-espionnage irakien, qui relevait de « votre ami Hassan Rahmani », soit que Jéricho chercherait vite à se venger en envoyant à Rahmani une dénonciation anonyme. Il fallait maintenant faire comme si les six boîtes aux lettres étaient compromises. Il ne fallait s'en approcher sous aucun prétexte. Martin devait prendre ses mesures pour quitter l'Irak à la première occasion, peut-être en profitant du chaos qui risquait de se produire au cours des prochaines vingt-quatre heures. Fin du message.

Martin rumina toute la nuit. Il n'était pas surpris de voir que l'Occident ne croyait pas Jéricho. Mais que les paiements destinés au mercenaire s'arrêtent, c'était un rude coup. L'homme s'était contenté de rapporter le contenu d'une déclaration de Saddam. Ainsi, Saddam avait menti, personne ne savait pourquoi. Que pouvait faire d'autre Jéricho — faire comme si rien ne s'était passé ? Ce qui avait tout déclenché, c'était le fait qu'il ait réclamé un million de dollars.

A part ça, le raisonnement de Paxman était imparable. D'ici quatre jours, peut-être cinq, Jéricho aurait vérifié son compte et découvert qu'il n'y avait pas eu de versement. Il allait se mettre en colère, avoir envie de se venger. S'il n'était pas déjà tombé entre les mains d'Omar Khatib le Tourmenteur, il pourrait très bien réagir par une dénonciation anonyme.

Il serait cependant stupide de sa part d'agir ainsi. Si Martin était pris et brisé, et il ne savait pas très bien la somme de souffrances qu'il serait capable d'endurer entre les mains de Khatib et de ses professionnels du Gymnase, les renseignements qu'il donnerait risquaient fort de désigner Jéricho, quelle que soit son identité.

Mais il arrive que les gens agissent de manière stupide. Paxman avait raison, les boîtes étaient sans doute surveillées.

Quant à s'échapper de Bagdad, c'était plus facile à dire qu'à faire. En écoutant les bavardages sur les marchés, Martin avait entendu dire que les routes étaient pleines de patrouilles de l'AMAM ou de la police militaire qui cherchaient les déserteurs et des trafiquants. La lettre du diplomate soviétique, Koulikov, l'autorisait à servir en tant que jardinier à Bagdad. Il était difficile d'expliquer lors d'un contrôle ce qu'il faisait à se diriger vers l'ouest en plein désert pour rejoindre l'endroit où était enterrée sa moto.

Après avoir pesé le pour et le contre, il décida de rester encore quelque temps dans la villa de l'ambassade soviétique. C'était probablement l'endroit le plus sûr de Bagdad.

Chapitre 15

L'ultimatum sommant Saddam Hussein de se retirer du Koweït expirait le 16 janvier à minuit. Dans des milliers de chambres, de cabanes, de tentes et de postes d'équipage à travers l'Arabie Saoudite, en mer Rouge, dans le golfe Persique, des hommes consultaient leur montre et jetaient un coup d'œil à leurs voisins. Il n'y avait pas grand-chose à dire.

Deux étages sous le ministère saoudien de la Défense, derrière des portes d'acier capables de protéger la chambre forte de n'importe quelle banque, on avait presque un sentiment de calme. Après tout ce travail, tous ces préparatifs, il n'y avait plus rien d'autre à faire — pour encore deux heures. Maintenant, c'était aux jeunes de jouer. Ils avaient leurs propres tâches à accomplir, et ils les accompliraient cette nuit, loin au-dessus de la tête des généraux.

A deux heures quinze du matin, le général Schwarzkopf fit son entrée dans la salle des opérations. Tout le monde se leva. Il lut à voix haute un ordre du jour destiné à ses troupes, l'aumônier dit une prière et le commandant en chef annonça : « OK, au travail. »

Très loin de là dans le désert, des hommes étaient déjà au travail. Les premiers à franchir la frontière n'étaient pas des avions de combat mais un groupe de huit hélicoptères Apache appartenant à la 101e division aéroportée. Leur tâche était limitée mais cruciale.

Au nord de la frontière mais assez loin de Bagdad, se trouvaient deux puissantes stations radar irakiennes, dont les antennes couvraient tout le ciel depuis le Golfe, à l'est, jusqu'au désert à l'ouest.

On avait choisi les hélicoptères pour deux raisons, en dépit de leur vitesse limitée, comparée à celle des chasseurs supersoniques. En volant au ras du sol au-dessus du désert, ils pouvaient passer sous la couverture radar et s'approcher des bases sans être vus. En outre, les généraux voulaient avoir confirmation visuelle de la destruction effective de ces bases, à courte distance. Seuls des ventilos pouvaient assurer cette mission. Si ces radars continuaient à fonctionner, cela risquait de coûter bon nombre de vies humaines.

Les Apache firent ce qu'on leur avait demandé. Ils n'avaient toujours pas été repérés lorsqu'ils ouvrirent le feu. Tous les membres d'équipage portaient des casques de vision nocturne qui leur donnaient l'air d'avoir des jumelles plantées dans le front. Le pilote avait ainsi une excellente vue des choses et voyait comme par une nuit de pleine lune dans l'obscurité la plus sombre.

Ils commencèrent par s'attaquer aux groupes électrogènes qui alimentaient les radars, puis aux installations de communication qui auraient permis de signaler leur présence à des rampes de lancement de missiles situées plus à l'intérieur des terres. Ils détruisirent enfin les antennes radar.

En moins de deux minutes, ils avaient tiré vingt-sept missiles guidés par laser Hellfire, une centaine de roquettes de 70 mm et quatre mille coups de canon. Les deux sites radar furent réduits à l'état de ruines fumantes.

Cette mission ouvrit une large brèche dans le système de défense aérienne irakien, et les autres forces de l'offensive s'y engouffrèrent pendant tout le reste de la nuit.

Ceux qui ont eu connaissance du plan d'attaque aérienne du général Chuck Horner disent qu'il s'agit là probablement de l'un des plus brillants qu'on ait jamais établi. Il était construit sur un schéma étape par étape, tout en restant assez souple pour prendre en compte tous les impondérables.

La phase un avait des objectifs très simples et conduisait directement aux trois suivantes. Son but était de détruire tous les systèmes irakiens de défense aérienne, pour passer de la supériorité aérienne alliée, acquise dès le début, à la suprématie. Pour les trois phases suivantes qui devaient se dérouler pendant les trente-cinq jours alloués, les appareils alliés devaient jouir d'une supériorité absolue dans tout l'espace aérien irakien, sans aucune faille.

Pour détruire la défense aérienne irakienne, la clé était constituée par les radars. Dans la guerre moderne, le radar est l'outil le plus important et le plus utilisé, malgré la sophistication de tous les autres moyens qui existent dans l'arsenal. Les radars peuvent détecter les avions qui arrivent, ils guident vos propres chasseurs chargés de les intercepter. Ce sont des radars qui guident également les missiles antiaériens et les canons. Détruire les radars de l'ennemi le rend aveugle, comme un boxeur poids lourd qui n'y verrait pas. Il aura beau être gros et puissant, il aura beau avoir un punch imparable, son adversaire pourra se déplacer autour de ce Samson privé de la vue, sautiller et virevolter autour du géant impuissant jusqu'à la victoire finale.

Avec ce gros trou percé dans la couverture radar avancée de l'Irak, les Tornado et les Eagle, les Aardvark F-111 et les Wild Weasel F-4 s'engouffrèrent dans la brèche et se dirigèrent vers les sites radar installés plus à l'intérieur des terres, les sites de lancement de missiles guidés par ces mêmes radars, les centres de commandement où se tenaient les généraux irakiens. Ils détruisirent les centres de communication au moyen desquels ces généraux essayaient de parler à leurs unités.

Depuis les cuirassés *Wisconsin* et *Missouri*, et le croiseur *San Jacinto* qui croisaient dans le Golfe, cinquante-deux missiles de croisière Tomahawk furent lancés cette nuit-là. Se guidant tout seuls grâce à la combinaison d'une base de données stockée en mémoire et de leur caméra, les Tomahawk suivent les contours du terrain, se glissent dans les méandres de l'itinéraire qui leur a préalablement été fixé. Arrivés sur la zone, ils « voient » l'objectif, le comparent à celui qu'ils ont en mémoire, identifient le bâtiment précis qui leur est destiné et se dirigent sur lui.

Le Wild Weasel est l'une des versions du Phantom, spécialisé dans l'attaque des radars. Il emporte des HARM, missiles à haute vélocité antiradar. Lorsqu'une antenne radar éclaire ou « illumine » un objectif, elle émet des ondes électromagnétiques. C'est mathématique. La tâche du HARM consiste à détecter ces émissions grâce à ses capteurs et à se diriger droit sur le radar avant d'exploser.

Le F-117 A, également connu sous le nom de chasseur « furtif », était sans doute le plus étrange de tous les appareils qui firent cap au nord cette nuit-là. C'est un appareil tout noir et avec une forme telle que les nombreux angles de sa structure réfléchissent la plus grande partie des ondes radar qu'il reçoit, alors que le reste est absorbé. Le chasseur furtif ne réémet donc pas d'énergie radar vers le récepteur et parvient ainsi à cacher sa présence à l'ennemi. Volant ainsi, invisibles, les F-117 américains arrivèrent sans être détectés par les radars irakiens et larguèrent leurs bombes laser de deux mille livres sur vingt-quatre objectifs du système de défense antiaérien avec une extrême précision. Treize de ces objectifs se trouvaient à Bagdad même ou dans les environs immédiats.

Lorsque les bombes touchèrent le sol, les Irakiens tirèrent en aveugle, mais ils ne voyaient strictement rien et manquèrent les appareils. En arabe, on appela bientôt les avions furtifs *shabah*, ce qui signifie « fantômes ». Ils avaient décollé de la base secrète de Khamis Mushait, tout au sud de l'Arabie Saoudite, où ils avaient été transférés depuis leur base également secrète de Tonopah, dans le Nevada. Alors qu'un certain nombre d'aviateurs américains, moins chanceux, étaient obligés de vivre sous la tente, Khamis Mushait avait été construite dans une zone loin de tout, mais les abris pour avions étaient renforcés et les quartiers possédaient l'air conditionné. C'est pourquoi on y avait installé ces avions furtifs hors de prix.

Comme ils venaient de très loin, ils eurent à effectuer les plus longues missions de toute la guerre, six heures entre le décollage et l'atterrissage, avec une tension de tous les instants. Ils devaient se tailler un chemin sans être détectés à travers l'un des systèmes de défense aérienne les plus denses qui existe, à savoir celui qui protégeait Bagdad, et aucun d'entre eux ne fut touché ni cette nuit-là ni par la suite.

Lorsqu'ils eurent rempli leur mission, ils prirent le chemin du retour, croisant comme des raies dans une mer calme, et retournèrent à Khamis Mushait. Les missions les plus dangereuses de la nuit avaient été confiées aux Tornado britanniques. Leur tâche consistait à détruire les aérodromes en utilisant leurs grosses bombes JP-233 antipistes. Leur problème était de deux ordres. Les Irakiens avaient donné à leurs aérodromes militaires des dimensions énormes. Tallil avait quatre fois la taille de Heathrow, avec seize pistes utilisées aussi bien pour les décollages que pour les atterrissages. Il était absolument impossible de tout détruire. Second problème, l'altitude et la vitesse. Les JP-233 devaient être lancées depuis un Tornado en vol stabilisé. Mais, même après avoir largué leurs bombes, les Tornado ne pouvaient éviter de survoler l'objectif. Les radars étaient peut-être hors service, pas les canons. L'artillerie antiaérienne ou AAA, leur envoya un véritable mur de feu lorsqu'ils arrivèrent, et l'un des pilotes décrivit la mission comme « un vol entre des jets de métal en fusion ».

Les Américains avaient arrêté les essais de la JP-233, jugeant qu'il s'agissait d'une bombe à faire tuer des pilotes. Ils avaient raison. Mais les équipages de la RAF insistèrent, et y perdirent des avions avec leurs équipages jusqu'à ce qu'on arrête les frais.

Les bombardiers n'étaient pas les seuls avions à sortir. Derrière eux ou avec eux se trouvait un extraordinaire arsenal d'appareils de soutien. Les chasseurs de supériorité aérienne couvraient les bombardiers. Les instructions des contrôleurs irakiens à ceux de leurs rares avions qui avaient réussi à décoller furent brouillées par des Raven de l'US Air Force et leurs équivalents dans la marine, les Prowler. Les pilotes irakiens, une fois en l'air, se retrouvaient sans instructions verbales et sans guidage radar. Sagement, la plupart décidèrent de rentrer directement à leur base.

Soixante ravitailleurs faisaient des cercles au sud de la frontière : des KC-135 et KC-10 américains, des KA-6D de la marine, des Victor et VC-10 britanniques. Leur rôle consistait à récupérer les avions de combat qui arrivaient d'Arabie Saoudite, à refaire les pleins pour la mission puis à recommencer au retour afin de leur permettre de rentrer. Tout cela peut paraître de la routine, mais ce genre de manœuvre, effectuée de nuit dans l'obscurité la plus totale, revenait à « essayer d'enfiler un spaghetti dans le derrière d'un chat sauvage », pour reprendre l'expression de l'un des volants.

Et plus au large, au-dessus du Golfe où ils venaient de passer cinq mois, les Hawkeye E-2 de l'US Navy et les AWACS Sentry de l'US Air Force tournaient en rond indéfiniment. Leurs radars détectaient tout ce qui volait, amis comme ennemis. Ils prévenaient, donnaient des conseils, guidaient, veillaient.

A l'aube, la plupart des radars irakiens étaient en miettes, les sites de missiles rendus aveugles et les principaux centres de commandement détruits. Il fallut encore quatre jours et quatre nuits pour terminer le boulot, mais la suprématie aérienne était déjà pratiquement acquise. Plus tard, on s'en prendrait aux centrales électriques, aux relais hertziens, aux centraux téléphoniques, aux stations relais, aux abris des avions, tours de contrôle et à toutes les installations répertoriées de stockage des armes de destruction massive.

Plus tard encore, viendrait la dégradation systématique de l'armée irakienne au sud et au sud-ouest de la frontière avec le Koweït pour la ramener jusqu'à cinquante pour cent de son niveau initial. C'était la condition qu'avait imposée le général Schwarzkopf pour pouvoir lancer l'attaque terrestre.

Deux facteurs alors inconnus devaient changer le cours de la guerre. Le premier fut la décision prise par l'Irak de lancer des missiles Scud contre Israël. Le second allait être déclenché par un geste d'impatience du capitaine Don Walker, du 336e escadron de chasse.

Le matin du 17 janvier, lorsque le jour se leva sur Bagdad, la ville était durement choquée. Les citoyens ordinaires n'avaient pas fermé l'œil depuis trois heures du matin et lorsque la lumière du jour apparut, quelques-uns s'aventurèrent par pure curiosité pour aller voir les ruines d'une bonne dizaine de bâtiments importants. Qu'ils aient pu survivre à une nuit pareille semblait relever du miracle. C'étaient des gens très simples, et ils ne parvenaient pas à comprendre que les vingt tas encore fumants avaient été soigneusement sélectionnés, avec une précision telle que les habitants n'avaient couru aucun danger mortel.

Les plus choqués furent certainement les hiérarques. Saddam Hussein avait abandonné le palais présidentiel pour s'installer dans l'extraordinaire bunker construit sur plusieurs étages derrière et sous l'hôtel Rachid, qui était encore rempli d'Occidentaux, essentiellement des journalistes. Ce bunker avait été construit plusieurs années auparavant dans un large cratère creusé par des pelleteuses et selon la technique suédoise. La sécurité était particulièrement étudiée et il s'agissait en fait d'une boîte placée dans une autre boîte. Au-dessous et autour de cette enceinte, de gigantesques ressorts protégeaient les habitants contre les effets d'une bombe nucléaire, réduisant l'onde de choc qui détruirait la ville à une modeste secousse. Les moyens d'accès à moteurs hydrauliques se trouvaient dans un dépôt d'ordures derrière l'hôtel, mais la structure principale était sous l'hôtel Rachid, lequel avait été spécialement destiné aux Occidentaux de passage à Bagdad. Tout adversaire qui essaierait de bombarder le bunker devait donc auparavant rayer le Rachid de la carte.

Malgré leurs efforts, les sycophantes qui entouraient le Raïs eurent du mal à susciter l'indignation sur les désastres de la nuit. Ils s'attendaient tous à ce qu'un véritable tapis de bombes s'abatte sur la ville et laisse derrière lui des quartiers résidentiels en ruine et des milliers de victimes civiles innocentes. Ce carnage aurait pu alors être montré aux médias, déclenchant une vague d'hostilité contre le président Bush et l'Amérique, qui se serait soldée par une convocation du Conseil de sécurité et le veto de la Chine et de la Russie contre la poursuite du massacre.

A midi, il était clair que les Fils de Chiens venus de l'autre côté de l'Atlantique n'y avaient pas mis tant de bonne volonté que ça. Tout ce que savaient les généraux irakiens, c'est que les bombes étaient tombées à peu près à l'endroit prévu, mais rien de plus. Comme toutes les installations militaires importantes à

Bagdad avaient été délibérément placées dans des zones résidentielles très peuplées, il aurait dû être impossible d'éviter de grosses pertes civiles. Et pourtant, une visite de la ville montrait que vingt postes de commandement, des sites de missiles, des stations radar ou de télécommunications étaient détruits de fond en comble, tandis que les immeubles environnants n'avaient souffert que de bris de vitres et avaient survécu au massacre. Les autorités durent donc se contenter d'inventer une liste de victimes civiles et de clamer haut et fort que les appareils américains s'étaient écrasés au sol comme des feuilles en automne.

La plupart des Irakiens, abrutis par des années de propagande, commencèrent par croire cette fable, du moins un certain temps. Mais les généraux chargés de la défense aérienne savaient, eux. A midi, il était clair qu'ils avaient perdu la quasi-totalité de leurs installations radar, que les missiles sol-air, les Sam, étaient aveugles et que les communications avec les différentes unités étaient coupées. Pis encore, les opérateurs radar qui avaient survécu soutenaient que tous ces dégâts avaient été provoqués par des bombardiers qu'ils n'avaient jamais vus sur leurs écrans. Ces menteurs furent immédiatement placés aux arrêts.

Quelques pertes civiles étaient tout de même à déplorer. Au moins deux missiles de croisière Tomahawk, dont les gouvernes avaient été endommagées par l'artillerie antiaérienne conventionnelle, étaient devenus « fous » et s'étaient écrasés loin de leurs objectifs. Le premier avait démoli deux maisons et soufflé les tuiles d'une mosquée, outrage qui fut présenté à la presse dans l'après-midi. L'autre était tombé dans un terrain vague où il avait creusé un grand cratère. En fin d'après-midi, on trouva dans le fond du trou le corps très abîmé d'une femme, apparemment tuée par l'impact.

Les raids de bombardements se poursuivirent toute la journée, et les ambulances n'eurent rien de plus à faire qu'à envelopper à la hâte le cadavre dans une couverture et à l'emporter à la morgue de l'hôpital le plus proche.

Cet hôpital se trouvait justement dans le voisinage d'un important centre de commandement de l'armée de l'air qui avait été détruit, et tous les lits étaient occupés par les hommes blessés pendant l'attaque. Plusieurs dizaines de cadavres avaient été déposés à la morgue, tous tués par les explosions. On y ajouta celui de la femme. Complètement débordé, le médecin travaillait vite et sans trop s'attarder aux détails. L'identification des corps et la détermination des causes de la mort étaient ses tâches principales, et il n'avait pas le temps de se livrer à un examen approfondi. On continuait à entendre des explosions de bombes dans toute la ville et il savait très bien que d'autres cadavres allaient encore arriver pendant la nuit.

Le médecin fut fort surpris de trouver un seul corps de femme parmi tous ces cadavres de soldats. Elle devait avoir environ trente ans et avait dû être ravissante. La poussière de ciment mélangée au sang sur son visage écrasé, ainsi que l'endroit où on l'avait découverte ne laissaient aucun doute : elle devait être en train de courir lorsque le missile était tombé dans la décharge et l'avait tuée. Le corps fut étiqueté et enveloppé dans un linceul pour être enterré.

On avait retrouvé son sac à main près du corps. Il contenait un poudrier, du rouge à lèvres et des papiers d'identité. Après avoir déterminé que Leila Al-Hilla était indubitablement une victime civile, le médecin harassé l'avait fait évacuer pour un enterrement à la hâte. S'il avait eu le temps d'effectuer une autopsie plus soignée ce 17 janvier, il aurait découvert que la femme avait été sauvagement violée à plusieurs reprises avant d'être battue à mort. Elle n'avait été déposée dans la décharge que bien des heures après.

Le général Abdullah Kadiri avait déménagé de son somptueux bureau au ministère de la Défense deux jours plus tôt. Il n'y avait aucune raison de rester là pour le plaisir de se faire tailler en pièces par une bombe américaine, et il était sûr que le ministère serait détruit au tout début de l'offensive aérienne. Il n'avait pas tort. Il s'était donc installé dans sa villa dont il était certain qu'elle était assez anonyme, encore que luxueuse, pour ne pas figurer sur les listes d'objectifs établies par les Américains. Là encore, il avait vu juste.

Cette villa possédait depuis longtemps son propre centre de communications, armé désormais par une équipe venue du ministère. Toutes les liaisons avec les différents PC des forces blindées installés autour de Bagdad passaient par un réseau de fibres optiques enterrées, hors d'atteinte des bombardiers. Seules les unités les plus éloignées devaient être contactées par radio, avec les risques d'interception correspondants. C'était également le cas des unités stationnées au Koweït.

Lorsque l'obscurité tomba sur Bagdad cette nuit-là, son problème majeur ne consistait pourtant pas à essayer de prendre contact avec les commandants de brigades blindées, ou de déterminer quels ordres il fallait leur donner. La guerre aérienne ne les concernait pas, on leur avait seulement donné comme directive de disperser leurs chars aussi largement que possible au milieu des leurres ou de les mettre dans des abris souterrains et d'attendre la suite.

Non, son problème concernait sa propre sécurité, et ce n'étaient pas les Américains qu'il redoutait.

Deux nuits plus tôt, il s'était levé pour aller dans la salle de bains. Sa vessie était sur le point d'éclater et il était aussi imbibé d'arak que d'habitude. Comme il s'y attendait, la porte était verrouillée et il l'avait poussée de toutes ses forces. Ses cent kilos avaient arraché les charnières sans difficulté et la porte avait basculé.

Tout pâteux qu'il était, Abdullah Kadiri n'était pas sorti d'une obscure ruelle de Tikrit pour en arriver à commander tous les blindés irakiens sans un solide instinct animal.

Il avait regardé sa maîtresse en silence. Elle était assise sur le siège des cabinets, vêtue d'un peignoir, du papier posé sur la boîte de Kleenex. Sa bouche s'arrondit de surprise et d'horreur et son stylo resta suspendu en l'air. Il l'avait tirée pour la mettre debout avant de lui envoyer son poing dans les mâchoires. Une bonne giclée d'eau froide dans la figure la fit revenir à elle. Entre-temps, il avait eu le temps de lire le rapport qu'elle avait écrit et de convoquer le fidèle Kemal qui logeait à l'autre bout du jardin. C'est lui qui emmena la putain au sous-sol.

Kadiri avait lu et relu le compte rendu qu'elle avait presque terminé. S'il avait concerné ses petites habitudes et ses goûts très particuliers, fournissant ainsi matière à un éventuel chantage, il l'aurait renvoyée et se serait contenté de la tuer. De toute manière, aucun chantage ne pouvait marcher contre lui. De nombreux membres de l'entourage du Raïs faisaient la même chose que lui, il le savait fort bien. Et il savait aussi que le Raïs s'en fichait complètement.

Mais c'était bien pire. Apparemment, il lui avait raconté ce qui se disait au sein du gouvernement et de l'armée. Il était évident qu'elle l'espionnait. Il fallait qu'il sache depuis combien de temps, ce qu'elle avait déjà eu le temps de transmettre, mais surtout, pour le compte de qui elle travaillait.

Kemal commença par prendre longuement son plaisir, avec la permission de son maître. Personne n'aurait pu ensuite éprouver de désir pour ce qui restait de Leila quand il eut terminé l'interrogatoire. Cela dura plusieurs heures. Le général fut alors certain que Kemal savait tout, du moins, qu'il savait tout ce que la courtisane avait appris.

Kemal continua ensuite pour s'amuser jusqu'à ce qu'elle fût morte.

Kadiri était convaincu qu'elle ne connaissait pas la véritable identité de l'homme qui l'avait recrutée pour l'espionner, mais le portrait collait assez bien avec celui de Hassan Rahmani. Ce qu'elle avait raconté des échanges de messages dans le confessionnal à l'église Saint-Joseph montrait que cet homme était un professionnel, et Rahmani était un professionnel.

Qu'on ait pu le surveiller ne dérangeait pas particulièrement Kadiri. Tous ceux qui entouraient le Raïs étaient surveillés. En fait, tous se surveillaient mutuellement. Les principes du Raïs étaient très simples et très clairs. Chaque personne de haut rang était surveillée par trois de ses pairs qui rendaient compte de ses faits et gestes. Une dénonciation se traduisait à coup sûr par la chute. C'est pour cette raison que très peu de complots arrivaient à prendre forme. L'un de ceux à qui on aurait confié quelque chose serait allé tout raconter, et cela serait arrivé aux oreilles du Raïs.

Pour compliquer encore les choses, tous les membres de l'entourage faisaient périodiquement l'objet de provocations, afin de voir comment ils réagissaient. Sur ordre, un collègue prenait l'un de ses amis à part et lui offrait de trahir. S'il acceptait, il était cuit. S'il ne rendait pas compte de la proposition qu'on lui avait faite, il était cuit aussi. Toute approche de ce genre pouvait donc être un piège. De cette façon, chacun dénonçait chacun.

Mais ici, le cas était différent. Rahmani dirigeait le contre-espionnage. Avait-il fait cela de sa propre autorité, et si oui, pour quelle raison ? Cette opération avait-elle été montée avec l'approbation du Raïs, et si oui, pourquoi ?

Qu'avait-il bien pu raconter ? Des indiscrétions, sans aucun doute, mais y avait-il de quoi être convaincu de trahison ?

Le cadavre était resté au sous-sol jusqu'au début du bombardement, puis Kemal avait trouvé un cratère creusé dans une décharge où l'abandonner. C'est le général qui avait donné l'ordre de déposer son sac à main à côté d'elle. Il fallait que ce salaud de Rahmani sache ce qui était arrivé à son indic.

A minuit passé, le général Abdullah Kadiri était seul, dégoulinant de sueur, et il versa quelques gouttes d'eau dans son dixième verre d'arak. Si Rahmani avait monté le coup tout seul, il aurait la peau de ce salopard. Mais comment savoir jusqu'à quel niveau il était compromis ? Il allait devoir se montrer prudent, à présent, plus prudent qu'il ne l'avait jamais été. Ces petites virées en ville, tard le soir, devaient cesser. De toute manière, avec le début de l'offensive aérienne, il fallait arrêter ça.

Simon Paxman avait repris l'avion pour Londres, il n'avait plus aucune raison de rester à Riyad. Jéricho avait été fermement mis sur la touche par la CIA, même si le mystérieux renégat de Bagdad ne le savait pas encore, et Mike Martin était claquemuré chez lui jusqu'à ce qu'il réussisse à s'enfuir dans le désert et à passer la frontière en sécurité.

Plus tard, il pourrait jurer la main sur le cœur que sa rencontre du 18 avec le Dr Terry Martin avait été pure coïncidence. Il savait que Martin habitait Bayswater, comme lui, mais dans un grand ensemble qui abritait de nombreux magasins. Sa femme était au chevet de sa mère malade, et il était rentré sans prévenir. Paxman avait donc trouvé l'appartement désert et le réfrigérateur vide. Il partit faire ses courses dans un supermarché qui fermait tard, dans Westbourne Grove. Le caddie de Terry Martin manqua percuter le sien dans l'allée des pâtes et de la nourriture pour animaux. Les deux hommes étaient aussi surpris l'un que l'autre. « Puis-je faire comme si je vous connaissais ? » lui demanda Martin avec un sourire gêné. Il n'y avait personne dans l'allée. « Pourquoi pas ? répondit Paxman. Je ne suis qu'un modeste fonctionnaire qui fait ses courses pour le dîner. »

Ils terminèrent leurs achats ensemble et convinrent d'aller dans un restaurant indien plutôt que de se faire leur popote chacun chez soi. Apparemment, Hilary n'était pas là non plus.

Naturellement, Simon Paxman n'aurait jamais dû faire une chose pareille. Il n'aurait pas dû se sentir gêné de savoir que le frère aîné de Terry Martin était en péril et que c'était lui, entre autres, qui l'avait mis dans une telle situation. Il n'aurait pas dû se sentir gêné d'avoir laissé croire à ce petit universitaire si confiant que son frère adoré se trouvait réellement à l'abri en Arabie Saoudite. Tous les manuels enseignent qu'on ne doit pas se préoccuper de ces sortes de choses. Mais il n'était pas comme ça.

Il avait un autre souci. Steve Laing était son supérieur à Century House, mais Laing n'était jamais allé en Irak. Il connaissait surtout l'Égypte et la Jordanie. Paxman connaissait l'Irak et il parlait arabe. Pas aussi bien que Martin, bien sûr, car Martin était exceptionnel. Mais il en savait assez, après plusieurs séjours qu'il avait faits là-bas avant de devenir chef du bureau Irak, pour ressentir un certain respect envers les scientifiques de ce pays et la qualité de leurs ingénieurs. Ce n'était un secret pour personne, la plupart des établissements d'enseignement technique britanniques considéraient que les étudiants provenant de ce pays étaient les meilleurs de tout le monde arabe.

Ce qui le rongeait depuis que ses supérieurs lui avaient dit que le dernier rapport de Jéricho n'était rien d'autre qu'un non-sens, c'était la crainte que, en dépit des apparences, l'Irak fût beaucoup plus en avance que ne voulaient bien le croire les scientifiques occidentaux.

Il attendit que les deux plats soient arrivés pour préciser sa pensée. « Terry, déclara-t-il, je vais faire quelque chose qui, si quelqu'un l'apprend, mettra un terme définitif à ma carrière dans le Service. »

Martin en resta tout étonné. « Vous voilà bien grave. Pourquoi cela ?

— Parce qu'on m'a mis officiellement en garde contre vous. »

L'universitaire, qui était sur le point de verser du chutney à la mangue dans son assiette, en resta la cuillère en l'air. « On estime donc qu'on ne peut plus me faire confiance ? Mais c'est Steve Laing lui-même qui est venu me chercher.

— Ce n'est pas cela. On trouve que... que vous en faites trop. »

Paxman n'arrivait pas à utiliser le mot employé par Laing : tatillon.

« Peut-être, ça fait partie de mon éducation. Les universitaires n'aiment pas les énigmes qui restent sans réponse. C'est à cause de ce que j'ai dit à propos de cette phrase, dans le message que vous avez intercepté ?

— Oui, il y a ça, mais aussi d'autres choses. »

Paxman avait choisi un khorma de poulet. Martin aimait les plats plus épicés. Comme il s'y connaissait en cuisine orientale, il buvait du thé noir et non une bière glacée qui n'aurait fait qu'aggraver les choses. Il regarda Paxman par-dessus le bord de sa tasse.

« Très bien, mais alors, pourquoi cette confession grandiloquente ?

— Pouvez-vous me donner votre parole que tout ceci restera entre nous ?

— Bien sûr.

— Nous avons intercepté une autre communication. »

Paxman n'avait pas la plus petite intention de lui révéler l'existence de Jéricho. Ceux qui connaissaient l'existence de cet informateur en Irak se comptaient sur les doigts de la main, et il fallait que cela continue ainsi.

« Pourrais-je l'écouter ?

— Non, la bande a été détruite. Et n'essayez pas d'approcher Sean Plummer. Il serait obligé de nier et cela révélerait qui vous a livré ce renseignement. »

Martin se versa un peu de raïta pour adoucir le curry qui lui brûlait l'œsophage.

« Et que disait-elle, cette nouvelle interception ? »

Paxman le lui raconta. Martin posa sa fourchette et s'essuya la bouche. Il était devenu tout rouge sous ses cheveux blonds.

« Serait-il possible... serait-il possible que, indépendamment des circonstances, cela soit vrai ? demanda Paxman.

— Je ne sais pas, je ne suis pas physicien. Mais les patrons ont jugé que c'était un non ferme et définitif ?

— Parfaitement. Les spécialistes en physique nucléaire sont unanimes ; il est impossible que ce soit vrai. Donc, Saddam a menti. »

Dans son for intérieur, Martin se dit que cette interception était décidément bien étrange. Cela ressemblait plutôt à une information obtenue au cours d'une réunion en petit comité.

« Saddam ment, fit-il, il passe son temps à mentir. Mais c'est en général à l'usage de l'opinion publique. Il aurait dit ça au petit noyau de ses confidents ? Je me demande bien pourquoi. Il voulait leur remonter le moral à la veille de la guerre ?

— C'est ce que croient les grands pontes, dit Paxman.

— Les généraux sont-ils au courant ?

— Non. Nous nous disons qu'ils sont très occupés en ce moment et qu'il est inutile de les embêter avec quelque chose qui n'a peut-être aucun fondement.

— Alors, qu'attendez-vous de moi, Simon ?

— Le mode de pensée de Saddam. Personne n'arrive à le percer. Rien de ce qu'il fait n'a de sens pour l'Occident. Est-il fou à lier ou malin comme un renard ?

— Dans son univers à lui, c'est la dernière hypothèse qui est la bonne. Dans son univers, tout ce qu'il fait a une signification. Cette terreur qui nous révolte tant n'a aucune connotation morale chez lui, et elle a un sens. Les menaces, les fanfaronnades, cela a un sens. C'est seulement lorsqu'il tente de pénétrer dans notre univers, avec ces abominables séances de relations publiques à Bagdad, qu'il a l'air complètement fou : quand il caresse les cheveux de ce petit Anglais, lorsqu'il joue les oncles débonnaires, tout cela. Mais chez lui, il n'est pas si fou que ça. Il a réussi à survivre, il est toujours au pouvoir, il a préservé l'unité de l'Irak, ses ennemis chutent et périssent...

— Terry, à l'heure où nous sommes installés ici, son pays se fait pulvériser.

— Aucune importance, Simon, tout ça se remplace.

— Et pourquoi aurait-il déclaré ce que l'on suppose qu'il a dit ?

— Qu'en pensent vos pontes ?

— Qu'il a menti.

— Non, répondit Martin. Il ment à l'usage du public. Mais dans son petit cercle, il n'en a pas besoin. Ils lui sont entièrement dévoués, de toute façon. Soit c'est votre source qui ment, et Saddam n'a jamais dit ça. Soit il l'a dit parce qu'il pensait que c'était vrai.

— Donc, quelqu'un lui aurait menti ?

— C'est possible. Mais celui qui a fait ça le paiera très cher le jour où tout sera découvert. Ou alors, le message pourrait être un coup tordu, une invention délibérée conçue pour être interceptée. »

Paxman ne pouvait pas lui dire tout ce qu'il savait : ce n'était pas un message intercepté. Cela venait de Jéricho. Et pendant deux ans, avec les Israéliens, depuis trois mois sous la houlette des Anglo-Saxons, il n'avait jamais été pris en défaut.

« Vous n'avez aucun doute, n'est-ce pas ? demanda Martin.

— Si, j'en ai », admit Paxman.

Martin poussa un soupir.

« Ce ne sont que des fétus de paille qui volent au vent, Simon. Une phrase interceptée parmi d'autres, un type à qui on ordonne de se taire et qui se fait traiter de fils de pute, une phrase de Saddam qui parle de réussir — à atteindre l'Amérique — et maintenant, ceci. Il nous manque un maillon de la chaîne.

— De la chaîne ?

— La paille ne donne que du son si vous la battez avec la chaîne du fléau. Il doit avoir autre chose en tête. Sans ça, ce sont les pontes qui ont raison et il va utiliser les gaz de combat qu'il possède déjà.

— Très bien, je vais chercher le maillon manquant.

— Et moi, conclut Martin, je ne vous ai pas vu ce soir et nous n'avons pas parlé ensemble.

— Merci », fit Paxman.

L'hôpital du quartier Mansour lui en avait fourni la preuve, bien que le corps ait déjà été enterré avec beaucoup d'autres provenant de l'immeuble militaire, dans une fosse commune.

Hassan Rahmani ne croyait pas plus que son informateur avait été touché par une bombe en traversant le dépôt d'ordures au milieu de la nuit qu'il ne croyait aux fantômes. Les seuls fantômes présents dans le ciel de Bagdad étaient les bombardiers américains invisibles qu'il avait vus dans des revues occidentales, et ce n'étaient pas des fantômes, mais des constructions rationnelles. Comme la mort de Leila Al-Hilla.

La seule conclusion logique était que Kadiri avait découvert les activités de Leila hors de chez lui et y avais mis fin. Ce qui signifiait qu'elle avait dû parler avant de mourir. Et pour lui, cela signifiait que Kadiri était devenu un ennemi dangereux et puissant. Pis encore, sa principale source d'information sur ce qui se passait dans les réunions les plus secrètes du régime venait de se tarir.

S'il avait su que Kadiri était aussi ennuyé que lui-même, Rahmani aurait été ravi. Il savait seulement que, désormais, il lui faudrait se montrer extrêmement prudent.

C'est au cours du second jour d'offensive aérienne que l'Irak lança une première salve de missiles contre Israël. Les médias annoncèrent sur l'heure qu'il s'agissait de Scud-B de fabrication soviétique et ce nom leur resta jusqu'à la fin de la guerre. En fait, il ne s'agissait pas du tout de Scud.

L'idée de cette attaque n'était pas aussi stupide que cela. L'Irak savait pertinemment qu'Israël n'était pas disposé à tolérer un nombre élevé de victimes civiles. Lorsque les premières têtes des missiles tombèrent dans les faubourgs de Tel-Aviv, Israël réagit en se préparant à la guerre. C'était exactement ce que voulait Bagdad.

Sur les cinquante pays rassemblés dans la coalition contre l'Irak, dix-sept étaient des nations arabes et s'il y avait bien quelque chose qu'elles partageaient, en dehors de leur foi islamique, c'était leur hostilité envers Israël. L'Irak avait calculé, et probablement à juste titre, que si Israël était provoqué et se joignait à la guerre à la suite de l'attaque lancée contre lui, les pays arabes se retireraient de la coalition. Même le roi Fahd, monarque d'Arabie Saoudite et gardien des deux lieux saints, se retrouverait dans une situation impossible.

Les premières réactions en Israël après la chute des missiles furent de dire que les têtes pouvaient être chargées de gaz ou de cultures bactériennes. Si cela avait été le cas, il aurait été impossible de retenir Israël. Mais l'on prouva rapidement que ces têtes ne contenaient que des explosifs conventionnels. L'effet psychologique dans le pays n'en fut pas moins énorme.

Les États-Unis exercèrent immédiatement des pressions considérables sur Jérusalem pour le convaincre de ne pas répondre par une contre-attaque. Les alliés, dirent-ils à Itzhak Shamir, s'occupaient de tout. En fait, Israël lança tout de même un raid de ses propres chasseurs bombardiers F-15, mais rappela les avions alors qu'ils étaient encore dans son espace aérien.

Le véritable Scud était un vieux missile soviétique trapu que l'Irak avait acquis à neuf cents exemplaires plusieurs années auparavant. Il avait une portée de trois cents kilomètres, et pouvait emporter une charge de près de cinq cents kilos. Il n'était pas guidé, et même dans sa conception d'origine, aurait atterri, à sa pleine portée, dans un rayon de huit cents mètres autour de sa cible.

Du point de vue de l'Irak, c'était une acquisition pratiquement sans intérêt. Ce missile n'aurait pas pu atteindre Téhéran au cours de la guerre contre l'Iran et ne pouvait pas non plus atteindre Israël, même lancé depuis l'extrême ouest de l'Irak.

Ce que les Irakiens avaient fait dans l'intervalle, avec l'assistance technique de l'Allemagne, était plutôt bizarre. Ils avaient découpé les Scud en morceaux et en avaient assemblé trois pour faire un nouveau missile. Sans entrer dans les détails, ce nouveau missile Al-Hussein était un véritable désastre.

En ajoutant des réservoirs supplémentaires, les Irakiens avaient augmenté la portée jusqu'à six cent trente kilomètres, si bien qu'ils étaient en mesure (et ils le montrèrent) d'atteindre Téhéran et Israël. Mais la charge utile tombait du coup à quatre-vingts kilos. Le guidage, déjà fantaisiste, était devenu carrément chaotique. Deux d'entre eux, lancés contre Israël, non seulement manquèrent Tel-Aviv, mais manquèrent tout le pays et tombèrent dans le Jourdain.

Mais, comme arme de terreur, cela marchait. Même si la totalité des Al-Hussein qui tombèrent sur Israël avaient moins de charge utile qu'une seule bombe américaine de mille kilos lancée sur l'Irak, ils semèrent la panique dans la population israélienne.

L'Amérique répliqua de trois manières différentes. Un bon millier d'avions alliés furent retirés des missions qui leur avaient été assignées contre l'Irak pour donner la chasse aux sites de lancement fixes et aux rampes mobiles encore plus difficiles à trouver. Des batteries de missiles américains Patriot furent envoyées en Israël pour essayer d'intercepter les têtes à la rentrée, mais surtout pour convaincre Israël de se tenir à l'écart de la guerre. Les SAS, puis plus tard les Bérets Verts américains, furent expédiés dans le désert irakien occidental pour trouver les rampes mobiles et les détruire avec leurs missiles Milan ou des avions de chasse.

Bien qu'on les ait salués comme les sauveurs de l'univers, les

Patriot ne connurent que des succès limités, mais ce n'était pas leur faute. Raytheon avait conçu le Patriot pour intercepter des avions, pas des missiles, et on dut les adapter en hâte à leur nouveau rôle. La raison pour laquelle ils ne réussirent pas à intercepter une seule tête ne fut jamais révélée.

En fait, lorsqu'ils avaient augmenté la portée du Scud pour en faire le Al-Hussein, les Irakiens avaient également augmenté son altitude. Le nouveau missile, à son retour dans l'atmosphère, était chauffé au rouge, ce pour quoi le Scud n'avait jamais été conçu. Et en rentrant dans l'atmosphère, il se brisait en morceaux. Ce qui tombait sur Israël n'était pas un missile complet, mais une benne à ordures.

Le Patriot faisait son boulot, grimpait pour réaliser l'interception et se retrouvait non pas devant un morceau de métal, mais devant une bonne douzaine de morceaux. Alors, sa petite cervelle lui disait de faire ce qu'on lui avait appris — se diriger vers le plus gros. En général, il s'agissait du réservoir vide qui tournoyait dans tous les sens. La tête, beaucoup plus petite et qui s'était détachée entre-temps, tombait sans être gênée. La plupart du temps, elle n'explosait pas, et la plupart des dégâts subis par des immeubles israéliens furent causés par des impacts.

Si le prétendu Scud se montra une arme de terreur psychologique efficace, le Patriot joua le rôle de sauveur, psychologiquement parlant. Et la psychologie était déjà une partie de la solution.

Un autre aspect des choses concernait un accord secret en trois volets conclu entre l'Amérique et Israël. Le premier volet concernait la fourniture de Patriot — c'était gratuit. Le second était la promesse de lui fournir le missile Arrow, bien plus puissant, lorsqu'il serait prêt. Le troisième était le droit pour Israël de choisir cent objectifs supplémentaires que les forces aériennes alliées détruiraient. Le choix fut effectué — principalement des objectifs dans la partie occidentale de l'Irak qui menaçaient Israël : des routes, des ponts, des aéroports, tout ce qui était braqué vers l'ouest et donc vers Israël. Aucun de ces objectifs, compte tenu de leur localisation, n'avait quoi que ce soit à voir avec la libération du Koweït qui se trouvait à l'autre bout de la péninsule.

Les chasseurs bombardiers américains et britanniques affectés à la chasse aux Scud prétendirent avoir remporté de nombreux succès, affirmation considérée immédiatement avec beaucoup de scepticisme par la CIA, à la grande colère des généraux Chuck Horner et Schwarzkopf.

Deux ans après la fin de la guerre, Washington nia officiellement avoir détruit une seule rampe mobile de Scud par l'action aérienne. Encore aujourd'hui, cette seule évocation suffit à mettre en rage n'importe lequel des pilotes qui furent engagés dans ces opérations. Mais c'est un fait, les pilotes furent une fois de plus largement leurrés par la *maskirovka*.

Si le désert méridional irakien ressemble à une table de billard, ceux de l'Ouest et du Nord-Ouest sont rocailleux, accidentés et sillonnés par des milliers d'oueds et de ravins. C'est en passant par là que Mike Martin s'était infiltré jusqu'à Bagdad. Avant de lancer ses attaques de missiles, Bagdad avait fabriqué des dizaines de fausses rampes Scud et elles étaient cachées au milieu des vraies, dans toute la région. On les sortait en général la nuit, un tube de tôle monté sur un vieux camion et une torche faite de coton imbibé de pétrole à l'intérieur du tube. De très loin, les capteurs des AWACS détectaient la source de chaleur et identifiaient un lancement de missile. Les chasseurs dirigés sur l'endroit faisaient le reste et prétendaient avoir détruit une rampe.

Il y avait des hommes qui ne s'en laissaient pas conter : c'étaient les SAS. Ils n'étaient qu'une poignée, mais ils donnaient l'impression de grouiller dans le désert occidental à bord de leurs Land Rover ou sur leurs motos sous le soleil brûlant ou dans la nuit glaciale. Ils observaient. A deux cents mètres, ils pouvaient distinguer un lanceur réel d'un faux. Quand les rampes sortaient de leurs abris, les hommes, silencieux dans un creux de rocher, regardaient dans leurs jumelles. S'il y avait trop d'Irakiens dans le coin, ils convoquaient tranquillement la chasse par radio. S'ils pouvaient s'en charger eux-mêmes, ils utilisaient leurs Milan antichars qui faisaient un très joli boum en percutant le réservoir d'un vrai Al-Hussein.

On comprit rapidement qu'une ligne nord-sud invisible coupait le désert en deux. A l'ouest de cette ligne, les missiles irakiens pouvaient atteindre Israël ; à l'est, ils étaient hors de portée. Le boulot consistait donc à terroriser suffisamment les servants qui n'oseraient plus aller à l'ouest, mais se contenteraient de tirer depuis la zone est, en mentant à leurs supérieurs. Cela prit huit jours, et les attaques contre Israël cessèrent. Elles ne devaient plus jamais reprendre.

Plus tard, on utilisa la route qui allait de Bagdad jusqu'en Jordanie comme ligne de démarcation. Au nord, c'était l'Allée des Scud Nord, où opéraient les forces spéciales américaines qui arrivaient à bord de leurs hélicoptères à grand rayon d'action. Et de l'autre côté de la route, l'Allée des Scud Sud, fief du SAS. Quatre hommes courageux perdirent la vie dans ce désert, mais ils avaient rempli la mission qu'on leur avait confiée là où des milliards de dollars de haute technologie avaient échoué.

Le 20 janvier, quatrième jour de l'offensive aérienne, le 336e escadron d'Al-Kharz était l'une des unités qui n'avaient pas été affectées au désert occidental. Ses missions de la journée comprenaient un gros site de lancement de missiles Sam à l'ouest de Bagdad. Les Sam étaient guidés par deux grandes antennes radar. Les attaques aériennes prévues par les plans du général Horner se déplaçaient à présent plus au nord. Toutes les rampes de missiles et stations radar au sud d'une ligne horizontale passant par Bagdad étaient désormais hors de combat. L'heure était donc venue de nettoyer l'espace aérien à l'est, à l'ouest et au nord de la capitale.

L'escadron comptait vingt-quatre Strike Eagle et ce 20 janvier serait donc une journée multimissions. Celui qui le commandait, le lieutenant-colonel Steve Turner, avait désigné vingt appareils pour le site de missiles. Un détachement d'Eagle aussi important s'appelle un « gorille ». Le gorille était commandé par l'un des deux chefs de patrouille les plus anciens. Quatre des douze appareils étaient armés de HARM, des missiles antiradars qui se dirigent sur les émissions d'une antenne. Les huit autres emportaient deux longs fuseaux brillants d'acier inoxydable, des bombes laser GBU-10-I. Lorsque les radars avaient été détruits et les missiles rendus aveugles, ils finissaient le travail des HARM et détruisaient les rampes de lancement de missiles.

Tout semblait se présenter pour le mieux. Les douze Eagle décollèrent en trois groupes de quatre, se placèrent en formation lâche et grimpèrent à vingt-cinq mille pieds. Le ciel était d'un bleu éclatant et l'on voyait très bien le désert ocre au-dessous. Les prévisions météo sur l'objectif annonçaient un vent plus fort qu'en Arabie Saoudite, mais ne faisaient aucune mention d'un éventuel shamal, l'une de ces violentes tempêtes de sable qui peuvent envelopper une cible en quelques secondes.

Au sud de la frontière, les douze Eagle retrouvèrent leurs ravitailleurs, deux KC-10. Chaque avion-citerne pouvait refaire les pleins de six chasseurs assoiffés. Un par un, les Eagle se laissaient dériver doucement à leur poste derrière les ravitailleurs et attendaient que l'opérateur, qui les voyait à travers un hublot panoramique à quelques mètres de là, déploie la perche pour l'insérer dans leur embout.

Les douze Eagle terminèrent leur ravitaillement et virèrent au nord vers l'Irak. Un AWACS, loin dans le Golfe, leur annonça qu'il n'y avait aucune activité hostile devant eux. Au cas où des chasseurs irakiens auraient été en l'air, les Eagle emportaient, en sus de leurs bombes, deux sortes de missiles air-air : des AIM-7 et 9, plus connus sous le nom de Sparrow et Sidewinder.

Le site de missiles se trouvait bien à l'endroit prévu. Mais ses radars étaient éteints. S'ils n'émettaient pas à leur arrivée, ils auraient dû « illuminer » immédiatement pour guider les missiles sur les assaillants. Dès que les radars étaient actifs, les quatre Strike Eagle équipés de HARM devaient simplement les mettre hors de combat, sans quoi leur journée était perdue.

Ou bien le commandant irakien avait peur pour sa peau, ou bien il était très astucieux, car les Américains n'arrivèrent à rien. Les radars refusaient de se réveiller. Les quatre premiers Eagle, emmenés par le chef de détachement, descendirent de plus en plus bas pour essayer de provoquer les radars et de les amener à émettre. Ils ne bronchèrent pas.

Il aurait été insensé pour les appareils munis de bombes d'attaquer des radars obstinément muets — s'ils étaient brusquement passés en mode émission, les Sam se seraient fait les Eagle sans rémission. Au bout de vingt minutes sur l'objectif, on décida le repli. Les appareils qui composaient le gorille furent réassignés aux objectifs de remplacement.

Don Walker échangea rapidement quelques mots avec son nav, Tim Nathanson, assis derrière lui. La mission secondaire du jour était un site fixe de Scud au sud de Samarra, mais il devait de toute façon recevoir la visite d'autres chasseurs bombardiers car c'était également un site répertorié comme abritant une unité de production de gaz.

Les AWACS confirmèrent qu'il n'y avait aucun décollage en cours sur deux grandes bases irakiennes, à Samarra vers l'est et à Balad, au sud-est. Don Walker appeler son ailier et la patrouille de deux appareils se dirigea vers le site Scud.

Toutes les communications entre appareils américains étaient codées grâce au système Have-quick, qui brouille les messages et les rend incompréhensibles à qui ne possède pas le même équipement. Les codes étaient changés chaque jour, mais restaient communs à tous les avions alliés.

Walker regarda ce qui se passait autour de lui. Le ciel était clair ; son ailier, Randy « R-2 » Roberts, se trouvait à huit cents mètres sur son avant et un peu au-dessus de lui, avec son nav, Jim « Boomer » Henry.

Arrivé au-dessus du site Scud, Walker se mit en piqué pour identifier l'objectif. A sa grande rage, il se fit aveugler par des tourbillons de sable, un shamal qui venait de se lever, causé par le fort vent qui balayait le désert. Ses bombes laser ne pouvaient pas manquer leur but tant qu'elles pouvaient suivre le faisceau projeté sur la cible par leur avion lanceur. Mais, pour émettre ce faisceau, il lui fallait voir son objectif.

Furieux et commençant à manquer de pétrole, il fit demi-tour. Deux échecs le même matin, c'était trop. Il détestait l'idée de revenir à la base avec tout son armement. Mais il n'y avait rien à faire, et le chemin du retour s'appelait cap au sud.

Trois minutes plus tard, il vit un énorme complexe industriel au-dessous de lui. « C'est quoi ? » demanda-t-il à Tim. Le nav chercha sur ses cartes.

« Ça s'appelle Tarmiya.

— Bon Dieu, c'est sacrément gros.

— Ouais. »

Bien que personne ne le sût, le complexe industriel de Tarmiya comportait trois cent quatre-vingt-un bâtiments et occupait un carré de quinze kilomètres de côté.

« Sur la liste ?

— Non.

— Ça ne fait rien, on descend voir. Randy, tu me couvres le cul.

— Compris », répondit son ailier.

Walker fit plonger son Eagle jusqu'à dix mille pieds. La zone industrielle était énorme. On apercevait au centre un gigantesque bâtiment, de la taille d'un stade couvert.

« On y va.

— Don, ce n'est pas un objectif. »

Descendant encore à huit mille pieds, Walker activa le système de guidage laser et s'aligna sur la grande usine qui se trouvait sous lui et sur son avant. Son viseur tête haute affichait la distance qui diminuait et le compte à rebours. Quand il fut à zéro, il largua ses bombes, en maintenant le nez sur l'objectif qui se rapprochait toujours.

Le détecteur laser placé dans le nez des deux bombes était un système Paveway. Sous son fuselage se trouvait un module de guidage appelé Lantirn. Le Lantirn émettait un faisceau invisible en direction de l'objectif, lequel le réémettait sous forme d'un couloir électronique qui revenait vers l'avion.

Les capteurs Paveway trouvèrent ce faisceau, y pénétrèrent et le suivirent en descendant jusqu'à toucher exactement l'endroit désigné par le rayon. Les deux bombes firent leur travail. Elles explosèrent sous le bord du toit de l'usine. En les voyant exploser, Don Walker fit demi-tour, tira sur le manche et grimpa à vingt-cinq mille pieds. Une heure plus tard, après un autre plein en vol, son ailier et lui se posaient à Al-Kharz.

Avant de reprendre de l'altitude, Walker avait eu le temps de voir l'éclair aveuglant de deux explosions, la grande colonne de fumée qui s'élevait, et il avait aperçu le nuage de poussière soulevé par la déflagration.

Ce qu'il ne vit pas, c'est que les deux bombes avaient complètement soulevé le toit de l'usine, faisant décoller un grand morceau qui s'éleva dans les airs comme la voile d'un navire. Il ne put pas se rendre compte non plus que le fort vent qui balayait le désert ce matin-là avait fait le reste. Il déchira la toiture et la déroula comme le couvercle d'une boîte de sardines. Les tôles métalliques firent des dégâts dans toutes les directions.

De retour à la base, Don Walker, comme tous les pilotes, fut longuement interrogé. Cela embêtait les pilotes qui rentraient crevés, mais il fallait bien y passer. C'est l'officier renseignement de l'escadron, le major Beth Kroger, qui menait les choses.

Personne ne prétendait que le gorille avait été un succès, mais tous les pilotes sauf un avaient traité leur objectif de remplacement. L'officier armes avait le sang chaud, il avait loupé le sien et en avait choisi un autre au hasard.

« Mais pourquoi diable as-tu fait ça ? demanda Beth Kroger.

— Parce que c'était un truc énorme et que ça avait l'air important.

— Ce n'était même pas sur la liste d'objectifs », se lamenta-t-elle. Elle nota l'objectif qu'il avait choisi, sa description et sa position exacte, son compte rendu de résultats, et expédia le tout au CCTA, le Centre de contrôle tactique air qui partageait avec les analystes du Trou Noir le sous-sol du CENTAF sous le quartier général des forces aériennes saoudiennes, à Riyad.

« Si on trouve que c'était une usine d'embouteillage et d'aliments pour bébés, ça va chauffer pour ton cul, dit-elle à Walker.

— Tu sais, Beth, que tu es belle quand tu te mets en colère », répondit-il en la taquinant.

Beth Kroger était un excellent officier de métier. Si elle devait se laisser courtiser, elle préférait les colonels et au-dessus. Il n'y en avait que trois sur la base, et ils étaient tous mariés et fidèles. Al-Kharz n'était vraiment pas marrant. « Vous n'y êtes pas du tout, *mon capitaine* », lui lâcha-t-elle en tournant les talons, et elle alla écrire son rapport.

Walker soupira et alla s'allonger sur son lit de camp. Elle avait pourtant raison. S'il venait de se faire le plus gros orphelinat de la planète, le général Horner s'occuperait personnellement de lui arracher ses trois barrettes pour en faire des cure-dents. Comme devait le prouver la suite, on ne dit jamais à Don Walker ce qu'il avait touché ce matin-là. Mais ce n'était pas un orphelinat.

Chapitre 16

Karim se rendit pour dîner chez Edith Hardenberg à Grinzing le soir même. Il réussit à trouver son chemin dans la banlieue en utilisant les transports en commun. Il avait apporté deux cadeaux : une paire de bougies parfumées qu'il posa sur la petite table du coin salle à manger avant de les allumer, et deux bouteilles de bon vin.

Edith le fit entrer, rose et timide comme d'habitude, puis retourna s'occuper du *Wiener Schnitzel* qu'elle était en train de préparer dans sa cuisine minuscule. Cela faisait vingt ans qu'elle n'avait pas fait de dîner pour un homme ; elle trouvait cette épreuve terrible, mais assez excitante.

Karim lui avait posé un chaste baiser sur la joue dans l'embrasure de la porte, ce qui l'avait fait rougir davantage. Il avait ensuite choisi dans sa discothèque le *Nabucco* de Verdi et l'avait mis sur la platine.

Les effluves de bougies, de muscade et de patchouli se répandirent bientôt dans tout l'appartement au milieu des rythmes lents du « Chœur des esclaves ».

Tout était comme le lui avait dit l'équipe du Neviot qui était entrée par effraction quelques semaines plus tôt ; très bien rangé, très douillet, extrêmement propre. L'appartement d'une vieille fille maniaque.

Lorsque le dîner fut prêt, Edith le posa sur la table en faisant mille excuses. Karim goûta la viande et déclara qu'il n'avait jamais rien mangé de meilleur, ce qui la fit rougir encore plus, mais la rendit toute contente.

Ils parlèrent de sujets culturels tout en dînant, de la visite qu'ils projetaient de faire au château de Schönbrunn et aux fabuleux lipizzans de la Hofreitschule, l'école d'équitation espagnole qui se trouve à la Hofburg, sur Josefplatz.

Edith mangeait comme elle faisait toutes choses, à petits

gestes précis, comme un oiseau qui picore une friandise. Elle avait les cheveux tirés en arrière comme à l'accoutumée et rassemblés en un chignon austère.

A la lueur des bougies, car il avait éteint le lustre trop violent qui éclairait la table, Karim était aussi beau et galant que d'habitude. Il passait son temps à lui remplir son verre, si bien qu'elle but beaucoup plus que l'unique verre qu'elle s'autorisait de temps à autre.

Les effets du dîner, du vin, les bougies, la musique et la compagnie de son jeune ami affaiblirent lentement ses défenses.

Lorsqu'ils eurent vidé leurs assiettes, Karim se pencha et la regarda au fond des yeux. « Edith ?

— Oui.

— Puis-je vous demander quelque chose ?

— Si vous voulez.

— Pourquoi vous coiffez-vous ainsi, avec les cheveux tirés en arrière ? »

La question était impertinente, un peu indiscrète. Elle rougit davantage.

« Je... je les ai toujours portés ainsi. »

Non, ce n'était pas vrai. Il y avait eu une époque, elle s'en souvenait, avec Horst, où ils flottaient librement sur ses épaules. Elle avait des cheveux châtains, très épais, en cet été 1970. Il y avait eu une époque où ils avaient volé dans le vent, c'était sur le lac de Schlosspark, à Laxenburg.

Karim se leva sans un mot et passa derrière elle. Elle commençait à paniquer. C'était trop tôt. Des doigts habiles ôtèrent le peigne d'écaille qui maintenait son chignon. Il fallait qu'il arrête ça tout de suite. Elle sentit les épingles qu'il enlevait, ses cheveux qui se défaisaient et se déroulaient dans son dos. Elle resta assise à sa place, raide comme un piquet. Les mêmes doigts prirent sa chevelure et la disposèrent de chaque côté de son visage.

Karim était debout à côté d'elle. Il tendit les mains et lui sourit. « Voilà, c'est mieux. Vous faites dix ans de moins et vous êtes plus jolie. Allons nous asseoir sur le divan. Choisissez vos morceaux préférés, je vais faire le café. Ça marche ? »

Sans lui demander la permission, il prit ses mains et la souleva de son siège. Puis il la conduisit dans le salon et alla dans la cuisine.

Grâce au ciel, il avait au moins réussi ça. Elle tremblait de la tête aux pieds. Ils étaient supposés ne partager qu'une amitié platonique. Mais jusqu'ici, il ne l'avait pas touchée, enfin, pas vraiment. Et elle ne lui permettrait naturellement jamais *une chose de ce genre.*

Elle se regarda rapidement dans la glace accrochée au mur, elle était rose et même cramoisie, ses cheveux ruisselaient sur ses épaules, lui recouvraient les oreilles et encadraient son visage. L'espace d'une seconde, elle revit la jeune fille qu'elle était vingt ans plus tôt.

Elle se ressaisit et alla choisir un disque. Elle adorait Strauss, elle connaissait chaque note de chaque valse, « Les roses du Midi », « Les bois de Vienne », « Les patineurs », « Le Danube »... Dieu merci, il était dans la cuisine, il ne pouvait pas se rendre compte qu'elle avait failli laisser tomber le disque en le plaçant sur la platine. Apparemment, il avait trouvé sans peine le café, l'eau, les filtres, le sucre.

Elle était assise tout au bout du divan lorsqu'il vint la rejoindre. Elle serrait les genoux et posa sa tasse. Elle aurait bien aimé lui parler du nouveau concert prévu la semaine suivante au Musikverein, mais les mots ne sortaient pas. Elle se contenta de boire lentement son café.

« Edith, je vous en prie, n'ayez pas peur de moi, lui murmura-t-il. Je suis votre ami, non ?

— Ne soyez pas bête. Bien sûr que je n'ai pas peur.

— Parfait. Je ne vous ferai jamais de mal, vous le savez bien. »

Ami. C'est cela, ils étaient amis, une amitié née de leur amour commun pour la musique, l'art, l'opéra, la culture. Rien de plus. De l'ami au petit ami, l'écart était mince. Elle savait que les autres secrétaires, à la banque, avaient des maris et des petits amis, elle était tout excitée quand elle les voyait aller à un rendez-vous, elle les guettait dans l'entrée le lendemain matin et s'apitoyait sur elle-même d'être si seule.

« C'est " Les roses du Midi ", n'est-ce pas ?

— Oui, bien sûr.

— De toutes les valses, je crois que c'est celle que je préfère.

— Moi aussi. » Voilà, ça allait mieux, on revenait à la musique.

Il prit sa tasse de café sur ses genoux et la posa sur une petite table à côté d'eux. Il se leva, lui prit les mains et la força à se lever.

« Mais... ? »

Elle se retrouva la main dans la sienne, un bras vigoureux passé autour de sa taille, et tournant doucement sur le parquet, dans le peu d'espace qui restait entre les meubles : ils dansaient une valse.

Si Gidi Barzilai avait été là, il aurait dit : vas-y, beau gosse, ne perds pas de temps. Mais que savait-il de tout ça ? Rien. D'abord la confiance, et ensuite seulement, la chute. Karim laissait sa main droite haut dans le dos d'Edith.

Tandis qu'ils virevoltaient à quelques centimètres l'un de l'autre, Karim approcha ses mains de ses épaules à lui, et avec son bras droit, la serra légèrement contre lui. Le tout de manière imperceptible.

Edith, le visage contre la poitrine de Karim, tourna la tête de côté. Sa maigre poitrine se pressait contre son corps, elle sentait son odeur. Elle s'écarta. Il la laissa faire, relâcha un peu sa main droite et lui souleva légèrement le menton de la main gauche. Puis il l'embrassa, tout en continuant à danser.

Ce n'était pas un baiser salace. Il gardait les lèvres serrées, ne faisait aucun effort pour l'obliger à entrouvrir les siennes. Son cerveau paniquait sous un flot de pensées et de sensations ; comme un avion désemparé, elle tournait et tournait, retombait, se débattait avant de retomber. La banque, Gemütlich, sa réputation, sa jeunesse à lui, il était étranger, leurs âges à tous deux, la chaleur, le vin, l'odeur, sa force, les lèvres. La musique s'arrêta.

S'il avait essayé d'en faire plus, elle l'aurait jeté dehors. Il retira ses lèvres et poussa doucement sa tête jusqu'à ce qu'elle repose sur sa poitrine. Ils restèrent là sans bouger dans l'appartement redevenu silencieux.

C'est elle qui s'éloigna. Elle retourna s'asseoir sur le divan, regardant droit devant elle. Il se retrouva à genoux à ses pieds. Il prit ses mains dans les siennes.

« Tu m'en veux, Edith ?

— Tu n'aurais pas dû faire ça, lui répondit-elle.

— Je ne voulais pas, je te le promets. C'était plus fort que moi.

— Je crois que tu devrais partir.

— Edith, si tu m'en veux et si tu veux me punir, tu n'as qu'un seul moyen. Défends-moi de te voir.

— Eh bien, je ne suis pas sûre.

— S'il te plaît, dis-moi que tu me laisseras te revoir.

— Je crois que oui.

— Si tu dis non, j'abandonne mes études et je rentre chez moi. Je ne pourrai pas continuer à vivre à Vienne si tu ne veux plus me voir.

— Ne sois pas bête. Tu dois continuer tes études.

— Alors, cu me permets de te revoir ?

— D'accord. »

Cinq minutes après, il était parti. Elle éteignit les lumières, enfila une chemise de nuit en coton, se débarbouilla, se lava les dents et se mit au lit.

Dans l'obscurité, elle se recroquevilla comme un fœtus. Au bout de deux heures passées ainsi, elle fit ce qu'elle n'avait pas fait depuis des années, elle sourit dans l'ombre. Des pensées folles lui couraient dans la tête et revenaient sans arrêt, mais elle s'en moquait. J'ai un amoureux. Il a dix ans de moins que moi, c'est un étudiant, un étranger, un Arabe et un musulman. Et je m'en fiche.

Le colonel Dick Beatty, de l'USAF, assurait le quart de nuit ce soir-là, dans un local enterré sous la route de l'ancien aéroport, à Riyad. Le Trou Noir ne s'arrêtait jamais, ne faisait jamais relâche, et au cours des premiers jours de l'offensive aérienne, il y avait plus de travail que jamais.

Les plans du général Chuck Horner étaient remis en cause depuis qu'on avait prélevé des centaines de ses avions pour donner la chasse aux rampes de Scud au lieu de les envoyer sur les objectifs qui leur avaient été initialement attribués.

N'importe quel général ayant exercé un commandement au combat vous dira qu'un plan a beau être réglé jusqu'au dernier détail, les choses ne se passent jamais comme prévu après le coup d'envoi. La crise créée par les missiles qui s'étaient abattus sur Israël causait de sérieux problèmes. Tel-Aviv hurlait contre Washington et Washington hurlait sur le dos de Riyad. Tous ces avions qu'on avait prélevés pour aller pourchasser ces rampes mobiles insaisissables, c'était le prix à payer par Washington pour empêcher Israël de lancer des actions de représailles et les ordres de Washington ne souffraient aucune discussion. Tout le monde savait que, si Israël perdait patience et entrait dans la guerre, ce serait un désastre pour la coalition déjà fragile qui s'était rassemblée contre l'Irak, mais le problème n'en restait pas moins posé.

Des objectifs prévus à l'origine pour le troisième jour devaient être provisoirement laissés de côté à cause du manque d'avions et tout cela créait une réaction en chaîne comme aux dominos. Autre problème, il n'était pas question de réduire les missions de BDA[1]. C'était une tâche essentielle et il fallait la remplir coûte que coûte.

L'estimation des dommages était cruciale car le Trou Noir devait connaître le plus précisément possible les résultats obtenus, ou leur absence, après chaque journée de missions aériennes. Si un important centre de commandement irakien, un emplacement radar ou une batterie de missiles figurait sur l'ordre d'opérations air, il fallait l'attaquer. Mais l'avait-on détruit ? Si oui, dans quelle proportion ? Dix pour cent, cinquante pour cent, ou bien était-il réduit à l'état de ruine fumante ?

Se contenter de supposer qu'une base irakienne avait été rayée de la carte ne suffisait pas. Le lendemain, des avions alliés qui ne soupçonnaient rien seraient envoyés au même endroit pour une nouvelle mission. Si les installations fonctionnaient toujours, des pilotes risquaient de mourir. C'est pour cela que, chaque jour, des missions aériennes prenaient l'air et que les pilotes fatigués devaient encore décrire exactement ce qu'ils avaient fait et ce qu'ils avaient touché. Ou cru toucher. Le lendemain, d'autres appareils survolaient les objectifs et les prenaient en photo.

Ainsi, tous les jours, l'ordre d'opérations air recommençait sa séquence de trois jours. Le programme initial était modifié au vu des résultats du deuxième passage, afin de terminer les tâches qui n'avaient été que partiellement accomplies.

Le 20 janvier, quatrième jour de l'offensive, les aviations alliées n'avaient pas officiellement commencé à détruire les installations répertoriées comme abritant des installations de productions d'armes de destruction massive. Elles se concentraient sur le SEAD, la destruction de la défense aérienne de l'ennemi.

Cette nuit-là, le colonel Beatty préparait la liste des missions de reconnaissance photo du lendemain à partir de la moisson de renseignements tirée des séances de debriefing menées par les officiers renseignement des escadrons.

A minuit, il avait pratiquement terminé, et les premiers ordres partaient déjà vers les différents escadrons chargés des missions de reconnaissance qui démarraient à l'aube.

« Tenez, il y a aussi ceci, mon colonel. »

C'était un quartier-maître de la marine américaine. Le colonel jeta un coup d'œil à l'objectif.

1. *Battle Damage Assessment* : estimation des résultats des bombardements (*NdT*).

378

« Que voulez-vous dire : Tarmiya ?

— C'est ce qui est marqué, mon colonel.

— Mais bon Dieu, où est-ce, ce Tarmiya ?

— Ici, mon colonel. »

Le colonel consulta la carte aérienne. L'endroit ne lui disait rien.

« Radar ? Missiles, base aérienne, poste de commandement ?

— Non, mon colonel, un site industriel. »

Le colonel se sentait fatigué, la nuit avait été longue, et cela allait continuer jusqu'à l'aube. Il parcourut la liste des yeux. Elle comprenait toutes les installations industrielles connues des alliés et qui se consacraient à la production d'armes de destruction massive. Il y avait celles qui produisaient des obus, des explosifs, des véhicules, des composants destinés à l'artillerie et des pièces de rechange pour les blindés.

Appartenaient à la première catégorie Al-Qaim, As-Sharqat, Tuwaitha, Fallujah, Hillah, Al-Atheer et Al-Furat. Le colonel ne pouvait pas savoir que manquait sur sa liste Rasha-Dia où les Irakiens avaient installé leur seconde unité de centrifugation destinée à la production d'uranium enrichi, le problème que n'avaient pas vu les experts du comité Méduse. Cette usine, découverte par les Nations unies bien plus tard, n'était pas enterrée mais camouflée en usine d'embouteillage. Le colonel ne pouvait pas savoir non plus qu'Al-Furat était l'emplacement où était installée la première unité d'enrichissement d'uranium, celle qu'avait visitée un Allemand, le Dr Stemmler, « quelque part du côté de Tuwaitha » et dont Jéricho avait fourni les coordonnées exactes.

« Je ne vois pas de Tarmiya, grommela-t-il.

— Non, mon colonel, il n'y a rien d'indiqué, dit le quartier-maître.

— Passez-moi les coordonnées. »

Personne ne demandait aux analystes d'apprendre par cœur les centaines de noms de lieux arabes si difficiles à distinguer, d'autant plus qu'un même nom pouvait désigner dix objectifs différents. Chaque cible recevait donc une référence sur la grille du Système global de navigation, sous la forme de douze chiffres.

Après avoir bombardé la grosse usine de Tarmiya, Don Walker avait noté ses références, qui étaient jointes aux rapports de debriefing.

« Ce n'est pas ici, se récria le colonel. Ce n'est même pas un de ces foutus objectifs. Qui a fait ça ?

— Un pilote du 336 basé à Al-Kharz. Il a loupé ses deux

premiers objectifs, mais ce n'était pas sa faute. Y voulait pas rentrer avec tous ses bijoux accrochés sous les ailes, j'imagine.

— Quel con, murmura le colonel. OK, mettez-le sur le BDA, tant pis. Mais dernière priorité. On ne va pas gaspiller de la pellicule là-dessus. »

Le capitaine de corvette Darren Cleary s'assit aux commandes de son Tomcat F-14. Il était contrarié.

Sous lui, la grande coque grise du porte-avions américain USS *Ranger* était bout au vent, un vent assez modéré, et fonçait à vingt-sept nœuds. La mer était lisse dans le nord du Golfe, l'aube n'était pas encore levée et le ciel allait bientôt prendre sa couleur bleue. Cela aurait dû être une journée agréable, pour un jeune pilote de la marine qui pilotait l'un des meilleurs chasseurs au monde. Et se trouver aux commandes d'un aussi bel avion par une journée aussi magnifique, juste une semaine après être arrivé dans le Golfe, aurait dû rendre Darren Cleary heureux. La raison de sa colère était qu'il n'avait pas reçu une mission de combat, mais de BDA, et qu'il s'apprêtait à « aller faire de la photo », comme il s'en était plaint la nuit d'avant. Il avait supplié l'officier ops de la flottille de le laisser aller chasser du MIG, mais cela n'avait servi à rien. « Il faut bien que quelqu'un le fasse », voilà la réponse à laquelle il avait eu droit. Comme tous les pilotes d'avions de combat alliés au cours de la guerre du Golfe, il craignait que les avions irakiens ne disparaissent du ciel au bout de quelques jours, mettant un point final à tout espoir de se colleter à eux.

Ainsi, à son grand dépit, il s'était retrouvé collé sur une mission TARPS.

Derrière lui et son nav, les deux réacteurs General Electric rugissaient tandis que l'équipe de pont d'envol l'accrochait sur la catapulte de la piste oblique, qui faisait un léger angle avec l'axe du *Ranger*. Cleary attendait, la main gauche sur la manette des gaz, le manche au neutre entre ses genoux, pendant qu'on effectuait les derniers préparatifs. Il y eut enfin le dernier appel du contrôle, le signe de tête affirmatif et les gaz à fond, la réchauffe qui s'allumait et la catapulte accéléra les trente tonnes de son appareil de zéro à cent cinquante nœuds en trois secondes. L'acier gris du *Ranger* disparut derrière lui, la mer profonde scintillait en dessous, le Tomcat sentit l'air qui soufflait tout autour de lui, s'appuya dessus et grimpa doucement vers le ciel éblouissant.

La mission devait durer quatre heures, avec deux ravitaillements en vol. Il avait douze objectifs à photographier, et il ne serait pas seul. Un Avenger A-6 se trouvait déjà devant lui avec des bombes laser au cas où ils rencontreraient de l'artillerie antiaérienne. L'A-6 apprendrait définitivement aux artilleurs irakiens à se tenir tranquilles. Un Prowler A-6B faisait également partie de la même mission, avec des HARM, au cas où ils seraient pris à partie par une rampe de Sam équipée de radar. Le Prowler utiliserait ses HARM pour faire taire le radar, et l'Avenger traiterait les missiles avec ses LGB, des bombes guidées par faisceau laser.

Pour le cas où l'aviation irakienne se montrerait, deux autres Tomcat étaient là, avec leurs canons, au-dessus de l'avion photo et sur le côté. Leurs puissants radars AWG-9 auraient été capables de mesurer la longueur d'entrejambe d'un pilote avant qu'il sorte de son lit.

Tout ce métal et toute cette technologie étaient uniquement destinés à protéger ce qui se trouvait sous les pieds de Darren Cleary, le pod de reconnaissance aérienne tactique, encore appelé TARPS. Accroché légèrement à droite de l'axe du Tomcat, le TARPS ressemblait à un cercueil effilé de cinq mètres de long et était sensiblement plus compliqué qu'un Kodak. Une puissante caméra était logée dans son nez avec deux positions : vers le bas et l'avant, ou droit dessous. La caméra panoramique qui voyait sur les côtés et vers le bas se trouvait sur l'arrière. Encore plus loin derrière, se trouvait l'ensemble de reconnaissance infrarouge, conçu pour enregistrer l'image thermique (la chaleur) et sa source. Dernier perfectionnement, le pilote voyait dans son viseur tête haute l'image prise à la verticale de ce qu'il photographiait.

Darren Cleary grimpa à quinze mille pieds, retrouva les avions d'escorte et ils se dirigèrent en formation vers le ravitailleur KC-135 qui leur était attribué juste au sud de la frontière irakienne.

Sans être le moins du monde dérangés par quelque forme de résistance irakienne que ce soit, il prit des photos des onze objectifs principaux qui lui avaient été assignés, puis revint vers Tarmiya pour le douzième et dernier, considéré comme moins intéressant que les autres.

Comme il arrivait à la verticale de Tarmiya, il jeta un coup d'œil à l'image et murmura : « Mais bon Dieu, qu'est-ce que c'est que ce truc ? » C'est le moment que choisirent les caméras principales pour prendre la dernière des sept cent cinquante vues qu'elles contenaient.

Après un second ravitaillement, la patrouille se posa sur le

Ranger sans incident. Les équipes de pont déchargèrent les caméras et emportèrent les pellicules au labo photo pour les faire développer.

Cleary passa au debriefing — la mission n'avait rien rencontré de particulier — et descendit à la table éclairante avec l'officier renseignement. Lorsque les négatifs arrivèrent sur l'écran rétroéclairé, Cleary commenta chaque vue en indiquant l'endroit où elle avait été prise. L'officier renseignement prit des notes afin de faire son propre compte rendu qui serait joint à celui de Cleary, avec les photos.

Lorsqu'ils arrivèrent aux vingt dernières photos, l'officier rens demanda : « Et ça, c'est quoi ?

— Ne me pose pas la question, lui répondit Cleary. C'était sur cet objectif, Tarmiya, tu te souviens, celui que Riyad a rajouté au dernier moment.

— Ouais, mais alors c'est quoi ces trucs à l'intérieur de l'usine ?

— On dirait des frisbees pour géants », suggéra Cleary, l'air assez perplexe.

C'était une expression dont on se souvenait facilement. Le rens l'utilisa dans son propre rapport, en ajoutant qu'il n'avait pas la moindre idée de ce que c'était. Lorsque le document fut terminé, un Lockheed S-3 Vicking fut catapulté du *Ranger* et emporta le tout à Riyad. Darren Cleary reprit ses missions de combat, n'eut jamais l'occasion de se battre contre les MIG et quitta le Golfe avec le *Ranger* fin avril 1991.

Wolfgang Gemütlich sentit son inquiétude grandir tout au long de la matinée en voyant dans quel état était sa secrétaire.

Elle était polie et respectueuse comme d'habitude, aussi efficace que ce qu'il avait toujours exigé d'elle. Et Herr Gemütlich exigeait beaucoup. Cet homme n'était pas d'une sensibilité excessive, il ne se rendait jamais compte de rien du premier coup, mais à son troisième passage dans son bureau pour prendre une lettre, il se dit qu'elle n'était pas comme d'habitude. Elle n'avait rien d'une écervelée et n'était certainement pas un être frivole non plus, il ne l'aurait jamais toléré. Mais c'était cette expression qu'elle avait. A la troisième visite, il l'observa de plus près lorsque, penchée sur son bloc, elle nota ce qu'il lui dictait.

A vrai dire, son tailleur strict était toujours là, au-dessous du genou. Ses cheveux étaient toujours coiffés en chignon derrière sa tête... C'est lors de son quatrième passage qu'il se rendit compte avec horreur qu'Edith Hardenberg s'était mis un soupçon de poudre sur la figure. Pas beaucoup, un léger soupçon. Il vérifia rapidement qu'il n'y avait pas de rouge à lèvres, et fut soulagé en n'apercevant pas l'ombre d'une trace de ce produit sur ses lèvres.

Peut-être se faisait-il des idées, après tout, se dit-il. On était en janvier, le froid qui régnait dehors lui avait peut-être gercé un peu les joues. La poudre était sans doute là pour calmer la brûlure. Mais il y avait autre chose.

Ses yeux. Pas de mascara, bonté divine, pourvu que ce ne soit pas du mascara ! Il vérifia une nouvelle fois, non, il n'y avait rien. Il s'était trompé, songea-t-il pour se rassurer. C'est à l'heure du déjeuner, en dépliant sa serviette sur son sous-main pour manger les sandwiches préparés par Frau Gemütlich comme chaque jour, qu'il trouva la solution.

Ils brillaient. Les yeux de Fräulein Hardenberg brillaient. Ce n'était sûrement pas ce temps d'hiver — elle venait de passer quatre heures à l'intérieur avec lui. Le banquier posa son sandwich à moitié avalé et se dit qu'il avait constaté le même syndrome chez les jeunes secrétaires quand elles se préparaient pour un rendez-vous, le vendredi soir.

C'était le bonheur. Edith Hardenberg était tout simplement heureuse. Cela se voyait, il le comprit soudain, à sa démarche, à sa façon de parler, à son air. Elle avait été comme ça toute la matinée — cela, plus le soupçon de poudre. C'en était assez pour troubler profondément Wolfgang Gemütlich. Il espérait qu'au moins, elle n'avait pas dépensé d'argent.

Les photos assez inattendues prises par le capitaine de corvette Cleary parvinrent à Riyad dans l'après-midi, au milieu du flot d'images toutes fraîches qui affluait au CENTAF chaque jour. Quelques-unes de ces photos avaient été prises par les satellites KH-11 et KH-12 très haut dans l'espace et fournissaient des vues panoramiques de grande dimension sur l'ensemble de l'Irak. Si elles ne montraient pas de changement par rapport à celles de la veille, on se contentait de les archiver. D'autres provenaient des missions de reconnaissance effectuées plus bas en permanence par les TR-1. Quelques-unes montraient l'activité militaire ou industrielle en Irak, toutes les données nouvelles — mouvements de troupes, avions au roulage là où il n'y en avait pas auparavant, lanceurs de missiles à de nouveaux emplacements. Ces documents allaient à l'analyse d'objectifs.

Les photos qui avaient été prises par le Tomcat du *Ranger* appartenaient à la cagégorie « Évaluation des résultats des bombardements ». Elles étaient d'abord triées dans la Grange, dûment étiquetées et identifiées, puis partaient au Trou Noir chez les gens du BDA.

Le colonel Beatty avait pris son service à sept heures ce matin-là. Il passa deux heures à étudier les vues des sites de missiles (partiellement détruits, avec deux batteries apparemment encore intactes) et d'un centre de communications (réduit en miettes), plus tout un ensemble d'abris renforcés pour avions qui abritaient des MIG, des Mirage et des Sukhoi irakiens (volatilisés).

Lorsqu'il arriva à la douzaine de vues d'une usine située à Tarmiya, il fronça les sourcils, se leva et s'approcha d'un bureau occupé par un sergent de la Royal Air Force. « Charlie, qu'est-ce que c'est que ça ?

— Tarmiya, mon colonel. Vous vous rappelez, cette usine touchée par un Strike Eagle hier, celle qui n'était pas sur la liste ?

— Ah oui, l'usine qui n'était même pas un objectif ?

— C'est elle. Un Tomcat du *Ranger* a pris ces photos ce matin, un peu après dix heures. »

Le colonel Beatty tapota le jeu de photos qu'il tenait dans sa main.

« Mais bon sang, qu'est-ce que ça peut bien être ?

— Aucune idée, mon colonel. C'est pour ça que je les ai posées sur votre bureau. Personne n'y comprend rien.

— Eh bien, ce chevalier du manche a sans doute semé la pagaille dans le poulailler. Ça s'agite drôlement, là-bas. »

Le sous-officier britannique et le colonel américain examinèrent ensemble les photos rapportées de Tarmiya par le Tomcat. Elles étaient particulièrement bonnes. Quelques-unes avaient été prises par la caméra placée dans le nez du TARPS. Elles montraient l'usine en ruine et avaient été prises pendant l'approche du Tomcat à quinze mille pieds. Les autres provenaient de la caméra panoramique installée au milieu du pod. Les hommes de la Grange avaient sélectionné les meilleures, une douzaine en tout.

« Quelle est la taille de cette usine ? demanda le colonel.

— A peu près cent mètres sur soixante, mon colonel. »

Le toit gigantesque avait été soufflé, et il n'en restait plus qu'un morceau qui recouvrait à peu près le quart de la surface de l'usine irakienne. Dans les trois autres quarts qui se trouvaient ainsi livrés aux regards, il était possible d'observer le sol de l'usine avec l'acuité visuelle d'un oiseau. On distinguait les cloisons qui séparaient les différents locaux, et dans chacune de ces cellules, un grand disque en acier occupait la plus grande partie de la surface.

« Ces trucs, c'est du métal ?

— Oui, mon colonel, à en croire la caméra infrarouge. Un acier quelconque. »

Mais ce qui était encore plus étonnant et avait attiré l'attention des hommes du BDA, c'était la réaction des Irakiens après le raid de Don Walker. Ils avaient fait venir autour de l'usine sans toit non pas une, mais cinq énormes grues dont les flèches travaillaient à l'intérieur des locaux comme des cigognes au long bec sur un bon morceau. Et avec toutes les destructions qu'avait déjà connues l'Irak, de telles grues étaient extrêmement rares. Autour de l'usine et à l'intérieur des murs, une nuée d'ouvriers suait sang et eau pour essayer de fixer les disques au crochet des grues qui devaient les enlever de là.

« Vous avez essayé de compter combien ils étaient, Charlie ?

— Plus de deux cents, mon colonel.

— Et ces disques… (le colonel Beatty consulta le compte rendu de l'officier rens du *Ranger*)… ces frisbees pour géants ?

— Aucune idée, mon colonel. Jamais vu un truc qui ressemble à ça.

— Bon, de toute façon, on dirait que ça a une certaine importance pour M. Saddam Hussein. Vous me confirmez que Tarmiya n'est pas un objectif ?

— Eh bien, c'est en tout cas ce qui est marqué, mon colonel. Mais voudriez-vous jeter un coup d'œil à ceci ? »

Le sergent sortit de ses dossiers une autre photo. Le colonel regarda l'endroit qu'il lui indiquait.

« Des grillages.

— Des doubles grillages. Et ici ? »

Le colonel Beatty prit une loupe et regarda de nouveau.

« Un champ de mines… des batteries d'artillerie antiaérienne… des miradors. Où avez-vous trouvé tout ça, Charlie ?

— Ici. Regardez l'ensemble. »

Le colonel Beatty examina la nouvelle photo qu'il avait posée devant lui, une photo de Tarmiya et de la zone alentour prise à très haute altitude. Puis il poussa un long soupir.

« Bon Dieu, il faut que nous reprenions toute l'analyse de Tarmiya. Comment diable avons-nous laissé passer ça ? »

En fait, les trois cent quatre-vingt-un bâtiments formant le complexe de Tarmiya avaient été classés par les premières analyses comme objectifs non militaires, pour des raisons qui firent ensuite partie du folklore chez les taupes humaines qui travaillaient dans le Trou Noir.

Ces analystes étaient britanniques ou américains, et ils appartenaient tous à l'OTAN. On les avait formés à évaluer les objectifs soviétiques, et ils recherchaient toujours des indices habituels chez les Soviétiques. Ils recherchaient donc des indices standard. Si le bâtiment ou le complexe avait une utilisation militaire et représentait une certaine importance, il était nettement délimité. Il devait être protégé des intrus et défendu contre une attaque.

Y avait-il des miradors, des grillages, des batteries d'artillerie antiaérienne, des missiles, des champs de mines, des casernements ? Voyait-on les traces de poids lourds qui entraient ou sortaient ? Y avait-il des lignes haute tension ou une centrale électrique dans l'enceinte ? La présence de tous ces indices signifiait qu'on était en présence d'un objectif. Et Tarmiya n'en présentait aucun — du moins en apparence.

Ce que le sergent de la Royal Air Force avait fait, à partir d'une vague intuition, avait été de réexaminer une photo d'ensemble de toute la zone. Et là, on trouvait des choses intéressantes : des grillages, des batteries, des casernements, des routes renforcées, des missiles, des chicanes, un champ de mines. Mais très loin. Les Irakiens avaient tout simplement choisi une zone énorme, cent kilomètres de côté, et entouré le tout de grillages. Cela aurait été absolument impossible en Europe de l'Ouest ou de l'Est.

Le complexe industriel, dont soixante-dix bâtiments sur les trois cent quatre-vingt-un se révélèrent plus tard avoir un usage militaire, était installé au centre de la zone. Les bâtiments étaient dispersés pour minimiser les dégâts en cas de bombardement, mais n'occupaient que deux cents hectares sur les quatre mille de la zone protégée.

« Les lignes haute tension ? Il n'y a même pas de quoi faire marcher une brosse à dents.

— Là, mon colonel. A quarante-cinq kilomètres plus à l'ouest. Les lignes haute tension se dirigent dans la direction opposée. Mais je vous parie qu'elles sont fausses. La vraie ligne doit être enterrée et va de la centrale jusqu'au cœur de Tarmiya. C'est une centrale de cent cinquante mégawatts, mon colonel.

— Le fils de pute ! » soupira le colonel. Il se redressa et ramassa le paquet de photos. « Vous avez fait du bon boulot, Charlie. Je vais montrer tout ça à Buster Glosson. En attendant, il n'y a pas de temps à perdre avec cette usine sans toit. Ça a l'air important pour les Irakiens — on démolit le tout.

— Bien mon colonel, je la mets sur la liste.

— Pas dans trois jours. Demain. On a quelqu'un de disponible ? »

Le sergent s'approcha d'un ordinateur et l'interrogea.

« Rien, mon colonel, tout le monde est complet, toutes les unités.

— On ne peut pas modifier la mission d'un escadron ?

— Pas facile. Avec la chasse aux Scud, nous avons pas mal de boulot. Oh, attendez, le Quatre-Trois-Cent à Diego, ils ont encore des disponibilités.

— OK, passez ça aux Peaux de Buffle.

— Si vous voulez bien m'excuser, fit remarquer le sous-officier avec cette politesse qui cache un désaccord, les Peaux de Buffle ne sont pas des bombardiers tout ce qu'il y a de plus précis.

— Écoutez, Charlie, d'ici vingt-quatre heures, ces Irakiens auront tout déménagé. Il faut bien faire un choix. Confiez ça aux Peaux de Buffle.

— Bien, mon colonel. »

Mike Martin était trop inquiet pour supporter de rester tranquillement dans la résidence soviétique plus de quelques jours. Le maître d'hôtel russe et sa femme étaient affolés, ils ne fermaient pas l'œil de la nuit avec le vacarme effroyable des bombes et les missiles qui tombaient, sans compter le bruit incessant de la DCA qui essayait en vain de protéger Bagdad.

Ils criaient des injures par la fenêtre aux aviateurs américains et britanniques, mais ils se trouvaient aussi à court de nourriture et, pour un Russe, l'estomac est quelque chose qui n'attend pas. La seule solution consistait à renvoyer Mahmoud, le jardinier, au marché.

Cela faisait trois jours que Martin sillonnait la ville sur son vélo lorsqu'il vit la marque de craie. Elle avait été inscrite sur le mur derrière les maisons du vieux Khayat dans Karadit-Mariam et cela signifiait que Jéricho avait déposé un message dans la boîte correspondante.

Malgré les bombardements, la tendance naturelle du petit peuple à vivre à peu près normalement avait repris le dessus. Sans dire un mot, sauf à voix basse et quand on avait affaire à un proche qui ne vous dénoncerait pas à l'AMAM, la classe laborieuse avait fini par se laisser convaincre que les Fils de

Chiens et les Fils de Nadji pouvaient frapper ce qu'ils voulaient en laissant tout le reste intact.

Après ces cinq jours, le palais présidentiel n'était plus qu'un amas de décombres, le ministère de la Défense n'existait plus, ni le central téléphonique ni non plus la principale centrale électrique. Plus gênant, les neuf ponts étaient maintenant au fond du Tigre, mais une foule de petits entrepreneurs avaient organisé des services de bacs pour traverser le fleuve. Certains étaient assez gros pour faire passer des camions et des voitures, d'autres n'étaient que des barques propulsées à la rame.

La plupart des bâtiments importants avaient été épargnés. L'hôtel Rachid, à Karch, était encore rempli de journalistes étrangers, bien que le Raïs ait fait construire son bunker juste en dessous. Pis encore, le quartier général de l'AMAM, un ensemble de maisons mitoyennes aux façades anciennes dont l'intérieur avait été refait dans une rue près de Qasr-el-Abyad, dans le quartier de Risafa, n'avait subi aucun dommage. Le Gymnase se trouvait sous deux de ces maisons, mais personne n'en parlait jamais autrement qu'à voix basse. C'est là qu'Omar Khatib le Tourmenteur extorquait les confessions de ses victimes.

A Mansour, de l'autre côté du fleuve, le grand bâtiment unique qui abritait le quartier général du Mukhabarat, services de l'action extérieure et du contre-espionnage confondus, était intact.

Sur le chemin du retour, Mike Martin réfléchit au problème que lui posait cette marque à la craie. Il savait bien que ses ordres étaient formels — aucun contact. S'il avait été un diplomate chilien, il aurait obéi et il aurait eu raison. Mais Moncada n'avait jamais été entraîné à rester immobile, pendant des jours si nécessaire, dans un poste d'observation pour surveiller les alentours jusqu'à laisser les oiseaux faire leur nid dans son chapeau.

Cette nuit-là, à pied, il retraversa le fleuve à Risafa au moment où les raids aériens recommençaient et se dirigea vers le marché aux légumes de Kasra. Des silhouettes couraient dans les rues, se hâtant vers un abri comme si leur humble demeure avait pu être la cible d'un Tomahawk. Il n'était qu'un de ces anonymes parmi d'autres. Mais surtout, le pari qu'il avait fait sur les patrouilles de l'AMAM était juste : ils ne se risquaient pas trop dehors avec tous ces Américains au-dessus de leurs têtes.

Il trouva un endroit où s'allonger sur le toit d'un magasin de fruits. En se mettant au bord de la terrasse, il voyait la rue, la cour et la borne qui signalait la boîte. Pendant huit heures d'affilée, de huit heures du soir à quatre heures du matin, il resta là à observer. Si la boîte avait été surveillée, l'AMAM y aurait consacré au moins vingt de ses hommes. Et pendant tout ce temps, il y aurait eu des bruits de bottes sur les pavés, une toux, quelqu'un qui aurait essayé de bouger un membre engourdi, le craquement d'une allumette, la lueur d'une cigarette, l'ordre guttural de l'éteindre. Bref, il se serait forcément produit quelque chose. Il ne pouvait pas croire que les hommes de Khatib ou de Rahmani fussent capables de rester ainsi silencieux huit heures de suite.

Juste avant quatre heures du matin, les bombardements cessèrent. Il n'y avait pas de lumière dans le marché, au-dessous de lui. Il vérifia une nouvelle fois qu'aucune caméra n'était cachée dans une fenêtre au-dessus du toit, mais il n'y avait pas de fenêtre assez haute dans le coin. A quatre heures dix, il se laissa glisser de sa terrasse, traversa l'allée, son *dish-dash* sombre se fondant dans l'obscurité de la nuit, trouva la borne, prit le message et s'en alla.

Il franchit le mur de la résidence du premier secrétaire Koulikov juste avant l'aube et il était de retour dans sa remise avant que quiconque ait bougé.

Le message de Jéricho était simple. Il n'avait plus eu signe de vie depuis neuf jours. Il n'avait vu aucune marque de craie. Depuis son dernier message, il n'y avait eu aucun contact. L'argent n'avait pas été viré sur son compte. Et cependant, son message avait été relevé. Il le savait parce qu'il avait vérifié. Que se passait-il ?

Martin ne retransmit pas ce message à Riyad. Il savait qu'il n'aurait pas dû désobéir à ses ordres, mais c'était lui et non Paxman qui se trouvait sur le lieu de l'action, et cela lui donnait, pensait-il, le droit de prendre certaines décisions de son propre chef. Le risque qu'il avait couru cette nuit était un risque calculé. Il avait utilisé tous ses talents contre des gens qu'il savait lui être inférieurs dans l'action clandestine. Au moindre signe indiquant que l'allée était surveillée, il serait reparti comme il était venu et personne ne l'aurait vu.

Il était cependant possible que Paxman ait raison et que Jéricho soit compromis. Il était également possible que Jéricho ait simplement transmis ce qu'il avait entendu dire à Saddam Hussein. Le point gênant, c'était ce million de dollars que la CIA avait refusé de verser. Martin mit au point une réponse astucieuse.

Il y disait que le début de l'offensive aérienne avait créé un certain nombre de problèmes, mais que tout allait bien et qu'il fallait seulement faire preuve de patience. Il disait à Jéricho que son dernier message avait été ramassé et transmis, mais que lui, Jéricho, était homme à comprendre qu'un million de dollars représentait une somme considérable et qu'il fallait vérifier ses informations. Mais cela ne prendrait plus très longtemps. Jéricho devait se tenir à l'abri en ces temps troublés et attendre la prochaine marque de craie qui lui indiquerait la reprise de ses activités.

Dans le courant de la journée, Martin cacha le message derrière la brique du mur près des douves de la Vieille Cidatelle à Aadhamiya. Au crépuscule, il laissa une marque de craie sur la peinture rouillée de la porte du garage, à Mansour.

Vingt-quatre heures plus tard, la marque avait été effacée. Chaque nuit, Martin se mettait à l'écoute de Riyad, mais rien ne vint. Il savait que les ordres étaient de quitter Bagdad, et que ses contrôleurs l'attendaient probablement de l'autre côté de la frontière. Mais il décida d'attendre encore un peu.

Diego Garcia n'est pas un endroit très touristique. C'est une île minuscule, de la taille d'un atoll de corail, à l'extrémité de l'archipel des îles Chagos, au sud de l'océan Indien. Ancien territoire britannique, elle a été louée aux États-Unis depuis des années. Malgré son isolement, elle servit de base durant la guerre du Golfe à la 4300e escadre de bombardement de l'USAF constituée à la hâte à partir de B-52 Stratofortress.

Le B-52 était sans doute le vétéran des avions utilisés au cours de ce conflit, puisqu'il était en service depuis plus de trente ans. Mais il constituait encore l'épine dorsale du commandement des forces aériennes stratégiques, implanté à Omaha dans le Nebraska. Ce mastodonte volant avait pendant des années maintenu jour et nuit une permanence aérienne autour de l'Empire soviétique avec ses bombes thermonucléaires.

Tout vieux qu'il fût, il n'en demeurait pas moins un bombardier redoutable et, au cours de la guerre du Golfe, sa version modernisée 52-G fut utilisée avec des effets dévastateurs contre les soldats enterrés des soi-disant forces d'élite de la garde républicaine dans le désert méridional du Koweït. Si la crème de l'armée irakienne fut contrainte de sortir de ses bunkers, l'air hagard et les mains en l'air, au cours de l'offensive terrestre menée par la coalition, c'est en partie parce que le matraquage incessant des B-52 avait secoué leurs nerfs et brisé leur moral.

Quatre-vingts seulement de ces bombardiers prirent part au

conflit, mais leur capacité d'emport était tellement énorme qu'ils larguèrent au total vingt-six mille tonnes de bombes, soit quarante pour cent du tonnage total utilisé pendant cette guerre.

Ces appareils sont si gros que lorsqu'ils sont au sol, leurs ailes, portant huit réacteurs Pratt and Whitney en quatre nacelles de deux, s'inclinent vers le bas. Au décollage à pleine charge, les ailes commencent à voler les premières, donnant une impression d'ailes de mouettes qui s'élèveraient au-dessus du fuselage gris. En vol, elles reprennent leur forme normale, sans dièdre.

L'une des raisons pour lesquelles ils semèrent une terreur pareille au sein de la garde républicaine dans le désert était qu'ils volaient hors de portée visuelle et sans faire de bruit, si haut que les bombes arrivaient sans prévenir et n'en étaient que plus effrayantes. Mais, si ce sont de bons bombardiers de masse, la précision n'est pas leur point fort, comme l'avait souligné à juste titre le sergent.

A l'aube du 22 janvier, trois Peaux de Buffle décollèrent de Diego Garcia à la masse maximale. Chacun d'eux emportait cinquante et une bombes conventionnelles de sept cent cinquante livres, conçues pour tomber là où elles peuvent quand elles sont larguées à l'altitude de trente-cinq mille pieds. Vingt-sept bombes étaient logées en soute, et le reste sous la voilure.

Trois bombardiers constituaient le groupe habituellement utilisé pour les missions des Peaux de Buffle. Leurs équipages avaient prévu de passer la journée à pêcher, à se baigner et à faire de la plongée sous-marine sur le récif de leur petit paradis tropical. C'est donc avec quelque regret qu'ils se dirigèrent vers une lointaine usine qu'ils n'avaient jamais vue et qu'ils ne verraient d'ailleurs jamais.

Ce surnom de Peau de Buffle qui a été donné aux Stratofortress B-52 ne vient pas de leur couleur brune ni du numéro du vieux régiment levé autrefois dans le Kent, dans l'est de l'Angleterre. Le surnom ne vient pas non plus des deux premières syllabes de son numéro — BEE FIFty two. Non, il vient seulement de « Gros Laid Baiseur Obèse[1] ».

Les Peaux de Buffle mirent donc cap au nord, atteignirent Tarmiya, identifièrent l'image de l'usine qu'on leur avait désignée et larguèrent leurs cent cinquante-trois bombes. Puis ils rentrèrent à leur base de l'archipel des Chagos.

---

1. Jeu de mots difficilement traduisible. En anglais, *Big Ugly Fat Fucker* (*buff* : peau de buffle) *(NdT)*.

Le 23 au matin, à peu près au moment où Londres et Washington commençaient à réclamer d'autres photos de ces mystérieux « frisbees », une autre mission BDA fut lancée, mais cette fois, ce fut un Phantom de reconnaissance de la garde nationale de l'Alabama qui en fut chargé. Il décolla de la base de Cheikh Isa à Bahreïn, connue sur place sous le nom de la Pizza de Shakey.

Dérogeant notablement à une vieille tradition, les Peaux de Buffle touchèrent l'objectif. Ce qui avait été l'usine aux frisbees n'était plus qu'un énorme cratère. Londres et Washington devraient se contenter de la douzaine de photos prises par le capitaine de corvette Darren Cleary.

Les meilleurs analystes du Trou Noir avaient vu ces photos et, après avoir avoué leur ignorance, les avaient expédiées dans les deux capitales.

Des retirages furent envoyés immédiatement au JARIC, le centre d'interprétation photo britannique, et à l'ENPIC, son homologue à Washington.

Les gens qui passaient devant ce bâtiment carré et terne construit en briques dans un faubourg minable de Washington auraient eu du mal à deviner ce qui se cachait à l'intérieur. Les seuls indices de la présence dans ces murs du Centre national d'interprétation photographique étaient les grandes cheminées d'évacuation du système de climatisation qui conservait à température constante l'une des plus imposantes batteries d'ordinateurs de toute l'Amérique. Pour le reste, les vitres sales et zébrées de traces de pluie, la porte ordinaire, les ordures déposées dans la rue, tout laissait imaginer une maison d'une prospérité très moyenne.

C'était pourtant ici qu'étaient traitées toutes les photos prises par les satellites, ici que les analystes disaient aux gens du Bureau national de reconnaissance, du Pentagone, de la CIA, ce qu'avaient vu exactement ces espions hors de prix. Ils étaient excellents, ces analystes, au courant de toutes les évolutions de la technologie, jeunes, brillants, intelligents. Mais ils n'avaient encore jamais vu de disques comparables aux frisbees observés à Tarmiya. C'est ce qu'ils conclurent, et les photos partirent aux archives.

Les experts du ministère de la Défense, à Londres, et du Pentagone, à Washington, connaissaient toutes les armes conventionnelles inventées depuis l'arbalète. Ils examinèrent également les tirages, hochèrent la tête et rendirent le tout sans rien trouver de plus.

Au cas où ces objets auraient eu quelque chose à voir avec les armes de destruction massive, on les montra aux savants de Porton Down, Harwell et d'Aldermaston en Angleterre, ainsi qu'à ceux de Sandia, Los Alamos et Lawrence Livermore en Amérique. Le résultat fut identique.

L'hypothèse la plus probable était que ces disques constituaient de gros transformateurs destinés à une nouvelle centrale électrique irakienne. On en était arrivé à cette explication lorsque Riyad répondit à la demande de prises de vues supplémentaires en disant que l'usine de Tarmiya avait littéralement cessé d'exister.

L'explication paraissait excellente, mais elle était incapable de répondre à la question suivante : pourquoi les Irakiens que l'on voyait sur les photos essayaient-ils désespérément de cacher ou d'évacuer ces disques ?

Ce n'est pas avant la soirée du 24 janvier que Simon Paxman appela le Dr Terry Martin chez lui d'une cabine téléphonique.

« Ça vous dirait, de dîner dans un restaurant indien ? lui demanda-t-il.

— Pas ce soir, répondit Martin, je fais mes valises. »

Il passa sous silence le fait que Hilary était rentrée et qu'il voulait passer cette dernière soirée avec son amie.

« Et où allez-vous ? demanda Paxman.

— En Amérique, dit Martin, je suis invité à faire une conférence sur le califat abbasside. C'est d'ailleurs plutôt flatteur. On dirait qu'ils apprécient mes travaux sur les structures légales du troisième califat. Désolé.

— C'était seulement parce que nous avons reçu quelque chose de nouveau, dans le Sud. Une autre énigme que personne ne parvient à résoudre. Mais il ne s'agit pas de nuances subtiles de la langue arabe, c'est plus technique. Alors...

— De quoi s'agit-il ?

— Une photo. J'ai fait faire un retirage. »

Martin hésitait.

« Encore un autre fétu de paille qui vole dans les airs ? demanda-t-il. D'accord, même restaurant que la dernière fois, à huit heures.

— Ce n'est probablement rien de plus, fit Paxman, juste un autre fétu. »

Chapitre 17

Terry Martin se posa le lendemain sur l'aéroport international de San Francisco un peu après quinze heures, heure locale. Il fut accueilli par son hôte, le Pr Paul Maslowski, qui portait la tenue type de l'universitaire américain, veste de tweed à renforts de cuir. Il se sentit immédiatement enveloppé par une chaude hospitalité à la mode du pays.

« Betty et moi nous avons pensé qu'un hôtel serait trop impersonnel, et nous nous sommes dit que vous préféreriez venir à la maison, dit Maslowski en sortant de l'aéroport au volant de sa petite voiture pour prendre l'autoroute.

— Merci, c'est très gentil », répondit Martin, et il le pensait sincèrement.

« Les étudiants vous attendent avec impatience, Terry. Ils ne sont pas très nombreux, naturellement — notre département d'études arabes est plus petit que le vôtre à la SOAS, mais ils sont vraiment enthousiastes.

— Très bien, je me ferai une joie de les rencontrer. »

Ils continuèrent à discuter de leur passion commune, la Mésopotamie médiévale, jusqu'à la maison de bois du Pr Maslowski, dans un lotissement de banlieue à Menlo Park.

Ils y furent accueillis par Betty, la femme de Paul, qui l'accompagna jusqu'à la chambre d'amis, une pièce chaude et confortable. Il jeta un coup d'œil à sa montre : cinq heures moins le quart.

« Puis-je utiliser le téléphone ? demanda-t-il après être redescendu.

— Mais bien sûr, répondit Maslowski, vous désirez appeler chez vous ?

— Non, ici, avez-vous un annuaire ? »

Le professeur le lui donna et se retira.

C'était après la ligne « Livermore ». Laboratoire national

Lawrence L., dans le comté d'Alameda. Il était juste à l'heure.

« Voudriez-vous me passer le Département Z ? demanda-t-il à la standardiste. Il prononçait " Zèd ".

« Qui ça ? demanda la fille.

— Département Zi, reprit Martin. Le bureau du directeur.

— Attendez un instant, je vous prie. »

Une autre voix de femme prit la communication. « Le bureau du directeur, que puis-je faire pour vous ? »

Son accent britannique facilitait sans doute un peu les choses. Martin expliqua qu'il était le Dr Martin, un universitaire arrivé d'Angleterre pour un bref séjour, et qu'il aimerait parler au directeur. Une voix d'homme prit la communication. « Le Dr Martin ?

— Oui.

— Jim Jacobs, je suis le directeur adjoint. Puis-je vous aider ?

— Écoutez, je sais que je ne vous préviens pas très à l'avance. Mais je suis ici pour peu de temps, je suis venu donner une conférence à la faculté des études orientales, à Berkeley. Je dois rentrer tout de suite après. A dire vrai, je me demandais si je ne pourrais pas passer vous voir à Livermore pour vous rencontrer. »

On sentait l'étonnement de son interlocuteur à l'autre bout du fil. « Pourriez-vous m'indiquer l'objet de votre visite, docteur Martin ?

— Eh bien, ce n'est pas très facile. Je suis membre du comité Méduse, côté britannique. Cela vous dit quelque chose ?

— Bien sûr. Nous n'allons pas tarder à fermer. Est-ce que demain vous conviendrait ? »

Ils convinrent d'un rendez-vous. Martin avait habilement évité de mentionner qu'il n'était pas du tout physicien nucléaire, mais arabisant. Il était inutile de trop compliquer les choses.

Cette nuit à Vienne, à l'autre bout du monde, Karim mit Edith dans son lit. Sa tactique de séduction était lente et pleine de délicatesse. Il lui avait donné l'impression de prolonger naturellement une soirée de concert puis le dîner qui avait suivi. Même lorsqu'elle l'avait emmené chez elle à Grinzing au volant de sa voiture, Edith avait essayé de se persuader qu'il ne s'agissait que de prendre un dernier café avant de s'embrasser et de se souhaiter bonne nuit. Mais elle savait très bien au fond d'elle-même que ce n'était pas vrai.

Lorsqu'il la prit dans ses bras en l'embrassant doucement mais passionnément, elle le laissa faire. Elle s'était bien dit qu'elle protesterait un peu, mais toutes ses résolutions s'effondraient et elle n'y pouvait rien. Et, plus encore, elle ne le voulait pas vraiment.

Lorsqu'il la conduisit jusqu'à sa chambre minuscule, elle se contenta de blottir son visage au creux de son épaule et de se laisser faire. Elle sentit à peine sa petite robe austère glisser par terre. Ses doigts étaient d'une habileté dont était dépourvu Horst — il ne se débattait pas avec les boutons et les fermetures à glissière.

Elle portait encore son slip lorsqu'il la rejoignit sous le *Bettkissen,* le gros édredon si doux des Viennois, et la chaleur de son jeune corps était bien agréable par cette froide nuit d'hiver.

Comme elle ne savait pas trop quoi faire, elle ferma les yeux et s'abandonna. Des sensations étranges, terrifiantes, un goût de péché l'envahirent lentement lorsque ses lèvres et ses doigts se mirent à la caresser doucement. Horst n'avait jamais été ainsi.

Elle commença à paniquer lorsque ses lèvres quittèrent sa bouche et ses seins et commencèrent à explorer d'autres endroits, des endroits défendus, ce que sa mère appelait « en bas ».

Elle tenta de le repousser, protestant du bout des lèvres ; elle savait que les vagues qui commençaient à gagner la moitié inférieure de son corps n'étaient ni convenables ni décentes, mais il avait tant d'ardeur... Il ne fit aucune attention à ses « *nein, Karim, das sollst du nicht* » répétés et les vagues devinrent torrent, elle n'était plus qu'une barque désemparée sur un océan déchaîné, jusqu'à ce que la dernière onde la submerge et la noie. Elle éprouvait une sensation que jamais, en trente-neuf ans de vie, elle n'avait eu besoin de confier aux oreilles de son confesseur à la Votivkirche.

Elle lui saisit la tête entre les mains, la serra contre ses petits seins maigrichons et le berça en silence.

Il lui fit deux fois l'amour cette nuit-là, une première fois après minuit et de nouveau dans l'obscurité avant l'aube. Il avait été à chaque fois si gentil et si passionné que son émotion avait culminé avec la sienne d'une façon qu'elle n'aurait jamais crue possible. Ce n'est que la seconde fois qu'elle laissa ses mains à elle courir sur son corps quand il se fut endormi, pour goûter la douceur de sa peau et jouir de l'amour qu'elle ressentait pour le moindre centimètre carré de son épiderme.

Sans se douter que son invité avait d'autres centres d'intérêt dans la vie que les études arabes, le Dr Maslowski insista pour conduire Terry Martin à Livermore dans la matinée, afin de lui épargner la dépense d'un taxi.

« J'ai donc chez moi quelqu'un de plus important que je ne l'imaginais », dit-il alors qu'ils roulaient. Mais, malgré les protestations de Martin affirmant qu'il n'en était rien, le professeur californien en connaissait assez sur le laboratoire Lawrence Livermore pour savoir qu'on y entrait pas sur un simple coup de téléphone. Faisant preuve d'une discrétion exemplaire, le Dr Maslowski s'abstint pourtant de lui poser davantage de questions.

A la porte de l'enceinte de sécurité, des gardes en uniforme examinèrent le passeport de Martin, passèrent un coup de fil et lui indiquèrent le parking.

« Je vous attends ici », fit Maslowski.

Compte tenu des travaux auxquels il se livre, le laboratoire occupe un groupe de bâtiments d'assez médiocre apparence sur la route de Vasco. Quelques-uns sont modernes, mais la plupart remontent à l'époque où c'était une base militaire. Pour ajouter encore à ce mélange de styles, un certain nombre de constructions « provisoires » et devenues plus ou moins permanentes sont éparpillées, disséminées entre les vieux bâtiments de la caserne. On conduisit Martin dans un ensemble de bureaux situés à l'est du complexe.

Bien que rien ne le laisse supposer, c'est depuis cet ensemble de bâtiments qu'une équipe de scientifiques surveille la prolifération des armes nucléaires dans le tiers monde.

Jim Jacobs se révéla être un homme un peu plus âgé que Terry Martin, à peine la quarantaine, docteur ès-sciences et physicien nucléaire. Il accueillit Martin dans un bureau encombré de paperasses. « Il fait froid ce matin. Je suis sûr que vous imaginiez la Californie comme un pays chaud. C'est ce que tout le monde pense. Mais pas les gens d'ici. Café ?

— Volontiers.

— Du sucre, de la crème ?

— Non, sans rien, merci. »

Le Dr Jacobs enfonça la touche de l'interphone.

« Sandy, pourrions-nous avoir deux cafés ? Le mien comme d'habitude et le second, noir. »

Depuis l'autre côté de son bureau, il fit un grand sourire à son visiteur. Il ne prit pas la peine d'indiquer qu'il avait appelé

Washington pour vérifier l'identité de cet Anglais et qu'on lui avait confirmé qu'il appartenait bien au comité Méduse. Un autre membre du comité, américain, qu'il connaissait, avait vérifié sa liste et confirmé lui aussi. Jacobs était assez impressionné. Le visiteur paraissait jeune, mais il devait être à un échelon assez élevé. L'Américain connaissait tout sur Méduse, car lui-même et ses collègues avaient été consultés pendant des semaines entières à propos de l'Irak et il avait eu connaissance de tous les éléments recueillis, de tous les détails de cette histoire démente : la négligence dont avait fait preuve l'Occident en donnant pratiquement à Saddam Hussein tout ce dont il avait besoin pour avoir sa bombe.

« Alors, que puis-je faire pour vous ? demanda-t-il.

— Je sais que c'est une photo prise d'assez haut, répondit Martin en attrapant son attaché-case, mais je pense que vous avez déjà vu ceci ? »

Il posa l'une des douze photos de l'usine de Tarmiya sur le bureau, celle que Paxman lui avait donnée en violation de toutes les règles de sécurité. Jacobs y jeta un coup d'œil et hocha la tête.

« Bien sûr, il en est arrivé des dizaines de Washington, c'était il y a trois ou quatre jours. Qu'ajouter ? Ça ne veut rien dire. Je ne pourrais rien ajouter à ce que j'ai dit à Washington. Jamais vu un truc pareil. »

Sandy arriva avec le café. C'était une jolie Californienne pleine d'assurance. « Salut, dit-elle à Martin.

— Oh, euh, salut. Le directeur les a vues ? »

Jacobs fronça les sourcils. Cela sous-entendait qu'il n'était pas assez important lui-même.

« Le directeur fait du ski dans le Colorado. Mais je les ai passées à quelques-uns des meilleurs cerveaux qu'on ait ici, et croyez-moi, ce sont des gens très, très brillants.

— J'en suis certain », fit Martin. Nouveau silence. « Mais ce sont des photos prises à haute altitude. »

Sandy déposa les tasses sur le bureau. Son regard tomba sur la photo. « Oh, encore celles-là ! s'exclama-t-elle.

— Ouais, encore elles, dit Jacobs, et il sourit d'un air un peu ironique. Le Dr Martin ici présent pense que quelqu'un... quelqu'un d'un peu plus vieux devrait y jeter un œil.

— Eh bien, répondit-elle, il suffit de les montrer à Papy Lomax. »

Et elle sortit.

« Qui est ce Papy Lomax ? interrogea Martin.

— Oh, ne faites pas attention. Il a travaillé ici dans le temps.

Il est à la retraite et vit retiré dans la montagne. Il passe de temps à autre, en souvenir du bon vieux temps. Cette fille l'aime bien, il lui apporte des fleurs de sa montagne. Il est assez réjouissant, ce vieux. »

Ils burent leur café, mais il n'y avait plus grand-chose à ajouter.

Martin attendit quelques secondes dans le couloir et passa la tête par la porte.

« Où pourrais-je trouver Papy Lomax ? demanda-t-il à Sandy.

— Je ne sais pas. Il habite dans les collines. Personne n'y est jamais allé.

— Il a le téléphone ?

— Non, la ligne ne va pas jusque-là. Mais je crois qu'il a un radiotéléphone, c'est sa compagnie d'assurances qui a insisté. Vous savez, il est très vieux. »

Son visage avait pris l'expression attendrie que seule une jeune Californienne peut montrer en parlant de quelqu'un de plus de soixante ans. Elle feuilleta un répertoire et retrouva le numéro. Martin prit note, la remercia et s'en alla.

A dix fuseaux horaires de là, Mike Martin pédalait sur son vélo poussif vers le nord-ouest, en direction de la rue Port-Saïd. Il venait de dépasser l'ancien Club britannique dans ce qu'on appelait Southgate et, comme il se souvenait d'y être allé dans son enfance, il se retourna pour regarder d'un peu plus près.

Cette légère inattention faillit lui faire avoir un accident. Il était arrivé au bord de la place Nafura et pédalait sans penser à rien. Une grande limousine arriva de sa gauche et, bien qu'elle eût dû normalement lui céder la priorité, les deux motards qui l'escortaient n'avaient visiblement pas l'intention de s'arrêter. L'un des deux fit une violente embardée pour éviter le fellah avec son panier de légumes attaché sur le porte-bagages, mais la roue avant de la moto accrocha le vélo et le fit tomber sur le goudron.

Martin tomba avec sa bicyclette, s'étala sur la chaussée, ses légumes répandus tout autour de lui. La limousine freina, s'arrêta, et fit un crochet avant de reprendre sa route.

Remis sur ses genoux, Martin regarda la voiture passer. Le passager assis à l'arrière fixait à travers la fenêtre l'imbécile qui avait osé le retarder d'une fraction de seconde. Cet homme avait un visage glacial. Maigre et austère, il portait l'uniforme de général de brigade, des rides profondes couraient de part et d'autre de son nez et jusqu'à la bouche amère. Pendant cette demi-seconde, Martin remarqua surtout les yeux. Pas des yeux froids ou coléreux, ni des yeux injectés de sang ou cruels. Des yeux vides, complètement et étonnamment vides, des yeux de cadavre. Puis le visage disparut.

Il n'avait pas besoin des commentaires que lui murmurèrent les deux ouvriers qui l'aidèrent à se relever et à ramasser ses légumes. Il avait déjà vu ce visage, mais c'était le visage triste et compassé de quelqu'un qui faisait le salut militaire, sur une photo posée sur une table à Riyad, quelques semaines plus tôt. Il venait de rencontrer l'homme le plus craint en Irak après le Raïs, peut-être craint du Raïs lui-même. C'était celui qu'on appelait le Tourmenteur, l'homme qui arrachait les aveux, le chef de l'AMAM, Omar Khatib.

A l'heure du déjeuner, Terry Martin composa le numéro qu'on lui avait donné. Il n'y avait personne, rien que le message préenregistré : le numéro que vous avez composé n'est plus en service actuellement, merci de renouveler votre appel ultérieurement.

Paul Maslowski avait emmené Martin déjeuner avec des collègues de l'université sur le campus. La conversation fut animée et porta sur des sujets universitaires. Martin réessaya son numéro après le déjeuner en se rendant à Barrows Hall, en compagnie de la directrice du département Proche-Orient, Kathlene Keller, mais n'obtint pas davantage de réponse.

Sa conférence se passa fort bien. Il y avait vingt-sept étudiants, dont la plupart préparaient un doctorat, et il fut impressionné par la bonne connaissance qu'ils avaient de ses articles sur le califat qui régnait sur la Mésopotamie centrale au cours de ce que les Européens appellent le Moyen Âge.

Lorsque l'un des étudiants se leva pour le remercier d'être venu de si loin leur parler, et que les autres applaudirent, Terry Martin devint tout rouge et se confondit en remerciements. Il alla ensuite décrocher un combiné mural dans le hall. Cette fois, il y eut une réponse, et une voix morose fit : « Ouais.

— Excusez-moi, c'est bien le Dr Lomax ?

— Il n'y en a pas deux, l'ami. C'est moi.

— Je sais que cela va vous paraître très bizarre, mais j'arrive d'Angleterre. J'aimerais vous rencontrer. Je m'appelle Terry Martin.

— D'Angleterre, hein ? Ça fait loin. Mais de quoi voudriez-vous bien parler avec un vieux croûton dans mon genre, monsieur Martin ?

— Je voudrais que vous me racontiez des choses qui se sont passées il y a longtemps et vous montrer quelque chose aussi. Les gens de Livermore m'ont dit que vous avez passé un bout de temps là-bas, et que vous êtes au courant de tout ce qui s'y est fait. Je voudrais vous montrer quelque chose. C'est difficile à expliquer au téléphone. Je pourrais passer vous voir ?

— C'est pas pour une enquête du fisc ?

— Non.

— Ni pour la page centrale de *Playboy* ?

— J'ai bien peur que non

— Vous m'intéressez. Vous connaissez le chemin ?

— Non, mais j'ai un crayon et du papier. Pouvez-vous m'indiquer comment faire ? »

Papy Lomax lui expliqua où il habitait. Cela prit un certain temps et Martin nota le tout.

« Demain matin, fit le physicien à la retraite, il est trop tard pour ce soir et vous vous perdriez dans le noir. Vous aurez besoin d'un 4 × 4. »

Il n'y avait que deux J-STAR E-8A dans le Golfe et c'est l'un d'eux qui intercepta ce signal dans la matinée du 28 janvier. Les J-STAR étaient encore en cours d'évaluation et leur équipage comportait un grand nombre de techniciens civils lorsqu'on les fit venir d'urgence depuis l'usine Grumman à Melbourne en Floride. Ils traversèrent donc la moitié de la planète et se retrouvèrent en Arabie Saoudite.

Ce matin-là, l'un des deux avait décollé de la base militaire de Riyad et survolait la frontière irakienne à haute altitude, mais en restant dans l'espace aérien saoudien. Son radar Norden à faisceau latéral scrutait tout ce qui se passait sur une centaine de milles dans le désert occidental de l'Irak.

Le bip était faible, mais il indiquait la présence d'une masse de métal se déplaçant lentement, assez profondément en territoire irakien. Sans doute un convoi de deux, voire de trois camions. De toute façon, c'est pour cela que les J-STAR étaient là et le commandant de bord l'indiqua à l'un des AWACS qui faisaient des ronds au nord de la mer Rouge en lui fournissant la position exacte.

A bord de l'AWACS, le commandant de bord prit note de cette position et se mit en demeure de chercher une patrouille aérienne qui fût disponible pour faire une petite visite pas vraiment amicale à ce convoi. Toutes les opérations aériennes au-dessus du désert occidental étaient encore consacrées à la chasse aux Scud, à l'exception du soin spécial que l'on accordait aux deux grandes bases irakiennes baptisées H2 et H3 qui s'y trouvaient implantées. Le J-STAR avait pu repérer une rampe mobile de Scud, même si c'était assez inhabituel en plein jour.

L'AWACS finit par trouver une patrouille de deux F-15 qui rentraient d'une mission dans l'Allée des Scud Nord.

Don Walker faisait cap au sud, altitude vingt mille pieds, après une mission dans les parages d'Al-Qaim où lui-même et son ailier Randy Roberts venaient de détruire un site de missiles fixe qui protégeait l'une des usines de production de gaz dont on s'occuperait plus tard.

Walker reçut le message et vérifia le niveau de pétrole. Plutôt bas. Pis encore, il avait largué ses bombes laser, et les pylônes sous sa voiture ne portaient plus que deux Sparrow et deux Sidewinder. C'était des missiles air-air, pour le cas où ils auraient rencontré des avions à réaction irakiens.

Son ravitailleur l'attendait tranquillement quelque part au sud de la frontière et il avait absolument besoin de refaire un plein complet pour rentrer à Al-Kharz. Pourtant, le convoi n'était qu'à cinquante milles de là et à quinze milles sur le flanc de son itinéraire normal. Même sans munitions, ça ne coûtait pas cher d'aller jeter un œil. A un demi-mille de lui, son ailier avait tout entendu et Don Walker se contenta donc de lui faire un signe de la main à travers la verrière. Les deux Eagle plongèrent en virage à droite.

Il aperçut la source du bip qui était apparu sur les écrans du J-STAR en arrivant à huit cents pieds. Ce n'était pas un lanceur de Scud, mais deux camions et deux BRDM-2 de fabrication soviétique, des véhicules blindés légers à roues.

Depuis son perchoir, il voyait beaucoup mieux que le J-STAR. Une Land Rover se trouvait dans un oued encaissé juste en dessous. A cinq mille pieds, il aperçut les quatre hommes du SIS britannique qui l'entouraient, minuscules fourmis qui se détachaient sur le fond ocre du désert. Ils ne pouvaient pas voir les quatre véhicules irakiens qui se dirigeaient vers eux en fer à cheval, ni les soldats qui descendaient des camions pour encercler l'oued.

Don Walker avait fait la connaissance d'hommes du SAS à Oman. Il savait qu'ils menaient des opérations contre les Scud dans le désert occidental, et plusieurs appareils de son escadron avaient déjà été en contact radio avec ces étranges voix à l'accent anglais venues du sol lorsque des hommes du SAS avaient trouvé un objectif qu'ils ne pouvaient pas traiter eux-mêmes.

A trois mille pieds, il vit les quatre Britanniques qui l'observaient avec curiosité. Et les Irakiens n'étaient plus qu'à huit cents mètres. Walker appuya sur la pédale du micro.

« On s'aligne, tu prends les camions.

— Reçu. »

Bien qu'il n'ait plus ni bombe ni roquette, il avait encore son canon M-61-A1 Vulcan de 20 mm dans l'aile droite, juste à côté de l'entrée d'air. Avec ses six barillets rotatifs, ce canon pouvait tirer l'intégralité de ses quatre cent cinquante coups à une vitesse stupéfiante. L'obus de 20 mm a la taille d'une petite banane et explose à l'impact. Quand il touche un camion ou des hommes qui courent à découvert, les effets sont ravageurs.

Walker enclencha les poussoirs « cible » et « armement » et son viseur tête haute lui présenta l'image des deux véhicules blindés, plus une croix de visée qui tenait compte de la dérive et du décalage de la ligne de tir.

Le premier BRDM encaissa une centaine d'obus et explosa. Faisant légèrement remonter le nez de son appareil, il plaça la croix sur le second. Il vit le réservoir prendre feu, grimpa aussitôt, passa au-dessus de lui et fit un tonneau jusqu'à voir le désert ocre au-dessus de sa tête.

Continuant son tonneau, Walker remit son avion sur le ventre. La ligne qui séparait le bleu du brun reprit son aspect normal, le désert marron en bas et le ciel bleu en haut. Les deux BRDM étaient en flammes. De minuscules silhouettes affolées couraient dans tous les sens pour essayer de se mettre à couvert dans les rochers.

Dans l'oued, les quatre hommes du SAS avaient compris le message. Ils étaient remontés à bord de leur véhicule et avaient démarré pour descendre le lit de la rivière et échapper à l'embuscade. Ils ne sauraient jamais qui les avait repérés et avait fourni leur position, sans doute des bergers nomades, mais ils savaient très bien qui venait de sauver leur peau.

Les Eagle dégagèrent, basculèrent leurs ailes et grimpèrent pour reprendre le chemin de la frontière où les attendait leur ravitailleur.

Le sous-officier qui commandait la patrouille du SAS était un certain sergent Peter Stephenson. Il salua de la main les chasseurs qui s'éloignaient et dit : « J' sais pas qui tu es, camarade, mais j' te dois une fière chandelle. »

Par un heureux hasard, Mme Maslowski possédait une jeep Suzuki qu'elle utilisait pour se balader, et bien qu'elle ne s'en fût jamais servie en 4 × 4, elle insista pour la prêter à Terry Martin. Son vol pour Londres ne décollait qu'à cinq heures, mais il partit de bonne heure car il ne savait pas combien de temps cela lui prendrait. Il lui dit qu'il comptait rentrer à deux heures, dernier délai.

Le Dr Maslowski ne retournait pas à l'université, mais il remit une carte à Martin pour lui éviter de se perdre.

La route qui conduisait à la vallée de la Mocho le fit passer derrière Livermore, où il rejoignit la route des Mines qui partait de Tesla.

Kilomètre après kilomètre, les dernières maisons de la banlieue de Livermore se clairsemèrent et le terrain devint plus accidenté. Il avait de la chance, le temps était beau. L'hiver dans ce pays n'était pas aussi froid qu'il peut l'être dans d'autres régions des États-Unis, mais la proximité de la mer donne naissance à des nuages denses et à des bancs de brouillard qui apparaissent très vite. En ce 27 janvier, le ciel était bleu vif, l'air calme et froid.

Dans le lointain, il distinguait à travers le pare-brise le sommet de la montagne des Cèdres. Au bout de vingt kilomètres, il quitta la route des Mines pour prendre une petite piste qui grimpait dans les collines le long d'un ravin.

Dans la vallée, très loin au-dessous de lui, la Mocho scintillait au soleil en cascadant entre les rochers. L'herbe qui poussait de chaque côté était parsemée de bouquets de sauge et de chênes. Très haut au-dessus de sa tête, un couple de milans se détachait dans le bleu du ciel. La piste continuait à grimper dans le paysage sauvage de la chaîne des Cèdres.

Il dépassa une ferme verte isolée, mais Lomax lui avait dit de continuer jusqu'au bout de la piste. Après avoir fait encore cinq kilomètres, il trouva le bungalow grossièrement construit avec sa cheminée de pierre qui laissait échapper un léger ruban de fumée bleuâtre dans le ciel.

Il s'arrêta dans la cour et descendit de voiture. Depuis la grange, une vache jersey le regardait tranquillement de ses yeux de velours. Des sons rythmés sortaient de l'autre côté du bungalow, il fit le tour et se retrouva en face de Papy Lomax assis au bord du précipice, occupé à contempler la vallée et la rivière très loin en dessous.

Il avait soixante-quinze ans et, malgré les craintes de Sandy, donnait l'impression de pouvoir encore chasser l'ours pour passer le temps. Mesurant un mètre quatre-vingt-deux, en jean sale et chemise écossaise, le vieux savant fendait ses bûches avec autant de facilité que s'il avait coupé du pain en tranches.

Ses cheveux d'un blanc de neige tombaient sur ses épaules et des favoris de la même couleur poussaient sur ses joues. Une abondante toison blanche sortait de l'échancrure de sa chemise et il semblait insensible au froid, alors que Terry Martin était bien content d'avoir son anorak fourré.

« Alors, trouvé sans problème ? Je vous ai entendu arriver », dit Lomax, et il fendit une dernière bûche d'un seul coup. Puis il posa sa hache et s'approcha de son visiteur. Ils se donnèrent une poignée de main, Lomax lui indiqua une bûche posée non loin et s'assit sur une autre.

« Docteur Martin, c'est bien cela ?

— Eh bien, oui.

— Vous êtes anglais ?

— Oui. »

Lomax fouilla dans la poche de sa chemise, en sortit une blague à tabac et du papier à cigarettes, et se mit à s'en rouler une.

« Vous n'êtes pas " politiquement correct ", j'espère ?

— Non, je ne pense pas. »

Lomax grommela quelque chose qui ressemblait à de l'approbation. « J'ai eu un médecin qui était politiquement correct. Me criait toujours dessus pour que j'arrête de fumer. »

Martin remarqua qu'il utilisait l'imparfait. « Je suppose que vous en avez changé ?

— Pas du tout, c'est lui qui m'a abandonné. Il est mort la semaine dernière, il avait cinquante-six ans. Le stress. Qu'est-ce qui vous amène ici ? »

Martin fouilla dans son attaché-case. « Permettez-moi tout d'abord de m'excuser. Je suis sans doute en train de vous faire perdre votre temps et le mien avec. Je voulais seulement que vous jetiez un coup d'œil à ceci. »

Lomax prit la photographie qu'il lui tendait et l'examina. « Vous êtes vraiment anglais ?

— Oui.

— Et vous avez fait tout ce voyage pour me montrer ça.

— Vous savez ce que c'est ?

— Je devrais, j'ai passé cinq ans de ma vie à travailler là-bas. »

Martin en resta bouche bée. « Vous êtes vraiment allé là-bas ?

— J'y ai vécu cinq ans.

— A Tarmiya ?

— De quoi me parlez-vous ? A Oak Ridge. »

Martin déglutit à plusieurs reprises. « Docteur Lomax. Cette photographie a été prise il y a six jours par un chasseur de l'US Navy qui survolait une usine bombardée en Irak. »

Lomax leva les yeux, des yeux bleu vif sous d'épais sourcils blancs, puis revint à la photo. « Ces fils de pute, finit-il par prononcer. J'ai averti ces salauds. Ça fait trois ans. J'ai même fait un papier pour les prévenir que c'était cette technologie que le tiers monde essaierait sans doute d'utiliser.

— Et que s'est-il passé ensuite ?

— Oh, j'imagine qu'ils l'ont mis au panier.

— Qui, ils ?

— Vous savez, les connards.

— Ces disques, ces espèces de frisbees dans l'usine, vous savez ce que c'est ?

— Pour sûr, oui. Des calotrons. C'est une copie des vieux équipements qu'on avait à Oak Ridge.

— Calo quoi ? »

Lomax leva les yeux. « Vous n'êtes pas docteur ès-sciences, vous n'êtes pas physicien ?

— Non, ma spécialité, c'est la culture arabe. »

Lomax marmonna on ne sait quoi, comme si le fait de ne pas être physicien était un fardeau lourd à porter dans la vie. « Des calotrons. Californie et cyclotrons. En abrégé : calotrons.

— Et ça sert à quoi ?

— A l'EMIS[1]. La séparation électromagnétique des isotopes. Pour parler votre langage, on purifie de l'uranium 238 brut pour en faire de l'uranium 235, celui des bombes. Vous dites que c'était en Irak ?

— Oui, l'usine a été bombardée par erreur il y a une semaine. Cette photo a été prise le lendemain. Personne n'a l'air de savoir ce que c'est. »

Lomax laissa son regard errer sur la vallée, tira sur son mégot et souffla une petite bouffée de fumée azur. « Quels fils de pute ! répéta-t-il. Monsieur, je vis ici dans la montagne parce que ça me plaît. Loin de toute cette purée de pois et de cette circulation — ça faisait des années que j'en avais marre de tout ça. J'ai pas la télé, pas la radio. C'est au sujet de ce Saddam Hussein, n'est-ce pas ?

— Oui, c'est ça. Vous pourriez m'en dire un peu plus sur ces calotrons ? »

Le vieil homme écrasa son mégot et se replongea, non plus dans le spectacle de la vallée, mais dans son passé, plusieurs

1. EMIS : *Electro-Magnetic Isotope Separation (NdT).*

années en arrière. « 1943. Ça fait longtemps, hein ? Presque cinquante ans. Vous n'étiez pas né, comme la plupart des gens de maintenant. On était un paquet de types là-bas, à essayer de réaliser l'impossible. On était tous jeunes, passionnés et ingénieux. Il y avait là Fermi, l'Italien et Pontecorvo, Fuchs, l'Allemand, Niels Bohr qui venait du Danemark, Nunn May d'Angleterre, et bien d'autres. Et puis il y avait nous, les Yankees. Urey, Oppie et Ernest. J'étais très jeune à cette époque, je n'avais que vingt-sept ans. La plupart du temps, on tâtonnait, on faisait des choses que personne n'avait jamais tentées, on essayait des trucs dont tout le monde disait qu'ils ne marcheraient jamais. On avait un budget qui suffirait tout juste à s'acheter un taudis, maintenant, et il nous fallait donc travailler jour et nuit et trouver des raccourcis. Il fallait bien, le temps nous était aussi compté que l'argent. Et, on ne sait pas très bien comment, mais on a fini par y arriver, en trois ans. On a résolu le mystère et on a fait la bombe. Little Boy et Fat Man. Après, l'armée de l'air les a lancées sur Hiroshima et Nagasaki, et le monde entier a déclaré qu'on n'aurait pas dû faire ça, tout bien pesé. Le seul problème, c'est que si on ne l'avait pas fait, quelqu'un d'autre s'en serait chargé. L'Allemagne nazie, la Russie de Staline...

— Les calotrons, reprit Martin.

— Ouais. Vous avez entendu parler du projet Manhattan ?

— Bien sûr.

— Eh bien, nous avions un certain nombre de génies dans Manhattan, deux en particulier : Robert Oppenheimer et Ernest O. Lawrence. Z'avez entendu parler d'eux ?

— Oui.

— Et vous croyez qu'ils étaient collègues, qu'ils travaillaient la main dans la main, exact ?

— Je m'imagine que oui.

— Faux. Ils étaient rivaux. Vous voyez, nous savions tous que la clé était l'uranium, l'élément le plus lourd qui existe au monde. Et dès 1941, nous savions que seul l'isotope léger 235 pouvait créer la réaction en chaîne dont nous avions besoin. L'astuce consistait à séparer les 0,7 pour cent de 235 qui se cachaient quelque part au milieu de l'uranium 238. Lorsque l'Amérique est entrée en guerre, ça a été un gros choc. Après des années de négligence, les patrons voulaient des résultats sur-le-champ. C'est toujours la même histoire. Alors, on a essayé par tous les moyens possibles de séparer ces isotopes. Oppenheimer était partisan de la diffusion gazeuse — transformer l'uranium en un fluide puis un gaz, l'hexafluorure d'uranium, un gaz toxique et corrosif, difficile à manipuler. La centrifugeuse est venue plus tard, elle a été inventée par un Autrichien fait prisonnier par les Russes et ils l'ont mise en application à Sukhumi. Avant qu'on invente la centrifugation, la méthode par diffusion gazeuse était assez lente et pénible. Lawrence en tenait pour une autre méthode, la séparation électromagnétique par accélération des particules. Vous voyez ce que c'est ?

— J'ai bien peur que non.

— Le principe consiste à accélérer les atomes à une vitesse invraisemblable, puis à se servir d'aimants gigantesques pour leur faire suivre une trajectoire courbe. Imaginez deux voitures de course qui abordent un virage, une voiture lourde et une autre plus légère. Quelle est celle des deux qui termine à l'extérieur.

— La plus lourde, répondit Martin.

— Exact. Ça, c'est le principe. Les calotrons comportent des aimants géants de sept mètres de large. Ces... (il tapota du doigt les frisbees de la photo) ce sont les aimants. L'ensemble est une copie de mon bon vieux bébé d'Oak Ridge, dans le Tennessee.

— Mais s'ils marchaient, pourquoi les a-t-on arrêtés ? demanda Martin.

— La vitesse, dit Lomax. Oppenheimer a fini par gagner. Sa méthode était plus rapide. Les calotrons étaient extrêmement lents et hors de prix. Après 1945, et surtout lorsque cet Autrichien a été libéré par les Russes et qu'il est venu nous montrer son invention, la centrifugation, la technologie du calotron a été abandonnée. Déclassifiée. Vous pouvez vous procurer tous les plans, tous les détails à la bibliothèque du Congrès. C'est sans doute ce qu'ont fait les Irakiens. »

Les deux hommes gardèrent le silence pendant plusieurs minutes.

« Ce que vous dites, reprit Martin, c'est que l'Irak a décidé d'utiliser la technologie de la Ford modèle T et comme tout le monde pensait à une course de grand prix, personne n'y a prêté attention.

— Vous avez mis le doigt dessus, mon garçon. Les gens oublient vite, la vieille modèle T est peut-être vieille, *mais elle marchait*. Elle vous trimbalait. Elle était capable de vous emmener d'un point A à un point B. Et elle tombait rarement en panne.

— Docteur Lomax, les scientifiques que mon gouvernement et le vôtre ont consultés savent que l'Irak possède une cascade de centrifugation gazeuse en état de marche, et cela depuis l'an dernier. Une seconde va entrer en production, mais ce n'est sans doute pas encore fait. Sur ces bases, ils ont calculé que l'Irak n'avait certainement pas réussi à produire suffisamment d'uranium enrichi, disons trente-cinq kilos, pour fabriquer une bombe.

— C'est parfaitement exact, approuva Lomax. Il leur faudrait cinq ans avec une seule cascade, peut-être plus. Et au minimum trois ans avec deux cascades.

— Mais supposons qu'ils aient utilisé des calotrons en tandem. Si vous dirigiez le programme nucléaire irakien, comment vous y prendriez-vous ?

— Pas de cette façon-là, répondit le vieux physicien, en se roulant une autre cigarette. Est-ce qu'ils vous ont dit, à Londres, qu'on commence avec du *yellowcake,* pur à zéro pour cent, et qu'il faut l'amener à quatre-vingt treize pour cent avant d'avoir la qualité nécessaire à une bombe ? »

Martin pensait au Dr Hipwell et à sa pipe, et c'est exactement ce qu'il leur avait expliqué dans une pièce du sous-sol de Whitehall.

« Oui, bien sûr.

— Mais ils n'ont pas pris la peine de vous expliquer que c'est la phase de zéro à vingt qui prend le plus de temps ? Ils ne vous ont pas dit que, plus le produit est pur, plus le procédé est rapide ?

— Non.

— Eh bien, c'est le cas. Si j'avais des calotrons et des centrifugeuses, je ne les utiliserais pas en tandem. Je les mettrais en série. Je ferais passer l'uranium brut dans les calotrons pour passer de zéro à vingt, peut-être trente-cinq pour cent. Puis je ferais passer le produit dans les cascades.

— Pourquoi ?

— Cela diminuerait le temps de passage dans les cascades d'un facteur dix. »

Martin réfléchissait à tout cela pendant que Papy Lomax lâchait ses bouffées de fumée.

« Alors, d'après vos calculs, l'Irak mettrait combien de temps pour obtenir ces trente-cinq kilos d'uranium enrichi ?

— Ça dépend depuis combien de temps ils ont commencé avec les calotrons. »

Martin réfléchit. Après que les bombardiers israéliens avaient détruit le réacteur irakien Osirak, Bagdad avait appliqué deux politiques : disperser et dupliquer, répartir les laboratoires dans tout le pays de façon qu'on ne puisse plus jamais les bombarber, et utiliser une technique tous azimuts pour acquérir des équipements et se livrer à des expérimentations. Osirak remontait à 1981.

« Disons qu'ils ont pu acheter les composants sur le marché libre en 1981 et les assembler en 1982. »

Lomax ramassa une brindille sur le sol tout près de ses pieds et commença à tracer des traits dans la poussière.

« Ces types n'ont pas eu de problème pour trouver du *yellowcake* ? demanda-t-il.

— Non, ils en avaient énormément.

— Admettons, grommela Lomax, que de nos jours on trouve ce foutu truc au supermarché. »

Au bout d'un moment, il tapota la photo avec son petit bâton.

« Cette photo montre qu'il y avait une vingtaine de calotrons. C'est tout ce qu'ils avaient ?

— Ils en avaient peut-être d'autres, nous n'en savons rien. Supposons que tous ceux qu'ils avaient fonctionnaient.

— Depuis 1983, d'accord ?

— C'est une hypothèse qui se tient. »

Lomax continuait à gribouiller dans la poussière.

« M. Hussein manquait-il d'énergie électrique ? »

Martin songeait à la centrale de cent cinquante mégawatts installée de l'autre côté du désert de sable, et de l'idée émise par le Trou Noir qu'un câble souterrain courait jusqu'à Tarmiya.

« Non, aucun problème d'énergie électrique.

— Nous savons, reprit Lomax, que les calotrons consomment énormément de courant électrique. A Oak Ridge, nous avions dû construire la plus grosse centrale à charbon jamais réalisée. Et même ainsi, il nous fallait pomper sur le réseau. Chaque fois qu'on les mettait sous tension, il y avait des coupures dans tout le Tennessee, les frites étaient molles et les ampoules grillaient, nous en faisions une telle consommation. »

Il continuait à jouer avec son petit bâton, se livrant à un calcul puis effaçant tout, puis il en recommençait un autre au même endroit.

« Ils manquaient de fil de cuivre ?

— Non, ils pouvaient également en trouver sur le marché.

— Ces aimants géants doivent être bobinés avec des milliers de kilomètres de fil de cuivre, reprit Lomax. Pendant la guerre, nous n'arrivions pas à en trouver. Tout était pris par l'industrie de guerre, le moindre kilo. Vous savez ce qu'a fait Lawrence ?

— Aucune idée.

— Il s'est fait prêter tous les lingots d'argent de Fort Knox et les a fondus pour fabriquer du fil. Ça marchait aussi bien. A la fin de la guerre, il a fallu tout rendre à Fort Knox. » Il étouffa un petit rire. « C'était un personnage. »

Il termina son récit et se redressa.

« S'ils ont assemblé vingt calotrons en 1983 et commencé à y mettre du *yellowcake* jusqu'en 1989... puis s'ils ont pris de l'uranium enrichi à trente-cinq pour cent pour le charger dans la cascade pendant un an, ils devraient avoir trente-cinq kilos d'uranium à quatre-vingt-treize pour cent en... en novembre.

— Novembre prochain », dit Martin.

Lomax se leva, s'étira, se pencha et tira son hôte par les pieds. « Non, en novembre de l'année dernière, fiston. »

Martin redescendit de la montagne et regarda sa montre. Midi, huit heures du soir à Londres. Paxman avait déjà dû quitter son bureau pour rentrer chez lui. Et il ne connaissait pas son numéro personnel.

Il avait le choix entre attendre encore douze heures à San Francisco ou reprendre l'avion. Il décida de partir. Martin atterrit à Heathrow à onze heures du matin le 28 janvier, et à midi et demi, il était avec Paxman. A deux heures, Steve Laing appelait d'urgence Harry Sinclair à l'ambassade, dans Grosvenor Square. Une heure après, le chef de poste de la CIA était en conversation sur une ligne directe et protégée avec le directeur adjoint aux opérations, Bill Stewart.

Il fallut attendre jusqu'au 30 janvier au matin pour que Bill Stewart soit en mesure de présenter un rapport complet destiné au DCI, William Webster. « Ça colle, dit-il à l'ancien juge du Kansas. J'ai envoyé des gens au bungalow près de la montagne des Cèdres et le vieux Lomax a tout confirmé. Nous avons retrouvé son papier, il était aux archives. Les documents disponibles à Oak Ridge confirment également ces histoires de disques et de calotrons...

— Mais comment cela a-t-il pu arriver ? demanda le DCI. Comment avons-nous pu ne jamais rien remarquer ?

— Eh bien, l'idée est sans doute venue à Jaafar Al-Jaafar, le patron irakien du projet. En sus de Harwell en Angleterre, il a été formé au CERN près de Genève. C'est un accélérateur de particules géant.

— Et alors ?

— Les calotrons sont des accélérateurs de particules. N'importe comment, toute la technologie des calotrons a été

411

déclassifiée en 1949. Depuis, il suffit de demander pour l'obtenir.

— Et ces calotrons, où les ont-ils achetés ?

— En morceaux, principalement en Autriche et en France. Ces achats sont passés inaperçus car on considérait que c'était une technique périmée. L'usine a été construite par des Yougoslaves sous contrat. Ils ont dit qu'il leur fallait des plans pour la réaliser, et les Irakiens leur ont tout simplement donné les plans d'Oak Ridge — c'est pous cela que Tarmiya est une copie conforme.

— Ça se passait quand ? demanda le directeur.

— En 1982.

— Et cet agent, comment s'appelle-t-il déjà ?...

— Jéricho.

— Ce qu'il racontait n'était pas un mensonge ?

— Jéricho s'est contenté de répéter ce qu'il prétendait avoir entendu dire à Saddam Hussein au cours d'une réunion en petit comité. J'ai bien peur que nous ne soyons obligés d'admettre qu'il disait la vérité.

— Et nous avons mis Jéricho sur la touche ?

— Il réclamait un million de dollars en paiement de son information. Nous n'avons jamais accepté de payer une somme pareille, et à cette époque...

— Pour l'amour du ciel, Bill, c'est donné ! »

Le DCI se leva et s'approcha de la fenêtre. Les trembles avaient perdu leur feuillage, ils n'étaient plus comme au mois d'août et, dans la vallée, le Potomac coulait toujours vers la mer.

« Bill, je veux que vous renvoyiez Chip Barber à Riyad. Essayez de voir s'il n'y a pas moyen de rétablir le contact avec ce Jéricho...

— Nous avons encore un fil, monsieur le directeur. Un agent britannique à Bagdad. On le prendrait pour un Arabe. Mais nous avons suggéré à Century House de le faire rentrer.

— Priez le ciel qu'ils n'en aient rien fait, Bill. Nous avons besoin de Jéricho. Peu importe le prix, je vous donne toutes les autorisations. Quel que soit l'endroit où cet engin est caché, il nous faut le trouver et le bombarder avant qu'il ne soit trop tard.

— Bien. Euh... qui va apprendre tout ça aux généraux ? »

Le directeur poussa un soupir. « J'ai rendez-vous dans deux heures avec Colin Powell et Brent Scowcroft. »

J'aime encore mieux que ce soit lui plutôt que moi, songea Stewart en quittant la pièce.

Chapitre 18

Les deux hommes de Century House arrivèrent à Riyad avant Chip Barber, qui venait de Washington. Steve Laing et Simon Paxman se posèrent avant l'aube, car ils avaient pris le vol de nuit au départ de Heathrow.

Julian Gray, leur chef de poste à Riyad, les attendait avec son habituelle voiture banalisée et les conduisit à la villa où il vivait pratiquement en permanence depuis cinq mois, ne faisant que de rares visites à se femme. Il fut très surpris de voir Paxman revenir de Londres aussi soudainement, sans parler de son chef Steve Laing, pour superviser une opération qui était virtuellement terminée.

Dans la villa, derrière les portes closes, Laing expliqua en détail à Gray pourquoi il leur fallait retrouver la trace de Jéricho et le réactiver sans délai.

« Bon Dieu, ce salaud avait raison !

— Nous devons faire cette hypothèse, même si nous n'avons pas de preuve, répondit Laing. A quelle heure est la prochaine liaison radio de Martin ?

— Entre onze heures quinze et onze heures quarante-cinq cette nuit, lui dit Gray. Pour des raisons de sécurité, nous ne lui avons rien passé depuis cinq jours. Nous nous attendons à le voir réapparaître à la frontière à n'importe quel moment.

— Espérons qu'il est toujours là-bas. Sinon, on n'est pas dans la merde. Nous serions obligés de le renvoyer là-bas, et ça risquerait de prendre un certain temps. Le désert irakien grouille de patrouilles.

— Combien de gens sont au courant ? demanda Gray.

— Le moins possible, et on continue comme ça », répondit Laing.

Une liste extrêmement restreinte de personnes « à informer » avait été établie d'un commun accord entre Londres et

Washington, mais, pour les gens du métier, c'était encore trop. A Washington, il y avait le Président et quatre membres de son cabinet, plus le président du Conseil national de sécurité et celui du Comité des chefs d'état-major. Il fallait y ajouter quatre personnes à Langley, dont l'une, Chip Barber, devait arriver à Riyad. Ce pauvre Dr Lomax avait dû accueillir chez lui et contre son gré un visiteur forcé chargé de s'assurer qu'il n'avait aucun contact avec le monde extérieur.

A Londres, étaient dans la confidence le nouveau Premier ministre, John Major, le secrétaire général du gouvernement, deux membres du cabinet. Ainsi que trois personnes à Century House.

À Riyad, il y avait également les trois hommes de la villa occupée par le SIS et Barber qui était en route pour les rejoindre. Chez les militaires, les personnes au courant se limitaient à quatre généraux, trois Américains et un Britannique.

Le Dr Terry Martin souffrait d'une grippe diplomatique et était allé s'installer à la campagne en lieu sûr, dans une résidence du SIS. Une femme de ménage prenait soin de lui, sans compter trois personnes nettement moins maternelles.

A compter de ce jour, toutes les opérations menées contre l'Irak dans le but de retrouver et de détruire l'engin dont les alliés supposaient qu'il portait le nom de code de Qubth-ut-Allah ou le Poing de Dieu, seraient présentées comme étant des tentatives d'assassinat de Saddam Hussein.

En fait, deux tentatives de ce genre avaient déjà eu lieu. On avait identifié deux endroits où le président irakien résidait peut-être, au moins de façon épisodique. Mais personne ne savait précisément quand, car le Raïs se déplaçait sans arrêt d'une cachette à l'autre lorsqu'il n'était pas dans son bunker à Bagdad.

Des moyens de reconnaissance aériens surveillaient en permanence ces deux sites. L'un était une villa dans la campagne à soixante kilomètres de Bagdad, et l'autre une grande caravane aménagée en centre de commandement avec un PC opérations.

En une occasion, la surveillance aérienne avait repéré des mouvements de lance-missiles et de blindés légers autour de la villa. Une patrouille de Strike Eagle était venue tout démolir. Il s'agissait d'une fausse alerte, l'oiseau n'était pas dans le nid.

Une autre fois, deux jours avant la fin janvier, la grande caravane avait été aperçue en train de changer d'emplacement. Ce fut la même chose, on envoya les avions, l'objectif n'était pas là.

Les aviateurs avaient pris à chaque fois des risques énormes, car les artilleurs irakiens avaient riposté avec vigueur. Ces deux échecs successifs enregistrés au cours de tentatives faites pour se débarrasser du dictateur irakien laissèrent les alliés désemparés. Ils ne savaient tout simplement rien des déplacements de Saddam Hussein.

En fait, personne n'en savait rien en dehors du petit groupe de ses gardes du corps personnels recrutés au sein de l'Amn-al-Khass et commandés par son propre fils, Kusay. Il se déplaçait continuellement. Bien qu'on ait supposé par la suite que Saddam s'était réfugié dans son bunker pendant la plus grande partie de la guerre aérienne, il n'y passa en réalité même pas la moitié du temps. Mais sa sécurité était assurée par toute une série de diversions et de fausses pistes. Il fut vu à plusieurs reprises par ses troupes qui l'acclamèrent — des pince-sans-rire ont prétendu que, s'ils l'acclamaient, c'était parce qu'ils étaient trop contents de ne pas être au front à se faire assommer par les Peaux de Buffle. L'homme aperçu par les soldats irakiens dans ce genre de circonstances n'était que l'un de ses sosies, qui pouvaient passer pour Saddam auprès de n'importe qui, à l'exception peut-être de ses intimes.

Parfois, des cortèges de limousines, jusqu'à une douzaine de voitures, traversaient Bagdad, les fenêtres protégées par des rideaux, pour donner aux citoyens le sentiment que leur Raïs était dans l'une d'entre elles. Mais non, ces cavalcades n'étaient que de la frime. Lorsqu'il se déplaçait, il lui arrivait de le faire dans une voiture banalisée et sans escorte.

Même avec son entourage le plus proche, les mesures de sécurité étaient extrêmement strictes. Les membres du gouvernement étaient prévenus au dernier moment qu'il allait présider une réunion et avaient à peine cinq minutes pour quitter leur résidence, monter en voiture et suivre un motard. Et même alors, le lieu de destination n'était pas celui de la réunion. On les transférait dans une autre voiture aux vitres teintées où ils rejoignaient d'autres ministres qui attendaient dans l'obscurité. Un rideau séparait les ministres du chauffeur. Ce chauffeur lui-même devait suivre un motard de l'Amn-al-Khass jusqu'au lieu de destination finale. Derrière le chauffeur, les ministres, les généraux et les conseillers étaient assis dans le noir comme des écoliers que l'on emmène pour une promenade mystérieuse, ne sachant jamais ni où ils allaient ni où ils s'étaient arrêtés.

Dans la plupart des cas, ces réunions se tenaient dans de grandes villas closes, réquisitionnées pour la journée et évacuées avant la tombée de la nuit. Un détachement spécial de l'Amn-al-Khass n'avait rien d'autre à faire que trouver des villas de ce genre quand le Raïs désirait convoquer une réunion. On mettait les occupants à la porte sans explication et on ne les laissait y revenir que lorsque le Raïs était parti depuis longtemps.

Il n'est donc pas difficile de deviner pourquoi les alliés ne parvenaient pas à le localiser. Mais ils essayèrent, jusqu'à la première semaine de février. Ensuite, toutes les tentatives d'assassinat furent stoppées et les militaires ne comprirent jamais pourquoi.

Chip Barber arriva à la villa des Britanniques à Riyad juste après midi, le dernier jour de janvier. Après les salutations d'usage, les quatre hommes allèrent s'asseoir pour attendre l'heure de la liaison radio avec Martin, s'il était encore là.

« Je suppose qu'il y a une date limite ? » demanda Laing.

Barber fit signe que oui. « Le 20 février. Norman la Tempête veut lancer l'attaque terrestre le 20 février. »

Paxman laissa échapper un sifflement. « Vingt jours, diable ! L'Oncle Sam est prêt à ouvrir son portefeuille pour ça ?

— Ouais. Le directeur a déjà autorisé un virement d'un million de dollars sur le compte de Jéricho, aujourd'hui même. Pour la localisation de l'engin, en supposant qu'il en existe un et un seul, on en filera cinq à ce salopard.

— Cinq millions de dollars ? s'exclama Laing. Bon Dieu, on n'a jamais payé autant pour un renseignement. »

Barber haussa les épaules. « Jéricho, quelle que soit son identité, raisonne comme un mercenaire. Il veut de l'argent, rien d'autre. Alors on lui en donne. Mais il y a une condition. Les Arabes marchandent, pas nous. Cinq jours après qu'il aura reçu le message, on diminuera la prime de cinq cent mille dollars par jour jusqu'à ce qu'il nous fournisse l'emplacement exact. Il faut qu'il le sache. »

Les trois Britanniques restaient rêveurs en songeant à ce montant qui représentait bien plus que ce qu'ils pouvaient espérer gagner à eux tous pendant leur vie professionnelle.

« Eh bien, fit remarquer Laing, ça devrait lui donner des ailes. »

Le message fut rédigé en fin d'après-midi et pendant la soirée. Tout d'abord, il fallait prendre contact avec Martin qui devrait confirmer, en utilisant un code convenu, qu'il était toujours là et libre de ses mouvements. Puis Riyad lui parlerait de la proposition à transmettre à Jéricho, en détail, et attirerait son attention sur l'extrême urgence de l'affaire.

Les hommes dînèrent frugalement et grignotèrent quelques petits amuse-gueule. Ils avaient du mal à surmonter la tension qui régnait dans la pièce. A dix heures trente, Simon Paxman se dirigea vers le local radio avec les autres et dicta le message devant le micro du magnétophone. Le message fut accéléré deux cents fois et sa durée ramenée à moins de deux secondes.

Dix secondes après onze heures quinze, le chef radio émit un bref signal — le signal « Êtes-vous là ? ». Trois minutes après, on entendit un petit grésillement, comme de l'électricité statique. L'antenne satellite le détecta et une fois ralenti, les hommes attentifs entendirent la voix de Mike Martin. « Ours Brun à Montagne Rocheuse, je vous reçois, à vous. »

Il y eut une véritable explosion de soulagement dans la villa de Riyad : trois hommes d'âge mûr se donnaient de grandes claques dans le dos comme des gamins qui viennent de remporter la coupe inter-collèges.

Quelqu'un qui n'a jamais connu ce genre de circonstances ne peut pas comprendre ce que l'on éprouve en apprenant que « l'un des nôtres », loin derrière les lignes, est toujours en vie et qu'il est libre.

« Quatorze foutus jours qu'il attend là-bas, dit Barber avec admiration. Mais bon sang, pourquoi cet enfoiré n'est-il pas parti quand on le lui a dit ?

— Parce que c'est un imbécile de la pire espèce, murmura Laing. Et ça tombe assez bien. »

Le radio avait gardé son calme et il répondit par un bref interrogatoire. Même si l'enregistrement réalisé sur l'oscilloscope collait avec celui de Martin, il voulait recevoir cinq mots de confirmation pour s'assurer que le major du SAS ne parlait pas sous la contrainte. Quatorze jours sont plus qu'il n'en faut pour vous briser un homme.

Le message qu'il envoya à Bagdad était aussi bref que possible : « De Nelson et du Nord, je répète, de Nelson et du Nord. Terminé. »

Trois minutes s'écoulèrent. A Bagdad, Martin, allongé sur le sol de sa remise au fond du jardin du premier secrétaire Koulikov, intercepta le bref signal, enregistra sa réponse et retransmit un message d'un dixième de seconde à destination de la capitale saoudienne.

Ceux qui étaient là l'entendirent annoncer : « Chantez le renouveau d'un si brillant jour. » Le radio sourit.

« C'est lui, monsieur. Il est vivant et il est libre.

— C'est un poème ? demanda Barber.

— Le deuxième vers, dit Laing, est en réalité : " Chantez le renouveau d'un si joli jour. " S'il avait dit cela, ça aurait signifié qu'il parlait avec un pistolet sur la tempe. Et dans ce cas... » Il haussa les épaules.

Le radio envoya enfin le dernier message, le bon, et mit fin à la liaison. Barber se mit à fouiller dans sa serviette. « Je sais que ce n'est pas conforme aux habitudes locales, mais la vie diplomatique offre un certain nombre de privilèges.

— Un Dom Pérignon je suppose, murmura Gray. Vous croyez vraiment que Langley peut se le permettre ?

— Langley, répondit Barber, vient de poser cinq millions de billets verts sur la table de poker. Je pense donc être en mesure de vous offrir une bouteille de champagne.

— Ça me semble tout à fait convenable », conclut Paxman.

Une seule semaine avait suffi à métamorphoser Edith Hardenberg, une semaine et les effets de la passion amoureuse. Gentiment encouragée par Karim, elle était allée chez le coiffeur. Il lui avait coupé les cheveux au carré, si bien qu'ils lui arrivaient maintenant jusqu'au menton. Cela arrondissait son visage maigre et lui donnait même un rien de séduction.

Son amant avait choisi avec elle tout un assortiment de produits de beauté, qu'elle avait timidement acceptés. Rien de voyant, un trait d'eye-liner, du fond de teint, un voile de poudre et un soupçon de rouge sur les lèvres.

A la banque, Wolfgang Gemütlich était sidéré. Il la regardait, mine de rien, traverser son bureau, un peu plus grande maintenant avec ses talons de deux centimètres. Ce n'étaient pas les talons, la coiffure ou le maquillage qui le désespéraient, encore qu'il eût toujours banni ce genre de fantaisie chez Frau Gemütlich. Ce qui le troublait le plus, c'était son air, cette assurance toute neuve lorsqu'elle venait lui présenter des documents à signer ou prendre une lettre en dictée.

Il savait, bien sûr, ce qui s'était passé. L'une de ces écervelées, en bas, avait dû la convaincre de dépenser son argent. C'était bien la clé de tout, dépenser de l'argent. Et, à en croire son expérience, cela menait à la ruine. Il redoutait donc le pire.

Sa timidité naturelle n'avait pas totalement disparu et, à la banque, elle était toujours aussi réservée qu'avant, au moins en paroles si ce n'est dans sa façon d'être. Mais lorsque Karim était là, quand ils étaient seuls, elle s'émerveillait sans cesse de son audace. Pendant vingt ans, tout ce qui touchait aux choses de la chair lui avait fait horreur, et maintenant, elle était comme un voyageur qui découvre lentement des choses merveilleuses, mi-horrifié mi-étonné, à la fois curieux et tout excité. La première fois qu'elle avait osé le toucher « en bas », elle avait cru mourir de honte et de culpabilité, mais, à sa grande surprise, elle avait survécu.

En ce soir du 3 février, il était arrivé chez elle avec un petit paquet enveloppé dans du papier cadeau et décoré d'un ruban.

« Karim, tu ne devrais pas faire de choses pareilles. C'est des folies. »

Il la prit dans ses bras et lui ébouriffa les cheveux. Elle commençait à prendre goût à ces petits gestes.

« Écoute, mon chaton, mon père a de la fortune et il m'accorde une pension généreuse. Tu préfères que je dépense mon argent dans les boîtes de nuit ? »

Elle adorait qu'il la taquine de cette façon. Bien sûr, Karim ne mettrait jamais les pieds dans ces endroits épouvantables. Elle prit donc les parfums et les dessous qu'elle n'aurait même pas accepté de toucher deux semaines plus tôt.

« Je peux l'ouvrir ? lui demanda-t-elle.

— C'est fait pour ça. »

Au début, elle ne saisit pas ce que c'était. La boîte contenait des froufrous en soie et en dentelle de toutes les couleurs. Lorsqu'elle comprit enfin que ce n'était pas du tout le genre de choses qu'elle avait l'habitude de porter, elle rougit violemment.

« Karim, je ne peux pas, je ne peux vraiment pas.

— Mais si, lui dit-il avec un large sourire. Allez, mon chaton, va dans ta chambre et essaie-les. Ferme la porte, je ne regarde pas. »

Elle posa toutes ces choses sur son lit et resta là à les contempler. Elle, Edith Hardenberg ? Jamais. Il y avait des bas et des porte-jarretelles, des petites culottes et des soutiens-gorge, des nuisettes très courtes — des dessous roses, rouges, noirs, blancs et beiges. De la dentelle et de la soie si douce que les doigts glissaient dessus comme sur de la glace.

Elle passa une heure seule dans sa chambre et finit par ouvrir la porte en peignoir. Karim posa sa tasse à café, se leva et prit un peu de recul. Il la regarda avec son bon sourire et commença à défaire la ceinture qui maintenait le peignoir fermé. Elle

419

rougit de nouveau, elle n'osait pas croiser son regard. Elle regarda donc ailleurs, et il laissa tomber le peignoir sur le sol.

« Oh, mon chaton, fit-il doucement, tu es merveilleuse. »

Elle ne savait trop quoi dire, aussi se contenta-t-elle de passer les bras autour de son cou. Elle n'avait plus peur, elle ne ressentait plus ce frisson d'horreur lorsque sa cuisse touchait cette chose dure à l'intérieur de son jean.

Quand ils eurent fait l'amour, elle se leva pour aller dans la salle de bains. Lorsqu'elle revint, elle resta debout à le détailler. Il n'y avait rien chez lui dont elle ne se sente follement amoureuse. Elle s'assit au bord du lit et laissa courir son index sur la cicatrice qu'il avait à la joue. Il lui avait expliqué qu'il était passé à travers la vitre d'une serre dans le verger de son père, près d'Amman.

Il ouvrit les yeux, lui fit un sourire et lui prit le visage. Elle lui serra la main et joua avec ses doigts en caressant l'anneau orné d'une opale qu'il portait à l'auriculaire. C'est sa mère qui le lui avait offert.

« Que faisons-nous ce soir ? lui demanda-t-elle.

— On sort, répondit-il, on va chez Sirk, au Bristol.

— Tu aimes trop le steak. »

Il l'attrapa par-derrière et saisit ses petits tétons à travers le voile fin.

« Voilà les steaks que je préfère, dit-il en riant.

— Arrête, tu es vraiment impossible, Karim. Il faut que j'aille me changer. »

Elle se dégagea et se regarda rapidement dans la glace. Comment avait-elle pu changer à ce point ? se disait-elle. Comment avait-elle pu en arriver à porter cette lingerie ? Puis elle comprit brusquement. C'était pour Karim, pour son Karim qu'elle aimait et qui l'aimait. L'amour était venu tard, mais il avait maintenant la fougue d'un torrent dévalant la montagne.

De : Groupe de renseignement et d'analyse politiques,
Département d'État : Washington D.C.
Pour : James Baker, secrétaire d'État
Date : 5 février 1991
Classification : Très confidentiel

Il ne vous a certainement pas échappé que, depuis le début des opérations aériennes menées par les forces de la coalition basées en Arabie Saoudite et dans les États voisins contre la République d'Irak, au moins deux tentatives et peut-être plus ont été faites pour tuer le président irakien Saddam Hussein. Toutes ces tentatives ont été menées sous la forme de bombardements aériens et exclusivement par les forces américaines.

Notre groupe considère par conséquent qu'il est urgent d'examiner les conséquences probables de telles tentatives destinées à assassiner M. Saddam Hussein.

La solution idéale consisterait bien entendu à trouver un successeur au régime dictatorial du parti Baas, régime qui serait installé sous les auspices des forces victorieuses de la coalition, et qui prendrait la forme d'un gouvernement démocratique et plus humain.

Nous croyons qu'un tel espoir est illusoire.

Pour commencer, l'Irak n'est pas et n'a jamais été un pays solidement constitué. Cela fait à peine une génération qu'il est devenu autre chose qu'un ensemble disparate de tribus rivales et le plus souvent en guerre les unes contre les autres. Il rassemble, à parts sensiblement égales, des musulmans qui appartiennent aux deux sectes potentiellement hostiles de l'islam, les sunnites et les chiites, plus trois minorités chrétiennes. Il faudrait y ajouter au nord la nation kurde, qui essaie vigoureusement d'obtenir son indépendance.

En second lieu, ce pays n'a jamais fait l'expérience de la démocratie. Il est passé successivement de la domination turque à celle des Hachémites, puis à celle du parti Baas sans bénéficier de quelque intermède démocratique que ce soit, au sens où nous l'entendons.

Par conséquent, si l'actuelle dictature devait prendre fin brutalement par suite d'un assassinat, il ne resterait plus que deux scénarios possibles.

Le premier consisterait à imposer de l'extérieur la constitution d'un gouvernement de coalition qui rassemblerait les principales factions. Pour notre groupe, une telle structure n'aurait qu'une durée de vie très limitée. Les vieilles rivalités traditionnelles ne mettraient pas longtemps à la faire voler en morceaux. Les Kurdes profiteraient certainement de cette occasion, qui leur a été refusée si longtemps, pour faire sécession et établir leur propre république dans le Nord. Un gouvernement central faible à Bagdad, basé sur un accord de consensus, serait incapable d'empêcher cette évolution. La réaction des Turcs est prévisible et elle serait violente, car la minorité kurde qu'ils abritent le long de la frontière ne tarderait pas à rejoindre ses frères de race de l'autre côté, pour mener le combat contre le pouvoir turc.

Dans le Sud-Est, la majorité chiite de la région de Bassorah et du Chatt-el-Arab trouverait certainement de bonnes raisons de faire des ouvertures en direction de Téhéran. L'Iran serait sûrement très tenté de se venger du massacre de ses hommes récemment perpétré au cours de la guerre Iran-Irak et accueillerait favorablement ces ouvertures dans l'espoir d'annexer tout le sud-est de l'Irak à la barbe du pouvoir impuissant de Bagdad.

L'Arabie Saoudite et les autres États du Golfe pro-occidentaux paniqueraient en voyant l'Iran atteindre la frontière du Koweït. Plus au nord, les Arabes de l'Arabistan iranien feraient cause commune avec leurs frères arabes irakiens, de l'autre côté de la frontière, et cette tentative serait sûrement sévèrement réprimée par les ayatollahs de Téhéran.

Dans cet Irak réduit à l'état de croupion, nous assisterions presque certainement au déclenchement de guerres intertribales destinées à régler de vieilles querelles et à obtenir la suprématie sur ce qui resterait alors du pays.

Nous assistons déjà avec consternation à la guerre civile qui fait rage en ce moment entre les Serbes et les Croates dans l'ex-Yougoslavie. Tant que les combats ne gagnent pas la Bosnie, où une troisième composante, celle des musulmans bosniaques, attend son heure. Car le jour où cela se produira, les massacres seront encore plus violents et sans merci.

Néanmoins, le groupe pense que les souffrances endurées en Yougoslavie sont encore faibles par rapport au scénario qu'on peut imaginer dans un Irak en pleine désintégration. Dans ce cas, il faut s'attendre à une guerre civile majeure dans le réduit central irakien, à quatre guerres aux frontières et à la déstabilisation totale du Golfe. Le problème des réfugiés concernerait à lui seul des millions de personnes.

Le seul autre scénario envisageable consisterait à trouver un autre général ou un membre haut placé du parti Baas pour succéder à Saddam Hussein. Mais tous les candidats potentiels ont autant de sang sur les mains que leur chef, et il est difficile de voir le bénéfice que l'on pourrait tirer du remplacement d'un despote par un autre despote, qui risquerait même de se montrer encore plus habile.

La solution idéale, même si elle n'est pas parfaite, est par conséquent le maintien du statu quo en Irak, à condition que toutes les armes de destruction massive y aient été détruites et sa puissance conventionnelle si affaiblie que ce pays ne représente plus une menace pour ses voisins pendant au moins dix ans.

On pourrait nous rétorquer que la violation constante des droits de l'homme sous l'actuel régime irakien, si on le laisse *survivre, se révélera encore pire. Cela est hors de doute. Pourtant, l'Occident a assisté à des scènes terribles en Chine, en Russie, au Tibet, dans l'est de Timor, au Cambodge et dans de nombreuses autres parties du monde. Il est tout simplement impossible aux États-Unis d'imposer un comportement humain sur toute la surface de la planète, à moins d'être disposé à faire sans cesse la guerre dans le monde entier.*

L'issue la moins catastrophique de la guerre qui se déroule actuellement dans le Golfe et d'une invasion éventuelle de l'Irak consiste donc à laisser Saddam Hussein au pouvoir comme unique dirigeant de l'Irak unifié, mais affaibli pour tout ce qui touche à sa capacité d'agresser ses voisins.

Pour toutes ces raisons, notre groupe recommande instamment qu'il soit mis un terme à toutes les tentatives d'assassiner Saddam Hussein ou de marcher sur Bagdad et d'occuper l'Irak.

Respectueusement.
PIAG

Mike Martin observa une marque à la craie le 7 février et récupéra le petit sachet en plastique dans la boîte aux lettres le soir même. Peu après minuit, il installa son antenne satellite, la dirigea vers l'ouverture de la porte de sa remise et lut devant le micro de son magnétophone le texte manuscrit en arabe qui figurait sur une unique feuille de papier pelure. Il y ajouta ensuite sa propre version en anglais et envoya le message à minuit seize, une minute seulement après le début de son créneau horaire.

Lorsque l'antenne de Riyad capta l'émission, le radio de service cria : « Il est là, c'est Ours Brun. »

Les quatre hommes qui dormaient dans la pièce adjacente se précipitèrent dans le local radio. Le gros magnétophone installé contre le mur repassa la bande en la ralentissant à vitesse normale et déchiffra le message. Lorsque le technicien appuya sur la touche « lecture », la voix de Martin qui parlait en arabe envahit la pièce. Paxman, dont l'arabe était le meilleur, écouta la moitié du message puis se mit à siffler : « Il a trouvé, Jéricho dit qu'il l'a trouvé.

— Calmez-vous, Simon. »

Le message en arabe prit fin et ce fut au tour du texte en anglais. Lorsque la voix se tut et annonça que le message était terminé, Barber frappa du poing dans la paume de sa main tant il était excité. « Ce garçon y est arrivé. Les gars, vous pouvez me taper ça *tout de suite* ? » Le technicien rembobina la bande, mit son casque, lança son traitement de texte et commença à taper.

Barber alla téléphoner dans le salon et appela le quartier général souterrain du CENTAF. Il n'y avait qu'un seul homme à qui il puisse raconter ça.

Le général Chuck Horner était quelqu'un qui n'avait apparemment pas besoin de beaucoup de sommeil. Personne, que ce soit dans les bureaux du commandement de la coalition sous le ministère saoudien de l'Air ou au quartier général des forces aériennes sous l'immeuble de l'armée de l'air saoudienne, route de l'ancien aéroport, ne dormit beaucoup au cours de ces semaines-là, mais le général Horner donnait l'impression de dormir encore moins que tout le monde. Peut-être ne se sentait-il pas capable de fermer l'œil lorsque ses équipages bien-aimés étaient en l'air loin au-dessus du territoire ennemi. Et comme les missions aériennes avaient lieu vingt-quatre heures sur vingt-quatre, il ne restait plus grand-chose pour se reposer.

Il avait l'habitude de parcourir les bureaux du CENTAF au milieu de la nuit. Il faisait les cent pas entre les analystes du Trou Noir et le centre de contrôle tactique. Si un téléphone sonnait et qu'il n'y eût personne pour répondre, il décrochait lui-même. Plusieurs officiers de l'armée de l'air qui se trouvaient très loin dans le désert, et qui appelaient pour obtenir une précision ou pour poser une question, s'attendant à avoir au bout du fil un major de quart, furent sidérés de se retrouver en train de parler au grand patron lui-même.

Cette façon de faire était très démocratique, mais elle créa quelques incidents surprenants. Un jour, un officier commandant une escadre et dont nous tairons le nom appela pour se plaindre de ce que ses pilotes s'étaient retrouvés en pleine nuit sous le feu de canons antiaériens alors qu'ils se dirigeaient vers leur objectif. N'était-il pas possible de faire taire les artilleurs irakiens en envoyant les bombardiers lourds, les Peaux de Buffle, leur faire une petite visite ?

Le général Horner répondit au lieutenant-colonel que c'était impossible car les Peaux de Buffle étaient saturés. L'officier protesta depuis son désert, mais ne put obtenir d'autre réponse. « Très bien, conclut le colonel, dans ce cas, vous pouvez toujours me sucer si ça vous chante. »

Il existe assez peu d'officiers qui puissent se permettre de dire ce genre de choses à un général en espérant s'en sortir sans problème. Mais la fin de l'histoire en dit beaucoup plus long qu'un long discours sur l'attitude du général Horner vis-à-vis de ses équipages. Deux semaines plus tard, ce lieutenant-colonel fut promu au grade de colonel.

C'est là que Chip Barber le trouva, un peu avant une heure du matin, et ils se réunirent dans le bureau du général installé dans le complexe souterrain quarante minutes plus tard.

Le général lut la version anglaise du message envoyé par Bagdad d'un air préoccupé. Barber s'était servi du traitement de texte pour annoter certains passages — cela ne ressemblait plus du tout à un message passé par radio.

« C'est encore l'une des déductions que vous avez tirées de vos entretiens avec des hommes d'affaires européens ? lui demanda-t-il d'un ton acerbe.

— Nous pensons que ce renseignement est solide, mon général. »

Horner émit un grognement. Comme la plupart des hommes de guerre, il n'avait pas beaucoup de temps à consacrer aux hommes des opérations clandestines, les « moustaches ». Cela a toujours été ainsi, et la raison en est simple. Le combat est caractérisé par l'optimisme, optimisme prudent peut-être, mais optimisme tout de même, sans quoi personne n'accepterait de se battre. Les opérations clandestines sont marquées au contraire par le pessimisme. Les deux philosophies n'ont donc pas beaucoup de points communs, et durant cette phase de la guerre, l'armée de l'air américaine commençait à s'irriter sérieusement des commentaires de la CIA qui prétendait que les avions avaient détruit beaucoup moins d'objectifs que ne le prétendaient les aviateurs.

« Et cet objectif supposé a quelque chose à voir avec ce à quoi je pense ? reprit le général.

— Nous croyons seulement qu'il s'agit de quelque chose de très important, mon général.

— Bon, eh bien, pour commencer, monsieur Barber, nous allons aller voir de près de quoi il retourne. »

Cette fois-ci, ce fut un TR-1 de Taïf qui eut l'honneur d'y aller. Version modernisée du vieil U-2, le TR-1 était utilisé pour des missions multiples de collecte d'informations. Il pouvait survoler l'Irak sans se faire ni voir ni entendre et se servait de ses capteurs pour sonder profondément les défenses grâce à ses moyens d'imagerie radar et d'écoute. Mais il avait conservé ses caméras et on l'utilisait occasionnellement non pas pour prendre des vues panoramiques, mais pour des prises de vues plus « intimes ». La mission consistant à prendre en photo un site connu sous le nom d'Al-Qubai était en l'occurrence aussi intime que possible.

Une seconde raison militait en faveur du TR-1. Il pouvait transmettre ses images en temps réel. Il n'était pas nécessaire d'attendre le retour de mission, de décharger le TARPS, de développer les films et de les envoyer à Riyad. Pendant que le TR-1 survolait la zone de désert qu'on lui avait attribuée, à l'ouest de Bagdad et au sud-est de la base aérienne d'Al-Muhammadi, les images étaient retransmises directement sur un écran de télévision installé dans le sous-sol, au quartier général de l'armée de l'air saoudienne.

Il y avait cinq hommes dans la salle, dont le technicien qui armait la console et qui pouvait, sur un ordre de l'un des quatre autres, demander à l'ordinateur de geler l'image et de l'imprimer pour examen plus détaillé.

Chip Barber et Steve Laing étaient présents, et l'on avait toléré leurs tenues civiles dans ce temple de l'action militaire. Les deux autres étaient le colonel Beatty, de l'US Air Force, et Peck, commandant un escadron de la RAF. Tous deux étaient des experts de l'analyse d'objectif.

La raison pour laquelle on parlait d'Al-Qubai était tout bonnement que c'était le village le plus proche de l'objectif. Comme il était trop petit pour apparaître sur leurs cartes, on y avait ajouté ses coordonnées et sa description. C'est cela qui intéressait les analystes.

Le TR-1 le repéra à quelques kilomètres de la position indiquée par Jéricho, mais il était impossible que la description soit absolument exacte, et il n'y avait pas non plus de village isolé situé à distance raisonnable qui réponde à la description sommaire qu'il en avait donnée.

Les quatre hommes regardèrent l'objectif passer dans le champ, gelèrent la meilleure image et l'ordinateur cracha une copie imprimée.

« C'est là-dessous ? murmura Laing.

— Probablement, répondit le colonel Beatty, il n'y a rien d'autre à des kilomètres à la ronde.

— Ils sont sacrément astucieux », fit Peck.

Al-Qubai était en fait le centre d'ingénierie nucléaire d'où le Dr Jaafar Al-Jaafar menait l'ensemble du programme irakien. Un jour, un ingénieur britannique avait fait remarquer que ce métier comportait « dix pour cent de génie et quatre-vingt-dix pour cent de plomberie ». Mais il y en a bien plus que ça.

Un centre d'ingénierie est l'endroit où des techniciens reçoivent ce qu'ont inventé les physiciens, les calculs des mathématiciens et des ordinateurs, les résultats obtenus par les chimistes, pour réaliser le produit final. Ce sont les ingénieurs nucléaires qui fabriquent effectivement l'engin et le transforment en un morceau de métal prêt à être livré.

L'Irak avait enterré son centre d'Al-Qubai dans le désert, à trente mètres de profondeur, et ce n'était que le toit. Sous ce toit, trois niveaux d'ateliers avaient été aménagés. Ce qui avait suscité la remarque de Peck sur ces hommes « sacrément astucieux » était l'habileté avec laquelle tout cela avait été camouflé.

Il n'est pas très difficile de construire une usine entière en sous-sol, mais la maquiller représente un problème majeur. Une fois qu'elle a été construite dans le fond d'un cratère géant, il faut repousser le sable au bulldozer contre les murs de béton armé et sur le toit jusqu'à ce que le tout soit entièrement recouvert. S'il y a des infiltrations au niveau le plus bas, on effectue des drainages. Mais une usine a besoin d'air conditionné. Cela exige une entrée d'air frais et un refoulement d'air vicié, dont les conduits affleurent la surface du désert. Elle fait aussi une grosse consommation d'énergie, il faut donc également installer un groupe électrogène. Le diesel a besoin d'une entrée d'air et d'une évacuation des fumées, soit deux autres conduits supplémentaires. Il faut aussi installer une rampe d'accès ou un ascenseur et un monte-charge pour l'arrivée et le départ du personnel et du matériel, encore une autre structure au-dessus du sol. Les camions de livraison ne peuvent pas rouler sur du sable mou, il leur faut une route en dur, un ruban de macadam qui rejoigne la route la plus proche. Il y aura également des émissions de chaleur, faciles à cacher pendant la journée quand l'air ambiant est chaud, mais pas durant les nuits froides.

Alors, comment faire pour cacher à la surveillance aérienne une zone de désert vierge avec une route goudronnée qui semble ne mener nulle part, quatre gros tuyaux, un ascenseur, des mouvements permanents de camions et une source d'émission thermique ?

C'est le colonel Osman Badri, le jeune et brillant cerveau du génie irakien, qui avait trouvé la solution. Et sa solution prit en défaut les alliés avec tous leurs avions-espions.

Vu du ciel, Al-Qubai se présentait comme un dépôt d'épaves de voitures de vingt hectares. Ceux qui observaient les photos à Riyad ne pouvaient pas s'en rendre compte, même avec la meilleure des loupes, mais les amas de voitures et de camions étaient en fait constitués de structures soudées, et des tas de métal recouvraient les conduits qui amenaient l'air neuf ou refoulaient l'air vicié depuis le bas, entre les carcasses des épaves. Le plus gros bâtiment, l'atelier de découpage, avec ses bouteilles d'oxygène et d'acétylène ostensiblement installées dehors, cachait l'entrée des ascenseurs. Comme ce genre d'installation produit naturellement de la chaleur, elle servait de justification aux émissions thermiques. La route goudronnée à une voie était elle aussi naturelle — il fallait bien des camions pour apporter les voitures et remporter la ferraille.

Toute cette installation avait été observée depuis longtemps par un AWACS qui avait noté la présence d'une grosse masse de métal au milieu du désert. Une division blindée ? Un dépôt de munitions ? Un survol complémentaire avait montré que ce n'était qu'un dépôt de vieilles voitures, et on avait cessé de s'y intéresser.

A Riyad, les quatre hommes ne pouvaient pas voir non plus que les quatre autres amas de vieilles bagnoles rouillées étaient également des structures soudées, auxquelles on avait donné la forme intérieure d'une coupole, mais munies de vérins hydrauliques. Deux d'entre eux abritaient des batteries antiaériennes, des canons de fabrication russe ZSU-23-4 multitubes, et les deux autres, des Sam modèles 6, 8 et 9. Il ne s'agissait pas de la version guidée par radar, mais de modèles plus légers à autodirecteurs infrarouge — une antenne radar aurait vendu la mèche.

« Ainsi, c'est là-dessous que ça se trouve », soupira Beatty.

Pendant qu'ils observaient les images, un long camion chargé de vieilles voitures pénétra dans le champ. On avait l'impression qu'il avançait par à-coups, car le TR-1 volait à quatre-vingt mille pieds au-dessus d'Al-Qubai et transmettait des images « fixes » au rythme de quelques vues par seconde. Fascinés, les deux officiers du renseignement restèrent les yeux rivés sur l'image jusqu'à ce que le camion entre dans l'atelier de soudage.

« Je vous fous mon billet que la nourriture, l'eau et les consommables sont planqués sous les voitures », déclara Beatty. Il se laissa aller dans son fauteuil. « Le problème, c'est que nous n'arriverons jamais jusqu'à cette foutue usine. Même les Peaux de Buffle ne peuvent pas bombarder aussi profond.

— On pourrait les ensevelir à l'intérieur, suggéra Peck. Écrabouiller la machinerie des ascenseurs, les coincer dedans. Et s'ils essaient de sortir quand même par une issue de secours, on recommence.

— C'est tentant, convint Beatty. Il reste combien de jours avant l'attaque terrestre ?

— Douze jours, dit Barber.

— On doit pouvoir y arriver, fit Beatty, attaque à haute altitude, bombes laser, beaucoup d'avions, un gorille. »

Laing jeta à Barber un regard lourd de sous-entendus.

« Nous aimerions mieux quelque chose de plus discret, dit l'homme de la CIA. Un raid de deux avions, à basse altitude, avec confirmation visuelle de la destruction effective. »

Il y eut un silence.

« Les mecs, vous êtes en train d'essayer de nous faire comprendre quelque chose, non ? demanda Beatty. Par exemple, que Bagdad n'est pas censé savoir que nous nous y intéressons ?

— Je vous en prie, pourriez-vous agir de cette façon-là ? insista Laing. Apparemment, il n'y a pas de défenses. Il faut absolument maquiller l'opération. »

Beatty ricana un peu. Ces « moustaches » sont toujours aussi minables, se disait-il, ils essaient de protéger quelqu'un. Mais ce n'est pas mes oignons.

« Qu'en pensez-vous, Joe ? demanda-t-il au commandant de l'escadron.

— C'est dans les cordes des Tornado, dit Peck. Avec des Buccaneer pour illuminer la cible. Six bombes de mille livres, en plein dans la porte du bazar. Je parie que c'est du béton armé sous le tas de ferraille, ça confinera plutôt bien l'explosion. »

Beatty hocha la tête d'un air approbateur.

« OK, c'est pour vous, les gars. Je vais en parler au général Horner. Qui comptez-vous envoyer, Joe ?

— L'escadron Six-Zéro-Huit de Maharraq. Je connais son patron, Phil Curzon. Je l'expédie là-bas. »

Le commandant Philip Curzon avait sous ses ordres douze Tornado Panavia du 608ᵉ escadron de la Royal Air Force basé dans l'île de Bahreïn, où ils étaient arrivés deux mois plus tôt en provenance de Fallingbostel, en Allemagne. L'après-midi de ce jour-là, 8 février, il reçut un ordre qui ne souffrait pas de discussion. Il devait se rendre immédiatement au quartier général du CENTAF à Riyad. L'urgence était telle que, le temps qu'il lise l'accusé de réception du message, son officier de semaine lui annonça qu'un appareil américain, un Huron, venu de la Pizza de Shakey, de l'autre côté de l'île, venait de se poser et était au roulage pour venir le chercher. Quand il embarqua à bord du Huron UC-12B après avoir enfilé à la hâte une vareuse d'uniforme et ramassé sa casquette, il découvrit que le petit monomoteur d'affaires était celui du général Horner en personne.

A l'aérodrome militaire de Riyad, une voiture d'état-major

de l'USAF attendait pour l'emmener au Trou Noir, un kilomètre plus bas sur la route de l'ancien aéroport.

Les quatre hommes qui s'étaient réunis pour assister à la mission du TR-1 à dix heures du matin étaient toujours là. Le technicien était parti. Ils n'avaient plus besoin d'images supplémentaires. Celles qui avaient été imprimées étaient étalées sur la table. Peck fit les présentations.

Steve Laing expliqua ce dont il avait besoin et Curzon examina les photos.

Philip Curzon n'était pas stupide à ce point, sans quoi il n'aurait pas commandé un escadron de douze lampes à souder hors de prix pour le service de Sa Majesté. Au cours des premières missions à très basse altitude menées contre les aérodromes irakiens avec des bombes JP-233, il avait perdu deux appareils et quatre hommes de valeur. Deux étaient certainement morts. Les deux autres avaient été exposés en public, maltraités et montrés, tout hébétés, à la télévision irakienne.

« Pourquoi, demanda-t-il tranquillement, ne pas mettre cet objectif sur la liste normale avec tous les autres ? Pourquoi cette hâte ?

— Permettez-moi d'être très clair avec vous, lui répondit Laing. Nous pensons que cet objectif cache le principal dépôt que possède Saddam — et peut-être le seul — d'obus à gaz particulièrement dangereux. Nous avons la preuve que les premières expéditions vers le front sont imminentes. D'où l'urgence. »

Beatty et Peck se réveillèrent. C'était la première explication qu'on leur avait donnée pour justifier l'intérêt que portaient les « moustaches » à l'usine enterrée sous le dépôt d'épaves.

« Mais deux avions d'assaut ? insista Curzon. Rien que deux ? Alors, c'est qu'il s'agit d'une mission non prioritaire. Et qu'est-ce que je vais raconter à mes équipages ? Je n'ai pas l'intention de leur mentir, messieurs, mettez-vous bien ça dans la tête.

— Ce ne sera pas nécessaire, et je ne l'accepterais pas non plus, dit Laing. Dites-leur simplement la vérité. Dites-leur que des reconnaissances aériennes ont montré qu'il y avait des mouvements de camions dans les deux sens sur le site. Les analystes pensent que ce sont des camions militaires, et sont arrivés à la conclusion que ce dépôt d'épaves cache en fait un dépôt de munitions. Principalement dans le grand hangar central. Voilà la cible. Comme pour toute mission basse altitude, vous voyez qu'il n'y a pas de missiles, pas d'artillerie antiaérienne.

— Et c'est la vérité ? demanda le chef d'escadre.

— Je le jure.

— Alors, messieurs, expliquez-moi pourquoi, si l'un de mes équipages est abattu et soumis à un interrogatoire, Bagdad ne doit absolument pas savoir d'où venait le renseignement ? Vous ne croyez pas une seconde à cette histoire de camions militaires et je n'y crois pas non plus. »

Les colonels Beatty et Peck s'enfoncèrent dans leur siège. Ce type avait touché les espions là où ça faisait le plus mal. Un bon point pour lui.

« Dites-lui tout, Chip, fit Laing, soudain résigné.

— OK, mon commandant, je vais être franc avec vous. Mais vous gardez tout ça pour vous. Tout le reste est absolument vrai. Nous avons un type qui est passé de l'autre côté, aux États-Unis. Il était là-bas avant la guerre, pour ses études. Il est tombé amoureux d'une Américaine, et il veut rester chez nous. Pendant les interrogatoires avec les gens de l'immigration, on a eu la puce à l'oreille. Et l'un des enquêteurs nous en a parlé.

— La CIA ? demanda Curzon.

— Oui, bon, d'accord, la CIA. On a passé un marché avec lui. On lui donnait son permis de séjour s'il acceptait de nous aider. Lorsqu'il était en Irak, dans le génie, il a travaillé sur quelques projets secrets. Maintenant, il nous raconte tout. Bon, voilà, vous êtes au courant. Mais c'est du top-secret. Ça ne change rien à la mission et ce ne serait pas mentir que de raconter tout ça à vos équipages. Ce que, soit dit en passant, vous ne devez faire à aucun prix.

— Une dernière question, fit Curzon. Si ce type est à l'abri en Amérique, pourquoi essayer de tromper Bagdad ?

— Il nous a indiqué d'autres objectifs. Cela prend du temps, mais on pourrait lui en soutirer encore vingt autres. Si Bagdad se rend compte qu'il a la langue trop bien pendue, ils déménageront leurs petits trésors la nuit d'après. Vous savez, ils sont capables de trouver que deux et deux font quatre. »

Philip Curzon se leva et ramassa les photos. Leurs références géographiques étaient imprimées au verso.

« Très bien. Demain matin à l'aube, ce hangar aura cessé d'exister. »

Et il quitta les lieux. Pendant le vol de retour, il réfléchit longtemps à cette mission. Quelque chose lui disait que ça sentait le roussi. Mais les explications étaient tout à fait plausibles, et il avait reçu des ordres. Il ne voulait pas mentir, mais on lui avait défendu de dire quoi que ce soit. Il y avait tout de même un bon côté, l'objectif était camouflé, et non protégé. Ses hommes pourraient se pointer et revenir sans dommage. Il avait déjà choisi celui qui mènerait l'attaque.

Lofty Williamson chef d'escadron, était confortablement vautré dans un fauteuil au soleil couchant quand on l'appela. Il lisait le dernier numéro du *Journal international des forces aériennes*, la bible des pilotes de combat, et était agacé qu'on l'arrache à un article passionnant sur l'un des chasseurs irakiens qu'il risquait de rencontrer.

Le chef d'escadre était dans son bureau, les photos étalées devant lui. Il passa une heure à expliquer la situation à son commandant d'escadron et à lui dire ce qu'il attendait de lui.

« Tu auras deux Buck pour illuminer l'objectif, tu pourras donc remonter et te tirer avant que les infidèles aient eu le temps de savoir qui leur a tiré dessus. »

Williamson alla chercher son navigateur, l'homme du siège arrière que les Américains appellent l'officier système armes. De nos jours, il fait bien plus qu'assurer la navigation, puisqu'il est responsable de l'avionique et des systèmes d'armes. Le lieutenant Sid Blair avait la réputation d'être capable de trouver une boîte de conserve dans le Sahara pour la bombarder.

Tous deux, avec le concours de l'officier opérations, étudièrent la mission sur carte. Ils trouvèrent l'emplacement exact du dépôt à partir de ses coordonnées sur la carte aérienne au 1/50 000.

Le pilote expliqua qu'il voulait attaquer par l'est au moment précis du lever du soleil, de sorte que les artilleurs irakiens aient la lumière dans l'œil et que lui, Williamson, voie l'objectif aussi nettement que possible.

Blair insista sur le fait qu'il voulait un repère, quelque objet sur le sol impossible à manquer sur l'axe d'attaque afin de procéder aux derniers ajustements de cap. Ils en trouvèrent un à douze nautiques sur l'avant de l'objectif et côté est, un pylône radio placé exactement à un kilomètre de l'axe.

Accomplir la mission à l'aube leur donnait le délai dont ils avaient besoin. Cette durée doit être tenue à la seconde près et c'est ce qui fait la différence entre le succès et l'échec. Si le premier pilote est un peu en retard, fût-ce d'une seconde, le deuxième risque d'être pris dans l'explosion des bombes de son camarade. Encore plus grave, le premier pilote verra arriver sur son arrière un Tornado qui fonce à près de six cents nœuds — perspective peu réjouissante. Enfin, si le premier arrive trop tôt ou le deuxième trop tard, les artilleurs ont le temps de se réveiller et de viser. Et le second appareil se retrouve alors pris dans les éclats, alors que la première explosion n'est pas encore retombée.

Williamson fit venir son ailier et le deuxième navigateur, deux jeunes lieutenants, Peter Johns et Nicky Tyne. Ils calculèrent ensemble le moment où le soleil se lèverait au-dessus des collines à l'est de l'objectif et trouvèrent sept heures huit minutes. Le cap d'attaque était à deux cent soixante-dix degrés, plein ouest.

Deux Buccaneer du 12ᵉ escadron, également basés à Mahar-raq, avaient été désignés pendant ce temps. Williamson pren-drait contact avec leurs pilotes dans la matinée. Les armuriers avaient reçu l'ordre de mettre en place trois bombes de mille livres équipées d'un récepteur laser Paveway sur chacun des Tornado. A huit heures du soir, les quatre équipages dînèrent puis allèrent se coucher, le réveil réglé à trois heures du matin.

Il faisait encore nuit noire lorsqu'un basier vint en camion au mess du 608ᵉ prendre les quatre équipages pour les emmener à la salle d'alerte.

Si les Américains d'Al-Kharz vivaient à la dure sous la tente, les aviateurs basés à Bahreïn jouissaient d'un certain confort. Quelques-uns partageaient une chambre à deux à l'hôtel Sheraton. D'autres logeaient dans un bâtiment de brique pour célibataires tout près de la base. La nourriture était excellente, les boissons autorisées et la vie des guerriers était adoucie par la présence de trois cents élèves hôtesses de l'air de l'école des Middle East Airways, également à proximité.

Les Buccaneer n'étaient dans le Golfe que depuis une semaine, car on leur avait dit tout d'abord que l'on n'avait pas besoin d'eux. Depuis, ils avaient largement prouvé leur valeur. Chasseurs de sous-marins à l'origine, les Buck étaient plus habitués à raser les vagues de la mer du Nord pour traquer les sous-marins soviétiques, mais le désert ne leur faisait pas peur non plus. Leur spécialité est le vol à très basse altitude et, malgré leurs trente ans d'âge, ils se sont rendus célèbres au cours des exercices interalliés avec l'USAF, à Miramar en Californie, pour échapper à des chasseurs américains plus rapides qu'eux simplement en « bouffant de la poussière », en volant tellement bas qu'il était impossible de les suivre entre les buttes et les ravins du désert.

La rumeur née de la rivalité entre les armées de l'air assure que les Américains n'aiment pas trop le vol à basse altitude et ont tendance à sortir le train en dessous de cinq cents pieds, alors que la Royal Air Force adore ça et se plaint du mal de l'altitude au-dessus de cent pieds. En réalité, les uns comme les autres sont capables de voler très haut ou très bas, mais les Buck, subsoniques mais très manœuvrants, peuvent descendre plus bas que tout le monde.

Si on les avait fait venir dans le Golfe, c'est parce que les pertes initialement subies par les Tornado s'étaient produites au cours de missions à très basse altitude. Quand ils travaillaient seuls, les Tornado devaient larguer leurs bombes et les suivre jusqu'à l'objectif, s'exposant ainsi au feu de l'artillerie antiaérienne. Mais quand ils travaillaient avec les Buccaneer, les bombes des Tornado étaient équipées d'un récepteur laser Paveway tandis que les Buck portaient l'émetteur baptisé Pavespike.

Volant au-dessus des Tornado et derrière eux, les Bucks marquaient la cible, leur permettant ainsi de larguer leur bombe et de dégager sans délai. Mieux encore, le Pavespike du Buck était monté sur une plate-forme gyrostabilisée, si bien qu'il pouvait virer et basculer tout en maintenant le faisceau laser sur l'objectif jusqu'à l'impact.

Dans la salle d'alerte, Williamson et les deux pilotes des Buck convinrent d'un point initial, début de l'approche finale, à douze nautiques de l'objectif, puis allèrent se mettre en tenue de vol. Comme d'habitude, ils étaient arrivés en civil ; la politique des autorités de Bahreïn était que la population locale risquait de s'alarmer à la vue d'uniformes trop nombreux.

Quand ce fut fait, Williamson, en tant que commandant de la mission, termina le briefing. Ils avaient encore deux heures devant eux avant le décollage. Les délais de trente secondes couramment pratiqués par les pilotes au cours de la Seconde Guerre mondiale appartiennent à l'Histoire.

Vint le moment du café et des derniers préparatifs. Chacun prit son arme personnelle, un petit Walther PP qu'ils affectionnaient particulièrement. S'ils étaient attaqués dans le désert, ils pourraient toujours tirer une balle dans la tête d'un Irakien pour essayer de s'en débarrasser.

Ils prirent également mille livres en souverains d'or et le « billet de reconnaissance de dette ». Ce document remarquable était une chose nouvelle pour les Américains du Golfe, mais il était tout à fait familier aux Britanniques, qui se battaient dans le coin depuis 1920.

Le « billet de reconnaissance de dette » consiste en une lettre écrite en arabe et dans six dialectes bédouins différents. On y lit : « Cher monsieur le Bédouin, le porteur de cette lettre est un officier britannique. Si vous le restituez à la patrouille britannique la plus proche, en entier avec ses testicules et de préférence là où ils doivent normalement se trouver et non dans sa bouche, vous recevrez une récompense de cinq mille livres en pièces d'or. » Ça marche parfois.

Leurs tenues de vol portaient des pièces de tissu réfléchissant sur les épaules qui permettraient éventuellement aux équipes de sauvetage alliées de les repérer s'ils étaient abattus dans le désert, mais on ôtait les insignes de pilote portés en principe au-dessus de la poche de poitrine gauche. La seule marque distinctive était un Union Jack maintenu par une bande Velcro.

Après le café, ce fut l'heure de la stérilisation — pas aussi traumatisante que le mot le laisserait penser. Toutes les alliances, cigarettes, briquets, lettres, photos de famille furent impitoyablement traqués — tout ce qui pourrait fournir à un interrogateur un moyen de pression sur le prisonnier. La fouille était effectuée par une femme du personnel féminin de l'armée de l'air, une fille épatante. Les équipages admettaient volontiers que c'était le meilleur moment de la mission et les pilotes les plus jeunes cachaient leurs objets de valeur à des endroits très surprenants pour voir si Pamela arriverait à les trouver. Heureusement pour elle, elle avait été infirmière et se prêtait à ces facéties dans le calme et la bonne humeur.

Une heure avant le décollage, quelques-uns des hommes mangèrent un morceau, d'autres n'y arrivèrent pas. Certains firent un petit somme, d'autres burent du café en espérant qu'ils ne seraient pas pris d'une envie de pisser au milieu de la mission, d'autres encore avaient le cœur au bord des lèvres.

Le bus emmena les huit hommes jusqu'aux appareils qui faisaient déjà l'objet d'une activité intense et autour desquels s'empressaient mécaniciens, armuriers et hommes de piste. Chaque pilote fit le tour de son avion pour les dernières vérifications avant vol. Puis ils montèrent à bord.

La première chose à faire consistait à s'installer, à se brêler et à brancher la radio Have-quick afin de pouvoir communiquer avec les autres. Puis les APU — les groupes de puissance auxiliaires — se mirent en route et les instruments commencèrent à danser dans leurs mains.

A l'arrière, la centrale inertielle démarra, permettant à Sid Blair de rentrer en mémoire ses différents caps et points tournants. Williamson mit en route le réacteur droit et le Rolls Royce RB-199 commença à rugir doucement. Ce fut ensuite le tour du réacteur gauche.

Verrière fermée verrouillée, en route pour la piste numéro un, dernier arrêt avant la piste. Autorisation de la tour, arrêt en bout de piste. Williamson jeta un coup d'œil sur sa droite. Le Tornado de Peter Johns était à côté du sien, un peu en retrait, et plus loin derrière, les deux Buccaneer. Il leva la main, trois mains gantées se levèrent en retour.

Freins à bloc, gaz maxi à sec. Le Tornado se mit à frémir doucement. Poignée des gaz à fond, allumage de la réchauffe, l'avion tremblait violemment sur ses roues bloquées. Un dernier signal, pouce levé et trois signes « paré ». Freins lâchés, le bond en avant, léger roulis, le tarmac qui défile de plus en plus vite et ils prirent l'air en formation. Ils basculèrent au-dessus de la mer sombre, les lumières de Manama disparurent derrière eux et ils prirent le cap qui les menait au rendez-vous avec leur ravitailleur, un Victor du 55e escadron qui les attendait quelque part au-dessus de la frontière saoudienne.

Williamson réduisit les gaz, coupa la réchauffe et continua à grimper à trois cents nœuds jusqu'à vingt mille pieds. Les deux RB-199 étaient des brutes assoiffées, et, à la poussée maximale à sec, consommaient la bagatelle de cent quarante kilos de pétrole chacun à la minute. Mais, avec la réchauffe, la consommation montait à six cents kilos par minute, ce qui explique pourquoi on n'utilise que très rarement ce mode : au décollage, au combat et pour fuir.

Ils trouvèrent le Victor dans l'ombre au radar, se rapprochèrent et insérèrent leurs embouts dans les perches qui traînaient derrière lui. Ils avaient déjà brûlé un tiers de leurs réserves. Lorsque les Tornado eurent refait le plein, ils dégagèrent pour laisser la place aux Buck. Puis les quatre appareils basculèrent sur l'aile et descendirent vers le désert.

Williamson stabilisa sa patrouille à deux cents pieds, vitesse maximum de croisière quatre cent quatre-vingts nœuds, et ils foncèrent vers l'Irak. Les navigateurs prirent la direction des opérations et ordonnèrent le premier des trois caps qu'ils devaient suivre avec deux points tournants, avant d'atteindre le point initial et de mettre cap à l'est. Lorsqu'ils étaient encore en altitude, ils avaient aperçu les premiers rayons du soleil levant, mais, au niveau du désert, il faisait encore nuit.

Williamson pilotait en s'aidant du TIALD, le système d'aide à imagerie thermique et laser. Cet appareil était né dans une fabrique de biscuits reconvertie, dans une rue obscure d'Édimbourg. Le TIALD combine une petite caméra TV à très haute définition et un capteur infrarouge thermique. En volant au ras du désert, les pilotes voyaient tout ce qui se passait devant eux, les rochers, les falaises, les affleurements géologiques, les collines, comme si tous les accidents de terrain avaient été illuminés.

Juste avant le lever du soleil, ils tournèrent au point initial et prirent leur cap de bombardement. Sid Blair aperçut le pylône radio et ordonna au pilote de corriger le cap d'un degré.

Williamson commuta les poussoirs de bombardement en mode asservi et se concentra sur son viseur tête haute où défilaient les nautiques et les secondes restant à courir jusqu'au point de largage. Il était descendu à cent pieds au-dessus du sol plat et garda le cap. Quelque part derrière lui, son ailier en faisait autant. Le temps sur l'objectif était bon. Il allumait et coupait sans arrêt la réchauffe pour stabiliser la vitesse d'attaque à cinq cent quarante nœuds.

Le soleil éclairait les collines, ses premiers rayons découpaient la plaine et il n'était plus qu'à six nautiques. Il voyait le métal brillant, les tas de carcasses de voitures, le grand atelier gris au centre, les portes à doubles battants qui fonçaient vers lui.

Les Buck étaient cent pieds au-dessus de lui, un nautique sur l'arrière. Il entendait les deux pilotes poursuivre leur conversation commencée au point initial. Six nautiques en rapprochement, cinq, quelques mouvements près de l'objectif, quatre nautiques. « Marquage », annonça le navigateur du premier Buck. Son faisceau laser était pointé pile sur la porte de l'atelier. A trois nautiques, Williamson entama sa ressource, leva légèrement le nez et l'objectif sortit de son champ de vision. Mais ce n'était pas un problème, la technologie se chargeait de la suite. A trois cents pieds, son viseur tête haute lui indiqua le top. Il bascula le poussoir de bombardement et les trois bombes de mille livres se détachèrent du ventre de l'avion.

Comme il était en légère montée, les bombes commencèrent par grimper un peu avec lui, avant que la gravité reprenne le dessus, et elles entamèrent une gracieuse parabole les menant au hangar.

Son avion était maintenant allégé d'une tonne et demie. Il grimpait plus vite et, à mille pieds, bascula de cent trente-cinq degrés sur le côté tout en continuant à tirer sur le manche. Le Tornado plongea vers le sol en virage et fit demi-tour. Son Buck continua à illuminer la cible derrière lui, puis dégagea à son tour.

Grâce à la caméra TV accrochée sous le ventre de son avion, le navigateur du Buccaneer vit les bombes toucher de plein fouet les portes du hangar. Toute la zone située à l'avant disparut dans les flammes et la fumée, et une colonne de poussière s'éleva là où il se trouvait une seconde plus tôt. Lorsqu'elle commença à se dissiper, Peter Johns arriva avec le second Tornado sur l'objectif, trente secondes derrière son leader.

Mais le navigateur du Buck vit également autre chose. Les mouvements qu'il avait observés juste avant l'attaque prirent une tout autre apparence. On voyait des canons. « Ils ont de l'artillerie antiaérienne », cria-t-il. Le second Tornado entamait sa ressource. Le deuxième Buccaneer voyait tout ce qui se passait. Le hangar avait volé en morceaux sous l'impact des trois premières bombes, et on apercevait sa structure tordue dans tous les sens. Mais les canons antiaériens tiraient maintenant entre les amas de carcasses.

« Bombes larguées ! » cria Johns, et il fit basculer son Tornado en virage serré, au nombre de G maxi. Son Buccaneer dégageait également, mais le Pavespike fixé sous son ventre continuait toujours à pointer son faisceau laser sur le hangar.

« Impact ! » hurla le navigateur du Buck.

Des gerbes de feu jaillirent des vieilles carcasses de voitures. Deux Sam portables s'élancèrent vers le Tornado.

Williamson avait stabilisé après son plongeon, à cent pieds au-dessus du désert mais cap inverse, vers le soleil levant. Il entendit la voix de Peter Johns qui criait : « Nous sommes touchés. »

Derrière lui, Sid Blair gardait le silence. Jurant de rage, Williamson ramena son Tornado sur l'objectif, en se disant qu'il y avait peut-être une chance de faire taire les artilleurs irakiens avec son canon. Mais il arriva trop tard. Il entendit l'un des Buck annoncer : « Ils ont des missiles en bas », puis il vit le Tornado de Johns qui grimpait. De la fumée s'échappait d'un réacteur en feu. Il entendit le garçon de vingt-cinq ans dire très nettement : « On descend, éjection. »

Ils ne pouvaient plus rien faire. Au cours des missions précédentes, les Buck raccompagnaient le Tornado chez lui. Mais cette fois, il avait été décidé que les Buck rentreraient de leur côté. En silence, les deux illuminateurs laser firent la seule chose qui leur restait à faire : ils tournèrent leur ventre vers le désert éclairé par le soleil levant et continuèrent droit devant eux.

Williamson était vert de rage, convaincu qu'on leur avait menti. Mais ce n'était pas le cas : personne ne savait que de l'artillerie et des missiles étaient camouflés à Al-Qubai.

Loin au-dessus, un TR-1 envoya en temps réel des photos du site détruit à Riyad. Un E-3 Sentinelle avait entendu toutes les conversations entre les pilotes et rendu compte à Riyad qu'un équipage de Tornado était porté manquant.

Williamson rentra seul à sa base pour le debriefing. Il se déchaîna contre les gens de Riyad qui sélectionnaient les objectifs.

Sous le quartier général du CENTAF, route de l'ancien aéroport, la joie de Steve Laing et de Chip Barber était assombrie par la nouvelle que deux jeunes pilotes avaient disparu.

Les Buccaneer, zigzaguant au-dessus du désert plat du sud de l'Irak pour se diriger vers la frontière, rencontrèrent un troupeau de dromadaires bédouins au pâturage. Cela donna aux pilotes l'idée d'un petit jeu : passer au-dessus des dromadaires, ou juste en dessous.

Chapitre 19

Dans son bureau de l'immeuble du Mukhabarat, dans le quartier Mansour, le général de brigade Hassan Rahmani réfléchissait aux événements des dernières vingt-quatre heures, et il était au bord du désespoir.

Que les principaux centres militaires et de production d'armements de son pays soient systématiquement pilonnés par les bombes et les missiles ne le préoccupait pas outre mesure. Ces événements, qu'il avait prévus depuis des semaines, rendaient simplement plus proches le jour de l'invasion américaine et la chute de l'homme de Tikrit.

C'était un événement qu'il avait mis au point, pour lequel il avait œuvré et qu'il attendait avec confiance, mais, en cette mi-février, il ne savait pas exactement ce qui allait arriver. Rahmani avait beau être intelligent, il ne lisait pas dans les boules de cristal. Ce qui le préoccupait davantage, ce matin-là, c'était sa propre survie. Les orages qui s'amoncelaient faisaient qu'il n'était même pas sûr de vivre le jour de la chute de Saddam Hussein.

La veille à l'aube, le bombardement des installations nucléaires d'Al-Qubai, si habilement camouflées que personne n'avait jamais cru possible qu'on puisse les découvrir, avait fortement secoué l'élite au pouvoir à Bagdad.

Quelques minutes après le départ des bombardiers britanniques, les artilleurs survivants avaient pris contact avec Bagdad pour rendre compte de l'attaque dont ils avaient été l'objet. Après avoir entendu leur récit, le Dr Jaafar Al-Jaafar avait sauté dans sa voiture et s'était rendu immédiatement sur les lieux pour évaluer l'état de ses installations et de son personnel. L'universitaire était fou de rage et, à midi, s'était plaint amèrement auprès de Hussein Kamil sous l'autorité duquel se trouvait le ministère de l'Industrie et de l'Industrialisation militaire, et sur qui reposait l'intégralité du programme nucléaire.

Voilà un programme, avait hurlé le petit scientifique au gendre de Saddam Hussein, qui avait coûté à lui seul huit milliards de dollars sur un total de cinquante consacrés en dix ans aux dépenses d'équipement militaire. Et à la veille du triomphe, tout était détruit. L'État n'était-il donc pas capable d'offrir un minimum de protection à ses serviteurs, etc. ?

Le physicien irakien avait beau mesurer à peine plus d'un mètre cinquante et avoir une carrure de moustique, il pesait lourd en termes d'influence et ses protestations étaient remontées très haut. Tout piteux, Hussein Kamil avait rendu compte à son beau-père qui s'était mis lui aussi dans une colère noire.

Les techniciens abrités sous le sol n'avaient pas seulement survécu, ils avaient réussi à s'enfuir, car l'usine était équipée d'un étroit tunnel qui menait à cinq cents mètres de là dans le désert et conduisait à un puits cylindrique muni d'une échelle verticale scellée dans le mur. Le personnel s'était échappé par cette voie, mais il avait été impossible d'évacuer le matériel par le même chemin.

L'ascenseur principal utilisé comme monte-charge était réduit à l'état de monceau de ferrailles tordues jusqu'à dix mètres sous terre et le remettre en état aurait pris des semaines — des semaines que l'Irak n'avait plus devant elle, pensait Hassan Rahmani.

Si les choses en étaient restées là, Rahmani aurait simplement été soulagé, car il se faisait énormément de souci depuis cette réunion qui s'était tenue au palais avant le début des bombardements, lorsque Saddam avait révélé l'existence de « son » engin.

Ce qui inquiétait maintenant Rahmani, c'était l'état épouvantable dans lequel se trouvait à présent le chef de l'État. Izzat Ibrahim, le vice-président, l'avait appelé la veille un peu après midi, et le chef du contre-espionnage n'avait encore jamais vu le confident le plus proche de Saddam dans un état pareil.

Ibrahim lui avait dit que le Raïs était hors de lui, et, lorsque cela arrivait, le sang coulait. C'était la seule chose susceptible de calmer l'homme de Tikrit. Le vice-président lui avait donc expliqué sans ambages qu'on attendait de lui, Rahmani, qu'il rapporte des résultats, et vite. « Mais, avait-il demandé à Ibrahim, à quelle sorte de résultats fais-tu allusion ?

— Trouve tout seul, avait hurlé Ibrahim, comment ils ont été mis au courant. »

Rahmani avait pris contact avec des amis qu'il avait dans l'armée et qui avaient parlé à leurs artilleurs. Les rapports étaient surprenants sur un point. Le raid britannique n'avait mis en œuvre que deux avions. Il y en avait deux autres plus haut, mais on supposait que c'étaient des chasseurs de protection. En tout cas, il était certain qu'ils n'avaient pas lâché de bombes.

Sur la recommandation de l'armée, Rahmani était allé trouver les responsables des opérations de l'armée de l'air, bureau plans. Leur point de vue, et plusieurs d'entre eux avaient été formés en Occident, était qu'aucun objectif présentant une réelle valeur militaire n'était jamais traité par un raid de deux avions. C'était tout bonnement impossible. Donc, raisonnait Rahmani, si les Britanniques ne croyaient pas que cette installation était un dépôt de vieilles voitures, que croyaient-ils que c'était ? La réponse était probablement entre les mains des deux aviateurs abattus. Personnellement, il aurait aimé conduire les interrogatoires, convaincu qu'en utilisant des hallucinogènes il les aurait fait parler pendant des heures, et qu'ils lui auraient dit la vérité.

L'armée lui avait confirmé que le pilote et le navigateur avaient été capturés dans le désert moins de trois heures après le raid. L'un d'eux avait une cheville brisée. Malheureusement, un détachement de l'AMAM avait fait preuve d'une célérité inaccoutumée et les avait embarqués. Personne ne discutait avec l'AMAM. Ainsi, les deux Britanniques se trouvaient maintenant entre les mains d'Omar Khatib, et qu'Allah prenne pitié d'eux.

Privé de la chance qui se serait offerte à lui de briller en annonçant les renseignements tirés des aviateurs, Rahmani savait seulement qu'il lui fallait trouver autre chose. Mais la question était : quoi ?

La seule chose qui importait était ce que le Raïs désirait. Et que désirait-il ? Un complot. On allait donc lui trouver un complot. L'élément clé était celui qui avait transmis l'information.

Il décrocha son téléphone et appela le major Mohsen Zayeed, le chef de son département Sigint, les hommes chargés d'intercepter les transmissions radio. Il fallait qu'ils causent un peu.

La petite ville d'Abu Ghraib se trouve à trente kilomètres à l'ouest de Bagdad. Elle ne présente aucun intérêt particulier et pourtant son nom est connu, bien qu'on n'en parle rarement en Irak. En effet, Ghraib abrite une grande prison, utilisée exclusivement pour les interrogatoires et l'incarcération des prisonniers politiques. C'est pourquoi elle est dirigée, non par la Direction nationale des prisons, mais par la police secrète, l'AMAM.

A l'instant même où Hassan Rahmani appelait son expert Sigint, une longue Mercedes noire s'approchait du portail à double battant de la prison. En reconnaissant son occupant, deux gardiens se précipitèrent à la porte et l'ouvrirent toute grande. Juste à temps — le passager de la voiture était capable de faire preuve d'une brutalité glaciale envers ceux qui lui causaient le moindre retard.

La voiture franchit l'entrée et les vantaux se refermèrent. La silhouette dans la voiture ne fit pas le moindre geste ou signe de tête à l'intention des gardiens.

La voiture s'arrêta au bas des marches qui menaient au bâtiment principal et un autre gardien se précipita pour ouvrir la porte arrière.

Le général de brigade Omar Khatib monta les escaliers quatre à quatre, très élégant dans son uniforme coupé sur mesure. Tout le long du trajet, les portes s'ouvraient devant lui à la hâte. Son aide de camp, un jeune officier, portait sa mallette. Pour se rendre à son bureau, Khatib prit l'ascenseur jusqu'au cinquième et dernier étage. Lorsqu'il fut seul, il commanda un café turc et se mit à feuilleter ses papiers, les rapports du jour qui relataient en détail les informations arrachées aux gens qui se trouvaient dans le sous-sol.

Derrière sa façade impassible, Omar Khatib se faisait autant de souci que son collègue de Bagdad, qu'il haïssait autant que l'autre le détestait.

Contrairement à Rahmani qui, avec son éducation à moitié britannique, sa pratique des langues étrangères et son allure cosmopolite, faisait un suspect idéal, Khatib possédait un atout fondamental : il était originaire de Tikrit. Tant qu'il faisait ce que lui avait ordonné le Raïs, et qu'il le faisait parfaitement, assurant un flot de confessions suffisant pour apaiser la paranoïa inassouvissable de son maître, il était tranquille.

Mais les dernières vingt-quatre heures avaient été troublantes. Lui aussi avait reçu un coup de fil la veille, mais du gendre, Hussein Kamil. Comme Ibrahim l'avait fait avec Rahmani, Kamil lui avait fait part de la rage du Raïs après le bombardement d'Al-Qubai et exigeait des résultats.

Contrairement à Rahmani, Khatib détenait les deux aviateurs britanniques. D'un côté, c'était un avantage, mais de l'autre, c'était aussi un piège. Le Raïs voudrait savoir, et vite, comment les aviateurs avaient été informés de leur mission avant le décollage — ce que les alliés savaient exactement de ce qui se passait à Al-Qubai et comment ils l'avaient appris.

C'était à lui, Khatib, d'obtenir ces renseignements, et ses hommes avaient travaillé au corps les deux aviateurs pendant quatorze heures, depuis sept heures du soir la veille, lorsqu'ils étaient arrivés à Abu Ghraib. Pour le moment, ces imbéciles tenaient bon.

De la cour située sous sa fenêtre provenaient des sifflements, des bruits de coups et des gémissements. Khatib fronça le sourcil d'étonnement, puis se rasséréna en se souvenant de quoi il s'agissait.

Dans la cour intérieure sous sa fenêtre, un Irakien était pendu par les poignets à la barre transversale d'une croix, les orteils à dix centimètres au-dessus du sol. A côté était posé un seau rempli d'eau salée qui avait été claire, mais était rose sombre maintenant.

Tant qu'on ne leur avait pas donné l'ordre de cesser, tous les gardiens ou soldats qui traversaient la cour prenaient l'une des deux cannes posées dans le seau et en appliquaient un grand coup dans le dos de l'homme suspendu là, entre la nuque et les genoux. Sous une guérite, un caporal surveillait l'exécution de la consigne.

Cet idiot était un marchand qui avait été surpris à traiter le Président de fils de putain et qui apprenait, mais un peu tard, le respect que devaient les citoyens au Raïs. Le plus étonnant était qu'il soit encore là. Voilà qui montrait une fois de plus la résistance incroyable de ces gens du peuple. Le marchand avait déjà enduré cinq cents coups, ce qui constituait un record impressionnant. Il serait mort avant le millième — personne n'en avait jamais supporté mille — mais c'était tout de même intéressant. Autre chose intéressante, l'homme avait été dénoncé par son fils âgé de dix ans. Omar Khatib savoura une gorgée de café, dévissa le capuchon de son stylo en or et se pencha sur ses papiers.

Une demi-heure plus tard, quelqu'un frappa un petit coup à la porte. « Entrez ! » cria-t-il, et il leva les yeux pour voir qui arrivait. Il avait besoin de bonnes nouvelles, et un seul homme pouvait entrer ainsi chez lui sans passer par l'aide de camp qui se tenait dehors.

L'homme qui entra était un grand gaillard que sa mère elle-même n'aurait pas pu trouver joli garçon. Son visage était profondément marqué par la variole contractée lorsqu'il était petit et deux cicatrices circulaires lui restaient de kystes qu'on lui avait enlevés. Il ferma la porte et resta planté là au garde-à-vous, attendant qu'on lui adresse la parole.

Bien qu'il ne fût que sergent, ses insignes ne disaient rien de son importance réelle : c'était l'un des rares êtres pour lesquels le général de brigade ressentait un certain sentiment de camaraderie. De tous les hommes employés dans la prison, le sergent Ali était le seul qui ait le droit de s'asseoir en sa présence, à condition toutefois d'y avoir été invité.

Khatib lui montra un siège et lui offrit une cigarette. Le sergent l'alluma, en tira une bouffée et remercia d'abondance. Il faisait un boulot épuisant, et une petite pause cigarette était la bienvenue. La raison pour laquelle Khatib tolérait une familiarité pareille de la part d'un homme de rang si inférieur était qu'il éprouvait une admiration sincère pour Ali.

En toutes choses, Khatib tenait l'efficacité en haute estime et son homme de confiance ne l'avait jamais déçu. Calme, méthodique, bon époux et bon père, Ali était un vrai professionnel.

« Alors ? demanda-t-il.

— Le navigateur est sur le point de craquer, mon général. Le pilote... » Il haussa les épaules. « Une heure ou un peu plus.

— Laisse-moi te rappeler qu'il faut les briser tous les deux, Ali. Je veux qu'il n'en reste rien. Et leurs histoires doivent concorder. Le Raïs en personne compte sur nous.

— Peut-être que vous devriez venir, mon général. Je crois que vous aurez la réponse dans dix minutes. Le navigateur pour commencer, et quand le pilote le saura, il suivra dans la foulée.

— Très bien. »

Khatib se leva et le sergent lui tint la porte ouverte. Ils descendirent ensemble jusqu'au sous-sol où l'ascenseur s'arrêta. Un étroit passage menait à l'escalier qui conduisait plus bas. Le long de ce passage, il y avait des portes en acier, et derrière ces portes, mijotant dans leurs excréments, sept aviateurs américains, quatre Britanniques, un Italien et un pilote de Skyhawk koweïtien.

Deux autres cellules occupaient le niveau inférieur et elles étaient toutes deux occupées. Khatib jeta un coup d'œil par le judas de la première.

Une seule ampoule nue éclairait brillamment la cellule, aux murs couverts d'excréments et de sang séché. Au centre, sur une chaise de bureau en plastique, un homme était assis, complètement nu, la poitrine couverte de vomi, de sang et de salive. Il avait les mains attachées dans le dos et une cagoule sans aucun orifice lui couvrait le visage.

Deux hommes de l'AMAM portant des combinaisons identiques à celle du sergent Ali se tenaient debout de chaque côté de la chaise. Ils caressaient un long tube en plastique rempli de goudron. Ce produit ajoute de la masse sans diminuer la souplesse. Ils s'étaient un peu reculés, le temps d'une pause. Avant cela, ils s'étaient apparemment concentrés sur les tibias et les genoux qui avaient viré au bleu jaune.

Khatib approuva d'un hochement de tête et passa à la porte suivante. A travers le trou, il vit que le second prisonnier n'était pas masqué. L'un de ses yeux était complètement fermé ; la chair déchiquetée de l'arcade sourcilière et de la joue ne formait plus qu'une bouillie de sang séché. Quand il ouvrit la bouche, on vit les emplacements béants de deux dents cassées et une écume de sang sortit de ses lèvres écrabouillées.

« Tyne, murmura-t-il, Nicholas Tyne. Lieutenant. Cinq-Zéro-Un-Zéro-Neuf-Six-Huit.

— C'est le navigateur », souffla le sergent. Khatib lui répondit de la même voix : « Qui parmi nos hommes parle anglais ? » Ali montra d'un geste celui qui était à gauche. « Fais-le sortir. »

Ali entra dans la cellule du navigateur et revint avec l'un des tortionnaires. Khatib s'entretint avec lui en arabe. L'homme fit un signe de tête, revint dans la cellule et mit une cagoule sur la tête du navigateur. Quand ce fut fait, Khatib les autorisa à ouvrir les portes des deux cellules.

L'homme qui parlait anglais se pencha vers la tête de Nicholas Tyne et lui parla à travers le tissu. Il parlait anglais avec un fort accent, mais c'était compréhensible.

« Très bien, lieutenant, c'est bon. Pour vous, c'est terminé, il n'y aura pas d'autre punition. »

Le jeune navigateur comprit ce qu'on lui disait. Son corps sembla se détendre de soulagement.

« Mais ton ami, il n'a pas autant de chance. Il est en train de mourir. Alors, on peut l'emmener à l'hôpital — il aura des chemises blanches toutes propres, des médecins, tout ce dont il a besoin. Ou bien on peut finir le travail. C'est à toi de choisir. Quand tu auras parlé, on s'arrête et on l'emmène d'urgence à l'hôpital. »

Khatib fit un signe de tête au sergent Ali, à l'autre bout du couloir, et le sergent pénétra dans l'autre cellule. Par la porte ouverte, on entendait les coups des tuyaux en plastique qui pleuvaient sur une poitrine nue. Le pilote se mit à hurler.

« D'accord, c'étaient des obus, cria Nicholas Tyne par-dessous sa cagoule. Arrêtez, bande de salauds, c'était un dépôt de munitions, des obus chargés de gaz de combat... »

Les coups cessèrent. Ali sortit de la cellule du pilote en soufflant bruyamment.

« Vous êtes un génie, *sayidi* général. »

Khatib haussa les épaules en prenant un air modeste.

« Ne sous-estime jamais la sentimentalité des Anglais et des Américains, dit-il à son élève. Va chercher les interprètes, extrais tous les détails, jusqu'au dernier. Quand tu auras les minutes, apporte-les à mon bureau. »

De retour dans son sanctuaire, le général Khatib téléphona à Hussein Kamil. Une heure plus tard, Kamil le rappelait. Son beau-père était ravi. On allait convoquer une réunion, probablement ce soir. Omar Khatib devait se tenir prêt à y répondre.

Ce soir-là, Karim s'était remis à taquiner Edith, gentiment et sans aucune malice. Cette fois, c'était à propos de son travail.

« Et tu n'en as jamais assez de la banque, chérie ?

— Non, c'est un travail intéressant. Pourquoi me demandes-tu cela ?

— Oh, je ne sais pas. Mais je n'arrive pas à comprendre comment tu peux trouver cela intéressant. Pour moi, ce serait la chose la plus ennuyeuse du monde.

— Eh bien, ce n'est pas le cas.

— Très bien, alors qu'a-t-il de si intéressant ?

— Tu sais, tenir les comptes à jour, faire des placements, tout ça. C'est un travail important.

— Un travail idiot, tu veux dire. Passer sa vie à dire " Oui monsieur ", " Non monsieur ", " Naturellement monsieur ", à des tas de gens qui entrent et qui sortent pour déposer un chèque de cinquante schillings ! Quel ennui ! »

Il était couché sur le dos. Elle s'approcha pour venir s'allonger à côté de lui et passa les bras autour de ses épaules. Elle aimait l'enlacer ainsi.

« Tu sais que tu es quelquefois complètement cinglé, Karim. Mais je t'aime comme ça. La Banque Winkler n'est pas une banque de dépôt, c'est une banque d'investissement.

— Et quelle est la différence ?

— Nous n'avons pas de comptes courants, de clients avec un numéro de compte qui vont et qui viennent. Ce n'est pas comme cela que ça marche.

— Donc, puisque vous n'avez pas de clients, vous n'avez pas d'argent.

— Bien sûr que nous avons de l'argent, mais sur des comptes de dépôt.

— J'en ai jamais eu, fit Karim. Juste un petit compte courant, et de toute façon, je préfère le liquide.

— Tu ne peux pas avoir de liquide quand il s'agit de millions. Les gens te le voleraient. Alors, tu le déposes à la banque et tu investis.

— Tu veux dire que le vieux Gemütlich manipule des millions ? Qui appartiennent à d'autres gens ?

— Oui, des millions et des millions.

— En schillings ou en dollars ?

— En dollars, en livres, oui, des millions et des millions.

— Eh bien, moi, je ne leur ferais pas confiance pour s'occuper de *mon* argent. »

Elle s'assit, sincèrement choquée.

« Herr Gemütlich est d'une honnêteté totale. Il ne songerait même pas une seule seconde à faire une chose pareille.

— Lui peut-être, mais quelqu'un d'autre. Écoute... admettons que je connaisse quelqu'un qui possède un compte à la Banque Winkler. Il s'appelle Schmitt. Un jour, j'entre et je dis : bonjour, Herr Gemütlich, je m'appelle Schmitt et j'ai un compte chez vous. Il regarde dans son registre et me répond : oui, c'est exact. Alors je lui dis : je voudrais retirer tout ce que j'ai dessus. Quand le vrai Schmitt se pointe, il ne reste rien. Voilà pourquoi je préfère le liquide. »

Elle éclata de rire devant tant de naïveté et se recoucha contre lui en jouant avec le lobe de son oreille.

« Ça ne marcherait pas. Herr Gemütlich connaîtrait sans doute ton précieux Schmitt. Et de toute façon, il faudrait qu'il prouve qui il est.

— On peut truquer des passeports. Ces maudits Palestiniens le font sans arrêt.

— Et il lui faudrait une signature, dont il aurait le double.

— Alors, je m'entraînerais à imiter la signature de Schmitt.

— Karim, je crois que tu finiras dans la peau d'un criminel, un de ces jours. Tu es méchant. »

Ils éclatèrent tous deux d'un grand rire bête à cette idée.

« De toute façon, si tu es étranger et si tu vis à l'étranger, tu aurais sans doute un compte numéroté. Ils sont impossibles à violer. »

Il s'appuya sur son coude et la regarda de haut en bas, le sourcil froncé.

« Qu'est-ce que c'est que ça ?

— Un compte numéroté ?

— Mm. »

Elle lui expliqua comment cela fonctionnait.

« Mais c'est complètement dingue, finit-il par exploser lorsquelle eut terminé. N'importe qui pourrait se pointer et prétendre qu'il en est propriétaire. Si Gemütlich n'a jamais vu le vrai titulaire...

— Il existe des procédures d'identification, imbécile. Des codes très complexes, des méthodes particulières pour écrire les lettres, certaines façons de faire sa signature — toutes sortes de choses pour vérifier que cette personne est le vrai propriétaire. Tant que tu ne réponds pas à toutes ces conditions, Herr Gemütlich ne bouge pas. Donc un abus d'identité est impossible.

— Il faut qu'il ait une mémoire du tonnerre de Dieu.

— Mais tu es vraiment trop bête. Tout est couché par écrit. Tu m'emmènes dîner ?

— Tu crois vraiment que tu le mérites ?

— Tu sais très bien que oui.

— D'accord, mais je veux d'abord un hors-d'œuvre. »

Elle ne comprenait pas.

« D'accord, commande. »

Il tendit le bras, attrapa la ceinture de sa petite culotte et la tira vers le lit avec son doigt. Elle riait de plaisir. Il roula sur elle et se mit à l'embrasser. Tout à coup, il s'arrêta. Elle avait l'air inquiet.

« Je sais ce que je devrais faire, lui souffla-t-il. Je devrais louer les services d'un briseur de coffre-fort, casser le coffre du vieux Gemütlich et jeter un coup d'œil aux codes. Alors, je pourrais me tirer avec la caisse. »

Elle éclata de rire, soulagée : il n'avait pas changé d'avis, il avait toujours envie de faire l'amour.

« Ça ne marcherait pas. Mm. Refais-moi ça.

— Si, ça marcherait.

— Aaaah. Non, ça ne marcherait pas.

— Si, ça marcherait. Il y a tout le temps des coffres qui se font ouvrir. On lit ça dans les journaux tous les jours. »

Elle laissa sa main descendre « en bas » et ses yeux s'arrondirent.

« Oh, tout ça pour moi ? Tu es adorable, tu es fort, Karim, et je t'aime. Mais le vieux Gemütlich, comme tu l'appelles, est un peu plus intelligent que toi... »

Une minute plus tard, elle ne se souciait plus de savoir si ce Gemütlich était futé ou pas.

Tandis que l'agent du Mossad faisait l'amour à Vienne, Mike Martin disposait son antenne car minuit approchait et on allait changer de jour — on ne serait plus le 11 mais le 12. L'Irak n'avait plus que huit jours avant l'invasion prévue pour le 20 février. Au sud de la frontière, la zone nord du désert saoudien était occupée par la plus grosse concentration jamais vue d'hommes et d'armes, de canons, de chars et de réserves entassées dans un espace aussi réduit depuis la Seconde Guerre mondiale.

Le matraquage aérien se poursuivait, encore que la plupart des objectifs figurant sur la liste initiale du général Horner aient reçu de la visite, quelquefois à deux reprises et même davantage. Malgré l'introduction d'objectifs nouveaux créés par l'attaque des Scud contre Israël, le plan avait retrouvé sa forme initiale. Toutes les usines *connues* de fabrication d'armes de destruction massive avaient été pulvérisées, et cela incluait douze nouveaux sites qui figuraient sur la liste fournie par Jéricho.

L'armée de l'air irakienne avait pratiquement cessé d'exister en tant qu'outil opérationnel. Lorsqu'ils avaient essayé de s'opposer aux Eagle, Hornet, Tomcat, Falcon, Phantom et Jaguar des alliés, ses chasseurs étaient rarement rentrés à leur base. Et à la mi-février, ils n'essayaient même plus. La crème de la chasse et des chasseurs bombardiers avaient été délibérément envoyés en Iran, où ils avaient été immédiatement saisis. D'autres avaient été détruits dans leurs abris protégés ou réduits en pièces s'ils s'étaient fait prendre à l'air libre.

Au plus haut niveau de la hiérarchie, les chefs alliés ne pouvaient pas comprendre comment Saddam avait bien pu choisir d'envoyer l'élite de son aviation chez son vieil adversaire. La raison en était qu'il attendait fermement le jour où tous les pays de la région seraient contraints de plier le genou devant lui. Il récupérerait alors son aviation de combat.

A cette époque, il n'y avait pratiquement plus un pont intact dans tout le pays, ni une centrale électrique en état de marche.

A la mi-février, l'effort aérien des alliés fut réorienté contre l'armée irakienne au sud du Koweït et sur la frontière.

Depuis la frontière saoudienne est-ouest jusqu'à l'autoroute Bagdad-Bassorah, les Buff pilonnaient l'artillerie, les chars, les batteries de lance-missiles et les positions d'infanterie. Les Thunderbolt A-10 américains, surnommés « les phacochères » à cause de leur grâce en vol, faisaient ce pour quoi ils avaient été conçus : détruire des chars. Les Eagle et les Tornado s'étaient également vu attribuer cette mission de « plieurs de chars ».

Ce que les généraux alliés de Riyad ne savaient pas, c'est que quarante usines importantes consacrées à la production d'armes de destruction massive étaient toujours cachées sous le désert ou dans la montagne, et que les bases aériennes de la Sixco étaient toujours intactes.

Depuis que l'usine d'Al-Qubai avait été ensevelie sous les décombres, l'humeur était plus légère chez les quatre généraux qui savaient ce qu'elle contenait réellement, de même que chez les hommes de la CIA et du SIS présents à Riyad.

Cette bonne humeur transparaissait dans le bref message reçu ce soir-là par Mike Martin. Ses contrôleurs à Riyad commençaient en l'informant du succès de la mission malgré la perte d'un Tornado. Le message continuait en le félicitant d'être resté à Bagdad et pour l'ensemble de la mission. Enfin, on lui indiquait qu'il restait encore une petite chose à faire. Il allait falloir transmettre un dernier message à Jéricho, pour lui dire que les alliés lui étaient très reconnaissants, que tout l'argent lui avait été payé, et que les contacts seraient repris après la guerre. Cela fait, indiqua-t-on à Martin, il pourrait regagner l'Arabie Saoudite avant que cela devienne vraiment trop risqué.

Martin rangea son matériel, le remit dans sa cachette sous le sol et déplia son lit pour se coucher. Intéressant, se disait-il, les troupes ne vont pas venir jusqu'à Bagdad. Et alors, Saddam, n'était-ce pas lui l'objet de toute la manœuvre ? Quelque chose avait changé.

S'il avait su ce qui se disait à la réunion qui se déroulait au quartier général du Mukhabarat à moins de cinq cents mètres de là, Mike Martin aurait eu le sommeil moins paisible.

En matière de compétence technique, il existe quatre degrés : compétent, très bon, brillant et « surdoué ». Cette dernière catégorie va bien au-delà de la seule compétence, dans une zone où la compétence technique est associée à une sorte d'intuition, d'instinct animal, de sixième sens, une compréhension intime des choses et des êtres qui ne s'apprend pas dans les livres.

En matière de radiocommunications, le major Mohsen Zayeed appartenait à cette catégorie des « surdoués ». Très jeune, avec des lunettes rondes qui lui donnaient l'air d'un étudiant trop sérieux, Zayeed vivait, mangeait, dormait en ne s'occupant que d'une seule chose — la technique radio. Sa chambre était remplie des dernières revues occidentales, et lorsqu'il découvrait un nouveau composant qui pouvait augmenter l'efficacité de son service, chargé des interceptions, il le réclamait. Comme il estimait énormément l'homme, Hassan Rahmani essayait de le lui obtenir.

Peu après minuit, les deux hommes étaient assis dans le bureau de Rahmani.

« Des progrès ? demanda Rahmani.

— Je crois que oui, répondit Zayeed. Il est ici, d'accord, aucun doute là-dessus. Le problème, c'est qu'il fait des émissions extrêmement brèves qu'il est pratiquement impossible d'intercepter. Ça va trop vite. Enfin, presque trop vite. Avec du talent et de la patience, on peut en trouver une par chance, même si les émissions ne durent que quelques secondes.

— Il vous faut encore combien de temps ?

— Eh bien, j'ai réduit les fréquences probables à une étroite fenêtre dans la bande VHF, ce qui facilite déjà la vie. Voici plusieurs jours, j'ai eu de la chance. Nous étions en train de surveiller une bande étroite, à tout hasard, et il a émis. Écoutez. »

Zayeed sortit un magnétophone et appuya sur la touche « marche ». Un brouhaha de sons divers emplit le bureau. Rahmani avait l'air perplexe. « C'est ça ?

— Naturellement, c'est crypté.

— Naturellement, fit Rahmani. Et vous pourriez le décrypter ?

— La réponse est presque certainement non. Le cryptage est fait par une puce de silicium, équipée avec un circuit micro-électronique très complexe.

— On ne peut pas le décrypter ? » Rahmani n'y comprenait plus rien. Zayeed vivait dans son monde à lui, parlait son langage à lui. Et en ce moment, il faisait de gros efforts pour tenter d'être plus compréhensible pour son chef.

« Il ne s'agit pas d'un code. Pour transformer ce grésillement et retrouver le message initial, il faudrait posséder la même puce de silicium. Il y a des centaines de millions de combinaisons possibles.

— Alors, quel est l'intérêt ?

— L'intérêt, mon général, c'est que j'ai fait un relèvement. » Hassan Rahmani se pencha en avant, tout excité.

« Un relèvement ?

— Le second. Et devinez quoi ? Ce message a été émis au milieu de la nuit, trente heures avant le bombardement d'Al-Qubai. Mon hypothèse, c'est que ce message contenait des détails sur l'usine nucléaire. Et il y a plus.

— Continuez.

— Il est ici.

— Ici, à Bagdad ? »

Le major Zayeed sourit et hocha affirmativement la tête. Il avait gardé le meilleur pour la fin. Il voulait savourer son petit effet.

« Non, mon général, ici, dans le quartier de Mansour. Et je pense même qu'il est dans un carré de deux kilomètres de côté. »

Rahmani réfléchissait à toute allure. Il approchait du but. Le téléphone sonna. Il écouta quelques secondes, raccrocha et se leva.

« Je suis convoqué. Une dernière chose. Combien d'interceptions vous faudrait-il encore pour que vous le localisiez précisément ? Un bloc de maisons, ou même une maison ?

— Avec de la chance, une seule. Il est possible que je ne l'intercepte pas la première fois, mais si j'y arrive, je pense que je pourrai le trouver. Je prie le ciel qu'il envoie un long message. Dans ce cas, je pourrai vous donner un carré de cent mètres de côté. »

Rahmani avait du mal à respirer quand il descendit pour prendre sa voiture.

Ils arrivèrent à la réunion convoquée par le Raïs dans deux minibus aux fenêtres aveugles. Les sept ministres arrivèrent dans le premier, les six généraux et les trois responsables des services de renseignements dans le second. Aucun d'eux ne vit où ils allaient et, de l'autre côté de son rideau, le chauffeur se contenta de suivre un motard.

Les neuf hommes du second minibus ne furent autorisés à descendre que lorsque leur véhicule se fut arrêté dans une cour fermée. Le trajet avait duré quarante-cinq minutes, ils avaient fait des détours. Rahmani estima qu'ils se trouvaient à la campagne, à environ quarante kilomètres de Bagdad. On n'entendait aucun bruit de circulation, et les étoiles au-dessus de leurs têtes éclairaient faiblement la silhouette vague d'une grande villa aux fenêtres aveugles.

Les sept ministres attendaient déjà dans le grand salon. Les généraux prirent les places qu'on leur désigna et s'assirent en silence. Les gardes montrèrent au Dr Ubaidi, du renseignement à l'étranger, à Rahmani, du contre-espionnage, et à Omar Khatib, de la police secrète, trois sièges qui faisaient face à un grand fauteuil rembourré réservé au Raïs lui-même.

L'homme qui les avait convoqués entra quelques minutes plus tard. Ils se levèrent avec un bel ensemble, et il leur fit signe de s'asseoir. Pour certains d'entre eux, cela faisait trois semaines qu'ils n'avaient pas vu le Président. Il semblait fatigué, les valises sous ses yeux et les bajoues étaient plus marquées.

Saddam Hussein entra dans le vif du sujet sans aucun préambule. Il y avait eu un raid de bombardement — ils étaient tous au courant, même ceux qui, avant le raid, ignoraient l'existence d'Al-Qubai. L'endroit était si secret que moins d'une douzaine de personnes en Irak connaissaient son emplacement exact. Et pourtant, il avait été bombardé. Personne ne l'avait visité, à part les plus hauts dignitaires et quelques techniciens spécialisés. Ces visites avaient lieu dans des voitures aux vitres masquées, et il avait pourtant été bombardé.

Il y eut un silence dans la pièce, le silence de la peur. Les généraux, Radi pour l'infanterie, Kadiri pour les blindés, Ridha pour l'artillerie et Musuli pour le corps du génie, et les deux autres, la garde républicaine et le chef d'état-major, regardaient fixement le tapis à leurs pieds.

« Notre camarade, Omar Khatib, a interrogé les deux aviateurs britanniques, commença le Raïs. Il va maintenant expliquer ce qui s'est passé. »

Personne ne regardait le Raïs, mais tous les yeux se fixèrent sur la silhouette maigre comme un fil de fer d'Omar Khatib. Le Tourmenteur fixa les yeux à mi-poitrine du chef de l'État qui lui faisait face de l'autre côté de la pièce.

Les aviateurs avaient parlé, dit-il sobrement. Ils avaient tout craché. Le chef de leur escadron leur avait expliqué que des appareils alliés avaient vu des camions, des camions militaires, qui entraient et sortaient d'un certain dépôt de vieilles voitures. Sur cette base, les Fils de Chiens avaient eu l'impression que l'endroit cachait un dépôt de munitions et, plus précisément, d'obus chimiques. L'objectif n'avait pas reçu un haut degré de priorité et on pensait qu'il n'était pas défendu contre les attaques aériennes. En conséquence, on n'avait affecté que deux avions à la mission avec deux autres appareils plus haut pour marquer la cible. Aucun appareil de protection n'avait été prévu pour détruire les moyens de défense antiaériens, parce qu'on croyait qu'il n'y en avait pas. Le pilote et le navigateur ne savaient rien d'autre.

Le Raïs fit un signe du menton en direction du général Farouk Ridha.

« Vrai ou faux, *Rafeek* ?

— Il est normal, *Sayidi Raïs*, répondit l'homme qui commandait l'artillerie et les rampes de lancement Sam, il est normal pour eux d'envoyer d'abord des chasseurs pour détruire les moyens de défense antiaériens, puis les bombardiers pour détruire l'objectif. Ils agissent toujours ainsi. Si l'objectif reçoit un haut degré de priorité, on n'a encore jamais vu deux avions seulement et pas de soutien. »

Saddam médita la réponse, ses yeux sombres ne dévoilaient rien de ses pensées. Cela faisait partie du pouvoir qu'il exerçait sur ces hommes : ils ne savaient jamais exactement comment il allait réagir. « Y a-t-il une chance, *Rafeek* Khatib, que ces deux hommes aient pu te cacher quelque chose, qu'ils en sachent plus que ce qu'ils t'ont dit ?

— Non, *Raïs*, nous les avons... persuadés de coopérer à fond.

— Alors, c'est la fin de l'affaire ? demanda tranquillement le Raïs. Ce raid n'était qu'un malheureux coup du hasard ? »

Tous les assistants hochèrent la tête. Le hurlement les fit sursauter.

« Faux ! Vous avez tout faux. »

La voix se calma instantanément et devint un murmure, mais la crainte était distillée. Il savait tous que ce ton doux pouvait précéder la plus terrible des révélations, la plus sauvage des punitions.

« Il n'y a jamais eu de camions, de camions militaires. C'est une fausse excuse qu'on a donnée aux pilotes pour le cas où ils seraient capturés. Mais il y a autre chose, n'est-ce pas ? »

La plupart d'entre eux transpiraient, malgré la climatisation. Cela avait toujours été ainsi, depuis l'aube de l'histoire, lorsque le tyran de la tribu convoquait ses sujets dans l'antre du sorcier. Toute la tribu s'asseyait en tremblant, à l'idée que le bâton de commandement allait peut-être le désigner.

« Il y a eu un complot, murmura le Raïs. Il y a eu un traître. Quelqu'un a trahi, et il conspire contre moi. »

Il garda le silence plusieurs minutes d'affilée, les laissant tous trembler. Lorsqu'il reprit la parole, ce fut pour s'adresser aux trois hommes assis en face de lui. « Trouvez-le. Trouvez-le et amenez-le-moi. Il apprendra comment on punit de tels crimes. Lui et toute sa famille. »

Puis il quitta la pièce, suivi de son garde du corps. Les seize hommes n'osaient pas se regarder, ni rencontrer le regard des autres. Il allait y avoir un sacrifié. Personne ne savait qui ce serait. Chacun craignait pour soi-même, pour une remarque faite au hasard, peut-être même moins.

Quinze des participants se tenaient à l'écart du seizième, le chasseur de sorcières, celui qu'ils appelaient Al-Mu'azib, le

Tourmenteur. C'était lui qui devait désigner la victime du sacrifice.

Hassan Rahmani gardait également le silence. Ce n'était pas le moment de faire mention des interceptions radio. Ce qu'il avait à faire était délicat, subtil, fondé sur des recherches et du vrai travail de renseignement. La dernière chose dont il avait besoin était de voir les gros sabots de l'AMAM gâcher toutes ses pistes.

Terrorisés, les ministres et les généraux quittèrent les lieux dans la nuit et retournèrent à leur besogne.

« Il ne les conserve pas dans le coffre de son bureau », déclara Avi Herzog, alias Karim, à son chef, Gidi Barzilai, pendant qu'il prenait un petit déjeuner tardif le lendemain matin.

Le rendez-vous était sûr, ils se trouvaient dans l'appartement de Barzilai. Herzog avait attendu qu'Edith Hardenberg soit arrivée à la banque pour l'appeler d'une cabine téléphonique. Peu après, l'équipe Yarid était arrivée, avait créé une « bulle » autour de ses collègues et les avait escortés jusqu'au rendez-vous pour s'assurer que personne ne les suivait. S'il y avait eu filature, ils l'auraient détectée. C'était là leur spécialité.

Gidi Barzilai se pencha au-dessus de la table jonchée de nourriture, les yeux soudain brillants.

« Bien joué, joli cœur, maintenant, je sais où ne sont pas les codes. Mais la question est : où sont-ils ?

— Dans son bureau.

— Le bureau ? Tu es fou. N'importe qui peut ouvrir un bureau.

— Tu l'as vu ?

— Le bureau de Gemütlich ? Non.

— Apparemment, il s'agit d'un grand meuble, très décoré et très ancien. Une véritable pièce d'antiquité. Et il possède un compartiment réalisé par celui qui l'a fait. Si secret, si difficile à découvrir que Gemütlich dit lui-même que c'est un endroit plus sûr que n'importe quel coffre-fort. Il pense qu'un voleur pourrait trouver le coffre, mais qu'il ne penserait jamais au bureau. Et même s'il pensait au bureau, il ne trouverait jamais le compartiment secret.

— Et elle ne sait pas où il se trouve ?

— Non. Elle ne l'a jamais vu ouvert. Il s'enferme toujours dans son bureau quand il a besoin d'y accéder. »

Barzilai resta pensif.

« Sacrément malin, le salopard. Je n'y aurais jamais cru. Mais tu sais, il a sans doute raison.

— Bon, je peux mettre fin à ma petite aventure ?

— Non, Avi, pas encore. Si tu as raison, tu t'es débrouillé comme un chef. Mais reste dans le coin, garde le contact. Si tu disparais maintenant, elle repenserait à votre dernière conversation, elle se dirait que deux et deux font quatre, elle aurait du remords, n'importe quoi. Reste avec elle, continue à lui parler, mais plus jamais de la banque. »

Barzilai se mit à réfléchir à son propre problème. Personne, dans son équipe présente à Vienne, n'avait jamais vu le coffre, mais il y avait un homme qui l'avait vu, lui.

Barzilai envoya un message codé à Kobi Dror, à Tel-Aviv. On fit venir l'observateur et il s'installa dans une pièce avec un dessinateur.

L'observateur n'avait pas tous les talents, mais il avait une qualité rare : sa mémoire littéralement photographique. Il resta assis là durant cinq heures, les yeux fermés, et se remémora son entrevue avec Gemütlich le jour où il s'était fait passer pour un avocat new-yorkais. Sa mission principale avait consisté à repérer les systèmes d'alarme sur les fenêtres et les portes, un coffre mural, des fils indiquant la présence de détecteurs de pression — tous les trucs qui rendent une pièce sûre. Il avait tout noté et en avait rendu compte. Le bureau ne l'avait pas particulièrement intéressé. Mais plus tard, assis dans cette pièce dans le sous-sol, boulevard du Roi-Saul, il avait fermé les yeux et s'était souvenu de tout.

Il décrivit point par point le bureau au dessinateur. De temps en temps, il jetait un coup d'œil au dessin, faisait une correction et reprenait. Le dessinateur travaillait à l'encre de Chine, avec une plume très fine, et coloriait ce qu'il avait fait à l'aquarelle. Au bout de cinq heures, il produisit une feuille de papier à dessin sur laquelle le bureau apparaissait exactement tel qu'il était, avec ses couleurs exactes, dans le bureau viennois de Herr Wolfgang Gemütlich, à la Banque Winkler, Ballgasse.

On fit parvenir le dessin à Gidi Barzilai dans la « pochette », la valise diplomatique qui faisait la navette entre Tel-Aviv et l'ambassade d'Israël en Autriche. Il le reçut deux jours plus tard.

Auparavant, un examen de la liste des *sayanim* présents en Europe avait révélé l'existence d'un certain M. Michel Lévy, antiquaire, boulevard Raspail, à Paris. Il était considéré comme l'un des meilleurs experts en matière de mobilier ancien sur tout le continent.

Ce n'est que le soir du 14, le jour même où Barzilai recevait son dessin à Vienne, que Saddam Hussein convoqua une nouvelle réunion de ses ministres, généraux et chefs des services secrets.

Une fois encore, ce fut le chef de l'AMAM, Omar Khatib, qui tint la vedette. Il avait prévenu le gendre de Saddam, Hussein Kamil, de son succès, et une fois encore, la réunion se déroula dans une villa à la tombée de la nuit.

Le Raïs entra dans la pièce et fit signe à Khatib de rendre compte de ses découvertes.

« Que puis-je dire, *Sayidi Raïs* ? » Le chef de la police secrète leva les bras au ciel et les laissa retomber dans un geste de découragement. C'était un chef-d'œuvre de fausse modestie. « Comme toujours, le Raïs avait raison, et nous étions tous dans l'erreur. Le bombardement d'Al-Qubai n'était pas un accident. Il y *avait* un traître, et il a été démasqué. »

Un brouhaha admiratif emplit la salle. L'homme installé dans son fauteuil rembourré, le dos au mur sans fenêtre, sourit et leva la main pour faire cesser ces applaudissements intempestifs. Ils cessèrent, mais pas plus vite que nécessaire. N'avais-je pas raison, disait ce sourire, et d'ailleurs, n'ai-je pas toujours raison ?

« Et comment l'as-tu découvert, *Rafeek* ? demanda le Raïs.

— Un mélange de chance et de travail de détective, répondit modestement Khatib. Comme toujours, c'est la bonne fortune, le sourire d'Allah qui protège notre Raïs. »

Un murmure d'approbation parcourut l'assistance.

« Deux jours avant l'attaque des bombardiers des Beni Nadji, un barrage de contrôle avait été mis en place sur une route non loin de là. Une opération de routine comme en mènent mes hommes, pour intercepter de possibles déserteurs, des trafics de contrebande... Tous les numéros minéralogiques avaient été relevés. Il y a deux jours, j'ai repris cette liste et j'ai découvert que tous les numéros étaient des plaques de la région — des camionnettes, des camions. Mais il y avait aussi une voiture de prix, immatriculée à Bagdad. On a retrouvé la trace du propriétaire, quelqu'un qui aurait pu avoir un motif de se rendre à Al-Qubai. Et pourtant, un simple coup de fil a permis d'établir qu'il *n'y était pas allé*. Et alors, me suis-je demandé, pourquoi s'est-il rendu dans la région ? »

Hassan Rahmani hocha la tête. C'était du bon travail, si c'était vrai. Cela ne ressemblait guère à Khatib, qui préférait la force brutale.

« Et pourquoi était-il là-bas ? » demanda le Raïs.

Khatib marqua un temps d'arrêt pour ménager ses effets.

« Pour établir une description précise du dépôt de carcasses en surface, pour déterminer la distance au point de repère le plus proche et le relèvement exact — tout ce dont une aviation aurait besoin pour se présenter sur un objectif. »

Un énorme soupir de soulagement emplit la salle.

« Mais tout cela est arrivé plus tard, Raïs. J'ai d'abord invité cet homme à venir me voir au quartier général de l'AMAM pour avoir une franche discussion avec moi. »

Khatib se remémorait la petite conversation en question, dans le sous-sol du siège de l'AMAM à Saadoun, dans Bagdad, ce qu'on appelait le Gymnase.

En général, Omar Khatib confiait à ses subordonnés le soin de mener les interrogatoires, se contentant de fixer leur niveau de sévérité et de recueillir les résultats. Mais le cas était si délicat qu'il s'en était chargé lui-même et avait maintenu tout son monde à l'écart derrière l'épaisse porte étanche aux sons.

Deux crochets en acier étaient fixés au plafond de la cellule à un mètre de distance, et les deux chaînes qui y étaient accrochées supportaient une poutre de bois. Les poignets du suspect étaient fixés aux extrémités de cette barre, si bien que l'homme était suspendu avec les deux bras écartés d'un mètre. Comme les membres n'étaient pas en position verticale, la souffrance n'en était que plus grande. Les pieds pendaient à dix centimètres au-dessus du sol et les chevilles étaient attachées à un autre chevron. Le prisonnier était ainsi maintenu en forme de X, ce qui donnait accès à toutes les parties de son corps. Et puisqu'il était suspendu au centre de la pièce, on pouvait l'aborder de tous les côtés.

Omar Khatib posa la canne de jonc sur une petite table et fit le tour pour voir l'homme en face. Les cris déchirants du prisonnier sous les cinquante premiers coups avaient cessé, et ce n'était plus qu'un lancinant gémissement de douleur. Khatib le regarda droit dans les yeux.

« Tu es trop bête, mon ami. Tu pourrais très facilement mettre fin à tout ça. Tu as trahi le Raïs, mais il est magnanime. Tout ce qu'il me faut, c'est ta confession.

— Non, je le jure... *wa-Allah-el-Adheem...* par Allah grand et miséricordieux, je n'ai trahi personne. »

L'homme pleurait comme un enfant, des larmes de désespoir

ruisselaient sur son visage. C'était un mou, se dit Khatib, il n'allait pas résister bien longtemps.

« — Si, tu as trahi. *Qubth-ut-Allah*, tu sais ce que ça veut dire ?

— Bien sûr, gémit l'homme.

— Et tu sais aussi où on le gardait en sûreté ?

— Oui. »

Khatib lui donna un violent coup de genou dans les testicules. L'homme aurait bien aimé pouvoir se recroqueviller mais cela lui était impossible. Il vomit, le dégueulis coula jusqu'au bas de son ventre puis goutte à goutte, du bout de son pénis jusqu'au sol.

« Oui... qui ?

— Oui, *sayidi*.

— Voilà qui est mieux. Et l'endroit où le Poing de Dieu est caché, il n'était pas connu de nos ennemis ?

— Non, *sayidi*, c'est un secret. »

La main de Khatib jaillit et l'homme reçut une grande claque en travers de la figure.

« *Manyouk*, sale *manyouk*, alors comment se fait-il qu'un matin à l'aube, les avions ennemis l'aient bombardé et aient détruit l'engin ? »

Le prisonnier écarquilla les yeux, le choc de cette nouvelle prenait le dessus sur la honte de l'insulte. En arabe, *manyouk* est l'homme qui joue le rôle passif dans une relation homosexuelle.

« Mais ce n'est pas possible. Seul un petit nombre de gens étaient au courant pour Al-Qubai.

— Mais l'ennemi, lui, savait. Et il l'a détruit.

— *Sayidi*, je le jure, c'est impossible. Ils ne pouvaient pas le trouver. L'homme qui l'a construit, le colonel Badri, l'a trop bien camouflé... »

L'interrogatoire s'était encore poursuivi une demi-heure avant son inévitable conclusion.

Il fut sorti de sa rêverie par le Raïs lui-même.

« Et qui est-ce, ce traître ?

— L'ingénieur, le Dr Salah Siddiqui, Raïs. »

La salle était haletante. Le Président hochait doucement la tête, comme si cela faisait bien longtemps qu'il suspectait cet homme.

« Peut-on demander, intervint Hassan Rahmani, pour qui travaillait ce scélérat ? »

Khatib lui jeta un regard venimeux et prit son temps avant de répondre.

« Ça, il ne l'a pas dit, *Sayidi Raïs.*

— Mais il avouera, répondit le Président.

— *Sayidi Raïs,* murmura Khatib, je crains d'être obligé de vous rendre compte que, à ce stade de l'interrogatoire, le traître est mort. »

Rahmani bondit sur ses pieds, sans se soucier du protocole.

« Monsieur le Président, je dois protester. Tout ceci démontre une incompétence invraisemblable. Le traître avait certainement un moyen d'entrer en contact avec l'ennemi, d'envoyer ses messages. Maintenant, nous ne saurons jamais comment il s'y prenait. »

Khatib lança à Rahmani un regard lourd de haine. Et Rahmani, qui avait lu Kipling à l'école de M. Hartley, se souvint du serpent Krait qui sifflait : *Prenez garde, je suis la mort.*

« Qu'as-tu à répondre à cela ? » demanda le Raïs.

Khatib était tout penaud.

« *Sayidi Raïs,* que puis-je dire ? Les hommes qui servent sous mes ordres t'aiment comme leur propre père, et même davantage. Ils mourraient pour toi. Quand ils ont entendu le récit de ces trahisons répugnantes... ils ont eu un excès de zèle. »

Balivernes, songea Rahmani. Mais le Raïs hochait doucement la tête. C'était là un langage qu'il aimait entendre.

« C'est compréhensible, fit-il enfin. Ce sont des choses qui arrivent. Mais vous, général Rahmani, qui critiquez tant votre collègue, avez-vous obtenu quelque chose ? »

Il convenait de remarquer qu'il ne donnait pas à Rahmani le titre de *Rafeek,* « Camarade ». Il fallait qu'il fasse attention, très attention.

« Il y a quelqu'un qui transmet les messages, *Raïs,* ici même, à Bagdad. »

Il poursuivit en révélant ce que le major Zayeed lui avait raconté. Il hésita à ajouter une dernière phrase : « Encore une seule émission, si nous parvenons à l'intercepter, et je pense que nous mettrons la main dessus », mais décida que cela pouvait encore attendre.

« Eh bien, puisque le traître est mort, déclara le Raïs, je peux vous révéler maintenant ce que je ne vous avais pas dit voici deux jours. Le Poing de Dieu n'a pas été détruit, ni même enseveli sous les décombres. Vingt-quatre heures avant ce raid, j'avais donné l'ordre qu'on le mette à l'abri dans un endroit plus sûr. »

Les applaudissements durèrent plusieurs secondes, tandis

que le cercle des intimes exprimait son admiration pour le génie de son chef.

Il leur expliqua que l'engin était désormais dans la Forteresse, dont la localisation ne les regardait pas, et qu'il serait lancé depuis la Qa'ala, changeant ainsi la face de l'Histoire, le jour où le premier soldat américain poserait le pied sur le sol sacré de l'Irak.

Chapitre 20

La nouvelle que les Tornado britanniques avaient manqué leur véritable objectif à Al-Qubai avait profondément troublé l'homme que l'on connaissait sous le seul pseudonyme de Jéricho. Il dut prendre énormément sur lui-même pour se lever et applaudir le Raïs avec les autres qui manifestaient ainsi leur adoration.

Dans la voiture aveugle qui le ramena dans le centre de Bagdad avec les autres généraux, il resta assis silencieux à l'arrière, plongé dans ses pensées. Que l'utilisation de cet engin maintenant caché quelque part dans ce qu'on appelait Qa'ala, la Forteresse, dont il n'avait jamais entendu parler et dont il ne connaissait pas l'emplacement, que cet emploi puisse faire de nombreuses, de très nombreuses victimes, il s'en souciait comme d'une guigne. C'était sa propre situation qui le préoccupait. Pendant trois ans, il avait pris tous les risques en trahissant le régime de son propre pays. La question n'était pas tellement de savoir qu'il s'était constitué une solide fortune à l'étranger. Il aurait probablement pu en faire autant par l'extorsion ou le vol ici même, en Irak, même si cela comportait aussi un certain nombre de risques. Ce qu'il voulait, c'était fuir à l'étranger avec une nouvelle identité et un nouveau passé fournis par ceux qui le payaient. Il se serait mis à couvert chez eux, à l'abri des escadrons de la mort. Il avait pu voir quel était le sort réservé à ceux qui s'étaient contentés de voler et de prendre la fuite. Ils vivaient dans la terreur, jusqu'à ce qu'un jour, les vengeurs irakiens s'emparent d'eux.

Lui, Jéricho, désirait à la fois la richesse et la sécurité, et c'est pourquoi il avait vu d'un bon œil son contrôle passer des Israéliens aux Américains. Ils s'occuperaient de lui, respecteraient leur parole, lui fabriqueraient une nouvelle identité, lui permettraient de devenir un autre homme et de prendre une autre nationalité, il pourrait s'acheter une maison près de la mer au Mexique et vivre dans le luxe et le confort.

Mais maintenant, les choses avaient changé. S'il se taisait et si l'engin était utilisé, ils se diraient qu'il avait menti. Il n'avait pas menti, mais dans leur fureur, ils ne voudraient jamais le croire. Quoi qu'il arrive, les Américains bloqueraient son compte et il se serait donné tout ce mal pour rien. D'une manière ou d'une autre, il fallait qu'il réussisse à les prévenir qu'il y avait eu une erreur. Encore quelques risques supplémentaires, et tout serait terminé — l'Irak vaincue, le Raïs jeté bas, et lui, Jéricho, serait alors bien loin.

Il écrivit un message dans le secret de son bureau, en arabe comme d'habitude, sur ce papier fin qui prenait si peu de place. Il y expliquait ce qui s'était passé au cours de la réunion de la soirée ; que, lorsqu'il avait envoyé son dernier message, l'engin se trouvait bien à Al-Qubai comme il l'avait affirmé, mais que, quarante-huit heures plus tard, quand les Tornado étaient arrivés, il n'y était plus. Et que tout cela n'était pas de sa faute.

Il continua en racontant tout ce qu'il savait. Qu'il y avait un endroit secret, appelé la Forteresse. Que l'engin y était et que c'était à partir de là, depuis la Qa'ala, qu'il serait lancé lorsque le premier Américain franchirait la frontière irakienne.

Peu après minuit, il monta dans une voiture banalisée et disparut dans les rues de Bagdad. Personne ne se soucia de le voir agir ainsi ; personne ne l'aurait osé. Il déposa le message dans la boîte située près du marché aux fruits et aux légumes, à Kasra, puis fit une marque à la craie derrière l'église Saint-Joseph, dans le quartier des Chrétiens. Mais cette fois-ci, la marque de craie était légèrement différente. Il espérait que l'homme invisible qui ramassait ses messages ne perdrait pas de temps.

De son côté, Mike Martin quitta la villa des Soviétiques tôt le matin, le 15 février. La cuisinière russe lui avait remis une longue liste de produits frais à acheter, une liste qu'il allait être très difficile de trouver. La nourriture commençait à manquer. Ce n'était pas la faute des fermiers, c'était dû aux problèmes de transport. La plupart des ponts étaient détruits, et la plaine du centre de l'Irak est couverte de rivières qui irriguent les cultures alimentant Bagdad. Contraints de payer des droits de péage pour les franchir, les producteurs avaient décidé de rester chez eux.

Heureusement, Martin commença par le marché aux épices, rue Shurja, puis fit à vélo le tour de l'église Saint-Joseph en prenant l'allée de derrière. Il sursauta en voyant la marque de craie.

La marque affectée à ce mur précis était un huit couché, avec une petite barre qui passait à l'intersection des deux cercles. Mais il avait prévenu Jéricho auparavant qu'en cas d'urgence, ce trait devait être remplacé par deux petites croix dans chacune des boucles du huit. Et aujourd'hui, les croix étaient là.

Martin pédala de plus belle pour se rendre au marché de Kasra, attendit un peu qu'il fasse complètement jour, s'arrêta comme d'habitude pour attacher sa sandale, glissa la main dans la cachette et trouva le petit sachet de plastique. A midi, il était de retour chez lui. Il expliqua à la cuisinière furibonde qu'il avait fait de son mieux, mais que les produits frais n'arriveraient que plus tard en ville. Il y retournerait l'après-midi.

C'est en lisant le message de Jéricho qu'il comprit pourquoi l'homme paniquait. Martin rédigea lui-même un message, dans lequel il expliquait à Riyad pourquoi il croyait le moment venu de prendre directement les choses en main et de décider sur place de la conduite à tenir. Il n'y avait plus le temps de se réunir à Riyad ni d'envoyer d'autres messages. Pour lui, le pire était ce que Jéricho lui annonçait : le contre-espionnage irakien savait qu'il y avait un émetteur clandestin et qu'il émettait des messages extrêmement brefs. Il ignorait où ils en étaient de leurs recherches, mais il devait faire l'hypothèse qu'il ne lui serait désormais plus possible de rester en liaison avec Riyad. Par conséquent, c'est lui qui prenait dorénavant les décisions.

Martin lut d'abord le message de Jéricho en arabe, puis en anglais, devant le micro du magnétophone. Il y ajouta son propre message et se prépara à émettre.

Son prochain créneau d'émission était tard dans la nuit — c'était toujours la nuit, à un moment où la maison de Koulikov était endormie. Mais, comme Jéricho, il disposait lui aussi d'une procédure d'urgence. Cette procédure consistait en l'émission d'un long signal — dans ce cas, un sifflement aigu, sur une fréquence totalement différente, bien au-delà de la bande VHF habituelle.

Il s'assura que le chauffeur irakien se trouvait avec le premier secrétaire à l'ambassade, dans le centre ville, et que le domestique russe déjeunait avec sa femme. Puis, en dépit du risque, il dressa l'antenne satellite dans l'embrasure et envoya le signal aigu.

Dans la hutte radio installée dans une chambre à coucher de la villa du SIS, à Riyad, un voyant s'alluma. Il était treize heures trente. Le radio de quart, qui s'occupait du trafic de routine entre la villa et le siège de Century à Londres, abandonna ce qu'il était en train de faire, appela son collègue pour lui donner un coup de main et se prépara à recevoir Martin sur la fréquence du jour.

L'autre opérateur passa la tête par la porte. « Qu'est-ce qui se passe ?

— Va chercher Steve et Simon, c'est Ours Brun, et c'est urgent. »

L'homme s'en alla. Martin laissa quinze minutes à Riyad, puis transmit son message.

Riyad ne fut pas seul à capter l'émission. Près de Bagdad, une autre antenne satellite balayait sans cesse la bande VHF et en intercepta une partie. Le message était si long que, même compressé, il dura quatre secondes. Les opérateurs irakiens interceptèrent les deux dernières et obtinrent un relèvement.

Dès qu'il eut émis, Martin replia tout son équipement et le rangea sous les carreaux du sol. A peine avait-il terminé qu'il entendit un crissement de gravier. C'était le domestique russe qui, dans un élan de bonté, avait traversé le jardin pour lui offrir une cigarette, une Balkan. Martin accepta avec beaucoup de remerciements et de courbettes. Le Russe, fier d'avoir montré sa bonne nature, retourna à la maison. Pauvre idiot, songeait-il, quelle vie...

Quand il fut à nouveau seul, le pauvre idiot se mit à écrire d'une fine écriture arabe, sur une feuille du bloc de papier pelure qu'il conservait sous sa paillasse. Pendant ce temps, un génie des radiocommunications, le major Zayeed, était penché sur un plan de la ville à grande échelle, et se concentrait tout particulièrement sur le quartier de Mansour. Lorsqu'il eut achevé ses calculs, il les vérifia une nouvelle fois et appela le général Rahmani au quartier général du Mukhabarat, situé à moins de cinq cents mètres du losange allongé que constituait le quartier Mansour, coloré en vert sur son plan. Ils convinrent d'un rendez-vous à seize heures.

A Riyad, Chip Barber faisait les cent pas dans le salon de la villa, une feuille de papier imprimé à la main. Il transpirait comme cela ne lui était pas arrivé depuis son séjour chez les marines, trente ans plus tôt. « Mais bon sang de bon sang, qu'est-ce qu'il fabrique ? demanda-t-il aux deux officiers britanniques qui se trouvaient avec lui.

— C'est facile à deviner, Chip, ça fait un bout de temps qu'il est là-bas. Il est soumis à une tension terrible. Les méchants sont en train de rappliquer. La sagesse serait de le faire sortir de là, immédiatement.

— Ouais, je sais, c'est un sacré bonhomme, mais il n'a pas le droit de faire ça. C'est nous qui tenons le robinet, rappelez-vous.

— Nous le savons parfaitement, répondit Paxman, mais c'est quelqu'un de chez nous et il est à des kilomètres d'ici, dans le pétrin. S'il décide de rester, c'est pour terminer le boulot, autant pour vous que pour nous. »

Barber se calma.

« Trois millions de dollars. Mais bon Dieu, comment est-ce que je vais dire à Langley qu'il vient d'offrir à Jéricho encore trois autres millions supplémentaires pour nous donner la bonne réponse, cette fois ? Cet enculé d'Irakien n'avait qu'à la trouver du premier coup. Pour autant que nous sachions, il pourrait continuer comme ça indéfiniment, juste pour se faire un peu d'argent.

— Chip, l'interrompit Laing, nous parlons d'une bombe atomique.

— Peut-être, grommela Barber, *peut-être* parlons-nous d'une bombe atomique. *Peut-être* Saddam a-t-il réussi à avoir suffisamment d'uranium. Tout ce que nous avons, ce sont les calculs d'un certain nombre de scientifiques et ce que prétend d'autre part Saddam, *en supposant* qu'il l'ait vraiment prétendu. Bon Dieu, Jéricho n'est qu'un mercenaire, il peut très bien mentir comme un arracheur de dents. Les scientifiques peuvent se tromper, Saddam ment comme il respire. Et qu'est-ce qu'on a *eu* exactement pour tout cet argent ?

— Vous acceptez de courir le risque ? » demanda Laing.

Barber se laissa tomber sur une chaise.

« Non, finit-il par répondre, non, je n'accepte pas. OK, je vais discuter de tout ça avec Washington. Puis nous en parlerons aux généraux. Il faut qu'ils soient au courant. Mais laissez-moi vous dire une bonne chose, les gars : un jour, je verrai ce Jéricho et s'il se fout de notre gueule, je lui mettrai mon poing dans la figure et je le tabasserai jusqu'à ce qu'il en crève. »

A quatre heures de l'après-midi, le major Zayeed arriva dans le bureau de Hassan Rahmani, son plan et ses calculs sous le bras. Il expliqua avec beaucoup de soin qu'il venait d'obtenir un troisième relèvement et que cela lui permettait de réduire la surface possible à la taille du losange colorié en vert sur le plan de Mansour. Rahmani le regarda, l'air dubitatif.

« Cela fait cent mètres sur cent, dit-il. Je croyais que la technologie moderne permettait de descendre à un mètre carré.

— Si j'avais une émission de plus longue durée, oui, ce serait possible, expliqua patiemment le major. Je peux capter un faisceau pas plus large qu'un mètre. Coupez ça avec un autre relèvement de même largeur et vous obtenez bien votre mètre carré. Mais dans notre cas, les émissions sont extrêmement courtes. Il émet, et deux secondes après, plus rien. Le mieux que je puisse obtenir, c'est un cône très étroit centré sur le récepteur, mais il s'élargit proportionnellement à la distance. Peut-être un angle d'une seconde d'arc en relèvement. A quatre kilomètres, ça fait déjà une centaine de mètres. Mais le résultat est tout de même une zone assez réduite. »

Rahmani regarda le plan. Il y avait quatre constructions dans le losange.

« On pourrait aller faire un tour là-bas et voir ce qui s'y passe », suggéra-t-il.

Les deux hommes allèrent faire un tour dans Mansour avec le plan et explorèrent toute la zone colorée. Le coin était très résidentiel. Les quatre résidences étaient isolées les unes des autres par des murs et possédaient toutes leurs jardins privés. Ils terminèrent à la nuit tombante.

« On va faire une descente demain matin, dit Rahmani. Je vais faire boucler discrètement le quartier. Vous savez ce que vous cherchez. Vous allez là-bas avec vos spécialistes et vous fouillez les quatre maisons l'une après l'autre. Et quand vous aurez trouvé, vous aurez votre espion.

— Il y a un problème, remarqua le major. Vous voyez cette plaque en cuivre, ici ? C'est une résidence de l'ambassade soviétique. »

Rahmani réfléchissait. Il risquait de ne pas se faire féliciter s'il déclenchait un incident diplomatique.

« Faites les trois autres, ordonna-t-il. Si vous ne trouvez rien, je verrai le cas du bâtiment soviétique avec le ministère des Affaires étrangères. »

Pendant qu'ils discutaient, l'un des membres du personnel de l'ambassade se trouvait déjà à cinq kilomètres de là. Le jardinier Mahmoud Al-Khouri se trouvait dans l'ancien cimetière britannique, où il déposait un petit sachet de plastique dans l'urne d'une tombe abandonnée depuis bien longtemps. Un peu plus tard, il laissa une marque de craie sur le mur de l'immeuble de l'Union des journalistes. Repassant dans le quartier tard le soir, il vit juste avant minuit que la marque avait été effacée.

Ce soir-là se tenait une réunion à Riyad, une réunion très restreinte dans une salle bouclée, deux niveaux sous l'immeuble du ministère de la Défense saoudien. Étaient présents quatre généraux et deux civils, Barber et Laing. Lorsqu'ils eurent terminé de parler, les quatre généraux gardèrent un silence lugubre.

« C'est bien vrai ? demanda l'un des généraux.

— Si vous voulez une certitude à cent pour cent, on ne peut pas la garantir, répondit Barber. Mais nous pensons qu'il existe une très forte probabilité que l'information soit exacte.

— Et qu'est-ce qui vous rend si sûr de vous ? demanda le général de l'USAF.

— Messieurs, comme vous l'avez certainement deviné, nous avons un agent à Bagdad depuis plusieurs mois, quelqu'un de très haut placé dans la hiérarchie du régime. »

On entendit une série de grognements approbateurs.

« On ne s'imaginait tout de même pas que tous ces renseignements sur les objectifs sortaient directement de Langley ou d'une boule de cristal, dit le général de l'Air Force, qui en voulait encore à la CIA de mettre en doute les résultats de ses pilotes.

— Le problème, reprit Laing, c'est que nous n'avons jamais réussi à mettre ces renseignements en défaut. S'il ment maintenant, c'est qu'il est vraiment trop con. Deuxième question : pouvons-nous prendre ce risque ? »

Il y eut un silence qui se prolongea plusieurs minutes.

« Il y a une seule chose que vous avez oubliée, les gars, dit l'homme de l'USAF, c'est la livraison.

— La livraison ?

— Avoir une arme est une chose, la balancer sur la tronche de l'adversaire en est une autre. Écoutez, personne ne peut croire que Saddam en est déjà au niveau de la miniaturisation. C'est hypertechnique. Donc il ne peut pas lancer ce machin, s'il l'a, avec un canon de char. Ou avec une pièce d'artillerie, qui a le même calibre. Ou une batterie de Katiouchka. Ou un missile.

— Et pourquoi pas avec un missile, mon général ?

— La charge utile, répondit le volant d'un ton sarcastique. Foutue charge utile. S'il s'agit d'un engin rudimentaire, il faut compter une demi-tonne. Disons mille livres. Nous savons que les missiles Al-Abeid et Al-Tammuz n'en étaient qu'au stade du développement quand nous avons détruit leurs installations à Saad-16. Les Al-Abbas et Al-Badr, même chose. Aucun ne marche, alors ou bien ils ne sont pas prêts, ou bien ils ont été réduits en bouillie.

— Et le Scud ? demanda Laing.

— Même chose, fit le général. Le missile à longue portée, celui qu'ils appellent Al-Hussein, continue à se casser en morceaux à la rentrée, et il a une charge utile de cent soixante kilos. Même le Scud d'origine, celui qui leur a été livré par les Soviétiques, a une capacité maximale de cent soixante kilos. Trop petit.

— Il reste la possibilité d'une bombe larguée par avion », insista Barber. Le général de l'Air Force éclata de rire.

« Messieurs, j'en prends solennellement l'engagement formel. A compter de maintenant, aucun appareil de combat irakien n'est plus en mesure d'atteindre la frontière. Et la plupart ne pourront même pas quitter la piste. Ceux qui essaieront et qui se dirigeront vers le sud se feront descendre à mi-chemin. J'ai assez de chasseurs, assez d'AWACS, et c'est pourquoi je peux prendre cet engagement.

— Et la Forteresse ? demanda Laing, Le site de lancement ?

— Un hangar top-secret, sans doute enterré, une simple piste qui mène à la sortie. Il doit abriter un Mirage, un MIG, un Sukhoi — en état et prêt à s'envoler. Mais on l'aura descendu avant qu'il ait atteint la frontière. »

La décision finale revenait à un général américain assis au bout de la table.

« Pensez-vous pouvoir trouver le refuge qui abrite cet engin ? demanda-t-il tranquillement.

— Oui, mon général. Nous avons déjà commencé à chercher. Nous pensons que cela peut demander encore quelques jours.

— Trouvez-le, et alors nous le détruirons.

— Et l'invasion est pour dans quatre jours, mon général ?

— Je vous tiendrai informés. »

Le soir même, on annonça que la date de l'invasion du Koweït et de l'Irak était repoussée au 24 février.

Plus tard, les historiens devaient fournir plusieurs raisons susceptibles d'expliquer ce délai. La première était que les marines américains voulaient déplacer l'axe principal d'attaque de quelques kilomètres à l'ouest et que cela exigeait des mouvements de troupes, des transferts de matériel et quelques autres préparatifs. C'était exact.

Une autre raison avancée plus tard par la presse était que deux pirates britanniques s'étaient introduits dans le système informatique du ministère de la Défense et avaient semé un désordre épouvantable dans les bulletins météo de la zone d'assaut, ce qui avait perturbé le choix du meilleur jour possible pour l'attaque, en tout cas d'un point de vue météorologique.

En fait, le temps resta au beau fixe du 20 au 24, et ne commença à se détériorer qu'au moment même de l'assaut terrestre.

Le général Norman Schwarzkopf était un grand et solide bonhomme, physiquement, moralement et intellectuellement. Mais il n'aurait pas été un être humain, ni dans un sens ni dans l'autre, si la tension de ces dernières journées n'avaient pas commencé à produire ses effets sur lui.

Depuis six mois, il travaillait vingt heures par jour, sans aucun répit. Il avait non seulement supervisé le plus important et le plus rapide des déploiements militaires de tous les temps, il avait dû également se débrouiller dans les relations complexes avec les sensibilités de la société saoudienne, maintenir l'harmonie alors que des douzaines de rivalités intestines auraient pu faire voler la coalition en éclats, et enfin, se défendre contre les interventions pleines de bonne volonté — encore que le plus souvent inutiles et épuisantes — du Capitole.

Pourtant, ce n'était pas cela qui avait troublé son sommeil, pendant tous ces derniers jours. C'était la responsabilité écrasante de toutes ces jeunes existences qui tournait au cauchemar.

Et le Triangle figurait en bonne place dans ce cauchemar. Toujours le Triangle. C'était l'angle droit d'un triangle, allongé sur un des côtés. Le premier côté était constitué par la ligne côtière allant de Khafji jusqu'à Jubail, en passant par les trois villes de Dammam, Al-Khoba et Dhahran. Le deuxième côté du triangle était formé de la ligne frontalière qui partait d'abord de la côte en direction de l'ouest, séparant l'Arabie Saoudite et le Koweït, puis qui pénétrait dans le désert où elle devenait la frontière irakienne. L'hypoténuse était la ligne oblique reliant le dernier avant-poste isolé dans le désert à la côte, à la hauteur de Dhahran.

A l'intérieur de ce triangle, près d'un demi-million d'hommes et quelques femmes attendaient ses ordres. Ils étaient américains à quatre-vingts pour cent. Les Saoudiens étaient à l'est, ainsi que d'autres contingents arabes et les marines. Au centre, les grandes unités blindées et mécanisées américaines et, parmi elles, la 1re division blindée britannique. Sur le flanc extrême, les Français.

Au début, dans son cauchemar il voyait des dizaines de

milliers de jeunes gens qui se ruaient dans la brèche pour l'assaut, aspergés de produits chimiques et mourant entre les dunes de sable. Maintenant, c'était pire.

Une semaine plus tôt seulement, en contemplant le Triangle sur une carte d'état-major, un officier de renseignements de l'armée de terre avait lancé : « Peut-être Saddam a-t-il l'intention de lancer une bombe atomique jusqu'ici ? » Cet officier pensait faire une bonne blague.

Cette nuit-là, le général essaya encore de s'endormir, sans résultat. Toujours le Triangle. Il y avait trop de monde, dans un espace trop exigu.

Dans la villa occupée par le SIS, Laing, Paxman et les deux radios se partageaient une caisse de bière rapportée clandestinement de l'ambassade de Grande-Bretagne. Eux aussi étudiaient la carte, eux aussi voyaient parfaitement le Triangle. Et eux aussi sentirent la tension monter.

« Une seule de ces sacrées bombes, une toute petite, une bombe rustique même moins puissante que celle d'Hiroshima dans ce coin, une explosion terrestre ou aérienne... », fit Laing.

Ils n'avaient pas besoin d'avoir de grandes connaissances scientifiques. La première explosion tuerait plus de cent mille jeunes soldats. En quelques heures, le nuage radioactif, après avoir aspiré des milliards de tonnes de sable contaminé dans le désert, commencerait à dériver et sèmerait la mort sur son passage.

Les bâtiments à la mer auraient le temps de s'éloigner, mais ce ne serait le cas ni des troupes ni des habitants des villes saoudiennes. Le nuage dériverait vers l'est, prendrait de l'ampleur au-dessus de Bahreïn et des bases aériennes alliées. Il empoisonnerait la mer jusqu'à la côte iranienne où il irait exterminer l'une des trois catégories d'êtres vivants dont Saddam avait décrété qu'elles n'étaient pas dignes de vivre : les Iraniens, les juifs et les mouches...

« Il ne peut quand même pas la lancer, dit Paxman. Il n'a ni missile ni avion pour le faire. »

Très loin plus au nord, caché dans le Djebel Al-Hamreen, profondément enfoui dans le tube d'un canon long de cent quatre-vingts mètres et dont la portée ateignait mille kilomètres, le Poing de Dieu reposait, inerte, attendant qu'on le fasse s'envoler.

La maison de Qadisiyah n'était qu'à demi réveillée et ne s'attendait absolument pas à voir débarquer les visiteurs à l'aube. Lorsque son propriétaire l'avait bâtie, bien des années plus tôt, il l'avait construite au milieu des vergers. Elle se trouvait à cinq kilomètres des quatre villas de Mansour que le major Zayeed se préparait à placer sous surveillance.

Le développement de la banlieue sud-ouest de Bagdad avait complètement noyé la vieille maison et le bruit de la nouvelle autoroute de Qadisiyah polluait désormais ce qui avait été autrefois des plantations de pêchers et d'abricotiers. C'était pourtant encore une belle maison, dont le propriétaire était un homme prospère, retiré depuis assez longtemps. Elle était entourée de murs et le fond du jardin possédait encore quelques arbres fruitiers.

Deux camions de soldats de l'AMAM avaient été placés sous le commandement du major, et ils n'y allèrent pas par quatre chemins. La serrure de la porte principale fut ouverte d'une rafale, le vantail tiré et les soldats se ruèrent à l'intérieur du jardin. Ils défoncèrent la porte d'entrée et tabassèrent le vieux domestique qui essayait de les arrêter.

Ils se précipitèrent à l'intérieur, ouvrant grands les placards, arrachant les suspensions, tandis que le vieil homme terrifié essayait de protéger sa femme. Les soldats saccagèrent tout et ne trouvèrent rien. Lorsque le vieillard les supplia de lui dire ce qu'ils recherchaient ou ce qu'ils voulaient, le major lui répondit rudement qu'il connaissait parfaitement la réponse et la fouille continua.

Après la maison, les soldats passèrent au jardin. C'est dans le fond, près du mur, qu'ils trouvèrent un carré de terre fraîchement retournée. Deux d'entre eux maintenaient le vieil homme tandis que d'autres creusaient. Il protesta, maintenant qu'il ne savait pas pourquoi la terre était meuble. Il n'avait rien enterré. Mais ils trouvèrent tout de même.

C'était un sac en toile grossière et tout le monde vit, lorsqu'ils le vidèrent, qu'il contenait un émetteur radio.

Le major ne connaissait rien aux appareils radio, et il se moquait d'ailleurs totalement, s'il y avait compris quelque chose, de savoir que ce vieux modèle, un émetteur Morse, était à des années-lumière de l'émetteur satellite ultramoderne utilisé par Mike Martin. Lequel émetteur était toujours caché sous le sol de la remise, au fond du jardin du premier secrétaire Koulikov. Pour le major de l'AMAM, un émetteur était un truc d'espion et c'était la seule chose qui lui importait.

Le vieil homme commença à se lamenter, disant qu'il ne l'avait jamais vu, que quelqu'un avait dû passer par-dessus le mur pendant la nuit pour l'enterrer à cet endroit, mais ils le battirent à coups de crosse de fusil et sa femme subit le même sort quand elle se mit à hurler.

Le major examina le trophée et put même constater que les hiéroglyphes inscrits sur le sac étaient des caractères hébreux.

Ils ne voulaient ni le vieux domestique ni la femme, ils voulaient l'homme. Il avait plus de soixante-dix ans, mais quatre soldats l'empoignèrent par les poignets et les chevilles, face vers le sol, et ils le jetèrent à l'arrière d'un camion, comme un vulgaire sac de figues.

Le major était content. Il était intervenu sur un appel anonyme, il avait fait son devoir. Ses supérieurs seraient contents de lui. Son prisonnier méritait mieux que la prison d'Abu Ghraib. Il l'emmena au quartier général de l'AMAM puis au Gymnase. Voilà, se dit-il, le seul endroit qui convienne à un espion israélien.

Ce même jour, 16 février, Gidi Barzilai était à Paris où il montrait son dessin à Michel Lévy. Le vieil antiquaire était ravi d'être utile. On ne le lui avait demandé qu'une seule fois jusqu'ici. Il avait prêté quelques meubles à un *katsa* qui essayait de s'introduire dans une certaine demeure en se faisant passer pour un marchand d'antiquités.

Pour Michel Lévy, être consulté par le Mossad et pouvoir l'aider était un vrai plaisir, quelque chose de très excitant qui égayait l'existence du vieil homme.

« Boulle, décréta-t-il.

— Je vous demande pardon, dit Barzilai, qui crut s'être montré trop bourru [1].

— Boulle, répéta le vieil homme. Le grand ébéniste français. C'est son style, indéniablement, mais ce n'est pas un meuble de lui, il a été fabriqué trop tard.

— Alors, il est de qui ? »

M. Lévy avait plus de quatre-vingts ans et une couronne de cheveux blancs entourait sa calvitie. Mais il avait des joues bien

1. Jeu de mots intraduisible entre *Boulle* et *Bull*, taureau (*NdT*).

roses et ses yeux vifs brillaient du plaisir d'être encore en vie. Il avait dit le *kaddish* pour tant d'hommes de sa génération.

« Eh bien, lorsque Boulle est mort, il a transmis son atelier à son protégé, l'Allemand Oeben. A son tour, celui-ci a transmis la tradition à un autre Allemand, Riesener. Je pense que ce meuble appartient à la période Riesener. Fabriqué certainement par un élève, peut-être par le maître en personne. Vous envisagez de l'acheter ? »

Il plaisantait, bien sûr. Il savait que le Mossad n'achetait pas d'œuvres d'art. Ses yeux pétillaient de malice.

« Disons que je suis intéressé », répondit Barzilai.

Lévy était absolument ravi. Ils étaient encore en train de monter une de leurs combines impossibles. Il ne saurait jamais dans quel but, mais qu'importe, cela l'amusait.

« Est-ce que ces bureaux possèdent un tiroir secret ? »

De mieux en mieux, absolument passionnant. Oh, comme c'était excitant !

« Ah, vous voulez dire une cachette ? Bien sûr. Vous savez, jeune homme, il y a longtemps, un homme pouvait très bien être provoqué en duel et mourir pour une affaire d'honneur, et une dame ayant une aventure devait donc se montrer très, très discrète. Il n'y avait pas de téléphone à cette époque, pas de télécopieurs, pas de magnétoscopes. Toutes les vilaines pensées de son amant étaient couchées par écrit. Alors, comment faire pour cacher ces lettres à son mari ? Pas dans un coffre, ils n'existaient pas. Ni dans une cassette en fer — son mari aurait exigé qu'elle lui remette la clé. Alors, les gens de la bonne société de l'époque passaient commande de meubles munis d'une cachette. Pas toujours, parfois seulement. Et il fallait que ce soit parfaitement réalisé, attention, sans quoi cela aurait été facile à découvrir.

— Mais comment savoir qu'un meuble que l'on... que l'on désire acheter possède une telle cachette ? »

De plus en plus merveilleux. Cet agent du Mossad ne voulait pas acheter un bureau Riesener, il voulait le fracturer.

« Vous aimeriez en voir une ? » demanda Lévy.

Il passa plusieurs coups de fil, puis ils quittèrent son magasin et prirent un taxi.

Ils allaient chez un autre antiquaire. Lévy dit quelques mots à voix basse à son collègue, l'homme acquiesça et les laissa seuls. Il lui avait dit que s'il pouvait lui apporter une vente, il y aurait une petite commission pour lui. L'autre antiquaire était content. Les choses se passent souvent ainsi dans ce métier.

Le bureau qu'ils examinèrent ressemblait étonnamment à celui de Vienne.

« Là, dit Lévy, la cachette n'est pas très grande, sans quoi on pourrait la trouver en prenant des mesures comparatives à l'intérieur et à l'extérieur. Elle doit donc être très mince, qu'elle soit verticale ou horizontale. Sans doute pas plus de deux centimètres, cachée derrière un panneau qui a l'air plein, trois centimètres d'épaisseur, mais constitué en fait de deux plaques de bois séparées par un espace. Le difficile, c'est le bouton de commande. »

Il tira l'un des tiroirs du haut.

« Touchez ici », fit-il.

Barzilai tâta avec les doigts jusqu'au fond.

« Cherchez sur le pourtour.

— Rien, dit le *katsa*.

— C'est parce qu'il n'y en a pas, répondit Lévy, pas dans celui-ci. Mais il pourrait y avoir une tirette ou un bouton. Un bouton très lisse, vous appuyez dessus, vous le faites glisser sur le côté et vous regardez ce qui se passe.

— Qu'est-ce qui devrait se passer ?

— Un petit déclic, et un petit morceau de marqueterie saute, poussé par un ressort. Derrière se trouve la cachette. »

Même l'ingéniosité des ébénistes du XVIIIe siècle a ses limites. En une heure, M. Lévy avait enseigné au *katsa* les dix endroits où chercher le petit bouton-poussoir qui déclencherait le ressort et ouvrirait le compartiment.

« N'essayez jamais d'utiliser la force pour en trouver une, insista Lévy. Vous n'y arriveriez pas, et cela laisse des traces sur le bois. »

Il poussa Barzilai du coude et éclata de rire. Barzilai offrit au vieil homme un bon déjeuner à la Coupole, puis monta dans un taxi pour aller à l'aéroport et regagner Vienne.

Tôt ce matin-là, 16 février, le major Zayeed et son équipe se présentèrent à la première des trois villas qu'ils devaient fouiller. Les deux autres étaient bouclées, des hommes étaient postés devant toutes les issues et leurs occupants terrifiés confinés à l'intérieur.

Le major se montrait parfaitement poli, mais son autorité ne souffrait pas de discussion. Contrairement à l'équipe de l'AMAM qui opérait à deux kilomètres de là, à Qadisiyah, les hommes de Zayeed étaient des spécialistes. Ils firent donc très peu de dégâts et n'en furent pas moins efficaces. En commençant par le rez-de-chaussée, ils cherchèrent des caches possibles sous les carreaux du sol, puis continuèrent systématiquement dans toute la maison, pièce par pièce, étagère par étagère, encoignure par encoignure.

Le jardin fut également fouillé mais ils ne trouvèrent pas trace de quoi que ce soit. Avant midi, le major jugea qu'il ne trouverait rien. Il fit ses excuses aux occupants et se retira. Il se dirigea vers le deuxième portail, pour en faire autant dans la seconde villa.

Au sous-sol du siège de l'AMAM, le vieil homme était étendu sur le dos, attaché par les poignets et la taille sur une table de bois brut, et entouré de quatre experts en matière d'aveux. A part eux, il y avait aussi un médecin, et le général Omar Khatib qui s'entretenait dans un coin avec le sergent Ali.

C'est le chef de l'AMAM qui décida personnellement des supplices à lui faire subir. Le sergent Ali leva un sourcil : aujourd'hui, il aurait sûrement besoin de mettre des bottes. Omar Khatib hocha brièvement la tête et se retira. Il avait des dossiers qui l'attendaient à son bureau, un peu plus haut.

Le vieil homme continuait à prétendre qu'il ne savait rien de cet émetteur, qu'il n'était pas allé au jardin depuis des jours à cause du mauvais temps… Les interrogateurs n'en avaient rien à faire. Ils lui attachèrent les deux chevilles à une barre qui passait entre ses cous-de-pied. Deux des quatre tortionnaires lui levèrent les pieds dans la position requise, plante des pieds face à la pièce, tandis qu'Ali et le dernier décrochaient des murs de gros morceaux de câble électrique.

Lorsque la bastonnade commença, le vieillard se mit à crier comme ils le faisaient tous jusqu'à ce que sa voix se brise puis s'affaiblisse. Un seau d'eau glacée, pris dans le coin où il y en avait un certain nombre de stockés, lui fit reprendre conscience.

De temps en temps, les hommes faisaient une pause, étirant les muscles de leurs bras fatigués par l'effort. Tandis qu'ils se reposaient, on lui versait des verres de saumure sur ses pieds réduits en charpie. Et une fois qu'ils s'étaient reposés, ils recommençaient.

Entre ses évanouissements, le vieil homme continuait à protester qu'il ne savait même pas se servir d'un émetteur radio et qu'il devait y avoir une erreur.

Au milieu de la matinée, toute la peau et la chair des pieds avaient été arrachées et l'on voyait ses os blancs briller à travers le sang. Le sergent Ali sourit et décréta que cela avait assez duré. Il alluma une cigarette et savoura la fumée tandis qu'un de ses aides brisait les jambes du supplicié à coups de barre de fer, des chevilles aux genoux.

Le vieillard supplia le docteur, il était praticien comme lui, mais le médecin de l'AMAM se contenta de regarder le plafond. Il avait des ordres qui étaient de conserver le prisonnier vivant et conscient.

De l'autre côté de la ville, le major Zayeed termina la fouille de la seconde villa à quatre heures de l'après-midi, au moment même où, à Paris, Gidi Barzilai et Michel Lévy sortaient de table. Cette fois encore, il n'avait rien trouvé. Il fit ses excuses au couple terrorisé qui avait assisté à la fouille systématique de sa maison, quitta les lieux et se dirigea vers la troisième et dernière villa avec son équipe de recherche.

A Saadoun, le vieillard s'évanouissait de plus en plus fréquemment et le médecin intervint auprès des tortionnaires pour qu'ils lui laissent le temps de récupérer. On prépara une seringue et on lui fit une injection intraveineuse. L'effet fut pratiquement immédiat, il sortit de son coma pour se retrouver dans un état quasi éveillé et ses nerfs retrouvèrent toute leur sensibilité.

Lorsque les aiguilles qui chauffaient dans le brasero furent devenues rouges, on les introduisit lentement dans le scrotum et les testicules rabougris.

A la sixième fois, le vieil homme tomba de nouveau dans le coma et, cette fois, le médecin intervint trop tard. Il se débattit comme un fou, la sueur ruisselait sur son visage, mais tous les stimulants, injectés directement dans le cœur, ne réussirent pas à ramener le supplicié à la vie.

Ali quitta la pièce et revint cinq minutes plus tard avec Omar Khatib. Le général jeta un coup d'œil au corps et des années d'expérience lui apprirent sur-le-champ quelque chose qui ne nécessitait pas un diplôme en médecine. Il se retourna et balança au médecin une terrible claque en pleine figure.

La force du coup et la réputation de l'homme qui lui avait administré cette correction envoyèrent le médecin par terre au milieu de ses seringues et de ses flacons.

« Crétin, hurla Khatib, sors d'ici. »

Le docteur ramassa ses petites affaires dans sa mallette et

sortit à quatre pattes. Le Tourmenteur contemplait le travail d'Ali. Il régnait dans la pièce une odeur que les deux hommes connaissaient de longue date, un mélange de sueur, de terreur, d'urine, d'excréments, de sang, de vomi et celle écœurante, de la chair brûlée.

« Il a nié jusqu'au bout, dit Ali. Je peux le jurer, s'il avait su quelque chose, nous aurions fini par lui tirer les vers du nez.

— Mets-le dans un sac, ordonna sèchement Omar Khatib, et dépose-le chez sa femme pour les funérailles. »

C'était un grand sac blanc de toile forte, deux mètres de long sur soixante centimètres de large, et on le jeta sur le pas de la porte de la maison de Qadisiyah à dix heures du soir. Lentement et avec beaucoup de difficultés car ils étaient vieux tous les deux, la veuve et le domestique tirèrent le sac, le rentrèrent dans la maison et le posèrent sur la table de la salle à manger. La vieille femme resta debout devant la table à hurler sa douleur.

Le vieux serviteur, Talat, se dirigea vers le téléphone, mais il avait été arraché du mur et ne marchait plus. Il prit le répertoire de sa maîtresse qu'il était incapable de lire et descendit la rue jusque chez le pharmacien. Il demanda à ce voisin d'essayer de joindre le jeune maître — l'un ou l'autre des deux fils, peu importe.

A la même heure, tandis que le pharmacien essayait de passer son appel par le réseau téléphonique délabré, et que Gidi Barzilai, de retour à Vienne, rédigeait un message pour Kobi Dror, le major Zayeed rendait compte de sa journée infructueuse à Hassan Rahmani.

« Il n'y est pas, dit-il au chef du contre-espionnage. S'il y avait été, je l'aurais trouvé. Il est donc dans la quatrième villa, la maison du diplomate.

— Tu es sûr de ne pas te tromper ? lui demanda Rahmani. Ce ne pourrait pas être dans une autre maison ?

— Non, mon général. La maison la plus proche de ce bloc de quatre villas est très en dehors de la zone indiquée par les interceptions. L'émetteur se trouvait à l'intérieur du losange tracé sur le plan. Je serais prêt à le jurer. »

Rahmani hésitait. Se livrer à une fouille chez des diplomates n'était pas une sinécure, ils fonceraient au ministère des Affaires étrangères pour déposer une protestation. Pour pénétrer dans la résidence du camarade Koulikov, il faudrait qu'il remonte haut, le plus haut possible.

Quand le major fut parti, Rahmani téléphona au ministère des Affaires étrangères. Il eut de la chance : le ministre, qui passait son temps à voyager ces derniers mois, se trouvait à Bagdad. Mieux encore, il était toujours à son bureau. Rahmani prit rendez-vous pour le lendemain matin à dix heures.

Le pharmacien était un homme de cœur, il recommença donc ses tentatives toute la nuit. Il ne réussit pas à joindre le fils aîné, mais, grâce à quelqu'un qu'il connaissait dans l'armée, il parvint à faire passer un message au second des deux fils de son ami décédé. Il lui fut impossible de lui parler directement, mais son contact dans l'armée transmit le message.

Le fils cadet le reçut à l'aube le lendemain à sa base, loin de Bagdad. Dès qu'il eut connaissance de la nouvelle, le jeune officier prit sa voiture et se mit en route. En temps normal, le trajet ne lui aurait pas demandé plus de deux heures. Ce jour-là, 17 février, il en mit six. Il y avait des patrouilles et des barrages sur les routes. En faisant état de son grade, il réussissait à doubler tout le monde dans la queue. Il montrait son laissez-passer et on le laissait aller.

Mais la méthode ne pouvait pas marcher avec les ponts détruits. A chaque fois, il devait attendre le bac. Il était midi lorsqu'il arriva à la maison de ses parents, à Qadisiyah.

Sa mère courut se jeter dans ses bras et se mit à pleurer contre son épaule. Il essaya de lui tirer quelques détails sur ce qui s'était exactement passé, mais elle n'était plus très jeune non plus et se trouvait dans un état d'hystérie totale.

Finalement, il l'emmena dans sa chambre. Dans le désordre de médicaments que les soldats avaient laissé sur le sol de la salle de bains, il trouva un flacon de somnifères que son père utilisait lorsque le froid hivernal réveillait son arthrite. Il en donna deux à sa mère qui s'endormit bientôt.

Dans la cuisine, il ordonna au vieux Talat de préparer du café pour eux deux et ils s'assirent à table pendant que le serviteur lui racontait ce qui s'était passé depuis la veille à l'aube. Quand il eut terminé, il montra au fils de son maître décédé le trou du jardin où les soldats avaient découvert le sac. Le jeune homme inspecta le mur de clôture et trouva les traces laissées par l'intrus qui était venu de nuit pour l'enterrer. Puis il rentra dans la maison.

On fit attendre Hassan Rahmani, ce qu'il n'appréciait guère, mais il finit par voir le ministre des Affaires étrangères, Tarek Aziz, un peu avant onze heures.

« Je ne suis pas sûr de bien vous comprendre, lui déclara le ministre, en le fixant comme une chouette à travers les verres de ses lunettes. Les ambassades ont parfaitement le droit de communiquer avec leur capitale par radio, et leurs transmissions sont toujours codées.

— Oui, monsieur le ministre, et elles viennent de l'immeuble de la chancellerie. Cela fait partie du trafic normal. Ici, c'est différent. Nous parlons d'un émetteur clandestin, comme ceux qu'utilisent les espions, un émetteur qui envoie des messages très brefs à un récepteur dont nous sommes certains qu'il n'est pas à Moscou mais beaucoup plus près.

— Des émissions très brèves ? » s'enquit Aziz.

Rahmani lui expliqua de quoi il s'agissait.

« J'ai toujours du mal à vous suivre. Pourquoi un agent du KGB, et il s'agit sans doute d'une opération montée par le KGB, enverrait-il des messages très courts depuis la résidence du premier secrétaire, alors qu'il a parfaitement le droit d'en envoyer de beaucoup plus puissants depuis l'ambassade ?

— Je l'ignore.

— Alors, il faut que vous me fournissiez une meilleure explication, général. Avez-vous idée de ce qui se passe en dehors de votre bureau ? Savez-vous que tard hier soir, je suis rentré de Moscou après des discussions prolongées avec M. Gorbatchev et son représentant, Evgueni Primakov, qui était encore ici la semaine dernière ? Savez-vous que je suis revenu avec des propositions de paix qui, si le Raïs les accepte — et je dois lui en parler dans deux heures —, pourraient amener l'Union soviétique à demander une réunion du Conseil de sécurité et empêcher les Américains de nous attaquer ? Et en face de tout cela, à ce moment précis, vous me demandez d'humilier l'Union soviétique en ordonnant une descente dans la villa du premier secrétaire ? Franchement, général, vous êtes devenu fou. »

Tout était dit. Hassan Rahmani quitta le ministère en pestant, mais les mains vides. Il y avait pourtant une chose que Tarek Aziz ne lui avait pas interdit de faire. Entre ses murs ou dans sa voiture, Koulikov était intouchable. Mais les rues, elles, n'appartenaient pas à Koulikov.

« Je veux qu'on l'encercle, ordonna Rahmani à sa meilleure équipe de surveillance en rentrant à son bureau. Faites ça discrètement. Mais je veux que ce bâtiment soit placé sous haute surveillance. Si des visiteurs arrivent ou s'en vont, et il doit bien y avoir des visiteurs, je veux qu'ils soient filés. »

A minuit, l'équipe de surveillance était en place. Ils restèrent assis dans leurs voitures sous le couvert des arbres qui entouraient les quatre murs de la résidence de Koulikov et surveillèrent les deux extrémités de la seule rue qui y conduisait. D'autres, un peu plus loin, mais en liaison radio avec les premiers, préviendraient si quelqu'un approchait et suivraient tous ceux qui sortiraient de la maison.

Le fils cadet était assis dans la salle à manger et contemplait le long sac de toile qui contenait son père. Il laissait les larmes couler sur son visage et faire des taches humides sur sa vareuse d'uniforme, en se remémorant les jours heureux d'autrefois. Son père était alors un médecin prospère, avec une grosse clientèle ; il soignait même les familles de quelques membres de la communauté britannique auxquels il avait été présenté par son ami, Nigel Martin.

Il repensait à l'époque où son frère et lui jouaient dans le jardin des Martin avec Mike et Terry et se demandait ce qu'ils étaient devenus.

Au bout d'une heure, il remarqua que les taches sombres sur la toile s'élargissaient. Il se leva et se dirigea vers la porte.

« Talat !

— Maître ?

— Apporte-moi des ciseaux et un couteau de cuisine. »

Resté seul dans la pièce, le colonel Osman Badri découpa le sac de toile sur trois côtés. Il tira le haut de la toile et la replia. Le corps de son père était presque totalement nu.

Selon la coutume, c'était là le rôle d'une femme, mais il ne pouvait pas laisser cela à sa mère. Il demanda de l'eau et des bandes, il baigna et lava le corps déchiqueté, il remit en place les pieds brisés, redressa les jambes fracturées et couvrit les parties noircies. Il pleurait en travaillant ; et le fait de pleurer fit de lui un autre homme.

A la tombée de la nuit, il appela l'imam du cimetière Alwazia, à Risafa, afin de régler les détails pratiques des funérailles, le lendemain matin.

Ce dimanche matin, 17 février, Mike Martin était allé faire un tour en ville sur son vélo puis était rentré après avoir fait ses achats et vérifié s'il n'y avait pas de marque de craie sur les trois murs. Il était de retour à la villa avant midi. Pendant l'après-midi, il s'occupa du jardin. M. Koulikov, bien qu'il ne fût ni chrétien ni musulman et qu'il ne respectât ni le jour saint des musulmans, le vendredi, ni le dimanche des chrétiens, était resté chez lui avec la grippe et se plaignait de l'état de ses rosiers.

Tandis que Mike Martin travaillait dans les plates-bandes, les équipes du Mukhabarat se mettaient discrètement en place de l'autre côté du mur. Jéricho, raisonnait-il, ne pouvait pas matériellement prendre connaissance de son message avant deux jours. Martin comptait donc faire la tournée des marques de craie le lendemain soir.

L'enterrement du Dr Badri eut lieu au cimetière d'Alwazia un peu après neuf heures du matin. Les cimetières de Bagdad avaient du travail par les temps qui couraient et l'imam avait beaucoup à faire. Quelques jours plus tôt, les Américains avaient bombardé un abri antiaérien, faisant plus de trois cents morts. Les langues allaient bon train. Quelques personnes qui assistaient à un autre enterrement juste à côté demandèrent au colonel qui gardait le silence si celui qu'il accompagnait était mort pendant le bombardement américain. Il répondit brièvement qu'il s'agissait d'une mort naturelle.

Dans la tradition musulmane, l'enterrement est une cérémonie qui intervient très tôt après la mort. Il n'y a pas non plus de cercueil comme dans le rite chrétien, le corps est enveloppé dans un linceul.

Le pharmacien était venu pour assister Mme Badri, et ils partirent tous ensemble lorsque la cérémonie fut terminée.

Le colonel Badri n'était qu'à quelques mètres de l'entrée du cimetière lorsqu'il entendit quelqu'un l'appeler. Quelques pas plus loin, il y avait une limousine aux fenêtres masquées par des rideaux. A l'arrière, l'une des vitres était entrouverte. La voix l'appela de nouveau.

Le colonel Badri demanda au pharmacien de ramener sa mère chez elle, à Qadisiyah. Il les rejoindrait plus tard. Lorsqu'ils furent partis, il se dirigea vers la voiture. La voix reprit :

« Venez à côté de moi, mon colonel. Il faut que nous parlions. »

Il ouvrit la portière et jeta un coup d'œil à l'intérieur. L'occupant était seul et il s'était poussé pour lui faire une place. Badri se dit qu'il connaissait cette tête ; mais sans plus. Il l'avait vue quelque part. Il monta dans la voiture et referma la portière. L'homme en costume gris sombre appuya sur un bouton pour relever la vitre, les isolant des bruits extérieurs.

« Vous venez d'enterrer votre père.

— Oui. » Mais qui était cet homme ? Pourquoi n'arrivait-il pas à mettre un nom sur ce visage ?

« C'est atroce, ce qu'ils lui ont fait. Si je l'avais su à temps, je serais intervenu. Mais je l'ai appris trop tard. »

Osman Badri sentit comme un coup de poing au creux de l'estomac. Il comprit soudain qui était celui qui lui parlait. On le lui avait présenté lors d'une cérémonie militaire, deux ans plus tôt.

« Je dois vous dire une chose, mon colonel, une chose qui, si vous la répétez, entraînerait ma mort, et une mort encore plus terrible que celle de votre père. »

Il n'y avait qu'une seule chose susceptible d'avoir de telles conséquences, songea Badri : la trahison.

« A une époque, j'ai aimé le Raïs, dit doucement l'homme.

— Moi aussi, répondit Badri.

— Mais les choses sont en train de changer. Il est devenu fou. Et dans sa folie, il fait cruauté sur cruauté. Il faut l'arrêter. Vous avez entendu parler de la Qa'ala, bien entendu ? »

Badri fut encore surpris, mais cette fois par le soudain changement de sujet.

« Bien sûr, c'est moi qui l'ai construite.

— Exactement. Et savez-vous ce qu'il y a à l'intérieur désormais ?

— Non. »

Le dignitaire le lui apprit.

« Il ne parle pas sérieusement, dit Badri.

— Il est très sérieux. Il a l'intention de s'en servir contre les Américains. Cela pourrait nous laisser indifférents. Mais savez-vous ce que l'Amérique fera en retour ? Elle répliquera de la même manière. Il ne restera pas une brique, pas une pierre. Seul le Raïs survivra. Vous voulez vous rendre complice de cela ? »

Le colonel Badri pensait au corps enterré dans le cimetière, sur lequel les fossoyeurs continuaient d'entasser la terre sèche.

« Que voulez-vous ?

— Parlez-moi de la Qa'ala.

— Pourquoi ?

— Les Américains la détruiront.

— Vous pouvez leur transmettre l'information ?

— Faites-moi confiance, il existe des moyens. La Qa'ala... »

Alors, le colonel Badri, le jeune ingénieur qui avait rêvé de bâtir de belles constructions qui dureraient des siècles, comme ses ancêtres l'avaient fait avant lui, raconta tout à l'homme qu'on appelait Jéricho.

« Les coordonnées géographiques. »

Badri les lui indiqua.

« Retournez à votre poste, mon colonel. Vous ne risquez rien. »

Le colonel Badri sortit de la voiture et s'éloigna. Il avait l'estomac dans un étau. Il avait fait à peine cent mètres qu'il commença à se poser des questions : mais qu'ai-je fait là ? Tout à coup, il sut qu'il devait parler à son frère, son frère aîné qui avait toujours su garder la tête froide et se montrer de bon conseil.

Celui que l'équipe du Mossad appelait l'observateur revint à Vienne ce lundi-là, en provenance de Tel-Aviv. Cette fois encore, il était un avocat de renom arrivant de New York et possédait tous les documents susceptibles de le prouver.

Même si le véritable avocat était rentré de vacances, le risque que Gemütlich, qui détestait les téléphones et les télécopieurs, appelle à New York pour vérifier était minime. C'était en tout cas un risque que le Mossad était prêt à courir.

De nouveau, l'observateur s'installa au Sheraton et écrivit une lettre à Herr Gemütlich. Il s'excusait encore de ne pas avoir annoncé son arrivée dans la capitale autrichienne, mais expliquait qu'il était là en compagnie du directeur financier de sa société et que tous deux désiraient effectuer un dépôt important pour le compte de leur client.

La lettre fut déposée tard dans l'après-midi, et la réponse de Gemütlich arriva le lendemain matin. Il proposait un rendez-vous à dix heures.

L'observateur était réellement accompagné. L'homme qui était avec lui était surnommé le perceur de coffres, car c'était là sa spécialité.

Si le Mossad possède au quartier général de Tel-Aviv une collection impressionnante de fausses sociétés, faux passeports, papier à en-tête et toute la panoplie du parfait faussaire, la fierté de la Maison tient à ses talents en matière d'ouverture de coffres et de serrures. La capacité du Mossad à s'introduire dans tout endroit verrouillé est célèbre dans le petit monde de l'action clandestine. Côté cambriolage, le Mossad a longtemps été considéré comme le meilleur. Si une équipe du Neviot avait été chargée du Watergate, personne n'en aurait jamais entendu parler.

La réputation des cambrioleurs israéliens est telle que lorsque les fabricants britanniques envoient leur dernier produit au SIS pour recueillir ses remarques, Century House les transmet à Tel-Aviv. Le Mossad, assez malin pour trouver n'importe quel défaut, l'étudie, trouve comment violer le dispositif, et le renvoie à Londres en affirmant qu'il est impossible à fracturer. Mais le SIS finit un jour par s'en rendre compte. La fois suivante, lorsqu'une société britannique de serrurerie arriva avec une nouvelle serrure particulièrement sophistiquée, Century House lui demanda de la reprendre et de lui fournir un autre modèle un peu plus « facile ». On l'expédia à Tel-Aviv. Elle y fut étudiée et fracturée, puis retournée à Londres avec le même résultat : inviolable. Mais le SIS conseilla au fabricant de vendre le premier modèle.

Cela devait entraîner un incident assez ennuyeux l'année suivante, lorsqu'un serrurier du Mossad passa trois heures à transpirer sans succès sur une serrure de ce modèle. Cela se passait dans le couloir d'un immeuble de bureaux, dans une capitale européenne. Il repartit blême de rage. Depuis lors, les Britanniques essayent eux-mêmes leurs serrures et laissent le Mossad travailler dans son coin.

Le serrurier venu de Tel-Aviv n'était pas le meilleur de sa catégorie en Israël, seulement le second. Mais il y avait une raison à ce choix : il avait un talent que ne possédait pas le premier.

Pendant la nuit, le jeune homme subit six heures de conférence faites par Gidi Barzilai. Au programme : l'art de l'ébéniste allemand du XVIIIᵉ siècle, Riesener, puis description complète par l'observateur de l'agencement des lieux à la Banque Winkler. L'équipe du Yarid compléta sa formation avec la description des allées et venues du gardien de nuit, observées à partir de l'allumage et de l'extinction des lumières à l'intérieur du bâtiment.

Ce même lundi, Mike Martin attendit qu'il soit cinq heures pour enfourcher sa bicyclette en direction du bac le plus proche afin de traverser le fleuve. C'est à cet endroit que s'était trouvé le pont Jumhuriya, avant que les Tornado ne lui accordent une attention particulière.

Il tourna au coin de la rue, hors de vue de la villa, et vit la première voiture garée. Puis la seconde et ainsi de suite.

Lorsque deux hommes sortirent de la seconde pour se planter au milieu de la chaussée, il sentit son estomac se serrer. Il risqua un coup d'œil par-derrière : deux hommes sortis de la première voiture lui interdisaient toute retraite. Sachant que c'était cuit, il continua à pédaler. Il n'y avait rien d'autre à faire. L'un des hommes qui se trouvaient devant lui lui indiqua le bord de la route. « Hé toi, cria-t-il, viens ici. »

Il s'arrêta sous les arbres qui bordaient la route. Trois hommes arrivèrent, des soldats qui pointaient leurs armes droit sur lui. Lentement, il leva les bras.

Chapitre 21

A Riyad, cet après-midi-là, les ambassadeurs britannique et américain se rencontrèrent, apparemment de manière informelle, afin de sacrifier au rite propre aux Anglais et qui consiste à prendre le thé.

Chip Barber était également présent sur le gazon de l'ambassade de Grande-Bretagne, déguisé en membre de l'ambassade des États-Unis. Il y avait aussi Steve Laing, prêt à répondre à toute question indiscrète qu'il était attaché culturel de son pays. Le troisième et dernier invité, qui ne quittait pourtant que rarement ses autres tâches, était le général Norman Schwarzkopf.

Au bout de très peu de temps, les cinq hommes se retrouvèrent dans un coin du jardin, leur tasse à la main. Les choses devenaient plus simples lorsque tout le monde savait qui était qui.

La seule conversation qui occupait tous les invités tournait autour de la guerre imminente, mais ces cinq hommes détenaient des informations que les autres ne possédaient pas. Parmi ces informations figuraient les détails du plan de paix présenté le jour même par Tarek Aziz à Saddam Hussein, ce plan qu'il avait rapporté de Moscou et de ses conversations avec Mikhail Gorbatchev. C'était là un sujet d'inquiétude, mais pour différentes raisons.

Le général Schwarzkopf venait tout juste d'écarter une proposition de Washington qui lui suggérait d'avancer la date de l'attaque. Le plan soviétique prévoyait un cessez-le-feu suivi d'un retrait irakien du Koweït le lendemain.

Washington n'avait pas eu connaissance de tous ces détails par Bagdad, mais par Moscou. La Maison-Blanche répondit immédiatement que ce plan avait des mérites, mais qu'il ne réglait pas les point essentiels. Il ne faisait aucune mention d'une renonciation de l'Irak à ses prétentions sur le Koweït. Il ne parlait pas des dommages énormes causés à l'émirat — cinq cents puits en feu, des millions de tonnes de pétrole répandus à la surface du Golfe et qui polluaient ses eaux, deux cents Koweïtiens exécutés, le saccage de Koweït City.

« Colin Powell m'a indiqué, dit le général, que le Département d'État pousse à une position dure. Ils exigent une reddition sans conditions.

— Ils demandent ça à tout hasard, murmura l'envoyé américain.

— C'est ce que je leur ai dit, reprit le général, et j'ai même ajouté qu'il leur fallait un arabisant pour y regarder de plus près.

— En effet, fit l'ambassadeur de Grande-Bretagne. Et pourquoi cela ? »

Les deux ambassadeurs étaient des diplomates consommés qui avaient passé de nombreuses années au Proche-Orient. Tous deux parlaient arabe.

« Eh bien, répondit le commandant en chef, ce genre d'ultimatum ne marche pas avec les Arabes. Ils préféreront mourir. »

Il y eut un silence. Les ambassadeurs essayèrent en vain de trouver une trace d'ironie sur le visage candide du général.

Les deux officiers de renseignements ne dirent rien, mais tous deux pensaient à la même chose : c'est bien là le problème, mon cher général.

« Tu sors de la maison des Russes. »

C'était un constat, pas une question. L'homme du contre-espionnage était en civil, mais il s'agissait visiblement d'un officier.

« Oui, bey.

— Papiers. »

Martin fourragea dans les poches de son *dish-dash* et en sortit sa carte d'identité et la lettre salie et froissée que lui avait fournie le premier secrétaire Koulikov. L'officier examina la carte, leva les yeux pour comparer le visage et la photo, puis lut la lettre.

Les faussaires israéliens avaient remarquablement fait leur travail. On distinguait sous le plastique le visage simple et hébété de Mahmoud Al-Khouri.

« Fouillez-le », ordonna l'officier.

L'autre homme en civil passa ses mains sur le corps de Martin à travers le *dish-dash* et secoua la tête. Aucune arme.

« Les poches. »

Elles révélèrent quelques billets en dinars, des pièces de monnaie, un couteau, différents morceaux de craie de couleur et un sachet en plastique. L'officier montra le dernier objet.

« Qu'est-ce que c'est que ça ?

— C'est l'infidèle qui l'a jeté. Je m'en sers pour garder mon tabac.

— Il n'y a pas de tabac dedans.

— Non, *bey,* je n'en ai plus. J'espérais en trouver au marché.

— Et ne m'appelle pas *bey.* C'était bon du temps des Turcs. D'où sors-tu ? »

Martin lui décrivit son petit village, loin dans le Nord.

« Et il est très connu pour ses melons, ajouta-t-il naïvement.

— Fais attention à ton melon à trois branches », aboya l'officier, qui avait l'impression très nette que ses hommes se forçaient pour ne pas rire.

Une grosse limousine apparut au bout de la rue et s'arrêta à deux cents mètres d'eux. Le jeune officier donna un coup de coude à son chef et fit un signe de tête. Le plus ancien se tourna, jeta un coup d'œil et dit à Martin :

« Attends ici. »

Il se dirigea vers la voiture et s'arrêta à hauteur de la vitre arrière pour parler à quelqu'un.

« Qu'as-tu trouvé ? demanda Rahmani.

— Un jardinier-homme à tout faire, mon général. Il travaille ici. Il s'occupe des rosiers et il ratisse les allées, il fait les courses pour la cuisinière.

— Intelligent ?

— Non, mon général, un peu simplet. Un paysan de la campagne, un village où on fait du melon, dans le Nord. »

Rahmani réfléchit. S'il arrêtait cet idiot, les Russes se demanderaient pourquoi leur homme n'était pas rentré. Cela les mettrait en alerte. Il espérait que, si l'initiative de paix des Russes échouait, il aurait la permission de faire une descente chez eux. S'il laissait l'homme terminer sa petite balade et rentrer à la maison, il pourrait prévenir ses employeurs. D'après son expérience, il y avait un langage que tout pauvre Irakien comprenait, et fort bien. Il sortit son portefeuille et compta cent dinars.

« Donne-lui ça. Dis-lui de faire ses courses et de rentrer chez lui. Et quand ce sera fait, qu'il surveille pour voir s'il n'y a pas quelqu'un avec un grand parapluie argenté. S'il ne parle pas de nous et nous raconte demain ce qu'il a vu, il aura une récompense. S'il raconte tout aux Russes, je l'envoie à l'AMAM.

— Bien, mon général. »

L'officier prit les billets, retourna voir le jardinier et lui fit part de ses ordres. L'homme avait l'air complètement ahuri.

« Un parapluie, *sayidi*?

— Oui, un grand parapluie argenté, peut-être noir, qui est dirigé sur le ciel. Tu en as déjà vu ?

— Non, *sayidi*, fit tristement l'homme, dès qu'il pleut, ils se réfugient à l'intérieur.

— Par Allah le Tout-Puissant, murmura l'officier, c'est pas pour la pluie, imbécile, c'est pour envoyer des messages.

— Un parapluie qui envoie des messages ? répéta lentement le jardinier, je vais voir s'il y en a un, *sayidi*.

— Va-t'en, ordonna l'officier, exaspéré. Et pas un mot de ce que tu as vu ici. »

Martin reprit son vélo, descendit la rue et croisa la limousine. Quand il fut tout près, Rahmani s'enfonça dans la banquette. Inutile de laisser un pauvre paysan apercevoir le visage du chef du contre-espionnage irakien.

Martin repéra la marque de craie à sept heures du soir et récupéra le message à neuf. Il le lut à la lumière qui venait d'une fenêtre dans un café — pas la lumière d'une ampoule, il n'y avait plus d'électricité, mais celle d'une lampe à pétrole. Lorsqu'il eut terminé, il laissa échapper un long sifflement, replia le papier autant qu'il put et le cacha dans son pantalon.

Il n'était pas question de retourner à la villa, l'émetteur était grillé et un nouveau message aurait déclenché un désastre. Il pensa à la gare routière, mais elle était pleine de patrouilles de l'armée et de l'AMAM qui recherchaient les déserteurs.

Au lieu de cela, il se dirigea vers le marché aux fruits de Kasra et trouva un camionneur qui allait dans l'Ouest. L'homme s'arrêtait quelques kilomètres après Habbaniyah, et vingt dinars le persuadèrent d'accepter un passager. Beaucoup de camions préféraient rouler la nuit, car les gens croyaient que les Fils de Chiens, tout là-haut dans leurs avions, ne les voyaient pas dans l'obscurité. Ils n'avaient absolument pas conscience du fait que les camions de primeurs ne constituaient pas la priorité numéro un du général Chuck Horner.

Ils roulèrent toute la nuit, éclairés par la faible lueur de phares qui devaient faire autant de lumière qu'une bougie. A l'aube, Martin se retrouva sur le bord de la route juste à l'ouest du lac Habbaniyah et le chauffeur continua son chemin en direction des riches fermes qui occupent la haute vallée de l'Euphrate.

Ils s'étaient fait arrêter deux fois par des patrouilles, mais Martin avait montré ses papiers et la lettre du Russe, en expliquant qu'il avait travaillé comme jardinier pour cet infidèle, mais qu'ils allaient rentrer chez eux et l'avaient donc renvoyé. Il gémissait sur la manière dont ils l'avaient traité, jusqu'à ce que les soldats, impatientés, lui ordonnent de se taire et de passer son chemin.

Cette nuit-là, Osman Badri ne se trouvait pas très loin de Mike Martin. Il se rendait à la base aérienne où son frère aîné, Abdelkarim, commandait un escadron de chasse.

Dans les années quatre-vingt, une société belge du bâtiment, la Sixco, avait obtenu un contrat pour la construction de huit bases très protégées afin d'abriter l'élite de la chasse irakienne. Presque tout était enterré — casernements, hangars, réservoirs de carburant, dépôts de munitions, ateliers, salles d'alerte, logements des équipages et les gros diesels qui les alimentaient en électricité. La seule chose visible au niveau du sol était les accès et les pistes, des pistes de trois mille mètres de long. Mais comme on ne voyait ni hangars ni constructions, les alliés pensaient qu'il s'agissait de simples aérodromes de réserve comme l'était Al-Kharz en Arabie, avant que les Américains ne l'occupent.

Un examen plus détaillé aurait révélé des portes antisouffle en béton d'un mètre d'épaisseur. Ces portes donnaient accès à des rampes aménagées en bout de piste. Chaque base occupait un carré de cinq kilomètres de côté, et tout le périmètre était entouré de clôtures barbelées. Mais comme cela avait été le cas pour Tarmiya, les bases construites par la Sixco semblaient inactives et on les avait donc laissées de côté.

Quand ils opéraient à partir de ces bases, les pilotes recevaient leurs ordres en sous-sol, grimpaient dans leur cockpit et mettaient en route les réacteurs. Ce n'est que lorsqu'ils étaient à pleine puissance, avec des barrières antijets pour protéger le reste de la base des gaz brûlants et les envoyer dans l'atmosphère où ils se mélangeaient à l'air chaud du désert, que l'on ouvrait les portes d'accès aux rampes.

Les chasseurs accéléraient sur la rampe, réchauffe allumée, jaillissaient sur la piste et décollaient quelques secondes plus tard. Même lorsque les AWACS les repéraient, on avait l'impression qu'ils sortaient de nulle part et on supposait donc qu'ils exécutaient une mission basse altitude au départ de quelque autre endroit.

Le colonel Abdelkarim Badri était basé dans l'une des bases Sixco, connue sous le sigle KM 160, car elle se trouvait sur la route Bagdad-Ar-Rutba, à cent soixante kilomètres à l'ouest de Bagdad. Son jeune frère se présenta au poste de garde juste après le coucher du soleil.

Compte tenu de son grade, la sentinelle dans sa guérite lui téléphona immédiatement dans sa chambre et une jeep apparut bientôt, cahotant au milieu du désert. A première vue, elle aussi ne sortait de nulle part.

Un jeune lieutenant de l'armée de l'air accompagna le visiteur dans la base. La jeep prit ensuite une autre rampe inclinée camouflée qui descendait à l'intérieur du complexe souterrain. Laissant la jeep au parking, le lieutenant le guida dans de longs couloirs bétonnés. Ils passèrent devant des cavités où des mécaniciens travaillaient sur des MIG 29. L'air était pur et filtré, et l'on entendait en permanence le bourdonnement des diesels.

Ils pénétrèrent enfin au mess des officiers supérieurs et le lieutenant frappa à une porte. On cria d'entrer, et il introduisit Osman Badri dans la chambre de l'officier commandant l'escadron.

Abdelkarim se leva et les deux frères s'embrassèrent. Le plus âgé des deux avait trente-sept ans, il était également colonel. C'était un bel homme qui portait une fine moustache à la Ronald Colman. Célibataire, il n'avait jamais eu de problème pour attirer l'attention de la gent féminine. Son allure, son sourire, son uniforme et son macaron de pilote plaidaient pour lui. Et il était réellement ce qu'il paraissait être : les généraux de l'armée de l'air le considéraient comme leur meilleur pilote de chasse, et les Russes qui l'avaient formé sur le MIG 29 Fulcrum, le fleuron de leur aviation, étaient du même avis.

« Eh bien, mon frère, qu'est-ce qui t'amène ? » lui demanda-t-il.

Pendant qu'il prenait un siège et se versait une tasse de café, Osman avait eu le temps d'observer son frère aîné. Des rides nouvelles étaient apparues à la commissure de la bouche, et on lisait une certaine lassitude dans ses yeux.

Abdelkarim n'était ni un imbécile ni un lâche. Il avait effectué huit missions contre les Américains et les Britanniques et il avait réussi à rentrer de justesse à chaque fois. Il avait vu les meilleurs de ses camarades se faire descendre par les Sparrow et les Sidewinder, et lui-même leur avait échappé à quatre reprises.

En revenant de sa première tentative d'interception de bombardiers américains, il avait bien dû admettre que la partie était inégale. Il ne bénéficiait d'aucun guidage ni de la moindre information sur les appareils ennemis : leur nombre, leur type, leur altitude ou leur cap. Les radars irakiens étaient hors service, les centres de contrôle et de transmissions réduits en miettes, et les pilotes se trouvaient donc livrés à eux-mêmes. Plus grave encore, les Américains avec leurs AWACS arrivaient à détecter les appareils irakiens alors qu'ils n'avaient pas encore atteint mille pieds, disaient à leurs pilotes où ils devaient aller et comment prendre la meilleure position de tir. Pour les Irakiens, chaque mission de combat était une véritable opération suicide. Abdelkarim Badri le savait fort bien.

Mais il ne dit rien de tout cela, se força à sourire et demanda à son frère de ses nouvelles. Ce qu'il entendit lui fit perdre son sourire. Osman lui relata les événements des soixante dernières heures : l'arrivée de l'AMAM à l'aube, la fouille, la découverte faite dans le jardin, le passage à tabac de leur mère et de Talat, l'arrestation de leur père. Il lui dit qu'on lui avait demandé de venir lorsque le pharmacien avait fini par réussir à le joindre, et comment il avait pris la route jusqu'à chez eux. Là, il avait trouvé le corps de leur père allongé sur la table de la salle à manger.

Abdelkarim serra les lèvres de colère lorsque Osman lui apprit ce qu'il avait découvert en ouvrant le linceul, et comment leur père avait été enterré le matin même. L'aîné se pencha un peu plus quand Osman lui raconta encore que quelqu'un l'avait intercepté à la sortie du cimetière.

« Tu lui as raconté tout ça ? demanda-t-il à son frère lorsque celui-ci eut terminé le récit de la conversation qui avait suivi.

— Oui.

— Et c'est vrai, tout est vrai ? Tu as vraiment construit cette Forteresse, la Qu'ala ?

— Oui.

— Et tu lui as vraiment indiqué où c'était, pour qu'il aille le raconter aux Américains ?

— Oui. J'ai eu tort ? »

Abdelkarim réfléchit un bon bout de temps.

« Combien de gens, dans tout l'Irak, sont au courant ?

— Six, répondit Osman.

— Donne-moi les noms.

— Le Raïs, Hussein Kamil qui a assuré le financement et la

main-d'œuvre, Amer Saadi pour la technologie, puis le général Ridha qui a fourni ses artilleurs et le général Musuli, commandant le génie — c'est lui qui m'a proposé pour ce boulot. Et enfin moi, qui l'ai construite.

— Les pilotes d'hélicoptères qui amenaient les visiteurs ?

— Ils ne connaissaient que le cap dont ils avaient besoin pour leur navigation, mais ils ne voyaient rien de ce qui se passait à l'intérieur. Et on les maintenait en quarantaine dans une base isolée, j'ignore où exactement.

— Parmi les visiteurs, combien pourraient être au courant ?

— Aucun. On leur mettait un bandeau avant le décollage et ils le gardaient jusqu'à l'arrivée.

— Si les Américains détruisent cette Qubth-ut-Allah, à ton avis, qui l'AMAM va-t-il soupçonner ? Le Raïs, les ministres, les généraux — ou bien toi ? »

Osman laissa tomber la tête entre ses mains.

« Mais qu'est-ce que j'ai fait ? gémissait-il.

— J'ai bien peur, petit frère, que tu n'aies fait notre perte à tous. »

Les deux hommes connaissaient parfaitement les règles. En cas de trahison, le Raïs n'exigeait pas seulement un sacrifice, mais l'extermination de trois générations. Le père et les oncles, car ils appartenaient à cette engeance maudite ; les frères pour la même raison ; et enfin les fils et les neveux, car ils pouvaient être tentés plus tard de chercher vengeance. Osman Badri se mit à pleurer doucement.

Abdelkarim se leva et serra Osman dans ses bras.

« Tu as eu raison, mon frère, tu as fait ce que tu devais faire. Maintenant, il faut trouver comment on va se sortir de là. »

Il consulta sa montre : huit heures du soir.

« Il n'y a pas moyen de téléphoner d'ici à Bagdad, fit-il. Il n'y a que des lignes enterrées réservées aux forces armées, entre bunkers. Mais ce message ne leur est pas destiné. A ton avis, il te faut combien de temps pour rentrer en voiture chez notre mère ?

— Trois heures, peut-être quatre, répondit Osman.

— Cela fait donc huit heures pour l'aller-retour. Dis à notre mère de mettre tout ce qu'elle a de précieux dans la voiture de notre père. Elle ne conduit pas très bien, mais ça ira. Dis-lui d'emmener Talat et d'aller dans son village. Elle trouvera refuge dans sa tribu jusqu'à ce que l'un de nous deux prenne contact avec elle. Compris ?

— Oui, je peux être de retour à l'aube. Pourquoi ?

— Avant l'aube. Demain, j'emmène une patrouille de MIG

en Iran. Les autres sont déjà partis là-bas. C'est un plan complètement fou qui a été décidé par le Raïs pour sauver ses meilleurs chasseurs. C'est une idiotie, bien sûr, mais ça peut au moins nous sauver la vie. Je t'emmène avec moi.

— Je croyais que le MIG 29 était un monoplace ?

— J'ai un appareil d'entraînement, un biplace, la version UB. Tu seras en uniforme d'officier de l'armée de l'air. Pars maintenant. »

Cette nuit-là, Mike Martin marchait vers l'ouest le long de la route Ar-Rutba lorsque la voiture d'Osman Badri le dépassa en trombe en direction de Bagdad. Aucun des deux ne fit attention à l'autre. Martin se dirigeait vers la rivière la plus proche qui se trouvait à vingt-cinq kilomètres devant lui. Comme les ponts étaient détruits, il y aurait un bac et il avait des chances de trouver un chauffeur de camion qui, moyennant finances, accepterait de le conduire encore plus à l'ouest.

Il trouva ce camion peu après minuit, mais il s'arrêtait un peu après Muhammadi. Il reprit son attente. A trois heures, la voiture du colonel Badri repassa en sens inverse. Martin ne fit aucun signe et la voiture ne s'arrêta pas. Le conducteur était visiblement pressé. Juste avant l'aube, un troisième camion passa, venant d'une route secondaire. Il s'arrêta pour le prendre à son bord. Il paya le chauffeur grâce à sa petite réserve de dinars qui commençait à fondre, en bénissant le donateur inconnu qui lui en avait remis une liasse à Mansour. A l'aube, supposait-il, la cuisinière de Koulikov commencerait à se plaindre qu'elle avait perdu son jardinier.

Si l'on fouillait sa remise, on trouverait le bloc de papier à lettres sous sa paillasse, objet assez étrange pour un analphabète, et des recherches un peu approfondies ne tarderaient pas à mettre la main sur l'émetteur caché sous les carreaux du sol. A midi, la chasse serait déjà bien engagée, d'abord à Bagdad puis dans la campagne. Il fallait absolument qu'à la tombée de la nuit, il soit déjà assez loin dans le désert, en route pour la frontière saoudienne.

Le camion dans lequel il avait pris place avait dépassé le kilomètre 160 lorsque la patrouille de MIG 29 décolla.

Osman Badri était terrifié, car il était de ceux qui ont la phobie de l'avion. Dans les souterrains de la base, il était resté un peu en retrait tandis que son frère donnait ses instructions aux quatre jeunes pilotes qui devaient constituer le reste de la patrouille. La plupart des hommes de l'âge d'Abdelkarim étaient morts, et il s'agissait donc de jeunots, de dix ans plus jeunes que lui, tout juste sortis de l'école. Ils écoutaient avec la plus grande attention leur commandant d'escadron et acquiesçaient fréquemment d'un signe de tête.

A l'intérieur du MIG, même avec la verrière fermée, Osman se dit qu'il n'avait encore jamais entendu un vacarme pareil lorsque les deux réacteurs soviétiques RD 33 montèrent en régime jusqu'à la puissance maximum à sec. Recroquevillé dans son siège, derrière son frère, Osman vit les grandes portes antisouffle s'ouvrir, poussées par leurs vérins hydrauliques, et un carré de ciel bleu clair apparut au bout du tunnel. Le bruit augmenta encore lorsque le pilote poussa la manette jusqu'à la réchauffe, et l'intercepteur soviétique à double dérive se mit à trembler sur ses freins.

Lorsque les freins furent lâchés, Osman eut l'impression qu'une mule venait de lui donner une grande ruade dans le derrière. Le MIG bondit en avant, les murs de béton défilaient derrière eux à toute allure, l'appareil monta la rampe et émergea dans la lumière de l'aube.

Osman ferma les yeux et se mit à prier. Le crissement des roues cessa, il avait l'impression de flotter et il ouvrit les yeux. Ils étaient en l'air, le MIG de tête faisant des cercles à basse altitude au-dessus de KM 160 tandis que les quatre autres chasseurs sortaient du tunnel sous eux. Puis les portes se refermèrent et la base cessa soudain d'exister.

Tout autour de lui, car la version UB était un appareil d'entraînement, se trouvaient des cadrans et des aiguilles, des boutons, des commutateurs, des écrans, des poussoirs et des manettes. Un manche en double se dressait entre ses jambes. Son frère lui avait dit de ne toucher à rien, ce qui lui convenait parfaitement.

A mille pieds, les cinq MIG se formèrent en échelon, les quatre jeunes derrière leur chef de patrouille. Son frère prit un cap très légèrement sud-est, restant à basse altitude et espérant ainsi échapper à la détection en traversant la banlieue sud de Bagdad. Il pensait que les MIG se perdraient ainsi dans le retour de sol et les échos des installations industrielles.

Tenter d'éviter les radars des AWACS qui patrouillaient dans tout le Golfe était un pari très risqué, mais il n'avait pas le choix. Ses ordres étaient formels et Abdelkarim Badri avait désormais une raison supplémentaire d'espérer arriver en Iran.

La chance était avec lui, ce matin-là. A chaque changement

d'équipe, l'AWACS devait rentrer à sa base avant d'être remplacé par un autre appareil. Durant la relève, il y avait parfois un court laps de temps au cours duquel la veille radar n'était plus assurée. Le passage des MIG à basse altitude entre le sud de Bagdad et Salman Pak se trouva coïncider précisément avec l'un de ces moments.

Le pilote irakien espérait qu'en se maintenant à mille pieds, il parviendrait à se faufiler sous les vols américains, qui avaient plutôt tendance à opérer à plus de vingt mille pieds. Il voulait frôler la ville irakienne d'Al-Kut par le nord, puis mettre le cap directement sur la frontière iranienne en coupant au plus court.

Ce matin-là, à cette même heure, le capitaine Don Walker, de l'escadron de chasse 336, basé à Al-Kharz, menait une patrouille de quatre Strike Eagle vers Al-Kut. Sa mission consistait à bombarder un important pont fluvial sur le Tigre, sur lequel des chars de la garde républicaine avaient été repérés par un J-STAR qui faisait route au sud vers le Koweït.

Le 336 avait fait essentiellement des missions de nuit, mais le pont d'Al-Kut était un objectif qu'il fallait « traiter » d'urgence. Il n'y avait pas de temps à perdre si on voulait l'interdire aux chars irakiens qui se déployaient au sud. Le raid de ce matin portait donc le nom de code « Jérémie Direct ». Le général Chuck Horner désirait que la besogne soit faite, et vite.

Les Eagle emportaient des bombes laser de deux mille livres et des missiles air-air. A cause de la position des pylônes de voilure, les bombes étaient disposées d'un côté et les missiles sous l'autre aile. Le chargement était donc dissymétrique, car les bombes étaient nettement plus lourdes que les missiles Sparrow. Certes, le pilote automatique compensait le déséquilibre, mais ce n'était pas le type de chargement que les pilotes auraient choisi en cas de combat tournoyant.

Tandis que les MIG, maintenant descendus à cinq cents pieds en suivant le terrain, se dirigeaient toujours cap à l'ouest, les Eagle remontaient du sud, à quatre-vingts nautiques de là.

Le premier indice qu'Abdelkarim Badri avait eu de leur présence était un bourdonnement sourd dans ses oreilles. Derrière lui, son frère ne comprenait pas de quoi il s'agissait, mais les autres pilotes le savaient parfaitement. Le MIG biplace d'entraînement était en tête, les quatre pilotes novices suivant en V derrière lui. Ils avaient entendu le signal eux aussi.

Ce bourdonnement venait du détecteur radar. Il signifiait qu'il y avait un radar quelque part autour d'eux et qu'il balayait le ciel. Les quatre Eagle avaient mis leurs radars en mode « recherche ». Les faisceaux électromagnétiques balayaient le ciel devant eux pour voir s'il y avait quelque chose. Les détecteurs radar soviétiques avaient détecté les émissions et prévenaient les pilotes.

Les MIG ne pouvaient rien faire d'autre que continuer. A cinq cents pieds, ils étaient largement plus bas que les Eagle, mais leurs routes allaient se croiser.

A soixante nautiques, le bourdonnement augmenta dans les oreilles des pilotes irakiens et se transforma en un sifflement plus aigu. Cela signifiait : quelqu'un vient de basculer du mode « recherche » en mode « poursuite ».

Derrière Don Walker, son nav, Tim, se rendit compte que son radar avait changé de mode. Au lieu de continuer à balayer d'un bord à l'autre, les radars américains avaient accroché quelque chose. Ils émettaient désormais un faisceau plus étroit et se concentraient sur ce qu'ils avaient détecté.

« Nous avons cinq non-identifiés, dix heures, bas », murmura le nav, et il mit en route l'IFF. Ses trois collègues en firent autant.

L'IFF [1] est un transpondeur qui équipe tous les appareils de combat. Il envoie des impulsions sur certaines fréquences qui changent tous les jours. Les appareils amis qui reçoivent cette impulsion répondent en retour, ce qui signifie : je suis ami. Les appareils ennemis ne le peuvent pas. Les cinq points lumineux qui apparaissaient sur l'écran radar des Eagle à plusieurs nautiques devant auraient pu être des appareils amis rentrant de mission. Cela était plus que probable, dans la mesure où il y avait beaucoup plus d'appareils alliés dans le ciel que d'irakiens.

Tim interrogea les cinq échos non identifiés en modes 1, 2 puis 4. Pas de réponse.

« Hostiles », déclara-t-il. Don Walker commuta ses missiles en mode « radar », murmura « engagement » aux trois autres pilotes de sa patrouille, fit piquer son avion et mit le cap sur l'objectif.

Abdelkarim Badri était en mauvaise posture et il en était parfaitement conscient. Il le savait depuis que les radars américains s'étaient verrouillés sur lui. Il n'avait nul besoin d'IFF pour deviner que ces appareils n'étaient certainement pas irakiens. Il savait qu'il venait de se faire repérer par l'ennemi et que ses jeunes pilotes ne feraient pas le poids.

Sa faiblesse tenait essentiellement à son MIG. Comme il s'agissait de la version d'entraînement, seul modèle biplace, il n'avait jamais été prévu pour combattre. Les MIG monoplaces

---

1. *Identification Friend or Foe :* Identification Ami/Ennemi *(NdT).*

disposaient d'un radar pour guider leurs missiles, mais la version d'entraînement ne possédait qu'un télémètre qui n'avait aucune fonction opérationnelle. Le colonel Badri devait donc se contenter de savoir ce qui se passait dans un secteur de soixante degrés devant son nez. Il savait que quelqu'un l'avait accroché, mais il ne pouvait pas le voir.

« Tu vois quelque chose ? » demanda-t-il à son ailier. Il eut droit à une réponse brève et haletante. « Quatre hostiles, trois heures, plus haut que nous. Ils plongent. » Son pari avait donc échoué. Les Américains déboulaient du sud et s'apprêtaient à les engager. « Dispersez-vous, descendez le plus bas possible, allumez la réchauffe et dirigez-vous vers l'Iran », cria-t-il.

Les jeunes pilotes n'avaient pas besoin qu'on le leur dise deux fois. Un jet de flammes s'échappa des tuyères des MIG lorsque les quatre manettes de gaz poussées à fond enclenchèrent la réchauffe. Les chasseurs bondirent, passèrent le mur du son et multiplièrent leur vitesse par deux.

En dépit de la forte augmentation de la consommation, les monoplaces pouvaient continuer ainsi assez longtemps pour fuir les Américains et gagner l'Iran. Ils avaient suffisamment d'avance sur les Eagle qui ne parviendraient jamais à les rattraper, même en passant sur réchauffe à leur tour.

Abdelkarim Badri n'avait pas cette possibilité. En réalisant cette version d'entraînement, les ingénieurs soviétiques ne l'avaient pas seulement équipée d'un radar simplifié, ils avaient également considérablement réduit sa capacité d'emport de carburant pour faire de la place au deuxième homme. Le colonel avait des réservoirs supplémentaires, mais ce ne serait pas suffisant. Il se trouvait devant quatre solutions. Il ne lui fallut pas plus de quatre secondes pour prendre sa décision.

Il pouvait allumer la réchauffe, échapper aux Américains et rentrer à sa base. Là, il serait arrêté et, tôt ou tard, se retrouverait entre les mains de l'AMAM qui le torturerait à mort. Il pouvait allumer la réchauffe et continuer vers l'Iran. Il échapperait aux Américains mais se retrouverait à court de carburant peu de temps après avoir franchi la frontière. Même s'il parvenait à s'éjecter avec son frère, ils tomberaient aux mains des tribus iraniennes qui avaient tant souffert, lors de la guerre contre l'Irak, des bombes qu'avaient déversées sur eux les aviateurs irakiens. Il pouvait allumer la réchauffe pour éviter les Eagle puis mettre cap au sud et s'éjecter au-dessus de l'Arabie Saoudite où il serait fait prisonnier. Il ne lui vint pas un seul instant à l'idée qu'il y serait convenablement traité.

Il se remémora quelques vers qu'il avait appris dans sa jeunesse, un poème qui remontait au temps de l'école de M. Hartley. Tennyson ? Wordsworth ? Non, Macaulay, c'était ça, Macaulay, quelques vers à propos d'un homme qui vit ses derniers moments, quelque chose qu'il avait récité en classe :

> *Pour chaque homme sur cette terre,*
> *La mort vient tôt ou tard.*
> *Et comment mieux mourir*
> *Qu'en faisant face aux terreurs de la mort,*
> *Pour les cendres de ses pères*
> *Et les temples de ses dieux ?*

Le colonel Abdelkarim Badri poussa la manette, alluma la réchauffe, fit virer brutalement son MIG et se dirigea vers les chasseurs américains.

Dès qu'il eut viré, les quatre Eagle apparurent sur son écran radar. Deux d'entre eux s'étaient détachés pour se lancer à la poursuite des monoplaces. Tous avaient allumé la réchauffe et étaient en vol supersonique. Mais leur chef de patrouille arrivait droit sur lui. Badri ressentit un choc violent quand son Fulcrum passa le mur du son, rectifia d'un coup de manche et se dirigea sur l'Eagle qui lui plongeait dessus.

« Bon Dieu, il se dirige droit sur nous », fit Tim à l'arrière. Walker n'avait pas besoin qu'on le prévienne. Son écran radar lui indiquait quatre échos en train de s'évanouir, les appareils irakiens qui fuyaient vers l'Iran, et l'écho isolé du chasseur ennemi qui grimpait pour l'attaquer. L'indicateur de distance tournait comme un réveil fou. A trente nautiques, ils se ruaient l'un vers l'autre à la vitesse de deux mille nœuds. Il n'était pas encore en vue du Fulcrum, mais cela n'allait plus tarder.

A bord du MIG, le colonel Osman Badri était complètement déboussolé. Il ne comprenait rien à ce qui se passait. Le choc brutal de la réchauffe lui avait donné un nouveau coup de pied dans le derrière, et le virage pris à 7 G l'avait rendu inconscient quelques secondes. « Qu'est-ce qui se passe ? » cria-t-il dans son masque. Il ne voyait pas que le bouton « silence » avait été poussé et que son frère ne pouvait l'entendre.

Don Walker avait le pouce posé sur la console missiles. Il avait le choix entre le AIM-7 Sparrow guidé par radar et l'AIM-9 Sidewinder à autodirecteur infrarouge. Il aperçut son adversaire à quinze nautiques, petit point noir se précipitant vers lui. La dérive double indiquait qu'il avait affaire à un MIG 29 Fulcrum, sans aucun doute l'un des meilleurs intercepteurs qui soient au monde, s'il est entre de bonnes mains.

Walker ignorait qu'il se trouvait face à un appareil d'entraînement, la version UB. Mais il savait que cet appareil pouvait
emporter le missile soviétique AA-10 qui avait la même portée
que son AIM-7. C'est la raison pour laquelle il choisit les
Sparrow.

Il les lança tous les deux à douze nautiques. Les missiles
jaillirent, captant l'énergie radar réfléchie par le MIG, et se
dirigèrent droit sur lui.

Abdelkarim Badri aperçut les éclairs de missiles lancés par
l'Eagle. Cela lui donnait quelques secondes de répit s'il
parvenait à obliger l'Américain à cesser le combat. Il tira une
manette de la main gauche.

Don Walker s'était bien souvent demandé comment cela se
passerait. A présent, il savait. Un éclair de lumière éblouissant
apparut sous l'aile du MIG. Il sentit une main d'acier lui tordre
les entrailles et la peur lui glaça les sangs. Quelqu'un venait de
tirer deux missiles contre lui et il contemplait la mort qui
arrivait sur lui, inexorable.

Deux secondes après qu'il eut tiré ses Sparrow, Walker
regretta de ne pas avoir choisi les Sidewinder. La raison en était
simple ; les Sidewinder étaient du type « tire et oublie », ils
pouvaient trouver leur cible tout seuls, quoi que fasse l'Eagle.
Mais les Sparrow avaient besoin de l'Eagle pour les guider. S'il
dégageait maintenant, les missiles, privés de guidage, deviendraient fous et suivraient une trajectoire erratique dans le ciel
avant de s'écraser au sol.

Une fraction de seconde avant de dégager, il vit les « missiles » tirés par le MIG descendre vers la terre en tournoyant
sur eux-mêmes. Il comprit soudain qu'il ne s'agissait pas de
missiles. L'Irakien avait essayé de le feinter en larguant ses
réservoirs supplémentaires. Les conteneurs en aluminium
avaient réfléchi la lumière du soleil levant, ce qui donnait
l'impression de moteurs fusée. C'était un piège et Don Walker
avait bien failli s'y laisser prendre.

A bord de son MIG, Abdelkarim Badri s'aperçut que
l'Américain n'avait pas l'intention de dégager. Il avait testé ses
nerfs et avait perdu. Dans le siège arrière, Osman avait fini par
trouver la pédale du micro. En regardant derrière lui, il voyait
qu'ils étaient en train de grimper et qu'ils se trouvaient déjà à
plusieurs milliers de mètres au-dessus du sol.

« Où est-ce qu'on va ? » cria-t-il. La dernière chose qu'il
entendit fut la voix d'Abdelkarim, très calme : « Va en paix,
mon frère. *Allah-o-Akhbar.* »

Walker vit les deux Sparrow exploser à cet instant, puis deux grands jets de flammes à trois nautiques devant lui. Les morceaux du chasseur soviétique retombaient sur le territoire irakien. Des rigoles de sueur dégoulinaient sur sa poitrine.

Randy Roberts, son ailier, qui était resté en arrière et au-dessus de lui, apparut sur sa droite, sa main droite levée et le pouce en l'air. Il lui rendit son geste et les deux autres Eagle, qui avaient abandonné la poursuite des autres MIG, se remirent en formation. Puis ils reprirent leur mission contre le pont d'Al-Kut.

La vitesse à laquelle se passe un combat aérien est telle que toute l'action, depuis la première détection radar jusqu'à la destruction du Fulcrum, n'avait duré au total que trente-huit secondes.

L'observateur arriva à la Banque Winkler à dix heures précises, en compagnie de son « directeur financier ». Le plus jeune des deux avait un attaché-case contenant cent mille dollars en espèces.

En fait, cet argent n'était qu'un prêt temporaire consenti par le *sayan* de la banque, qui s'était senti plus soulagé en sachant que l'argent serait temporairement déposé à la Banque Winkler et qu'on le lui rendrait ensuite.

Lorsqu'il vit l'argent, Herr Gemütlich se sentit tout guilleret. Son enthousiasme se serait refroidi s'il avait su que les billets n'occupaient que la moitié de la mallette. Il aurait été carrément horrifié s'il avait vu ce que recelait le double fond.

Pour des raisons de discrétion, on envoya le financier dans le bureau de Fräulein Hardenberg tandis que l'avocat et le banquier mettaient au point les codes et instructions de fonctionnement du nouveau compte. Il revint prendre le reçu et, à onze heures, tout était réglé. Herr Gemütlich appela le coursier pour raccompagner ses visiteurs dans le hall puis jusqu'à la porte d'entrée.

Pendant qu'ils descendaient, le financier murmura quelques mots dans l'oreille de l'Américain, et l'avocat traduisit ce qu'il venait de dire au portier. L'homme fit signe qu'il avait compris et arrêta l'ascenseur à mi-chemin. Tous les trois sortirent de la cabine.

L'avocat montra à son compagnon la porte des toilettes pour hommes et le financier entra. Les deux autres restèrent dehors pour l'attendre.

A ce moment, on entendit un brouhaha dans le hall d'entrée. Le bruit était clairement audible car le hall se trouvait vingt mètres plus loin au bout du couloir et quinze marches plus bas.

Le portier murmura un mot d'excuse et se précipita dans le couloir pour voir ce qui se passait.

Le spectacle était consternant. Trois types, visiblement ivres, se battaient. Ils avaient réussi à pénétrer dans le hall et embêtaient la réceptionniste en exigeant de l'argent pour se payer un coup. Plus tard, elle expliqua qu'ils avaient réussi à se faire ouvrir la porte en prétendant qu'ils étaient postiers.

Indigné, le portier essaya de chasser les voyous. Personne ne remarqua que l'un d'entre eux avait laissé tomber en entrant un paquet de cigarettes vide au pied de la porte qui ne pouvait désormais plus se refermer automatiquement. Dans la bagarre, personne ne remarqua non plus qu'un quatrième homme était entré à quatre pattes. Lorsqu'il se releva, il fut immédiatement rejoint par l'avocat new-yorkais qui avait suivi le portier jusqu'en bas des marches.

Ils restèrent à attendre là pendant que le portier finissait de jeter les trois malfrats dehors. Lorsqu'il revint, le portier de la banque vit que l'avocat et le financier étaient descendus à pied de leur propre initiative. Il se confondit en excuses en déplorant le spectacle indigne qui leur avait été imposé et les raccompagna jusqu'à la sortie.

Une fois arrivé sur le trottoir, le financier laissa échapper un grand soupir de soulagement. « J'espère bien ne jamais avoir à refaire une chose pareille, fit-il.

— T'en fais pas, dit l'avocat, tu as été parfait. »

Ils parlaient hébreu car le « financier » ne connaissait pas d'autre langue. C'était en fait un banquier de Beershe'eva et la seule raison pour laquelle il était à Vienne était qu'il se trouvait être le frère jumeau du perceur de coffres. Celui-ci était à présent immobile dans le placard à balais des toilettes. Il allait y rester sans bouger pendant douze heures.

Mike Martin parvint à Ar-Rutba au milieu de l'après-midi. Il lui avait fallu vingt heures pour couvrir une distance qui n'aurait dû lui en prendre que six en temps normal s'il avait été en voiture.

Il trouva aux portes de la ville un berger qui surveillait un troupeau de chèvres. Il lui acheta quatre bêtes en échange de ses derniers dinars, c'est-à-dire à un prix deux fois plus élevé que ce que l'homme aurait pu en tirer au marché.

Les chèvres semblaient heureuses d'aller se promener dans le désert, même avec un collier de corde. Elles auraient du mal à comprendre qu'elles n'étaient là que pour justifier la présence de Mike Martin au beau milieu du désert. Le soleil baissait.

Son problème était qu'il n'avait pas de boussole. Il l'avait abandonnée avec tout le reste de son équipement sous les carreaux de sa remise, à Mansour. Mais en s'aidant du soleil et de sa montre bon marché, il réussit à peu près à suivre le cap en se basant sur l'antenne radio pour rejoindre l'oued où sa moto était enfouie.

Cela représentait huit kilomètres à pied, mais les chèvres le ralentissaient. Il se félicita de les avoir achetées quand il aperçut des soldats qui l'observaient depuis la route. Puis il disparut de leur vue. Les soldats n'avaient pas bronché.

Il trouva le bon oued juste avant le coucher du soleil, repéra les marques qui avaient été faites sur les rochers et se reposa jusqu'à la nuit tombée avant de commencer à creuser. Ravies, les chèvres gambadaient autour de lui.

Tout était là, encore emballé dans le sac en plastique : une Yamaha 125 cc tout-terrain noire, avec des réservoirs d'appoint sur le porte-bagages. Il y avait également une boussole, plus une arme de poing et des munitions. Le SAS avait longtemps privilégié le Browning 132, mais avait fini par fixer son choix sur le Sig Sauer 9 mm de fabrication suisse. C'était ce modèle, très costaud, qu'il avait à sa disposition. Il fixa l'étui à sa ceinture sur la hanche droite. Désormais, la prudence n'était plus de mise. Aucun paysan irakien ne circulait sur une machine de ce genre. Si on essayait de l'intercepter, il devrait tirer et prendre la fuite.

Il roula toute la nuit, à une vitesse supérieure aux Land Rover à l'aller. Avec sa moto, il pouvait foncer en terrain plat et n'avait aucun mal à escalader les barrières rocheuses des oueds, en s'aidant de ses pieds et en mettant les gaz.

A minuit, il refit le plein d'essence, but un peu d'eau et avala des rations K qui avaient également été stockées dans la cache. Puis il reprit sa route vers le sud en direction de la frontière saoudienne.

Il ne sut jamais à quel moment il avait franchi la frontière. Autour de lui, tout n'était que sable et rochers, gravier et éboulis. Pas le moindre indice. Comme il avait roulé en zigzag, il lui était impossible d'évaluer la distance qu'il avait réellement parcourue.

Il se disait qu'il saurait qu'il était arrivé en Arabie en croisant la Tapline, seule route existant dans les parages. Le terrain devenait plus facile et il roulait à trente à l'heure lorsqu'il aperçut le véhicule. S'il n'avait pas été aussi épuisé, il aurait réagi plus vite. Mais il était mort de fatigue et ses réflexes étaient émoussés.

La roue avant de sa moto heurta un fil tendu en travers de la route et il tomba, roulant quelques mètres avant de s'arrêter sur le dos. Lorsqu'il ouvrit les yeux et regarda en l'air, il vit une silhouette penchée sur lui et l'éclat d'un canon.

« Bouge pas, mec[1]. »

Ce n'était pas de l'arabe. Il essaya de faire fonctionner son cerveau fatigué. Ça lui disait quelque chose, mais c'était tellement loin. Oui, à Haileybury, un malheureux professeur avait essayé de lui inculquer les subtilités de la langue de Corneille, de Racine et de Molière.

« Ne tirez pas, fit-il lentement, je suis anglais[1]. »

Il n'y avait en tout et pour tout que trois sergents de nationalité britannique dans toute la Légion étrangère française, et l'un d'eux s'appelait McCullin.

« C'est vrai ? répondit-il en anglais. Magne ton cul et monte dans le half-track. Et rappelle-toi que j'ai un pistolet. »

La patrouille de la Légion se trouvait très à l'ouest de sa position dans le dispositif allié. Elle recherchait d'éventuels déserteurs irakiens sur la Tapline. Grâce au sergent McCullin qui fit l'interprète, Martin expliqua au lieutenant français qu'il revenait d'une mission en Irak.

La Légion comprenait très bien ce genre de chose. Opérer derrière les lignes ennemies a toujours constitué l'une de ses spécialités. Heureusement, les légionnaires avaient la radio.

Le perceur de coffres attendit patiemment dans l'obscurité de son placard jusqu'à la nuit du jeudi. Il entendit les hommes de l'équipe de nettoyage entrer dans les toilettes, faire leur travail et repartir. A travers le mur, il entendait aussi l'ascenseur qui grinçait de temps à autre entre les étages. Il était assis sur sa mallette, le dos contre le mur, et il connaissait l'heure grâce à sa montre lumineuse.

Entre cinq heures et demie et six heures, il entendit le personnel qui gagnait l'entrée pour quitter l'établissement avant de rentrer à la maison. Il savait que le veilleur de nuit arrivait à six heures, accueilli par le portier qui, à cette heure-là, aurait vérifié, en consultant la liste établie chaque jour, que tout le monde était bien passé devant son bureau. Lorsque le

1. En français dans le texte (NdT).

coursier serait parti à son tour, peu après six heures, le gardien de nuit devait verrouiller la porte d'entrée et activer les alarmes. Puis il irait s'installer avec la télé portable qu'il apportait avec lui chaque soir et regarderait des émissions sportives jusqu'à l'heure de la première ronde.

D'après l'équipe Yarid, même les gens de l'équipe de nettoyage étaient surveillés. Ils commençaient par faire les parties communes — les halls, les escaliers et les toilettes les lundis, mercredis et vendredis soir, mais, le mardi soir, le gardien n'avait rien à faire. Le dimanche, ils revenaient nettoyer les bureaux sous l'œil du portier qui restait avec eux en permanence.

La routine du gardien de nuit était apparemment toujours la même. Il effectuait trois rondes dans l'immeuble, vérifiait toutes les portes, à dix heures du soir, deux heures et cinq heures du matin.

Entre le moment où il arrivait et sa première ronde, il regardait la télé et mangeait le contenu de sa gamelle. Entre vingt-deux heures et deux heures du matin, il somnolait. Il avait avec lui un petit réveil qui sonnait à deux heures. Le perceur de coffres avait l'intention d'intervenir durant cet intervalle.

Il avait déjà vu le bureau de Gemütlich et sa porte imposante. Elle était en bois épais mais ne comportait heureusement aucune alarme. La fenêtre en possédait une et il avait remarqué la légère bosse que formaient deux détecteurs de pression cachés entre le parquet et la moquette.

A dix heures précises, il entendit l'ascenseur monter. Le gardien de nuit commençait sa ronde. Il débutait par le dernier étage et redescendait à pied jusqu'en bas.

Une demi-heure plus tard, le vieil homme avait terminé. Il passa la tête par la porte des toilettes pour hommes, alluma la lumière pour vérifier les barreaux et l'alarme de la fenêtre, referma la porte et retourna à son bureau dans l'entrée. Il décida de regarder un match qui était diffusé assez tard.

A vingt-deux heures quarante-cinq, le perceur de coffres, dans l'obscurité complète, quitta les toilettes et monta les escaliers jusqu'au quatrième.

Il lui fallut quinze minutes pour venir à bout de la porte de Herr Gemütlich. Le dernier pêne de la serrure à quatre verrous céda et il pénétra dans le bureau.

Il était équipé d'une petite lampe frontale, mais se servit d'une torche pour balayer la pièce. Il put ainsi éviter les deux détecteurs de pression et s'approcher du bureau par le côté qui n'était pas protégé. Il éteignit sa torche et continua à la seule lueur de la lampe frontale.

Les serrures en laiton des trois tiroirs du haut, qui dataient de plus d'un siècle, ne lui posèrent pas de problème. Lorsqu'il eut sorti les trois tiroirs de leurs logements, il avança la main à l'intérieur et se mit à chercher un bouton ou un levier. Rien. Ce n'est qu'une heure plus tard, derrière le troisième tiroir en bas à droite, qu'il découvrit ce qu'il cherchait. Une petite tige en laiton, de trois centimètres de long tout au plus. Lorsqu'il la poussa, il y eut un léger déclic et un morceau de placage à la base du pied s'écarta brusquement d'un centimètre.

La cavité était très étroite, moins de deux centimètres, mais elle était assez grande pour renfermer vingt-deux feuilles de papier fin. Chacune de ces feuilles était la copie de la lettre de mission qui suffisait à elle seule pour intervenir sur les différents comptes dont Gemütlich avait la charge.

Le perceur de coffres sortit son appareil photo et une paire de pinces, ainsi qu'un petit support en aluminium qui permettait de positionner l'appareil exactement à la bonne distance du papier. L'appareil était chargé avec une pellicule ultrasensible.

La feuille située sur le dessus du paquet concernait le compte ouvert la veille par l'observateur pour le compte d'un client américain imaginaire. Celle qu'il cherchait était en septième position. Il connaissait déjà le numéro de code — le Mossad avait versé de l'argent sur le compte de Jéricho pendant deux ans, avant que les Américains prennent le relais.

Par précaution, il photographia l'ensemble des documents. Après avoir remis la cachette dans son état d'origine, il remit tout en place et referma à clé chacun des tiroirs, sortit de la pièce et referma enfin la porte derrière lui. A une heure dix, il était de retour dans son placard.

Lorsque la banque ouvrit aux heures normales de bureau, le perceur de coffres laissa l'ascenseur remonter et descendre pendant une demi-heure, car il savait que le portier accompagnait chacun des membres du personnel jusqu'à son bureau. Le premier visiteur fit son apparition à dix heures moins dix. Quand l'ascenseur revint après l'avoir déposé, le perceur de coffres sortit des toilettes, s'engagea dans le couloir sur la pointe des pieds et jeta un coup d'œil dans le hall à ses pieds. Le bureau du portier était désert. L'homme était en haut, en train d'accompagner un client.

Le perceur de coffres sortit un petit boîtier de sa poche et pressa deux fois sur le bouton. Moins de trois secondes après, la sonnette de l'entrée retentit. La réceptionniste appuya sur la touche de son interphone et demanda : « *Ja ?*

— *Lieferung* », répondit une petite voix. Elle appuya sur le bouton qui déverrouillait la porte d'entrée et un gros livreur sympathique entra dans le hall. Il transportait un tableau, enveloppé dans du papier kraft. « Et voilà, ma bonne dame, tout propre et prêt à être raccroché », annonça-t-il.

La porte commençait à se refermer doucement derrière lui, quand une main se glissa dans l'interstice au ras du sol et y glissa un morceau de papier. La porte sembla se refermer, mais la serrure ne joua pas.

Le livreur posa la toile sur le bord du bureau de la réceptionniste. C'était un grand tableau, un mètre cinquante de large sur un mètre vingt de haut. Elle ne pouvait plus rien voir de ce qui se passait dans le hall.

« Mais je ne suis pas au courant... », essaya-t-elle de protester. Le livreur passa la tête de l'autre côté de la toile.

« Signez simplement le bon de livraison, s'il vous plaît. » Et il lui tendit le bon. Tandis qu'elle l'examinait, le perceur de coffres descendit les escaliers de marbre et se faufila par la porte.

« Mais il s'agit de la galerie Hartzmann, dit-elle.

— C'est exact, Ballgasse, au numéro quatorze.

— Mais on est au huit, ici. C'est la Banque Winkler. La galerie est plus haut. »

Le livreur, tout surpris, fit ses excuses et sortit. Le coursier redescendit l'escalier en marbre. Elle lui expliqua ce qui venait de se passer. Il renifla un coup, regagna son bureau de l'autre côté du hall et se replongea dans la lecture de son journal.

Lorsque le Blackhawk déposa Mike Martin sur l'aéroport militaire de Riyad au milieu de la journée, un petit comité d'accueil l'attendait. Steve Laing était là, ainsi que Chip Barber. Il y avait aussi quelqu'un dont la présence le surprit : son chef, le colonel Bruce Craig. Pendant son séjour à Bagdad, le SAS avait augmenté ses effectifs déployés dans le désert irakien occidental, et il y avait maintenant deux escadrons sur place, sur les quatre basés à Hereford. L'un était resté là-bas en réserve, l'autre était découpé en petites unités qui participaient à des missions d'entraînement à travers le monde entier.

« Alors, vous avez réussi, Mike ? lui demanda Laing.

— Oui. Voici le dernier message de Jéricho, je n'ai pas pu vous le transmettre par radio. »

Il expliqua rapidement pourquoi et leur tendit la feuille de papier froissée qui contenait le rapport de Jéricho.

« Mec, on s'est fait du mouron quand on a vu qu'on n'arrivait pas à vous joindre depuis quarante-huit heures, fit Barber. Vous avez fait du beau boulot, major.

— Juste une chose, messieurs, dit le colonel Craig. Si vous en avez terminé avec lui, je peux le récupérer ? »

Laing lisait le papier, essayant de déchiffrer l'écriture arabe comme il pouvait. Il leva les yeux.

« Je pense que oui. Avec nos remerciements les plus sincères.

— Attendez une minute, intervint Barber. Qu'allez-vous en faire maintenant, mon colonel ?

— Oh, on va juste aller se détendre un peu dans notre cantonnement, de l'autre côté de la piste, et se payer un bon gueuleton...

— J'ai une meilleure idée, dit Barber. Major, que penseriez-vous d'un steak avec des frites, d'un bon bain dans une baignoire en marbre et d'un grand lit bien mou ?

— Ça me plairait assez, répondit Martin en riant.

— Parfait. Mon colonel, on a réservé une suite à l'hôtel Hyatt pour votre homme. C'est offert gracieusement par mon pays. OK ?

— OK. Je vous verrai demain, Mike », répondit Craig.

Pendant le court trajet jusqu'a l'hôtel de l'autre côté du quartier général du CENTAF, Martin donna à Laing et à Barber la traduction du message de Jéricho. Laing prenait des notes.

« C'est parfait, dit Barber, les gars de l'aviation vont y aller et détruire tout ça. »

Barber dut insister pour faire admettre ce paysan irakien sale et mal vêtu dans la meilleure suite du Hyatt. Lorsque ce fut réglé, l'homme de la CIA traversa la route pour se rendre au Trou Noir.

Martin passa une heure dans un bain brûlant, se rasa et se fit un shampooing. Quand il en sortit, le steak et les frites l'attendaient dans le salon.

Il n'avait pas avalé la moitié de son repas qu'il sentit le sommeil lui tomber dessus. Il réussit à peine à se traîner jusqu'au grand lit de l'autre côté de la porte et s'endormit immédiatement.

Un certain nombre de choses se produisirent pendant son sommeil. Un short, une chemise, des chaussettes, le tout repassé de frais, avaient été déposés dans le salon.

A Vienne, Gidi Barzilai envoya tous les détails concernant le compte numéroté de Jéricho à Tel-Aviv qui prépara un texte contenant les termes appropriés.

Karim attendait Edith Hardenberg à sa sortie de la banque. Il l'invita dans un café et lui expliqua qu'il devait rentrer passer une semaine en Jordanie pour aller voir sa mère qui était malade. Elle accepta ses raisons sans problème, lui prit la main et lui demanda de rentrer le plus vite possible.

Le Trou Noir expédia un certain nombre d'ordres à la base de Taïf où un avion-espion TR-1 se préparait à décoller pour une mission dans l'extrême nord de l'Irak. Il devait prendre d'autres photos d'une importante usine d'armement située à As-Sharqat.

Cette mission fut modifiée et l'on fournit à l'appareil de nouvelles coordonnées. Il devait aller prendre en photo une région de collines dans le secteur nord du Djebel al-Hamreen. Lorsque le chef de l'escadron protesta en se plaignant de ce changement de dernière minute, on lui répondit que ses ordres étaient classés « Jérémie Direct ». Cela le fit taire.

Le TR-1 décolla juste après deux heures et, à quatre heures, ses premières images apparurent sur les écrans installés dans une salle de conférences au bout du couloir du Trou Noir.

Le ciel était couvert et il pleuvait sur le Djebel ce jour-là, mais, grâce à sa caméra infrarouge et à l'imagerie radar, l'ASARS-2, qui se moque des nuages, de la pluie, de la grêle, du gel, de la neige et de l'obscurité, l'avion-espion réussit à prendre ses photos sans difficulté.

Les deux analystes les plus expérimentés du Trou Noir, le colonel Beatty de l'US Air Force et le commandant Peck, de la Royal Air Force, les examinèrent dès qu'elles arrivèrent.

La conférence de planification des missions débutait à six heures. Il n'y avait que huit hommes présents. Dans le fauteuil de président, l'adjoint du général Chuck Horner, un homme qui décidait aussi vite que son chef mais en plus jovial, le général Buster Glosson. Les deux hommes du renseignement, Steve Laing et Chip Barber, avaient été convoqués parce que c'étaient eux qui avaient apporté l'information sur l'objectif et parce qu'ils connaissaient le contexte de cette révélation. Les deux analystes, Beatty et Peck, devaient donner leur interprétation des photos prises sur la zone. Il y avait enfin trois officiers d'état-major, deux Américains et un Britannique, qui devaient noter ce qui se disait et s'assurer que les ordres seraient donnés en conséquence.

Le colonel Beatty ouvrit le feu avec ce qui devait devenir le leitmotiv de la réunion.

511

« Il y a un problème là-bas, déclara-t-il.

— Expliquez-vous, lui dit le général.

— Mon général, le renseignement qu'on nous a communiqué nous donne des coordonnées géographiques. Douze chiffres, six pour la latitude et six pour la longitude. Mais ce n'est pas une référence SATNAV, précise à quelques mètres près. Pour assurer le coup, nous avons agrandi la zone de recherche à deux kilomètres de côté.

— Et alors ?

— Et alors, voilà ce que ça donne. »

Le colonel Beatty leur montra le mur. La surface était presque complètement recouverte par une photo très agrandie à haute définition, améliorée par ordinateur. Elle faisait deux mètres de côté. Toute l'assistance regardait.

« Je ne vois rien, fit le général, rien que des montagnes.

— Mon général, c'est bien là qu'est le problème. Ce n'est pas ici. »

Tous les regards se tournèrent vers les « moustaches ». Après tout, c'était *leur* renseignement.

« Et qu'est-ce qui devait se trouver là-bas ? demanda lentement le général.

— Un canon, répondit Laing.

— Un canon ?

— Ce qu'on appelle le canon Babylone.

— Je croyais que vous aviez tout intercepté quand les morceaux sortaient d'usine.

— C'est ce que nous avons fait, mais apparemment, il y en a qui sont passés au travers.

— Nous avons déjà examiné cette question. On pensait qu'il s'agissait d'un missile ou d'une base secrète de chasseurs bombardiers. Aucun canon ne peut lancer une charge utile de cette taille.

— Celui-ci en est capable, mon général. J'ai vérifié avec Londres. Le tube fait cent quatre-vingts mètres de long, il a un mètre de calibre. La charge utile dépasse une tonne. La portée peut atteindre mille kilomètres, cela dépend de la poudre utilisée.

— Et quelle est la distance de là-bas jusqu'au Triangle ?

— Sept cent cinquante kilomètres. Mon général, vos hommes sont-ils capables d'intercepter un obus ?

— Non.

— Et les missiles Patriot ?

— Peut-être, s'ils sont au bon endroit au bon moment et s'ils arrivent à le détecter à temps. Mais la réponse est probablement non.

« — Le problème, intervint le colonel Beatty, c'est que, canon ou missile, il n'est pas là.

— Enterré dans le sol, comme l'usine d'Al-Qubai ? suggéra Barber.

— Là-bas, c'était camouflé en dépôt d'épaves, dit le commandant Peck. Ici, il n'y a rien. Pas de route, pas de pistes, pas de lignes électriques, pas de défenses ni de zone hélico, pas de barbelés ni de casernes pour les gardes, rien qu'un paysage désolé, des collines et des montagnes séparées par des vallées.

— Supposons, déclara Laing qui se sentait un peu sur la défensive, supposons qu'ils aient utilisé le même truc qu'à Tarmiya — placer le périmètre des défenses très loin, si loin que ce serait en dehors de la photo ?

— Nous y avons pensé, lui répondit Beatty, nous avons regardé à quatre-vingts kilomètres à la ronde dans toutes les directions. Rien, pas une défense.

— Ce ne serait qu'une opération de diversion ? proposa Barber.

— Impossible. Les Irakiens défendent *toujours* ce à quoi ils tiennent, y compris contre les gens de chez eux. Regardez ici. »

Le colonel Beatty s'approcha de la photo et montra un groupe de cabanes.

« Un village de paysans, juste à côté. La fumée des feux de bois, des abris pour les troupeaux, des chèvres qui errent dans la vallée. Il y en a deux autres comme ça en dehors du cadre.

— Ils ont peut-être percé la montagne, dit Laing. C'est ce que vous avez fait, dans les monts Cheyenne.

— Là-bas, il s'agit d'une succession de cavernes, de tunnels, un enchevêtrement de pièces derrière des portes blindées, répondit Beatty. Vous nous parlez d'un canon de cent quatre-vingts mètres de long. Essayez donc de mettre ça à l'intérieur d'une montagne, vous recevriez tout sur la figure. Écoutez, messieurs. Je veux bien croire que la culasse, la soute, tous les logements sont enterrés, mais un tube de cette taille, ça ne colle pas. »

Ils examinèrent de nouveau la photo. Elle contenait trois collines et un bout d'une quatrième. La plus grande des trois ne comportait aucune porte antisouffle, aucune route d'accès.

« Si c'est quelque part là-dedans, proposa Peck, pourquoi ne pas pilonner toute la zone ? Ça ferait s'ébouler n'importe quelle montagne sur le canon.

— Bonne idée, dit Beatty. Mon général, nous pourrions employer les Buff. Retourner toute la zone de fond en comble.

— Puis-je faire une suggestion ? demanda Barber.

— Je vous en prie, fit le général Glosson.

— Si j'étais Saddam Hussein, avec sa paranoïa, et si je ne disposais que d'une seule arme de cette valeur, je la confierais à quelqu'un en qui je puisse avoir entière confiance. Et je lui donnerais l'ordre suivant : si jamais la forteresse devait subir un bombardement aérien, tirer immédiatement. En clair, si les deux premières bombes tombent un peu trop loin, et quatre kilomètres carrés font une jolie surface, les autres pourraient bien arriver une fraction de seconde trop tard. »

Le général Glosson se pencha un peu en avant.

« Pourriez-vous préciser votre pensée, monsieur Barber ?

— Mon général, si le Poing de Dieu est à l'intérieur de ces collines, il est camouflé de façon extrêmement astucieuse. Le seul moyen d'être sûr de le détruire à cent pour cent, c'est de se montrer aussi astucieux. Un seul avion, qui arriverait de nulle part, ferait une seule attaque et toucherait l'objectif en plein cœur. Mais on n'aurait pas le droit à un deuxième essai.

— Je ne sais pas combien de fois il faudra le répéter, fit le colonel Beatty, qui commençait à s'échauffer, mais nous ne savons justement pas... où est le cœur.

— Je suppose que notre collègue fait allusion à l'illumination de l'objectif, dit Laing.

— Cela implique un deuxième avion, objecta Peck. Comme mes Buccaneer qui marquent l'objectif pour le compte des Tornado. Mais il faut aussi que l'avion qui illumine voit d'abord l'objectif, pour commencer.

— Ça a marché pour les Scud, dit Laing.

— Bien sûr, ce sont les hommes du SAS qui détectaient l'objectif et on le détruisait ensuite. Mais ils étaient sur place, sur le terrain, à mille mètres des missiles, et ils avaient des jumelles, répondit Peck.

— Précisément. »

Le silence dura plusieurs secondes.

« Vous proposez, reprit le général Glosson, d'envoyer des hommes dans ces collines pour nous fournir les coordonnées de l'objectif à dix mètres près. »

La discussion continua pendant deux heures. Mais on en revenait toujours à la solution proposée par Laing. D'abord trouver l'objectif, le marquer, puis enfin le détruire — le tout sans que les Irakiens remarquent rien, et avant qu'il ne soit trop tard.

A minuit, un caporal de la Royal Air Force se rendit à l'hôtel Hyatt. Il n'obtint pas de réponse en frappant à la porte de la chambre, et c'est le gardien de nuit qui lui ouvrit la suite. Il se dirigea vers la chambre à coucher et secoua l'épaule de l'homme qui dormait en peignoir sur le dessus-de-lit.

« Major, réveillez-vous, major. On vous demande de l'autre côté de la route, major. »

Chapitre 22

« C'est ici, déclara Mike Martin deux heures plus tard.

— Où ça ? demanda le colonel Beatty qui ne voyait rien.

— Ici, quelque part par là. »

Dans la salle de réunion du Trou Noir, Martin, penché sur la table, examinait un agrandissement de la chaîne du Djebel Al-Hamreen. La zone représentée faisait huit kilomètres de côté. Il montra de l'index un endroit sur la carte. « Ces villages, les trois villages, ici, ici et là.

— Qu'ont-ils de particulier ?

— Ils sont bidon. C'est du travail bien fait, on dirait des répliques absolument parfaites de villages de montagne, mais ils sont remplis de gardes. »

Le colonel Beatty se pencha à son tour sur ces trois villages. Le premier était dans la vallée, à seulement un kilomètre des trois sommets qui figuraient au centre de la photo. Les deux autres étaient bâtis en terrasse sur les pentes de la montagne, un peu plus loin.

Aucun n'était assez grand pour mériter une mosquée. Cela ressemblait d'ailleurs plus à des hameaux qu'à autre chose. Ils possédaient tous une grange commune pour le stockage du foin en hiver et de la nourriture, et des abris plus petits destinés aux chèvres et aux moutons. Une douzaine de huttes misérables constituaient le reste des constructions, des murs de torchis, des toits de chaume ou de tôle comme on peut en voir n'importe où dans les zones montagneuses de tout le Proche-Orient. En été, on aurait peut-être distingué des rectangles de cultures aux alentours, mais pas en hiver.

La vie est dure en hiver dans la montagne irakienne, avec des pluies froides et des nuages bas qui assombrissent le paysage. La croyance assez largement répandue que tout le Proche-Orient est une région chaude est une légende.

516

« OK, major, vous connaissez l'Irak, pas moi. Pourquoi sont-ils bidon ?

— La nourriture, dit Martin. Trop de villages, trop de paysans, trop de chèvres et de moutons. Et pas assez de fourrage. Ils crèveraient de faim.

— Merde, fit Beatty, c'était si simple que ça.

— Peut-être, mais cela démontre que Jéricho n'a pas menti et que, cette fois, il ne s'est pas trompé. S'ils se sont donné la peine de fabriquer tout ça, c'est qu'ils ont quelque chose à cacher. »

Le colonel Craig, commandant le SAS, les avait rejoints au sous-sol. Il avait jusqu'ici discuté tranquillement avec Steve Laing. Il prit la parole. « Que recommandez-vous, Mike ?

— C'est ici, Bruce. On pourrait sans doute le voir à un kilomètre avec une bonne paire de jumelles.

— Le patron veut envoyer une équipe sur place pour marquer l'objectif. Ce n'est pas pour vous.

— Foutaises, mon colonel. Ces collines sont sans doute bourrées de patrouilles de fantassins. Vous voyez bien qu'il n'y a pas une seule route.

— Et alors ? Il y a bien moyen d'éviter des patrouilles.

— Et si vous vous retrouvez nez à nez avec une patrouille ? Personne ne parle arabe aussi bien que moi, vous le savez très bien. En plus, c'est une mission pour les chuteurs opérationnels. Les hélicoptères ne feraient pas l'affaire dans ce cas.

— Vous en avez fait largement assez jusqu'à maintenant, pour autant que je sache.

— Ça n'a rien à voir. Je n'ai rien fait de particulièrement dangereux. Et j'en ai assez de jouer au petit espion. Laissez-moi me charger de cette opération. Les autres se sont baladés dans le désert pendant des semaines, alors que j'entretenais un jardin. »

Le colonel Craig leva le sourcil. Il n'avait pas demandé à Laing de lui dire où avait été envoyé Martin — de toute manière, on ne le lui aurait pas dit —, mais il était tout de même surpris d'apprendre que l'un de ses meilleurs officiers avait été employé comme jardinier.

« Rentrons à la base. Nous pourrons discuter tranquillement. Si vous me convainquez de votre idée, je vous laisse la mission. »

Avant l'aube, le général Schwarzkopf avait admis qu'il n'y avait pas d'alternative et donna son accord. Dans un coin de la base militaire de Riyad qui servait de quartier général au SAS, Martin avait expliqué en détail ses idées au colonel Craig et avait reçu le feu vert.

517

La coordination générale revenait au colonel Craig pour les opérations au sol et au général Glosson pour l'attaque aérienne finale.

Buster Glosson prit son café avec son ami et supérieur Chuck Horner.

« Vous avez une idée sur l'unité à laquelle on pourrait confier cette mission ? » lui demanda-t-il.

Le général Horner se rappela un officier qui, deux semaines plus tôt, lui avait conseillé de faire quelque chose d'extrêmement risqué.

« Oui, finit-il par dire, filez ça au 336ᵉ. »

Mike Martin avait convaincu le colonel Craig en soulignant — et c'était logique — que, compte tenu du nombre d'hommes du SAS dispersés dans tout le théâtre du Golfe pour diverses missions, il était le seul officier supérieur disponible. Il commandait en outre la compagnie B, qui opérait actuellement dans le désert sous les ordres de son adjoint, et il était enfin le seul à parler couramment arabe.

Mais l'argument qui emporta la décision fut son expérience de chuteur opérationnel. Alors qu'il servait au 3ᵉ bataillon parachutiste, il avait suivi les cours de l'école de paras à la base RAF de Brize Norton et avait sauté avec l'équipe d'essai. Plus tard, il avait suivi les cours de chuteur opérationnel et sauté avec l'équipe de démonstration des paras, les Diables Rouges.

Le seul moyen de pénétrer dans la montagne irakienne sans donner l'alerte consistait à sauter à très haute altitude avec ouverture retardée, ce qui signifiait sauter d'un avion à vingt-cinq mille pieds et ouvrir les parachutes à seulement trois mille cinq cents pieds. Ce n'était pas du travail de débutant.

En temps normal, il aurait fallu une semaine entière pour monter cette opération, mais ils n'avaient pas autant de temps devant eux. La seule solution consistait à préparer en parallèle les différents aspects du largage, la marche d'approche et les emplacements de repos. Pour cela, il avait besoin d'hommes à qui il pouvait faire totalement confiance. Il y allait de sa vie.

De retour au cantonnement du SAS, sa première question au colonel Craig fut : « De qui puis-je disposer ? »

La liste était assez courte. Il y avait déjà tellement d'hommes en opération dans le désert. Lorsque l'adjudant lui montra la liste, un nom se détacha tout de suite.

« Peter Stephenson, il me le faut absolument.

« — Vous avez de la chance, lui répondit Craig. Il est rentré de la frontière il y a une semaine. Il a eu le temps de se reposer depuis. Il est en pleine forme. »

Martin avait connu le sergent Stephenson lorsqu'il n'était encore que caporal et lui-même capitaine. Comme lui, Stephenson était chuteur opérationnel et parachutiste dans sa compagnie.

« Celui-ci aussi est un type remarquable, dit Craig, en lui indiquant un autre nom. Un alpin. A mon avis, il vous en faudrait deux comme ça. »

Le nom qu'il lui montrait était celui du caporal Ben Eastman.

« Je le connais, vous avez raison. Je le prendrais pour n'importe quelle mission. Et qui d'autre ? »

Le quatrième sélectionné fut le caporal Kevin North, qui venait d'une autre compagnie. Martin n'avait jamais travaillé avec lui, mais North était un spécialiste des opérations en montagne et son chef ne tarissait pas d'éloges sur son compte.

Il fallait organiser simultanément cinq phases. Il répartit ces tâches entre eux, lui-même conservant l'organisation d'ensemble.

Tout d'abord, il fallait choisir l'appareil qui les larguerait. Sans hésitation, Martin se décida pour l'Hercules C-130, appareil couramment utilisé par le SAS. Il y en avait neuf dans le Golfe, basés non loin de là, sur l'aéroport international Roi-Khaled. Au moment du petit déjeuner, on lui apporta d'autres bonnes nouvelles. Trois de ces avions appartenaient à l'escadron 47, basé à Lyneham dans le Wiltshire, et qui avait des années d'expérience avec les chuteurs opérationnels du SAS.

Un certain lieutenant Glyn Morris faisait partie de l'équipage de l'un de ces appareils.

Les appareils de transport Hercules avaient fait des missions de transport dans tout le Golfe. Ils prenaient le matériel arrivé à Riyad pour le répartir entre les différentes bases de la Royal Air Force, Tabuq, Muharraq, Dhahran et même Seeb, dans le sultanat d'Oman. Morris servait ici comme responsable de cargaison, mais sa véritable spécialité était celle de moniteur parachutiste. Martin avait déjà sauté sous sa conduite.

Contrairement à l'idée couramment répandue selon laquelle les paras et le SAS s'occupent eux-mêmes de leurs opérations de parachutage, tous les sauts opérationnels de l'armée britannique sont sous la responsabilité de la RAF. Les relations sont basées sur la confiance mutuelle et la certitude que chacun fait parfaitement ce qu'il a à faire.

Le général Ian Macfadyen, commandant la RAF dans le

Golfe, accorda immédiatement l'Hercules qu'ils désiraient aux hommes du SAS, dès que l'appareil fut rentré d'une mission de transport à Tabuq. Les mécaniciens entreprirent sur-le-champ de le préparer pour la mission de largage à haute altitude prévue au cours de la nuit suivante.

Le problème le plus important qui donna lieu à de nombreuses discussions concernait l'alimentation en oxygène dans la soute de l'avion. L'Hercules vole généralement à basse altitude et n'a donc pas besoin de ce genre d'équipement. Le lieutenant Morris comprit ce qu'il avait à faire et alla chercher un second moniteur para qui faisait partie de l'équipage d'un autre Hercules, le sergent Sammy Dawlish. Ils travaillèrent toute la journée et, au crépuscule, l'Hercules était prêt.

La seconde priorité concernait les parachutes eux-mêmes. A ce jour, les SAS n'avaient pas sauté au-dessus de l'Irak — ils avaient effectué leurs pénétrations en utilisant des véhicules à roues. Ils avaient cependant continué à s'entraîner en permanence.

La base aérienne comportait une salle conditionnée pour le stockage des équipements de sécurité. C'est là que le SAS conservait ses parachutes. Martin demanda et obtint huit dorsaux et autant de ventraux, bien que lui-même et ses hommes n'aient eu besoin que de quatre exemplaires de chaque. C'est le sergent Stephenson qui fut chargé de les vérifier et de les conditionner au cours de la journée.

Ces parachutes n'avaient pas la forme circulaire habituelle, celle qu'on associe généralement aux troupes parachutistes classiques. Il s'agissait d'un nouveau modèle carré, ou plus exactement oblong et comportant deux couches de tissu. En vol, l'air circule entre les deux parois et forme ainsi une aile semi-rigide dont la section ressemble à celle d'une voilure d'avion. Le chuteur peut contrôler la descente et manœuvrer son parachute. C'est ce modèle que l'on voit couramment au cours des démonstrations de chute libre.

Les deux caporaux se virent confier la tâche de vérifier tout le matériel dont ils auraient besoin. Quatre tenues, quatre gros sacs à dos Bergen, des gourdes, des casques, des ceinturons, des armes, des rations de survie — ils n'auraient rien d'autre pour se nourrir — des munitions, des trousses de secours, etc. Chaque homme allait devoir porter quarante kilos sur le dos, et chaque gramme pouvait s'avérer indispensable.

Les aides et les mécaniciens travaillaient sur l'Hercules lui-même dans un hangar qui lui avait été spécialement attribué. Ils vérifièrent les moteurs et tous les organes mobiles.

L'officier commandant l'escadron avait désigné son meilleur équipage. Le navigateur se rendit en compagnie du colonel Craig au Trou Noir pour choisir une zone de largage convenable, point on ne peut plus important.

Martin fut pris en main par six techniciens, quatre Américains et deux Britanniques, qui lui montrèrent le fonctionnement de différents « jouets » dont il aurait à se servir pour découvrir l'objectif, déterminer sa position à quelques mètres près et transmettre l'information à Riyad.

Lorsque ce fut terminé, tous ses gadgets furent soigneusement emballés pour résister aux chocs et rejoignirent sous le hangar la montagne d'équipements destinés aux quatre hommes. La hauteur du tas augmentait sans cesse. Pour plus de sécurité, tous les équipements électroniques étaient fournis en double exemplaire, et cela ajoutait encore au poids que chacun des hommes devrait transporter sur son dos.

Martin alla enfin rejoindre dans le Trou Noir les stratèges. Ils étaient penchés sur une grande table jonchée de photos récentes prises par un autre TR-1 le matin même, juste avant l'aube. Le temps était beau et les photos laissaient apparaître chaque détail du Djebel Al-Hamreen.

« Nous supposons, déclara le colonel Craig, que ce foutu canon est pointé en direction du sud ou du sud-est. Le meilleur endroit pour l'observer serait sans doute celui-ci. »

Il montra toute une série de fissures dans le flanc de la montagne au sud de la Forteresse présumée, une colline située au centre du groupe de sommets à l'intérieur du carré d'un kilomètre de côté indiqué par feu le colonel Osman Badri.

« Quant à la zone de largage, il y a une petite vallée ici, à peu près quarante kilomètres au sud... vous apercevez l'eau qui étincelle dans un petit torrent qui descend plus bas. »

Martin regarda. Il s'agissait d'une petite dépression entre les collines, cinq cents mètres de long sur cent de large. Les bords herbeux étaient parsemés de rochers et le ruisseau coulait doucement au fond.

« C'est le meilleur endroit ? » demanda Martin. Le colonel Craig haussa les épaules.

« Franchement, c'est tout ce que nous avons. Le suivant est à soixante-dix bornes de l'objectif. Si vous vous posiez plus près, ils risqueraient de vous voir. »

Sur la carte, en plein jour, cela paraissait simple. Dans l'obscurité, en plongeant dans l'air froid à deux cents à l'heure, il serait facile de le manquer. Ils n'auraient aucune lumière pour se repérer, pas de lampes au sol. Ils arriveraient dans la nuit depuis l'obscurité.

Le navigateur de la RAF se redressa. « C'est bon, je m'en occupe. » Son après-midi promettait d'être chargé. Il devrait trouver sa route sans lumières et par une nuit sans lune, non pas jusqu'à la zone de largage, mais jusqu'à un point d'où, en tenant compte de la dérive due au vent, quatre corps en chute libre quitteraient l'avion pour se retrouver dans cette minuscule vallée. Et les corps en chute libre dérivent eux aussi sous le vent. Son boulot consistait à estimer cette dérive.

Le jour n'était pas encore complètement tombé quand tous les hommes se retrouvèrent sous le hangar qui avait été interdit à tout autre qu'à eux sur la base. L'Hercules était prêt, le plein fait. L'ensemble de l'équipement dont les quatre hommes auraient besoin était disposé sous une aile. Dawlish, le moniteur de saut de la RAF, avait préparé les huit parachutes comme s'il avait dû s'en servir lui-même. Stephenson était content.

Une grande table de réunion avait été installée dans un coin. Martin, qui avait apporté des agrandissements photographiques fournis par le Trou Noir, réunit Stephenson, Eastman et North autour de la table. Ils déterminèrent l'itinéraire depuis la zone de saut jusqu'aux fissures où il avait l'intention de s'installer pour observer la Forteresse le temps nécessaire. Il leur faudrait apparemment deux nuits de marche, plus une journée de repos dans l'intervalle. Il était hors de question de marcher de jour, et l'itinéraire n'était pas direct.

Ensuite, chacun fit son sac de fond en comble, en mettant sur le dessus le ceinturon équipé de nombreuses poches qu'ils sortiraient après l'atterrissage pour le fixer autour de leur taille.

L'intendance leur fournit des hamburgers et des sodas au coucher du soleil et les quatre hommes attendirent le décollage prévu à vingt et une heures quarante-cinq, avec un saut à vingt-trois heures.

Martin savait depuis toujours que le pire moment était celui de l'attente. Après l'activité frénétique de la journée, c'était comme une chute brutale de tension. On ne pouvait se concentrer sur rien d'autre que sur sa propre tension, sur la pensée constante que, en dépit de toutes les vérifications et revérifications, on avait oublié quelque chose de vital. Certains mangeaient un bout, ou lisaient, ou écrivaient chez eux, faisaient un petit somme. D'autres se contentaient d'aller aux toilettes où ils se vidaient littéralement.

A neuf heures, un tracteur tira l'Hercules hors du hangar sur le parking et l'équipage, pilote, copilote, navigateur et mécanicien, commença la vérification des moteurs. Vingt minutes après, un minibus aux fenêtres masquées pénétra dans le hangar pour prendre les hommes et leur équipement, et les emmener à l'appareil qui les attendait, portes ouvertes et rampe baissée.

Les deux instructeurs les attendaient avec le maître de soute et le largueur. Seuls sept hommes montèrent à bord de l'appareil. La rampe se releva et l'on ferma les portes. Le responsable des parachutes était retourné au minibus, il ne participait pas à la mission.

Avec les instructeurs et le maître de soute, les quatre hommes se brêlèrent dans les sièges disposés le long de la carlingue, et attendirent. A vingt et une heures quarante-quatre, l'Hercules décolla de Riyad et tourna son gros nez rond vers le nord.

Tandis que l'appareil de la RAF s'élevait dans le ciel nocturne, en ce 21 février, un hélicoptère américain fut maintenu en l'air un moment avant de se poser près du secteur de la base réservé à l'USAF. On l'avait dépêché à Al-Kharz pour prendre deux hommes. Le commandant du 336e escadron de chasse avait été convoqué à Riyad par le général Buster Glosson. On lui avait demandé d'emmener avec lui son meilleur spécialiste des attaques au sol à basse latitude.

Ni le commandant des Rocketeers ni le capitaine Don Walker n'avaient la moindre idée du motif de cette convocation. Une heure après, dans une petite salle de réunion du CENTAF, on leur expliqua ce dont il s'agissait et ce dont on avait besoin. On leur ordonna également de n'en parler à personne, à l'exception du nav de Walker qui pouvait être mis au courant de tous les détails. Puis l'hélicoptère les ramena à leur base.

Après le décollage, les quatre soldats détachèrent leurs harnais et purent se détendre les jambes dans la carlingue. L'éclairage rouge était allumé. Martin alla à l'avant, monta au pont supérieur et s'assit un moment avec l'équipage.

Ils volèrent à dix mille pieds vers la frontière irakienne puis commencèrent à grimper. L'Hercules se stabilisa à vingt-cinq milles pieds et coupa la frontière, apparemment seul dans le ciel éclairé par les étoiles.

En fait, ils n'étaient pas seuls. Au-dessus du Golfe, un AWACS avait reçu consigne de garder constamment un œil sur tout ce qui se passait à côté et au-dessous d'eux. Si, pour une raison quelconque, un radar irakien qui n'aurait pas encore été mis hors de combat par les forces aériennes alliées décidait tout à coup d'émettre, il fallait l'attaquer immédiatement. Pour parer à cette éventualité, deux patrouilles de Wild Weasel équipés de missiles antiradars HARM tournaient sous eux.

Au cas où un pilote irakien aurait décidé de prendre l'air cette nuit-là, il y avait une patrouille de Jaguar de la RAF au-dessus d'eux et sur leur gauche, et sur leur droite une patrouille de Eagle F-15C. L'Hercules volait ainsi dans une boîte où il était protégé par tout un arsenal de haute technologie. Aucun des pilotes ne savait ce dont il s'agissait, tous se contentaient d'exécuter les ordres.

En fait, si quelqu'un en Irak détecta un écho sur un écran radar cette nuit-là, il supposa sans doute que l'avion de transport se dirigeait vers la Turquie.

Le maître de soute fit tout ce qui était en son pouvoir pour rendre le voyage aussi confortable que possible à ses hôtes, en leur offrant du thé, du café, des boissons sucrées et des biscuits.

Quarante minutes avant le point de largage, le navigateur alluma un voyant vert et les derniers préparatifs commencèrent.

Les quatre hommes brêlèrent leurs deux parachutes, le premier sur la poitrine, le second bas dans le dos. Ils prirent ensuite leur sac Bergen qui pendait dans le bas sous le dorsal avec un point d'accrochage entre les jambes. Ils accrochèrent leurs armes, des mini-pistolets-mitrailleurs Heckler et Koch MP-5 équipés de silencieux, au côté gauche, et enfin les réserves d'oxygène en travers du ventre. Ils enfilèrent ensuite leur casque et leur masque avant de se brancher à la réserve fixée au centre de la carlingue, un cadre en acier grand comme une table qui contenait des bouteilles d'oxygène. Quand tout cela fut terminé et que les hommes eurent commuté sur la réserve, le pilote laissa la pression intérieure tomber jusqu'au niveau de la pression extérieure.

Cela prit une vingtaine de minutes. Ils se rassirent pour attendre. Quinze minutes avant le point de largage, nouveau message du cockpit dans le casque du maître de soute. Il ordonna aux moniteurs d'indiquer par gestes aux soldats de passer sur leurs bouteilles individuelles. Ils avaient trente minutes de réserve et n'auraient besoin que de quatre à cinq minutes d'oxygène pendant le parachutage proprement dit. A ce moment, seul le navigateur savait exactement où ils se trouvaient. L'équipe SAS lui faisait totalement confiance pour les larguer au bon endroit.

Le maître de soute ne communiquait plus avec les soldats

que par gestes. Il finit par leur montrer des deux mains les lampes au-dessus de la porte. Dans son casque, le navigateur continuait à lui raconter ce qui se passait.

Les hommes se levèrent et se dirigèrent lentement, comme des cosmonautes encombrés par leur équipement, vers la rampe. Les moniteurs, équipés eux aussi de leurs bouteilles d'oxygène individuelles, les accompagnèrent. Les hommes du SAS se tenaient en file indienne devant la rampe toujours fermée, chacun vérifiant une dernière fois l'équipement de celui qui le précédait.

A H moins quatre minutes, la rampe descendit et ils regardèrent au-dessous d'eux à vingt-cinq mille pieds d'altitude. La nuit était noire. Un autre geste, deux doigts levés par les moniteurs, les avertit qu'il était H moins deux minutes. Les hommes s'approchèrent tout au bord de la rampe, les yeux fixés sur les voyants (toujours éteints) de chaque côté de l'ouverture béante. Les voyants passèrent au rouge, ils mirent leurs lunettes. Les voyants passèrent au vert...

Les quatre hommes se tournèrent d'un seul mouvement, faisant face à l'abîme, et se jetèrent par l'arrière, les bras en croix, face vers le sol. Le seuil de la rampe disparut derrière eux en un éclair et l'Hercules avec.

Le sergent Stephenson avait sauté le premier.

Stabilisant leur position de chute, les quatre hommes descendirent dans la nuit sans un bruit pendant sept mille mètres. A trois mille cinq cents pieds, un détecteur de pression ouvrit automatiquement leurs parachutes et les toiles claquèrent. Mike Martin, en seconde position, vit l'ombre vingt mètres sous lui ralentir brutalement. Au même instant, il sentit la vibration de son propre dorsal qui s'ouvrait, puis la toile se gonfla et il ralentit de deux cents à l'heure à trente. Les suspentes avaient absorbé le plus gros du choc.

Chacun des hommes défit les attaches qui maintenaient le Bergen dans son dos et laissa glisser la charge le long de ses jambes puis sur ses pieds. Les Bergen devaient rester là jusqu'à l'altitude de cent pieds, hauteur à laquelle ils descendraient au bout de cinq mètres de corde de Nylon.

Le parachute du sergent dérivait lentement sur la droite et Martin suivit le mouvement. Le ciel était clair, on distinguait nettement les étoiles et les formes sombres des montagnes qui se précipitaient vers eux sur tout l'horizon. Puis il aperçut ce que le sergent avait distingué avant lui, l'eau brillante du petit torrent qui courait dans le vallon.

Le sergent Stephenson descendait droit vers le centre de la

zone, à quelques mètres de la rive du ruisseau, sur un sol recouvert d'herbe et de mousse. Martin largua son Bergen, manœuvra, cassa son erre, sentit le sac toucher le sol et se posa doucement sur ses deux pieds.

Le caporal Eastman arrivait au-dessus de lui. Il se laissa déporter légèrement sur le côté et vint se poser à cinquante mètres. Martin était en train de se débarrasser de son harnais et il ne vit pas Kevin North atterrir.

En fait, l'alpin était le dernier des quatre à avoir sauté et il descendait à une centaine de mètres d'eux, mais sur le flanc de la colline et non dans le terrain herbeux. Il essayait de se rapprocher de ses camarades en tirant sur ses suspentes quand son sac toucha la colline. Le Bergen dévala sur le côté, entraîné par l'homme qui dérivait au-dessus de lui et auquel il était relié par la corde de nylon. Il débarla le long du versant sur cinq mètres avant de se coincer entre deux rochers.

La traction soudaine de la corde tira North latéralement et vers le bas, si bien qu'il ne se posa pas sur ses jambes mais sur le côté. Il n'y avait pas beaucoup de rochers sur le versant, mais l'un d'eux lui brisa le fémur en neuf morceaux. Le caporal sentit nettement l'os se briser, mais le choc avait été si violent qu'il masquait encore la douleur. Cela ne dura que quelques secondes. Puis des vagues de souffrance l'envahirent. Il roula sur le dos, se tenant les hanches à deux mains, en murmurant doucement : « Oh non, mon Dieu, oh non. » Il ne se rendait pas compte qu'il était victime d'une hémorragie interne. L'un des éclats d'os avait transpercé l'artère fémorale et il commença à perdre rapidement son sang qui se répandit dans la bouillie de sa cuisse.

Les trois autres le découvrirent une minute plus tard. Ils s'étaient débarrassés de leurs parachutes et de leurs Bergen, certains qu'il en avait fait autant. Lorsqu'ils comprirent qu'il n'était pas avec eux, ils se mirent à le chercher. Stephenson alluma sa lampe torche et le faisceau tomba sur la jambe de North.

« Oh merde », souffla-t-il à voix basse. Ils avaient des trousses de secours, et même des attelles, mais rien qui puisse faire l'affaire dans un cas pareil. Le caporal avait besoin d'un chirurgien, de plasma, de soins intensifs et vite. Stephenson courut au sac de North, sortit sa trousse de secours et commença à préparer une injection de morphine. Mais ce n'était plus nécessaire, la douleur agissait comme un anesthésique.

North ouvrit les yeux, regarda Mike Martin penché au-dessus de lui et murmura : « Je suis désolé, patron. » Il referma les yeux. Deux minutes après, il était mort.

Dans d'autres circonstances et à un autre endroit, Martin aurait manifesté son chagrin de perdre ainsi un homme placé sous ses ordres comme North. Mais il n'en avait pas le temps et ce n'était pas le lieu. Les deux sous-officiers réagirent et firent ce qu'ils avaient à faire dans un silence lourd de tristesse. La peine serait pour plus tard.

Il avait espéré ramasser les parachutes sur place et quitter la vallée pour trouver une fissure dans le rocher où enterrer l'équipement en trop. Ce n'était désormais plus possible. Il fallait d'abord s'occuper du corps de North.

« Peter, commencez à rassembler tout ce qu'il faut enterrer. Trouvez-moi une crevasse quelque part, ou faites un trou. Ben, ramassez des cailloux. »

Martin se pencha sur le corps, ôta les brêlages et l'arme puis alla aider Eastman. Ensemble, à la main et au poignard, ils creusèrent un trou dans la terre meuble et y déposèrent le corps. Il y avait d'autres choses à mettre dedans : les quatre dorsaux ouverts, les quatre ventraux dans leur housse, quatre systèmes d'oxygène, les harnais, les suspentes. Puis il se mirent à empiler des cailloux sur le tout, en faisant attention à ne pas créer de forme régulière, mais en donnant l'impression qu'il s'agissait d'un tas de pierres naturel créé par des éboulis. Ils nettoyèrent avec l'eau du ruisseau les traces rouges de terre dans l'herbe et sur les rochers. Les endroits laissés nus par les pierres qu'ils avaient enlevées furent damés à coups de pied et recouverts de plaques de mousse tirées des berges du ruisseau. Le vallon devait se retrouver dans l'état où il était une heure avant minuit.

Ils avaient pensé pouvoir marcher cinq heures jusqu'à l'aube, mais tout ce travail leur en avait pris déjà plus de trois. Le plus gros de ce que contenait le Bergen de North fut enterré avec lui : ses vêtements, la nourriture et l'eau. Ils durent se partager le reste, ce qui rendait leurs sacs encore plus lourds à porter.

Ils quittèrent le vallon une heure avant l'aube en formation de marche. Le sergent Stephenson était éclaireur de tête. Il se couchait au sol avant le passage de chaque crête pour vérifier qu'une mauvaise surprise ne les attendait pas de l'autre côté.

Leur chemin montait et Stephenson établit pourtant une allure de marche punitive. Il était petit et maigre, il avait cinq ans de plus que Martin, mais il crevait n'importe qui à la marche avec quarante kilos sur le dos.

Les nuages commencèrent à envahir la montagne au moment

même où Martin en avait besoin. Cela retarda un peu le lever du jour et leur laissa une heure de répit supplémentaire. En une heure et demie de marche forcée, ils avaient couvert douze kilomètres, franchi plusieurs crêtes et deux collines depuis leur vallée. Finalement, les premières lumières de l'aube les contraignirent à chercher un endroit où passer la journée.

Martin choisit une fissure taillée dans le rocher sous un surplomb, camouflée par de hautes herbes, au-dessus d'un oued à sec. Profitant des derniers moments d'obscurité, ils avalèrent des rations, burent un peu d'eau et s'étendirent pour dormir. Il fallait assurer trois quarts de veille et Martin prit le premier.

Il réveilla Stephenson à onze heures et alla se coucher tandis que le sergent assurait la garde. Il était seize heures lorsque Ben Eastman envoya un coup d'index dans les côtes de Martin. Quand le major ouvrit les yeux, il lui fit signe, le doigt sur les lèvres, de se taire. Martin écoutait attentivement. Depuis l'oued, dix mètres en dessous, on entendait des voix gutturales parler arabe.

Le sergent Stephenson se réveilla à son tour et leva un sourcil. Qu'est-ce qu'on fait ? Martin écouta encore un peu. Il y avait quatre hommes, une patrouille, et les hommes en avaient marre de marcher sans fin dans la montagne. Au bout de dix minutes, il sut qu'ils avaient l'intention de camper là pour la nuit.

Il avait déjà perdu suffisamment de temps. Il fallait qu'ils se remettent en marche vers dix-huit heures, au moment où la nuit tomberait sur les collines, et il ne pouvait pas traîner s'il voulait arriver à temps, avec tous les kilomètres qui le séparaient encore du ravin en face des ouvertures de la Forteresse. Il lui faudrait peut-être un certain temps avant de les repérer.

Dans l'oued, les conversations indiquaient que les Irakiens allaient se mettre à chercher du bois pour leur feu. Ils allaient donc certainement venir dans les buissons qui se trouvaient derrière les hommes du SAS. Même sans ça, il risquait de se passer des heures avant qu'ils soient assez profondément endormis pour que la patrouille de Martin puisse se glisser sans bruit derrière eux et s'en aller. Il n'y avait donc qu'une solution.

Sur un signal de Martin, les deux autres sortirent leurs poignards à double tranchant et les trois hommes rampèrent jusqu'au lit de l'oued.

Quand le boulot fut terminé, Martin fouilla dans les livrets matricules des morts. Il remarqua qu'ils s'appelaient tous Al-Ubaidi. Ils appartenaient à la tribu du même nom, des montagnards de la région. Tous portaient l'insigne de la garde républicaine. Ils avaient visiblement été recrutés parmi les chasseurs des montagnes pour constituer des patrouilles dont la mission consistait à tenir des intrus à l'écart de la Forteresse. Il remarqua aussi que c'étaient des hommes maigres et secs, sans un gramme de graisse. Ils étaient sans doute increvables dans un terrain comme celui-là.

Il leur fallut encore une heure pour enterrer les quatre corps, couper en morceaux leur tente camouflée pour faire une bâche et disposer cette bâche sous des branchages, de l'herbe et de la mousse. Mais quand ils eurent fini, même un œil exercé aurait eu du mal à distinguer quoi que ce soit sous le surplomb. Heureusement, la patrouille irakienne n'avait pas de radio, si bien qu'ils ne devaient probablement pas entrer en contact avec leur base avant leur retour. Ce coup-là, ils ne rentreraient jamais, mais, avec un peu de chance, il faudrait peut-être attendre deux jours avant qu'ils soient portés manquants.

Quand la nuit tomba, les hommes du SAS se remirent en marche, essayant de reconnaître à la lueur des étoiles les formes montagneuses qu'ils avaient identifiées sur les photos et se dirigeant à la boussole vers la montagne qu'ils recherchaient.

La carte qu'avait emportée Martin était tout à fait remarquable. Elle avait été établie sur ordinateur à partir des photos aériennes du TR-1 et couvrait leur itinéraire depuis la zone de largage jusqu'à l'endroit où ils comptaient s'arrêter pour observer. De temps en temps, il consultait son récepteur SATNAV et étudiait la carte à la lumière de sa lampe. Martin pouvait ainsi vérifier leur progression et leur cap. A minuit, les deux indications étaient correctes. Il estima qu'il leur restait encore dix-huit kilomètres à parcourir.

Dans les Brecon, au pays de Galles, Martin et ses hommes auraient pu couvrir six kilomètres à l'heure dans le terrain local, un terrain plat avec quelques accidents pour des gens qui vont promener leur chien sans avoir quarante kilos sur le dos. Marcher à cette allure était parfaitement normal. Mais dans ces collines hostiles, avec l'éventualité de croiser des patrouilles, la progression était plus lente. Ils avaient déjà eu un accrochage avec les Irakiens et un second aurait été fâcheux.

Ils avaient cependant un avantage sur les Irakiens : leurs lunettes de vision nocturne qu'ils portaient sur le front comme des yeux de grenouille. Avec cette nouvelle version grand champ, ils voyaient le paysage alentour dans une lueur verdâtre, car ces intensificateurs de lumière avaient pour fonction d'amplifier la moindre miette de lumière naturelle et de la concentrer sur la rétine.

Deux heures avant l'aube, ils distinguèrent la masse sombre de la Forteresse droit devant eux et commencèrent à escalader la pente qui grimpait sur leur gauche. La crête qu'ils avaient choisie était à la limite sud de la zone d'un kilomètre carré indiquée par Jéricho et, depuis les crevasses qui se trouvaient près du sommet, ils pourraient observer la face sud de la Forteresse — s'il s'agissait bien de la Forteresse.

Ils grimpèrent pendant une heure, le souffle court. Le sergent Stephenson, qui conduisait la marche, s'engagea dans un petit sentier de chèvres qui menait jusqu'en haut en faisant le tour de la montagne. Juste avant d'atteindre le sommet, ils trouvèrent la crevasse que le TR-1 avait détectée au moyen de sa caméra à visée latérale. Elle avait encore mieux que ce que Martin espérait : une fissure dans le rocher de trois mètres de long, deux de large et à peine un mètre de profondeur. Un muret naturel haut d'une soixantaine de centimètres longeait le bord et Martin pourrait s'y accouder pour observer en gardant la moitié du corps à l'abri.

Les hommes sortirent leurs filets de camouflage et s'employèrent à rendre leur niche invisible aux regards indiscrets. Ils mirent de l'eau et de la nourriture dans les sacoches accrochées à leurs ceinturons, Martin sortit ses équipements spécialisés pour les avoir à portée de main, on vérifia les armes qui furent également posées à proximité. Juste avant le lever du soleil, Martin inaugura l'un de ses équipements.

C'était un émetteur beaucoup plus petit que celui qu'il avait utilisé à Bagdad. Il avait la taille de deux paquets de cigarettes. Il le brancha sur sa batterie au cadmium-nickel qui contenait assez de réserves pour ce qu'il aurait à en faire. L'appareil travaillait sur une fréquence unique et, à l'autre bout, l'équipe radio assurait une veille ininterrompue. Pour prévenir d'un appel, il suffisait d'appuyer sur la touche « émission » selon un code fixé, puis d'attendre la liaison.

Le troisième élément du système était une antenne satellite pliante comme celle utilisée à Bagdad, mais en plus petit. Ils étaient certes plus loin au nord que la capitale irakienne, mais ils se trouvaient également plus en hauteur.

Martin installa l'antenne, connecta la batterie et la soucoupe, puis commença à exécuter une séquence à l'aide du bouton « émission ». Un-deux-trois-quatre-cinq, silence, un-deux-trois, silence, un, silence, un.

Cinq secondes plus tard, l'appareil émit un faible bourdonnement. Quatre impulsions, quatre autres, puis deux.

Il appuya sur la touche « émission », garda le pouce appuyé et se mit à parler : « Viens Ninive, viens Tyr, je répète, viens Ninive, viens Tyr. »

Il relâcha le bouton et attendit. De l'appareil sortirent un-deux-trois, silence, un, silence, quatre. Le signal avait été reçu.

Martin remit l'émetteur dans sa housse étanche, attrapa ses jumelles à fort grossissement et se hissa sur le bord de l'abri. Derrière lui, le sergent Stephenson et le caporal Eastman étaient serrés comme des fœtus dans la fissure du rocher, mais ils avaient apparemment réussi à s'installer confortablement. Deux baguettes maintenaient le filet devant lui en ménageant une fente à travers laquelle il glissa les jumelles. Un passionné d'oiseaux aurait donné son bras droit pour en posséder un exemplaire.

En ce matin du 23 février, le soleil effleurait les monts du Djebel al-Hamreen. Le major Martin commença à examiner le chef-d'œuvre de son vieux camarade Osman Badri, cette Qa'ala conçue pour échapper à toute détection.

A Riyad, Steve Laing et Simon Paxman lisaient le message que venait de leur apporter le technicien arrivé en courant du local radio. « Bon Dieu, dit Laing, tout ému, il est là-bas, il est devant cette foutue montagne. »

Vingt minutes plus tard, la nouvelle était transmise à la base d'Al-Kharz par les services du général Glosson.

Le capitaine Don Walker était rentré à sa base avant l'aube, le 22. Il avait profité des quelques heures qui lui restaient pour dormir un peu et se remit au travail dès le lever du jour, au moment où les pilotes des missions de nuit passaient au debriefing avant d'aller se coucher.

A midi, il avait un plan présentable pour ses supérieurs. On l'envoya immédiatement à Riyad qui l'approuva. Au cours de l'après-midi, on choisit les appareils et les équipages et l'on mit en place les moyens nécessaires au sol.

Le plan consistait à monter une opération de quatre appareils contre une base aérienne irakienne située au nord de Bagdad et appelée Tikrit Est, car elle ne se trouvait pas très loin de la ville où était né Saddam Hussein. Ce serait un raid à base de bombes laser de deux mille livres. Don Walker en serait chargé avec son ailier habituel, plus une autre section de deux Eagle.

La mission apparut comme par miracle sur l'ordre de missions aériennes de Riyad, alors qu'elle n'avait été décidée que douze heures plus tôt et ne figurait donc pas sur la liste provisoire établie trois jours à l'avance. Les trois autres équipages furent aussitôt relevés des missions qui leur avaient été attribuées et réaffectés au raid contre Tikrit Est prévu en principe pour la nuit du 22 ou l'une des suivantes. Jusque-là, ils devaient rester en alerte permanente.

Le soir du 22, les quatre Eagle étaient prêts, mais la mission fut annulée à vingt-deux heures. Les appareils ne furent pas affectés à une mission de remplacement. On conseilla aux huit hommes d'équipage de prendre du repos, pendant que le reste de l'escadron allait casser du char dans les unités de la garde républicaine, dans le nord du Koweït.

Lorsque ces appareils rentrèrent, à l'aube du 23, les quatre équipages frais et dispos reprirent l'alerte.

Avec l'aide du bureau opérations, un itinéraire d'approche de Tikrit Est avait été mis au point. Les quatre Eagle devaient prendre le couloir compris entre Bagdad et la frontière de l'Iran à l'est, puis virer à quarante-cinq degrés au-dessus du lac As Sa'diyah avant de continuer tout droit, cap au nord-ouest jusqu'à Tikrit.

Alors qu'il buvait son café du matin au mess, Don Walker fut convoqué par son patron. « L'équipe de marquage de l'objectif est arrivée sur les lieux, lui dit-il. Allez vous reposer, la nuit va être rude. »

Dès le lever du soleil, Martin recommença à observer la montagne qui se trouvait de l'autre côté de la vallée encaissée. Au grossissement maximum, ses jumelles lui permettaient de distinguer des buissons. En augmentant le champ, il pouvait avoir une vue d'ensemble à sa convenance.

Pendant toute la première heure, il ne vit qu'une montagne. L'herbe y poussait comme sur les autres, il y avait des buissons et des fourrés comme partout ailleurs. Çà et là, on distinguait une barre rocheuse, un petit ressaut de pierre sur les pentes. Comme toutes les collines qu'il apercevait autour de lui, ce sommet avait des formes irrégulières. Rien ne semblait avoir bougé.

De temps en temps, il fermait les yeux très fort pour les reposer, se mettait la tête dans les mains, puis reprenait son examen.

Au milieu de la matinée, une structure commença à apparaître. A certains endroits, l'herbe poussait de façon particulière. Il y avait des zones où la végétation semblait trop régulière, comme si elle avait été plantée en ligne. Mais aucune porte d'accès — à moins qu'elle n'ait été ménagée de l'autre côté —, pas de route, pas de chemins ni de traces de pneus, pas de conduit d'aération, aucune trace de travaux de déblaiement.

C'est le mouvement du soleil qui lui fournit le premier indice. Un peu après onze heures, il eut l'impression de saisir un reflet de lumière dans l'herbe. Il y amena ses jumelles et les régla au plus fort grossissement possible. Le soleil s'était caché derrière un nuage. Lorsqu'il réapparut, l'éclair de lumière revint. Il en découvrit la cause : un morceau de fil métallique dans l'herbe.

Il cligna un peu des yeux et se concentra sur l'objet. C'était un morceau de fil tordu de trente centimètres de long. Il faisait partie d'un fil métallique beaucoup plus long, recouvert d'une gaine de plastique vert, dont on avait dénudé un petit bout.

Il y avait plusieurs fils de ce genre, tous enfouis dans l'herbe, mais qui apparaissaient de temps à autre quand le vent couchait les touffes d'un côté ou de l'autre. Ils formaient une sorte de grillage posé dans l'herbe.

A midi, il voyait mieux les choses. Sur tout un pan de la montagne, un maillage maintenait la terre. De l'herbe et des buissons avaient été plantés entre les mailles pour recouvrir les fils métalliques.

Il distingua ensuite les terrassements. Une partie de la montagne était formée de blocs de béton, ou de ce qui ressemblait à du béton, chacun décalé de quelques centimètres par rapport à celui qui se trouvait au-dessous de lui. Le long des marches ainsi créées, on avait remis de la terre, où poussaient des touffes. Le tout était disposé selon des lignes horizontales. A première vue, on ne se rendait compte de rien, car les blocs n'étaient pas tous de la même hauteur, mais lorsqu'on se concentrait sur les alignements, il devenait clair qu'ils étaient installés par rangées. La nature n'aime pas les lignes droites.

Il observa alors d'autres coins de la montagne, mais ces structures y étaient absentes, avant de reparaître plus sur sa gauche. Ce n'est qu'à la fin de l'après-midi qu'il trouva la solution du problème. Les analystes de Riyad avaient raison — jusqu'à un certain point. Si quelqu'un avait essayé de creuser tout le centre de la colline, tout lui serait tombé dessus. Celui qui avait fait cette réalisation, quel qu'il soit, avait utilisé trois collines préexistantes, découpé leurs faces intérieures et remis de la terre dans les intervalles pour constituer un gigantesque cratère. Pour remplir les interstices, le constructeur avait suivi les contours naturels des collines en empilant ses blocs de béton comme sur une pyramide. Il avait ainsi créé de petites terrasses puis avait déversé de la terre depuis le sommet.

Il était enfin passé à l'habillage final. Des rouleaux de grillage gainés de plastique vert, sans doute fixés aux blocs de béton, maintenaient la terre en place. On avait ensuite semé de l'herbe et planté des buissons dans des emplacements plus profonds spécialement réservés à cette fin. L'herbe s'était amalgamée au cours de l'été précédent, constituant son propre réseau de racines, les buissons avaient poussé, et le tout reconstituait assez bien l'aspect initial des collines. Au-dessus du cratère, le toit de la forteresse était certainement constitué par une coupole équipée de centaines de poches où l'herbe pouvait également croître. Il y avait même des gros cailloux artificiels, peints en gris et où l'on voyait des traces de ruissellement dues à la pluie.

Martin se concentra ensuite sur le point où avait dû se trouver le bord du cratère avant tous ces travaux. Il trouva ce qu'il cherchait cinquante mètres sous le sommet de la coupole. Il était déjà passé des dizaines de fois sur cette légère protubérance sans rien remarquer. Il s'agissait d'un petit éperon rocheux, gris clair, mais traversé par deux lignes noires. Plus il examinait ces lignes, plus il se demandait pourquoi quelqu'un serait monté si haut pour mettre en place deux lignes sombres en travers d'un éperon.

Une rafale de vent de nord-est lui envoya le filet de camouflage dans la figure. Et ce même vent fit bouger l'une des deux lignes. Lorsque le vent se fut calmé, la ligne cessa de bouger. Martin comprit qu'il ne s'agissait pas de traits de peinture, mais de fils d'acier qui descendaient le long des rochers avant de se perdre dans l'herbe.

Il y avait d'autres éperons plus petits tout autour du premier, comme des sentinelles placées en cercle. Pourquoi cette forme circulaire, pourquoi ces fils d'acier ? Supposons que quelqu'un, plus bas, tire violemment dessus... est-ce que cela ferait bouger l'éperon ?

A trois heures et demie, il comprit que ce n'était pas un éperon. C'était une bâche grise, maintenue dans le bas par une couronne de cailloux, et que l'on pouvait ouvrir d'un côté en tirant sur les fils d'acier qui descendaient jusque dans la cavité du bas.

Il réussit progressivement à distinguer une forme sous la toile, un cercle de deux mètres cinquante de diamètre. Ce qu'il voyait, c'était la toile sous laquelle se trouvaient, cachés à ses yeux, les trois derniers mètres du canon Babylone. A deux cents mètres dans le cratère, il y avait la culasse destinée à lancer le projectile dans les cieux. Le tube était pointé au sud-sud-est en direction de Dhahran, à sept cent cinquante kilomètres de là.

« Le télémètre », murmura-t-il aux hommes derrière lui. Il leur passa les jumelles et les remplaça par l'appareil qu'ils lui tendaient et qui ressemblait à une longue-vue. Il le porta à l'œil, comme on le lui avait appris à Riyad. Il voyait bien la montagne et la bâche, mais sans aucun grossissement. Le prisme portait quatre chevrons en V dont la pointe était dirigée vers le centre. Il tourna doucement le bouton moleté sur le côté de l'appareil jusqu'à ce que les sommets se rejoignent pour former une croix. Sa mire était centrée sur la bâche.

Il quitta l'oculaire et lut l'échelle graduée. Mille quatre-vingts mètres. « Boussole », demanda-t-il. Il déposa le télémètre derrière lui et prit la boussole électronique. L'appareil ne fonctionnait ni avec une aiguille aimantée baignant dans un bain d'alcool, ni grâce à un gyroscope. Il le porta à son œil, visa la bâche de l'autre côté de la vallée et appuya sur un bouton. La boussole fit le reste et lui fournit un relèvement depuis sa position jusqu'à la bâche : 348 degrés, 10 minutes et 18 secondes.

Le récepteur SATNAV lui donna enfin la dernière information dont il avait besoin : sa position exacte sur la terre, avec une précision de quinze mètres.

Il n'était pas facile de monter l'antenne satellite dans cet espace confiné et cela lui demanda dix minutes. Lorsqu'il appela Riyad, la réponse fut immédiate. Martin récita lentement trois séries de chiffres à ceux qui l'écoutaient : sa position exacte, le relèvement de l'objectif et la distance. Riyad ferait le reste et fournirait aux pilotes les coordonnées de la cible.

Martin regagna sa crevasse en rampant. Stephenson le remplaça pour garder un œil sur d'éventuelles patrouilles irakiennes, et il essaya de dormir.

A huit heures et demie, dans l'obscurité la plus complète, il essaya le désignateur infrarouge. Cela ressemblait à une lampe torche munie d'une poignée pistolet, mais avec un viseur au bout. Il le brancha sur la batterie, visa la Forteresse et regarda ce qui se passait. Toute la montagne était éclairée comme par la lumière d'une lune verte. Il leva le tube de l'intensificateur d'image jusqu'à la bâche qui masquait le tube de Babylone et appuya sur la gâchette.

Un rayon invisible de lumière infrarouge traversa la vallée et il vit un petit point rouge apparaître sur le flanc de la montagne. En déplaçant doucement le viseur, il vint sur la bâche et resta là pendant trente secondes. Satisfait du résultat, il coupa le faisceau et retourna en rampant à l'abri du filet.

Les quatre Strike Eagle décollèrent d'Al-Kharz à vingt-deux heures quarante-cinq et grimpèrent à vingt mille pieds. Pour trois des équipages, il s'agissait d'une mission de routine avec, pour objectif, une base irakienne. Chaque Eagle emportait deux bombes laser de deux mille livres plus les missiles air-air d'autodéfense.

Le ravitaillement en vol effectué avec le KC-10 juste au sud de la frontière se déroula sans incident particulier. Lorsqu'ils eurent refait le plein, ils repartirent en formation lâche et la patrouille, indicatif Bluejay, mit le cap pratiquement au nord. Elle passa au-dessus de la ville irakienne d'As-Samawah à vingt-trois heures quatorze.

Ils volaient en silence radio comme d'habitude, tous feux éteints. Chacun des navigateurs avait les trois autres appareils sur son écran radar. La nuit était claire et l'AWACS, positionné au-dessus du Golfe, leur avait indiqué que la situation était calme. Cela signifiait qu'il n'y avait pas de chasseur irakien en l'air.

A vingt-trois heures trente-neuf, le nav de Don Walker lui dit doucement : « Point tournant, cinq. » Tous entendirent le message et comprirent qu'ils devraient virer au-dessus du lac As Sa'diyah dans cinq minutes.

Au moment où ils entamaient leur virage de quarante-cinq degrés sur la gauche, pour prendre le cap qui les dirigeait sur Tikrit Est, les trois autres équipages entendirent Don Walker déclarer clairement : « Bluejay, le leader a des problèmes. Je rentre à la base. Bluejay 3, prenez la suite. »

Bluejay 3 était Bull Baker cette nuit, le chef de l'autre section de deux appareils. A partir de là, tout commença à mal se passer et d'assez étrange manière.

L'ailier de Walker, Randy « R-2 » Roberts, se rapprocha de lui mais ne remarqua rien de particulier sur les deux réacteurs. Pourtant Bluejay Leader continuait à perdre de l'altitude. S'il devait rentrer à sa base, il était normal que son ailier l'accompagne, à moins que le problème ne soit minime. Mais des problèmes de moteur au-dessus du territoire ennemi ne sont pas quelque chose de minime.

« Reçu », fit Baker. Puis ils entendirent Walker : « Bluejay 2, rejoignez Bluejay 3, je répète, rejoignez-le. C'est un ordre. Continuez sur Tikrit Est. »

L'ailier n'y comprenait décidément plus rien, mais il s'exécuta et grimpa pour rejoindre ce qui restait de Bluejay. Leur chef continuait à perdre de l'altitude au-dessus du lac. Ils le suivaient toujours au radar.

Au même moment, ils réalisèrent qu'il avait commis l'impensable. Pour une raison inconnue, peut-être dans la confusion causée par sa panne moteur, il n'avait pas parlé sur le Havequick, mais en clair. Encore plus étonnant, il avait mentionné explicitement leur destination.

De l'autre côté du Golfe, un sergent qui veillait devant une console électronique dans le gros fuselage d'un AWACS appela son contrôleur de mission, tout perplexe. « On a un problème. Bluejay Leader a des ennuis de moteur. Il veut rentrer.

— Bien, j'ai compris », dit le chef de bord. A bord de la plupart des avions, le pilote est commandant de bord et a la responsabilité totale de la mission. Dans le cas des AWACS, le pilote garde la responsabilité de l'appareil, mais c'est le contrôleur de mission qui donne les ordres d'interception.

« Mais, protesta le sergent, Bluejay Leader parlait en clair. Il a même indiqué l'objectif. On les fait tous rentrer ?

— Négatif, la mission continue, répondit le contrôleur. Retournez à votre poste. »

Le sergent retourna devant sa console, complètement déboussolé. C'était de la folie furieuse. Si les Irakiens avaient entendu cet échange, la défense antiaérienne de Tikrit Est devait être en alerte maximum.

Puis on entendit de nouveau Walker. « Bluejay Leader, Mayday, Mayday. Deux moteurs en panne. Éjection. »

Il parlait toujours en clair. Les Irakiens, s'ils écoutaient la fréquence, entendaient tout ce qui se passait.

En fait, le sergent avait raison. Les messages avaient été interceptés. A Tikrit Est, les artilleurs ôtaient les étuis de leurs pièces et les missiles infrarouges attendaient le grondement des avions. D'autres unités avaient été mises en alerte pour aller faire des recherches dans la zone du lac, là où les deux aviateurs allaient probablement tomber.

« Mon commandant, Bluejay Leader est tombé. Il faut faire rentrer les autres.

— Reçu, négatif », répondit le chef de mission. Il regarda sa montre. Il avait reçu des ordres. Il ne les comprenait pas, mais il devait obéir.

La patrouille Bluejay n'était plus qu'à neuf minutes de l'objectif et elle devait s'attendre à y trouver un solide comité d'accueil. Les trois pilotes volaient dans un silence de plomb.

A bord de l'AWACS, le sergent voyait toujours sur son écran l'écho de Bluejay Leader qui descendait vers le lac. L'Eagle avait visiblement été évacué et allait s'écraser d'un moment à l'autre.

Quatre minutes plus tard, le chef de mission changea d'avis. « Bluejay, AWACS à Bluejay, rentrez à votre base, je répète, rentrez à votre base. »

Les trois Strike Eagle, très atteints par tous les événements de la nuit, firent demi-tour pour rentrer chez eux. Privés de radar, les artilleurs de Tikrit Est les attendirent encore une heure sans rien voir venir.

Dans le sud du Djebel Al-Hamreen, une autre station d'écoute irakienne avait intercepté les conversations radio. Personne ne demandait au colonel des transmissions qui la commandait d'alerter Tikrit Est ou toute autre base pour signaler qu'un raid arrivait. Sa seule mission consistait à s'assurer que personne ne pénétrait dans le Djebel.

Quand le raid Bluejay avait fait demi-tour au-dessus du lac, le colonel avait déclenché l'alerte orange. Leur route de retour les aurait fait passer en limite sud de la chaîne montagneuse. Lorsqu'il avait pu constater que l'un d'eux s'était écrasé, il en fut tout réjoui. Et lorsqu'il entendit que les trois autres rentraient, il se sentit soulagé. Il redescendit alors à un niveau d'alerte plus réduit.

Don Walker était descendu en spirale vers le lac, s'était stabilisé à cent pieds et avait alors émis son Mayday. Rasant les eaux du lac, il entra les nouvelles coordonnées et vira au nord vers le Djebel. Simultanément, il passa sur LANTIRN.

Ce système de navigation et de désignation d'objectif infrarouge est l'équivalent américain du TIALD britannique. En commutant sur LANTIRN, Don Walker voyait à travers sa verrière le paysage éclairé par un faisceau infrarouge émis par le pod situé sous l'aile.

Des lignes de chiffres s'affichèrent sur son viseur tête haute : vitesse, cap, altitude, décompte de temps jusqu'au point de largage. Il aurait pu passer en pilotage automatique et l'ordinateur de bord se serait chargé de piloter l'Eagle en lui faisant suivre le fond des vallées, les collines et les falaises, pendant que le pilote se serait contenté de garder les mains posées sur les genoux. Mais il préféra garder les commandes.

Grâce aux clichés de reconnaissance fournis par le Trou

Noir, il avait déterminé un itinéraire d'approche qui le maintenait en permanence sous l'horizon. Il restait très bas, au ras du fond des vallées, il zigzaguait en permanence entre les passages et devait continuer ainsi jusqu'à la Forteresse.

Lorsque Walker avait émis son appel de détresse Mayday, la radio de Mike Martin avait lancé une série d'impulsions selon une séquence convenue. Martin avait alors rampé vers le bord de son abri, dirigé l'émetteur infrarouge sur la bâche, à mille mètres de lui, fixé la tache rouge au centre de la cible et il était resté ainsi.

Les impulsions qu'il avait passées par radio signifiaient : encore sept minutes jusqu'au point de largage. D'ici là, il fallait que Martin garde rigoureusement la tache rouge sur l'objectif, sans bouger d'un centimètre.

« C'est pas trop tôt, murmura Eastman, je me les gèle.

— Il n'y en a plus pour longtemps, lui répondit Stephenson, qui finissait de ranger ses affaires dans son sac, tu vas bientôt te réchauffer en courant, Benny. »

Il ne restait plus que la radio, prête pour leur dernière émission.

Sur le siège arrière de l'Eagle, Tim, le navigateur, disposait des mêmes informations que le pilote. Quatre minutes avant lancement, trois... les chiffres du viseur diminuaient régulièrement tandis que l'Eagle se ruait entre les montagnes vers son objectif. Il passa en trombe au-dessus du vallon où Martin et ses hommes s'étaient posés, et il ne lui fallut que quelques secondes pour parcourir la distance qui leur avait donné tant de mal, avec tout leur chargement sur le dos.

Quatre-vingt-dix secondes...

Les hommes du SAS entendirent le hurlement des réacteurs côté sud au moment où l'Eagle entamait sa « ressource ».

Le chasseur bombardier franchit la dernière crête, trois nautiques au sud de l'objectif et le décompte atteignit zéro. Dans la nuit, les deux bombes en forme de torpille se détachèrent des pylônes de voilure et continuèrent à grimper pendant quelques secondes sur leur lancée.

Dans les trois faux villages, les hommes de la garde républicaine furent soudain assourdis par le fracas de réacteurs surgis de nulle part et qui passaient au-dessus de leurs têtes. Ils bondirent hors de leurs abris et coururent aux armes. En quelques secondes, les toits des granges à fourrage glissèrent sur leurs vérins hydrauliques et démasquèrent des missiles.

Les deux bombes commençaient à ressentir les effets de la pesanteur et entamèrent leur descente. Dans leur nez, les capteurs infrarouges détectèrent le faisceau de guidage, le flot de rayonnements invisibles réfléchis par la cible. Une fois entrées dans ce faisceau, les bombes ne pouvaient plus en sortir.

Allongé sur le sol, Mike Martin attendait. Ébranlé par le bruit qui faisait trembler la montagne, il maintenait la tache rouge sur le canon Babylone.

Il ne vit pas les bombes arriver. Il regardait le sommet dans la lumière verdâtre de l'intensificateur de brillance, quand il dut soudain retirer l'œil de l'oculaire pour se protéger la vue tandis que la nuit devenait rouge sang.

Les deux bombes arrivèrent en même temps, trois secondes avant que le colonel de la garde qui se trouvait en bas ait eu le temps d'atteindre la commande de tir. Il n'y parvint pas.

En observant l'autre versant de la vallée sans l'aide des lunettes de vision nocturne, Martin vit tout le haut de la Forteresse se transformer en un mur de flammes. Dans l'éclair, il aperçut la silhouette du tube gigantesque dressée comme une bête touchée à mort. Il se cassa et les morceaux retombèrent avec ceux de la coupole dans le fond du cratère.

« Un vrai feu d'enfer », murmura le sergent Stephenson qui était à côté de lui. L'image était assez appropriée. Des lueurs orange apparurent dans le fond de l'excavation au moment où les éclairs des explosions s'évanouissaient et la montagne retrouva sa demi-pénombre. Martin commença à composer les codes d'identification à l'intention de Riyad.

Don Walker avait fait basculer son Eagle de cent trente-cinq degrés aussitôt après le largage, piquait vers le sol et reprenait le cap inverse vers le sud. Mais le terrain était accidenté et des pics s'élevaient tout autour de lui. Il était donc contraint de voler un peu plus haut que d'habitude pour éviter de s'écraser sur l'un des sommets.

C'est du village situé le plus loin de la Forteresse que partit le meilleur tir. L'avion les survola une fraction de seconde, du bout de l'aile, en arrondissant vers le sud, lorsque deux missiles furent tirés. Ce n'étaient pas des Sam de fabrication russe, mais les meilleurs missiles jamais acquis par l'Irak, des Roland franco-allemands.

Le premier arriva trop bas. Il poursuivit un moment l'Eagle, mais ne réussit pas à éviter les crêtes et finit par disparaître derrière les montagnes. Le second évita les rochers et suivit l'Eagle dans la vallée. Walker sentit un choc terrible lorsque le missile percuta le fuselage de son appareil, détruisant et détachant presque le réacteur droit.

L'Eagle fut projeté dans les airs, ses systèmes fragiles ne

fonctionnaient plus et le kérosène en feu formait comme la queue d'une comète derrière lui. Walker agita les commandes, mais n'obtint qu'une réponse molle au lieu de la réaction habituelle. C'était terminé, l'avion était en train de mourir, tous les voyants étaient allumés, trente tonnes de métal tombaient du ciel.

« Éjection, éjection... »

La verrière s'ouvrit automatiquement une microseconde avant la mise à feu des deux sièges éjectables. Ils furent projetés en tournoyant vers le haut dans la nuit avant de se stabiliser. Leurs capteurs avaient déjà détecté qu'ils étaient trop bas et libérèrent immédiatement les attaches qui maintenaient le pilote sur son siège. Une fois le siège paré, le parachute pouvait s'ouvrir.

C'était la première fois que Walker s'éjectait. Le choc l'étourdit un instant, le rendant incapable de penser. Heureusement, le fabricant avait prévu cette éventualité. Tandis que le lourd siège tombait de son côté, le parachute se déploya. Sonné, Walker se retrouva dans la nuit noire à se balancer dans son harnais au-dessus d'une vallée qu'il ne voyait pas.

La descente ne fut pas très longue car il s'était éjecté beaucoup trop bas. Il heurta le sol au bout de quelques secondes. Il ressentit un grand choc, bascula, roula sur le côté, essayant désespérément de se défaire du harnais. Puis le parachute se détacha et s'envola dans la vallée. Walker était étendu sur le dos, dans un terrain assez mou. Il se releva.

« Tim, appela-t-il, Tim, ça va ? »

Il se mit à courir dans le fond de la vallée à la recherche de l'autre parachute. Ils s'étaient sûrement posés tous les deux dans la même zone.

Il avait vu juste. Les deux aviateurs étaient deux vallées au sud de l'objectif. Au nord, Walker distinguait une vague lueur dans le ciel.

Au bout de trois minutes, il buta sur quelque chose et se fit mal au genou. Il croyait que c'était un rocher, mais il aperçut dans la pénombre l'un des sièges éjectables. C'était peut-être le sien ? Ou celui de Tim ? Il reprit ses recherches.

Walker finit par découvrir son nav. Le jeune homme s'était éjecté normalement, mais le missile avait endommagé le système de séparation de son siège. Il avait atterri sur le flanc de la montagne, toujours sanglé dans son siège, et son parachute le recouvrait. L'impact créé par le choc avait arraché le corps du siège, mais aucun homme ne peut survivre à pareil atterrissage.

Tim Nathanson était allongé sur le dos, les membres brisés

en mille morceaux, le visage toujours caché par son casque et son viseur. Walker releva la visière, ôta les attaches, détourna les yeux et se mit à courir, le visage ruisselant de larmes.

Il courut à perdre haleine, puis trouva une crevasse dans la montagne et s'y glissa en rampant pour se reposer.

Deux minutes après les explosions qui avaient secoué la Forteresse, Martin avait établi la liaison avec Riyad. Il envoya d'abord une série d'impulsions puis le message. Il disait : « Maintenant Barabas, je répète, maintenant Barabas. »

Les trois hommes du SAS emballèrent leur radio, chargèrent les Bergen sur leur dos et déguerpirent de la montagne — à toute vitesse. Les patrouilles allaient pulluler. Il était peu probable qu'elles soient à leur recherche car les Irakiens mettraient un certain temps avant de comprendre pourquoi le bombardement avait été si précis. Elles partiraient à la poursuite des deux aviateurs américains.

Le sergent Stephenson avait pris un relèvement de l'avion en flammes quand il passait au-dessus de leurs têtes puis avait noté la direction dans laquelle il était tombé. En supposant qu'il ait continué encore un certain temps après l'éjection, l'équipage, s'il avait survécu, devait se trouver quelque part par là. Ils marchaient d'un pas rapide, avec peu d'avance sur les Al-Ubaidi de la garde qui sortaient de leur village pour se diriger à l'intérieur du massif.

Vingt minutes après, Mike Martin et les deux hommes du SAS découvrirent le corps du navigateur. Ils ne pouvaient plus rien faire pour lui et quittèrent aussitôt les lieux.

Au bout de dix autres minutes, ils entendirent des tirs derrière eux. Les rafales durèrent un certain temps. Les Al-Ubaidi avaient trouvé le corps à leur tour, et dans leur fureur, vidaient leurs chargeurs sur lui. Cela avait le mérite de révéler leur position. Les hommes du SAS pressèrent davantage l'allure.

Don Walker sentit à peine la lame du poignard du sergent Stephenson posée sur sa gorge. La sensation était aussi douce que celle de la soie sur le gosier. Il leva les yeux et découvrit la silhouette d'un homme penché sur lui, brun et assez efflanqué. De la main droite, il braquait un pistolet sur la poitrine de Walker et il portait l'uniforme de colonel de la garde républicaine, division alpine. L'homme se décida enfin à parler.

« C'est vraiment pas un temps à mettre le nez dehors. On va réussir à se sortir de là ? »

Cette nuit-là, le général Norman Schwarzkopf était seul dans sa suite du quatrième étage, au ministère saoudien de la Défense. Il n'y avait pas séjourné souvent au cours des sept mois qui venaient de s'écouler car il était chaque fois qu'il le pouvait en tournée d'inspection auprès de ses unités, ou au sous-sol avec son état-major. Mais cet appartement confortable et calme était l'endroit où il aimait se réfugier lorsqu'il avait besoin d'être seul.

Il était assis à son bureau sur lequel trônait le téléphone rouge qui le reliait directement à Washington via une ligne hautement protégée. Il attendait.

A une heure moins dix, le 24 février, l'autre téléphone sonna.

« Général Schwarzkopf ? » La voix avait l'accent britannique.

« Oui, lui-même.

— J'ai un message pour vous, mon général.

— Allez-y.

— C'est : maintenant Barabas, mon général. Maintenant Barabas.

— Merci », dit le commandant en chef, et il reposa le combiné. A quatre heures du matin, l'offensive terrestre fut déclenchée.

Chapitre 23

Les trois hommes du SAS progressèrent à marche forcée pendant le reste de la nuit. Que ce soit à la descente ou à la montée, leur allure était telle que Don Walker, qui n'avait pourtant pas de sac et croyait être en excellente condition physique, avait du mal à suivre et se retrouva vite à bout de souffle. De temps à autre, il tombait sur les genoux, persuadé qu'il ne réussirait pas à aller plus loin et que la mort était encore préférable à cette douleur intolérable qu'il ressentait dans chacun de ses muscles. Lorsque cela lui arrivait, il sentait deux mains de fer le saisir sous les aisselles et entendait l'accent cockney du sergent Stephenson dans le creux de l'oreille. « Allez l'ami, encore un peu de courage. Vous voyez cette crête, on va sans doute se reposer un peu de l'autre côté. »

Mais ils ne s'arrêtaient jamais. Au lieu de se diriger au sud, vers les collines qui bordaient le Djebel Al-Hamreen, où il savait qu'ils risquaient de rencontrer des unités motorisées de la garde républicaine, Mike Martin avait pris à l'est dans les hautes régions qui courent vers la frontière iranienne. C'était un détour qui obligerait les montagnards Al-Ubaidi à leur courir après.

Juste après le lever du jour, regardant derrière lui et en contrebas, Mike Martin aperçut un groupe de six hommes, plus en forme que les autres, qui continuaient à grimper et se rapprochaient. Lorsque la patrouille de la garde républicaine atteignit la crête suivante, elle trouva l'un de leurs ennemis assis devant eux, le dos tourné.

En progressant à l'abri des rochers, les montagnards se mirent en éventail pour prendre l'étranger à revers. Le cadavre tomba à la renverse. Les six hommes de la patrouille se jetèrent à couvert avant de reprendre leur avance.

Ils s'aperçurent trop tard que le corps n'était qu'un sac

Bergen enveloppé dans une toile de camouflage et surmonté du casque de vol de Walker. Les trois Heckler équipés de silencieux et les Koch MP-5 les coupèrent en deux pendant qu'ils tournaient autour du « corps ».

Au-dessus de la ville de Khanaqin, Martin se décida enfin à faire une halte et envoya un message à Riyad. Stephenson et Eastman montaient la garde en surveillant l'ouest, dans la direction où les patrouilles risquaient de surgir.

Martin dit seulement à Riyad qu'il ne restait plus que trois hommes du SAS et qu'ils avaient un seul aviateur américain avec eux. Pour le cas où ce message serait intercepté, il n'indiquait pas sa position. Puis ils repartirent à la même allure.

Haut dans la montagne, près de la frontière, ils trouvèrent un abri dans une cabane de pierres comme celles qu'utilisent les bergers en été lorsqu'ils conduisent leurs troupeaux dans les alpages. Là, montant la garde à tour de rôle, ils attendirent durant quatre jours que l'offensive terrestre soit terminée tandis que, loin au sud, les blindés et avions alliés réduisaient en miettes l'armée irakienne au cours d'une guerre éclair qui dura quatre-vingt-dix heures.

En ce même jour, début de l'attaque terrestre, un soldat isolé pénétra en Irak par l'ouest. C'était un israélien des commandos Sayeret Matkal, choisi pour son excellente connaissance de la langue arabe.

Un hélicoptère israélien équipé de réservoirs supplémentaires et aux couleurs de l'armée jordanienne sortit du Néguev et survola à basse altitude le désert jordanien pour déposer l'homme à la limite du territoire irakien, au sud du carrefour de Ruweishid. Puis il fit demi-tour, retraversa la Jordanie en sens inverse et rentra en Israël sans avoir été détecté.

Comme Martin, le soldat était équipé d'une moto légère renforcée munie de pneus adaptés au désert. Elle avait été déguisée pour paraître vieille, cabossée, rouillée et mal entretenue, mais le moteur était en réalité en parfait état et deux réservoirs supplémentaires avaient été ajoutés dans les sacoches de chaque côté de la roue arrière.

Le soldat prit la route nationale vers l'est et entra dans Bagdad au coucher du soleil.

Le souci que se faisaient ses supérieurs pour sa sécurité était sans fondement. Grâce à cet étonnant téléphone arabe qui semble supérieur à l'électronique, les habitants de Bagdad savaient déjà que leur armée avait été écrasée dans le désert du sud de l'Irak et du Koweït. Dès le soir du premier jour, l'AMAM était allée se réfugier dans ses casernes et n'en bougeait plus.

Maintenant que les bombardements avaient cessé car les avions alliés étaient tous occupés sur le champ de bataille, les habitants de Bagdad circulaient librement et parlaient ouvertement de l'arrivée imminente des Américains et des Britanniques qui allaient balayer Saddam Hussein. Cette euphorie allait durer une semaine, jusqu'à ce qu'il devienne évident que les alliés ne viendraient pas. La poigne de l'AMAM se referma sur eux comme avant.

La grande gare routière était bourrée de soldats, le plus souvent en maillot de corps et en slip, car ils s'étaient débarrassés de leurs uniformes dans le désert. C'étaient des déserteurs et ils avaient échappé au peloton d'exécution qui les attendait derrière les lignes. Ils vendaient leurs Kalachnikov en échange d'un billet pour regagner leur village. Au début de la semaine, un fusil se négociait à trente-cinq dinars. Quatre jours plus tard, le prix était tombé à dix-sept.

L'Israélien avait une mission à remplir et la nuit lui suffit pour cela. Le Mossad connaissait seulement les trois boîtes aux lettres qui permettaient de ramasser les messages de Jéricho et qui avaient été laissées derrière lui par Alfonso Benz Moncada au mois d'août. Martin en avait désactivé deux pour des raisons de sécurité, mais la troisième était toujours en service.

L'Israélien déposa des messages identiques dans les trois boîtes, traça à la craie les marques convenues et reprit la route de l'ouest en se mêlant au flot des réfugiés.

Il lui fallut une journée pour arriver à la frontière. Là, il coupa vers le sud de la route, en plein désert, passa en Jordanie, récupéra sa balise et la mit en fonction. Le *bip-bip* fut immédiatement repéré par un avion israélien qui faisait des ronds au-dessus du Néguev et l'hélicoptère revint le prendre.

Il n'avait pas dormi depuis cinquante heures et n'avait avalé que très peu de chose, mais il avait réussi à remplir sa mission et à revenir sain et sauf.

Le troisième jour de l'offensive terrestre, Edith Hardenberg retourna à son bureau de la Banque Winkler, à la fois étonnée et irritée. La veille au matin, alors qu'elle allait partir au travail, elle avait reçu un appel téléphonique. Son correspondant, qui parlait un allemand parfait avec l'accent de Salzbourg, s'était présenté comme étant le voisin de sa mère. Il lui avait dit que

Frau Hardenberg avait fait une mauvaise chute dans l'escalier après avoir glissé sur une plaque de verglas et qu'elle était sérieusement blessée.

Elle avait immédiatement tenté de joindre sa mère, mais le téléphone sonnait sans cesse occupé. Finalement, très inquiète, elle avait appelé le standard de Salzbourg qui lui avait dit que la ligne devait être en dérangement.

Après avoir prévenu la banque qu'elle ne serait pas à son bureau, elle avait pris la route de Salzbourg sous la neige. Elle était arrivée à la fin de la matinée. Sa mère se portait comme un charme et fut toute surprise de la voir. Il n'y avait jamais eu ni chute ni blessure. Mais le pire, c'était qu'un vandale avait coupé le fil du téléphone à l'extérieur de son appartement.

Le temps de rentrer à Vienne, il était trop tard pour aller au bureau.

Lorsqu'elle arriva à la banque, elle trouva Herr Gemütlich encore de plus méchante humeur qu'elle. Il lui reprocha amèrement son absence de la veille et écouta ses explications d'un air bougon.

La raison de sa propre mauvaise humeur ne tarda pas à remonter à la surface. La veille, au milieu de la matinée, un jeune homme s'était présenté à la banque et avait insisté pour le voir. Le visiteur lui avait expliqué qu'il s'appelait Aziz et qu'il était le fils du détenteur d'un compte numéroté très bien garni. Son père, expliqua l'Arabe, était souffrant, mais désirait que son fils agisse à sa place. A ce moment, Aziz avait sorti des documents qui démontraient de manière irréfutable qu'il était envoyé par son père, avec pleins pouvoirs pour effectuer toute opération sur le compte numéroté. Herr Gemütlich avait examiné ces papiers en essayant de trouver une faille, mais il n'y en avait pas une seule. Il n'avait plus le choix et il dut obtempérer.

Ce jeune misérable avait insisté sur le fait que le désir de son père était de clôturer son compte et de le transférer ailleurs. « Et ceci, Fräulein Hardenberg, faut-il vous le rappeler, deux jours seulement après qu'un nouveau virement de trois millions de dollars eut été effectué, portant ainsi le total à plus de dix millions de dollars. »

Edith Hardenberg écouta très calmement le récit larmoyant de Gemütlich puis demanda plus de détails sur le visiteur. Oui, lui répondit-il, il se prénommait Karim. Maintenant qu'elle lui en parlait, il se souvenait qu'il portait une chevalière à l'auriculaire, une opale rose, et il avait une cicatrice qui lui courait le long du menton.

S'il avait été moins obnubilé par ce qui venait de lui arriver, le banquier se serait demandé pourquoi sa secrétaire lui posait des questions si précises sur un homme qu'elle ne pouvait avoir vu.

Gemütlich savait que le titulaire du compte était arabe, mais il ignorait totalement qu'il était irakien et même qu'il avait un fils.

Après son travail, Edith Hardenberg rentra chez elle et commença à nettoyer son petit appartement. Elle récura tout de fond en comble durant des heures. Elle prit deux boîtes en carton et alla les déposer dans une benne à ordures à quelques centaines de mètres de chez elle. L'une contenait des produits de maquillage, des parfums, des eaux de toilette et des sels de bain. L'autre, un assortiment de lingerie féminine. Puis elle retourna à son ménage.

Les voisins déclarèrent plus tard qu'elle avait mis de la musique toute la soirée et tard dans la nuit. Ce n'étaient pas les œuvres de Mozart et de Strauss qu'elle écoutait habituellement, non, c'était du Verdi et plus précisément un extrait de *Nabucco*. Un voisin plus mélomane que les autres avait même reconnu le morceau, le « Chœur des esclaves », qu'elle remettait sans cesse.

Au petit matin, la musique cessa et elle prit sa voiture en emportant deux objets qu'elle avait pris dans sa cuisine.

C'est un comptable à la retraite qui la découvrit le lendemain matin vers sept heures en promenant son chien sur le Prater. Il avait quitté la Hauptallee pour laisser l'animal faire ses besoins dans le bois, à l'écart de la route.

Elle portait son manteau de tweed gris, des bas en fil d'Écosse et des souliers à talons plats. Ses cheveux étaient coiffés en chignon. La corde en tissu passée par-dessus la branche ne l'avait pas trahie et l'escabeau de la cuisine gisait à un mètre.

Elle était tout à fait calme dans la mort, les mains le long du corps et les orteils pointés vers le sol. Edith Hardenberg avait toujours été une petite dame très soignée.

Le 28 février marqua le dernier jour de la bataille terrestre. Dans les déserts à l'ouest du Koweït, l'armée irakienne avait été débordée et anéantie. Au sud de Koweït City, les divisions de la garde républicaine qui avaient déferlé sur l'émirat le 2 août avaient cessé d'exister. Les forces d'occupation avaient mis le feu à tout ce qui pouvait brûler et essayaient de détruire le reste. Elles tentèrent ensuite de fuir au nord en une interminable colonne de half-tracks, camions, camionnettes, voitures et charrettes.

La colonne fut bloquée sur place à l'endroit où l'autoroute nord passe le col de Mutla. Les Eagle, les Jaguar, les Tomcat et les Hornet, les Tornado et les Thunderbolt, les Phantom et les Apache se ruèrent sur elle et en firent un tas de ferraille. Une fois la tête de la colonne détruite et obstruant la route, les autres ne pouvaient plus fuir ni devant ni derrière, car le col ne laissait aucune échappatoire. De nombreux soldats périrent et les autres se rendirent. Au coucher du soleil, les premiers éléments des forces arabes entrèrent dans la ville pour la libérer.

Ce soir-là, Mike Martin reprit contact avec Riyad et on lui apprit les dernières nouvelles. Il donna sa position, ainsi que celle d'un pré assez plat qui se trouvait à proximité.

Les hommes du SAS et Walker n'avaient plus de nourriture, ils buvaient de l'eau glacée obtenue en faisant fondre de la neige et n'osaient pas allumer de feu de peur de révéler leur position. La guerre était terminée, mais les patrouilles alpines l'ignoraient peut-être ou s'en moquaient éperdument.

Juste après le lever du jour, deux hélicoptères à long rayon d'action Blackhawk de la 101e division aéroportée américaine vinrent les chercher. La distance jusqu'à la frontière saoudienne était telle qu'ils avaient d'abord dû se poser au camp de base établi par la 101e à quatre-vingts kilomètres à l'intérieur de l'Irak, après le plus gros assaut héliporté de l'Histoire. Mais, depuis le camp établi au bord de l'Euphrate, il y avait encore un bout de chemin jusqu'aux montagnes de la frontière nord, dans la région de Khanaqin.

C'est la raison pour laquelle ils étaient venus à deux. L'un des hélicoptères transportait du carburant pour le vol de retour.

Pour assurer la sécurité de l'opération, huit Eagle tournaient en rond au-dessus d'eux et assurèrent leur protection pendant qu'ils refaisaient le plein au milieu du pré. Don Walker grimpa à bord. « Hé, salut les gars », cria-t-il. Pendant que les deux Blackhawk reprenaient le chemin du retour, les Eagle continuèrent à les surveiller jusqu'à ce qu'ils soient arrivés au sud de la frontière.

Ils se dirent adieu sur une bande de sable balayée par le vent au milieu des débris d'une armée en déroute près de la frontière. Les rotors des Blackhawk soulevaient de la poussière et des gravillons. Ils conduisirent Don Walker à Dhahran et il continua en avion jusqu'à Al-Kharz. Un Puma britannique s'était posé un peu plus loin. Il embarqua les hommes du SAS et les conduisit à leur base secrète.

Ce soir-là, dans une confortable maison de campagne du Sussex, on apprit au Dr Terry Martin où se trouvait son frère depuis le mois d'octobre, mais il était maintenant revenu d'Irak, sain et sauf.

Le professeur en fut presque malade de soulagement et le SIS le laissa rentrer à Londres où il reprit ses cours à l'École des études orientales et africaines.

Deux jours plus tard, le 3 mars, les chefs des forces de la coalition rencontrèrent, sous une tente installée sur une petite base aérienne irakienne du nom de Safwan, deux généraux venus de Bagdad pour négocier la reddition.

Du côté allié, les seuls négociateurs étaient le général Schwarzkopf et le prince Khaled ben Sultan. Le général américain était assisté par le commandant des forces britanniques, le général Sir Peter de la Billière.

Jusqu'à ce jour, les deux officiers occidentaux croient encore que seuls deux généraux irakiens étaient présents à Safwan. En fait, ils étaient trois.

Le dispositif de sécurité américain était extrêmement sévère, afin d'empêcher toute tentative d'assassinat dans la tente où les généraux devaient se rencontrer. Une division américaine au complet encerclait l'aéroport, face au désert.

Contrairement aux chefs alliés qui étaient arrivés du sud en hélicoptère, les Irakiens avaient reçu instruction de venir en voiture jusqu'à un carrefour situé au nord de la base. Là, ils avaient quitté leurs véhicules pour être transférés dans des véhicules blindés américains, des *humvees*, et des chauffeurs US leur avaient fait faire les trois derniers kilomètres jusqu'à la piste et aux tentes où on les attendait.

Dix minutes après que les deux généraux irakiens eurent commencé les négociations sous la tente avec leurs interprètes, on vit une autre Mercedes noire arriver au carrefour en provenance de Bassorah. Le barrage était commandé par un capitaine de la 7e division blindée américaine, car tous les officiers de rang supérieur étaient à l'aéroport. On arrêta immédiatement cette limousine que personne n'attendait.

Un troisième général irakien était assis à l'arrière. Ce n'était qu'un modeste général de brigade et il portait un attaché-case de couleur noire. Ni lui ni son chauffeur ne parlaient anglais, et le capitaine ne parlait pas arabe. Il était sur le point de demander des instructions par radio lorsque arriva une jeep conduite par un colonel de l'armée américaine. Un second passager était assis à côté de lui. Le conducteur portait l'uniforme des forces spéciales, les Bérets Verts, et son passager arborait l'insigne du G2, le service de renseignements de l'armée.

Les deux hommes mirent leur carte sous le nez du capitaine qui les examina. Il vérifia que les documents étaient bons et les salua.

— C'est bon, capitaine, nous attendions ce salopard, déclara le colonel des Bérets Verts. Il a dû crever un pneu pour être en retard comme ça.

— Cette mallette, dit l'officier du G2 en montrant la mallette du général irakien qui se tenait debout près de la voiture, complètement perdu, cette mallette contient la liste de tous nos prisonniers de guerre, y compris les aviateurs portés disparus. Norman la Tempête veut la voir, et vite. »

Il n'y avait plus aucun *humvee* disponible. D'un geste sans aménité, le colonel montra la jeep du doigt à l'Irakien. Le capitaine était perplexe. Il n'avait pas entendu parler de ce troisième général. Il savait aussi que son unité était dans le collimateur pour avoir prétendu à tort être entrée dans Safwan alors que ce n'était pas totalement exact. Il n'était peut-être pas nécessaire de s'exposer à un coup de fil incendiaire du général Schwarzkopf pour avoir retardé la transmission de cette liste de prisonniers. La jeep démarra en direction de Safwan. Le capitaine se contenta de hausser les épaules et fit signe au chauffeur irakien d'aller se garer avec les autres.

Sur la route de l'aéroport, la jeep passa entre des rangées de véhicules blindés américains stationnés sur près de deux kilomètres. Il y avait ensuite un tronçon non gardé, avant le cordon d'hélicoptères Apache qui entouraient la zone où se déroulaient les négociations.

Une fois les chars dépassés, le colonel du G2 se tourna vers l'Irakien et s'adressa à lui dans un excellent arabe. « Sous votre siège, lui dit-il. Ne sortez pas de la voiture, mais changez-vous en vitesse. »

L'Irakien portait l'uniforme kaki foncé de son pays. Il trouva sous son siège un uniforme de colonel des forces spéciales saoudiennes. Il changea rapidement de pantalon, de vareuse et de béret.

Juste avant d'arriver à hauteur des Apache garés en cercle sur le tarmac, la jeep bifurqua en direction du désert, évita la piste et continua au sud. Dès qu'il eut dépassé Safwan, le véhicule rejoignit la route du Koweït qui commençait à trente kilomètres de là.

Il y avait des chars américains sur les bas-côtés, tournés vers l'extérieur de la route. Leur mission consistait à empêcher les infiltrations dans l'émirat. Les chefs de char, assis dans leurs tourelles, virent une jeep s'approcher avec deux colonels et un officier saoudien à bord puis sortir du périmètre protégé. Cela ne les concernait donc pas.

La jeep mit près d'une heure pour atteindre l'aéroport de Koweït City qui n'était plus qu'un monceau de décombres. Les Irakiens avaient tout détruit et l'endroit était envahi par la fumée noire des incendies de pétrole qui faisaient rage dans tout l'émirat. La route avait été longue car, pour éviter le carnage du col de Mutla, il leur avait fallu faire un large détour à travers le désert, à l'ouest de la ville.

A huit kilomètres de l'aéroport, le colonel du G2 sortit de la boîte à gants un téléphone portatif et composa un numéro. Au-dessus de l'aérodrome, un appareil commença son approche.

Une tour de contrôle de fortune avait été installée dans une remorque armée par des Américains. L'avion qui se préparait à se poser était un British Aerospace HS 125. Ce n'était pas tout, il s'agissait même de l'avion personnel du général de la Billière, commandant les forces britanniques. Enfin, presque : il en avait toutes les caractéristiques et avait le même indicatif. Le contrôle lui donna l'autorisation d'atterrir.

Une fois posé, le HS 125 ne se dirigea pas vers les ruines de l'aéroport mais jusqu'à un endroit plus à l'écart où il devait retrouver la jeep de l'armée américaine. La porte s'ouvrit, on descendit la coupée et les trois hommes embarquèrent dans le biréacteur.

« Granby Unité, demande autorisation de décollage », entendit le contrôleur. Il s'occupait d'un Hercules canadien qui arrivait avec des médicaments pour l'hôpital.

« Attendez, Granby Unité... quel est votre plan de vol ?

— Désolé, Koweït contrôle. » La voix était nette et précise, cent pour cent Royal Air Force. Le contrôleur avait déjà pratiqué les hommes de la RAF, c'était exactement comme d'habitude.

« Koweït contrôle, nous venons d'embarquer un colonel des forces spéciales saoudiennes. Il est très malade. Il appartient à l'état-major du prince Khaled. Le général Schwarzkopf a donné l'ordre de l'évacuer immédiatement et Sir Peter a mis son avion personnel à sa disposition. Je demande l'autorisation de décoller, vieux. »

En deux phrases, le pilote britannique avait fait allusion à deux généraux, un prince et un roi de la paperasse. Le contrôleur, un sergent-chef, connaissait parfaitement son métier. Il avait une belle carrière devant lui dans l'armée de l'air. S'il refusait de laisser évacuer un colonel saoudien malade, membre de l'état-major d'un prince, malgré l'ordre exprès d'un général et à bord de l'appareil du commandant des forces britanniques, cela risquait de lui valoir quelques ennuis.

« Granby Unité, autorisation de décollage », répondit-il.

Le HS 125 quitta le Koweït, mais, au lieu de mettre le cap sur Riyad qui avait l'un des meilleurs hôpitaux de tout le Proche-Orient, il prit vers l'ouest le long de la frontière nord du royaume.

L'AWACS était toujours là, le détecta et appela pour lui demander sa destination. La voix à l'accent britannique expliqua qu'ils se dirigeaient vers la base d'Akrotiri, à Chypre, pour rapatrier un ami très proche du général de la Billière qui avait été gravement blessé en sautant sur une mine. Le contrôleur de mission de l'AWACS n'avait jamais entendu parler de cette histoire, mais ne voyait pas très bien ce qu'il pouvait y redire. Le faire abattre ?

Quinze minutes plus tard, l'appareil sortit de l'espace aérien saoudien et franchit la frontière jordanienne.

Assis à l'arrière de l'avion, l'Irakien ignorait tous ces événements, mais fut très impressionné par l'efficacité remarquable des Américains et des Britanniques. Il avait hésité en recevant le dernier message de ses clients occidentaux, mais, après mûre réflexion, s'était dit qu'il serait plus sage de partir dès maintenant plutôt que d'attendre et de devoir le faire sans assistance. Le plan détaillé dans le message avait marché comme dans un rêve.

L'un des deux pilotes en uniforme colonial de la RAF sortit du cockpit et murmura quelque chose à l'oreille du colonel du G2, qui se mit à sourire. « Bienvenue dans le pays de la liberté, mon général, dit-il en arabe à son hôte, nous avons quitté l'espace aérien saoudien. Vous serez bientôt dans un avion qui vous emmènera en Amérique. A propos, j'ai quelque chose pour vous. »

Il sortit une feuille de papier de sa poche poitrine et la montra à l'Irakien, qui la lut avec le plus grand plaisir. Il ne s'agissait que d'un simple total, la somme versée sur son compte à Vienne et qui se montait à plus de dix millions de dollars.

Le Béret Vert ouvrit une armoire fermée à clé et en sortit des verres et des bouteilles miniatures de scotch. Il versa une bouteille dans chaque verre et servit tout le monde.

« Parfait, cher ami, à votre retraite et à votre prospérité. »

Il but une gorgée, l'autre Américain également. L'Irakien leur sourit et but à son tour.

« Vous devriez vous reposer, fit le colonel du G2 en arabe, nous allons arriver dans moins d'une heure. »

Ils le laissèrent seul. Le général appuya sa tête sur le coussin de son siège et se mit à rêvasser aux vingt dernières semaines, celles qui avaient fait sa fortune.

Il avait pris de gros risques, mais à présent, il en voyait le résultat. Il se souvenait du jour où il s'était retrouvé assis dans une salle de réunion au palais présidentiel, lorsque le Raïs avait annoncé que l'Irak possédait enfin sa propre bombe atomique. Cela lui avait fait un vrai choc, comme celui que lui avaient causé les Américains en coupant les ponts après qu'il leur eut fait cette révélation. Puis soudain, ils étaient revenus, se faisant plus insistants que jamais, pour exiger de savoir où l'engin était caché. Il n'en avait pas la moindre idée, mais compte tenu de ce qu'on lui offrait, cinq millions de dollars, c'était le moment de s'activer. Et les choses avaient finalement été plus faciles qu'il ne l'imaginait.

Ce misérable ingénieur nucléaire, le Dr Salah Siddiqui, avait été ramassé dans les rues de Bagdad et accusé d'avoir trahi en transmettant des informations sur l'endroit. Tout en protestant de son innocence, il avait lâché le nom d'Al-Qubai ainsi que la méthode de camouflage des installations, le cimetière de voitures. Mais comment le physicien aurait-il pu deviner que son interrogatoire se déroulait trois jours avant le bombardement et non deux jours après ?

Jéricho avait eu un autre choc en apprenant que deux aviateurs britanniques avaient été abattus. Cela n'était pas prévu. Il avait le besoin le plus pressant de savoir si, au cours de leur briefing, on leur avait fourni la moindre indication sur la façon dont le renseignement était tombé entre les mains des alliés.

Il se sentit soulagé quand il devint clair qu'ils ne savaient pas grand-chose, sinon que l'objectif était un dépôt de munitions d'artillerie. Mais son soulagement fut de courte durée car le Raïs déclara qu'il y avait certainement un traître. A partir de ce moment, le Dr Siddiqui, toujours enchaîné dans une cellule du

Gymnase, devait mourir. Une injection massive d'air dans l'artère coronaire s'en était chargée.

Il avait modifié les procès-verbaux de ses interrogatoires, qui étaient maintenant censés avoir eu lieu deux jours après le bombardement et non plus trois jours avant.

Mais le pire avait été d'apprendre que les alliés avaient manqué leur but et que la bombe avait été transférée à un autre endroit, un endroit secret appelé la Qa'ala, la Forteresse. Quelle forteresse ? Où ?

Une remarque de l'ingénieur nucléaire passée inaperçue au cours de l'interrogatoire l'avait mis sur la voie. Il lui avait parlé d'un as du camouflage, un certain Osman Badri, colonel du génie. Mais, après vérification dans les archives, il était apparu que le jeune officier était un admirateur inconditionnel du Président. Comment faire pour qu'il change d'avis ?

La solution consista à faire arrêter son père sous un prétexte entièrement fabriqué et à le faire mourir dans d'atroces conditions. Débarrassé de ses illusions, Badri s'était retrouvé entre les mains de Jéricho durant l'entretien qu'ils avaient eu, à l'arrière de sa voiture.

Celui qu'on appelait Jéricho, alias Mu'azib le Tourmenteur, se sentait en paix avec la terre entière. Il avait l'impression qu'une chape de fatigue lui tombait dessus, le résultat peut-être de la tension nerveuse des derniers jours. Il essaya de se secouer, mais ses membres refusaient de bouger. Les deux colonels américains l'observaient du coin de l'œil et discutaient dans une langue qu'il ne comprenait pas, mais qui n'était certainement pas de l'anglais. Il essaya de parler, mais sa bouche était incapable d'articuler le moindre mot.

Le HS 125 avait viré au sud-ouest en direction de la côte jordanienne et descendait à dix mille pieds. Au-dessus du golfe d'Akaba, le Béret Vert ouvrit la porte de la cabine et un violent courant d'air envahit le fuselage. Le biréacteur avait pourtant réduit sa vitesse à la limite du décrochage.

Les deux colonels le mirent debout sans qu'il puisse protester. Il essayait de parler mais était incapable d'articuler un mot. Le général de brigade Omar Khatib fut jeté de l'avion au-dessus des eaux bleues, au sud d'Akaba. Son corps explosa sous l'impact et les requins se chargèrent du reste.

Le HS 125 fit demi-tour, cap au nord, survola Eilat après être entré dans l'espace aérien israélien et se posa à Sde Dov, la base militaire qui se trouve au nord de Tel-Aviv. Arrivés là, les deux pilotes se débarrassèrent de leurs uniformes de la RAF et les deux colonels de leurs tenues américaines. Tous quatre reprirent leur travail dans l'armée israélienne. On effaça de l'avion ses couleurs britanniques, il fut repeint et enfin rendu à la société de charters du *sayan* chypriote qui l'exploitait.

L'argent de Vienne fut d'abord transféré à la banque Kanoo, installée à Bahreïn puis sur un autre compte aux États-Unis. Une partie fut ensuite versée à la Banque Hapoalim, à Tel-Aviv, et rendue au gouvernement israélien. Elle correspondait à ce qu'avait dépensé Israël jusqu'au jour où Jéricho avait été pris en charge par la CIA. Le reste, plus de huit millions de dollars, alla dans la cagnotte du Mossad.

Cinq jours après la fin des combats terrestres, deux hélicoptères américains à long rayon d'action retournèrent dans les vallées de l'Hamreen. Ils n'avaient demandé d'autorisation à personne.

Le corps du nav du Strike Eagle, le lieutenant Tim Nathanson, ne fut jamais retrouvé. Les gardes l'avaient déchiqueté en le mitraillant ; les chacals, les fennecs, les corbeaux et les milans avaient terminé la besogne. Ses os doivent maintenant reposer quelque part au milieu de ces vallées glacées, à moins de deux cents kilomètres de l'endroit où ses ancêtres pleuraient et se lamentaient, près des fleuves de Babylone. On prévint son père à Washington. Il dit le *kaddish* pour son fils et s'enferma avec son chagrin dans la grande demeure de Georgetown.

Mais le corps du caporal Kevin North, lui, fut retrouvé. Tandis que les Blackhawk attendaient à proximité, des soldats britanniques démolirent le tas de pierres et récupérèrent le caporal. On mit son corps dans une housse, il fut transporté à Riyad et transféré ensuite en Angleterre à bord d'un Hercules. Une brève cérémonie eut lieu à la mi-avril au camp de base du SAS, un ensemble de bâtiments bas en briques dans les environs de Hereford.

Le SAS n'a pas de cimetière à lui, aucun lieu particulier ne rassemble les dépouilles de ses hommes. Beaucoup d'entre eux reposent sur une cinquantaine de champs de bataille dont les noms ne diraient rien à la plupart des gens. Certains se trouvent dans les sables du désert libyen où ils sont tombés en combattant Rommel en 1941 et 1942. D'autres se trouvent dans les îles grecques, dans le massif des Abruzzes, le Jura ou les Vosges. Certains sont éparpillés en Malaisie et à Bornéo, au Yémen, à Mascate et à Oman, dans la jungle ou sous les eaux glacées de l'Atlantique, au large des Malouines.

Lorsque leurs corps sont récupérés, ils sont rapatriés en

Grande-Bretagne, mais on les rend systématiquement aux familles. Même dans ce cas, aucune stèle ne fait jamais mention de leur appartenance au SAS. L'inscription indique l'appartenance à l'unité d'origine du soldat — fusiliers, paras, gardes ou autres.

Il existe cependant un monument commémoratif au milieu de la cour d'honneur, à Hereford : une petite tour en pierre habillée de bois peint en marron. Au sommet, une cloche sonne les heures et la construction est connue sous le nom de Beffroi. Des plaques en bronze de couleur sombre entourent la base du monument. Les noms des morts y sont gravés ainsi que celui de l'endroit où ils ont disparu.

En ce mois d'avril, il fallut ajouter cinq nouveaux noms. L'un avait été fusillé en captivité par les Irakiens, deux autres avaient été tués au cours d'un accrochage en revenant en Arabie. Un quatrième était mort de froid après avoir passé quatre jours dans l'eau glacée. Le cinquième était le caporal North.

Plusieurs anciens commandants du régiment assistaient à la cérémonie. Il pleuvait. John Simpson était venu, ainsi que Johny Slim et Sir Peter. Le chef des forces spéciales, J. P. Lovat, était là, de même que le colonel Bruce Craig, commandant en titre du régiment. Il y avait aussi le major Mike Martin plus quelques autres.

Comme ils se trouvaient chez eux, les assistants qui étaient toujours en activité portaient la coiffure que l'on ne voit que rarement, le béret couleur sable et l'insigne représentant un poignard dressé entre deux ailes avec la devise : « Qui ose vaincra. »

Peu après, Mike Martin reprit sa petite voiture au parking, passa la porte gardée et rentra dans le cottage qu'il avait conservé au village, au milieu des collines du Herefordshire.

En conduisant, il se remémorait tout ce qui lui était arrivé dans les rues et le désert du Koweït, dans les ruelles et les bazars de Bagdad, dans les collines du Hamreen. C'était un homme secret qui, finalement, était assez satisfait d'une chose : personne n'entendrait jamais parler de tout ça.

Postface

Chaque guerre apporte son lot d'enseignements. Si ce n'était pas le cas, on aurait combattu en vain et les morts auraient donné leur vie pour rien.

Les enseignements de la guerre du Golfe sont au nombre de deux et ils sont parfaitement clairs, à condition que les grandes puissances veuillent bien les prendre en compte.

Le premier est que c'est de la folie, de la part des trente pays les plus industrialisés, qui disposent de quatre-vingt-dix pour cent des technologies d'armements et des moyens de les fabriquer, de vendre ce genre de produits à des nations agressives et dangereuses dirigées par des fous, pour de simples considérations financières.

Pendant dix ans, on a autorisé l'Irak à s'armer de manière extrêmement menaçante. C'est là le résultat de l'aveuglement politique, de l'aveuglement bureaucratique et des pressions exercées par les industriels. En fin de compte, la destruction partielle de cet arsenal a coûté beaucoup plus cher que sa vente.

Un nouvel événement de ce genre pourrait facilement être évité en établissant un registre centralisé de toutes les ventes consenties à certains régimes. Les pénalités en cas de non-déclaration de ces opérations devraient être draconiennes. Des experts compétents se rendraient très vite compte, en ayant accès à la nature et à la quantité de matériels commandés ou livrés, que des armes de destruction massive sont en cours de développement.

Faute de quoi, on assistera à la prolifération d'armes de haute technologie et les années de la guerre froide nous apparaîtront *a posteriori* comme une ère de paix et de tranquillité.

La deuxième leçon concerne la collecte du renseignement. Avec la fin de la guerre froide, beaucoup ont cru que cette activité pouvait être réduite sans risque. La réalité montre qu'il n'en est rien, bien au contraire.

Au cours des années soixante-dix et quatre-vingt, des progrès considérables ont été accomplis dans le domaine du renseignement électronique. Ces progrès furent si impressionnants que les gouvernements des États du monde libre ont fini par croire que les équipements automatiques se chargeraient de tout, comme le leur juraient les ingénieurs qui fabriquaient ces systèmes hors de prix. En conséquence, le rôle de l' « opérateur » humain a été sérieusement revu à la baisse dans ce domaine.

Au cours de la guerre du Golfe, toute la panoplie des merveilles technologiques occidentales a été mise en œuvre et, en partie parce que cet ensemble représentait des dépenses considérables, on supposa qu'il était infaillible

Il ne l'était pas. Grâce à un mélange d'astuce, d'imagination, de ruse et de travail acharné, l'arsenal irakien et ses outils de production avaient déjà été camouflés ou si bien cachés qu'aucun appareil n'était capable de les détecter.

Les pilotes ont effectué leurs missions avec beaucoup de courage et de compétence, mais ils ont trop souvent été mis en échec par les trucs de leurs adversaires qui réalisaient des copies inertes ou avaient mis au point des méthodes de camouflage.

Le fait est que les armes bactériologiques, chimiques ou nucléaires n'ont pas été utilisées. Mais, comme pour l'issue de la bataille de Waterloo, on n'est pas passé très loin du pire.

Ce qui est maintenant évident après cette guerre, c'est que, pour remplir certaines missions à certains endroits, personne n'a encore trouvé de substitut au plus vieux système de collecte du renseignement qui existe sur cette terre : le globe oculaire de l'homme, modèle d'origine.

Liste
des principaux personnages

Américains

GEORGE BUSH	Le Président
JAMES BAKER	Secrétaire d'État
COLIN POWELL	Chef d'état-major interarmes
NORMAN SCHWARZKOPF	Commandant en chef de la coalition
CHARLES « CHUCK » HORNER	Commandant en chef de la coalition
BILL STEWART	Chef des opérations de la CIA
CHIP BARBER	Directeur du Proche-Orient, CIA
WILLIAM WEBSTER	Directeur de la CIA
DON WALKER	Pilote de chasse, US Air Force
STEVE TURNER	Chef d'escadron de chasse, US Air Force
TIM NATHANSON	Navigateur de Don Walker
RANDY ROBERTS	Ailier de Don Walker
JIM HENRY	Navigateur de Roberts
HARRY SINCLAIR	Chef du poste de Londres, CIA
SAUL NATHANSON	Banquier et philanthrope
Papy LOMAX	Physicien nucléaire en retraite

Britanniques

MARGARET THATCHER	Premier ministre britannique
JOHN MAJOR	Successeur de la précédente
SIR PETER DE LA BILLIÈRE	Commandant des forces britanniques dans le Golfe
SIR COLIN McCOLL	Chef des services spéciaux de renseignements
SIR PAUL SPRUCE	Président du comité Méduse
J. P. LOVAT	Directeur des forces spéciales

BRUCE CRAIG	Commandant le 22ᵉ régiment du SAS
Major MIKE MARTIN	Major du SAS
Dr TERRY MARTIN	Savant et arabisant
STEVE LAING	Chef des opérations pour le Proche-Orient, SIS
SIMON PAXMAN	Chef du bureau irakien, SIS
STUART HARRIS	Homme d'affaires britannique à Bagdad
JULIAN GRAY	Chef de l'antenne du SIS, Riyad
Dr BRYAN	Bactériologiste, comité Méduse
Dr REINHART	Expert en guerre chimique, comité Méduse
Dr HIPWELL	Expert nucléaire, comité Méduse
SEAN PLUMMER	Chef du bureau des affaires arabes, quartier général
PHILIP CURZON	Commandant le 608ᵉ escadron
LOFTY WILLIAMSON	Pilote du 608ᵉ escadron
SID BLAIR	Navigateur du précédent
PETER JOHNS	Pilote du 608ᵉ escadron
NICHOLAS TYNE	Navigateur du précédent
PETER STEPHENSON	Membre du SAS
BEN EASTMAN	Membre du SAS
KEVIN NORTH	Membre du SAS

Israéliens

YAACOV « KOBI » DROR	Chef du Mossad
SAMI GERSHON	Chef du service Action, Mossad
DAVID SHARON	Chef du bureau Irak, Mossad
BENYAMIN NETANYAHU	Vice-ministre des Affaires étrangères
ITZHAK SHAMIR	Premier ministre
GIDEON « GIDI » BARZILAI	Responsable de l'opération Josué à Vienne
Professeur MOSHE HADARI	Arabisant, université de Tel-Aviv
AVI HERZOG, alias KARIM AZIZ	Agent du Mossad à Vienne

Autrichiens

WOLFGANG GEMÜTLICH	Vice-président de la Banque Winkler
EDITH HARDENBERG	Secrétaire du précédent

Koweïtiens

AHMED AL-KHALIFA	Commerçant koweïtien
ABOU FOUAD	Chef du mouvement de résistance koweïtien
ASRAR QABANDI	Héroïne de la résistance koweïtienne

Irakiens

Dirigeants

SADDAM HUSSEIN	Président
IZZAT IBRAHIM	Vice-président
HUSSEIN KAMIL	Gendre de Saddam Hussein, chef du MIMI
TAHA RAMADAN	Premier ministre
SADOUN HAMMADI	Vice-Premier ministre
TAREK AZIZ	Ministre des Affaires étrangères
ALI HASSAN MAJID	Gouverneur du Koweït occupé

Généraux

SAADI TUMAH ABBAS	Commandant de la garde républicaine
ALI MUSULI	Commandant du corps du génie
ABDULLAH KADIRI	Commandant des forces blindées

Experts

AMER SAADI	Adjoint de Hussein Kamil
HASSAN RAHMANI	Chef du contre-espionnage
Dr ISMAIL UBAIDI	Chef des services d'espionnage
OMAR KHATIB	Chef de la police secrète (Amn-al-Amm)
OSMAN BADRI	Colonel du génie
ABDELKARIM BADRI	Colonel de l'armée de l'air, pilote de chasse
Dr JAAFAR AL-JAAFAR	Directeur du programme nucléaire
SABAAWI	Chef de la police secrète au Koweït occupé
Dr SALAH SIDDIQUI	Ingénieur atomiste

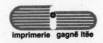

imprimerie gagné ltée

IMPRIMÉ AU CANADA

INCREDIBLE PRA
SUSPENSEFUL WORLD OF
EDWARD WRIGHT

FROM BLOOD

"A highly imaginative twist on the political conspiracy thriller, a startlingly original heroine at its center, spirited and fiercely intelligent."
—*The Weekend Australian*

"*From Blood* may well catapult Wright into the front line of crime."
—*Sydney Morning Herald, Australia*

"Wright is a subtle and clever writer. . . From Blood is one of the season's best reads."
—*Canberra Times, Australia*

"Wright's complex and intelligent plot provides no shortage of drama, and there is an impressive depth to his writing…A gripping and thoroughly enjoyable read."
—*Edinburgh Evening News, Scotland*

"Compulsive and very visual…a fast-paced, engaging read." *(*Selected as the book of the month*)*
—*Australian Women's Weekly*

DAMNATION FALLS
(winner of the Barry Award)

"The nature of truth, the minefield of emotions between fathers and sons, and the madness of vengeance converge... Wright captures the rich, earthy essence of the South."
—*Publishers Weekly*

"Absorbing...storytelling turf tilled by William Faulkner and Flannery O'Connor and Thomas Wolfe. In this redemptive fable, though, you can go home again, if you're willing to pay the price."
—*The Wall Street Journal*

"Wright is a gifted storyteller, with a relaxed style which makes his narrative flow and brings his characters vividly to life."
—*Sunday Telegraph of London*

"Complex, layered, but never labored, *Damnation Falls* weaves between fact and fiction, the past and the present, truth and lies, without ever missing a beat."
—*The Sydney Morning Herald*

"Wright has a strong sense of place...Written in a deceptively relaxed style, this is a dark and compelling tale."
—*The Guardian*

"*Damnation Falls* is a gripping portrait of a small American town haunted by old scandals."
—*Sunday Times of London*

RED SKY LAMENT

*(Winner of the Ellis Peters Historical Crime Award;
named one of the best mysteries of the year by the Chicago
Tribune, Publishing News, and Telegraph of London)*

"His best and most important political and
social statement…The kind of art that stirs
up old memories and pierces the soul."

—*Chicago Tribune*

"His best book…Wright creates an atmosphere of fear
and distrust and keeps the pages turning with a mystery
that deftly brings together all the elements of his story —
love, hate, ambition and the fight for America's soul."

—*Sunday Telegraph of London*

"An intelligent and exciting web of violence
and conspiracy… Excellent writing."

—*The Guardian*

"Dark, gripping…One of the joys of Wright's
novels is the way he recreates the glamour and
fragility of Hollywood in the post-war years."

—*Sunday Times of London*

FROM
BLOOD

FROM
BLOOD
EDWARD
WRIGHT

vantage
POINT

Vantage Point Books and the Vantage Point Books colophon
are registered trademarks of Vantage Press, Inc.

FIRST U.S. EDITION: April 2012
Originally published in the U.K. by Orion Publishing Group.

Published by Vantage Point Books
Vantage Press, Inc.
419 Park Avenue South
New York, NY 10016
www.vantagepointbooks.com

Manufactured in the United States of America
ISBN: 978-1-936467-28-0

Library of Congress Cataloging-in-Publication data are on file.

9   8   7   6   5   4   3   2   1

Cover design by Victor Mingovits

THIS BOOK IS FOR ANN,
WHO PLAYED THE HAND SHE WAS DEALT.

PROLOGUE: 1968

....

I N   T H E   darkest part of the night, there is a special quiet to
the grassy and tree-shrouded areas of a large university campus.

With no sign at its entrance, the building stands half-
obscured by greenery on the edge of the sprawling grounds.
Three stories tall, it has an anonymous, institutional red-brick
look, and those who ask its function are sometimes told that
it houses administrative offices of the university, which it once
did. That well-rehearsed fiction has kept its actual role hidden
for two years.

Tonight the building's rooms and hallways are silent,
emptied of their usual complement of analysts, linguists, and
retired military officers. The only lighted room is the reception
area on the first floor, where Danny Kerner, the night watchman
and a graduate student in philosophy, is on duty. Danny sits,
feet up on his desk, paging through an essay by Nietzsche.

He has long hair, like most of the male students at LaValle,
but he prides himself on not fitting others' preconceptions.
As an undergraduate, while his friends were partying or
demonstrating for the liberal cause *du jour*, he was working
nights to pay his tuition. Now, at twenty-three and just
starting a family, he relies on the extra income from this job
to get him through graduate school while avoiding more
handouts from his wife's parents. He tries not to show too
much curiosity about what goes on during the daytime in this
somewhat mysterious location. Still, the secrecy demanded of
the building's staff—he was required to sign a pledge not to
disclose anything he saw there—has intrigued him.

He turns the page and reads the next passage. *At bottom, every human being knows that he is in this world just once,* he reads. *Many die too late, and a few die too early.... Die at the right time—thus teaches Zarathustra.*

Somber material, but Danny reads it with equanimity. He's feeling almost serene, the result of a decision he reached only hours ago, before he left the apartment to begin his night shift. In the coming days he will apply to divinity school, the first step in training for the ministry. For weeks he has wrestled with the question, and Peggy has wrestled with it too.

"I know I can teach philosophy, he told her in one moment of doubt. I don't know that I've got it in me to—"

"Stop right there," she told him. "You don't know yourself as well as I do. You're a good person, a brilliant student, and you'd make a wonderful minister." She held up the baby and jiggled her gently in front of him. "Tell Daddy he'll look very sexy in a clerical collar."

Refilling his cup with barely warm coffee from a flask, he pauses in his reading and recalls one night when his curiosity about the building was boosted an extra notch. On his rounds, he found an unlocked door—a rarity in a place where all the doors throughout the building are normally double-locked. He entered to make sure there were no intruders and saw a medium-size room with locked filing cabinets ranged alongside all the walls, a large table in the center, and detailed topographic maps pinned up on cork boards. One map, he noted, bore the title *Dien Bien Province*. Another, showing what looked like a city and the surrounding countryside, was labeled *Ha Noi*.

He backed out of the room quickly, double-locking the door with his set of keys.

Ha Noi, he thought. *Hanoi. Vietnam.*

I don't know what they do here, but it sounds closer to the military than the university. Some kind of research place, maybe, squirreled away here in a quiet corner of LaValle. Some of the campus firebrands, he knew, would love to know about this place. They'd probably burn it to the ground.

Danny had strong feelings about his government's involvement in that small Southeast Asian country, where up to 30,000 Americans and untold numbers of Vietnamese had died, with no sign of a letup. Students had heard rumors of undercover connections between the Pentagon and certain universities—Michigan State was one of those mentioned—but LaValle's name had never cropped up. If the Pentagon was running or funding a secret Vietnam War think tank on this university's campus, he thought, someone should know about it.

He told Peggy about his discovery. Her response was immediate. "Don't, Danny. Please don't," she cried out. "You'll get fired, and maybe worse. You need this job. We need the money."

Feeling torn between family and conscience, he kept quiet.

Having made his hourly rounds tonight, Danny returns to his station and leans down to inspect the small, carefully wrapped bundle he has placed under the desk to shade it from his reading light. *All quiet,* he mutters. He sips at his coffee; it's now cold. The clock on the wall reads a quarter past two, which means another forty-five minutes until his next inspection trip. He retrieves his book but is distracted by thoughts of Peggy. Two days ago, a full-blown case of the flu put her into the campus infirmary. She resisted going because of the baby, but Danny assured her that Tina would be fine.

A muffled, ambiguous noise from somewhere makes him look up. What was that? In the blackness outside the window, a late November wind has kicked up, and tree branches are scraping against the bricks of the outer wall. He settles back down.

Were he not so drowsy, he would know that the sound came from elsewhere—the rear of the building, where three black-clad figures wearing ski masks have worked their way up an old and rusted fire escape to the second floor and forced open a window. Now, carrying flashlights, burglar tools, and a heavy canvas bag, they prowl the corridor until they come to a large office in the heart of the building. Jimmying the lock with minimal noise, they open the door. While two of the figures peel off as sentinels, the third enters the office and begins to work.

Twenty minutes pass.

At his station, Danny drains the last of his cup and checks his watch. In a little over five hours, he'll be able to visit Peggy. Can't take Tina, though. Don't want to expose her to Mommy's flu. He wonders if Peggy's fever allowed her any sleep tonight.

Picking up the Nietzsche, he looks for the quote from Zarathustra but is reluctant to resume reading. He's simply too happy—with thoughts of Peggy and Tina, with his recent life-changing decision—to read about death, no matter how abstract the argument.

Tina-Marina, he says silently, using his favorite nickname for her, *you may be the only one getting a good night's sleep. You don't know how lucky—*

It is his last thought.

A deafening blast tears through the quiet night, audible at the farthest reaches of the campus and even in the town itself. As the building's guts are torn apart, a white fireball blooms in its center, a thing of beauty, rendering the area around it as bright as day for a few seconds. Bricks and mortar fly like shrapnel, shredding the trees. The fireball fades to the color of molten lava, and the upper two floors, almost in slow motion, collapse onto the ground level. The night watchman's station, like everything else on the first floor, is crushed beneath tons of weight.

The doomsday noise gradually dies away. Minutes pass, and flames begin to lick at the wreckage.

Police, firefighters, and campus security swarm over the site. One of the bombers, apparently injured in the explosion, is found nearby. Eventually the fire is put down, and the digging begins. At first light, Danny Kerner's mangled body is removed from the rubble. At the same time, claims of responsibility are being telephoned to news organizations.

"This is the Red Fist," the female caller declares. "We strike at the heart of the war machine."

But the horror is not finished. A young woman appears at the disaster scene. She has just bolted from the campus infirmary and is still racked with fever. Her words are laced with hysteria, and it takes a while for rescue workers to understand.

"I was sick," she sobs. "I couldn't take care of her. He didn't want to bring her here with him, but…. Oh, God."

The police commander on the scene is summoned. He huddles with the young woman, then steps back, his face frozen by her words. He summons the senior firefighter, who listens intently, then begins bellowing orders to his men. They swarm over the still-smoldering site, hacking and digging at the charred remnants of what will soon become known to the world as the Crowe Institute.

An hour goes by. Finally one fireman, his voice cracked with strain, yells that he has found something. He lifts a tiny bundle, wrapped in a singed blanket, from the wreckage, his face twisted in grief.

Reporters and camera crews press in, but police hold them back. "No pictures of this!" the fire captain screams. "I'll break the first camera … "

Peggy Kerner sinks to her knees, wailing, and all the others stand silent as the soot-streaked fireman carries what remains of her baby to the ambulance.

. . .

In all the attacks, the riots, and the bombings that plagued America in the tumultuous 1960s and '70s, the Crowe Institute bombing of 1968 had a special notoriety. It stirred up calls for vengeance, transformed the thinking of the radical left, and sent one militant to prison and others deeper underground. Over the years, most of them either were captured or resurfaced and surrendered.

All but two . . . .

—From *The Big Underground,* by Thomas Hollis
(Decker House, 2002)

ONE

···

SHANNON FAIRCHILD was a mess.

The face that looked back at her from the borrowed pocket mirror bore a shiner that radiated outward in jolly reds and blues from her left eye over to her hairline and down to her cheekbone. The left half of her mouth was bruised and swollen, both upper and lower lips, and she could still taste blood whenever she swiped the inside of her mouth with her tongue, which—given that she had little else to do while sitting and waiting for her case to be called—she did fairly often.

Separated from her purse, she made an effort to tame her hair by running her fingers through it, but that only caused it to give off the odor of cigarette smoke and other bar smells.

Shannon wore last night's outfit—cotton pants, short-sleeve blouse, and scuffed lightweight sneakers. Imprints of dirt from the floor pocked her knees, hips, and rear.

Worst of all, her shirt front had two crusty dark-gold stains. She had vomited not long after they deposited her in the cell the night before. Drunk as she was, she was still aware that throwing up on herself was not good hygiene. So, planting her feet carefully, she leaned well over the toilet bowl—while trying not to look within its unspeakable depths—and let fly. Except for the two random droplets, her aim was mostly good.

"Lookin' for Ralph," she heard one of the other women in the cell observe. Shannon didn't understand until the woman repeated the name louder, this time in a reasonable approximation of the sound of food coming up.

Now, sitting in the San Malo Municipal Court with the light

2

from the windows hurting her eyes, Shannon let her mind stray back to an old English-lit class and tried to find the appropriate literary term for *Ralph*. She finally decided it came close to fitting the definition of onomatopoeia. But not quite. She spat on a shred of paper towel and began to rub at the stains, but her efforts only awakened another old odor, so she gave up.

She started to pass the mirror back to its owner, a female bailiff who was a sympathetic sort, but was interrupted by a voice.

"Borrow that, hon?" It was Rhonda, sitting two chairs down from her, stretching out a big hand. They sat in chairs lined up against the courtroom wall, watched over by the bailiff, two of a half-dozen miscreants waiting for justice.

"Why not?" Shannon passed her the mirror, although she could think of several reasons why not, beginning with the fact that Rhonda had inflicted those very bruises she'd just been studying. But she felt too sick and wasted to find room for enmity. Especially since she and Rhonda, when not fighting, were usually friends. It was complicated.

Rhonda gave her oversize, homely features a going-over in the mirror and, apparently satisfied, passed it back to the bailiff with a thank-you smile. She had definitely gotten the better end of things last night. It had started when Shannon dragged her backward off her barstool and connected with a roundhouse slap, but after that it was all Rhonda. The older woman had about ten years' experience on Shannon, along with twenty pounds, and she didn't fight girly-style but with her fists, the way her old man, Bullo, had taught her. By the time Bullo and the bartender joined forces to break them up, she was beginning to give Shannon a good pounding. Once halted, the whole incident might have evaporated like the smoke from Bullo's cigar were it not for the two off-duty policemen drinking at the table under the Budweiser sign.

So why did I start it? Shannon asked herself. The answer came quickly. *Because every now and then I drink too much, and because I get crazy stupid when I do.*

She heard the court clerk call her name and got up.

"Good luck, hon," Rhonda said.

"You too."

"Oh, I'll hafta do some time. This weren't my first." She said it with a chuckle, glancing over at the bench where Bullo sat, his tattoos and biker regalia mostly covered with a jacket. He thrust his big chin upward in an encouraging gesture.

As Shannon stepped to the front of the courtroom, the public defender materialized at her side. He was young and earnest-looking, and they had spoken briefly an hour earlier.

The judge, who resembled an ex-football player who had gotten a good look at the underbelly of humankind and had not blinked, studied Shannon for a few seconds and then buried himself in some papers. After a minute, he looked up again.

"You understand your guilty plea?" he asked her.

"Yes, your honor."

"This is a nice town. We don't like fighting in public here."

"No, your honor." Regardless of her flaws in other departments, Shannon knew courtroom etiquette.

"I see this is your first such offense, but you have a DUI on your record," he went on.

"Yes, sir."

"And a license suspension."

"Yes, sir."

"I'm guessing you might have a problem with alcohol."

When the PD's hand brushed her arm, she realized an answer was called for.

"I, uh ... "

"What?"

"Sir, I don't think I'm an alcoholic." She swallowed. Her head began to throb again. "Your honor."

"Maybe you are, and maybe you aren't," the judge said, looking grim. "But I have a feeling you're an accident waiting to happen."

"Uh … "

He interrupted her, turning to the public defender. "Anything to say on your client's behalf?"

"Yes, your honor. Miss Fairchild runs her own business. She's a graduate of UC San Malo, where her parents teach—"

Shannon's courtroom decorum slipped. "I thought you weren't going to mention them."

The PD showed his inexperience by looking flustered. The judge leaned forward.

"Your attorney is saying good things about you. I don't think it's a good idea to interrupt him."

She pursed her sore lips as the public defender went on.

"Uh, and she is working toward her Ph.D. She's also concerned about her mental health and has regularly seen a psychotherapist for the past year."

"A Ph.D. in what?" the judge asked her.

"History."

"When do you expect to finish?"

"I don't know. Your honor." *How about never? Because I haven't been to a class in four years, and the idea of writing a dissertation fills me with … what's that word? Angst.*

"What's your business?"

"I clean houses."

"Uh-huh. I've met your parents. They're good people." He glanced down at the papers in front of him. "Do you see a therapist for any particular reason?"

She swallowed again. Her mouth tasted like old dishwater. "Just a few problems I'm trying to work out."

"Good luck with that, but don't let me see you here again." The judge closed her file with a snap. "Seven days in jail, suspended, and a year's probation."

. . .

She thanked the PD and made her way unsteadily down the aisle, almost reaching the exit before she spotted Beth sitting in one of the back rows. Her sister rose and came over.

"How are you?" Beth asked. The look on her face, a mixture of concern and disgust, was so exaggerated it was almost comical. Beth tended to fly her flags out front. She was direct, outspoken, and caring. She was also the Good Sister.

Shannon had not seen her for weeks—Thanksgiving, to be exact—and when it had come time to make her single phone call from jail the night before, she had been somewhat surprised when her fingers, slowed by alcohol, fumbled their way through Beth's number. On reflection, of course, it made sense. She didn't have a lawyer. Her sometime boyfriend was out of town. And she couldn't stand the idea of hearing her mother and father's sad voices over the phone when they learned of her latest scrape.

Thus, Beth. Wife of Richard. Mother of Champ and Skipper—or Scamp and Chipper, as Shannon sometimes called them. Beth the soccer mom, the manager, the fixer. Although three years younger, she sometimes struck Shannon as miles more mature and maternal. Beth would know how to break the news to their parents. The only price Shannon would have to pay was Beth's disapproval. But she was used to that.

In Shannon's sometimes-cruel childhood shorthand, Beth was "Barbie," a creature of dolls and well-brushed golden hair and good marks for obedience. Shannon saw herself in more heroic terms, as the no-nonsense, task-oriented sister, the athlete, the daredevil. Somewhere around age ten, she had given herself a nickname too. But that name was secret.

"I'm okay," she told her sister as they exited the courthouse. "Feeling stupid, though, you know?" She looked around for an escape route and started thinking up an excuse to leave.

"Did I hear right? You won't go to jail?"

"Won't go to jail. Just have to be a good girl from now on."

Beth saw no humor in that. She produced a cell phone and began dialing. "Mom and Dad—"

"You told them, huh?"

"I did. They knew you wouldn't want them to show up. But they made me promise that you'd call them as soon as you got out of court. So ... " She handed the phone over.

"Shan? Honey? Are you all right?" It was her mother, her usual unruffled academic voice replaced by a tone of concern.

"Hi, Mom. I'm just fine." Shannon heard the rustle of papers. "You in your office?"

"Yes. Do you need to go to the hospital or anything?"

"Oh, God, no. It was just a ... a dumb thing. I'm embarrassed. Can we not talk about it?" Beth was watching her closely, and Shannon felt the overwhelming urge to get away, out of the bright sun, to find a private place. "I should get going."

"Wait. You sure you're all right?"

"I'm sure."

"You can prove it by coming over for dinner this Saturday," she said in an insistent tone, one not characteristic of her.

"Mom ... "

"Come on. Meatloaf."

"All right, if it's meatloaf. Tell Dad I'm okay so he doesn't have to call too."

She clicked the phone shut and handed it to Beth, who gave her a hard look. "They tell me they haven't seen you since

Thanksgiving. I don't mind coming here and helping you clean up your mess, but they deserve a little more attention from you."

"I'm going to see them this weekend."

"They care about you, and for some reason they don't want to say hard things to you, so I guess I'm elected." Beth was very much in soccer-mom mode now.

"You're too old for this," she said, stepping in closer and lowering her voice as people passed them on the steps. Beth wrinkled her nose as she got the full effect of Shannon's lapse in hygiene. "Hanging out with trashy friends, getting messed up in bars."

"Then why don't you fix me up with a nice guy? Somebody like Richard?" Shannon didn't even have to apply the sarcasm; it was implicit. Beth knew how Shannon felt about her husband. Richard the IRS agent, the tax man, the guy with the soul of a pocket calculator.

Beth ignored the jab. "Mom and Dad love you, and you should spend more time with them. I love you too, but I'm running out of patience."

Shannon felt a retort forming itself, something suitably sarcastic, something about how hard it must be to grow up the perfect daughter, having to put up with the fallible one. But she didn't utter it. She knew Beth was right.

Leaving her sister, she had barely taken ten steps on the sidewalk when she saw the old Volvo parked up ahead, and she groaned out loud. As she approached it she spotted a familiar corduroy elbow hanging out the window. He'd been watching for her in the side-view mirror, and when she drew abreast, he awkwardly shifted over to the passenger side to greet her, wearing a look of mixed worry and embarrassment.

"Hello, Daughter."

"Oh, Dad." She shook her head. "I didn't want you here."

"I know," he said with forced joviality. "I wasn't going to butt in, just thought I'd check with Beth to find out what happened. But then I saw you headed this way ... " He made a face as he saw her bruises. "Bet that hurts, huh?"

"I guess." Her tongue went exploring again. No more blood, at least. "But you should see the other guy."

He laughed at that, which released some of the tension between them. Some, but not all. He couldn't erase the look of concern from his face. Was it the embarrassment of hearing that his thirty-four-year-old daughter had rolled around a barroom floor taking punches from a motorcycle mama named Rhonda? No, she thought. Shannon's checkered history, dating back to her early teens, had no doubt prepared them for such behavior. Besides, her parents were not innocents; they were smart cookies. It would take more than this to shock them.

He looked at her with a half-smile, not speaking. As the seconds ticked away, she felt the tension level ratchet up again and grew angry with herself for placing such a high value on his opinion of her. *If you wouldn't expect so much of me,* she said to him silently, *I wouldn't let you down so hard.*

Finally he spoke. "We worry about you."

"I know you do. Would you stop, please?"

"Can't do it. It's in my contract. See, right here." He held up a palm and traced across it with a forefinger. "Section Three, Subparagraph Six: Subject: Daughters. You worry about them. When they're little, you worry about them getting hurt. When they're growing up, you worry about them hooking up with the wrong boys. And when they're grown, well ... "

"Yeah?"

"And when they're grown, you worry about all the new ways they can get hurt."

Seeing her jaw tighten into a stubborn line, he came up

with a grin. "All right, then. I guess bruises can heal." He began
telling her a funny story about one of his poli sci classes. She was
disarmed by his wryness and by the fact that, throughout the
conversation, he hadn't actually accused her of anything. Her
father could never judge her as harshly as she judged herself.
She asked herself why she had not made more of an effort to
see her parents and couldn't quite come up with an answer.

"Did your mom invite you over Saturday?"

"Uh-huh. I'll try, Dad."

He caught her hesitancy. "We have, uh, a reason. Something
we've been meaning to talk to you about. This'll be a good time
for it. So put us on your calendar, all right?"

. . .

Bruises and courtroom appearances notwithstanding, there
was still work to be done, and noon found Shannon at Mrs.
Kranz's house, a comfy-elegant place located up one of San
Malo's pretty and pricey canyons, for the weekly visit by
the Clean Machine, Shannon's house-cleaning business.
Mrs. Kranz was out shopping and visiting friends, and with
Shannon's assistant cleaning another client's place, Shannon
enjoyed the chance to work in solitude. Unpacking her supplies
and donning earphones, she spent the next four hours going
through the house, dusting, vacuuming, mopping, scrubbing.
She worked to the pastoral sounds of Beethoven's Sixth, and
before long she felt herself slipping into what she sometimes
called the Zen of cleaning—far from the Municipal Court,
from the soreness of her face, from the sordidness of the night
before.

She changed sheets and did the dishes, with Django
Reinhardt and Stephane Grapelli now providing the bounce

and inspiration. Moving on to the toughest job, the main bathroom, she stripped down to her underwear, tied up her hair with an elastic band, and attacked the room with rags, mop, sponge, and foaming cleanser.

Passing the fogged-up mirror, she indulged in what had become a goofy ritual. One hand on hip, the other behind her head, cheesecake style, she arched her back and formed her lips in a Marilyn pout. As usual, it didn't work. Not enough curves. But she was satisfied with most of what she saw. Ever since tomboyhood, she'd had long legs and slightly broad shoulders and an economical midsection. Looking critically—the only way she looked at herself—she noted a slight roll of flesh over the waistband of her panties. Back to the jogging, she said silently.

She shifted into a Schwarzenegger pose, standing sideways to the mirror and straining to produce a biceps. Damn. Where was the biceps? She broke into a helpless grin, then immediately cursed as it made her face hurt again.

Into the shower, worst job in the bathroom, where she worked at the scum-caked walls, headphones on, music player strapped to her upper arm, jogger-style. Suddenly remembering where she was, she cued up Handel's *Water Music* and hummed along.

Here, at least, she could feel in control of things. In control and almost happy. The Clean Machine.

.   .   .

"My goodness." Elva Santiago looked wide-eyed as Shannon settled herself onto one end of the sofa in her therapist's office and slipped off her dark glasses. "What happened to you?"

Three days had gone by, and the bruises had darkened into a yellowish-green—not as scary as the fresh rainbow of colors,

INCREDIBLE PRA
SUSPENSEFUL WORLD OF
EDWARD WRIGHT

FROM BLOOD

"A highly imaginative twist on the political conspiracy thriller, a startlingly original heroine at its center, spirited and fiercely intelligent."

—*The Weekend Australian*

"*From Blood* may well catapult Wright into the front line of crime."

—*Sydney Morning Herald, Australia*

"Wright is a subtle and clever writer. . . From Blood is one of the season's best reads."

—*Canberra Times, Australia*

"Wright's complex and intelligent plot provides no shortage of drama, and there is an impressive depth to his writing...A gripping and thoroughly enjoyable read."

—*Edinburgh Evening News, Scotland*

"Compulsive and very visual...a fast-paced, engaging read." (Selected as the book of the month)

—*Australian Women's Weekly*

DAMNATION FALLS
(winner of the Barry Award)

"The nature of truth, the minefield of emotions between fathers and sons, and the madness of vengeance converge... Wright captures the rich, earthy essence of the South."

—Publishers Weekly

"Absorbing...storytelling turf tilled by William Faulkner and Flannery O'Connor and Thomas Wolfe. In this redemptive fable, though, you can go home again, if you're willing to pay the price."

—The Wall Street Journal

"Wright is a gifted storyteller, with a relaxed style which makes his narrative flow and brings his characters vividly to life."

—Sunday Telegraph of London

"Complex, layered, but never labored, *Damnation Falls* weaves between fact and fiction, the past and the present, truth and lies, without ever missing a beat."

—The Sydney Morning Herald

"Wright has a strong sense of place...Written in a deceptively relaxed style, this is a dark and compelling tale."

—The Guardian

"*Damnation Falls* is a gripping portrait of a small American town haunted by old scandals."

—Sunday Times of London

RED SKY LAMENT

(Winner of the Ellis Peters Historical Crime Award;
named one of the best mysteries of the year by the Chicago
Tribune, Publishing News, and Telegraph of London)

"His best and most important political and
social statement...The kind of art that stirs
up old memories and pierces the soul."

—*Chicago Tribune*

"His best book...Wright creates an atmosphere of fear
and distrust and keeps the pages turning with a mystery
that deftly brings together all the elements of his story —
love, hate, ambition and the fight for America's soul."

—*Sunday Telegraph of London*

"An intelligent and exciting web of violence
and conspiracy... Excellent writing."

—*The Guardian*

"Dark, gripping...One of the joys of Wright's
novels is the way he recreates the glamour and
fragility of Hollywood in the post-war years."

—*Sunday Times of London*

WHILE I DISAPPEAR
*(Winner of the Shamus Award and the Southern California
Booksellers Association Award)*

"Legitimately merits comparison to the work
of James Ellroy....Wright's narrative gifts mark
the arrival of a significant new *noir* voice."

—*Publishers Weekly (starred review)*

"Superb use of a most evocative landscape.... Horn is an
immensely likable character — Roy Rogers as a noir hero —
and the Sunset Boulevard atmospherics here are irresistible."

—*Booklist (starred review)*

"This haunting novel...confirms Wright's
reputation as a significant talent."

—*Sunday Times of London*

"Deeply satisfying stuff: exciting, intelligent
and tender where it most matters."

—*Literary Review, London*

CLEA'S MOON
(Winner of the Debut Dagger Award)

"A startlingly accomplished first novel.... Wright's
insights into masculinity, vulnerability and the
limitations of self-awareness combine to make
Clea's Moon a truly memorable debut."

—*Sunday Times of London*

FROM
BLOOD

FROM
BLOOD

EDWARD
WRIGHT

›vantage›
POINT

Vantage Point Books and the Vantage Point Books colophon are registered trademarks of Vantage Press, Inc.

FIRST U.S. EDITION: April 2012
Originally published in the U.K. by Orion Publishing Group.

Published by Vantage Point Books
Vantage Press, Inc.
419 Park Avenue South
New York, NY 10016
www.vantagepointbooks.com

Manufactured in the United States of America
ISBN: 978-1-936467-28-0

Library of Congress Cataloging-in-Publication data are on file.

9   8   7   6   5   4   3   2   1

Cover design by Victor Mingovits

THIS BOOK IS FOR ANN,
WHO PLAYED THE HAND SHE WAS DEALT.

PROLOGUE: 1968

IN THE darkest part of the night, there is a special quiet to the grassy and tree-shrouded areas of a large university campus.

With no sign at its entrance, the building stands half-obscured by greenery on the edge of the sprawling grounds. Three stories tall, it has an anonymous, institutional red-brick look, and those who ask its function are sometimes told that it houses administrative offices of the university, which it once did. That well-rehearsed fiction has kept its actual role hidden for two years.

Tonight the building's rooms and hallways are silent, emptied of their usual complement of analysts, linguists, and retired military officers. The only lighted room is the reception area on the first floor, where Danny Kerner, the night watchman and a graduate student in philosophy, is on duty. Danny sits, feet up on his desk, paging through an essay by Nietzsche.

He has long hair, like most of the male students at LaValle, but he prides himself on not fitting others' preconceptions. As an undergraduate, while his friends were partying or demonstrating for the liberal cause *du jour*, he was working nights to pay his tuition. Now, at twenty-three and just starting a family, he relies on the extra income from this job to get him through graduate school while avoiding more handouts from his wife's parents. He tries not to show too much curiosity about what goes on during the daytime in this somewhat mysterious location. Still, the secrecy demanded of the building's staff—he was required to sign a pledge not to disclose anything he saw there—has intrigued him.

He turns the page and reads the next passage. *At bottom, every human being knows that he is in this world just once,* he reads. *Many die too late, and a few die too early.... Die at the right time—thus teaches Zarathustra.*

Somber material, but Danny reads it with equanimity. He's feeling almost serene, the result of a decision he reached only hours ago, before he left the apartment to begin his night shift. In the coming days he will apply to divinity school, the first step in training for the ministry. For weeks he has wrestled with the question, and Peggy has wrestled with it too.

"I know I can teach philosophy," he told her in one moment of doubt. "I don't know that I've got it in me to—"

"Stop right there," she told him. "You don't know yourself as well as I do. You're a good person, a brilliant student, and you'd make a wonderful minister." She held up the baby and jiggled her gently in front of him. "Tell Daddy he'll look very sexy in a clerical collar."

Refilling his cup with barely warm coffee from a flask, he pauses in his reading and recalls one night when his curiosity about the building was boosted an extra notch. On his rounds, he found an unlocked door—a rarity in a place where all the doors throughout the building are normally double-locked. He entered to make sure there were no intruders and saw a medium-size room with locked filing cabinets ranged alongside all the walls, a large table in the center, and detailed topographic maps pinned up on cork boards. One map, he noted, bore the title *Dien Bien Province.* Another, showing what looked like a city and the surrounding countryside, was labeled *Ha Noi.*

He backed out of the room quickly, double-locking the door with his set of keys.

Ha Noi, he thought. *Hanoi. Vietnam.*

I don't know what they do here, but it sounds closer to the military than the university. Some kind of research place, maybe, squirreled away here in a quiet corner of LaValle. Some of the campus firebrands, he knew, would love to know about this place. They'd probably burn it to the ground.

Danny had strong feelings about his government's involvement in that small Southeast Asian country, where up to 30,000 Americans and untold numbers of Vietnamese had died, with no sign of a letup. Students had heard rumors of undercover connections between the Pentagon and certain universities—Michigan State was one of those mentioned—but LaValle's name had never cropped up. If the Pentagon was running or funding a secret Vietnam War think tank on this university's campus, he thought, someone should know about it.

He told Peggy about his discovery. Her response was immediate. "Don't, Danny. Please don't," she cried out. "You'll get fired, and maybe worse. You need this job. We need the money."

Feeling torn between family and conscience, he kept quiet.

Having made his hourly rounds tonight, Danny returns to his station and leans down to inspect the small, carefully wrapped bundle he has placed under the desk to shade it from his reading light. *All quiet*, he mutters. He sips at his coffee; it's now cold. The clock on the wall reads a quarter past two, which means another forty-five minutes until his next inspection trip. He retrieves his book but is distracted by thoughts of Peggy. Two days ago, a full-blown case of the flu put her into the campus infirmary. She resisted going because of the baby, but Danny assured her that Tina would be fine.

A muffled, ambiguous noise from somewhere makes him look up. What was that? In the blackness outside the window, a late November wind has kicked up, and tree branches are scraping against the bricks of the outer wall. He settles back down.

Were he not so drowsy, he would know that the sound came from elsewhere—the rear of the building, where three black-clad figures wearing ski masks have worked their way up an old and rusted fire escape to the second floor and forced open a window. Now, carrying flashlights, burglar tools, and a heavy canvas bag, they prowl the corridor until they come to a large office in the heart of the building. Jimmying the lock with minimal noise, they open the door. While two of the figures peel off as sentinels, the third enters the office and begins to work.

Twenty minutes pass.

At his station, Danny drains the last of his cup and checks his watch. In a little over five hours, he'll be able to visit Peggy. Can't take Tina, though. Don't want to expose her to Mommy's flu. He wonders if Peggy's fever allowed her any sleep tonight.

Picking up the Nietzsche, he looks for the quote from Zarathustra but is reluctant to resume reading. He's simply too happy—with thoughts of Peggy and Tina, with his recent life-changing decision—to read about death, no matter how abstract the argument.

Tina-Marina, he says silently, using his favorite nickname for her, *you may be the only one getting a good night's sleep. You don't know how lucky—*

It is his last thought.

A deafening blast tears through the quiet night, audible at the farthest reaches of the campus and even in the town itself. As the building's guts are torn apart, a white fireball blooms in its center, a thing of beauty, rendering the area around it as bright as day for a few seconds. Bricks and mortar fly like shrapnel, shredding the trees. The fireball fades to the color of molten lava, and the upper two floors, almost in slow motion, collapse onto the ground level. The night watchman's station, like everything else on the first floor, is crushed beneath tons of weight.

The doomsday noise gradually dies away. Minutes pass, and flames begin to lick at the wreckage.

Police, firefighters, and campus security swarm over the site. One of the bombers, apparently injured in the explosion, is found nearby. Eventually the fire is put down, and the digging begins. At first light, Danny Kerner's mangled body is removed from the rubble. At the same time, claims of responsibility are being telephoned to news organizations.

"This is the Red Fist," the female caller declares. "We strike at the heart of the war machine."

But the horror is not finished. A young woman appears at the disaster scene. She has just bolted from the campus infirmary and is still racked with fever. Her words are laced with hysteria, and it takes a while for rescue workers to understand.

"I was sick," she sobs. "I couldn't take care of her. He didn't want to bring her here with him, but.... Oh, God."

The police commander on the scene is summoned. He huddles with the young woman, then steps back, his face frozen by her words. He summons the senior firefighter, who listens intently, then begins bellowing orders to his men. They swarm over the still-smoldering site, hacking and digging at the charred remnants of what will soon become known to the world as the Crowe Institute.

An hour goes by. Finally one fireman, his voice cracked with strain, yells that he has found something. He lifts a tiny bundle, wrapped in a singed blanket, from the wreckage, his face twisted in grief.

Reporters and camera crews press in, but police hold them back. "No pictures of this!" the fire captain screams. "I'll break the first camera ... "

Peggy Kerner sinks to her knees, wailing, and all the others stand silent as the soot-streaked fireman carries what remains of her baby to the ambulance.

. . .

In all the attacks, the riots, and the bombings that plagued America in the tumultuous 1960s and '70s, the Crowe Institute bombing of 1968 had a special notoriety. It stirred up calls for vengeance, transformed the thinking of the radical left, and sent one militant to prison and others deeper underground. Over the years, most of them either were captured or resurfaced and surrendered.

All but two ... .

—From *The Big Underground,* by Thomas Hollis
(Decker House, 2002)

O N E

....

SHANNON FAIRCHILD was a mess.

The face that looked back at her from the borrowed pocket mirror bore a shiner that radiated outward in jolly reds and blues from her left eye over to her hairline and down to her cheekbone. The left half of her mouth was bruised and swollen, both upper and lower lips, and she could still taste blood whenever she swiped the inside of her mouth with her tongue, which—given that she had little else to do while sitting and waiting for her case to be called—she did fairly often.

Separated from her purse, she made an effort to tame her hair by running her fingers through it, but that only caused it to give off the odor of cigarette smoke and other bar smells.

Shannon wore last night's outfit—cotton pants, short-sleeve blouse, and scuffed lightweight sneakers. Imprints of dirt from the floor pocked her knees, hips, and rear.

Worst of all, her shirt front had two crusty dark-gold stains. She had vomited not long after they deposited her in the cell the night before. Drunk as she was, she was still aware that throwing up on herself was not good hygiene. So, planting her feet carefully, she leaned well over the toilet bowl—while trying not to look within its unspeakable depths—and let fly. Except for the two random droplets, her aim was mostly good.

"Lookin' for Ralph," she heard one of the other women in the cell observe. Shannon didn't understand until the woman repeated the name louder, this time in a reasonable approximation of the sound of food coming up.

Now, sitting in the San Malo Municipal Court with the light

from the windows hurting her eyes, Shannon let her mind stray back to an old English-lit class and tried to find the appropriate literary term for *Ralph*. She finally decided it came close to fitting the definition of onomatopoeia. But not quite. She spat on a shred of paper towel and began to rub at the stains, but her efforts only awakened another old odor, so she gave up.

She started to pass the mirror back to its owner, a female bailiff who was a sympathetic sort, but was interrupted by a voice.

"Borrow that, hon?" It was Rhonda, sitting two chairs down from her, stretching out a big hand. They sat in chairs lined up against the courtroom wall, watched over by the bailiff, two of a half-dozen miscreants waiting for justice.

"Why not?" Shannon passed her the mirror, although she could think of several reasons why not, beginning with the fact that Rhonda had inflicted those very bruises she'd just been studying. But she felt too sick and wasted to find room for enmity. Especially since she and Rhonda, when not fighting, were usually friends. It was complicated.

Rhonda gave her oversize, homely features a going-over in the mirror and, apparently satisfied, passed it back to the bailiff with a thank-you smile. She had definitely gotten the better end of things last night. It had started when Shannon dragged her backward off her barstool and connected with a roundhouse slap, but after that it was all Rhonda. The older woman had about ten years' experience on Shannon, along with twenty pounds, and she didn't fight girly-style but with her fists, the way her old man, Bullo, had taught her. By the time Bullo and the bartender joined forces to break them up, she was beginning to give Shannon a good pounding. Once halted, the whole incident might have evaporated like the smoke from Bullo's cigar were it not for the two off-duty policemen drinking at the table under the Budweiser sign.

So why did I start it? Shannon asked herself. The answer came quickly. *Because every now and then I drink too much, and because I get crazy stupid when I do.*

She heard the court clerk call her name and got up.

"Good luck, hon," Rhonda said.

"You too."

"Oh, I'll hafta do some time. This weren't my first." She said it with a chuckle, glancing over at the bench where Bullo sat, his tattoos and biker regalia mostly covered with a jacket. He thrust his big chin upward in an encouraging gesture.

As Shannon stepped to the front of the courtroom, the public defender materialized at her side. He was young and earnest-looking, and they had spoken briefly an hour earlier.

The judge, who resembled an ex-football player who had gotten a good look at the underbelly of humankind and had not blinked, studied Shannon for a few seconds and then buried himself in some papers. After a minute, he looked up again.

"You understand your guilty plea?" he asked her.

"Yes, your honor."

"This is a nice town. We don't like fighting in public here."

"No, your honor." Regardless of her flaws in other departments, Shannon knew courtroom etiquette.

"I see this is your first such offense, but you have a DUI on your record," he went on.

"Yes, sir."

"And a license suspension."

"Yes, sir."

"I'm guessing you might have a problem with alcohol."

When the PD's hand brushed her arm, she realized an answer was called for.

"I, uh … "

"What?"

"Sir, I don't think I'm an alcoholic." She swallowed. Her head began to throb again. "Your honor."

"Maybe you are, and maybe you aren't," the judge said, looking grim. "But I have a feeling you're an accident waiting to happen."

"Uh … "

He interrupted her, turning to the public defender. "Anything to say on your client's behalf?"

"Yes, your honor. Miss Fairchild runs her own business. She's a graduate of UC San Malo, where her parents teach—"

Shannon's courtroom decorum slipped. "I thought you weren't going to mention them."

The PD showed his inexperience by looking flustered. The judge leaned forward.

"Your attorney is saying good things about you. I don't think it's a good idea to interrupt him."

She pursed her sore lips as the public defender went on.

"Uh, and she is working toward her Ph.D. She's also concerned about her mental health and has regularly seen a psychotherapist for the past year."

"A Ph.D. in what?" the judge asked her.

"History."

"When do you expect to finish?"

"I don't know. Your honor." *How about never? Because I haven't been to a class in four years, and the idea of writing a dissertation fills me with … what's that word? Angst.*

"What's your business?"

"I clean houses."

"Uh-huh. I've met your parents. They're good people." He glanced down at the papers in front of him. "Do you see a therapist for any particular reason?"

She swallowed again. Her mouth tasted like old dishwater. "Just a few problems I'm trying to work out."